U0926053

人海之中遇见你

上册

Meet you

叶非夜 / 著

青岛出版社
QINGDAO PUBLISHING HOUSE

图书在版编目（CIP）数据

人海之中遇见你 / 叶非夜著. --青岛：青岛出版社，2018.7

ISBN 978-7-5552-5281-8

Ⅰ. ①人… Ⅱ. ①叶… Ⅲ. ①长篇小说－中国－当代 Ⅳ. ①I247.5

中国版本图书馆CIP数据核字(2017)第057359号

书　　名　人海之中遇见你
著　　者　叶非夜
出版发行　青岛出版社
社　　址　青岛市海尔路182号（266061）
本社网址　http://www.qdpub.com
邮购电话　010-85787680-8015　13335059110
　　　　　0532-85814750（传真）　0532-68068026
责任编辑　郭林祥
责任校对　邓　旭
特约编辑　孙红彦
装帧设计　林　丽
照　　排　梁　霞
印　　刷　三河市航远印刷有限公司
出版日期　2018年7月第1版　　2018年7月第1次印刷
开　　本　32开（880mm×1230mm）
印　　张　18
字　　数　450千
书　　号　ISBN 978-7-5552-5281-8
定　　价　58.00元
编校印装质量、盗版监督服务电话　4006532017　0532-68068638

建议陈列类别:畅销·青春文学

目录

目录

第一章
他有三个秘密

凌晨一点，苏之念回到家，别墅里漆黑一片。他开了灯，扯开领带，推开卧室的门，随手将西装外套和领带扔在了沙发上，然后解着衬衣纽扣，走向浴室。

刚走到浴室门口，苏之念蓦地停住脚步，捏着纽扣的手顿了顿。他缓缓地转过头，看到自己床上躺着一个女人。苏之念错愕地蹙了一下眉，看清那个女人的脸时，面色冷到极致，他一把扯起床上沉睡的人，拖着往门外走去。

宋青春从睡梦中惊醒，有些发蒙，察觉到手腕传来的疼痛时，人已经被苏之念拖出了卧室。

“苏之念，你回来了？”宋青春刚喊了苏之念的名字，苏之念的脸色便更加阴沉。他拽着宋青春的手腕，力道猛地加大，疼得女子倒吸了一口气，止住了声音。

苏之念速度很猛，宋青春跟不上他的节奏，踉踉跄跄，一不小心撞翻了一旁的置物架。瓷器落地，发出震耳欲聋的响声，惊醒了楼下客房里的孙嫂。她穿着睡衣匆忙跑了出来，看到苏之念生拽着宋青春下楼的画面，惊慌地开口：“苏先生，宋小姐，你们这是怎么了？”

话音还没落定，便被苏之念横扫过来的一道冷光吓得住了声，立刻垂着眼帘，往后躲开两步，着急地看着苏之念拖着宋青春从自己面前走过。

“苏之念，你放开我！”宋青春挣扎着，想要将手腕从苏之念的钳制中挣脱，然而终究无济于事。她还是被苏之念强势地拖到了门口。

门打开，深冬冰冷的夜风吹来，宋青春的声音有些发抖：“苏之念，我今天来找你，是有事……”

宋青春还没说完，苏之念突然开了口，声音里透着阴寒危险的气息：“宋青春，是谁给你的资格，让你出现在我面前？”

不知道是不是苏之念语气太冷太尖锐的缘故，宋青春一怔。

苏之念缓缓转过头，脸上一丝表情也没有，视线宛如两把尖锐的刀，凌厉射向宋青春。他唇角紧紧地抿着，声线如同掺了冰，字字无情：“我记得我说过，让你死都不要再出现在我面前！”说完，苏之念狠狠用力，将宋青春直接推出门外，毫不留情地大力关上门。

孙嫂端着咖啡踏进主卧的时候，苏之念已经洗完澡，换了一身简单的家居服，立在落地窗前，盯着窗外一动不动。

此时的苏之念，身上还是散发着拒人于千里之外的冷漠气息，可是神情出奇平静，仿佛刚刚的暴戾无情只是错觉。

“苏先生，咖啡。”孙嫂将咖啡放在阳台的小圆桌上。

苏之念像是根本没有听到孙嫂的声音，没有任何反应。

孙嫂站了一会儿：“宋小姐是傍晚的时候过来的，等了您将近七个小时。”苏之念还是没出声。

卧室内出奇地安静。

孙嫂犹豫了一下，又开口：“苏先生，您跟宋小姐闹了什么矛盾吗？”

苏之念置若罔闻。

“苏先生，您以前在宋小姐家里住过，两个人关系一向不错，怎么今天见了跟仇人一样……”

孙嫂话还没说完，盯着窗外的苏之念突然开口，语气很淡，像是阐述明早吃什么，可字里行间带着迫人的力量：“你是不是也想跟她一样，大冬天被我赶出去？”

孙嫂吓得立刻噤声，急忙低头说了一句对不起，快速退出卧室。

整栋别墅再次寂静无声，苏之念站在窗前，看着不远处的一盏路灯。灯下，宋青春因为冷，不断地跺着脚，时不时将双手举到嘴边呵气取暖。

有辆出租车经过，宋青春拦车离开。直到车子远得看不到影子，苏之念还站在原地，盯着路灯，视线有些恍惚。

过了不知多久，圆桌上的咖啡变得冰凉。苏之念轻轻地眨了眨眼睛，耳边浮现孙嫂的那句话："苏先生，您以前在宋小姐家里住过，两个人关系一向不错，怎么今天见了跟仇人一样？"

是啊，他在她家借住过呢，一不小心还……可是他怎么和她变成了仇人？

宋青春的出现，似乎只是一个小到可以忽略的插曲，并没有给苏之念带来任何影响。

第二天，他和往常一样准点起床，吃完早餐开车去公司，结束了一上午烦琐的工作，中午和公司的几个高层一起去对面的餐厅吃饭。

苏之念从专属电梯出来的时候，被财务部总监拿着一份紧急文件拦住签字。苏之念在一群公司高层的簇拥下，姿态淡然地站在电梯前，不紧不慢地翻看了一遍文件，确定没什么问题，拿着笔快速签好了字，然后迈步朝公司大楼的正门走去。他身后几个西装革履的高层这才跟着迈步。

苏之念快要走到门口时，看到面前站了一道熟悉的身影。是她，昨晚被他丢出家门的宋青春……

苏之念眉心微微皱了一下，还没来得及反应，宋青春已经踩着高跟鞋走到他面前："苏之念。"

公司里很少有人敢直呼总裁大名，更何况还是一个女人，跟在苏之念身后的几个高层脸上忍不住挂了几分探究。宋青春被那些视线打量得有些不自在，努力撑着平静的表情，睁着一双漆黑的眼睛看着苏之念，再次开口："苏之念，你能……"

宋青春只不过说了几个字，便被苏之念有些冷淡的声音打断："小姐，请问我跟你有熟到直呼其名的地步吗？"

宋青春想到昨晚的事，往后退了一步，毕恭毕敬地冲苏之念鞠了个躬，客套疏离地说："苏总，您好，我叫宋青春，请问您能给我十分钟吗？"

"不能。"苏之念直截了当地丢给宋青春两个字，绕开了她，往门外走去。

她找过他很多次，绝大多数不是没见到人，就是见到了说不上话，昨晚好不容易剩下两个人，还被他轰出家门。现在他这么离开，她不知道要什么时候才能和他说话。宋青春本能地抬起手，一把拉住苏之念的手，他的掌心干燥温热。

宋青春的指尖哆嗦了一下，像是要松开，又像下定决心，声音有些发颤："就十分钟的时间……如果不行，五分钟也可以！"

苏之念仍旧没有理会，只是居高临下地看向她的手，视线定格。

苏之念的沉默让宋青春定了一下心："苏总，能不能借一步说话，我今天来找你，是想跟你聊一下公事……"

"没兴趣。"苏之念瞬间回神，没等宋青春把话说完，冷言拒绝，随后唇瓣微微抿了一下，大力抽回自己的手。

苏之念力道有些大，扯得宋青春没站稳，人顺着他的力道往前扑去。好在一旁的保安伸手扶住了她的胳膊，她才没有摔倒。下一秒，苏之念咄咄逼人的视线朝保安射去："我花钱请你来不是当摆设的，别什么乱七八糟的人都往公司里放！"

保安被训得有些莫名其妙，却敢怒不敢言，急忙松开宋青春的胳膊，老老实实站好，对苏之念恭恭敬敬地说了一句："是。"

苏之念没有任何反应，带着身后的高层精英浩浩荡荡离开。

又一次失败了……宋青春坐在自己的车里烦躁地抓了抓头发，有些疲倦地靠在靠背上，闭上眼睛。这么长时间没见，他比以前优秀完美了许多。年轻有为、身家数亿的商业天才、颜值最高的总裁……这些外界传言放在他身上，根本找不到任何不妥，那张脸比年少时更加完美耀眼、颠倒众生。

记得当年上学的时候，他那张脸便让全校女生疯狂，而现在更是使人窒息，只需一眼，足以沉沦。若是非要从苏之念身上找出缺陷，对宋青春来说，就是他的性格了。这么多年过去，他还是老样子，浑身上下散发着冰冷淡漠的气息，给人难以接近的感觉。

这么差劲的性格，竟然有无数网友瞎了眼，夸他性格好、迷死人，甚至还有人把他评为最让人欲罢不能、充满禁欲气息的男神。宋青春想到这里，情不自禁地呵了一声。

车内响起手机铃声，宋青春拿起手机，看了一眼来电显示，按下接听，里面传来一道温婉柔和的声音："青春。"

"大嫂。"宋青春喊了人，随后才又问，"爸爸怎么样了？"

"情况还算稳定，刚刚吃了药睡下。"大嫂方柔人如其名，永远都是柔情似水的样子，就连接下来直奔主题的询问都是温温和和的，"青春，你见到苏之念了吗？"

宋青春停顿了一下，老实回答："见到了。"

"怎么样？他同意你的条件了吗？"方柔轻柔的声音里带了一丝惊喜。

"还没……"宋青春想到苏之念见都不想见自己的样子，唇瓣抿了抿，挣扎了一下，忍不住再次出声，"大嫂，商界那么多厉害的人，爸爸为什么非要找他来当宋氏企业的CEO？"

"现在宋氏企业已经没有多余的钱去聘请一个执行总裁，而他曾在宋家住过，怎么也算跟宋家有过旧情。不管从哪方面讲，都是我们宋氏企业CEO最合适也最可能请来的人选。"方柔柔声柔气地解释，"青春，你会说服苏之念来接管宋氏企业的，对吗？你肯定不会眼睁睁看着爸爸和你大哥经营了这么多年的公司就这么垮掉，对吗？"

宋青春听着方柔的询问，沉默了好一会儿，才答非所问地开口："他是在宋家住过，那也不算什么天大的恩情，更何况，他自己的公司做得很大，未必愿意接宋氏企业这个烂摊子。"

"他会的。"方柔语气十分肯定。

宋青春眉心微皱，过了好一会儿，才问："为什么？"

电话里的方柔，沉默了好久，才慢条斯理地开口："因为你。"

宋青春一愣，随后听到方柔不紧不慢的声音："你，毕竟和他……"

深埋的往事被人这般硬生生揭开，让宋青春彻底怔住，面色有些苍白。那是她的噩梦，是她一辈子都不愿意去面对的噩梦。如果不是在三个月前，大哥毫无征兆地自杀，父亲受打击病重入院，宋氏企业一时群龙无首，濒临破产，她想，这一辈子怕是不会去找苏之念，然后这件往事也会被永远封印在大脑深处。

可是，她不能眼睁睁看着宋氏企业就这么垮掉，不能让重病的爸爸担心宋氏，也不能让大哥死不瞑目。苏之念的确是宋氏企业CEO的最佳人选。他是商界奇才，仅仅用了半个月就把一个濒临破产的公司挽救了回来，创下迄今为止人提人赞的佳话。所以无论如何，她都要把苏之念请来当宋氏企业的CEO。

她知道，当年的事情苏之念记了仇，生了气；她也知道，要让苏之念答应接管宋氏企业有多难，可她不会放弃，也不能放弃。

之后的几天，宋青春去过苏之念的别墅几次，可他都没回来。宋青春也去过苏之念的公司，由于保安被训斥过，这一次宋青春没能进公司大楼，一直都在公司大门外等。宋青春仅有的一次见到苏之念，是他坐在车里，从她面前呼啸而过。

连面都见不上，何谈后续事宜？无计可施的宋青春，最后想到了苏之念的母亲。苏之念出生于单身家庭，父亲不详，对自己的母亲格外孝顺，在城郊环境好的地段特意给母亲买了一栋别墅，每周六必去探望母亲。

宋青春在周六下午买了一些礼品，去了苏母位于城郊的别墅。尽管过了很多年，宋青春还是一眼认出了苏之念的母亲，立刻礼貌乖巧地问了好：“苏阿姨，我是青春。”

苏母还记得宋青春，立刻招呼宋青春进了门。苏母的热情让宋青春忐忑的心逐渐放松，两个人聊了一会儿，逐渐熟络。

下午五点，苏母开始准备晚饭，邀请宋青春吃过再走。宋青春来这里的主要目的是见苏之念，自是不会拒绝，甚至下厨做了两道菜。

做完晚饭，宋青春去了一趟洗手间。刚拉开洗手间的门，就听到门锁打开的声音。她下意识冲玄关处望去，果然看到穿着黑色风衣的苏之念走了进来。

苏之念正在脱外套，看到宋青春的时候，动作有些停顿，眉心轻轻地皱了一下，语气明显有些不悦：“你怎么在这里？”

宋青春还没开口，听到动静的苏母从餐厅里走了出来：“之念，你回来了？”

苏母走上前，接了苏之念脱下的外套，挂在一旁的衣架上，又说：“青春，你还记得吧，你宋伯父的女儿。她过来看我了，我留了她吃晚饭。”

苏之念听完母亲的话，朝宋青春不冷不热地扫了一眼。

宋青春听得出来，刚刚苏之念质问的语气明显带着不欢迎。接触到他冷淡的视线，宋青春有种下一秒就会被轰出去的预感，心也忍不住提了起来。

谁知苏之念只是盯着她，约莫五秒钟后，漠然收回视线，朝母亲轻点了一下头，含糊不清地嗯了一声，表示知道了。

苏母微笑：“好了，快去洗手，吃晚饭了。”

苏之念没吭声，直接进了洗手间。宋青春这才暗暗地松了一口气，怕是这次有他母亲在，他才没有轰她出去。

洗完手，苏之念踏进餐厅。母亲和宋青春已经落座，两个人不知在说些什么，脸上都挂着笑。宋青春看到他，脸上的笑容明显收了一些。

苏之念随意拉开椅子坐下，母亲立刻给他递上一碗汤，指着餐桌上的两道菜，说：“这汤和这两道菜，都是青春做的呢。”

苏之念接过汤碗，没有喝，而是直接放在餐桌上，然后拿起筷子，夹了一道苏母做的菜吃起来。

饭桌上，苏母一会儿和苏之念聊一聊，一会儿和宋青春聊一聊，气氛倒也不尴尬，只是吃到一半的时候，宋青春发现，苏之念没喝汤，也没吃自己做的两道菜。自始至终，他只吃苏母做的菜。

苏母像也发现了这个问题，连忙夹了一块宋青春烧的排骨，放到苏之念的碗里：“青春做的排骨。你尝尝，还不错呢。”

苏之念漠然点了一下头，继续优雅从容地吃饭。吃完的时候，宋青春清楚地看见苏母夹给他的那块排骨完整地留在碗里。苏之念像是察觉宋青春在看着自己，微微侧了一下头，丝毫不在意地拿着筷子轻轻拨了一下，将排骨丢进垃圾桶里。

苏之念站起身，冷漠地走出餐厅。宋青春盯着垃圾桶里的排骨，手微微用力地抓住衣襟。

他说过，让她这一辈子死都不要再出现在他面前。现在，她出现在他面前了，他也仍旧有一千种一万种办法和她划清界限。

宋青春原本想的是吃过晚饭，等苏之念回到卧室，单独一人的时候，她去找他好好谈谈。她想，有苏母在，他总会捺着性子听完她的话吧。可是，苏之念像是知道她心底打的算盘，吃过饭，竟然一直都坐在客厅里陪着苏母看电视。

转眼到了晚上九点，宋青春知道该离开了。可她好不容易才见到苏之念，就这么浪费了时机，真的不甘心。

宋青春挣扎了一下，刚想主动询问苏之念有没有时间，可不可以和自己谈一谈，苏之念就举着手机，走到阳台接起了电话。

苏之念这个电话很长，到了十点半，还没有要挂的迹象。

苏母明显有些犯困，宋青春纵使再不甘心，也不好厚脸皮地继续赖下去，便失落地提出离开："苏阿姨，时间不早了，我要走了。"

"一个女孩子回城有点不安全，之念也要回城的。你再等会儿，让他载你一起回去吧……"

苏母的话还没说完，接电话的苏之念突然转过头，捂着手机听筒，不冷不热地扔了一句："我今晚不回城。"苏之念说完，拿着手机走向楼梯，留下一道冷漠的背影。

他拒绝得如此干脆，让苏母略显尴尬，冲宋青春笑了笑："青春，之念那个孩子，从小就这样，你别往心里去。"

宋青春微笑，一脸不介意的模样："没关系的，苏阿姨，我自己回去就好了。"

她跟苏母道完别，拿着手机，站在路边用打车软件叫了一辆车。车子距离她的位置有些远，等的时间有点长。深冬的郊区，温度比城里低很多，风很大，冻得她瑟瑟发抖。约莫十分钟车子才开来，宋青春望了一眼身后的别墅，停顿了片刻，一脸沮丧地拉开车门上车。

还是失败了……宋青春从没想到竟然有一天，自己会为了见一个男人花费这么大的心血，更没有想到，这个男人还是苏之念。其实苏之念一直都是这种性子，仿佛所有人都入不了他的眼，冷漠孤傲。只是从前他不理她，她也懒得理他。

不过，她今晚去并非真的一无所获。在苏之念接电话的时候，她听见他随口提了一句，第二天晚八点，他会去"金碧辉煌"。

别墅外的车子前一秒开走，后一秒，苏之念就从楼上走了下来。苏母已经换了睡衣，正站在客厅里喝水，看到苏之念，随口问了一句："跟谁打电话呢？聊了这么久？"

苏之念简单回了两个字："同事。"

苏母倒也没多问，直接转了话题，唠叨了儿子两句："你之前在宋家借住过，妈妈一直让你对青春好点。你怎么见了青春还是那副老样子？让你送个人都不送！"

苏之念没吭声，等到母亲唠叨完，才淡淡地开口："妈，我准备回城了。"

"啊？"苏母有些诧异，"你不是说今晚不回城了吗？"

"刚刚接了个电话，公司出了点问题，我得过去一趟。"

临行时，苏母嘱咐了几句。苏之念默不作声地点了点头，开车出了别墅院子。一路上，他踩了好几次油门，才看到宋青春搭乘回城的那辆车，然后他把车速降了下来，始终保持着约莫两百米的距离，跟在后面。

周日晚上，苏之念和几个朋友约在"金碧辉煌"打牌。玩牌之前，大家喝了点酒，情绪有些高昂。

喝了酒的苏之念还是那副冷面孔，安静话少，除了摸牌出牌，几乎没有其他举动。他的牌运很好，接连赢了好几把。

包厢的门突然响了起来。恰巧轮到洗牌，苏之念对面的梁总去洗手间，顺势开了门。门外站着一个年轻漂亮的女子，五官小巧，乌黑的长发垂在脑后，脸部线条精致柔和，一双大眼明亮有神。

这般世间少有的容颜，倒是看得梁总一阵失神。过了一会儿，他才后知后觉地问："请问，小姐，你找谁？"

梁总问完，以为是来找唐诺的，今晚打牌的几个人里就数他最花心，交的女朋友也是一个赛一个的漂亮。于是，梁总转头又朝屋内喊了一句："唐诺，有个美女……"

门口站着的女子唇角微扬，声音平和地说："你好，我是来找苏之念的，请问他在吗？"

梁总听到"苏之念"三个字的时候，明显愣了一下，像是怀疑自己听错了，朝门口站着的女子确认了一遍："苏之念？苏总？"

梁总看到女子点头，这才快速眨了好几下眼睛，转头又朝屋内喊道：“唐诺，不是找你的，是找苏总的！”

早在梁总说有美女的时候，所有人都看向了门口。唯独苏之念懒散地坐在椅子上，低着头玩手机。突然听到有人来找自己，苏之念眉心轻蹙了一下，下意识转过头，看到穿着一件玫红色大衣的宋青春俏丽地站在门口。

自动洗牌机已经洗好了牌，哗哗啦啦的噪音停止，室内显得格外安静。苏之念盯着宋青春，就在所有人都以为他会淡漠地转过头，无视掉门口女子的时候，他突然收起手机，缓缓地踢开身后的椅子，不紧不慢地站起身，对着一旁看大家打牌的唐诺说了一句“唐诺，你替我打会儿”，然后朝门口走去。

苏之念看都没看一眼宋青春，走到走廊尽头才停下来，从兜里摸出一张卡，刷了一下，然后推开门，没理会跟在身后的宋青春，敞着门走进屋。

宋青春站在门口，看到苏之念走到吧台前倒了一杯水，然后端着水杯，姿态优雅地坐在沙发上。她没跟进去，他似乎也不急，像是很有耐心，坐在那里慢条斯理地喝着水。

苏之念明明什么也没说，什么也没做，可是宋青春清楚地感觉到从他身上直逼而出的冷气压迫着她，心跳蓦地加快。她站在门口，双脚像是灌了铅，沉得厉害，甚至心底浮现出转身逃走的念头。

宋青春盯着苏之念，犹豫了好一会儿，最终迈着步子，走进了屋。她关了门，朝苏之念一步一步地靠近。她不知道自己接下来究竟要面对什么，可是没有办法，不管是刀山还是火海，她都要承受。

宋青春在距离苏之念约莫一米远的地方停下，下意识握拳。她看着他，吞咽了一口唾沫，刚想开口，随后像是想到了什么，默默地改了口，喊的不是“苏之念”，而是“苏总”。

苏之念微垂了眼帘，把手中的水杯往宋青春的脚下摔去。他力道很大，玻璃碎成了碴，四处乱溅。伴随着玻璃碎裂的声音，苏之念也开了口，声音里透着丝丝入骨的冷意：“宋青春，你胆子还真够大的！竟然在我警告过你之后，三番五次出现在我面前！”

宋青春肩膀轻轻地颤了一下，没了别的反应，垂着眼帘站在原地，兀自问："苏总，我们可以谈谈吗？"

"谈谈？"苏之念盯着宋青春，眯了眯眼睛，像是听到了什么可笑的笑话，脸上透着几分嘲讽，嘴里吐出的话仍旧刻薄尖锐，"你当我说过的话是放屁？我连见都不想见你，你觉得我跟你有什么好谈的？"

宋青春站在他面前，看起来从容淡定，实则心里早已蹿起骇意，掌心也因为害怕，爬满了汗水。她努力维持着声音的平缓："就耽误你一点点的时间，可以吗？"

苏之念没说话，盯着宋青春的视线锐利凌厉，看得宋青春心底一颤一颤的。

室内的气氛有些僵持。在宋青春快要承受不住的时候，苏之念突然动了动身子，靠在身后的沙发上，依旧紧紧地盯着宋青春，戾气还未完全消退："五分钟！"

这话倒是让宋青春大脑有些死机，之前准备的腹稿瞬间忘光。她站在苏之念面前，沉默了好一会儿，没有说一句话。苏之念也不着急，就那么气定神闲地等着，一只手很有节奏地敲着玻璃茶几，发出清脆的声响。过了一会儿，他说："还剩四分钟。"

宋青春越发焦急，再也顾不上组织语言，清晰简练地直奔主题："苏总，我希望你可以加入宋氏企业，担任宋氏企业的CEO。"

苏之念的回应简单干脆："请我担任CEO，薪酬是多少？"

宋青春抿了抿唇，声音低了下来："宋氏企业现在拿不出来那么多钱……"

"也就是说没钱？"苏之念敲着茶几的动作停了下来，整个屋内陷入安静，"宋小姐，全球知名企业SH公司花费十亿，挖我去当他们的CEO，都被我拒绝了，你到底哪里来的自信，觉得我苏之念会分文不收，去接管一个濒临破产的烂摊子？"

宋青春被苏之念反击得面色尴尬："宋氏企业现在的确有点困难，拿不出来那么多钱聘请你。不过宋氏企业可以给你股份，年收益也可以给你分红。"

"宋小姐，你觉得我稀罕那点股份和分红吗？"苏之念语气嘲弄。

宋青春咬了咬唇角，不知道该如何说下去。

室内又陷入安静。过了片刻，苏之念再次开口：“还有三分钟。”

宋青春沉默了一会儿才开口，语气明显不如刚刚有底气：“如果你愿意接管宋氏企业，你要多少宋氏企业的股份和年收益分红都可以。”

苏之念任由她说下去。

“我知道你有自己的公司，时间上会很紧……”

“还有两分钟。”苏之念淡淡地提醒。

宋青春抿了一下唇，接着说：“也不可能花费很大的精力和太多时间在宋氏企业上，如果你真的担任宋氏企业的CEO，可以不在宋氏企业坐班，一些重要的文件和信息，我安排人二十四小时和你沟通，为你传达消息，这样可以节省很多时间和精力。”

“还有一分钟。”苏之念对宋青春提出来的条件没有任何反应，只是兀自提醒着时间。

“宋氏企业可以给你一份空白文件，只要宋氏企业可以做到，条件任你开。”宋青春说完，便打开随身携带的包，从里面拿出一份文件，双手递到苏之念面前，“这份文件上已经盖了章，您可以看一下。”

“时间到。”苏之念压根儿没扫文件一眼，五分钟一过，他立刻站起身，朝门外走去。

宋青春急忙追上苏之念，将合同再次递到他面前：“我希望你可以认真考虑一下。”

苏之念扫了一眼合同，没有任何情绪地开口：“我不需要认真考虑，因为我压根就没想过接管宋氏企业。”

“我之所以给你这五分钟的时间，是为了让你死心。”苏之念说完便绕开挡在自己面前的宋青春，走了两步，像是想起来什么，又停了下来，“还有，我希望从现在开始，你不要再出现在我的视野里。”

宋青春哪肯放过这次机会，暗吸了口气，转身追上苏之念，一把抓住他的袖子：“就算是我开的那些条件你都看不上，能不能看在我们认识的分上，帮帮宋氏企业？”

“宋青春，你是在跟我谈往日情分吗？”苏之念脸色瞬间变得冰冷，手猛地握紧成拳，眼神阴沉地盯着宋青春的脸，一字一顿地质问，“好，那你告诉我，对于一个曾经指着我的鼻子、让我滚出她家的人，我和她到底有什么往日情分可谈？如果非要说什么往日情分，那就是我在你家借住过一段时间。没记错的话，我已经按照七星级酒店的价格，把我住的那278天结算给了你！所以，宋青春，你还要跟我谈往日情分吗？”

“我……”宋青春支支吾吾了好半天，没能讲出一句完整的话。

他果然是对当年的事记了仇。那时的她，从没想过要和他再有交集，话说得绝，事也做得绝。可是，谁想到造化弄人，风水轮流转，竟然有一天，她要低声下气来求他。

宋青春指尖颤抖得厉害，大脑很乱，看着他好久，才胡言乱语道：“就算我们没有往日情分可谈，你能不能看在那一晚的分上……”

宋青春话还没说完，苏之念猛地抓住了她的头发，将她的脸庞高高抬起。他盯着她，眼底有冰冷的火焰跳动：“那一晚？哪一晚？”

“当初是谁，面对那一晚，一脸厌恶嫌弃地说不需要我负责的？怎么，现在过了五年，反悔了？来找我要回报？可是你又凭什么觉得，那么多年前的事，我会认账？”

宋青春闭上眼睛，别开了头。苏之念抬起另一只手，掐住她的下巴，将她的脸转回来，强迫她睁开眼睛。他盯着她慌乱的眼睛，声音如同坚冰，字字刻薄：“宋青春，有件事怕是你不知道，当初那一晚，就算你不说不需要我负责，我也不会对你负责。”

宋青春抿紧了唇，面色苍白。因为愤怒，苏之念的气息略显不稳，像是还要说些什么，最后只是动了动唇，什么也没说，缓缓地松开她的头发，人往后退了一步。

房间里安静得有些诡异。苏之念站了好一会儿，抬起手从兜里摸出一张支票，没有去填金额，直接在下面签了名，然后将支票甩给宋青春。

“价格你想填多少就填多少。虽然当年的事，我的确没想负责，但那毕竟是你的第一次，算是我给你的补偿。”苏之念停顿了一下，眼底闪过一层坚决，“还有，我希望你可以填一个从此以后都不会再跟我有交集的数额。”苏之念扔完支票和那些话，扬长而去。

周一上午，苏之念在繁忙的工作中度过，其间唐诺来过一次，临走时对苏之念说：“对了，有件事我忘了告诉你……我在来你公司之前，看到宋青春了，她就在你公司楼下，应该是在等你。今天温度格外低啊，我看她穿得也不多……”唐诺话只说了一半，关上办公室的门离开了。

唐诺离开很久，苏之念才拿着车钥匙走出办公室。他去地下停车场取了车，准备开去香园吃饭，车子刚到路口，他便在路边停了下来。静坐了一会儿，他摸出手机，给约了自己今天中午吃饭的张总打了个电话，说了一声抱歉就掉转车头，开回公司对面的马路边。

正如唐诺所说，宋青春真的在。应该是因为自己上次警告过保安，并没有人放她进开了暖气的公司大堂。

今天的确很冷，她穿了件单薄的外套，没戴帽子也没戴手套，怕是等得太久，躲进了公司门口不远处的公共电话亭里。她目不转睛地盯着大楼门口，像是生怕错过了要找的人。

可能有来电，她从兜里摸出手机，也许因为天太冷，手冻僵了，手机竟然没拿稳，落在了地上。她急忙弯身捡起，费了好大力气才滑动屏幕，接听了电话。

“喂？大嫂，苏之念他还没同意。你放心，我一定会让他同意接管宋氏企业的。”

她接电话的时间不长，很快就挂了，他还清楚地听见她重重叹了一口气。虽然他和她之间隔了很宽的一条马路，马路上车辆不断开过，各种噪音交织，但他还是可以听见她讲电话的内容。

是的，他可以听见。这是他一个人的秘密。这个秘密，他很小的时候就发现了。他的听觉比常人要敏锐许多，即使隔了很远的距离，有些声音他仍旧可以清楚地听见。而且，他不但可以听见有分贝的声音，当他和人肌肤触碰的时候，还可以知道对方此时此刻在想些什么。最初发现这现象的时候，他是有告诉过别人的，可是没有人相信，就连他的母亲都怀疑他患了精神病，甚至把他送进精神病院，久而久之，他也不敢再提这件事。长大后，他知道自己与生俱来的能力会让别人抗拒和躲避，所以它就变成他一个人的秘密。

其实就连他自己都无法解释，为什么会拥有这样超出常人的能力。他明明和常人一样，会生病，会长大，会变老，也拥有情感。而且，他身上不是只有这一个旁人不知道的秘密，而是三个。

第二个秘密和第一个秘密一样，同样是超乎常人的能力，远比读心术更让人畏惧。因为只要他愿意，随时随地能控制一个人，去做一些事情，说一些话。

不过，他控制他人意念的时间并不会持续多久，大概一分钟左右，而被他控制意念的那个人，在摆脱他的控制之后，会出现短暂的记忆断片状态。简单来说，就是被他控制的那一分钟里，那个人完全不知道自己做了什么，说了什么。

从他发现自己拥有这个能力到现在，使用的次数并不多，细算下来，没有超过十次。

因为在他控制他人意念的时间里，被他控制的那个人如果受到伤害，他的身体也会跟着受同样的伤害。当然他也不能控制他人去伤人，只要他控制的那个人伤害了别人，那么他的身体也会跟被伤害的那个人受同样的伤。

他的第三个秘密，不再是超能力，而是和一个人有关的故事。而那个人是……

车内的手机铃声突然将他的思绪拉了回来。

“苏总，环影传媒的陆总陆瑾年先生来了，正在公司里等您。”

“知道了。”苏之念淡淡应了一句，挂断电话，没有着急发动车子，而是透过车窗，看着街道对面电话亭里的宋青春，过了一会儿才收回视线，发动引擎，缓缓离开。

公司楼下的咖啡厅里，结束讨论之后，一行人陆陆续续离开，只留下苏之念和唐诺两个人。苏之念坐在唐诺对面的位子上，聚精会神地翻阅手中的文件，偶尔端起桌上的咖啡喝一口。

“她又来了。”唐诺盯着窗外自言自语。

苏之念不去看也知道唐诺说的是谁，神情没有丝毫变化，只是认真读着手中的文件。

“这个星期，她已经在这里守过三次了吧。有一天晚上，我加完班已经快十二点了，出了公司，竟然看到她还在门外等着。”

苏之念一脸淡漠地翻过一页，继续看。

唐诺一个人说得有些无聊，闭上嘴，过了一会儿，突然惊呼了一句：

“竟然下雪了。”

苏之念手指轻轻地抖了一下，仍旧盯着文件，这次足足看了十分钟，没看进去一个字。最终，他状似无意地抬起头，瞄了一眼窗外。雪下得很大，不过一会儿，已是一地的白。宋青春大概没能找到躲雪的地方，就那么傻站在大雪里。最初，她还用手去掸一掸落在身上的雪花，可是后来雪越来越大，她索性放弃，只是将脖子往衣领里缩了缩，任由雪纷纷扬扬飘落在身上。没一会儿，她的头发和肩膀上就积了一层白雪。

苏之念眉心皱了皱，看似盯着文件，眼角余光却时不时冲窗外瞟去。宋青春保持着一个姿势，有些累了，脑袋转动的时候，视线恰好扫过咖啡厅的落地窗，然后透过宽大明亮的玻璃，她看到里面坐着一个熟悉的身影。宋青春愣了一下，以为自己看花了眼。从“金碧辉煌”分开之后，她每天都来他公司楼下守着，这还是第一次看到他……

正在宋青春盯着苏之念出神之际，苏之念突然转过头来，视线淡淡地落在了她的身上，随后就对准她的眼睛。尽管隔着一层玻璃窗，宋青春还是清楚地感觉到他眼底渗出的寒意。她垂了一下眼帘，等再次抬起眼皮的时候，苏之念已经将视线落回了文件上，伸手按了一下桌面上的呼叫铃。

很快有服务生走了过来，一脸微笑地看着苏之念，像是在询问他需要什么帮助。苏之念的视线压根没从文件上离开，宋青春隔着玻璃，只看到他唇瓣轻轻地张合了两下，随后服务生就对着他微笑地点了一下头，绕过他所在的沙发，走到窗前，将卷起的窗帘放下，彻底遮住她望向他的视线。

他说过，让她不要出现在他的视野里。咖啡厅的入口在他公司的大堂，她根本进不去。可他还是喊了服务生拉了窗帘，阻碍了她的视线，画清他们之间的关系。

唐诺原本在苏之念和宋青春对望的时候，有那么一瞬间，以为苏之念会去找宋青春，可他没想到苏之念会喊服务员拉上窗帘，仿佛什么事都没有发生，继续去看手中的文件。

“你不出去看看？就让她一直在大雪里等着？”唐诺终究没忍住，问了一句。

苏之念置若罔闻。唐诺耸了耸肩，没再多说，对着笔记本电脑开始处理工作。

唐诺将邮件发送出去已是一个小时之后。他抬起手，揉了揉有些酸的肩膀，刚准备喊服务员续杯咖啡，却看到坐在对面的苏之念直直地盯着桌上的台灯走神。

唐诺皱了皱眉："怎么了？"苏之念没出声，像是在聚精会神地听着什么。

"想什么呢？"唐诺伸出手，在苏之念的面前晃了晃。

苏之念回神，不冷不热地回了一句："没什么。"然后他把注意力再次放在听觉上，呼啸的风声，簌簌的雪落声，车子的鸣笛声，还有她的呵气声……

唐诺招呼完服务员，看了一眼腕表，凑到窗边，将窗帘拉开一道缝隙："雪下了这么久，竟然还没停？宋青春竟然没走？她是不是傻啊，下了这么大的雪，竟然还在等，真是有够耐心。"

随着唐诺的感叹，苏之念清楚地听见宋青春重重打了一个喷嚏，握着文件的手猛地加大了力度。

唐诺叹了一口气，于心不忍地将窗帘重新落了下去，低声询问了一句："你为什么就不帮她呢？"刚说完，他就想到自己前几日提到宋青春时，苏之念有些不悦的神色，顿时意识到自己又戳了苏之念的雷区，急忙笑了一下，看到他手中拿了一下午的文件，快速转了话题："这是什么文件啊，最近这段时间你一直都在看。"说着，唐诺还冲苏之念手中的文件伸长了脖子。

苏之念像是触电，猛地将文件合上，一言不发地站起身，冷着脸朝咖啡厅门外走去。他一边走，一边拨了一个电话，通知人将车子开到公司正门口，然后穿过大堂，走出公司。

宋青春一直注意着公司门口，看到苏之念上车，也急忙拦了一辆出租车。此时的北京城并不是下班高峰期，但是因为下雪，交通有些拥堵，所以一路上，宋青春并没有跟丢苏之念。

苏之念的车最后停在一家私人会所前。这家是京城的高级会所，欧式风格，十分漂亮，当然入会费也相当可观。宋青春曾是这里的长期会员，来的次数没有一百次，也有八十次。若是以前，她可以顺理成章地踏进会所接近苏之念，可是现在，她已经不是会所的VIP。大哥宋承自杀后，宋氏企业越来越萧条，她哪里还有多余的钱去消费？所以在上个月会所通知她缴新一年的入会费时，她直接退了VIP。

宋青春等苏之念进了会所后才下出租车。

下周，宋氏企业就要召开股东大会，如果她找不到一个有能力的人来接管，恐怕要面对的是宋氏企业彻底从这个世界上消失的结局。所以，今天无论如何，她都要再见一见苏之念。宋青春想到这里，深吸了一口气，然后走到苏之念的车旁。他开车来的，肯定要开车回去，只要她等在车旁，肯定能等到他。

丰润集团今晚在会所举办一场小型聚会，苏之念简单应酬了一圈，抽了个机会，走向相对安静的阳台。

雪已经停了，透过窗户一眼望去，整个北京城都是白的。

其实他今晚原本没想参加，但在听见宋青春对着出租车师傅说“麻烦您跟上前面车牌尾号00的那辆车”时，他想了想，还是选了这家会所。

她是这家会所的VIP，想必此时此刻的她就在会所大堂的沙发上等他出来吧？突然，苏之念有些好奇那个女人此时此刻在干什么。苏之念摇了摇手中的高脚杯，轻抿了一口红酒，将注意力放在了听觉上。他的耳边响起各种各样的声音，刹车声，地铁声，火车声，飞机声，广播声，音乐声……还有各式各样的讲话声。在那么多的声音里，苏之念听了好久，没有听见宋青春的说话声。苏之念等了一会儿，仍没有等到宋青春的声音，却等到了“宋青春”三个字。

“张总，我刚刚进会所的时候，在门口看到您在跟一个年轻的女人说话，长得挺漂亮的，是谁啊？”

“是宋氏企业的人，宋孟华的女儿，叫宋青春。”

“宋孟华的女儿？她找你做什么？”

“她没钱，想进我这会所，问我能不能看在曾经的分上通融一次。”

苏之念眉心微微皱了皱。宋青春不是这家会所的VIP了？

随后，他的耳边又响起张总带着几分厌恶的声音：“她也不看看现在的宋氏企业算什么，还以为自己是以前的宋家千金啊，竟然想进我的会所，简直是没拎清自己的身份！”

苏之念眼底闪过一道狠戾，面色冷凝，有些吓人。

张总继续嘲笑：“还让我通融一次，她配吗？要不是看她长得还不错，我理都懒得理她。”

苏之念眼睛猛地眯了一下，站在他身后不远处、眉飞色舞说得正欢的张总，右手猛地一个用力，将手中的玻璃杯捏得粉碎，碎裂的玻璃扎入他的掌心，瞬间鲜血直流。

紧接着，整个房间响起张总哭天抢地的痛呼声：“啊——好痛，好痛——”

“张总，你这是怎么回事，好端端的捏什么玻璃杯？”

“我也不知道怎么回事，就是刚刚，有那么一秒钟，我整个人莫名其妙就失控了……啊，痛，痛，痛……快给我叫医生。”

苏之念完全没有理会混乱的现场，只是将右手插入裤兜里，一脸冷淡地迈步走出了房间。

苏之念踏入电梯，服务员礼貌地询问：“先生，请问您要去几楼？”

苏之念淡淡答了一句：“一楼。”

服务员冲苏之念微笑地点了一下头，伸出手按了“1”，然后顺势按了电梯的关闭键。沉重的金属门缓缓地合上，在抵达第五层的时候，苏之念耳边突然传来一道熟悉的声音，是宋青春低弱的一声呻吟。苏之念眉心狠狠皱起，拼尽全力去听，却再也听不见宋青春的声音。苏之念急忙抬起左手，快速用力地按了好几下“4”。

电梯抵达第四层，停止，电梯门打开，苏之念站在电梯里，一动不动。服务员有些纳闷地转过头，浅笑地开口：“先生，请问您要到……”

“别说话！”苏之念猛地开口，毫不客气地打断了服务员的话。

服务员一顿，下意识往后退了一步。

等了约莫十秒钟，苏之念耳边再次传来宋青春虚弱的声音：“好痛……嗯……”

苏之念快速伸手按了关闭键。电梯下行至一楼，苏之念不等服务员开口，快步离开。

宋青春蹲在苏之念车旁，手用力捂着小腹，时不时发出轻微低弱的痛呼声。雪后潮湿的风肆虐地吹着，带着刺骨的寒冷，冻得她瑟瑟发抖。

在宋青春疼得有些恍惚的时候，脑袋上传来一道低沉的声音：“你蹲在这里做什么？”

宋青春下意识睁开眼睛，一双黑色的男式皮鞋跳入她的眼帘，她顿了一下，急忙抬起头，看到穿着黑色大衣的苏之念一手插兜地站在自己面前，居高临下地俯视着自己。

她终于等到他了……宋青春强打起精神，忍着小腹的剧痛，颤巍巍地站起身，快要站直的时候，又是一道冷风吹来，她的小腹跟着泛起刺骨的疼，腿一哆嗦，人险些栽倒在地。

她急忙伸出手，扶住了苏之念的车门。她看着苏之念，面色苍白，有些吓人：“苏总，希望你可以再考虑考虑接管宋氏企业的事，薪酬我们可以给你，不过现在只能付你两千万，其余的能不能分期付？”

“别痴心妄想了，我绝对不会接管宋氏企业。”苏之念声音冷硬地打断了宋青春的话，他像是根本没有看到她此时此刻的虚弱，没有丝毫同情和心软，冰着一张脸，继续说，“趁着我现在没发火，你最好赶紧从我面前消失。”

苏之念凌厉的话音还没落定，宋青春身体忽然一晃，人就朝地上栽去。苏之念手疾眼快地伸出左手搂住她的腰，肌肤的触碰使他清楚地读到她此时此刻心底的想法：怎么偏偏是今天来“大姨妈”？来就来了，怎么还这么痛……

随后，宋青春彻底没了意识，陷入昏迷。

苏之念等医生处理好宋青春的病情离开，才走到沙发前坐下，然后将一直塞在裤兜里的右手抽了出来。他手心攥了一卷很厚的纸巾，已经被染成血红色。他简单处理了伤口，然后顺手拿了一旁的文件。那是他下午在公司楼下咖啡厅里看的文件。

苏之念盯着文件表皮看了好一会儿，才将文件轻轻甩在了茶几上，站起身，停顿了一秒钟，还是走去了卧室。苏之念轻轻推开门，踏进屋里。

宋青春躺在他的床上，睡得正沉，因为冻得太久，唇色依旧泛紫。室内暖风开得很大，她可能有些热，把被子掀起了一些。苏之念走到床边，将被子重新盖在她身上，视线落在了她的脸上。她五官生得十分精致，细长的眉，翘挺的鼻，一如他记忆里熟悉的模样。苏之念凝视着宋青春许久才淡淡地转身离开。

第二天是周六，孙嫂休息。

苏之念醒来的时候，宋青春还在睡，他洗漱的时候，不小心弄湿了右手，重新包扎了一下伤口才拿着车钥匙出了门。

再回来已是一个小时之后，他将车子停稳，拎着搁在副驾驶座的早餐下了车。输入密码，推开门，苏之念拎着早餐换鞋的时候，听到楼上传来讲话声。他神情略顿了一下，听了两句，才明白过来是宋青春在接电话。

苏之念虽然听力极好，但并非随时随地都会关注别人讲话的内容。这会儿，他刚走进客厅，便从宋青春的话里捕捉到了一个词——以南哥。

以南哥，这是他再熟悉不过的三个字。宋青春的以南哥，只会是一个人，那就是秦以南。苏之念蓦地顿在原地，拎着早餐袋子的手下意识加大了力气。

“以南哥，你真的要离开部队回北京了？太好了，你什么时候回来呢？我去接你，下个月三号？下个月八号是我的生日，你要请我吃饭，还要给我准备礼物。”

苏之念眼底闪现一抹嘲讽，连拖鞋都没换，直接冲门口走去。他像是胸膛里藏着火，把门摔得格外响。

苏之念一直走到门口对面街道上的垃圾桶旁才停下来，然后将排了半个小时队才买来的早餐扔进了垃圾桶。

挂断电话，宋青春眉眼飞扬，脑海里萦绕着秦以南刚刚打电话告诉她的话：“宋宋，我要回北京了。”

“我要回北京了”，只是简单几个字，却足以让宋青春心花怒放。这大概是宋承自杀之后，她听过的唯一好消息了吧。

宋青春唇角弯起，情不自禁地念了出来：“以南哥要回来呢。”只是她的话还没说完，卧室的门便被人狠狠推开。

宋青春下意识止住话音，转头望去。苏之念一身凛冽地站在门口，眸光冷澈地盯着她：“既然醒了，就给我滚！”

宋青春看着突然出现的苏之念，有些吃惊，听到苏之念尖锐刻薄的话后，脸上的笑意消失殆尽。她轻轻抿了一下唇，快速环顾了一下周围，发现是苏之念的房间，这才后知后觉地想起，昨晚自己好不容易等到了他，结果刚说了两句话，人就不争气地因为痛经昏了过去。

所以昨晚，是他把她带回来的？

宋青春知道，苏之念懒得见自己，可她好不容易才和他碰面，为了宋氏企业，她别无选择，只能放低身段，继续跟他争取。

宋青春了解，苏之念这个人向来没什么耐性，于是一刻不敢停留地下了床，找到自己的包，从里面拿了一个信封，走到苏之念面前，递了过去："这里面是两千万金额的支票，是现在宋氏企业能拿出来的所有钱了，拜托你好好考虑一下。"

"我没空听你废话，如果我之前说的话你都不懂，那么我现在重新告诉你一遍，我绝对不会接管宋氏企业！"苏之念的声音透着凌厉和尖锐，"趁我还没动手，给你一分钟的时间，拿好自己的东西，赶紧从我眼前消失！"说完，苏之念直接转身，朝书房走去。

宋青春急急忙忙追在苏之念的身后："到底要怎样，你才肯接管宋氏企业？"

苏之念没说话，步伐加快。宋青春从床上跳下来的时候有些着急，没有顾上穿鞋，一路小跑，脚底微疼："只要你提要求，不管是什么，我都可以答应。"

苏之念无动于衷，丝毫没有被说动，推开了书房的门。这是宋青春最后一次机会，今天再说不动他，怕是下周一，宋氏企业只能消失了。

可是，苏之念天生不近人情，她什么方法都试了，就连他和她当初那一晚都提了，换来的仍是他的不为所动。

眼看书房门要被关上，她想都没想，就对正在关门的苏之念极快地说："如果你是因为担任宋氏企业CEO之后会经常面对我才拒绝的，你放心，只要你肯接管宋氏企业，我保证，这一辈子都不会出现在你面前。"

苏之念推门的动作停了下来。宋青春的心底燃起一丝希望，朝苏之念信誓旦旦地保证："你去的地方我绝对不会去，我肯定不会让自己再出现在你的视野里，如果你不放心，我可以离开北京。"

"你是在跟我谈条件吗？"苏之念盯着宋青春的眼神很冷静，就连说话的口吻都是异于正常的平静。这样的苏之念，让人琢磨不透他此时此刻心底在想些什么。

宋青春心跳有些快，下意识地开口："只要你答应，我真的可以做到。"

"我再问你一遍，你是在跟我谈条件吗？"

苏之念的语气平平稳稳，无情无欲，却给人一种强大的压力，宋青春透不过气来，缄默不语地站着。苏之念眼睛眨都没眨一下，直直地盯着宋青春。

“你以为你是谁？来跟我谈条件？”苏之念眼神刹那冰冷，捏着她下巴的力道蓦地加大，浑身上下处处透着锋利，“你在我眼里，什么都不是，配跟我谈条件？”

“我要是不想见你，有一千种一万种方法，让你消失在我面前！”

“跟我谈条件？你还没那个资格！”

“你要是不想让宋氏企业现在就消失，”苏之念抬起手，指了指楼下，声音里透着森冷，“就给我滚，滚得远远的！”

若不是家境败落，她不会这般低声下气来求人，更何况是求这个她一辈子都不愿意见的苏之念。现在，她被他一而再再而三地用言语侮辱嘲讽，着实承受不住。

她的眼底蓄上了一层雾气，努力维持冷静，缓缓地将下巴从苏之念的手中挪走，然后在他面前站了约莫十秒钟，迈步离开。宋青春走得很急，连放在苏之念房中的衣服、包和手机都没拿，就那么直直地冲下楼，奔出苏之念的别墅。

房间里变得寂静，苏之念站在门口没有动弹。他站了好一会儿，才转身进了书房，坐在书桌前，仿佛什么事都没发生，打开了电脑。

他的神情自始至终都很冷静，手指时不时滑动着鼠标，然后在键盘上噼里啪啦打上一串字，可是打着打着，他停了下来，抬起头盯着窗外看了一会儿，视线落在办公桌前不远处的沙发上。那份他这几天频繁看的文件，安安静静放在那里。

唐诺问，这是什么文件，最近这段时间你一直都在盯着看。

这份文件是宋氏企业这些年来的发展资料。这份文件早在唐诺拿给他前，已经被他整理出来了。或者说，在宋青春找他之前，他就已经整理出来了。

唐诺还问，你为什么就不帮她呢？是啊，他为什么就不帮她呢？因为他怕，他怕他帮了她，就再也见不到她了。可是现在，他没帮她，以后还是见不到她了。

在她离开之前，他清楚地听见了她的心声，她放弃了，放弃为了宋氏企业来求他。她为了找他帮忙，找了他将近一个月。严寒的冬日，她在他公司楼下等了一个月，他只要在工作之余，站在窗前往下一看，就能看到她的身影。

可是从今往后，他再也看不见她了。苏之念觉得自己想太多，猛地合上电脑，走出书房。他回到卧室，进门就看到她的衣服，她的包，还有床上她的手机。他觉得有些碍眼，他将她的东西胡乱卷了卷，一股脑从阳台上扔了下去。

昨晚兴许是她睡在别墅里的缘故，他在客房一夜都没睡好，苏之念躺在床上想要补觉，可是昨晚被她睡过的床上沾满了她的气息，一直往他的鼻子里钻，钻得他心烦气躁，最后他掀开被子，怒气腾腾地下楼。走出别墅，苏之念扫了眼一旁的草坪，宋青春的东西散落一地。他抿了抿唇，走过去，弯身把她的东西一样一样捡起。

宋青春走了很远，心情平复了下来。她发现大街上有不少人在看自己，她冷得哆嗦了一下，才反应过来，严寒深冬里，她不但没穿外衣就上了街，连鞋也没穿，而她的脚早冻得没了知觉。

宋青春站在路边，刚想拦出租车，发现自己的包和手机都在苏之念的家里。她转头望了望苏之念家的方向，最终没回去拿。她刚刚好转的心情变得低沉不已。等她回了家，要怎样跟父亲和大嫂说她请不动苏之念呢？想必父亲听到这个消息会很难过吧，宋氏企业毕竟是他一生的心血。

宋青春忍不住轻轻地叹了一口气，一边想着回家怎样开口，一边慢吞吞地迈着步子往前走。她有心事，人显得心不在焉，完全没有注意有辆车极快地开到自己身边，然后一个紧急刹车，停下。

苏之念下车，反手甩上车门，大步流星地走到宋青春面前，一声不吭地伸出手，一把扯了她的手腕，拽着她往自己的车子走去。宋青春低呼了一声，看清楚来人，脱口而出道："苏之念，你干什么？"

苏之念无视她的话，面无表情地拉开车门，单手将她甩进车里，然后重重关了车门。苏之念上车，看都没看宋青春，直接踩了油门，车子平稳地滑出。

两个人没有任何交谈，车内的气氛有些沉闷。

车子重新停在苏之念的别墅。熄了火，苏之念没理会宋青春，兀自下车，进了屋。苏之念屋门并没上锁，宋青春摸不透他的意思，在车子里坐了几秒钟才跟着进屋。

苏之念坐在装潢奢华的客厅沙发上，手中拿着文件。尽管她把步伐放得很轻，可他还是被她的脚步声打扰到了一般，微微抬了一下头，眼神很冷地扫了她一眼，然后指了一下一旁的沙发。宋青春知道苏之念是让自己坐的意思，迟疑了一下，走过去却没有坐。

苏之念盯着手中的文件看了约莫三分钟，然后从一旁拿起一支笔，在上面签了字，随后把合同摔到宋青春面前的茶几上。宋青春看了一眼苏之念，低头去看那些纸，发现那是自己拿给苏之念聘请他当宋氏企业CEO的文件，下面签字一栏，清晰地写着“苏之念”三个字。

宋青春不可思议地看向苏之念，声音颤抖：“你……同意了？”苏之念没出声。

宋青春伸出手想去拿，可指尖还没碰到文件，苏之念突然伸手按住文件。她抬起头，看向苏之念，眼底充满了不解。苏之念将文件抽走，慵懒地靠在沙发上，看着宋青春充满疑惑的眼睛，声音很淡：“只要我接管宋氏企业，不管是什么样的要求，你都可以答应？”这是她刚刚跟他说过的话。

宋青春顿了顿，轻点头，说：“是。”

“宋氏企业的股份我不要，薪酬我也不要，年终的分红我仍旧不要。”苏之念说到这里，刻意顿了一下。

他越是什么都不要，她越是不安！

苏之念扬了扬手中的文件，继续开口，嗓音清冷得不像话：“包括这份文件，我也可以什么都不填。”

宋青春手下意识抓紧了衣襟，一言不发地看着苏之念，等着下句。她知道，他接下来的话才是重点。时间似乎静止不动，苏之念迟迟没有开口。宋青春紧张得透不过气来，吞咽了一口唾沫，忍不住询问：“你的条件是什么？”

苏之念淡漠的嗓音跟着响起：“你。”

宋青春蓦地愣住，像是完全不敢相信自己听到的。

“我要你。”苏之念重复了一遍，这一次他没做任何停顿，将剩下的话不带任何情感地和盘托出，“陪我一百天，只要你答应我这个要求，我就在一百天之内，还你一个起死回生的宋氏企业！”闻言，宋青春咬紧了牙。

“下个月开始，孙嫂要回老家，你搬到我这里来住，我的衣食起居全部由你负责。”苏之念语气平缓，像是在谈公事公办的合作，“晚七点到早七点，十二小时里，你的时间都是我的，所以必须保持手机畅通，随叫随到。”

苏之念拿着合同站起身，走过宋青春身边的时候，像是想起了什么，冰冷的唇凑到她的耳边，压低声音说：“哦，对了，你别想太多，你是知道的，我这个人向来不喜欢旁人介入我的世界，而你，我恰好用过，图个省事而已。”苏之念说完便直起身，“你好好想想，如果同意，就去楼上书房找我，然后拿走合同。”苏之念又冲宋青春摇了摇那份空白文件，上楼去了。

宋青春怔怔地在楼下站了许久，久到双腿发麻，才像是做好决定，眨了眨眼睛，慢慢地转身，一步一步走向楼梯。当她反应过来的时候，人已经站在苏之念面前。苏之念看了一眼宋青春，靠向身后的办公椅，语气平静地问：“想好了？”

宋青春点头说：“想好了。”

苏之念站起身走到打印机前，拿了刚打出来的两张纸，扔到宋青春的面前：“签字。”

“这是什么？”宋青春错愕地看了一眼苏之念，男子压根没有回答她的意思。

她伸出手，将那两张纸拿了起来，是苏之念拟定的合同。上面清楚地写着，从2015年的12月1号到2016年的3月10号，这一百天里，从晚七点到早七点，宋青春小姐的时间是属于苏之念先生的，宋青春小姐必须对苏之念先生做到随叫随到，必须住在苏之念先生家里照顾他的衣食起居，而苏之念先生要在这一百天里给宋青春小姐一个起死回生的宋氏企业。

她没想过有一天，她竟然会把自己当成商品，白纸黑字地签在合同上。而合同上也清清楚楚写着，如果她做不到，不但宋氏企业会消失，她还要付给他巨额违约金。宋青春迟疑了一会儿，拿起桌上的笔，在上面签了自己的名字。

第二章

曾经的他们

宋青春回到宋家的时候已是中午，大嫂在医院陪父亲，管家正准备午饭。

宋青春洗完澡出来，拎着管家做好的饭去医院，将苏之念接管公司的事情告诉了宋孟华。宋孟华很开心，精神也好了很多，等把宋孟华安排睡下，宋青春便对大嫂方柔说："大嫂，下个月我打算搬出去住。"

"好端端的怎么要搬出去？"方柔刚问完，突然像是想到了什么，"你要搬到苏之念那边？"

"嗯。"宋青春很低地应了一声，过了会儿说，"你别告诉爸爸。"

方柔沉默了好一会儿，才说："青春，委屈你了。"

在医院陪床两天，宋青春回家就爬上床，睡得特别沉，她梦见了青梅竹马的秦以南。她从小到大追逐秦以南的道路，一直都是一帆风顺的。她以为会一直一帆风顺下去，直到和秦以南结婚，可是命运永远不会一帆风顺。

在她追逐秦以南的旅途中，杀出来一个"苏咬金"，卷起滔天巨浪。

那是她人生的一个插曲。

那是苏之念。

苏之念和宋承、秦以南同岁，由于母亲生病来了北京，然后转入他们学校上高三，和宋承、秦以南一届。宋承和秦以南两个校草，因为苏之念的到来，瞬间被掩盖了光芒，这些年始终论不出的第一校草头衔，就这么轻轻松松落在了苏之念的头上，不但如此，就连全校第一名也一并被苏之念抢走。苏之念几乎抢占了全校所有的话题，不管是男生还是女生，课余时间聊天时，嘴里永远离不开他的名字。

宋青春在心底呵呵呵三声，两耳不闻苏之念，一心只爱秦以南。

宋青春一直以为自己和苏之念不会有任何交集，也压根没想着要和苏之念有任何交集，偏偏造化弄人，在她回到家的时候，见到了这个如雷贯耳的苏之念，而且还被告知，这个苏之念从现在起，要和她住在同一个家里!

梦到这里的宋青春，突然被电话吵醒，她迷迷糊糊摸了手机，连电话号码都没看，直接接听，里面传来她熟悉的冰冷声音："今天是一号，晚七点之前，必须到！"苏之念说完那句话，不给宋青春开口的机会，干脆利索地挂断手机。

因为刚睡醒，宋青春大脑有些死机，听着嘟嘟嘟的忙音，好半天没反应过来谁打的，直到手机连续传来两道短信铃声，宋青春才将手机拿到面前。

第一条是六个数字。

第二条是两个字，密码。

短信内容和刚刚的电话一样，直切重点，精简干练。

宋青春盯着短信，几秒钟后看了一眼手机上的日期，12月1号，是她和苏之念那份合同正式生效的日期。

不过才早上七点钟，宋青春却因为这通电话，彻底没了睡意。距离晚上七点钟还有十二个小时，宋青春的心底已经爬满了浓重的不安。

她一整天都心不在焉的，或许是最近频繁见苏之念的缘故，宋青春想起了从前的时光。苏之念当时住在她家，却因为冷清的性格，两人一直合不来。如果不是后来发生了一件事，宋青春想，她这一生和苏之念也不会有什么深交吧。

那是发生在圣诞节的事。她跑去南方找秦以南过圣诞节，想跟他表白，却因为种种意外，表白夭折。她一个人孤零零地回到北京，那时的她不过是个高三学生，没银行卡，钱包里的钱买了机票就全部用光。

宋孟华带着妈妈去了香港，管家那几天恰好休假，所以她才敢跑出去。此时深更半夜，就算她给自己的同学打电话，怕也没人能出来接她吧。她站在寒风中，犹豫了许久，才拿着手机给家里打电话。其实在拨电话的时候，她不确定苏之念到底在不在家，因为以往每到周末，他都会去医院陪他母亲。当时的她，真的只是抱着试一试的心态，没想到，电话响了不过一声便被人接听。苏之念接电话的声音是一贯的冷，可那是她生平第一次从他冷淡的声音里听出了温暖。

挂断电话不过半个小时，他便出现了。她一天没吃东西，经过一家二十四小时营业的快餐店时，她嘀咕了一句饿了，苏之念旋即将车停了下来，带着她进去吃东西。

那天回到家，已经凌晨三点，来回奔波了两夜一天的她早已睡着在车上，是苏之念把她抱下车，抱进屋，抱上楼的。

他把她放在床上，她迷迷糊糊地醒了过来，对着正在给她盖被子的他说了一句："谢谢。"当时她真的困极了，说完这两个字，又闭上了眼睛。她不知道是真实的，还是她在做梦，隐隐听见了他的声音，他说："晚安。"

那大概是迄今为止，她唯一从他嘴里听到过的温柔话语。从那之后，她和苏之念的关系开始好转。两人住同一个家里，又上同一所学校，渐渐开始一起上学下学。苏之念有严重的洁癖，东西向来不喜欢别人触碰，所以最开始的时候，他都不让她进他屋的。可是就连她自己都不记得，到最后他怎么就同意让她进他的屋了。

仔细想想，那是她和苏之念认识的时光里，仅有的一段和睦相处的日子吧。在那段日子里，苏之念待她还是不错的。确切地说，是相当不错的。他半夜跑出去给她买过夜宵，他在雨天排队帮她抢过周杰伦演唱会的票，甚至还为了她跟人打过一架。

不管那段时光，他和她相处得怎样美好，最终一切还是被打回了原点。那是临近高考的一个月，秦以南回了北京，请她吃晚饭。那时的她，已经知道圣诞节那天是她误会了秦以南，但告白是需要勇气的，每次话到嘴边，她就是说不出来，那种感觉就像九十九度的水，只差一度就要沸腾，但那一度怎么也升不上去。

那一天，秦以南送她回家，她对秦以南说："以南哥，我要考入你所在的大学。"

秦以南一脸微笑地看着她说："好啊，宋宋，我等你。"

秦以南把她送到了家门口，告别的时候，他还伸出手摸了摸她的脑袋。秦以南经常摸她脑袋，可是那一次不一样，秦以南的手在她的脑袋上停顿了许久，看着她的眼神，温柔得不像话。当时的她心跳得格外厉害，女生的第六感告诉她，她的以南哥也许是喜欢她的。她回视着他的眼睛，说："以南哥，等我考试完，我要告诉你一个秘密。"等她高考完，她要告诉秦以南，她喜欢他，喜欢了他很多很多年。

秦以南走后，她回到家里，满心都是少女的悸动，她幻想了很多关于她和秦以南未来的美好画面。

可是，你知道吗？人在最美好的时候，往往会迎来噩梦。

那一晚，父母不在，管家不在，就连苏之念也不在，家里只有她。十一点钟，她洗完澡准备睡觉，听到楼下传来开门声，因为好奇，她走出卧室，趴在栏杆上往下看了一眼，发现苏之念醉醺醺地走了进来，上楼梯的步伐很不稳，好几次险些滚下去。她急忙跑下去，搀扶住了他。

回忆到这里的宋青春，面色苍白。如果她知道后来会发生那样的事情，定不会去管苏之念。她费了很大的力气，才把苏之念弄到了他卧室的床上。她把他的外套扯下来，给他盖了被子，准备离开的时候，却被他一把抓住手腕，然后……然后她就被他扯到床上，压在身下……

想到这里，宋青春睫毛颤抖起来。

那一晚的事情，她是有些断片的，或许是当时她的情绪太过激动，忽略掉了一些事情。

她回到卧室，洗了整整一个小时的澡。她蹲在淋浴器下，哭得伤心欲绝。

宋青春再也不敢往下想，抬起手摸了摸脸，发现不知什么时候，竟然落了泪。她急忙抽了纸巾，擦了擦脸。然后拿起手机看了一眼时间，已经下午六点钟，她该去苏之念的别墅了。

宋青春收敛好情绪，先去浴室洗了把脸，才拖着行李箱下楼。她没开车，直接走出小区，在路边拦了一辆出租车。

宋青春到别墅后先准备晚饭，忙碌的过程中，心情还算平稳，可等她忙完了，一想到苏之念随时都有可能回来，她就忍不住有些紧张。宋青春坐在客厅沙发上，留意着屋外的车声。她觉得此时的自己就像放在案板上的鱼肉，等着苏之念的屠杀。

时间流逝到了晚上十一点，苏之念还没出现，宋青春坐久了有些累，干脆躺在沙发上，躺着躺着，便陷入睡梦中。宋青春睡得并不踏实，没一会儿就醒来，看到苏之念还没回来，暗舒一口气，继续闭上眼睛，如此反复不知多少次，宋青春听到外面隐隐有车声传来。

可能因为情绪绷得太紧，宋青春耳边时不时出现车子开动的声音，她睁开眼，见有车灯直直照在窗上，光线强烈刺眼。宋青春条件反射一般从沙发上站起来，透过窗子看见车子缓缓地停稳，苏之念下车，反手甩了车门，一步一步地朝屋里走来。宋青春心跳越来越快，僵硬地站在原地，屏着呼吸，一眨不眨地盯着门口。直到听见输入门锁密码的声音，她才快速回神，急忙走向玄关，还没来得及开门，苏之念便推门而入。他的头发有些凌乱，大概是忙了很久，人有些累，下巴的线条绷得有些紧，显得比平日更加冷漠。

宋青春匆匆看了一眼苏之念，快速蹲下身，拿了一双拖鞋摆在他的面前：“你回来了？”

苏之念一言不发地换了鞋，别说回应宋青春，就连瞄都没瞄她一眼，当她是透明人，直接上了楼。苏之念从进屋到回卧室，前后不过一分钟的时间，宋青春背上不知冒了多少冷汗。苏之念让宋青春彻底没了困意。她从沙发上找了手机，看了一眼时间，竟然已经清晨六点了。

宋青春提心吊胆了一夜，这一瞬松懈下来。还有一个小时就到七点了。也就是说，还有一个小时，她就可以不用和他在同一个屋檐下了。这一个小时里，她大可以去做早餐避开苏之念。

昨晚的晚餐还完好地保存在保温箱里，可宋青春不但重新煮了早餐，还特意熬了耗时很长的小米粥，等到早餐准备好，已经是六点四十五分。只剩下十五分钟……

宋青春在厨房里又磨叽了五分钟，才上楼敲响苏之念卧室的门：“苏先生，早餐已经准备好了。”

苏之念还是没有说话，只是隔着门，宋青春听到有脚步声靠近，随后门被拉开。他直接擦过她的身边下了楼。宋青春跟在他身后，保持着一段距离。苏之念走到倒数第三阶的时候，看到靠墙放着粉红色行李箱，脚步停顿了一下，然后注意到有些皱的沙发，眉心轻皱，突然转身看向宋青春。宋青春吓得指尖一颤，看到男子指着楼上他卧室旁边的一个门，声音淡淡地说：“你住那个房间。”

宋青春一愣，回过神来的时候，苏之念已经走出一段距离。

餐厅里，宋青春将盛好的粥端到苏之念面前，拿了一双筷子给他。苏之念坐在餐桌前，面对宋青春的全程伺候，脸上一点表情变化都没有。早已透不过气来的宋青春等到苏之念动了筷子，便立刻说：“我去把我的行李拿上楼。”

苏之念垂着眼帘，吹了一下有些发烫的粥，不紧不慢地轻哼了一声。

宋青春放完行李下来，早已过了七点钟。她踏进餐厅，还没说话，已经听到动静的苏之念抬起眼皮看了她一眼，用下巴点了点自己对面的位子，示意她坐下吃早餐。宋青春站在原地没动。苏之念眉心轻皱，又抬起头看了一眼宋青春，以为她不明白自己的意思，刚想说话，就听到宋青春的声音：“苏先生，早餐您吃完就直接放在桌子上吧，晚上我过来的时候再收拾。”

苏之念没出声，夹菜的动作顿了下来，像是知道宋青春话里的意思，盯着面前的粥一会儿，然后扫了一眼墙壁上的挂钟，已是七点十分。

宋青春继续说：“苏先生，如果您没什么事的话，我就先走了。”

苏之念仍没有说话，表情明显变得有些冷。

宋青春看苏之念迟迟没有反应，以为他默认，于是说：“苏先生，再见……”话音还没落定，苏之念手中的筷子啪的一声被重重放在了桌子上。

宋青春吓得硬生生止住话头，纵使苏之念的表情没有变化，宋青春也知道他不高兴了。她沉默了好一会儿，又出声：“您说过的，晚七点到早七点我要在这里，现在已经七点十分了。”

是，这是他说过的话，可从她口中说出来，却让他无缘无故火大。苏之念忽然抓起面前的瓷碗，朝地上狠狠地扔了过去。碗里还剩了小半碗粥，飞溅得到处都是，有一些还落到了宋青春的发丝上。宋青春本能地退了一步，又往前迈了两步，蹲下身，开始收拾地上的碎碗片。苏之念胸膛里的火熊熊燃烧，盯着蹲在地上的宋青春约莫两秒钟，冷着嗓音说："不是要走吗？还蹲在那里干什么？"

宋青春手一抖，指尖被瓷片划破，有血珠冒了出来。

苏之念的声音更加瘆人："还不快滚！"

宋青春没有停顿，看都没看苏之念，直接起身走了。苏之念听着宋青春渐行渐远的脚步声，全身无力，似乎疼得锥心刺骨。

宋青春傍晚七点准时到了苏之念的别墅，苏之念已经不在。早上她离去时一地狼藉的餐厅已被打扫得干干净净，就连早餐用的盘子也被洗干净，整齐地摆放在消毒柜里。

宋青春在客厅里待到晚上十点，看苏之念还没回来，便回了他安排给自己的卧室。或许昨晚没睡好，宋青春洗完澡，躺上床没多久便陷入了睡梦中。

宋青春睡得格外香沉，一觉醒来，已是第二天十点钟。别墅里空荡荡的，仍只有她一人，不知道苏之念昨夜是回来又走了，还是根本没回来。

宋青春刷牙的时候，手机来了一条短信，是秦以南发来的：

宋宋，我马上就要起飞了，两个半小时后到北京。

宋青春是一点半接到的秦以南，回市区的路有些堵，到了城里已是两点半，大多数餐厅已经停止营业，最后宋青春和秦以南选了一家西餐厅吃下午茶。

下午三点，公司例会上，苏之念显得有点心不在焉，看似全神贯注地开会，实际上思绪早已神游在外。他知道，今天是秦以南回北京的日子，他也知道，今天宋青春会去机场接秦以南……他从一大早坐进办公室，耳朵就开始留意外面的动静，听了整整一上午乱七八糟的噪音，吵得脑袋都快炸了，也没听到宋青春的声音。

下午两点半左右，他接了个电话，挂断之后站在落地窗前，本能地留意了一下周围的声音，却从纷乱里一下捕捉到了她的话："以南哥，你都好久没见我了，有没有想我啊？"

"当然想了。"秦以南答得毫不迟疑。

宋青春停顿了一会儿，声音轻柔："以南哥，我也很想你。"她的声音带着几分娇憨，虽然他看不见他们在一起的画面，但是他想，她的脸上肯定是挂着笑意的。

市场部总监讲到激动处，惹得一屋子的高层纷纷鼓掌，唯独苏之念面无表情地坐在椅子上，一点反应也没有。苏之念只觉得那掌声吵得刺耳，忍不住抬起手，揉了揉脑袋，耳边又响起宋青春的话——以南哥，我也很想你。

他眼底翻滚出强烈的情绪，胸膛微微起伏，毫无征兆地抬起手，将文件重重摔在会议桌上。啪的一声，惊得满屋子掌声齐刷刷消失不见。原本意气风发的市场部总监被苏之念突如其来的举动吓得双腿发颤，大脑迅速转动，想着刚刚讲的东西到底哪里出了差错。

苏之念全身洋溢着冰冷的怒意，一屋子的人气都不敢喘，整个会议室陷入安静。市场部总监翻来覆去想了好几遍，没觉得哪里出了差池，忍不住大着胆子说："苏总，有什么问题吗？"

苏之念目不转睛地盯着会议桌正中间的花瓶，没有任何反应。大家等了一阵子，忍不住顺着他的视线望去，花瓶里插了一束很普通的百合花，大概有两天没换了，花瓣有些蔫巴，压根没什么好看的。最后大家将视线落在苏之念旁边的秘书身上，秘书挣扎了一会儿，往苏之念身边凑了凑，压低声音说："苏总，市场部总监问您有什么问题吗？"

"宋宋，我没想到宋承会那么想不开，突然就自杀了，我也很抱歉，宋承走的时候，我在部队，没能回北京来看你，你不知道那阵子我有多担心你……"刚听到秦以南说到这里，苏之念被秘书插进的话唤回神思。他环顾了一圈会议室里的人，发现大家情绪紧绷，心底纳闷这是怎么了，微微皱了一下眉，问："完了？"

随后，他看到大家神情有些古怪，又看到原本拿在手中的文件竟然跑到了会议桌正中间。像是猜到了什么，他瞟了一眼站着的市场部总监，淡着声音说："没完就继续。"

市场部总监停顿了几秒钟，继续刚才的解说。苏之念听了十个字都没到，神思又跑去了秦以南和宋青春的对话上——

"宋宋，你别太难过，虽然宋承不在了，但还有我，宋承肯为你做的，我都会为你做。这次我回来，就再也不会走了，以后我会好好照顾你。”

会议室里响起咔嚓声，大家循着声音望去，苏之念手中握着的签字笔竟然断成了两截。室内再次陷入诡异的静谧之中，不过短短的一分钟，大家看苏之念并没有什么反应，将注意力放回了市场部总监身上。市场部总监恨不得立刻结束解说。

“好了，以南哥，我们不要再聊那些不开心的事情，过几天我生日，你有没有给我准备生日礼物？”

“当然有，少了谁的生日礼物，也不会少了你的。”

“我就知道以南哥对我最好了。”

苏之念突然从座位上站起来，所有人的心猛地收缩，市场部总监快要哭了，这会到底还能不能好好地开了？

市场部总监颤抖着说：“苏——”最后一个“总”字还没说出来，苏之念重重踢开了身后的椅子，冷着脸走出会议室。

宋青春和秦以南在西餐厅一直聊到傍晚六点才结账。秦以南本来提议和宋青春一起吃晚饭，可宋青春想到自己七点还要去苏之念那边，便找借口推辞了。

从西餐厅出来，秦以南先帮宋青春拦了一辆出租车，宋青春对着师傅先报了宋家的地址，和秦以南道别后，等车子开出一段距离，宋青春才对师傅改口说出苏之念别墅的地址。

到苏之念别墅门口才六点四十分，兴许是见了秦以南的缘故，宋青春心情没来由地好。她付了车费，哼着许多年前的一首老歌，慢悠悠晃到门口，跟玩一样，刻意一个数字一顿地按了密码，等听到门锁打开的声音，不紧不慢地推开门走进去。

她绕过玄关，刚想将手中的包扔向沙发，就看到苏之念手中拿着一份文件，宛如帝王，双腿交叠地坐在沙发最中间。

还不到七点钟，日理万机的苏之念竟然回家了。宋青春眨了眨眼睛，确定没有看错，急忙老老实实地站好，冲苏之念问好：“苏先生，您回来了？”她的话像是说给了空气，根本没有得到半点回应。她毫不在意，转身便进了厨房。

晚餐很丰盛，四菜一汤。

宋青春冲背对着她坐的苏之念喊了一句：“苏先生，晚饭准备好了。”

这次倒是出乎宋青春的意外，男子竟然破天荒开了金口：“嗯。”

宋青春等到苏之念吃完饭，才默默地吃着残羹剩饭，然后将厨房和餐厅收拾得干干净净，捧着切好的水果，小心翼翼地走向客厅。

电视里正在播广告，苏之念拿了一份文件，却没去看，而是侧头看着窗外，像是在想什么心事，眉心微微蹙着。

宋青春将果盘放在茶几上，小声提醒了一句：“苏先生，水果。”

苏之念长长的睫毛动了两下，慢慢地转过头，神情淡然地对宋青春轻点了一下头，将注意力放回文件上。

室内很安静，除了电视里细微的声音，便只有苏之念偶尔翻阅文件时发出的声响。

苏之念并没看多久，再次把头转向窗户。屋内亮着灯，窗户宛如镜子，清楚地映出屋内的场景。宋青春靠在离他远远的墙壁上，低头看着手机。她应该是在和人聊天，手指不断地按着屏幕，唇角时不时勾起一抹笑。

她换姿势的时候，头抬了一下，恰好看向窗户，苏之念不动声色地转了头，轻轻地翻动文件，盯着上面密密麻麻的黑字，声音清淡地说：“泡杯咖啡。”

可能因为屋内安静了太久，苏之念突然冒出四个字，让宋青春反应不过来。她抬起头，迷糊地盯着他，后知后觉地哦了一声，将手机塞入口袋中，进了餐厅。

宋青春端着咖啡走到苏之念面前，刚想把杯子放在茶几上，男子冲她伸出手。宋青春急忙将咖啡杯递到苏之念手边。苏之念接过咖啡杯，不经意碰到了宋青春的指尖，宋青春手一哆嗦，咖啡洒出一大半，落到苏之念的裤腿上。

“对不起，苏先生。”宋青春胆战心惊地看了一眼苏之念的脸，急忙将咖啡杯放在茶几上，抽了纸巾，往他腿上擦去。

“对不起，我不是故意的。”纸巾很快湿透，宋青春完全没有注意男子有些僵硬的身体，一边小声道歉，一边继续抽了几张纸巾。

男子低冷地呵斥：“够了！离我远点！”

宋青春一怔，手还停在苏之念腿上。

“我让你离我远点，听见没有！”宋青春放在男子腿上的手被毫不留情地打开。随后，苏之念快速站起身。

宋青春急忙识趣地让路。

大理石地板上洒了许多咖啡，宋青春一不小心踩在湿处，脚底一滑，整个人毫无征兆地扑向面前的苏之念。苏之念完全没有防备，被宋青春扑了个满怀，人被她压着，重新跌回沙发上。等宋青春回过神，才意识到自己趴在苏之念身上，而她的脸恰好对着他的脸，唇瓣近得一动就可以碰上。宋青春愣了一秒，想要起身离开，刚轻轻动了一下，男子的手按住她的脑袋，阻止她的动作。宋青春心底一惊，视线对上苏之念的，才发现男子向来冷漠的眼眸，不知何时变得深邃，眼底带着烫人的温度，就连喷洒在自己脸上的呼吸，都是炙热滚烫的。

他该不会是要……宋青春一想到这里，顿时慌乱无比，手下意识握紧成拳。

“我、我去重新给您倒杯咖啡……”宋青春挣扎着想要从苏之念身上爬起。

还没动两下，苏之念另一只手就按上她的腰，力道有些大，使两人的身体贴得更紧。宋青春彻底慌了，她想过，迟早要面对这样的局面，可真到了这个时候，她还是无法面对。

苏之念距离宋青春的唇不过一毫米时，硬生生停了下来。他清楚地看到她因为不安，睫毛抖得格外厉害。他和她肌肤相碰，能读到她心底最真实的想法，她是真的不愿意……

苏之念盯着宋青春，好一会儿别开头，望向窗外，眼底有抹沉痛一闪而过。他不过恍惚了一瞬，重新回头，刚准备将扣在她腰上的手收回来，又读到了她心底的想法：“我那么脏，怎么配去喜欢以南哥？”

脏？这个字如同一把刀，狠狠劈上苏之念的心。苏之念盯着宋青春，莫名其妙地问了一句：“宋青春，你还记得五年前那个晚上吗？”

提起五年前的那一晚，宋青春的面色有些苍白，她盯着苏之念，唇瓣动了两下，没有出声。

“那一晚我醉了，醉得一塌糊涂，瞎了眼才要了你！”苏之念凑到宋青春耳边，捏着她的下巴，力道加剧，声音很轻柔，气息喷在她的耳边，惹得她身体瑟瑟发抖，“那一晚，如果不是我喝醉了，连一根手指都不会碰你！”说完，他神情冷漠地站起身，大步流星地朝楼梯走去。

一连好几天，苏之念都没再回别墅，两人也没有任何联系。

苏之念那天怒气腾腾地离开，让宋青春担忧了很长一段时间，怕他对宋氏企业坐视不理。不过宋青春没担忧多久，就从方柔那里听到了消息，说苏之念去了宋氏企业，用了不过半个小时，逛了一圈公司，对人事部经理说了一长串人名，丢下一句“全部辞退，包括你”，就离开了公司。

苏之念辞退的人有不少是公司元老，大家难免不服气，跑到宋孟华和宋青春面前，要他们为自己做主。

用人不疑，疑人不用，既然宋氏交给了苏之念，宋青春还是选择尊重他的决策，直接让人事部按苏之念的意思去办离职手续。

宋承自杀之后，宋孟华住了院。宋青春请了三个月的假，截至十二月八号，她生日的那天，恰好假期结束。宋青春身为记者，经常需要在外面做采访，所以即使不在电台，也不会出现什么问题。不过这是宋青春请假以来第一天上班，所以一大早还是准时准点去了电台。

宋家出事的那段时间，宋青春根本无暇顾及工作，如今重返公司，坐入自己办公室，第一件事就是喊助理把她不在的三个月里，电台报道过的所有新闻资料都发给自己。

她请假的前一个月，每一期新闻头条报道倒是没什么异样，可从上上个月开始，头条新闻的记者里，有一个名字频繁出现。那个名字，是唐暖。

宋青春挨个数了数，眉心皱了起来，唐暖竟然连续拿了八期头条新闻。八期！她最厉害的一次也不过连续拿了七期。在她不在的这三个月里，她一直引以为傲的纪录，就这么被唐暖破了。宋青春脑海里不由自主地浮现出唐暖满脸得意的模样，忍不住抬起手，揉了揉眉心，单手撑着下巴，盯着窗外，沉思了一会儿，按了桌上的内线电话。不管怎么样，TW电台第一女记者的称号，她是绝对不会让给任何人的！因为只有坐稳这个称号，她才有可能成为TW电台的女主播！

挂断电话，助理很快进了办公室，宋青春将一张名片递给助理，简单干脆地吩咐：“你打电话，帮我做个预约，说我要采访。”

“是，宋姐。”助理应了一声，急忙拨了电话过去，聊了几句，助理挂断电话，看着宋青春，小心翼翼地说，“宋姐，杨总说他们已经沟通了其他记者做采访。”

“其他记者？”宋青春眉心皱了皱，这可是她维护了近两年的人脉关系，向来有什么新闻都是先联系她的，宋青春又问：“是谁？”

助理咬了咬唇，小声地说：“是唐暖。”

宋青春暗暗地咬了咬牙，换了一张名片：“这个。”

助理拨了个电话，仍是聊了没几句挂断，这次看都不敢看宋青春，小声地说：“向女士说，她昨天晚上已经接受过唐暖的采访了。”

宋青春连话都没再说，朝助理又递了一张名片，最后得到的消息，仍是他们已经和唐暖约好时间做采访。

宋青春继续递名片，助理继续打，直到打完最后一张名片上的电话。助理低着头，沉默。宋青春盯着助理，问：“还是跟唐暖约好了？”助理快速点了点头。

“这么说，我花了两年养起来的人脉，被唐暖用了不到三个月的时间，全部撬走了？”宋青春的声音明显含了恼怒。

助理小心谨慎地抬起头，看了一眼宋青春，轻轻地点了点头，声音小到不能再小：“是。”

宋青春轻笑了一声，安静的办公室里，声音显得格外刺耳。助理吓得往后连退了好几步。宋青春维持着一身优雅，冲助理指了指门，等到助理离开后，她才狠狠地吸了几口气。

唐暖……唐暖！从她知道这个名字到现在，已经有八年的时间，在这八年里，只要她听到这个名字，准没好事。

刚刚她看那些头条新闻的时候并没多留意，现在她才发现，唐暖连续拿的八次头条新闻里，有五个采访报道，都是她宋青春曾经的人脉。是的！曾经……她只是离开了三个月，再回来，已经变了天地。她从来都知道，想要TW女主播位子的，还有唐暖，那个女人向来心狠手辣，宋家出事，她怎么可能不落井下石？不过她这一脚真是又狠又不留情，把自己直接踹回了职场菜鸟时期。

宋青春眼底浮现一抹嘲讽，唐暖想得未免太美了，她宋青春既然可以用一年时间破了前任女主播连续六次头条新闻的纪录，也就可以用最短的时间，把她唐暖创下的纪录破掉！

等情绪稳定后，宋青春去了一趟洗手间。一路上，不少同事和她打招呼，等她走过去后，立刻凑到一起窃窃私语。

“宋氏不行了，宋青春再也不是以前那个千金大小姐了。”

“对呀，以前的她多珠光宝气啊，全身名牌，你看现在，穿得多简单啊。”

“据说今天早上她来公司上班，搭的都是出租车。”

“她那法拉利呢？卖了吗？”

话语断断续续落入宋青春的耳中，她仿佛没有听到那些话，表情没有太大变化，只是踩着高跟鞋，优雅大气地踏进洗手间，却冤家路窄地遇到了唐暖。唐暖对着镜子涂唇彩，抿了抿嘴，然后斜斜地透过镜子看了一眼宋青春，问：“宋青春，又一次被人抢走东西的滋味，怎么样？”

又……宋青春洗手的动作微微顿了顿，很快便恢复了镇定，看都不看唐暖，认认真真洗着手：“抢走算什么本事，守得住才叫真本事，你说，对吗？”

唐暖哪里会不知道宋青春话里的含义是什么。她勾着唇，冷冷地笑了一声：“宋青春，现在的宋氏可不是以前的宋氏，现在的你，也不是以前那个众星捧月的宋氏千金。你觉得那些曾经靠着你大哥维护来的人脉，现在还会理你吗？我坦白告诉你吧，现在他们对你避之不及，你没了你大哥，什么也不是，况且宋氏企业已经从电台撤资了，你失去了股东女儿这个身份，台长还会照顾你吗？如果你从现在开始，迟迟拿不出一条像样的新闻，我想怕是过不了多久，你就要彻底从我眼前消失了。”

“你说得好像很有道理，我的家世的确不如从前。”宋青春一脸配合地点点头，然后抽了纸巾，不慌不忙地擦完手，扔入垃圾桶里，转过头看向唐暖，“不过，这样恰好可以让你输得心服口服，免得你每次比不过我，都说我是靠着家世得来的。”

宋青春说完，冲唐暖明艳一笑，转身朝洗手间外走去，走了两步，转头望向唐暖：“至于你刚刚说的那一句，怕是过不了多久，我就要彻底从你眼前消失——我告诉你，我从你眼前消失不消失，不是你说了算，而是我宋青春说了算。”宋青春再次朝唐暖明眸皓齿地笑了一下，推开洗手间的门，落落大方地走了出去。

许是和唐暖拌了几句嘴，宋青春心情好了许多，回到办公室，待了没多久，就接到了秦以南的电话。

今天是她生日，秦以南早就和宋青春约好中午为她庆生，只是他临时有点事耽搁了，让宋青春先去饭店等他。可是到了下午两点，秦以南没有赴约，电话也打不通，宋青春守着一桌子美味佳肴等到晚上。

五点十分，宋青春的手机叮咚响了一声。她没有任何停留地将手机拿到眼前，是一条彩信，不是秦以南发来的，却和秦以南有关。

照片上是个男人，背对着镜头，站在开放式厨房里，正在做饭。尽管只是背影，宋青春还是一眼认出来，那是秦以南。而给她发这条彩信的是唐暖。

她和唐暖曾是同学也是好友，两人去夜店遇到一群小混混，关键时刻，她让唐暖先走，自己则留了下来，还是苏之念救了她。

那天的事惊动了警察，苏之念下手太狠，有两个人腿部骨折，还有一个脑震荡。宋孟华托了很多关系和人脉，花了很多钱，才保住苏之念没被警察带走。

其实她一直以为苏之念是被唐暖叫来的，还问过苏之念，苏之念也没否认。她明明在关键时刻那么仗义地救了唐暖，唐暖却在那之后开始疏远她。

她和唐暖真真正正撕破脸是在高考之后，她如愿考入秦以南所在的大学，按照自己原本的设定跑去对秦以南告白，可她还没开口，秦以南就先跟她说，他喜欢上了一个女生，那个女生是唐暖。宋青春是吃醋的，但不会因为秦以南喜欢唐暖就忌妒她、迁怒她。宋青春讨厌唐暖，是因为唐暖告诉宋青春，自己根本不喜欢秦以南，但也不会拒绝秦以南，她要吊着秦以南，要让宋青春看着她把秦以南玩弄于股掌之间。那时她才知道，唐暖一直都是讨厌她的。

那天，唐暖问她："被人抢走东西的滋味，怎么样？"

大概从那时起，她和唐暖就像仇人，只要碰面，分外眼红。她妈妈是女主播，所以她从小就想和妈妈一样，做一个优雅漂亮的女主播。她不知道这是不是唐暖的梦想，总而言之，她和唐暖之间的孽缘，从高中延续到大学，再延续到同一个公司。

宋青春想到这里，眼眶有些红，拿起桌上那瓶庆生的红酒，用力拔掉瓶塞，往高脚杯里狠狠倒了一大杯，一股脑灌入腹中。

她是在秦以南去部队一年后，知道他和唐暖断了联系的。她萌生了一抹希望，在北京城安安静静地等，等秦以南从部队回来。现在，她终于等回他，可噩梦又重演了……

宋青春一杯接着一杯地喝，越喝心底越难过，不单因为秦以南的爽约，还有她努力了两年的人脉被唐暖抢走，那个从小就喜欢欺负她、可关键时刻总是护着她的宋承死了，她为了宋氏，把自己签给一个男人……

宋青春直接拿起酒瓶往嘴里灌，酒呛入喉咙，她猛地弯下身咳嗽起来。

临近下班的时候，苏之念开了一个紧急会议，回到办公室已将近七点。

苏之念有些疲惫地坐在沙发上，抬起手揉了揉泛疼的眉心，不经意间，眼角余光瞥到了不远处一个精致的蛋糕盒上。

秘书进门，说有文件需要苏之念签字。苏之念动作优雅地签完，沉默了三秒钟，指了下一旁的蛋糕："把这个带出去扔了。"

每年这天，早上苏之念总会打电话告诉她订一个生日蛋糕，到晚上又会让她扔掉。纵使已经历过好几次这样的情况，程青葱还是愣了一下，点头轻声说了一句是，拎着蛋糕离开。

角落里的手机突然亮了，苏之念看了一眼屏幕，上面显示着几个字：藏在回忆里的人。

苏之念怔了怔，滑动屏幕，电话另一端安静了好一会儿，才传来宋青春含含糊糊的声音："我要请假！"

请假？请假和秦以南一起过生日吗？苏之念眼底浮现了一丝寒意，握着手机回了一句："做梦去吧！"

"苏之念，我就要请假！"听到电话里的宋青春直呼自己的名字，他眉心微皱了一下，"我要请病假！我要请婚假！我要请产假！"

苏之念眉心皱得更厉害："宋青春，你发什么神经？"

"苏之念……"宋青春继续扯着嗓子找借口，"我还要养胎，我不管，我要养胎，你给我准假。"

苏之念默默在心里骂了一句，咬牙切齿地开口："八点整，如果我没看到你出现在别墅里，你给我等——"

苏之念话还没说完，手机里便传来一道陌生的女音："您好，请问您是这位机主的朋友吗？"

苏之念没再出声。陌生的女音等了片刻，继续开口："机主喝醉了，只有一个人，在我们饭店。"

苏之念眉心狠狠皱起，没等对方说完，走到一旁的衣架前，拎了大衣，朝外走去。

"所以，能不能麻烦您或是机主认识的朋友，来这里接她？"

已经踏进电梯的苏之念，足足过了一分钟，才带着几分嫌烦地开口："哪个饭店？"

"北京饭店。"

苏之念赶到时，还没推开包厢门，就听见里面传来宋青春鬼哭狼嚎的歌声。苏之念眉心动了动，放在包厢门上的手停顿了一会儿，才推开门，然后看到宋青春披头散发、毫无形象地坐在地上，手里攥着一只高跟鞋，闭着眼睛，神情投入地吼着："就是开不了口让他知道，就是那么简单几句，我办不到……"

苏之念扶着门，深吸了一口气，走了进去。他俯身将宋青春从地上扯起来。宋青春睁着迷蒙的大眼睛，朝苏之念哧哧地笑。浓重的酒味扑鼻而来，苏之念狠狠地皱眉，有些嫌弃地别开头，语气阴狠地冲站在门口的服务员问："她喝了多少？"

服务员被苏之念吓得退了一步，怯怯抬起手，指了指餐桌。

宋青春突然抬起手，搂住苏之念的脖子。苏之念身体僵硬了一下，却没把她扯开，随后就听见宋青春娇声娇气地说："以南哥，你终于来了，你知不知道，我等了你一下午。"

苏之念表情阴沉，把宋青春的胳膊从自己脖子上扯下来，顺着服务员指的方向望去，看到那里横七竖八放了好几个酒瓶，脸色沉得更厉害，冲服务员吼了一句："谁让你给她喝这么多酒的！"服务员有些委屈，垂着头没敢吭声。

宋青春再次抬起手缠上苏之念的脖子，脑袋蹭着苏之念的胸膛，喊了一句："以南哥……"

苏之念掐着宋青春的腰，真想狠狠甩这女人一巴掌，让她看一看他到底是谁，可是看她不省人事的模样，他反而将她往自己怀里抱了抱，又瞪了一眼服务员，去捡宋青春散落一地的东西。

苏之念抱着宋青春走出包厢，余怒未消地瞪了一眼服务员。服务员紧紧地贴上墙壁，深吸了一口气，小心翼翼地开口："先生……"

苏之念微微侧头，目光斜了过来："还有什么事？"

服务员声音小得跟蚊子哼哼一般："还没结账呢……"

苏之念结了账，冷着脸将宋青春塞入车里，狠狠发动了车子。

回到别墅，苏之念将宋青春从车上抱下来，走进浴室，打开花洒，小心翼翼地为她冲洗。宋青春把脸埋在他的胸前，轻轻地抽泣起来。他听着她的哭声，眼底浮上心疼，把她抱入怀中。她没有挣开他的怀抱。她在他怀中哭了很久，带着几分哽咽地喊了一句"以南哥。"

苏之念手臂微微用力，盯着花洒里不断喷出的水，眼睛眯了眯，操控怀中女孩的意念，让"以南哥"变成了"苏之念"。

"苏之念……"

"苏之念……"

"苏之念……"

宋青春熟睡后，苏之念看着宋青春的脸，思绪有片刻恍惚。他喃喃自语："宋青春，你知道我有多喜欢你吗？"

苏之念思绪飘得很远。因为特异功能，他从小就被人排挤，甚至被送去精神病院，连最亲的妈妈都不相信他是正常的，直到十岁那年，他从人贩子手里救下宋青春，从她身上感受到满满的信任和温暖。

再见面已过了十年，宋青春忘记了他。他难过了一个晚上，也是在那一刻，他才明白自己可能喜欢上了这个叫宋青春的女孩。

他曾为她写过一句话：三生有幸遇见你，有生之年娶到你。

母亲病重导致他错失了高考，被迫留级一年。

母亲需要住院，但是不放心他。当时，母亲恰好偶遇老朋友宋孟华，宋孟华得知此事，很热情地保证，可以照顾他。其实他完全可以照顾好自己，可是宋孟华的女儿是宋青春，所以他借住到了她家。

最绝望的时候，他都没有讨厌过自己的超能力，可在和宋青春握手的时候，他突然很想变成一个普通人，因为他从她的心底读到：我好想对以南哥表白。

原来她有喜欢的人，他找了十年的女孩，有喜欢的人……那一瞬间，他突然失了控，力道猛地加大，直到她呼痛，他才回神。他不知道自己到底在慌张什么，只是瞥了她一眼，匆匆下了楼。

以南哥……秦以南……她的糖浆，他的砒霜。

临近高考的一个月，他提前约她一周后的某一天吃饭。在约定的地点，他等了她很长时间，她没有出现。他给她打电话，她才恍然大悟地跟他道歉："对不起，我忘记了，我们改天吃好不好？以南哥回北京了……"他没等她说完，将电话挂断。

那天是他的生日，他静静站在路边，听了一整晚她和秦以南愉快的聊天。直到九点，她和秦以南才从饭店出来，他一路跟在他们后面，回了宋家。他站在马路对面，看到秦以南把手放在她脑袋上，停留了很久。她看着他，眼睛里溢出满满的爱意。

"以南哥，我要考入你所在的大学。"

"好啊，宋宋，我等你。"

"以南哥，等考试完了，我要告诉你一个秘密。"

那个晚上，他喝多了，不记得自己是怎样回的宋家，又是怎样上楼回的卧室。他醉得厉害，隐约看到了她，稀里糊涂地吻了下去……

第二天，她脸色苍白，双眼通红地跟他说了两句话——

"苏之念，我不需要你负责。"

"这件事你最好忘掉，然后烂在肚子里，不要让任何人知道。"

之后她就开始躲他，甚至连宋家都不回，拒接关于他的一切来电和消息。

他当时是真的想在找到她后跟她道歉，对她负责。可他还来不及找到她，就撞到了一个秘密，让他从此以后再也没有资格爱她。

第三章
苏之念的日记

宋青春睁眼的时候，窗外天已大亮。天气阴沉，雾霾很重，像是要下雪。

宋青春看了一眼墙壁上的时钟，刚八点，距离上班还有两个小时。她慵懒地舒展了一下四肢，打着哈欠，继续往被窝里钻了钻，顺势摸向枕边，没摸到手机。宋青春眉心一皱，继续摸，还是没摸到。见枕头是纯白色的，她愣了一秒，打量了一圈，眼睛猛地睁大。这不是她的卧室，这是苏之念的卧室，她怎么会在他的卧室里？

宋青春回忆了一下昨晚发生的事，她居然吐在了他身上。天哪，他一定想杀了她吧。

这天下午，宋青春提前一个小时下班，跑到商场，从里到外按照他穿的牌子，买了一身衣服。

宋青春提着衣服回到别墅，立刻跑到厨房，准备了一顿丰盛的晚餐。尽管心底期待着苏之念今晚不要回别墅，可她刚准备完晚餐，门外就传来了停车声。宋青春快速走到门口，打开门，对着恰好下车的苏之念恭敬地开口：“苏先生，您回来了？”

苏之念没吭声，只是淡淡瞥了一眼宋青春，进了屋。外面下了大雪，苏之念肩头落了一层薄薄的白。

宋青春被苏之念看得心里七上八下，快速关了门，看到苏之念肩头的雪，立刻殷勤上前，伸出手帮他撣了撣。

她亦步亦趋地跟在苏之念身后进了屋，看着男子冷酷的背影，小心谨慎地开口："苏先生，晚饭已经准备好，您现在要吃吗？"

"嗯。"苏之念应了一声，进了洗手间。

这是宋青春第二次伺候苏之念吃晚饭，远比第一次殷勤，甚至连鱼刺都帮苏之念挑了出来。苏之念吃完，宋青春立刻递了一张纸巾。他擦完嘴，朝宋青春看了一眼，宋青春吓得立刻屏住呼吸。她本以为男子要说话，没想到他什么都没说，直接起身离开了餐厅。

宋青春嘘了一口气，瘫坐在餐桌前。她刻意把吃饭和收拾餐厅的时间拉到了最长，一直磨蹭到将近十点，实在磨蹭不下去，才走进客厅。

苏之念对着落地窗正在接电话，像是察觉宋青春出来，转头看了一眼。宋青春突然朝楼上跑去。苏之念挂掉电话，眉心皱了皱，坐在沙发上，刚开了电视，就看见宋青春拎着大袋子，从楼上跑了下来。她在苏之念身前约莫半米处停下，双手拎着袋子，递到苏之念面前："苏先生，这是给你的。"

苏之念看了一眼宋青春，尽量让声音显得平淡："什么东西？"

"衣服……昨天我喝多了，吐了你一身，这是我特意买给你的。"说完，宋青春还将手臂往苏之念面前伸了伸。

买给他的衣服？苏之念的视线停在宋青春手中的袋子上。他知道，她之所以买这身衣服，是怕他因为昨晚的事迁怒宋氏。

苏之念迟迟没有反应，宋青春心底更加紧张，拎着袋子的手冒了汗。她咬了咬唇，老老实实地道歉："苏先生，对不起，昨晚都是我的错，我保证不会有下次了！"

苏之念看了她一会儿，伸手接过袋子。宋青春连忙表白："我发誓，在剩下的九十天里，绝对不会再喝醉！"

九十天……原来在不知不觉中，她和他的协议已经过去十分之一了。原来，她把日子算得这般清楚。苏之念心底泛起一丝苦涩。

虽然收了宋青春的礼物，但他还想逗逗她，便让她打扫卫生，无疑，宋青春又在心里将他骂了个彻底，而苏之念觉得非常有趣。打扫卫生的时候，宋青春发现了一个本子，很厚，封皮看起来有些破旧，像是用了很长时间。

宋青春打量了一下日记本，心底泛起一缕疑惑，转头望了一眼紧闭的卧室门，犹豫了一下，还是掀开了本子。本子第一页只写了“苏之念”三个字，笔法有些青涩，和现在他龙飞凤舞的签名截然不同，估计是他小时候写的。

宋青春草草翻阅了一遍，发现字迹越来越成熟。

“真没想到，‘苏变态’那个人，竟然这么多年都保持着写日记的癖好。以后我是不是该喊他‘苏日记’……”宋青春嘀咕了一句，随手翻了一页。

苏之念听到“苏日记”三个字的时候回过神来，一时半会儿没有反应过来，眼底带着一抹自己都没察觉的纵容。她又给他加了一个绰号吗？

接着，他就听到宋青春的声音很轻柔地传来：“三生有幸遇见你，有生之年娶到你？这是‘苏日记’写的吗？好美的一句话……”

苏之念猛地反应过来宋青春在看什么，快速走出书房，直奔卧室门外。

宋青春轻声朗读时，明显感觉心跳漏了一拍，日记本突然落在地上，然后她站在床边，一动不动。约莫过了三十秒钟，宋青春才轻轻眨了眨眼，回过神，盯着地上的日记本，眉心紧紧地皱起。她刚刚不是在看日记吗？怎么日记本掉在了地上？

宋青春一脸茫然，愣了片刻，才捡起日记本继续说：“没想到他竟然能写出这般文艺的话。看来，以后可以叫他‘苏文艺’了。”

“你在干什么？”宋青春刚掀开日记本的封皮，卧室门突然被人大力推开。

宋青春下意识地对苏之念解释：“我只是随便翻了一下，什么都没看……”

“出去！”苏之念很快走到她面前，力道极大地夺走她手中的日记本，根本不等她说完，直接下了命令。

“我真的……”

宋青春刚想澄清，苏之念带着几分恼羞成怒说：“听到没有！我让你出去！”说完，根本不等宋青春反应，直接抓了她的胳膊，把她扔出卧室，然后狠力摔上卧室门。

向来冷静的苏之念，一直等宋青春进了她的卧室，才暗松了一口气。就差那么一点，一点点，就被她发现了他的秘密。

宋青春拖着疲惫不堪的身体洗了个热水澡，然后胡乱吹干了头发，敷着面膜瘫软在床上。

公司的微信群里发了好多语音，她随手点开。

"下周一是最后交新闻稿的日子了，你们都准备好了吗？"

"我拿到了一段视频，正在加班写稿件。"

"我差不多搞完了，对了，唐暖呢？你是什么新闻？可以透露下吗？"

大家说了好久，唐暖才回了一句，语气藏着几分炫耀："也不是什么很爆的新闻，就是跟夏季有关的。"

"夏季？你竟然拿到了夏季的新闻？"

"最近有小道消息说他要结婚了，该不会是婚讯吧？"

"如果真是，那这一期的头条肯定是唐暖你的了。"

"恭喜啊，要连续九期头条了……"

"说不准有的人新闻比我的好呢？"唐暖柔柔的声音再次响起，"青春，你呢？你的新闻是什么？"

呵……宋青春冷笑一下，退出了微信。

苏之念洗澡的时候就听到宋青春放的微信对话，只是放到一半就断掉了。

他擦干头发，躺到床上，刚准备关灯，听到隔壁卧室又传来细碎的声响，紧接着是嘟嘟嘟的声音，响了好一阵子，里面传来一道疏离的女声："喂？"

"姜姐，是我，青春。"宋青春柔声柔气地报了名字，然后歉意地说，"不好意思，这么晚给你打电话，没影响到你吧？"

"没……"电话里的女声迟疑了一下，"你有什么事吗？"

"是这样的，你手下带的那些艺人，最近有没有什么新闻。"

"宋小姐，真不好意思，我现在这里有点事，不大方便，等下我再给你打过去。"然后电话被毫不留情地挂断。

宋青春接连又打了好几个电话，不是没人接听，便是跟之前一样被人挂断，最后一个人甚至嘟囔了一句："宋家现在什么也不是，还来找我要新闻？”

这通电话挂断后，宋青春的卧室彻底安静下来，过了许久，传出宋青春幽幽的声音：“有什么大不了的，两年的人脉都被唐暖抢走了，还在乎这一次新闻头条被她占上风？没关系啦，不就是被她嘲讽一次，宋青春没了宋家，什么都不是了！”

苏之念隐隐明白过来，眉眼垂了垂，冰寒的气息从他身上蔓延出来。下一秒，他突然掀开被子，走到壁柜前，从抽屉里拿出一支手机。他轻点一下，编写了一条短信，发送出去。

宋青春将手机放在枕边，抱着被子蜷缩起身体，擦了擦眼泪，听到枕边的手机发出叮咚一声。她拿起手机，看到一个熟悉的号码。

她只是对这十一个数字很熟悉，至于号码的主人，她并不知道。

第一次收到这号码发来的短信，是在四年前的圣诞节。

那一天，宋承专程从国外飞回来，秦以南答应跟她和宋承两人一起过节，结果被唐暖叫走，爽约了。

当时她心情很低落，回到家洗完澡，就收到这个号码发来的短信，只有简单的五个字：圣诞节快乐。

她回了一个“？”，却没等到回复。那会儿她上大一，学校里有不少男生追她，她以为是自己的某个爱慕者，没有多想。

第二次收到这个号码发来的短信，是时隔一年半的初夏。

那是她第三次考英语四级，入考场前，收到了这个号码发来的“加油”。

进考场关机之前，宋青春回了一条消息：“请问，您是谁？”

她考完试出来，第一时间开机，并没有收到回复，却记住了这十一位数字。

第三次收到短信，是她大四那年，去TW电台面试。

她很紧张，刚踏入TW电台大楼，就收到这个号码发来的短信：“你可以的”。

她面试很成功，当场被TW电台录用。出来之后，她给这个号码打了电话过去，是关机状态。

之后她在TW开始了记者生涯，前前后后收过好几次这个号码发来的短信。说来也巧，每次短信里的内容，都可以解决她当时的难题。她很好奇号码的主人到底是谁，特意去了移动公司查，可是没查到。

宋青春收回思绪，点开短信，内容很简单，只有四个字，却让她的眼睛瞬间发亮。

她仿佛例行公事，回复了一句："请问，您是谁？"

宋青春盯着手机屏幕等了半晌，知道主人根本不会回复自己的短信，还是固执地又发了一条消息过去："你到底是谁？"

她这一两年里换过很多次手机，可是每一次都会把这个号码发给自己的内容导到新手机里。

此时，她抱着一丝希望等回复，有些无聊，便把这些年来，这个号码给自己发的消息从头到尾读一遍。

细数下来，两个人发的短信加在一起也不过二十多条，有一大半还是她发的。

他的每条短信都简单干脆、直奔主题，让宋青春的心变得柔软许多。

她沉思了一会儿，最后又发了一条短信过去："谢谢。"

不管你是谁，不管你有什么目的，我都很感谢，感谢你让我不那么绝望。

"请问，您是谁？"

"你到底是谁？"

"谢谢。"

她竟然回了三条。

苏之念站在书柜前，盯着手机收到的三条短信，许久才关机，重新放回原来的抽屉，上锁。

接到短信的宋青春，第二天一大早起了床，给苏之念准备好早餐，留了一张便条，便匆匆出了门，刚坐上出租车，包里的手机就响了起来。

宋青春拿出手机，看到来电显示上的"以南哥"，表情凝滞了一下，按了接听键："以南哥。"

电话那端的秦以南大概正在吃早餐，嘴里含了些东西，等到吞完食物，才说："宋宋，对不起。宋宋，我那天不是故意的，我是有点事，碰到了老朋友，才被耽误了。我其实有想给你打电话，但是手机丢了，直到现在才收到新买的手机，补了SIM卡。”秦以南顿了一下，又道了一声歉，“宋宋，真的很对不起。”

宋青春真的很不喜欢从秦以南口中听到这三个字，可是这些年来，却时常从他嘴里听到。

宋青春微垂眼帘，努力声音平缓地说：“没关系的，以南哥。”

“真的没关系？没有骗我吧？”

“没有。”

宋青春怕被秦以南听出自己的难过，语气带着几分娇憨：“不过，以南哥，我的生日礼物还是要的。”

“那是当然，不但生日礼物要给，我还要请你吃大餐。”

“好，我到时候会狠狠地宰你一顿。”宋青春眼神黯淡了许多。

每次都是这样，只要她佯装无所谓地原谅他，他就真的以为自己没关系。

宋青春迟疑了一下，轻声问：“以南哥，我生日那天，你遇到的老朋友，是……不是唐暖？”

“你怎么知道的？”秦以南诧异地反问了一句，“是唐暖告诉你的吗？那天她扭伤了脚，我送她去医院，医院人很多，等到从医院回来，已经快五点钟。”

宋青春出声打断了秦以南：“以南哥，我能问你个问题吗？”

“你问。”隔着电话，宋青春听见秦以南喝东西的声音。

宋青春停顿了一会儿，才问：“以南哥，你是不是还喜欢唐暖？”

秦以南似乎没想到宋青春会突然问这个问题，愣了片刻，很认真地说：“是。”

宋青春沉默。

秦以南声音染了几丝柔情，徐徐传来：“其实这些年，我一直没有忘记她。”

宋青春屏住呼吸，足足呆了一分钟，勉强勾起唇：“那以南哥，你可要加油！”

秦以南没说话，低低地笑了一声。宋青春匆匆找了个借口，挂断电话，眼泪顺着面颊滚落下来。

她是不是应该放弃了？这么多年，她一直跟在他身后，真的有些累了。

周一，早上九点，TW电台准时召开会议。

台长一踏进会议室，便带着几分不悦地问：“昨天的新闻怎么少了一份？是谁还没交？”

会议室里没有一个人出声。

台长侧头看了一眼秘书，秘书急忙打开电脑，扫了一遍记录：“宋青春。”

“宋青春。”台长一边喊着宋青春的名字，一边扫了一圈会议桌旁的人，看到一个空位，眉心皱起，“宋青春人呢？”

过了好一会儿，有人小声地说：“宋青春还没来。”

“怎么搞的，难道她不知道周一要开例会吗？”

台长一脸不满地转头，朝秘书说：“给她打个电话，看看她在干什么。”

“是。”秘书又连忙拿起手机，拨了宋青春的电话，响了许久，却无人接听。

秘书继续拨打，仍是没人接听，冲台长摇了摇头：“联系不上。”

台长的脸色难看到极点。

秘书又问：“要不要等她一会儿？”

“等什么等，直接开会！”

会议室的门被一把推开。大家侧目望去，宋青春气喘吁吁地站在门口，大概是跑来的，头发很乱，额头上冒出薄薄的汗。

“对不起，我来晚了。”宋青春气息不稳地道歉，走到台长面前，鞠了一躬，双手递上U盘，“台长，这是我的新闻。”

台长瞥了一眼U盘，像是没有听到宋青春的话，直接转头继续开会：“恭喜唐暖这次又拿了头条新闻，希望其他人向她学习。”

随后，整个会议室响起一片掌声。

唐暖落落大方地弯唇而笑，和宋青春视线接触的时候，脸上闪过一抹嘲讽。

宋青春视而不见，继续说：“台长，麻烦您看下我的新闻。”

“那就下次开会准时到。”台长毫不客气地回了宋青春一句，“好了，如果没什么事，今天的会议就到此——”

宋青春不管不顾地打断了台长的话："台长，我今天拿到的是个很好的新闻，希望您可以先看一下，再确定今天的头条。"

唐暖勾着唇，带着几分轻蔑地开口："宋青春，你是在说，你的新闻比我的更有爆炸性？那我可不可以问问你，你的新闻是关于谁的？"

宋青春实在不想接唐暖的话，可看到台长望向自己，只好回答："夏季的。"

唐暖像是听到了很好笑的笑话，弯着唇笑出声："那还真巧了，我的新闻也是夏季的，只是我不知道，有什么新闻会比夏季的婚讯更有爆炸性，更像头条？"

宋青春自动忽略唐暖的讽刺，对着台长再次递了一下手中的U盘："台长，您看了就知道了。"

"台长，您该不会想浪费我们的时间吧？"唐暖根本不给台长反应的机会。

"你确定你的新闻是最爆的吗？"宋青春不紧不慢反问了一句，递给唐暖一个意味深长的笑，转过头看向台长，"我手中的这个新闻，绝对是夏季最爆的新闻，而且是独家，我保证播出之后会引起轩然大波。如果台长您不信，没关系，大可以继续选唐暖的新闻当头条。我想，我手中的这个新闻，多的是电台想要，说不准我还可以靠它去别的电台谋一个高职。"

台长显得有些犹豫："宋青春，你就这么有把握，我看了你的新闻，一定会选它当头条？"

"当然。"宋青春毫不谦虚地回，"不是您看了就一定会选它当头条，而是所有电台的台长看了，都会选它当头条。"

台长盯着宋青春看了约莫十秒钟，终于伸手接过她手中的U盘插在电脑上，戴上耳机。

整个会议室陷入一片安静。

宋青春扫了一眼唐暖，见她始终高高在上、胸有成竹的模样，唇角轻勾了勾，看向台长。

约莫五分钟后，台长扯下了耳机，看了一圈办公室，拔掉宋青春的U盘举在手中，说："这一期的头条，用宋青春这个。"

大家纷纷侧头，望向唐暖。

唐暖这才反应过来台长说了些什么，脸色顿时变得有些难看，一下站起身，说：“台长……”

“宋青春这次的新闻，真的很好很爆。”台长朝唐暖抬了一下手，示意她不要再说，随后激动地将U盘递给内容策划部总监，“回去用最快的速度写一篇新闻稿出来，我们要在最短的时间把这个新闻播出去。”

台长说完看向宋青春，脸上完全没了不爽：“青春，你果然厉害，TW已经很久没有这么劲爆的新闻了！”

宋青春笑得明眸皓齿：“谢谢台长！”

台长笑眯眯地点了点头，说了一句散会，率先起身，离开了会议室。

宋青春不急不缓地眨了两下眼睛，弯起唇角，把唐暖给自己的那抹轻蔑的笑，原封不动还给了她。

然后，宋青春清楚地看到唐暖脸色发灰，唇瓣发颤！

上午十一点，宋青春去茶水间倒咖啡，顺便拐去洗手间。

刚走到最里面的隔间，还没伸手拉门，旁边的门就被人推开，宋青春下意识转了一下头，看到唐暖从里面出来。

说来也巧，她和唐暖近来也就单独见过两次，而这两次都是在洗手间。宋青春从隔间出来，唐暖竟然还没离开，站在洗手台前接电话。

唐暖透过镜子看到向自己走近的宋青春，刻意把声音提高了些：“以南，我今天车限行，要去南城，还要搭地铁，太麻烦了，要不然改天……”

又是这一招，每次唐暖从她这里讨不到好处的时候，就会搬出秦以南。

宋青春面色不变地拧开水龙头，快速洗手，隔着哗啦啦的水声，她又听见唐暖娇柔的声音：“好吧，那你来接我，我今晚可能要加班，所以也许要到七点。那行，你来的时候记得帮我带点栗子。”

宋青春刚准备关水龙头走人，就听见唐暖说了再见。

唐暖挂断电话，转身看向正在抽纸巾的宋青春，等她擦干净手，才突然开口：“宋青春，你还真是挺厉害！”

宋青春将唐暖的嘲讽当成夸赞，朝她微微一笑：“谢谢。”

唐暖哪里会不知道宋青春是故意的：“宋青春，你也别得意，毕竟

TW电台记者头条纪录的保持者是我，不是你！女主播这个位子，我的概率比你大很多。”

“别着急，那只是暂时的。”宋青春不慌不忙地抬起手，将纸巾扔入垃圾桶，看着唐暖的脸，缓缓地说，“过不了多久，我仍旧是TW最有希望成为女主播的记者。”

唐暖上上下下将宋青春扫了一遍，笑着说：“宋青春，你是不是做了什么见不得人的勾当，才在这么短的时间，拿到让台长只看了五分钟就决定用作头条的新闻？”唐暖越说神情越笃定，“难怪你敢肯定，原来是攀了高枝啊。”

“你放心，我要是真攀上了高枝，第一件事是把你唐暖从TW弄走！”宋青春说完，狠狠剜了一眼唐暖，转身朝门外走去。走了两步，宋青春觉得一口气堵得难受，又停了下来。

以前宋氏昌盛的时候，唐暖输给了她，就说她是靠着家世；现在宋氏败落了，她宋青春赢了，唐暖说她靠色相。

宋青春背对唐暖静站了半分钟，突然转过身，走回唐暖的面前，视线落到她十多厘米高的鞋跟上：“唐暖，我听说你扭伤了脚？”

唐暖不明白宋青春这一句什么意思，没有出声。

“都扭伤了脚，还穿这么高的鞋，你痊愈得还真快啊。”宋青春轻笑了一声，抬起头看着唐暖，毫不留情地戳穿，“看来你本事也不过如此，有本事装扭伤脚骗秦以南，怎么就没本事真的把脚扭伤？难道你就不怕秦以南今晚来找你的时候，看到高跟鞋，知道你的真面目？当然，我不需要你的感谢！”宋青春说完，便冲唐暖灿烂一笑，准备转身离去，刚迈了一步，又转头看向唐暖，“秦以南那天送你去医院，手机其实是被你拿走扔掉了吧？其实，你真的不需要忌妒我，你看我刚刚揭穿的那两点就能说明问题。”宋青春直视着唐暖，眼神变得犀利，“在某些不要脸的地方，我宋青春，真是比不过你唐暖！”

唐暖手紧紧地握成拳，装饰过的指甲掐得她掌心生疼。

啪——清脆的声音在安静的洗手间响起，格外尖锐刺耳。

宋青春听到声音的刹那，闭着眼睛，本能地抬手捂住自己的左脸。

一股无法言喻的屈辱涌上大脑，她胸膛剧烈起伏，猛地睁开眼睛，带着几分愤怒，想都没想就抬起手，朝面前的唐暖反击回去：“唐暖，你——”

宋青春整个人像是定格了，直勾勾地盯着面前同样没有丝毫反应的唐暖，过了好一会儿，她才轻轻眨了一下眼，继续眨了一下眼，确信自己没有看错，才带着几分错愕地看向镜子。

自己的面颊光洁白嫩，根本没有被打的痕迹，而唐暖右脸上有个巴掌印，清晰无比。

这个洗手间里只有她和唐暖，她确定自己刚刚没有出手，所以，唐暖脸上的这一巴掌，是唐暖自己打的？

唐暖足足在原地站了两分钟，后知后觉地抬起手，碰了碰自己的脸，感觉一股钻心的疼，嘴巴跟着咧了一下。

她刚刚明明要打宋青春，怎么一巴掌打到了自己脸上？

而且她的记忆停留在手快要碰上宋青春的那一刻，中间有一段记忆似乎缺失了。

唐暖脸上爬满了愤怒，转过身，狠狠瞪了一眼宋青春，捂着脸冲出了洗手间。

宋青春只是晚了唐暖一分钟出洗手间，办公区已经乱成一团。

很多人围着唐暖指责宋青春，让她给唐暖道歉。宋青春面对大家的指责，眉心蹙了蹙，然后看向唐暖：“唐暖，是我打的你吗？”

“宋青春，你敢做不敢承认？洗手间里就我们两个，不是你打的，难道是我打的？”唐暖一边说，眼泪一边簌簌往下落，看起来要多委屈有多委屈。

宋青春眼里有浓浓的嘲讽，过了一会儿才问：“是不是只要我道歉，这件事就算过去了？”

唐暖捂着脸，冲宋青春点头。

宋青春表示知道了，扫了一圈周围的同事，重复了一遍：“是不是我给唐暖道歉，这件事就算过去了？”

许是宋青春表现得太过冷静，让一屋子的人愣了三秒钟。

“好。”宋青春的手突然抬起来，出其不意地扇上唐暖的脸。

响亮的巴掌声传遍办公区的角落，一屋子的人睁大眼睛，唐暖眼底也染上不可思议。

宋青春冷眼看着唐暖，不卑不亢地开口："我做过的事情绝不会否认，没做过的事绝不会承担。既然你说我打了你，大家都让我道歉，那好，我道歉！但在道歉之前，绝对要把你给我的诬陷落实了！"宋青春说得不急不缓，声音清脆，盛气凌人，"所以唐暖，现在我正式给你道歉，对不起！还有，你别以为我不知道，你今天在洗手间里说那些话究竟是为什么，不就是因为头条新闻落在我身上了吗？我本来不想这么早就让你输得心服口服，既然你着急，那我现在直接告诉你，我那个新闻，只有四个字，是——"宋青春将短信一字一顿读了出来，"夏季吸毒！"

随着她话音落定，所有人脸上都布满了惊愕。

夏季吸毒？那个一直都在做"远离毒品、热爱生命"公益广告的夏季，竟然吸毒？

宋青春一口气把想说的都说了出来，这才觉得舒坦了许多，直接转身离开。

宋青春回到办公室，平复了一下情绪，拿起手机，点开短信。她看着那个熟悉的号码，"夏季吸毒"这四个字，让她的眉眼渐渐柔软起来。

下午五点半，宋青春还没走到公司门口，隔着玻璃窗，已经看到倚着车门站在路边的秦以南，英俊挺拔，姿态利索。

宋青春看了一眼已经走出旋转门的唐暖，下意识停了脚步。秦以南的注意力一直放在门口，他看到从里面出来的唐暖，立刻站直身子，冲唐暖摆了摆手。

唐暖左右环顾了两圈，朝秦以南走去。宋青春清晰地看到，秦以南脸上挂着的温暖笑容变得阴冷。他伸出手，摸上了唐暖红肿的右脸。

从他的脸上，她看出他在生气，在心疼。

认识秦以南二十多年，她从来没有见过他生气，就算对方再过分，他也一副温和的表情，可是现在，他为唐暖脸上的巴掌印动了怒。

宋青春站在大堂里，看到秦以南替唐暖开车门、系安全带，还替她擦了脸上的泪，直到秦以南把车子开出很远，宋青春才走出公司。

想要放弃秦以南的念头，再次爬上心头。

回到苏之念的别墅，不过六点半，宋青春先回了自己的卧室。

她删除了和秦以南有关的邮件，瞬间觉得心也跟着空了。她忍了好久，最终没忍住，趴在电脑前哭了起来。

她以后要怎么办？还会遇到一个人，像爱秦以南这般去爱吗？

宋青春哭了许久才止住，已经七点十分，她胡乱抹了抹泪水，走进浴室，洗干净脸，对着镜子深呼吸了好几口气，转身朝卧室走去。

宋青春刚拉开卧室门，吓得哆嗦了一下，往后退了一步，望向靠着栏杆站在门对面的苏之念。

他竟然在家？怎么穿了件卫衣？而且还把帽子戴上，拉链拉到了最上面，只露出一双眼睛。

宋青春一脸古怪地盯着苏之念，好一会儿才回过神，急忙问了一声好："苏先生。"

苏之念没出声，目不转睛地盯着她的眼睛，瞧了一会儿，淡淡地转过身，走进隔壁的卧室，将门砰的一声关上。宋青春早已习惯苏之念把自己当空气，耸了耸肩，毫不在意地下楼。

苏之念靠着门板，听着宋青春逐渐远去的脚步声，缓缓地抬起手。

因为用意念打了唐暖，他脸上也有掌印，所以一整天都在别墅。宋青春回家的时候，他正在书房画设计图，听见她回了自己的卧室。

今天她很安静，和以往不同，没有自言自语，也没有发出其他声响。

他没多在意，留意了她一会儿，刚画了几笔，就听到她抽泣的声音。

起先声音很轻，他以为听错了，于是停了笔，然后发现她的哭声越来越大，像是遇到难过的事情。

他想也没想，握着签字笔刚走到她卧室门口，就听见她喊了"以南哥"三个字，整个人顿在门口。

他真笨，这世界上能让她哭泣的，除了那个叫秦以南的男子，还有谁？他明明应该吃醋愤怒的，可听着她的哭声，他发现自己的心钝钝地疼。

苏之念缓缓抬起手，将扎在掌心的签字笔碎片拔了出来，鲜血流得更猛。他抽了纸巾，胡乱按在伤口上，疼得钻心，却比不过他心底的痛。

宋青春做完晚餐，上楼去敲苏之念卧室的门："苏先生，晚餐准备好了。"

过了好一会儿，里面传来苏之念薄凉的声音："端上来吧。"

宋青春哦了一声，去楼下找了托盘，把晚饭端上楼。

苏之念卧室没开灯，宋青春进去的第一反应，是将手伸向墙壁上的开关，还没触上去，苏之念的声音冷淡传来："别开灯。"

宋青春缩回手，借着楼道淡黄的灯光，将饭菜端进卧室，放在茶几上。

她看向半靠在床上的苏之念："苏先生，晚饭放在这里了。"

卧室很大，他整个人几乎隐藏在黑暗中。宋青春看不清他的神情，只模糊看出他扭头看向窗外，像在发呆。

宋青春等了一会儿，又说："苏先生，等下我上来收拾。"

回应她的仍是一片沉默。

宋青春朝门口走去。

她走得有些急，屋内光线很暗，走过床边的时候，脚被地上的东西绊了一下，毫无征兆地朝前扑去。

苏之念听到呼声，猛地坐起身，手疾眼快地抓了宋青春的手腕，可能速度过猛，宋青春没稳住，跌入他的怀中，脑袋恰好枕在他的臂弯处。

苏之念宛如触电，瞬间紧绷，呼吸几乎跟着停止。

宋青春愣了一瞬，抬起头。

逆着光，她看不清他的眼神，隐约感觉他的视线很灼热。呼吸之间都是他身上清淡的香气，她的心跳蓦地漏了一拍。

不知过了多久，宋青春才眨了眨眼睛，适应了黑暗，这才发现苏之念脸上有些不对劲。

苏之念暗吸了一口气，刚想闭上眼睛，就读到宋青春心底的想法：他脸上怎么肿了？看起来像是掌印？他被人打了吗？所以穿着卫衣，遮住自己的脸？

她的声音弱弱地传来："苏、苏先生，您跟人打架——"

宋青春话没说完，就被苏之念推出怀抱。

"出去！"

宋青春敢怒不敢言地鼓了鼓腮，一边拍着胸口，一边跑去了餐厅。

她坐在餐桌前，拿起筷子准备吃饭，结果看到自己的手腕上全是血。宋青春猛地扔掉筷子，检查身体。她来回看了好几遍，确定没受伤。所以，是他的手受伤了吗？

宋青春又想到苏之念脸上的掌印，虽然屋内光线十分不好，看得不够确切，但她还是能分辨出来，他的脸肿得十分厉害。

今天，他到底遇到了什么？宋青春坐在餐椅上想了一会儿，用力摇了摇头。他遇到了什么，跟她有什么关系？她和他还没熟悉到需要她为他操心的地步！

对，不需要她操心！宋青春用力点了点头，走进洗手间，把腕上的血迹洗干净，重新回到餐厅，旁若无人地吃起饭。

好歹他和她也算认识，他看起来伤得很严重，她这么坐视不理，似乎不大好吧？

她咬着筷子想了一会儿，看了一眼天花板，继续低头去吃，吃了几口，又仰起头看向天花板。如此反复好多次，最终她将筷子放下，进了厨房。

他和她签了合同，在这一百天里，她要负责他的衣食起居，所以他受了伤，她也应该照顾他。

宋青春一边想着，一边摸了两个鸡蛋，放在白水里煮，接着拿了件外套披在身上，走出别墅。

回来的时候，白水蛋已经煮好。她将鸡蛋捞出来，放在冷水里泡了几分钟，伸手试了试温度，剥了壳，把蛋放在小碟子里，端着上了楼。

苏之念有点烦躁。在阳台上，他听见她忙碌的声音，出去的声音，还有回来的声音，她似乎在煮什么东西。

不久，他听见卧室门口响起的脚步声。

她的声音也跟着响起："苏先生……"

苏之念转头看着紧闭的门，静默片刻，淡淡出声："怎么了？"

"那个……"宋青春原本想说"我可以进去吗"，犹豫了一下，还是改口，"我把东西放在门口，你等下出来拿吧。我煮了两个鸡蛋，壳已剥好。你在瘀血处滚动一下，明天脸上就会好很多。"

"还有，你是不是手受了伤？冬天冷，很容易冻伤，我刚才去买了一些药膏，你涂一下吧。"

苏之念放在露台护栏上的手，突然加大了力气。

"苏先生，鸡蛋要趁热用，凉了就不管用了"

苏之念听见她离开的脚步声。

他快速走回卧室，朝门口奔去。拉开门的一刹那，他控制了她的意念，让她静止在原地。

他低头凝视她的脸，睫毛微微眨动，修长的手扣住她的脑袋，将她的脸抬起，俯下身堵住她的唇。

他的吻给人悲哀绝望的错觉。吻了她好一会儿，力道才放缓。

他扣着她后脑勺的手情不自禁挪到她的脸上，轻轻抚摸着她柔嫩的面颊。

然后，他突然放开她，快速回到卧室。

宋青春眉心微微蹙起。奇怪，她刚刚明明听见开门声。宋青春歪着头，一脸纳闷地停留了一会儿，才朝楼下走去。

快到餐厅时，宋青春抬起手摸了摸自己的脸，奇怪，她脸怎么这么烫？

一顿饭，宋青春吃得魂不守舍，不知是不是她想多了，总觉得自己那会儿真的听见门开的声音，可转身去看的时候，门是关着的。

苏之念靠着卧室门，抬手摸自己的唇。上面残留着她的味道和温度。

清醒时分，是更深的疼。他没有资格吻她。五年前，他无意中洞察了那个秘密的时候，就丧失了资格。

秦以南回北京已半月，一直没来得及和老朋友打招呼，干脆在十五号这天，设了一个宴会，把人都聚在一起。

尽管宋青春下定决心放下秦以南，可并不代表她和秦以南一刀两断，老死不相往来。

宋青春接到秦以南的邀请时，犹豫了一下。挂断电话，她开始想要怎样跟苏之念请假。

这一周，苏之念每天都回别墅住，脾气好得没话说，居然让她陪他吃饭。她怕苏之念生气，根本不敢忤逆他，立刻拉开餐椅坐下。从那顿饭开始，只要苏之念在家吃饭，都是让她一起。

秦以南把宴会定在晚上八点，宋青春下班后，照旧先回了苏之念的别墅。

宋青春知道苏之念还没回来，拿着手机转悠了好几圈，然后鼓足勇气，拨了苏之念的电话。

宋青春听着嘟嘟声，心跟着绷紧，响了大概三四声，电话被接通，传来苏之念清雅冷淡的声音："怎么了？"

宋青春用力握了握手机，轻声开口："苏先生，我想跟你说点事。"

"等我到家说。"然后电话就被毫不留情地挂断。

可他每天回家的时间都不定啊，她八点得出门，如果他十二点再回来，以南哥的宴会她可以不用去了。

宋青春小心翼翼地发了一条短信："苏先生，我能问问您几点到家吗？"

"马上。"

刚看到这两个字，她就听见屋外传来停车声。宋青春站起身，看到正在下车的苏之念。

"还真是够马上的啊。"宋青春嘀咕了一句，跑向门口。

苏之念听到宋青春那句"还真是够马上的啊"，忍不住失笑。

屋门很快被宋青春打开。

苏之念脸上立刻恢复了一贯的冷淡，瞥了一眼宋青春的笑容。

宋青春殷勤地伺候苏之念换鞋，帮他把外套挂在衣架上，苏之念抛了一句："说吧，什么事？"然后淡漠地坐在沙发上，拿起一旁的遥控器开了电视。

宋青春小声说："苏先生，我想请个假。"

苏之念的手不断按着遥控器，约莫换了七八个台，才动了动唇："时间、地点、原因。"

宋青春老老实实和盘托出："今天晚上八点在京城俱乐部，以南哥办了一个宴会。"

以南哥……苏之念按着遥控器的动作停了下来。

这是她住进他别墅以来，第一次对他请假吧？

第一次请假便是为了秦以南，苏之念的视线微微发凉。

宋青春等了一阵子，看到苏之念没有任何反应，又说："苏先生，可以吗？"

苏之念许久没有出声，宋青春越发紧张。

就在她觉得请假无望的时候，苏之念终于说："请几个小时的假？"

他这是要准假的节奏？

宋青春眼底冒起亮光："四个——"话没说完，又改了口，"三个小时……"她停顿了一下，有些拿不定主意，在后面加了一个语气词，"……吧？"

她眼底的亮光像一把尖刀，刺得苏之念心窝疼。他躲开宋青春的视线，用力抿了一下唇。

宋青春感到山一般沉重的压力，急忙开口："苏先生，如果三个小时有点多，那两个半小时，两个小时也可以。"

"十二点。"苏之念蓦地打断宋青春的话。

"呃？"宋青春有些不解地看向苏之念。

苏之念抓紧遥控器，平淡地说："今晚十二点之前，必须给我回家！"

十二点？也就是说，他准了她五个小时的假？宋青春脸上闪过一抹不可思议，无比喜悦地说："谢谢苏先生！"

宋青春丝毫不介意苏之念对自己的无视，笑盈盈地说："苏先生，您晚上要吃什么？我帮您订外卖，好吗？"

苏之念转过头，看向已经拿出手机研究外卖的宋青春。她脸上挂着笑，眼底光彩流转。

因为可以去见秦以南，才这么雀跃？苏之念将遥控器扔在茶几上。

宋青春吓得抬起头，她刚刚说错了什么吗？他的脸色怎么变得这么难看？该不会又要发脾气了吧？宋青春一边忐忑地想着，一边朝苏之念软软地笑开。她眸中带着几分讨好，隐隐藏着一抹不安。

苏之念盯着她片刻，什么也没说，朝楼梯处走去。

他坐在书房里，听着宋青春在她的卧室里一边试衣服，一边自言自语，不禁将桌上的文件揉成团，用力攥在掌心。她去了，他不开心。她留下，她不开心。若是他和她之间，只能一个人开心，那么伤心的那人注定是他。

不知站了多久，书房内传来电话铃声。他收回视线，淡淡地拿起手机，看了一眼来电显示，按了接听键。还没来得及吭声，电话里就传来唐诺热情洋溢的声音："苏之念，今晚约不约？"

苏之念直接甩了两个字："没空。"准备挂断电话。

"梁总刚从香港回来，特意在京城俱乐部搞了一局。"

京城俱乐部，这五个字让苏之念按手机的动作停了下来。

“几点？”苏之念将手机重新举到耳边，不咸不淡地问。

“八点啊。”唐诺的语气染了兴奋，“我就在你家附近，需不需要我开车绕过去接你？”

苏之念淡淡嗯了一声。

京城俱乐部前几年把周围一片地买了下来，建成一栋一栋独立的小别墅。

秦以南订的是8号别墅。宋青春到的时候，还没到八点半，但别墅里已经聚了不少人。

宋青春和秦以南从小一起长大，所以秦以南今晚请的人几乎都和宋青春相识。大家看她进来，纷纷和她打招呼。

宋青春将防寒服寄存在储物箱里，独自站在角落朝人群望去，一眼就找到了秦以南。

暖色的水晶灯光静静洒在他身上，让他看起来特别温和。准备放下一切的宋青春，定定地看了他好一会儿，调整了一下情绪，拿起红酒，缓缓朝秦以南走去。

“以南哥。”宋青春停在秦以南身侧两米开外处，浅浅地唤了他的名字。

秦以南侧头，看到宋青春，立刻冲她露齿一笑，随后对和自己说话的人低声说了一句抱歉，碰杯喝了一口酒，微微点了一下头，朝宋青春走去。

秦以南和宋青春碰了碰杯，喊了她的名字：“宋宋。”

宋青春也举起酒杯，还没来得及喝，秦以南就阻止了她，语气带着管教：“你不许喝酒。”说着拿了一杯果汁塞到宋青春手里，“喝这个。”

宋青春有些不满：“以南哥，我都不是小孩子了，可以喝酒。”

“那也不行，对胃不好。”秦以南声音仍旧温和，却带了几分笃定。

宋青春有些不情愿地接过果汁，喝了一口。

秦以南脸上重新露出笑容：“这才乖。”说完，秦以南从兜子里摸出一个锦盒，递给宋青春。

“什么东西？”宋青春疑惑地问。

秦以南但笑不语，她打开一看，里面是一条细细的手链，做工精致。

“喜欢吗？”秦以南声音温和，又解释，“这是我买给你的生日礼物，一直想送给你，特意给你带来了。”

“喜欢。”宋青春笑着回了一句，把果汁放在一旁，将手链往腕上戴去。

“我找了你好久，刚刚给你打电话，你也没接。”唐暖走到秦以南身边，旁若无人地说，装出刚看到宋青春的样子，“青春也在啊。”

宋青春违心地弯起唇，和她打了一声招呼：“唐暖。”

唐暖特意往秦以南身边靠得近了些，又看了一眼宋青春手里的盒子，说：“手链挺漂亮的，是以南刚送的吗？”

秦以南认真地说：“宋宋前几天生日，我买给她的礼物。”

“这手链挺漂亮的，只是牌子我从没见过。”唐暖看了一眼秦以南。

秦以南继续答：“这是专诚找人设计的，市面上不卖。”

“难怪这么精致独特，我生日的时候，你也送我啊。”唐暖撒娇地说。

“好。”秦以南轻笑着答应。

宋青春知道，唐暖就是要在她面前炫耀秦以南对自己的好。根据这么多年的经验，宋青春相信，唐暖当着她的面索要的这些礼物，下场仍是被丢弃。

宋青春心里烦躁得厉害：“以南哥，我去那边跟章子哥打个招呼。”

章子哥是宋承生前，除了秦以南外，最好的朋友。

“嗯。”秦以南笑着点头，对宋青春又说了一句，“宋宋，不许喝酒。”

“知道了。”宋青春摆出嫌弃秦以南的表情。

秦以南笑了一声，理了理宋青春有些乱的头发，拍了拍她的脑袋：“去吧。”

那么多年她都没看明白的事情，现在总算明白了，秦以南只是把她当成妹妹。

宋青春努力撑着笑容，朝秦以南挥了挥手，转身离开。

她走到储物柜前，拿了外套，走出别墅，想要透口气。推开门，迎面吹来一阵寒风，她忍不住打了个寒站，急忙裹紧了衣服。

宋青春穿过竹林，走到湖边停下来。周围很静，从远处隐隐传来笙歌欢笑，衬得她越发寂寥。

苏之念踏入梁总订的别墅，听到里面低柔温婉的歌声。他有些意兴阑珊，索性静静听着远处宋青春和秦以南的对话。

随后，他对一屋子人说了句抱歉，朝阳台走去。

苏之念只穿了件衬衣，夜风袭来，凉意浸染全身。他盯着窗外几盏路灯发出的暖黄光芒，关注了一会儿宋青春的动静，发现她再没有和秦以南说话，烦躁的心渐渐平静下来。

湖边温度很低，宋青春抵不住寒冷，打算离去。

结果遇到喝醉的唐暖。

“怎么一个人躲在这里？”唐暖停在宋青春面前，裹了裹羽绒服，盯着宋青春，知道她没有说话的意思，“该不会一个人躲在这里偷偷哭吧？”

宋青春绕过唐暖，不想和她多费口舌。

“宋青春，我不喜欢秦以南，但就是要这么吊着他。没办法，谁让你喜欢他，”唐暖刻意压低声音笑了起来，“而我又那么讨厌你呢？怎么，时隔三年，再次看到秦以南为我跑前跑后，是不是心里很难过？”

宋青春这些年没少听这些话，继续往竹林的方向走。

唐暖兀自说：“只要有我唐暖，宋青春，你就别想和秦以南在一起。”

宋青春停了脚步，转身说：“唐暖，你这样到底累不累？”

唐暖挑了挑眉，没说话。

“你不嫌累，我却累了。”

唐暖失笑：“宋青春，你是真想跟我和平共处，还是想用什么怀柔政策？”

“我说是你想太多，你信吗？”宋青春轻声反问。

“不信。”唐暖毫不犹豫地回答，“宋青春，你放心，我这一辈子都不可能跟你和好，因为我永远都忘不掉，当初苏——”

唐暖猛地住了口。

“唐暖，你我之间的恩恩怨怨，到现在已经快六年了吧。每次见面都摁着对方掐，别说你恨我入骨，就连我自己，都恨不得把你挫骨扬灰。所以，真的是你想太多，我是脑抽了才会想要跟你重归旧好。

“当然，我也没有什么怀柔政策，刚刚之所以那么问，是因为我想告诉你，如果你单纯因为讨厌我才吊着以南哥，那么以后不要再拿他对付我了。

“从现在开始，我不会再喜欢秦以南。

“如果以南哥喜欢我，早就喜欢上了，不会让我等这么多年。中途你离开过他，他还是不肯喜欢我。所以，我是真的放手了。”宋青春很想哭，鼻子酸酸的，眼睛痛痛的，可是她努力地笑，安安静静地看着唐暖，“这是我在一周前决定好的。从那一刻开始，以南哥只是哥哥。不过我想奉劝你一句，好好对他，不要辜负了这个世界上真心对你好的人。”

宋青春朝唐暖扬了扬唇角，转身离开。

此时的苏之念，心里却是震撼的。他听见了宋青春和唐暖的对话，他听见宋青春说，她不会再喜欢秦以南。

这句话就像炸弹，轰的一声，炸响在苏之念的脑海中。过了好一会儿，他才继续留意宋青春的话。

放手，只是哥哥……

苏之念端着高脚杯，唇角忍不住扬了起来，轻笑出声。他放下酒杯，对着屋内的人说了一句“我失陪一下”，离开了别墅。

苏之念在路灯下静站了一会儿，引来七八个路过的人侧目，其中两个打扮得花枝招展的女人，趁着他不注意，拿了手机对他拍照。

苏之念皱了皱眉，站直身子，准备回别墅，走了还没两步，便听见一道女声尖锐地钻入耳中：“救命啊——”

宋青春走了没两米远，听见身后传来唐暖的呼救声，还有扑通的水声。她下意识转过身，看到湖面上有道黑影吃力地扑腾着。

唐暖失足落水了？

纵使宋青春讨厌唐暖，可也没到恨不得她死的地步，所以宋青春几乎没有任何犹豫，扯着嗓子喊：“有人落水了，人工湖这边有人落水了。”

情急之下，宋青春一边呼救，一边打电话给秦以南。电话里，宋青春把话说得颠三倒四，秦以南还是听懂了她的意思。隔着手机，宋青春能听见秦以南快速奔出别墅的脚步声。

巡视的保安听见呼救声，二话不说跳进河里，朝唐暖游去，很快带着唐暖回到岸边。宋青春急忙伸出手，帮了一把。

宋青春费力地将唐暖拽上岸，人没稳住，蹲坐在地上。唐暖顺势趴在她的身上，她的衣服很快也被湖水浸湿。

宋青春惊魂未定，怀中的唐暖却被人一把抱起，耳边传来秦以南焦急担忧的声音："唐暖，你怎么样？"

唐暖剧烈咳着，脸上毫无血色，妆容尽失。她看到秦以南，眼泪簌簌落了下来。

"是不是哪里不舒服？"秦以南眉心皱得厉害，一边帮她擦眼泪，一边着急地说，"我叫救护车，咱们去医院检查一下。"

唐暖没说话，挂着满脸的泪水，朝秦以南摇了摇头。

一旁的宋青春冻得全身哆嗦，这才意识到，自己还蹲在地上。宋青春眼眶泛酸，撑着坚硬的石头站了起来。刚站稳，秦以南又心疼地说："你还能不能走？我来抱你。"说着，就要打横抱起唐暖。

"不用。"唐暖语气里藏着说不尽的委屈，又猛地咳嗽起来。

秦以南急忙轻拍她的后背。

寒风吹来，唐暖和宋青春都打了个冷战。秦以南急忙脱了外套，披在唐暖身上。宋青春抱紧手臂，抿了抿唇，默默地别开了头。

当初秦以南对她说，他会加倍对她好，会把宋承的那份好一起给她。

现在才发现，是她太天真。

很快，俱乐部经理赶了过来。由于害怕出大状况，他确定唐暖无事后，才松了一口气，问："小姐，您是怎么落的水？"

秦以南后知后觉地低下头，问怀中的唐暖："对啊，好端端的，你怎么掉入湖中了？"

"我……"唐暖止住哭声，像是担心什么，过了一会儿，才又说了一个字，"我……"

经理追问："到底怎么回事，闹出这么大的状况，我得给老板交代的。"

秦以南看出唐暖是在为难，安抚地说："没关系，想说什么就说什么。"

过了好一会儿，唐暖才小声说："我不是自己掉进湖里的。"

"不是自己掉进湖里的？"经理大惊小怪应了一声，"这是什么意思？难道有人推你下湖？"

唐暖沉默了一会儿，轻轻点了一下头。

看到她点头，经理有些不淡定了："小姐，你确定是被人推下湖的吗？这可不是随随便便可以开玩笑的啊，这是谋杀啊，我们可不想沾染这种事，如果你没说错，我们要考虑报警了。"

经理的话还没说完，秦以南眉心就皱了起来，语气带了一丝严肃："唐暖，是谁把你推下湖的？"

唐暖没吭声，过了两秒钟，才往宋青春站的地方瞟去。

宋青春转过头，朝唐暖望去，恰好和秦以南的视线撞在一起。

秦以南没有任何犹豫地摇头："怎么可能是宋宋？唐暖，你落水的时候，宋宋可是给我打过电话的，她当时急得都要哭了，话都说得颠三倒四！"

他转过头，极为笃定地对经理说："不是宋宋，绝对不是宋宋。宋宋是我从小看着长大的，她是什么样的人，我最清楚不过了，是谁都不可能是她！"秦以南一边说，一边看了一下周围的情况，"这里光线这么暗，唐暖，肯定是你搞错了。"

唐暖一直都知道，秦以南是喜欢她的。他对她一向言听计从，不论她说了什么，他都不会质疑。

可她没想到，秦以南此刻的反应竟然是这样。这大概是第一次，他对她的话提出反驳，甚至态度有些激烈。

唐暖眨了眨眼睛，神情很是无辜："以南，可是刚刚在这里的，只有我跟宋青春两个人。"

"就算只有你们两人，也不能证明是宋宋推的你。"秦以南摇了摇头，"宋宋完全没有动机推你下水！"

"我不可能无缘无故掉入水中啊。"唐暖眼底浮起一层雾气，像是遭遇了天大的委屈。

“是啊，这么冷的天，谁不要命……”经理赞同地点了点头。

话还没说完，秦以南又开口：“这里有没有摄像头，你先调看下录像带？”

“这是湖边，刚整好没多久，还没来得及安呢。”经理一边说，一边看了眼一旁站着的保安，“刚刚是你下水救的人？你来的时候，这里还有别人吗？”

保安摇了摇头，指着宋青春说：“没，除了落水的小姐以外，只有这位小姐在岸边站着。”

“也就是说没有录像带，也没有目击证人？这种事情，我们可不好说了，一个说被人推，一个说自己没推。出了这样的事，影响不太好，还是报警吧。”经理明显想撇清关系，说着就拿出手机，想要报警。

秦以南猛地夺走他的手机：“先别报警！”随后他低下头看向唐暖：“不管怎样，你现在好端端站在这里，这事我们回去私下解决，好吗？”

“私下解决？”唐暖有些激动地说，“秦以南，你这是要包庇宋青春，对不对？你知不知道刚刚情况有多危险？如果保安晚来一会儿，我可能就死了，死了！”

“宋青春，公司里谁都知道你跟唐暖不和。就在前一阵子，你还当着我们的面，给了唐暖一巴掌呢！”这时，有TW电台的同事赶来，口齿伶俐地反击。

秦以南眉心微微蹙起。前阵子，他的确看到唐暖脸上有手指印，当时气愤极了，问唐暖是怎么回事，她始终没说，现在怎么扯上了宋青春？

“宋青春怎么没有杀人动机？她在TW维护了两年的人脉，现在都跟唐暖合作了，她肯定恨死唐暖了！”TW的女同事细数着宋青春和唐暖之间的恩恩怨怨，“不信你去公司里问问，宋青春一直想要女主播的位子，而且前两天，有风声透出来，说女主播要去日本了。她一旦离职，这个位子肯定落在唐暖身上，宋青春怎么可能甘心？”

秦以南错愕地看向宋青春，清楚地从她眼底读到了愤怒和委屈。

他真的很想替宋青春辩解，不管怎样，都不能让宋青春惹上官司。

秦以南忍不住吞了一口唾沫，缓缓转过头，对上唐暖的眼睛，声音里带了一丝恳求：“唐暖，这些年我对你怎样，你心底最清楚。我从来没有求过你任何事。这一次算我求你，这件事到此为止，别报警好吗？再说，宋宋如果真的想害你，怎么可能在推了你之后，会喊救命呢？”

唐暖的手握成了拳。她真的没想到，秦以南竟会如此相信宋青春。她跳入水中，冻得半死，怎么能这么轻易放过宋青春？

唐暖微微低头，趁大家不注意，对那个女同事递了一个眼神，女同事立刻开口：“我们争来争去也争不出结果，还是报警吧！”说着就摸出手机。

秦以南慌忙朝女同事走去。

女同事刚要按下拨出键，手就莫名一抖，手机迅速砸在地上，发出啪的一声。

一道清淡的嗓音从不远处传来：“谁说没有目击证人的？”

湖边众人沉默了约莫一分钟，秦以南率先回过神，礼貌地出声：“先生，您好。”回应秦以南的是沉默。

经理也跟着开口：“先生，请问您刚刚的话是什么意思？”依旧无人应答。

“苏……苏之念？”秦以南和苏之念曾经同级，苏之念又在宋家住过一年，尽管两个人交集不多，又几年未见，秦以南还是认出了他。

苏之念。

创造了商界无数神话的苏之念。

苏之念开口便直奔主题：“不是她推的。”

宋青春在第一缕光照在苏之念脸上的时候，就认出他来，大脑一片空白，整个人傻在了原地。他不是应该在别墅吗？怎么会出现在京城俱乐部？

唐暖眼睛眨也不眨地盯着苏之念。纵使他曾对她那般狠戾，她还是爱他。

秦以南看唐暖迟迟没有出声，摸不准她是否默认了苏之念的话，眉心皱了一下：“唐暖，苏之念说的是真的吗？”

“嗯？”唐暖应了一声。

还没来得及说什么，刚刚一直帮她说话的女同事抢先开口：“唐暖，有人说你不是被宋青春推下水的，是真的吗？”

唐暖张了张口，已到嘴边的话被她吞了回去。

女同事看唐暖魂不守舍的模样，就知道她还没恢复状态：“苏先生，前一阵子我有在商业报刊上看到，说您正式接任宋氏企业CEO的位子？”

女同事看苏之念冷冷淡淡地站在那里，视线便落到宋青春的身上，接着说：“宋氏企业又是宋青春家的，两个人的关系肯定不会差，所以苏先生的证词恐怕有包庇造假的嫌疑吧？”

唐暖已经从错愕中回过神：“对，高中的时候，苏先生和宋青春就走得很近。要不然，苏先生也不会接管宋氏企业这个烂摊子，不是吗？而且，我没记错的话，苏先生还在宋家住过一年。”

时间似乎静止了。

片刻后，终于有人打破了平静：“算了吧，我们都不是警察，还是交给警察处理吧。”

“对啊，报警吧。”

一直都很安静的苏之念，冷不丁说了一句：“好啊，那就报警吧。”

宋青春错愕地转头望向苏之念。

苏之念看了她一眼，眼神冰冷淡漠：“不是说要报警吗？怎么没有人动？那我来吧。”

说着，苏之念掏出手机，敲了三下，然后将屏幕转向大家。110三个数字，夺目又刺眼。

“在我按下拨出键之前，要先说一件事，我的这个手机里有一段视频。”大概过了半分钟，他继续说，“怎么一个人躲在这里？”

所有人关注的都是他手机里的视频，却没想到，他口里蹦出的竟然是一句毫不相关的话。

苏之念没有任何停顿，平静地说：“宋青春，你放心，我这一辈子都不可能跟你和好，因为我永远都忘不掉，当初……”

宋青春终于回过神来。

唐暖也反应过来，苏之念是在重复自己刚刚说过的话，而且是原封不动地重复！

难道她和宋青春在湖边发生争执的时候，他一直都在场？

他还说他的手机里有一段视频，该不会是她和宋青春在湖边的视频吧？

苏之念眉峰一凛："所以，我报警不是告宋青春谋杀唐小姐，而是告唐小姐诬蔑宋青春！"

宋青春怔怔地看向苏之念，像是不敢相信自己听到的。本来这样的他，是她最怕的模样，可是此时此刻，她从他脸上看到了心安。一种没来由的心安，仿佛只要有他，她就会没事。

过了好大一会儿，才有人恢复理智："苏先生，您手机里的视频能给大家看一下吗？"

苏之念摆出不愿浪费时间的模样，伸手点向拨出键。

唐暖心虚地出声："等一下！"

苏之念敢把电话拨出去，说明可能真的有视频。唐暖彻底乱了思绪，全身颤抖，在苏之念手机接通的一刹那，终于失控地出声："先挂断电话！"

苏之念置若罔闻地将手机举到耳边，对着话筒，声音淡淡地喂了一声。

这道声音把唐暖彻底逼到了绝境。她朝苏之念猛地扑过去，一把夺走他的手机，慌乱又惊恐地朝屏幕点了几下，终于将电话挂断，接着飞快地查看相册。她要把他手机里的视频删掉……然而入眼的只有几张照片，压根没有什么视频。

唐暖愣了一秒，惊觉似乎哪里有些不对，快速抬起头，望向苏之念。男子居高临下地看着她，冰冷的眼底明显透着一抹嘲弄。他缓缓地低下头，凑到她耳边，声音压得很低，语气幽幽的："你觉得，如果真有证据，我会饶过你？"说完，他用力从她手中抽走自己的手机，扬长而去。

湖边的人陆陆续续回过神来，纷纷找借口离开。唐暖下意识转头看向秦以南。始终没说话的秦以南脸色格外难看，透着她从未见过的冰凉。

唐暖喊了一句："以南。"

秦以南收回视线，走到宋青春面前："宋宋，我送你回家。"

宋青春的手机突然响了起来。她急忙摸出手机，是苏之念打来的。刚想伸手去接，电话便被对方挂断，紧接着进来一条短信，是苏之念发来的："距离十二点还有半个小时。"

宋青春眨了一下眼睛，这才注意到手机上方显示的时间。还有二十九分钟就到十二点了。她答应过他，十二点之前回到别墅。宋青春急忙抬起头，语速飞快地说：“以南哥，我有点急事，有什么改天再说吧。”

“宋宋。”秦以南刚喊了宋青春的名字，宋青春便对他摆了摆手：“以南哥，再见！”身影消失在了竹林里。

宋青春在路边匆忙拦了一辆出租车，报了苏之念别墅的地址。好在晚上路况良好，宋青春赶在二十三点五十九分五十秒回到了苏之念的别墅。

别墅一片漆黑，想必苏之念还没回来。

宋青春放好热水，一只脚刚踩进浴缸，就隐隐听见屋外传来车声。她犹豫了一下，还是裹了一条浴巾，走到阳台往楼下看去。

送他的车子停在院外，没开进来。他从车上下来，关门的时候，大概是送他回来的人在跟他说话。他转过头，听了不到一分钟，就用力把门甩上，进了院子。

宋青春一直等到苏之念走到别墅门口输入密码，才重新返回了浴室。浴室里相当安静，宋青春泡在热水中，听见苏之念换鞋、上楼、进隔壁书房的一系列声响。

这么晚了，他怎么还去书房？是要工作吗？

宋青春透过袅袅雾气盯着天花板，脑海里再次浮现京城俱乐部里发生的事。苏之念居然帮了她，她到现在还有点恍惚。

可能是澡泡得太久，出了许多汗，宋青春有些渴。下楼倒水时，她想到书房里的苏之念，盯着咖啡机看了片刻，按他平日的口味，煮了一杯咖啡，端着回了二楼。

宋青春走到书房门口，敲了敲门，竟然没人回应。她又敲了一下，喊了一句：“苏先生？”

没人回应，宋青春咬了咬下唇，大着胆子推开门。

里面竟有悠扬的歌声传来。

难怪他没反应，原来是在听歌啊。宋青春一边想着，一边把脑袋探了进去。

苏之念趴在电脑桌前，全神贯注地写着什么。宋青春以为他正工作，悄悄地推开门，端着咖啡走了进去。

不知他想到了什么，唇角轻轻地翘起。宋青春睁大了眼睛，盯着这样的苏之念，怎么也移不开视线。这是她认识苏之念这么多年来，第一次看到他笑。

苏之念落笔，习惯性地靠向椅背，然后看到站在自己书桌前的宋青春。

他表情一怔，脱口问道："你什么时候进来的？"

宋青春轻声解释了一句："我泡了咖啡。"

苏之念这才看到她手中的咖啡杯。

"我敲了门的，没人应，我才自己走进来的。"宋青春将咖啡放在他面前。

苏之念应了一声，看到桌面上的本子还摊开着，立刻伸手快速合上。

他的动作引得宋青春把视线移了过去，那是她曾在苏之念的卧室里发现的日记本，所以刚刚他是在写日记？

苏之念有些不自然地轻咳了一下，问了一句："还有什么事吗？"

宋青春急忙摇头："没事啊。"

约莫两分钟，苏之念见宋青春还愣愣地站在书桌前，皱着眉心问："怎么了？"

宋青春忍不住问道："这是什么歌？"

苏之念眉眼平静地翻了一下文件，回了一句："《我们都被忘了》。"

"还挺好听的。"宋青春评价了一句。

"嗯。"苏之念应了一声，视线仍黏在文件上。

宋青春静静站了一会儿，腿有些酸，忽然轻声说了一句："谢谢。"

苏之念诧异地看了一眼宋青春。

宋青春连忙解释："今天在京城俱乐部，谢谢你的帮忙。"

苏之念顿了一秒钟，哦了一声，低下头继续看文件："不用谢，算是我的回报。"

宋青春一愣，她不记得帮了他什么忙，他回报她什么？

苏之念慢慢掀起眼皮，看着宋青春，说了两个词："鸡蛋，药。"

宋青春这才知道他指的是前一阵子他受伤，她给他煮了两个用来消肿的鸡蛋，以及专程跑出去买止血消炎的药膏。

“那个其实没什么，举手之劳，举手之劳。”宋青春有点不好意思，再次郑重其事地道谢，“不管怎么样，我还是要谢谢你。”

她这话说得很诚恳，漆黑闪亮的眼睛透着几分认真。

苏之念凝视着她，视线有些定格。

宋青春离开之前看了一眼时间，已经凌晨一点半了，忍不住问：“苏先生，这么晚了，您还不休息吗？”

苏之念端起咖啡，轻抿了一口，清淡地回了一句：“还有工作没处理完。”

“哦。”宋青春应了一声。

他看的是宋氏企业的文件，上面密密麻麻用红色的签字笔做了很多批注。

她识得那些字迹，是他的。

自从苏之念接管宋氏企业后，宋青春有给大嫂方柔打过电话询问宋氏企业的情况，大嫂告诉她，一切比想象的好，还夸赞了苏之念，说他果然名不虚传，只是短短的两周，宋氏企业的亏损已经止住。

他有自己的公司，还要照顾宋氏，一定很忙吧。她有时半夜口渴，走出房间还能看到书房的灯亮着。

宋青春看着苏之念揉了揉眉心，又看向文件，眼底莫名有些酸涩。

“要不，我……”宋青春不由得说，“我请你吃饭吧？”

苏之念原本想在文件上标注记号，闻言动作猛地停住。

宋青春想了想，说：“如果不是你，也许我就陷入官司纠纷了。你什么时候有空，能不能抽点时间，让我请你吃顿饭？”

苏之念端起泛凉的咖啡喝了一口，话语很简练：“好啊。”

宋青春歪着脑袋想了一下，问：“明天晚上可以吗？”

苏之念本想点头答应，却顺势扫到了手机屏幕上的日期，12月21号。

12月24号是平安夜，25号是圣诞节。

苏之念沉思了一会儿，不紧不慢地看了一眼宋青春：“我得问问秘书最近的行程安排才能决定。”

宋青春愣了一下：“那你决定了时间就告诉我。”

苏之念嗯了一声。

"没事的话，我先去休息了。"

苏之念没再接话，低下头看桌上的文件。

第二天，没睡够的宋青春有些头疼，上班都有些无精打采。下午去茶水间倒咖啡的时候，听人聊天，她才知道唐暖请了病假。

傍晚下班回到别墅，她没想到苏之念竟然已经回了家。他卧室的门没关，床上放了好几件衣服，地上还摆着行李箱。

宋青春纳闷地站在门口，苏之念已经拎了洗漱包从浴室出来。

"苏先生，你收拾东西，是要……出差吗？"

苏之念应了一声，把洗漱包扔在了行李箱里。

宋青春走进去："我来吧。"

苏之念没拒绝，站在一旁看着宋青春把东西有条不紊地放进行李箱。

拉拉链的时候，宋青春问了一句："苏先生，您出差几天啊？"

"两天三晚。"顿了下，苏之念又说，"香港。"

"哦。"宋青春默默地想，又没问他要去哪里，干吗回答得这么详细。

苏之念提着行李箱往楼下走去，刚到楼梯处，又停了脚步，侧头看了一眼宋青春："你不是要请我吃饭？"

宋青春急忙点头："是啊。"

"我周二早上的飞机到北京，那就周二晚上吃吧。"又加了一句，"去'金陵'。"

"好……"宋青春眼睛突然睁到最大。金陵饭庄？随随便便一顿饭至少要五位数字的金陵饭庄？

"怎么了？"苏之念转过头。

宋青春忍着肉疼，朝苏之念用力摇了摇头："没什么，周二晚上，'金陵'不见不散。"

第四章
99封邮件，99次说爱你

苏之念一直忙到12月24号下午三点，才把香港的所有事情处理完。启程回京之前，苏之念给宋青春发了一条短信，提醒她今晚“金陵”见。

宋青春大概正在玩手机，短信回得很快：“知道了，苏先生。”

临下班时，TW电台突然召开会议，宋青春只好给苏之念发短信，说自己可能晚到一会儿。

会开到一半，宋青春才收到苏之念的回复，只有一个字：“嗯”。

开完会已经七点钟，宋青春急急忙忙收拾了文件，匆匆就要下楼。

跑到电梯前的时候，电梯门恰好关上，她急忙按了一下。门打开后，她看到里面站着唐暖。她大概晚上有约，所以打扮得很精致。

电梯抵达一楼，宋青春刚准备走出去的时候，手机响了起来。宋青春看了一眼来电显示：“以南哥？”

踩着十多厘米的高跟鞋走出电梯，唐暖听到这三个字，脚步微微顿了一下。

“谢谢你今天寄给我的圣诞礼物，我很喜欢，圣诞快乐。再见，以南哥。”

唐暖没等宋青春按断电话，便迈步离开。

宋青春跑出公司大门的时候，看到唐暖上了一辆红色的宝马，给她开门的是个看起来年纪偏大的男子。

宋青春赶至“金陵”的时候，已经八点十分。在前台报了房间号，侍者彬彬有礼地领着她上了二楼。

苏之念订的房间名字特别雅致，叫“牡丹亭”，为此，门口特意摆了两盆牡丹。

宋青春推门进去，只见苏之念穿了一件白衬衣，坐在雕花木椅上，正接电话。

宋青春张望了一圈室内，迈着步子走到餐桌前。

室内暖气开得有些大，不到一分钟，宋青春热得冒了一层薄汗。她脱掉外套，吃力地搬开苏之念对面的实木椅，坐了下来。

苏之念大概来了一段时间，桌上的茶已经没了热气。

他侧过头瞄了她一眼，继续讲电话，却将菜单推到她面前，在上面敲了一下，示意她先看看要吃什么。

宋青春是真的饿了，掀开菜单去找喜欢吃的菜，看到价格的时候，暗暗摸了摸钱包，然后缓缓合上菜单。

她决定不点菜了，苏之念点什么，她就吃什么，能省多少是多少。

等苏之念挂了电话，宋青春立刻把菜单推回他面前：“苏先生，我请您吃饭，还是您来点菜吧。”

苏之念没拒绝，叫了服务员进来，掀开菜单，慢条斯理地看起来。

宋青春故作镇定，一直往菜单上看。她完全没有意识到，桌子下，苏之念的脚碰到了她的脚。

脚和脚的碰触，让苏之念读到了宋青春心底的想法：他该不会要点龙虾吧，虽然我也很想吃，可是好贵……还好还好，他翻页了。

苏之念突然将翻了一半的菜单又翻了回去，点了点龙虾，对着一旁的服务员吩咐：“两份。”

宋青春眼珠子险些掉下来，顿了足足半分钟，心底彻底翻江倒海起来。

读到她想法的苏之念，轻飘飘地看了她一眼，明知故问：“可以吧？”

宋青春立刻笑得眉眼弯弯，带着几分柔软，特别大方地说：“可以，苏先生，您想吃什么尽管点，我都可以的。”

苏之念拼命压着眼底的笑意，朝宋青春点了一下头，真的“尽管点”了起来：“这个，这个，还有这个，这个也要。”

宋青春好想哭，却拼命地笑，甚至在1982年“拉菲”上来的时候，还特乖巧地站起身，给苏之念倒了一杯，举起酒杯，郑重其事地对苏之念道谢。

宋青春觉得自己好虚伪，明明很想一脚把苏之念踹死，却得笑容满面地给他夹菜。事已至此，钱肯定是要花了，虚伪的宋青春选择好好享受这个圣诞之夜的美食和美酒。

吃饱喝足，好心情还没维持多久，该结账了。

宋青春一边等服务员拿消费单，一边估算了一下价格，犹豫着自己卡里的钱到底够不够。

服务员很快拿着POS机和消费单折回包厢，笑容满面地站在餐桌前，低声问：“请问，谁结账？”

宋青春很想让苏之念结账，可还是装出热情的样子，抢过消费单：“我结。”

她低下头看了一眼价格，一二三四……数到最后的时候，手狠狠地抖了一下，竟然吃了六位数！

宋青春强忍着滴血的心，朝服务员浅笑，拿着手机快速点开支付宝，一边提现，一边拿出了钱包。

这时，服务员递给她一张卡片，说：“小姐，今晚是平安夜，我们特意做了一个活动，今晚用餐的所有客人，都有一次抽奖机会。特等奖只有一个，是张终身免单卡。您可以先试试运气，然后再结账。”

对于这种刮卡抽奖活动，宋青春从来不抱希望。服务员特别热心，她不忍心拒绝，于是把银行卡放在桌上，接过刮刮卡，从包里找了一枚硬币，敷衍地刮了起来。

刮完后，宋青春颤抖着手，把卡递到服务员面前：“能麻烦你告诉我，是几等奖吗？”

服务员惊喜地看着宋青春说：“恭喜你啊，小姐，竟然中了特等奖。你是我们店里唯一一个获得终身免单卡的客人，等下我会把卡送过来。从今晚这顿饭开始，从此以后，你来‘金陵’，只要出示那张卡，就可以不用付款。”

宋青春握着刮刮卡，因为过于兴奋，眼睛明亮得很：“苏之念，你听到没有？我中奖了，特等奖！”

即使知道，她是因为中奖才脱口而出他的名字，可听到“苏之念”三个字的时候，他依然微微僵硬了一下。

宋青春去了洗手间，苏之念去地下停车场取车。

因为中奖，宋青春心情格外好，哼着完全不着调的歌。她刚拉开洗手间的门，就听到外面的洗漱台上传来呕吐声。宋青春走出去，看到一个熟悉的身影趴在金光闪闪的洗手盆上，吐得昏天暗地。

秦以南没想到会在这里遇到唐暖，而唐暖身边还有一个男人。心情郁闷之下，他喝了很多酒。

这时，直到胃部完全被掏空，他听见身后传来一道柔软的声音：“以南哥？”

秦以南分辨了许久，也没听出来是谁，缓缓转过身，人却朝地上栽去。

宋青春急忙冲上前，伸手扶住秦以南，然后闻见扑鼻的酒味，眉心皱了一下：“以南哥，你怎么喝了这么多酒？”

“你是谁……”秦以南问了一半，又呕吐起来。

宋青春沉思片刻，还是摸出手机，给苏之念拨了电话。

苏之念将车子停在“金陵”正门口，等宋青春的时候，他还透过后视镜，打量了一会儿副驾驶座上放着的礼盒。

迟迟没等来宋青春，苏之念刚想听一听宋青春在做什么，却接到她的电话。

苏之念以为宋青春遇到了什么麻烦，快速接听，还没说话，听筒里便传来宋青春的声音：“苏先生，我能不能不搭你的车回家？”

苏之念眉心缓缓地皱起，电话里，宋青春停顿了一下，小心翼翼地说：“现在时间还早，还有地铁，我想坐地铁回家。”苏之念没等她把话说完，便将手机从耳边拿下，按断。

苏之念垂着眼帘，安静地坐在驾驶座上一动不动。

过了好一会儿，他才侧过头，看向“金陵”灯光璀璨的正门。他透过纷乱的声音，听见还在“金陵”的宋青春说：“能麻烦您帮我把他送上车吗？”

她大概是在跟服务员说话，回她的声音很客气：“好的，小姐。”

之后便没了声音，大概过了五分钟，苏之念看到宋青春和一个男服务生搀扶着一个人从“金陵”的旋转门里出来。

他握着方向盘的手猛地用力，脸色难看得一塌糊涂。

原来是碰到了秦以南……

其实，他今天真的很开心，虽然没有名正言顺地帮她买单，可还是想了一个办法，跟“金陵”老板打了个电话，设计了一个抽奖的活动，替她付款。

不单是这一次，还有以后的每一次。她不是说喜欢吃“金陵”吗？喜欢吃，那就随便吃。反正她消费的每一笔账单，都会送到他那里。

他以为终于可以过一个将来回忆起来能够微微一笑的圣诞节，却没想到，故事的结尾还是悲伤得让人心痛。

宋青春十一点半就回了别墅，看到二楼的房间还暗着，知道苏之念没回来。为了消食，宋青春在一楼的健身房里跑了半个小时的步。

室内暖气很足，跑完时，宋青春全身被汗湿透。她上楼洗了个热水澡，又下楼去冰箱里拿了一瓶水，刚拧开瓶盖，就看到回来的苏之念。

宋青春一句“苏先生”还没出口，人便被苏之念用力扯到了怀里。他的唇蛮横又狠戾地堵上了她的。宋青春睁着眼睛，愣愣地盯着苏之念的眉眼。他的唇炙热又柔软，不像是在亲吻，更像是在宣泄，表情也越来越凶狠。

过了好一会儿，她才意识到发生了什么。他喝酒了？五年前的那个晚上，就像现在这样，他喝醉了，毫无征兆地亲吻了她，然后她就被他硬生生地要了。

宋青春的脸上瞬间褪去血色，抬手就去推他。他像是感觉到了她的抗拒，一边用力吻她，一边抓了她的手腕。她想挣脱，头一直躲，终于脱离了他的唇。他眉心皱了皱，一只手握紧她的手腕，另一只手狠狠扣住她的脖子，逼得她无法动弹。接着，他再一次堵上她的唇。身体紧紧地贴在一起，尽管隔了两层衣衫，她还是能清楚地感觉到他身体的炙热。

她心底慌张无比，出声恳求：“苏之念，你放开我，苏之念，你别这样。”

一种无法抑制的难受和酥麻从他的唇边传遍她的全身，让她心底更加恐慌。她猛地用力挣脱，推开他，逃命一样急急往后跑去。他反应很快，她跑了没两步，再一次被他抓住。他几乎把全身的重量都交给了她，这种沉重感，和五年前那一夜的记忆完全重合。

宋青春躲避不开，只能恳求他：“苏之念，你放开我，你别这样，苏之念，你喝醉了，你醒醒，别这样。”

耳边传来一道清晰的衣服撕裂声。她全身一僵，感觉胸前一凉，他滚烫的唇落在了她的胸上。和五年前一样，熟悉的绝望包围了她。她的眼泪蓦地漫出了眼眶，再也顾不上心底的骄傲和尊严，声音抖得可怜：“苏之念，求你别这样，求你，求求你了，求你……”

苏之念修长的手指掠过她腰间的时候，才感觉她不对劲。他愣了一会儿，缓缓地抬起头，看到她无神地盯着天花板，眼泪不断地流出。他眉心皱了皱，猛地捏住她的下巴，对上她的面孔。他眼神很锐利，眼底怒火不断跳动。她仓促地垂下眼帘，像是在念叨着什么，声音却被抽泣声掩盖。他盯着她梨花带雨的面孔好一会儿，才后知后觉地反应过来，自己在酒精和愤怒的驱使下究竟对她做了什么。

过了片刻，他又听见她的喃喃低语：“求你，求你别这样，求你……”

苏之念全身狠狠地颤了一下，神志在这一瞬间清醒。他注意到她心底的想法，混合着恐慌、抗拒、绝望、无助……还有一句：“难道我又要像五年前那样，被他强暴一次吗？”这句话像一把尖刀，狠狠地刺入苏之念的心窝。

她还在抽泣，长发被泪水浸湿，安静的室内响起她低微的哭泣：“求你，求求你……”

过了好一会儿，她意识到他已经离开了她，猛地蜷缩起来，往沙发里面靠了靠，把撕碎的衣服用力往身上掩了掩。她这样的反应，让他心底闷闷地疼了一下。他下意识走到沙发旁，弯下身朝她伸出了手。

他想帮她擦擦眼泪，想对她说对不起……可他只是朝她抬了一下手，她便惊觉他的靠近，带着防备瞄了他一眼，更加用力地缩成一团，身体哆嗦得厉害，苍白的脸上布满紧张，看起来楚楚可怜。

苏之念蓦地停下了动作，眼底是哀伤和沉痛，还有一抹无奈。他的手在虚空处停了好一会儿，最后缓缓地握成拳，僵硬地收了回来，垂在身体两边。他站在沙发边，垂着头看了她一会儿，转身大步离开。

这次醉酒事件后，宋青春又开始每天磨蹭到晚上七点才回家，晚上紧张到实在撑不住才睡，而且睡得很轻，一点小动静便会把她惊醒。

不过，从那以后，苏之念一直没再回过家。

那一天，高中时的学生会会长举办一胎的百日宴。宋青春到得比较早，和自己平常联系的同学坐了一桌。开席之前，秦以南人刚去了自己同学那一桌坐下，苏之念和唐诺就踏进了饭店。

宋青春最初没有注意门口，坐在她身边的高中同桌眼尖地发现了苏之念。宋青春看到他时，表情僵硬了一下，顾不上被同桌抓疼的胳膊。

他的脸上还是挂着寡淡的神情，西装整整齐齐，领带规规矩矩。

“啊啊啊啊……他朝我们这里看了！”同桌有些激动，声音很大。

宋青春勉强笑了一下，默不作声地转回头，躲开了苏之念的视线。

酒宴过后，等亲戚和同事陆续离开，会长特意给高中同学在顶楼的棋牌室开了几桌。

在上楼打牌之前，不知是谁突然提议说要合影留念。

会长请了专业录影的人，设备是现成的。大家纷纷赞同，在会长的安排下，男男女女按照身高差排了两排。

宋青春穿了一双十多厘米的高跟鞋，所以被排在第二排。

她身边是章子。因为宋承，她和章子很熟，刚才两个人还开了几句玩笑。

摄影师调好了焦距，让大家准备。宋青春身边的章子不知道被谁突然一把扯走，随后就换了人。

宋青春纳闷地转了一下头，看到竟是苏之念。

男子表情很淡，直视正前方，丝毫没看她一眼，可即使如此，宋青春的身体还是有些僵硬，本能地朝外挪了挪，企图把自己和苏之念之间的距离拉开一些。

“三、二……”随着摄影师的指示，所有人都喊了“茄子”。苏之念就在身边，宋青春没发出声音，只是勉强扯了一下唇角。在摄影师喊出

“一”的时候，宋青春身旁站着的苏之念，不知道被谁推了一把，没稳住身体，一不小心撞上宋青春。他怕她摔倒，想都没想就抬起手，搂住她的肩膀。她身体僵硬了一下，抬起头，而他恰好低下头，四目相撞，照相机恰好传来连续的咔嚓声。

等到拍完照片，大家一哄而散，宋青春这才回过神来。她快速收回视线，挣脱苏之念搂着自己肩膀的手，匆匆迈步离开。

酒宴上，大家或多或少喝了些酒，打牌的时候兴致很高，时不时有欢呼声传来，室内的气氛很热闹。宋青春最初没玩，站在章子和秦以南的桌旁，看了一会儿他们打牌，然后跟一个女同学去了一趟洗手间，回来的时候，宋青春被同桌喊住：“青春，我有点事要出去一趟，你顶我一会儿。”同桌一边说，一边拉着她的胳膊，把她拖到靠窗的那桌前，按在麻将桌前的一个空位上。

“现在我是庄家，筹码在这里，这是你要扔的骰子……”同桌交代了一下，把骰子塞进了她的手心，然后拍了拍她的肩膀，跑开了。

宋青春扫了一圈跟自己打牌的人，要扔的骰子，被紧紧攥在手心。

苏之念，他坐在她的左首边，唐诺坐在她的对家。唐诺在跟他讲话，因为室内太吵，他的身体向唐诺微微倾斜。唐诺在吸烟。他的半张脸隐在烟雾缭绕之中，却丝毫没有影响他的气质。不知道唐诺讲了什么值得高兴的事，还发出阵阵低笑声。他的神情始终是一片淡漠。

学生会会长坐在宋青春右首边，正在接电话，听他一口一个“宝贝”“小心肝”，就知道他正在关心自己那位刚满百日的小少爷。

会长看她半天没动，伸出手敲了敲桌面，催促：“青春，傻愣着干什么，扔骰子呀！”

宋青春被唤回神，朝会长轻弯了一下唇角，唐诺闻声转过头，叼着烟头深吸了一口，然后夹着烟朝烟灰缸里轻轻弹了弹，笑眯眯地朝宋青春打了一声招呼：“小学妹。”

唐诺和秦以南、宋承是一届，高中的时候几人是球友，每次见了她，他都会喊她小学妹，即使后来高考成绩不理想，和苏之念一起留了级，和她同届，他这称呼仍是没变。

唐诺话刚说完，苏之念也转头瞅了她一眼。

宋青春接触到他的视线，心狠狠地抽了一下，本来想扔骰子的手，猛地又收紧了力道。她努力压着心底的忐忑，勉强朝唐诺扯了一下唇角："唐学长，好久不见。"然后她稍顿了一下，才扔了骰子。

苏之念凉凉地收回了视线，看出她的拘谨和不安。

唐诺多年前是个话痨，多年后还是个话痨，会长喜得贵子，喝得有些多，打牌的过程中，两个人一直说个不停，气氛倒也欢快。

宋青春保持姿势坐到底，为了不让自己显得过于紧张，她把所有注意力都放在了棋牌上。

欣慰的是，宋青春今天牌运好到爆，除了一开始学长和唐诺赢了两把，剩下的几乎全是她赢，而且都是苏之念点的炮。

"小学妹，可以啊，这都连赢了十八把了吧？我跟会长大人都成打酱油的了！"新的一局开始，唐诺摸牌的时候调侃了两句，余光还朝一旁的苏之念瞄了瞄。

苏之念没有半点回应的意思，姿态悠然地靠着椅背，一只手摸牌、理牌，然后指尖滑了一遍牌，扔了一个二筒出去。宋青春下意识抬起眼皮看了一眼苏之念，抓了抓最边缘的牌，话到嘴边又咽了下去。她又和了，还是他点的炮……

唐诺倒是一点不怕死，意味深长地拖着怪腔："苏之念，你今天很不在状态哦！"

苏之念好像真的是不在状态，打了这么长时间，就没赢过一把，还把把点炮……宋青春脑海里的想法还没落定，苏之念又稳稳地扔出了一个二筒，然后看了她一眼，见她良久没动静，就转回头，拿着一个麻将不停翻转着，时不时敲上桌面，发出清脆的声响。

轮到唐诺摸牌。他手忙着，嘴也不肯闲，特贱地对苏之念来了一句："苏之念，你该不会等下要输得只剩裤衩了吧？"

打牌大多数赢的不是钱，而是心情。苏之念连输了十多把，脸上没有丁点的不悦，甚至听到唐诺的调侃，眉毛只是轻轻地挑了挑，然后等会长和宋青春都出了牌，他又不紧不慢地扔了一个二筒。

一把牌，他已经连续扔了三次二筒，给她点了三次炮了，她要是再不和，等下就和不了了……宋青春咬了咬唇角，犹豫了片刻，将面前的牌推倒，声音很低地说："我又和了。"

唐诺伸长脖子，扫了一眼宋青春的牌，用胳膊撞了撞一旁的苏之念："苏之念，你身上的钱够不够？告诉你，下楼左拐，前行三百米，有个建设银行……"

唐诺话还没说完，苏之念就从兜里摸出钱包，掏了厚厚的一沓现金，放到宋青春的面前，说出几日来他和她之间的第一句话："数数，还差多少？"

虽然宋青春一直都在赢，但是今天玩得不大，苏之念给的钱绰绰有余。宋青春准备将多余的退回去，苏之念又说了第二句话："先放在你那里吧……"

宋青春握着钱愣住，然后听见他淡淡补充了一句："最后一起算吧。"

玩得久了，有些口渴，唐诺招呼服务员拿来几瓶花花绿绿的RIO鸡尾酒。

会长毫不客气地拎走了一瓶。

唐诺拿了一瓶粉色的，起了瓶盖，递给宋青春。

宋青春接过，轻声说："谢谢。"

唐诺又起了一瓶，递给苏之念，苏之念摇了摇头。

"这都不喝？苏之念，你这酒戒得也太过了吧？这跟饮料差不多，度数小得可以忽略不计，喝不醉的。"

大概是看苏之念真的没有要喝的意思，唐诺念叨了两句，兀自喝了一口，对坐在对家的宋青春说："小学妹，你今天赢了这么多钱，晚上是不是应该请我们吃饭？"

宋青春喝着RIO的动作蓦地停了下来。

赢钱的人一般都会做东请客，只是晚上七点之后，她的时间是由不得她的。

若是她拒绝，显得太小气，若是她答应，他不允许怎么办？宋青春不知道如何回应，下意识往苏之念那里瞄了一眼。

"的确应该请客啊，而且要请大的，我想想在哪里啊。"会长接了唐诺的提议，一边想，一边侧过头看向宋青春，"这附近有个度假山庄还不错，里面是做野味的，要不就那里？"会长看宋青春没说话，又补充了一句，"青春，你放心，苏之念输给你的钱，吃顿饭绰绰有余。"会长视线定格在宋青春举着RIO的手上，眉心皱了一下，失声道，"青春，你的手腕怎么了？”

会长边说，边朝宋青春伸过手，指尖还没碰到宋青春，宋青春就率先回过神，带着几分慌张，把手猛地往麻将桌下一藏。因为力道过猛，RIO溅了出来，洒了她一身。

“怎么反应这么大？”会长失笑，急忙抽了纸巾递给宋青春，关心了一句，“你手腕是不是受伤了，好像瘀青了一大片，怎么弄的？”

宋青春摇了摇头没说话，脸色有些苍白。她拿着纸巾擦了擦衣服，对会长道了一声谢。

“什么？小学妹，你手腕受伤了？有没有涂点药膏？严不严重？让我看看。”唐诺说着站起身，绕过麻将桌，朝宋青春走去。

宋青春不等唐诺走近，噌地从座位上站起来，两只手拽着毛衣袖口，把手腕遮得严严实实，像是生怕被人掀开。她低着头，又急又快地说了一句：“我去趟洗手间！”然后转身，逃命一般匆匆离开。

“呀，这丫头怎么了？”唐诺停了脚步，疑惑地问了一句。

学生会会长摆出不知情的姿态说：“宋青春一向都很活泼的，今天很安静，像是有什么心事？”

“苏之念，小师妹怎么了？”唐诺转头看向苏之念，毕竟两个人住在一起，总该知道点缘由吧？

苏之念盯着手中的一张牌发呆，过了好一会儿，他才抬起头，踢开身后的椅子，魂不守舍地丢了一句“我出去一下”，也跟着迈步离开。

宋青春从洗手间出来的时候，看了一眼时间，竟然快七点钟了。

她有点想提前走掉。

从酒店出来，天已一片漆黑，还飘起了小雪。

宋青春朝酒店西侧的地铁站走去。

走了一百多米，她脚步渐渐停了下来，清楚地看到，苏之念倚着车，手中拿着车钥匙，时不时按一下，车灯不断地闪亮。

他应该站了有一阵子了，车顶和肩膀上都落了很薄的雪。

他在这里等人吗？

宋青春抓了抓衣袖，潜意识想要绕开他。她还没来得及动，他就转过了头，然后朝她走了过来，停在她的面前，问：“回城吗？”不等她回答，又说了三个字，“我载你。”

过了片刻，像是怕她拒绝，他指着腕表上的时间，说：“已经七点十分，你现在的时间是属于我的。”

从郊区回到家，已经九点钟，等宋青春消停下来，都快十一点了。

宋青春洗完澡躺在床上，一直在玩手机。她想等苏之念回了卧室后再睡，不想靠着床头迷迷糊糊地就睡着了。

大概是苏之念在家的缘故，宋青春睡得并不踏实，还做了噩梦。

苏之念除了中途接到一个电话外，其他时间都没工作。

其实他明白，她不愿意他回家住，她在躲他。他由着她躲，她撒谎说肚子疼，他信，甚至一个人留在书房里没出去。

他只想听一听她的声音，只要那样，他就觉得和她离得不远，可是今晚的她很安静。

明明他可以听到很多很多声音，可是因为她的安静，他的世界变得死寂起来。

他不知道自己在办公椅上坐了多久，文件上密密麻麻的黑字他一个都没看进去，在他准备合上文件的时候，突然听到隔壁卧室传来她细碎的声音：“不要，不要！”

苏之念眉心猛地蹙起，聚精会神地侧耳去听，才察觉她是在哭泣。苏之念想都没想，甩掉手中的文件，快步走出书房，一把推开隔壁的卧室门冲进去。

她肯定做了噩梦，手紧紧地抓着被子，眼泪一直流着，不停地念叨着破碎的话。苏之念把她搂入怀中，轻拍她的脸蛋：“婷婷！婷婷！”

他喊了她好几声，她湿漉漉的睫毛才抖动了两下，缓缓地睁开了眼。她的眼底全是恐慌，表情有些茫然，大概是梦里哭得太伤心，被叫醒后，还不断地抽着鼻子。

“做噩梦了？”苏之念擦了擦她脸上的泪水，声音仍旧有些冷，声音却柔了很多，“没事，醒了就好了。别乱想，只是梦，不是真——”

苏之念最后一个“的”字还没说完，就读到了怀中女孩心底的想法，知道她到底做了什么样的梦。他给她擦眼泪的动作蓦地僵硬了。

她不是做了梦，是想到了往事。她想到了五年前，他醉酒那一晚强行要她的事，她的心底充斥着恐慌、害怕和绝望。

她呼吸有些急促，身体颤得厉害，手用力去抓被褥。苏之念看向她的手腕，那里有一圈瘀青，触目惊心，是他那晚醉酒的时候，用力过猛留下来的痕迹。他这才知道，她不是有些惧怕他，而是很怕他。

“我怎么做了那个梦？明明好多年前已经忘掉了，怎么又想起来了？”

苏之念坐在床边，这些想法顺着他们肢体的碰触，直直撞入他的心底，如一把刀，把他的心活生生削成了一片一片。

宋青春惊魂未定地喘了两口气，才意识到自己身边坐了人。她转头看到苏之念，脸上瞬间充满防备：“他怎么在这里，不会是要——”

苏之念没等她心底想完，突然起身朝卧室外走去。

快要走到门口的时候，他还是停了下来，背对着她好一会儿，才缓缓地转过身。她原本因为他的离去而放松的神情又紧绷起来。

他看到她的表情变化，用力抿了一下唇，说：“你放心，我不会碰你。”他声音很淡、很轻，“我以后都不会再碰你了”

他连说了两遍，宋青春才反应过来，愣愣地看着他。她不敢相信自己听见的，不相信他的说辞，迟疑了片刻，带着几分质疑：“嗯？”

他从来都知道她不喜欢他，更不喜欢他碰她，所以，他没有什么好难过的，不是吗？良久，他才轻眨了一下睫毛，凉凉地开口：“我说，在你留在我家的剩下的日子里，我绝对不会碰你，你只需要负责好我的衣食住行。”他终是舍不得和她这般分道扬镳，即使他知道，最终他仍是要和她分道扬镳。

他说得很认真，并不像在开玩笑，而且在宋青春的认知里，苏之念这个人，从来都是一本正经的模样，别说开玩笑，连笑都没。宋青春觉得自己仿佛还在做梦，掐了一下自己，直到有尖锐的疼传来，她才回过神。她的唇瓣动了好几次，最终只是很轻地哦了一声。

苏之念说：“你也不用担心我会像前几天那样。你放心，不会有第三次，我不会喝酒了。”说完，他反手拉开身后的门退了出去，然后将门轻轻地带上。

卧室里少了苏之念，气氛不再那么压抑，宋青春紧绷的心情也跟着缓缓地放开。她神情有些愣怔。

他不会喝酒了，下午打牌的时候，唐诺给过他一瓶RIO，被他拒绝，那时唐诺好像说过："也不知道他抽什么风，从上周开始，莫名其妙就要戒酒，不过他也真够厉害啊，最近出去谈生意，还真是滴酒不沾，不管别人喝成什么样子，他要么喝茶要么喝白开水。"

宋青春眉心轻皱了起来，当时她就是那么随耳一听，并没往心里去。

原来，他并不只是跟她说说而已。

原来，他已经戒了酒。

她想闭上眼睛，让心情平复一点，可是，闭上眼睛还没一分钟，脑海里突然闪现苏之念离开卧室之前望向她的眼神，里面包含了太多她不懂的东西。

想着想着，她竟然因为那个眼神，感到有些心痛。宋青春狠狠地吸了两口气，抬手摸向心口，心跳很快，深处却似乎有说不出来的空。

苏之念除了回家和吃饭的时候跟宋青春有照面，其他时间都在书房。书房是他的禁地，没他的允许，她不能入内。

其实以前，他晚上也会在客厅里看会儿电视，或者在健身房跑跑步，每到这个时候，她都在一旁伺候。

女孩心思多细腻，他一回家便把自己关在书房里，次数多了，宋青春也明白过来，他这是尽量让自己不干扰到她。这是他的家，他却把大多数空间留给了她。

她没想到，这样宛如死水、毫无波澜的日子过了还没两周，她和苏之念就来了一个有生之年最亲密的接触：他和她睡在了一张床上。

别乱想，他和她只是单纯睡在一张床上，什么事情都没发生，尽管他们曾经什么都发生过了。

那天发生了很多事，她终于搞明白自己这么多年都想不通的一件事，还下了一个决心，当然，她还和苏之念"同床共枕"了一晚。

那天，秦以南请她吃饭，约了中午十二点半，宋青春十二点二十到的。她以为只有她和秦以南，没想到还有一个人。是她最不想见到的人，唐暖。

宋青春不情愿地入座，菜早就点好，看着秦以南和唐暖聊得火热，宋青春总觉得自己和他们格格不入。

宋青春兀自吃着菜，唐暖很快切入主题。她假借秦以南的名义设了鸿门宴，来向她道歉。楚楚可怜的样子让宋青春觉得非常恶心，但看在以南哥的面子上原谅了她。

宋青春只觉这顿饭吃得十分不自在，当唐暖和秦以南聊到高中时期借书传诗时，宋青春筷子顿时停住，待秦以南一字一顿把“如若相爱，携手到老，如若无缘，护你到老”这十六个字念出口，宋青春手中的筷子啪地落在了桌上。

她不等秦以南和唐暖有所反应，快速站了起来。

秦以南皱了一下眉，关心地开口：“宋宋，你怎么了？”

宋青春朝秦以南连连摇头，勉强让自己发出声音：“没事，我有点不舒服，先去趟洗手间。”

“我陪你。”秦以南迈步过来，手还没碰到宋青春的手臂，宋青春突然扭头，像是随时要哭出来，声音有些尖厉：“不用！”

她快步冲进洗手间，反锁好门，蹲下身，捂着嘴呜呜地哭了起来。她终于明白为什么以南哥会看上唐暖，原来是那些纸条，那些纸条！那都是她和以南哥传递的纸条啊！以南哥一直不知道写纸条的人是她，而知道这件事的第三个人，就是唐暖。那时她和唐暖关系好，少女总是藏不住心事，喜欢把小秘密分享给最好的朋友。原来她曾那么接近过她的梦想，就差那么一点，她和以南哥就可以在一起了。

苏之念恰好也在这家餐厅，不过是在楼上的包厢。饭吃到一半，有些热，他脱了外套，挂衣服的时候，惯性留意了一下宋青春，没想到她在哭。声音很低，像是捂着嘴，刻意压制着。

苏之念站在衣架前，直到秘书喊他，他才回神，走回餐桌前，接下来却有些心不在焉。也不知她到底发生了什么，哭得越来越伤心，最后呜呜出声。苏之念坐立不安，忍不住打断了客户激动不已的陈述，走出包厢。

站在楼道里，他仔细辨认了一下她的哭声传来的方向，循声走去，到二楼洗手间的门口，哭声更加清晰，是从楼下传来的。

苏之念踩着楼梯下楼，拐到洗手间门口。他闭了一下眼睛，控制里面哭泣的女孩将反锁的门打开。

因为被他控制了意识，她停止了哭泣，脸上还挂满泪水，眼睛红得厉害。苏之念心底闷闷地疼了一下，迈步跨进女洗手间，将门反手关上，把她拉入了怀中。

其实这并不是第一次。在她哭得伤心无助的时候，他总会出现在她身边，给她一个拥抱。她让他滚的那五年里，只要她哭泣，他都能听见。他总会来到她身边，这般抱抱她。

她从来都不是一个人，只是被他控制了意念，并不知情。

她的快乐，他从不参与；她的难过，他永远都在。

苏之念抱了宋青春好一会儿，将她的脑袋从自己怀里捧了起来。他温柔地擦干她脸上的泪水，然后低下头，带着爱怜和心疼，摸了摸她的脑袋，打开身后的门走了出去。

他控制着她的意念将门重新反锁，转身走出洗手间，重返楼上。

苏之念回到包厢的时候，程青葱正在被客户灌酒，看他进来，宛如看到救星，立刻从座位上站起身："苏总，您……"

程青葱一眼就留意到了苏之念左胸前的一小片湿痕。那片湿痕上有一团黑，还有一抹淡红。等苏之念面色冷淡地走近一些，程青葱才看清那团黑像是花掉的睫毛膏，而淡红似乎是唇彩，上面有着提亮的珠光。

这么说那湿漉漉的痕迹，是一个女人的眼泪？难道，那个藏在大boss心底的女孩也在餐厅？

宋青春明明记得自己之前背靠着门，蹲在地上哭，等她回过神来，竟然是站着的，而且脸上的泪水全没了，像是被什么人擦过一样，肌肤上似有似无地残留着一抹温度。

宋青春疑惑地打量了一圈洗手间，发现只有自己一人，门仍是反锁的状态，根本不像有人进来过。宋青春眉心皱了皱，拍了拍脑袋，记忆仍是连贯不起来。

这种情况，她经历过好几次，每次都是哭得正伤心的时候，人就莫名其妙地断片了。宋青春曾把这种情况告诉给宋承，宋承完全不信，还说是她眼泪多，灌进了脑子里。

兜里的手机突然响了起来，是秦以南来的电话。宋青春回了一句马上回去，就把电话挂了。

秦以南就在洗手间外，看到她出来，立刻紧张地开口："宋宋，你还好吧？"

宋青春轻摇了一下头：“我没事，以南哥。”

“真的没事？”秦以南不放心地问。

宋青春勉强扯了一个笑，娇憨地说：“真没事，我就是刚刚心情突然有些不好，对不起啊，以南哥。”

“你没事就好，跟我说什么对不起？”秦以南看她笑，神情彻底松懈下来，“傻丫头。”

她心底酸酸的，想要告诉他，他口中的傻丫头才是当初跟他借书传诗的人。

她刚有这个冲动，嘴里就喊了他的名字：“以南哥。”

“嗯？”秦以南脸上噙着一抹暖暖的笑。

宋青春张了张口，却怎么也说不出话来。

这些年，秦以南有多喜欢唐暖，她一直看在眼里。

“怎么吞吞吐吐的？你想说什么就说，什么时候在我面前还这么小心谨慎？”

“没有……”宋青春朝秦以南摇了摇头，唇角弯起，“我只是突然想到小时候，你也喜欢这么揉我的脑袋。”

秦以南失笑，又一次揉了揉宋青春的脑袋，还轻轻地拍了拍，低语了一句：“傻丫头。”

宋青春佯装恼怒：“我才不傻。”

“那也没多聪明。”秦以南轻笑出声，“好了，我上个洗手间，你先出去等我。”

宋青春不愿意面对唐暖，所以没有回餐桌，而是在洗手间外的屏风处站着。

屏风上摆放了两盆绿萝，繁茂的枝叶快要垂到地上。

宋青春捏着一片嫩叶，轻柔地把玩着，屏风后面传来高跟鞋的声音。

“正在想借书传诗的事？”随着唐暖熟悉的声音在她耳边响起，高跟鞋声也停了下来。

宋青春垂了垂眼帘，装作什么都没听到，指尖沿着绿萝叶子的纹路滑动着。

“如果秦以南知道这么多年认错了人，会不会崩溃？”唐暖看宋青春还是没反应，自言自语地说，“这么说，我倒是很想看看秦以南知道真相的样子。”

宋青春手指一颤，回头冷眼看向唐暖：“唐暖，你还有完没完了？你做了这么多亏心事，难道不怕遭报应吗？你讨厌我，冲我来，能不能不要每次都扯上以南哥？”

唐暖半倚在屏风上，朝宋青春轻轻一笑：“怎么，心疼了？不是都说不喜欢秦以南了吗？既然不喜欢了，我怎样对秦以南，似乎都跟你无关吧，干吗这么激动？难不成你心底还是没放下？”唐暖见宋青春的手握成了拳头，好心情地勾了勾唇角，话语悠扬，“所以，这么看起来，你对他来说，也没那么重要。”

“唐暖，以南哥对我好不好，我心里有数，你用不着在这里挑拨离间。”宋青春站直了身体，准备离开。

她还没迈步，唐暖却一把抓了她的手臂：“宋青春，你敢不敢跟我赌一把？就赌我们两个人在秦以南的心底，谁更重要！”

宋青春盯着唐暖，眼睛微微眯了起来，心底隐约浮现一丝不好的预感。

“宋青春，既然你不愿意面对，我偏要让你面对个彻底。”唐暖沉吟了片刻。

“没兴趣！”宋青春没有任何停留，想将手腕从唐暖手中挣脱。

唐暖似乎料到她有这样的反应，手上力道猛然加重。

宋青春脸上浮现一抹厉色：“唐暖，我没闲工夫陪你玩，你放开我！”

唐暖不吭声，只是静静地看着她。

约莫过了十秒钟，秦以南从洗手间走了出来：“咦？你们两个怎么都在这里？”

唐暖几乎是在秦以南话音响起的一刻，朝秦以南开口：“以南，你出来了？”

秦以南一边往宋青春和唐暖这边走，一边问了一遍：“你们不在座位上，在这里干什——”秦以南话没说完，脸色突然有些难看，大喊了一句，“小心！”

宋青春一头雾水，看到秦以南朝她和唐暖飞扑过来，口中最先喊的是唐暖的名字，语气焦急无比，而他的手一把抓住她的手腕，身体罩在她的身上，然后她听见三道声响。

一道是秦以南的闷哼，两道是一前一后瓷器的碎裂声。

秦以南扑过来，把宋青春护在怀里，力道很大，宋青春的鼻子撞上了他的胸膛，疼得她眼泪都出来了。她整个人还没缓过劲来，就感觉脖子上湿黏得厉害。她皱了一下眉，侧头去看，鼻息里钻入了腥味，然后她看到了一大片血。

秦以南身体摇晃了两下，狠狠地栽倒在她怀里。她这才看清，秦以南的脑袋受了伤。

“以南哥，以南哥！”宋青春连喊两声，才注意到地上有两个碎裂的花盆，泥土和枝叶散了一地，而唐暖紧紧地贴着墙壁，眼底闪过一抹不敢置信。

宋青春知道，这一切都是唐暖所为！

她说要做个测试，却在她和秦以南毫无准备的情况下推了身后的屏风，使得上面的两个花盆砸落下来。

宋青春全身发抖，张了好几次口都没发出声音，直到服务员闻声赶来，她才带着哭腔喊：“救护车，快叫救护车啊！”

中途出去过一趟的苏之念，再回到包厢里，注意力明显不如之前集中，甚至有好几次客户跟他讲话，他都抿着唇，没有反应。

程青葱感觉包厢里气氛有些尴尬，努力想要圆场，好不容易喝掉了一大杯白酒，哄得客户喜笑颜开，对着苏之念再次开了口：“苏总，我们的合作就这么定了？”苏之念嗯了一声，然后没了动静。

客户眉心皱起，脸上又露出不悦。

大boss这是怎么了？程青葱生怕客户翻脸走人，连忙凑到苏之念耳边，提醒了一句：“苏总？”

苏之念置若罔闻，表情一瞬间冷凝起来。

“这……”客户沉着脸，转头看向程青葱。

程青葱赔笑，刚准备提醒苏之念，苏之念突然带着几分愤怒，将筷子扔在餐桌上，不顾客户和秘书的错愕，猛地站起来，沉着表情大步流星地离开了包厢。

苏之念按了好几次电梯，电梯门才打开。他急匆匆地踏进去，狂点一楼的按钮。

电梯到了一楼，苏之念等电梯门开了缝隙，快步从里面闪了出来，朝洗手间的方向跑去。人刚跑到，就见花盆从屏风上直直地朝宋青春的脑袋落下。

他不确定秦以南会救谁，可不管秦以南救谁，他苏之念想要救的只有宋青春。

所以，几乎没有任何犹豫，他直接控制了秦以南的意念，让他护在宋青春的身上。

然后，沉重的花盆砸在了秦以南的脑袋上。

一阵无法言喻的疼痛，感同身受地出现在了苏之念的身上，疼得他有些发蒙，险些站立不住，紧接着就有黏稠的液体顺着他的耳朵淌下来，伴随着宋青春焦急的声音："以南哥！以南哥！"

苏之念下意识退回电梯里，透过正在关闭的电梯门，看到宋青春看向秦以南的神情，复杂而又疼痛。

苏之念触电一样闭上了眼睛，虚弱地靠在电梯壁上。他知道自己需要去医院，他摸出手机，想给程青葱拨个电话，可是意识已有些模糊，只是本能地按出十一位数字。电话响了很久也没有人接听，他吃力地将手机举到面前，强撑着看了好一会儿，才看清楚屏幕上是"藏在回忆里的人"，然后电话无人接听，自动挂断。

苏之念有些疲倦地闭上眼睛，清晰地听见楼下传来宋青春的声音。

"唐暖，我告诉你，以南哥没事，我们什么都好说。如果他有事，我绝对不会饶了你！"随着这句狠话，一个响亮的巴掌声响起。

之后，宋青春焦急地询问餐厅服务员："救护车来了吗？怎么这么慢？血到现在还没止，以南哥会不会有事？"

"救护车终于来了，麻烦你们救救以南哥，我也要跟去医院。"

"以南哥，你要撑住。"

后面她的声音越来越小，想来是坐上救护车离开了。

苏之念脸上浮现一抹淡淡的苦笑。他在奢望什么？竟然第一时间想着给她打电话。

婷婷，你知道吗？这么多年，我一直都是这样，在你的身后，悄无声息地守着你。因为不能爱你，所以只能这样给你全世界最安静的爱。

苏之念的笑意越来越淡，到了最后，仿佛变成了透明的。他的意识越来越虚，最终陷入黑暗的谷底。

苏之念再次醒来时，人已经在医院。他是被宋青春的声音唤醒的：“你一定要快点好起来。”

睁开眼睛，床边空无一人。苏之念猛地就从病床上坐了起来，因为速度过快，感到一阵晕眩，险些再次昏过去。

他四处张望，看到的只是空荡荡的病房。是他出现了幻觉吗？这个疑惑还没落定，苏之念又听见宋青春的声音：“快点醒来。”

苏之念眉心轻皱，又听见一声：“以南哥。”

以南哥，这三个字瞬间让苏之念清醒过来，真是好巧，秦以南竟然和他在同一家医院。

苏之念望了一眼腕表上的时间，已经七点多钟，他昏睡了五个多小时。在这五个多小时里，宋青春一直都在守着秦以南吗？

“苏总，您醒了？”病房门被推开，程青葱走了进来，打断了苏之念的思绪。

“苏总，您到底是怎么了，脑袋上受了这么严重的伤？”程青葱将刚拿回来的药放在桌子上，看了看苏之念正在打的吊针，还有小半瓶，然后按了墙壁上的呼叫铃。

他是在电梯里被人发现的，衬衣成了血红色。她那时正在想办法让客户消气，结果接到这个消息，什么都顾不上，直接送他来了医院。

医生听见呼叫铃，很快来了病房，检查了一下苏之念的身体，说并无大碍。

程青葱说：“苏总，您这几日还是留在医院里观察观察吧？”

苏之念没接话，盯着天花板，耳边都是宋青春对刚醒来的秦以南说的话。

“以南哥，你哪里不舒服？你还好吗？你认识我吗？以南哥，你知不知道你吓死我了？我订了粥，等下就送来，你喝点。”

“苏总？”程青葱又开口。

苏之念突然冷着声音说：“回家！”

“呃？”程青葱愣怔了一下，“苏总，您伤口还需要换药，而且吊针还没打完，就算您不住院，今晚最好也……”

苏之念抬手拔掉了手背上的针头，不顾冒出来的血珠，掀开被子就下了床。经过程青葱身边的时候，他声音有些颤抖：“回家，送我回家！”

秦以南醒来没多久，得知消息的秦伯父和秦伯母就赶到了医院。

秦以南催促守了自己一下午的宋青春赶紧回家休息，秦伯父和秦伯母也跟着附和。

宋青春拗不过，九点钟的时候，终于从医院出来。她掏出手机，看了一眼，竟然有好几个未接电话，其中一个是苏之念打的，时间是下午两点钟。那个时间点，差不多是秦以南为了救她昏倒的时间。

宋青春犹豫了片刻，还是给苏之念回拨了一个电话，响了很多声，都无人接听。宋青春皱了皱眉，将手机举到面前，挂断电话的时候，扫了一眼顶端的时间，发现竟然已经九点多了。宋青春的心猛地咯噔了一下，那个男人说过，如果她做不到他提出的条件，他会让宋氏企业彻底消失！

她七点钟必须要到苏之念家，因为秦以南受伤，她完全忘记了时间，也没给苏之念打电话请假，现在他又不接她电话。宋青春越想越心惊，一边期盼着苏之念今晚还没回家，一边急匆匆地拦了一辆出租车。

进别墅院子之前，宋青春走到远处，往别墅二楼望了一眼，那里黑漆漆的。她提着的心终于定了下来，苏之念还没回家。

宋青春一路小跑到了门口，进了屋，走过玄关，朝餐厅走去，还没走两步，就看到坐在沙发上的苏之念。她吓得全身一哆嗦，整个人定在了原地。苏之念竟然在家？但他为什么黑着灯坐在沙发上？

宋青春不敢去看苏之念，垂着脑袋一动不动地站着，等了好一会儿，都没等到苏之念说话。

他这样沉默，让她后背爬上一股寒意。她吞了一口唾沫，开口认错："苏先生，对不起，我回来晚了"回应她的是一室安静。

宋青春压力更大，连呼吸都绷了起来："我保证这是第一次，也是最后一次。苏先生，这次我真的知道错了，不是故意回来晚的。"

没得到苏之念的回应，她忍不住悄悄抬起眼皮，却发现男子几乎是瘫在沙发上的，脑袋歪斜地耷在肩膀上。

他这是睡着了？

"苏先生？"宋青春咬了咬下唇，看他仍是没反应，鼓着勇气，小心翼翼地蹭了过去。

宋青春看了一眼他的脸，这才发现，他看起来十分痛苦，唇色惨白，脸上泛着异样的潮红。宋青春眉心皱了皱，伸出手，轻轻地探了探苏之念的额头，然后猛地缩了回来。他怎么烧得这么厉害？

“苏之念？苏之念！”宋青春急忙伸手晃了晃苏之念的肩膀，喊着他的声音大了许多，因为焦急，直接脱口而出他的名字。

男子仍是处于昏迷的状态，透过他没有系纽扣的西装外套，她看到他里面穿的白色衬衫上竟然布满了血迹。宋青春有些惊慌地扒开他的衣服，见他身上没有伤，又翻找了一下其他位置，发现他的右侧脑袋上贴着纱布。白色的纱布已经被血染透，有些鲜红沾到了沙发上。

他怎么脑袋也受了伤？而且跟以南哥一样，看起来很严重的样子。他还发了高烧，会不会有生命危险？

宋青春急忙从包里摸出手机，慌慌张张找了好一会儿，才找到“夏医生”的名字，连忙拨了出去。

宋青春费力地将他移到二楼房间的床上。她先把他身上带血的衣服扒了下来，拿了一条热毛巾，擦干净他身上的血迹，然后扯了一条厚丝被盖在他的身上。

忙完还没过五分钟，宋青春就听到楼下传来鸣笛声。她透过窗户看了一眼，是从别墅门口传来的，便匆匆地跑下去开门。

夏医生将近六十岁，头发白了许多，走起路来健步如飞。

在电话里，他问了很多关于苏之念的情况，所以来的时候带了不少检查工具。宋青春帮着拎上了二楼。夏医生给苏之念检查了半个小时，摘下口罩。

“夏医生，苏先生情况怎么样？”一直守在卧室的宋青春从沙发上站了起来，问。

“还好伤口处理过，没有感染。我给他重新换了包扎，但是在伤口完全愈合之前，可能会有少量渗血的情况，没什么大碍。他烧得这么严重，为免病况恶化，我得给他打吊针。”夏医生一边说着，一边从医药箱里拿了好几种药，注射到葡萄糖水里，挂在简易支架上。接着，他拿针头朝苏之念右手背上的血管准确无误地扎去。

夏医生拿着胶布固定好针头，抬起头看向宋青春，安慰了两句：“小丫头，你不用担心。我来了，他就不可能有事。”

苏之念的吊针有两大瓶，至少要输三个小时。夏医生年纪大了，守了一个多小时，渐渐地有些支撑不住，靠在沙发上开始打盹。

宋青春没学过医，但之前在医院里照顾宋孟华的时候跟护士学过拔针，便说："夏医生，我去把客房整理一下，您先过去休息吧。这里我看着就好，我会拔针。"

"你会拔针？"夏医生反问了一句，看到宋青春点头，然后伸了个懒腰，走到床前，把了把苏之念的脉，"既然你会，那这样吧。我先回去了，年纪大了，认床，换了地方也休息不好。他目前情况已经很稳定，大概半夜就能退烧。"

夏医生说着，又在药箱里翻了一会儿，拿了好几瓶药放在宋青春的面前，吩咐她这些药该怎么吃，然后说："一日三次，务必盯着他吃药，至少要吃七天，明天晚上我会再过来给他输液、换药。"

"谢谢您，夏医生。"宋青春送夏医生出门，看着他上了车，又说了一句，"您开车慢点。"

"你快上去吧，楼上那位更需要人。"夏医生指指二楼，就发动了车子。

宋青春一直等着车子开出了院子才上楼。男子还在昏睡，第一瓶里的液体已经要滴完。宋青春起身走到床边，等了片刻，换了输液瓶，此时已经快十一点，宋青春也有些困意，她怕自己睡着，干脆站在床边守着。

室内很安静，宋青春能听见输液管里液体滴下的声音。在她的记忆里，这是她第一次看到他受伤生病的样子。大概因为太不舒服，他嘴里时不时发出一些不适的低喃。他眉心皱得很紧，满脸都是病态和倦意，给人很脆弱的感觉。病重的苏之念，没了平日那种拒人于千里之外的遥远，显出几分亲切。

宋青春百无聊赖地在床边走来走去，过了大概二十分钟，输液瓶终于见底。她跪在床边，按照护士教的办法，飞快地拔掉了针头，拿棉签按在苏之念的手背上，停了一会儿，等血止住，从一旁的床头柜摸了一个创可贴贴上去。

宋青春伸手摸了摸苏之念的额头，还是烧得有些厉害，她调好闹钟，拖了矮凳，直接坐在床边，准备趴着休息一会儿，等到了点，确认他退了烧才回房睡。

因为坐着不舒服，宋青春一直睡得不踏实，迷迷糊糊中听见苏之念低声念叨着什么，然后人就清醒过来，凑到他耳边，仔细辨认，才隐约听懂他在说“水”，于是连忙起身，走到一旁端了水杯，给他喂了一些水。

弯身给他盖被子的时候，手腕却被他猛地抓住。宋青春全身一僵，下一秒，人就被他一把拽倒在床上，紧紧地抱入了怀中。他的气息瞬间笼罩了她。她想快速下床，听到他微弱的低喃声：“你可以抱抱我吗？”

因为高烧，他的声音有些沙哑，声音出奇柔软，还带着一股哀求，让宋青春条件反射地抬起头看向他的脸。她没想到，会看到他这么浓郁的悲伤，听到他这么卑微的乞求。

在宋青春发愣的时候，苏之念再次伸手抱住她。

“你别怕，我只是想抱抱你，你抱抱我，抱抱我，好吗？”

宋青春全身颤抖得厉害，清楚地感觉到心底一抽一抽的疼。在他哀伤得让人想流泪的话语里，她慢慢地抬起手。

她感觉男子身体一僵，力度猛地加大，抱得她有些疼。他低下头，将脸埋在她的肩颈处，低低地笑了一声，用脑袋蹭了蹭她的脑袋，又轻轻地笑起来，像是遇到了多么开心的事。

宋青春顿了几秒，侧头看向苏之念。男子脑袋枕在她的肩上，长睫垂着，因为笑开，露出整齐洁白的牙齿。宋青春一时有些呆。

他笑着笑着，唇角渐渐收了起来：“好想可以这么抱你一辈子，可是我知道，你是不愿意的，甚至你心底是恨我的，恨不得离我远远的，对吗？我找了你那么多年，你怎么就不记得我了？”

这个拥抱，像是那一晚他对她说“我不会再碰你”时看向她的眼神。她说不出来地慌张。她觉得他似乎在说给自己听。

过了不知道到底多久，他轻声细语地开口：“不过没关系，能这么抱你一次，已经很好了。”说完，他缓缓地松开搂着宋青春的胳膊，然后抓住她搂着他的腰的胳膊，一点点挪开。他很想一直抱着她，抱到地老天荒。

她明明最讨厌也最怕他靠近，他这么松开她，她应该转身就跑，她却和刚刚一样，再次鬼使神差地躺进他的怀中。他全身颤了一下，安静地躺在那里，没有任何反应。宋青春屏住了呼吸，心像是随时会从嗓子眼里蹦出来。

隔了许久，苏之念伸手拥住了她。他的力道很大，几乎要将她的后背折断。因为疼，宋青春微微皱了皱眉，却没有闪躲。她听见他在她的耳边喃喃喊了好几声："婷婷，婷婷。"每一声语气都不一样，有沉痛的，有疼爱的，有无奈的。

婷婷是谁？是他喜欢的人吗？那他刚刚的话是说给婷婷听的？她记得之前无意中偷看过他的日记，上面写着"三生有幸遇到你，有生之年娶到你"，那么美的句子，也是写给那个叫婷婷的女孩的？

夜深了，很静，苏之念的烧一点点退去。许是因为人生第一次和男人同床共枕，她迟迟没有睡意，闭着眼睛，心里很乱，不知道自己到底在想什么。

她浑浑噩噩地睡去，又睁眼把闹铃关了，摸了摸苏之念的额头，发现已经退了烧。因为太困，她没多想，再次沉沉睡去。

清晨，冬日的第一缕阳光透过明亮的窗户照在苏之念的脸上，他惯性地睁开了眼睛。他觉得自己睡了一个很长的觉，做了一个很美的梦，梦里有他最爱的她。

苏之念盯着雪白的天花板，回忆了好一会儿梦里的场景，微微动了动身体，想要起床，然后发现身边的异样。宋青春枕在他的肩上，手搭在他的胸口，睡得正熟，而他一只手枕在她的颈下，另一只手搂着她的腰。这么亲密相偎的姿势，让苏之念怔了好一会儿。

苏之念环顾了一圈卧室，看到茶几上放了几瓶药，而自己的手背上贴了新的创可贴，下面有愈合的针眼。原来，昨晚的一切，不是梦一场。

苏之念盯着宋青春发呆，眼神格外深邃。看着看着，苏之念又睡了过去。

昨晚睡得太晚，宋青春醒来的时候，已经十一点。

他的脸色比昨晚好了许多，虽然还是有些苍白，唇角挂着一丝若有若无的笑意。宋青春犹豫了一会儿，决定趁着他沉睡悄悄离开，当这件事没发生过。

想到这里，她极轻地将苏之念放在腰上的胳膊拿开，然后下床，拎了地上的拖鞋，蹑手蹑脚地走出他的卧室。

宋青春洗了澡，换了身衣服，又推开苏之念的卧室门，往里探了一下脑袋。没想到苏之念已经醒了，一脸平淡地靠在床头，盯着对面的壁画出神。

宋青春就要缩回脑袋，可苏之念已经察觉到了动静，淡淡地转过头。

宋青春硬着头皮朝苏之念问了一声好："苏先生，您醒了？"

苏之念轻点了一下头，没出声。

"我手机落在你的卧室了。"宋青春一边说，一边指了指苏之念的枕边。

苏之念没什么反应，一动不动地盯着她，像是在无声质问，你的手机怎么会在我的床上？

她急忙找了个借口，解释："昨晚你输液，我在这里守着，回自己房间的时候，忘记带了。"

苏之念静静地盯着她，像是不相信她的话，过了好一会儿，嗯了一声，示意她自己过去拿。宋青春松了口气，快速走到床边，她伸出手拿自己手机的时候，瞄到苏之念胳膊下压着一根细长的发。

她在他的卧室里待过，掉一两根头发在地板上很正常，可是掉在他的胳膊下，那不等于告诉他，她昨晚睡在他的床上吗？

宋青春滴溜溜地转了几下眼睛，抬起头，盯着苏之念问："苏先生，您的烧退了吗？"一边说，宋青春一边摸了摸苏之念的额头，将那根发丝悄无声息地抽走。

苏之念在她的手碰上他额头的时候，身体僵了一下，然后读到了她心底的想法。原来，她是怕他看到她的头发，知道她昨晚和他睡在一起才关心他的。

一向很少主动跟她聊天的他，竟问了一句："昨晚夏医生来过？"

宋青春轻轻点了点头："我昨晚回来见你昏倒在沙发上，身上都是血，吓坏了。幸好孙嫂走之前，告诉过我家庭医生的电话，于是我急忙给夏医生打了个电话。"宋青春说到这里，突然停了下来。她这是不打自招地告诉他，在没有请假的情况下，她回来晚了？

宋青春忐忑不安，连放在苏之念额头上的掌心都布满冷汗。

就在宋青春准备开口认错的时候，苏之念突然说："中午吃什么？"

宋青春怔了一下，不敢置信地看向苏之念。他神情平静，没有丝毫动怒和不悦。她急忙将放在他额头上的手收了回来，轻声说："我煮点清淡的吧。夏医生说，你这几天要忌口。"

苏之念点头，说："好。"

宋青春做午饭的时候，没忘记给秦以南发短信，知道他已经出院回家养伤。

她若是做完午饭就走，那么家里只剩下苏之念一个人。

他不跟他母亲住，从小又没有父亲，现在还受了这么重的伤。

宋青春想到这里，咬了咬唇，在手机上敲打了半天，给秦以南发了一条道歉短信：“以南哥，谢谢你昨天救了我。今天我临时有点事，可能去不了了。”

“没关系，宋宋，我已经没事了。”

秦以南很快回了短信，隔着屏幕，宋青春能感觉到他的好脾气。

“对不起，以南哥。”宋青春想了想，继续问，“以南哥，昨天你为什么会救我，而不是她？”

秦以南过了好久才回复：“宋宋，其实我昨天看到两个花盆砸下来，想喊的是唐暖、宋宋，快躲开。我不知道为什么只喊了唐暖的名字，人就护在了你的身上。宋宋，其实那样的场面，我自己都有些无措，不知道该怎么办。你和唐暖，我不希望你们任何人受伤，不过还好，最后谁也没有受伤。”

宋青春笑了笑，和秦以南继续发了几条短信，嘱咐他好好休息。

她一边洗菜，一边情不自禁地想到昨天下午秦以南为自己挡花盆的场景。她一直以为，在秦以南的心底，唐暖是比自己重要的。一种强烈的念想，在她心底蠢蠢欲动。

下午三点，夏医生过来了。和昨晚一样，他给苏之念换了药，扎了吊针就离开了。

中午吃过饭，苏之念去书房拿了电脑和文件，打吊针的时候，他半靠在床头，用没有扎针的手翻着文件。

宋青春没敢走开，怕苏之念睡着引起血液回流，所以抱了自己的电脑坐在地毯上，趴在茶几上玩。

苏之念的别墅坐北朝南，午后阳光出奇地好，照得室内明晃晃的。

他看文件，她玩电脑。因为受伤，苏之念精力大不如前，不过看了一个小时，觉得头疼，便将文件放在一旁，侧头看向宋青春，唇角忍不住弯了起来，他多希望时间定格在这一刻。

宋青春时不时转头看一眼苏之念这边的吊针，每次她转头的时候，苏之念便会不动声色地闭上眼睛，装作睡着的样子。等到她回过头，他便睁开眼睛，继续盯着她。如此反复了不知多少次，因为药效，苏之念真的睡着了。等他再次睁开眼睛，药水已经换了另一瓶，滴了一大半。

宋青春改成趴在沙发上，表情有些苦恼，手指不断点着某个按键，嘟囔着："怎么回事？以前这样就好了，为什么这次还没好？"

苏之念眉心蹙了蹙："怎么了？"

宋青春抬起头："苏先生，你醒了？"

苏之念轻点了一下头，视线落在她的电脑上，宋青春又说："电脑突然莫名其妙关机了，怎么也打不开。"

"我看看。"苏之念调整了一下姿势，声音淡淡地说。

"你还会修电脑啊？"宋青春诧异地问，然后抱着电脑走到苏之念面前。

宋青春站在床边，及腰长发垂在苏之念放在床侧正打吊针的手臂上。

她心底的所想，他全都可以读到。

苏之念感觉到她心底的惊叹，神色不动地盯着电脑屏幕，轻轻地眨了眨眼，一只手在电脑触控板上滑动，不时点几下，屏幕上很多窗口不断弹出关闭，看得宋青春眼花缭乱。电脑重新启动，苏之念像是知道她的疑惑，侧头看了她一眼，声音寡淡地解释："电脑系统有点小问题，我刚刚给你检查了一下，已经修复，以后不会再出现开不了机的情况。"说完，苏之念视线扫到了屏幕上一个快捷桌面。那是一款很多年前的网络游戏。

这款游戏，他再熟悉不过。这是他玩过的唯一一款游戏。

这款游戏，是他住她家的那一年，手把手教会她玩的。他玩的是男号，她玩的是女号，后来他们还在游戏里结了婚。

那一天，他在阳台上站了许久，走回电脑前，看到她给他的游戏号上发来一条消息："谢谢相公。"

他心如潮水，起伏不定，好半晌才在键盘上打了四个字："娘子客气。"

她回了一个害羞的表情，过了一会儿，发来一句话："我们也改个情侣名吧？你看游戏里的夫妻都是情侣名。"

他说好，约莫过了半个小时，她给他发来两个名字："执念　青春""青春　执念"。

当初她把他从家里赶出去，现实中恩断义绝，游戏里也恩断义绝。后来他醉酒……她开始躲着他。他在撞见那个秘密之后，放弃了寻找她。

可是不知哪里出了差错，高考报志愿的那天，她怒气腾腾地冲回家来找他。她说，他不讲信用，他过分，他得了便宜还卖乖，竟然到处传播那些消息。她还说，这辈子最后悔的事情，就是遇见他。

那是他在知晓那个秘密后，第一次见她，那种好不容易压下去的恨意和烦躁，再次充斥着他的胸膛。他说："好巧，宋青春，我也一样，我这辈子，做过最错的一件事，就是认识了你！"

他一直等到她蹲在地上呜呜哭起来，才转身走到床前，拿起自己的钱包，从里面抽了一张支票，填写了一个数额，扔在她面前，说："这是我借住在你们家这么长日子以来的答谢。"

然后他开始收拾东西，拉着行李箱离开了她家。

苏之念想到这里，微微垂了一下眼睛。室内的气氛变得有些凝重。

为了缓和气氛，也为了打消她心底的不安，苏之念主动开口："你那游戏现在多少级了？"

宋青春迟疑了片刻，轻声答："183级。"

"挺高了。"苏之念闲适地靠在床头，"我好久都没玩了，忘了自己多少级。"其实是被她拉黑后，就再也没登录过。当初他之所以会玩这个游戏，不过是因为她。

苏之念眼底浮现一抹伤感："记得那游戏中途大改革过两次吧？"

宋青春轻松了许多，话也多起来："副本难打许多，有时候要玩好久才能打下来。今天我卡的那一关，都打了将近半个月了。"

"这么难吗？"苏之念反问了一句，没等宋青春回答，又把她的电脑拿了起来，进了游戏，看了看宋青春正在做的任务，转头问，"是这关吗？"

宋青春疑惑地看了看他，轻点了一下头。

"你稍等下。"苏之念一边说，一边单手点起触摸板，约莫过了十五分钟，下载了一个软件，开始在电脑上输入代码。宋青春安静地站在一旁。

等吊针滴完，室内只回荡着苏之念敲打键盘的声音。宋青春轻声说："苏先生，我给你拔针。"苏之念嗯了一声，始终盯着电脑屏幕。

她的掌心恰好盖在他的手指上，让苏之念敲打键盘的动作顿了一下。

宋青春给他贴好创可贴，刚准备起身，苏之念停了动作，说："好了。"

苏之念将电脑屏幕转向宋青春，点了一下刚安装好的软件，说："你来试试，看看有这个做辅助，打起怪来是不是简单些？"

难道他刚刚对着电脑打了那么多代码，是在做外挂？宋青春不可思议地看着苏之念，蹲在床边，点开游戏里自己打了半个月还没过关的任务。

没过五分钟，她就把半个月打不下来的怪给秒了！她一边捡宝箱，一边不敢置信地眨着眼睛："这么简单就过了这关？这个外挂太牛了！苏——"宋青春根本没意识到自己被他搂在怀中，两人姿势亲密。

她在高三的时候就知道他很厉害，可从不知道厉害到这个程度。电脑屏幕上撒满了花，几个"恭喜你顺利通关"的字飘了出来。这一关完全是靠苏之念过的，宋青春却比苏之念还激动："苏之念，你太厉害了吧，一百道题啊，整整一百道题，十分钟的时间，你居然全答完了！太厉害，太厉害了！"

他竟然什么都知道！简直不是人啊不是人！他叫什么苏之念啊，应该改名叫苏全才啊。

苏之念的手还搂在宋青春的胳膊上，可以清楚地知道她心底的想法。

她连续喊了他两次苏之念，喊得他心情十分灿烂："没关系，举手之劳。"顿了一下，苏之念觉得语气似乎有些冷淡，补充了一句，"平常无聊的时候，也会写写代码。"

她倒是有了更好奇的事情："你不是学商吗？怎么计算机也这么厉害？"

"高三那年学过一点。"苏之念停顿了一下，"男生对计算机都比较感兴趣，上大学时，我也选修过，还算可以吧。"

宋青春犹豫了一下，问："你会做外挂，那如果我把短信删了，你能恢复吗？"

"应该可以吧。"苏之念沉吟片刻。

"那微信的聊天记录呢？"宋青春追问。

苏之念答："也可以。"

宋青春眼底染了一层喜悦："也就是说，删掉的邮件也可以恢复？"

苏之念预感到宋青春要做什么了。其实他早该想到，他控制着秦以南的意识救了她，肯定会让她对秦以南心有不甘。可是，那一天的情形那么危急，他又想打唐暖的脸，所以根本没多考虑。这些年总是这样，他可以难过她的难过，却从来不能快乐她的快乐。

苏之念盯着宋青春，有些不忍拒绝。他沉默了许久，轻轻地点了下头，说："应该也是可以的。"

宋青春小心翼翼地请求："那我能不能请你帮个忙？"

苏之念垂了垂眼帘："你说。"

宋青春咬了咬唇："我前阵子删除了99封邮件，你能不能帮我把那些邮件恢复回来？"

他知道那99封邮件的存在，那是她在"秦以南"进入部队的第一年，和他联系的。苏之念吞了一口唾沫，仍是一副好商量的模样："我试试。"

宋青春急忙点开网页，登录邮箱，把电脑给了苏之念。苏之念没说话，过了好一会儿才有行动。

宋青春下楼，把中午煮的甜品盛了一些端上楼。她推开卧室门的时候，苏之念已经将电脑放下，靠在床头盯着窗外走神。他像是遇到了不开心的事，神情有些伤感。

宋青春不懂自己究竟怎么回事，看到他这样子，心情也变得有些低落。她在门口顿了一下，迈步走到床边，将甜品递给苏之念："苏先生，这是红枣炖的，补血，你喝点吧。"

苏之念收回视线，点了一下头，接过瓷碗，拿着勺子搅拌两下，刚准备低下头去喝，扫了一眼电脑，语气很淡地说："已经搞好了。"

宋青春嗯了一声，又说了句谢谢，看到原本彻底清空的收件箱里，99封邮件又静静地回来了。她盯着邮件看了两秒钟，把电脑直接合上。

苏之念垂着眼帘，静静地嚼着甜品。

他刚刚好像还心情很好的样子。宋青春在心底掂量了一会儿，没想好要不要活跃活跃气氛，就先开了口："我到现在才发现，原来你是全能人才啊！"

宋青春一边说，一边掰着手指："金融界天才，计算机高技术人员，上学的时候，我记得你还会弹钢琴、吹萨克斯，篮球和足球都不错，运动会的百米赛跑，你好像还是第一吧。"

那么远的往事，她竟然记得？

他想他大概就是这般没出息，心情的好与坏，全由她一人操控。

“还有，打游戏也厉害啊！”她喋喋不休数了很多，“还有，赚钱也很厉害！在这个世界上，到底有没有你学不会的东西？”

苏之念看着瓷碗里的红枣，缓缓地抬起头，说了一个字：“有。”

宋青春直直地盯着他，一脸好奇地问：“你学不会什么？”

苏之念始终没有开口。他的心却在默默回答：学不会不爱你。

他用了很多种方式，让自己不要去想她，不要去在意她，也不要去爱她。可是他变得更痛苦，直到最后，他放弃了坚持，躲在她不知道的黑暗处保护她，才重新活了过来。

宋青春看苏之念半晌不说话，忍不住出声催问：“你到底学不会什么？”

苏之念不冷不热地开口：“学不会生孩子。”

宋青春愣愣地盯着苏之念，眨了几下眼睛，气鼓鼓地转了头。

苏之念将剩下的甜品喝完，把瓷碗递给宋青春。宋青春看了一眼时间，已经七点，要准备晚饭了。宋青春接过碗：“那我先下楼煮饭了。”

他一直等到宋青春走出卧室，楼下厨房传来抽油烟机的声响，才拿起电脑，输入密码。他点开收件箱，里面同样安安静静地躺着99封邮件，是宋青春发来的。他盯着邮件片刻，又点开发件箱，里面同样也有99封邮件，是他发给宋青春的。

没错，秦以南在部队的一年里，是苏之念以“秦以南”的名义将邮件发出的。

99封邮件藏着不为人知的秘密，那就是每一封的字数都一样多。

除去标点符号，有五百二十个汉字。

一字不多，一字不少。

520。

我爱你。

门外有脚步声靠近，苏之念并未察觉，直到卧室门被推开，宋青春走到床边，他才慌乱地伸手将屏幕切回了电脑桌面。

高三那年，某天他和她耗费了一下午，刚做完一个连环任务，游戏里的他和她误打误撞到了这个如画的风景里。

后来他换过很多电脑，这张桌面截屏始终没被丢弃。

第五章
藏在遗书里的玄机

苏之念连续打了三天吊针，身体也恢复得差不多了。精神大好的他，第三天吃完晚饭就扎入书房，开始工作。

宋青春收拾完餐厅，想起他下午对自己吩咐的事，于是拐进他的卧室，从脏衣篓里把他那身染血的衣服找了出来。

宋青春看到衬衣右边几乎被血染红，左边却一片雪白，胸口处有一片水痕，周围有些脏，水痕上面有两团黑，下面一片红。女人的直觉告诉她，那抹红是唇彩。

她还嗅到一股很淡的香水味。只是，为什么她觉得香水味那么熟悉？不，确切地说，好像经常闻到。难道说，他喜欢的那个“婷婷”是她认识的人？

宋青春用力吸了两口气，然后发现味道是从自己手腕上传来的。宋青春不可思议地睁大眼睛，真的是同一款香水！

她用的这款，是宋承送的。香水由宋承的一个法国朋友亲手研制。当时给她的时候，宋承还说，拥有这款香水的，世界上不会超过十人。

她用这款香水已经两年有余，从没闻到过和这款味道一模一样的香水。宋青春心跳加速。她记得，当时总觉得自己有些怪异，好像被什么人拥抱过。

香水味、口红颜色、她哭过，太巧了。难道被苏之念抱着哭泣的女人，是她？

她拿着衬衣，准备找苏之念问一问，可刚走出卧室，脚步又停了下来。不对啊，那天洗手间的门是被反锁上的，如果苏之念真的出现在洗手间，抱过她，给她擦过眼泪，那么，他是怎么打开反锁的洗手间进去的？又是怎么让洗手间保持反锁，出来的？所以还是有一个女人，用了和她同样的香水，用了同样的唇彩，还在同一天痛哭过？宋青春觉得脑袋快炸了，用力跺着地板，拼命抓着头发。

书房门突然被拉开，传来苏之念寡淡的声音："泡杯咖啡。"

"哦。"宋青春急忙站好，呆呆应了一声，看到苏之念的视线朝自己手中的衬衣瞟来，急忙把衣服藏在身后，点了一下头，"知道了，苏先生。"

宋青春深吸了一口气，咬着下唇，悄悄把衬衣拿回自己的卧室藏好。

书房门敞开着，宋青春没有直接进去，而是先敲了一下门。苏之念神情专注地盯着文件，头都没抬，淡淡地说："进。"

宋青春走到书桌前，刚准备将手中的瓷杯放在书桌上，苏之念就伸出手。宋青春将瓷杯放在他手中："苏先生，您受了伤，需要好好休息。喝咖啡晚上会睡不着的，所以我给你泡了牛奶。"

苏之念的笔尖抖了一下，在文件上划出很长的一道黑线。

这是她住进他家以来，第一次违背他的要求。

宋青春看苏之念良久没出声，又说："苏先生，这是夏医生的吩咐。"

苏之念轻轻嗯了一声，慢吞吞地品着牛奶。

宋青春等苏之念手上的工作停下来，再次说："苏先生，我给您换药吧。夏医生说，这几天要勤换药。"

"好。"苏之念放下笔，指了指身后，示意宋青春站过来。

宋青春小心地撕开纱布，格外轻柔，惊奇地发现他的伤口跟以南哥的几乎一模一样。

苏之念表情一瞬间变得严肃，捏着文件的手微微用力，状似不经意地开口："还没好吗？"

宋青春回神，急忙包扎起了伤口，贴最后一条绷带的时候，没有忍住，小声地说："苏先生，我能问你个问题吗？"

苏之念顿了几秒钟才出声："什么？"

"你受伤的那天，是不是在城西的那家'北京宴'用午餐？"

苏之念暗惊了一下，清了清嗓子，回答："没有。怎么了？"

"我……"宋青春不知如何作答。

苏之念看她许久都没出声，一边翻文件，一边貌似疑惑地嗯了一声。

宋青春连忙说："没什么，就是那天，我在那里吃饭，好像看到了你。"顿了一下，又问，"你那天在哪里吃饭，受了这么重的伤？"

他冷清的声音低低传来："'金陵'。"

直到宋青春关上门离开，苏之念才松开握着文件的手，掌心已经布满汗水。

真的好险，她竟然已经开始怀疑在洗手间里抱着她哭的那个人是他了！

若是有朝一日，她不小心发现了他的超能力，是不是会像别人一样，恨不得他从这个世界上彻底消失？

宋青春回到卧室，席地而坐。

她想了无数种可能，甚至开始疑惑苏之念会不会和《来自星星的你》里的都教授一样，也是外星人？

宋青春被自己逗笑了，走向阳台，想要吹吹冷风清醒清醒。她盯着院里郁郁葱葱的松柏，不知怎么想到了秦以南。

这几天，她都有和秦以南短信联系，他恢复得很好，明天准备去公司上班。

若不是她看到秦以南一身血，或许真的会彻底放弃他。

宋青春轻轻叹了一口气，小声念叨起来："我到底要不要去找以南哥告白？我和以南哥，最坏也坏不到陌生的局面，还是找个时间去吧。周末？哎呀，就周末吧。"

周五去公司那天，她拐去了宋家。

宋孟华已经出院，每天药不离身，隔三岔五就有家庭医生来家里量血压。

宋青春到的时候，宋孟华恰好在睡午觉，大嫂方柔在厨房里，盯着管家煮药粥。

“大小姐，您回来了？”小女佣笑嘻嘻地给宋青春打招呼，然后转头朝厨房喊了一句，“太太，大小姐回来了。”

隔了约莫半分钟，方柔才从厨房出来，笑容亲切地喊了一句：“青春，怎么回来也不提前打个招呼？”

宋青春解释：“我路过家门口，想起来要拿点东西，就拐过来了。”

“吃过午饭了吗？”

“吃过了。”

方柔点点头，凑到宋青春耳边，继续说：“苏之念那里，受了委屈？”

“没有，他最近身体不好，我照顾了他一段日子，可能没休息好。”宋青春莞尔一笑，指了指楼上，“大嫂，我还有急事，先上楼拿东西了。”

方柔笑眯眯地说：“去吧。”

宋青春虽没住在宋家，但她的卧室每天有人打扫，很是整洁干净。

她坐在地板上，从壁柜最下面拉出一个小抽屉。她将东西倒出来，从中间翻出一只信封，拆开后，里面落出很多小纸条。

一只白色的信封上印着“宋氏企业专用”六个字，宋青春皱了一下眉。

那是宋承的遗书。

若不是当初她亲眼看到这封遗书，打死都不会相信宋承跳楼自杀了。

宋承一向都很阳光，心态也积极，宋氏企业蒸蒸日上，还娶了如花似玉的妻子，怎么就想不开自杀了呢？

宋青春看到遗书上那句：“青春，其实我一直没跟你说，我虽然对你很恶劣，但在我心里，你是跟妈妈一样重要的女人。”

她轻轻抽泣起来。

宋承大她三岁，总喜欢跟她争东西，欺负她，她嫌弃他不是一个好哥哥，也不肯喊他哥哥，每次都是宋承宋承地叫。每当她喊以南哥的时候，他就恼怒地抓着她的脖子，怒气腾腾地说：“我才是你哥！”

那句话他说过很多很多遍，可她从没喊过他一声哥，直到他死了，她特别后悔，后悔没天天喊他哥哥。

“青春，我知道，你肯定会哭，不过，哥哥还是喜欢你笑。”

“青春，哥哥活着不快乐，才做出这样的选择，你别怪哥哥。”

宋青春的视线停在“青春”两个字上。不对啊，这两个字竟然写对了，以前宋承写她的名字时，青春的青字上面都会少一横。这封遗书上，总共出现了十八个“青春”，全都写对了！

宋青春随手从书架上拿了一本书，翻开第一页，将上面的“宋青春”三个字和遗书上的“青春”认真比对起来。越比对，越心惊。难道说，宋承没写遗书？这封遗书是假冒的？因此，宋承的死……宋青春狠狠地颤了一下，不是自杀，是他杀？

宋青春捂住自己的嘴。过了足足五分钟，脸上冒起一层戾气。到底是谁杀了宋承？她绝对不会轻饶那个人！

她急忙下楼告诉大嫂，她发现哥哥宋承是他杀，不是自杀，大嫂一脸震惊地问宋青春：“那该怎么办？”

宋青春也有些无助，想了一会儿，想到了秦以南。宋青春放平了语气，对方柔说：“大嫂，要不我先去找以南哥商量商量吧？他在部队里待过，肯定比我们有主见。”

方柔抹了抹眼泪，轻轻地点了点头，说：“也好。”顿了片刻，方柔又问，“青春，你准备什么时候去找以南？”

宋青春拿出手机，看了一眼时间：“今天。”

说完，她将宋承的“遗书”小心翼翼地折起来，塞进口袋里：“以南哥今天在城北的山里，他们公司打算在那里建度假山庄，他在考察，不知道什么时候回来。今天天还早，我直接开车过去找他吧。”

说着，宋青春对着楼下的管家吩咐了一声：“备车。”

“是，大小姐。”管家回了一句，就去玄关处的抽屉翻车钥匙。

“开我的车去吧，你的那辆车还没去年检，开不出城。”方柔已经止住了哭，抬起手，按了按眼角的泪滴，吸了一下鼻子，才开口，声音有些闷闷的：“我去给你拿车钥匙。”

方柔说着就朝自己的卧室走去，经过楼梯口的时候，对管家指了指宋孟华屋门口摔了一地的粥：“去把那里收拾一下。”

当宋青春抵达山里的时候，给秦以南去了一个电话。山里信号不好，拨了好几次都没拨通，最后宋青春一边看路标，一边问路边偶尔出现的行人，傍晚六点的时候，终于找到了秦以南住的地方。

说是旅馆，其实是一户院子比较大的人家把空屋子拿出来租。

宋青春打听了许久，才被好心人告知秦以南已经回城了。

“回城了？”宋青春蹙了蹙眉，“他这项目不是要到下周三才完吗？”

无奈，宋青春只能开车离去。

这里人烟稀少，晚上几乎看不到一个人。

外面风声很大，宋青春开在漆黑的山路上，心底有些害怕。她恨不得立刻上高速，赶紧离开这个鬼地方，可车子在山路上开了一半，突然熄火了。

宋青春心里发慌，颤抖着双腿走了很久，终于有了信号，却没网络。

天很冷，她费了好大力气，才把秦以南的号码拨了出去。

从小到大，只要她有事找秦以南，他肯定毫不犹豫地答应她、帮助她。

秦以南的电话是唐暖接的。

“喂，宋青春？”

唐暖的声音温婉动听，落在宋青春的耳中，像是来自地狱的魔音。她整个人瞬间僵硬，握着手机，停顿了好一会儿，才问：“以南哥呢？”

“他在洗澡！”唐暖没有半点羞愧。

宋青春清楚地感觉到心底深处冒出尖锐的疼痛。

唐暖又问：“你找秦以南有事吗？”

就在她想要问唐暖“你能不能喊以南哥接个电话”的时候，从手机里听到浴室门拉开的声音：“唐暖，毛巾呢？”

“马上。”唐暖回了两个字，紧接着宋青春听到脚步声，大概是唐暖去给秦以南送毛巾。

宋青春觉得嗓子像是被什么堵住了，将手机从耳边拿下来，用力摁断，又强忍着眼泪，给大嫂去了电话。没人接听，她给家里座机去了电话，拨不通。宋青春反复试了好多次，都无济于事。

一天之中，两场变故，超出了宋青春能承受的极限。

她从没试过像现在这样，仿佛全世界都抛弃了她。

在不知道第几次拨出家里的电话却仍是没人接听时，她终于忍不住蹲在荒凉的山路上，绝望崩溃地痛哭出声。

她很明白，这些年，她拖泥带水舍不得放下的梦，今天终于消散。

程青葱发现，苏之念晚饭吃得心不在焉，时不时看一眼时间，像是在犹豫什么。

吃完饭回到车上，程青葱问："苏总，现在我们去哪里？"

苏之念眼神黯淡，抿了抿唇说："公司。"

车子发动，开出没多远，苏之念突然出声："那个……"

他应该给宋青春打个电话，听一听她的语气是快乐还是难过，就可以知道她的告白是成功还是失败。很快，苏之念想到了借口，从兜里摸出手机，给宋青春拨了一个电话。

夜越来越深，山上温度急剧下降，耳边传来呼啸的风声。

宋青春不知道自己哭了多长时间，声音都哑了，全身僵硬。

大哭过后，她心情平静了些，拿出手机，想给助理打个电话。因为太冷，动作特别缓慢，好不容易找到助理的电话号码，还没按出去，却有来电插进来。

苏之念，他怎么给她打电话了？

宋青春错愕了一下，惊觉已经晚上九点多钟。

他是不是回了家，没看到她，所以特意打电话过来？

宋青春心里七上八下，稍顿了片刻，小心翼翼地开口："苏先生……"

"对不起"三个字还没说出口，电话那端，苏之念的声音带着几分疑惑钻入耳中："你在外面？"

她那边风声过大，像是从荒郊野岭传来。

他心底浮现不好的预感，没等宋青春回答，又问："你现在在哪里？"

她一紧张，声音大了许多，有很重的鼻音传来。

苏之念心脏猛地收紧，她哭了？

这说明，她的告白，没有成功？

他心底既欢喜又疼痛。

苏之念再次打断她的话，问了一遍刚刚的问题："我问你在哪里？"

宋青春顿了一秒钟，老老实实地回答："我在城北的山里……"

苏之念紧紧地盯着窗外。

宋青春等了许久，吞咽了好几口唾沫，小声地解释："我是想回家的，可是车子在半路上坏了，怎么都发动不来……而且就我一个人，可能要找人帮我联系拖车公司，才能回去。所以，苏先生，我也不知道几点能回去。"

苏之念突然打断她的话："你是在108国道上吗？"

宋青春却不知道，在城里的苏之念，早在她说"一个人"的时候，已经把司机和程青葱从车上赶了下来，甚至没让程青葱拿她的包，就一脚踩下油门飙了出去。

从城里到宋青春所在的地方，平时需要四个小时的车程，苏之念只用了一个小时二十分钟。

山上信号不好，苏之念和宋青春的通话时断时续，直到他再次拐了一个弯，借着车子的远光灯，看到不远处的山坡上站着的宋青春。

苏之念推开车门，朝宋青春大步流星地走去。

他下车有些急，没有披外套，只穿了件单薄的白衬衣。山上风很大，把他的头发吹得乱糟糟的，脸也通红。

宋青春看着苏之念高大挺拔的身影，大脑有些发蒙。

他注意到她哭红的眼睛，眉心不经意皱了皱，然后才声音淡漠地说："走吧。"

她想起他住在宋家的那个圣诞节，她千里迢迢跑去找秦以南，结果伤心而归，也是这样一个寒冬的深夜，她身无分文，一个人在北京机场回不了家，纯粹抱着试试看的心态给家里打了电话，然后他就赶来了。

也是这样站在她面前，神情不耐烦，语气淡淡的。

当时，他也说："走吧。"

苏之念见宋青春定定地看着自己，迟迟未动，眉心皱了一下，问："怎么不走？"

她仍是没有出声，苏之念清淡的嗓音透出一丝紧张："是哪里不舒服吗？"

苏之念抬起手，摸了摸宋青春的脑袋。

宋青春回神，朝苏之念摇了摇头："我没事。"

苏之念凝视着她毛茸茸的头顶，说："好。"眼神变得十分温柔，"我们回去。"

上了车，苏之念把车内的空调温度调高了些，怕她还冷，又去后备厢里拿了毯子给她，然后看了一眼前方停着的车子，下车给来时联系的拖车公司去了一个电话。

坐回车里，苏之念将拖车公司那边的情况简单地给宋青春描述了一遍，看到她没异议，便发动车子离开。

车子约莫行驶了十分钟，宋青春的身体终于暖了起来。

驶上高速没半个小时，苏之念拐进休息站给车子加油。

宋青春迷迷糊糊地睁开眼睛，问："到了吗？"

"没。"苏之念将毯子往她的肩膀后面塞了塞，淡淡地解释，"车子没油了。"顿了一下又说，"继续睡吧。"

苏之念下车后，车内彻底安静，宋青春没了睡意，缓缓地掀起眼皮，盯着站在车旁的苏之念，刚想拿起手机看时间，却发现左首边有张纸。

宋青春好奇地拿起来，看到上面的内容，表情瞬间凝滞。

那是过高速的收费单，上面清晰地写着几点几分从哪里上的高速。

苏之念给她打电话的时候，不是说他在城北郊区吗？

怎么收费单上写的却是从北京城里出发的？

宋青春急忙点开手机的通话记录，苏之念给自己打电话的时间比收费单上的时间早二十分钟左右，也就是说，他是在跟她通上电话之后才出的城？

宋青春的手开始颤抖。

车门突然被拉开，宋青春回过神，把纸片悄悄攥在掌心，抬头看向苏之念。

苏之念重新发动车子，开上回京城的高速路。

宋青春内心挣扎了许久，忍不住问："你从城北郊区的哪里去接我？"

苏之念目不斜视地盯着正前方，镇定地说："杨林度假村。"转着方向盘换了一条道，他补充了一句，"今天下午，鹿洋的张总做东，在那里打高尔夫球。”

宋青春哦了一声，心里却说了一句：撒谎，明明是从城里出来的！骗子！苏骗子！

他的脸上挂着一抹疲倦，大概是长途驾驶引起的疲劳。

宋青春心底漫起一层愧疚，盯着苏之念，像是下了决心，说：“苏之念，我们能不能先别回城了？”

苏之念眼底掠过一丝疑惑，宋青春接着说：“现在都十二点了，等回到城里就凌晨两三点了，我们在附近找个酒店住吧？”她神情有些尴尬，垂着脑袋，带着几分不好意思，解释说，“我有点不大舒服，想休息一晚，明早再回城，可以吗？”

“好。”苏之念想了会儿，“这附近有家度假村还不错，大概也就五公里远，可以吗？”

“好。”宋青春说。

大概行驶了十五分钟，宋青春看到灯火辉煌的度假村。

车子开到前门停下，苏之念将车钥匙交给门童，和宋青春进了大堂。

订房间的时候，前台礼貌地说：“对不起，先生小姐，我们只剩一间大床房了。”

苏之念用商量的语气对宋青春说：“要不我们再换一个酒店？”

“先生，这一带就我们一家度假村，周围都是景区。”前台小姐笑容满面地说。

宋青春声音很轻地说：“要不，就一间房吧？”

苏之念凝视着宋青春，过了一会儿，语气淡淡地对前台小姐说：“只用她的身份证开那间房吧。”

“可是，先生，如果两个人入住的话，必须要登记两个人的身份证。”前台小姐说。

苏之念顿了一下：“我知道，就按我说的做。”

前台小姐点头，开始办理入住手续。

他用她的身份证开房，就是说她一个人入住，那他呢？

宋青春看着苏之念将自己的身份证塞入钱包，像是猜到了什么，突然伸出手，把他的钱包一把抢了过来，抽出他的身份证，递给前台小姐：

“麻烦也给他办一下入住，谢谢。”

去酒店房间的路上，宋青春脸一直红扑扑的，和苏之念没有任何交谈。

虽是大床房，却有一个小客厅。

一进房间，宋青春就冲进洗手间，出来的时候，见苏之念姿态静雅地坐在小客厅的沙发上，面前空荡荡的茶几上摆了一本黑皮厚册子。

苏之念大概累了，正闭目养神，听到动静，缓缓地掀起眼皮，用下巴点了点黑皮厚册子，淡淡地说了两个字：“夜宵。”

她一个人在荒郊野岭冻了好几个小时，晚饭没吃，是真的很饿。

宋青春看了苏之念良久，慢慢地走到茶几前，蹲在地上，掀开菜单，把菜品都看了一遍，点了一份红烧牛肉面，又加了一瓶酸奶，朝苏之念轻声细语地问：“你要点什么吗？”

苏之念没睁眼，面无表情地摇摇头，揉了揉脖子。

宋青春挂了电话，慢慢站起来，沉默片刻，明知故问：“你脖子不舒服吗？我给你按一按吧？”

苏之念看向宋青春，没出声。

宋青春笑了笑，然后绕到沙发后面，按上他的肩膀。

苏之念身体一僵，又听到宋青春的声音传来：“我按得不专业，但应该可以解乏。”

苏之念没说话，继续闭上眼睛，神情淡淡的，手却悄无声息地握成了拳。

宋青春力道拿捏很适中，让苏之念舒服了许多，眉心跟着舒展开。

在他读到她的想法时，他握成拳头的手有些颤抖。

这大抵是生平第一次，在她的心底，他终于比秦以南强。

原来她没有告白成功，而且秦以南和唐暖在一起？看她像是真的死心了。

他的笑容很淡，依旧晃花了宋青春的眼。

她愣了片刻，有些不满地在心底嘀咕：什么嘛，她在这里黯然伤神，他竟然开心地笑，到底有没有人性？

苏之念怕宋青春累着，没多久就让她退开。

吃过夜宵后，宋青春打算洗澡，尴尬地发现没有换洗内衣，出门前翻遍全身只有65元，可是超市价格表上写着一次性内衣88元。

宋青春碎碎念很久，打算买包护垫，于是穿了外套，打开卧室的门走了出去。

经过苏之念面前的时候，男子突然抬起眼皮，问："去哪里？"

宋青春停下脚步："楼下的超市，买点东西。"

"帮我捎点东西。"苏之念走到宋青春面前，从兜里摸出钱包，抽了一百元递到宋青春面前。

"苏先生，你要买什么？"宋青春一边问，一边接钱，指尖不小心碰了苏之念的指尖一下，然后男子听到了她心底的"如意算盘"：太好了，他让我捎东西，那剩下的钱搞不好可以凑够88元，然后买一套一次性内衣呢！

"买份晚报。"苏之念声音淡淡地回。

太好了！晚报只要一块钱，也就是说她还有99元，买完一次性内衣之后，还可以买一盒哈根达斯！

宋青春一边想着，一边装作很大方的样子，朝苏之念客气地摇了摇头，说："晚报才一块钱，不用了！"

苏之念静静地盯着明明很想接过一百块钱、偏装出不想要的样子的宋青春，突然加大力气，把钱从她的手中抽走，然后塞回钱包，在里面翻找了半天，又摸了摸兜，找了一枚硬币，放入宋青春的掌心，淡淡地说："谢谢。"

宋青春眼睛睁得又圆又大，勉强挤出一个比哭还难看的笑容："苏先生，就一块钱，真的不用了。"

说着，宋青春便想将那一元钱还给苏之念。

谁料男子根本没理会她，直接转身走回沙发前，姿态优雅地坐下。

宋青春人在原地又站了片刻，才彻底回神，对苏之念说了一句"那我出去了"，然后走出了房间。

"抠门！太抠门了！一块钱，一块钱，苏之念，你直接改名叫苏一元吧！苏一元！苏一元！"

苏之念坐在沙发上，听着宋青春抓狂的声音，唇角忍不住勾了起来。

宋青春抱着一包护垫和一份晚报回到房间的时候，苏之念洗好澡，身上裹了件浴袍，头发半湿地坐在沙发上，正看电视。

宋青春十分乖巧地说："苏先生，你的晚报。"

"嗯。"苏之念视线没从电视上离开，拿着遥控器的手点了点茶几，示意宋青春放在那里。

宋青春规规矩矩地放下报纸："那我去洗澡了。"

苏之念点了点头，在宋青春转身的刹那，突然喊住她："等一下。"

宋青春纳闷地转过头，看到苏之念递给自己一个袋子。

袋子有点沉，宋青春打开，见袋子里装了好多东西。

牙膏，牙刷，洗面奶，洗发水，护发素……甚至连保湿水和保湿乳都有！

还有一套免洗内衣和一条棉质睡衣，最上面还有一只黑袋。宋青春伸出手扒拉了一下，看到哈根达斯的盒子。

宋青春刚一脸疑惑地看向苏之念，男子轻轻地瞥了她一眼，拿起桌上的晚报，闲适地翻看着，说："刚刚打电话让酒店送的。"

真是好巧啊，他怎么知道她想要一次性内衣，想吃哈根达斯？

苏之念看她半天没动，说："时间不早了，赶紧洗澡吧。"

很快，宋青春洗完了澡，坐在床边开始吃哈根达斯。

苏之念将被子放在床上，眉心皱了皱："大半夜别吃太多冰激凌，小心胃疼。"

"喔。"宋青春鼓了鼓嘴，贪吃地塞了一口，才把盒子放在一旁的床头柜上。

苏之念将瓷杯递到宋青春面前："喝点热牛奶，早点休息。"

杯子是温热的，沿着她的掌心蔓延到胸口，把心也暖了。

苏之念将刚刚叠在一起的被子和枕头抱起，朝卧室外走去。

宋青春吞了一口牛奶，蓦地停下，看着苏之念拉开卧室门的动作，下意识想要说话，结果一不小心呛得咳嗽起来。

她抬手指着被褥，苏之念便懂了她的意思，收住脚步，淡淡解释："我去客厅睡。你尽管放心休息，晚上我不会进来的。"

她盯着他的侧脸，唇瓣动了动，终究什么也没说，抱着瓷杯，小口喝着牛奶。

苏之念没再说话，一身清冷地走出卧室，顺势将门带上。

宋青春一口气将牛奶喝完，躺在床上却怎么也睡不着，最后拥着被子，盯着紧闭的门，明明他不跟她睡在一张床上是她最希望的，可怎么心底更不是滋味了？

夜越来越深。

宋青春突然听到耳边传来一声“婷婷”。

那声音很熟悉，也很真切，连续喊了三遍，一次比一次声音大，一次比一次语气凄惨，喊得宋青春的心都跟着揪了起来。

伴随着最后一道声音落定，她还听见卧室门外传来类似于茶几摩擦地面发出的刺耳声响。

她猛地从床上坐起来。

原来不是她在做梦，而是睡在客厅的苏之念喊出来的。

他的声音听起来很压抑，像在痛苦挣扎……

宋青春掀开被子，光着脚丫冲出去。

客厅里只亮着落地灯，照出一小片的白。

苏之念坐在沙发上，抓着被褥的手格外用力，他像是没有察觉她出来，盯着正前方落地窗外的夜景，呼吸急促。

宋青春看了好一会儿，轻缓地走上前。

伴随着她的靠近，苏之念转过头，轻咳了一声，语气带着几分歉意：“吵醒你了？”

宋青春摇了摇头，答非所问地说：“你还好吧？”

苏之念嗯了一声，尽量让自己看起来平静，宋青春还是注意到他的后背有些紧绷。

她走到小型水吧前，打开下面的冰箱，拿了一瓶冰镇水，走回苏之念面前，递给了他。

“谢谢。”苏之念拧开瓶盖，喝了几口，将瓶子放在茶几上，走进了洗手间。

他又做梦了，梦见她背对着他往前走，他用尽全力追她，怎么也追不上，他没办法，只能扯着嗓子拼命喊她，即使他喊破喉咙，她的头始终没有回一下。

这样的梦，从五年前他和她分道扬镳之后就隔三岔五地出现，直到她住进他的家里，细算下来，将近两个月没做过了。

梦里那种让人窒息的心痛感，现在还留在胸膛里。他撑在洗手台上，忍不住抠上了坚硬的大理石。

宋青春听到浴室门打开的声响，立刻从沙发上站起身，看向苏之念。

苏之念显然没想到宋青春还在客厅，眼神明显有些错愕："你怎么还没睡？"

说完，他顺势拐向门口的吧台，拿了一瓶红酒，撬开瓶塞，又从杯柜里抽了一只高脚杯。

"我睡不着。"宋青春回答，看到苏之念倒酒的动作，眉心蹙了蹙，"这么晚了，你还要喝酒吗？"

这是他这些年来养成的习惯，每次做了关于她的梦，总要喝点酒，才能压下心底波涛汹涌的挣扎。

苏之念嗯了一声，倒酒的动作蓦地停了下来。

他对她说过，他不会再喝酒。

苏之念将红酒放下，两手空空地走回沙发前，整个人往沙发上靠去，默不作声地闭上眼睛。

宋青春盯着他好一会儿："你还困吗？"

苏之念睁开眼睛，看向她。

宋青春说："我一直没睡着，心情不好，如果你不困，我们聊聊天吧？"

苏之念眼底划过一丝受宠若惊，顿了一会儿，才平静地开口："好。"

宋青春莞尔一笑，把苏之念刚刚启的那瓶红酒和倒了一半酒的高脚杯都拿回茶几上，还多带了一只空的高脚杯。

宋青春一边问，一边蹲在茶几前，给两只杯子倒酒，然后将其中一杯推到苏之念面前："干巴巴地聊天没什么意思，我们喝点酒，不介意吧？"

苏之念眉心蹙了蹙，盯着面前的红色液体，过了片刻才缓缓地摇了摇头。

宋青春朝苏之念举了举杯："敬你一杯，谢谢你来接我。"

说完，宋青春昂起头，喝了一大口，然后放下酒杯，盯着苏之念。

苏之念迟疑片刻，端起面前的高脚杯，抿了一下，然后清了清嗓子："你怎么会跑去城北郊区？"

宋青春神情有些落寞，端起酒杯，又吞了一大口红酒："我去找以南哥。"

"有什么急事吗？非要跑这么远去找他？"

“是啊，有急事，很着急的事。”

宋承不是自杀，而是他杀，怎能不是急事？

苏之念垂下眼帘，遮掩住眼底的黯淡。

想到宋承，宋青春也沉默下来，盯着落地窗外的夜景，眼底一点点变红。

“我……”宋青春似乎是在挣扎，“你知道我找以南哥，是为什么吗？”

苏之念没出声，端着红酒杯的手却暗暗用力。

她还没说话，眼眶就湿透了：“因为我哥，就是宋承，他不是自杀身亡的。”

苏之念的手抖了一下，高脚杯里的红色液体飞溅而出，洒在他的手背上。

苏之念急忙放下酒杯，抽了一张纸巾，拼命稳住情绪，直视着她布满泪水的眼睛，不敢置信地问了一遍：“你说什么？”

“我说，我哥不是自杀的……”宋青春一边流泪，一边倒酒，“简单来说，是他杀！”

“你怎么知道的？”

“是遗书……”宋青春擦了擦眼泪，站起身去了卧室，随后拿着一张纸走出来，摊开在苏之念面前，指着“宋承”写的“青春”二字说，“你看，两个字都写对了。可宋承写我的名字从来都是写不对的，所以这肯定不是宋承的遗书！”

苏之念没说话，一脸严肃地看着“宋承”的那份遗书。

他和宋承同学过一年，知道他的笔迹，也知道宋承写“青春”的时候，喜欢少一横。

也许是喝了酒的缘故，宋青春整个人松懈不少，懒洋洋地靠在沙发上：“在我发现这个秘密的时候，真的被吓到了。宋家从来没跟人结过仇，宋承怎么被人杀了？

“我第一个念头是去找爸爸，可爸爸身体不好，我怕他知道这个消息承受不住，所以想到了以南哥。除了爸爸，除了宋承，以南哥真的是这个世界上，我能想到的唯一一个可以依靠的人了。”

苏之念抽出纸巾递给了她。

宋青春接过纸巾，擦了擦脸，又喝了口酒：“你知道吗？以南哥打小对我就很好，幼儿园里我被欺负，他永远第一个站出来护着我。我贪玩走丢了，也是他第一个找到我。宋承不带我玩，他都第一时间跑来哄我，他还说会加倍对我好，我当真了呢，也一直以为他会对我好一辈子。所以，我在知道宋承不是自杀之后，有种天旋地转的感觉，第一时间就朝城北郊区赶去。我在路上还给以南哥打了电话，可是没人接听，等我赶到后，以南哥却回城了。再后来，车子熄火了，我打电话给以南哥，谁知他和唐暖在一起。那一刻我才知道，我一直都在自欺欺人。其实，今晚你给我打电话的时候，我真的很感谢你。如果不是你，我不敢想象现在的自己是怎样的。”

说到最后，宋青春泣不成声，又拿起酒瓶开始倒酒。

苏之念伸出手，握住她的手腕，将她手中的酒杯和酒瓶拿走：“别喝了，喝多了，会更难受。”

“可是我现在很难过。”

苏之念突然抓住她的手，站起身，把她也顺势拽了起来。

她还没回过神，人就被他一把带入怀中。

她看不清他的神情，只能听到他很淡的声音从头顶传来，透着丝丝的心疼：“哭吧，哭出来会好受些。”

屋内很静，除了她的哭声，再无其他声响。

他拥着她，轻轻摸着她的长发，给她最无声最细腻的安抚。

直到她情绪彻底平静下来，他才放开她。

他走到吧台，给她倒了一杯温水。

“谢谢。”她声音有些沙哑。

他等她喝了两口水，才问：“好些了吗？”

“好了很多……”宋青春的嗓子还有些堵，说到一半，突然顿住。

刚刚那一幕有些熟悉，像是在哪里经历过。

在她记忆断片的时间里，她被人拥抱过，还擦过眼泪？

宋青春想到苏之念那件染血的衬衣，心猛地收紧，难不成真的是她想太多？

“谢谢你，我心情好了很多。”宋青春一边说，一边抬起头，“现在轮到你了！”

“我？”苏之念愣了一下，有些不懂她的意思。

宋青春重新坐下：“你刚刚是不是做了什么不好的梦？我看你神情很

难过。”

她想起他头部受伤，她照顾他的那一夜，他把她当成婷婷，说了许多的呓语。

“可以讲讲，你和她的故事吗？”

苏之念盯着落地窗外，唇角绷成了一条线。

“若无执念，青春何以青春？”

这是宋青春第一次听见这句话。

“这就是唯一可以阐述我和她故事的一句话。”

“她是你青春年少的时候认识的人？一直喜欢到现在，都没放弃？”

“嗯。”他没有任何迟疑地点头，然后摇了摇头，“我是八岁那年认识她的。”

宋青春情不自禁地感叹：“也是青梅竹马的故事啊，只可惜这个世界上，青梅竹马很难以喜剧收场。”

“不，我和她不是青梅竹马。”苏之念顿了顿，脸上浮现了一抹伤感，“我和她在童年时只见过一面。”

“一面？”宋青春睁大眼睛，“那后来呢？”

“后来，我一直在找她，找了十年，终于找到了。”

“再然后呢？”

苏之念表情变淡，像是笼罩了一层雾气：“她不记得我了。”

“不记得了？那你没有告诉她，你找了她十年？”

“提醒过，可她没记起来。”

宋青春看着苏之念落寞的神情，心底有些难过：“那个婷婷也太过分了吧，她是猪脑子吗？怎么就忘记了？哦，这不单是记忆力差，简直是智商低!”

苏之念有点想笑，也有点头疼，清了清嗓子，打断她的话：“其实也不能怪她，当时她年纪小，或许已经忘了。”

宋青春想了想，道：“真不好意思，我太气愤了，口不择言，你别往心里去。”

苏之念淡淡地说：“没关系。”

“那……我可以再问你个问题吗？”

“你说。”苏之念点头。

“我不是故意看你的日记的，我不知道那是日记，不小心翻开了，然后看到一句话。”宋青春顿了一下，把那句话背诵出来，“‘三生有幸遇见你，有生之年娶到你’，这句话是写给她的吗？”

苏之念神情变得恍惚，像是在回忆什么，过了许久，轻轻嗯了一声，说：“是写给她的。那是我的梦想。”

她从没像现在这样好奇他的故事，问出第二个问题：“你和她分手了吗？”

“分手？”苏之念神情平静，“我们从没在一起过。”

“啊？”宋青春愣住，“你告白被她拒绝了？”

苏之念垂了垂眼帘，说：“我没跟她告白。”

“你的意思是，你找了她十年，直到现在，她都不知道你喜欢她？”

“嗯，她不知道我喜欢她。”苏之念顿了顿，“我想以后，她也不会知道我喜欢她。”

“为什么？”宋青春有些晕。

“没有这个可能了。”相比较宋青春的激动，苏之念显得很平静。

“为什么没有这个可能？”过了好一会儿，她才反问出口。

难道他和她一样，只能选择把爱深藏？

苏之念说：“其实我有想过跟她表白，可没来得及说出口……我的梦想永远不可能成为现实了。”

宋青春屏住呼吸，全神贯注地盯着苏之念，等他接下来的话。

“我可以和任何女人在一起，唯独不能和她！”苏之念用力抿了抿嘴，“因为我不能爱她！”

“为什么不能？”今晚的宋青春就像“十万个为什么”，一直问个不停。

他用力抓紧了沙发上的抱枕。

宋青春看苏之念良久没有开口的意思，抿了抿唇，伸手将苏之念放远的酒杯拿了回来，喝了一口润了润喉：“你还爱她吗？”

他的眼神变得灼热，说：“会一直爱她。”

宋青春感觉自己的脸也跟着发烫，不自在地别过视线。

她以为自己是世间少有的情深之人，对比他，才发现她的情深是那么苍白。

室内陷入诡异的安静。

她端起酒杯，喝到一半，苏之念阻止了她，顺势递给她一杯水：“别喝太多，天都快亮了。喝点水，赶紧休息吧。”

宋青春转过头，看了一眼窗外，天边已经泛白。

她刚准备朝卧室走去，他突然喊住她：“青春。”

宋青春疑惑地转过头。

苏之念盯着她的眼睛，说：“你哥……宋承的事，别太难过，我会想办法查一查。”

苏之念和她的关系向来不算亲近，她没想过他会帮忙。

宋青春眼神有些波动。

直到今晚他和她彻夜长谈，她才发现，之前看到的苏之念，她以为冷血无情的苏之念，都不是真实的他。

她看着不过一米长的沙发，情不自禁地说：“苏之念，你回卧室睡吧。”

苏之念整理被褥的动作顿了下，背对着她，抓着被褥的手力道加大了许多。

室内格外安静，他以为自己出现了幻听，回过神来，将被褥铺得平平整整。

她再一次开口，脸有些发烫：“苏之念，你别在沙发上睡了，去卧室睡吧。你白天还要开车。”

说完，宋青春将沙发上的被子移到卧室内，自己迅速躲进被窝，不敢去看苏之念，直到感觉身旁的被子有了动静，更是紧张地抓紧了被子。

过了一会儿，卧室里静下来。男子身上特有的清淡香气，钻入了她的鼻息之中。

香气很好闻，宋青春紧绷的情绪放松下来，倦意也逐渐来袭。

躺在一侧的苏之念，这才缓缓坐起身，将她蒙在脑袋上的被子轻轻掀了下来。

他轻轻摸上她的小脸，慢慢低下头。

他的唇在她的眉心停留了不过数秒，却似一生那般长，倾尽全部的温暖。

他的手还扣在她的耳边，全身上下的细胞都在对她说着藏在心底多年的情话。过了许久，他抚摸了一下她的长发，道了一声：“晚安。”

睡梦中的她，唇角微微扬起一个弧度。

宋青春醒来的时候，灿烂的阳光透过落地窗，照了一床的明媚。

身边的男子还在闭目沉睡。

宋青春看着看着，整个人有些恍神，眼前的画面十分不真实，像是一场虚幻的梦。

她情不自禁地抬起手，碰了碰男子的脸，温热的触觉让她的心跳漏了一拍。

她急忙缩回手，嘟了嘟嘴。

苏变态，明明是男人，怎么长得比女人还漂亮？

她皱着眉心，歪着脑袋盯着他，然后才发现问题出在“苏变态”三个字上。

在他搬入她家的那天，她和他握手打招呼，他莫名其妙地握疼了她的手，不但没给她道歉，反而冷着脸走掉了，那以后她开始喊他“苏变态”。

苏之念早在一小时前就醒了，睁开眼睛可以看到阳光，看到她，画面太过美好，他便有了人生中第一次赖床。

他没想到，有朝一日，她竟会夸赞他。苏之念的唇角情不自禁弯了起来。

咦？他笑什么？做了什么好梦吗？

宋青春盯着苏之念，心底泛起好奇。

做了什么梦呢？难道梦到了他的婷婷？

宋青春咬着手指，思绪飘得有些远。

小时候的事，她大多不记得了。

有些儿时的趣事，是宋孟华在吃完晚饭后，和她看电视时跟她念叨的。

在那些趣事里，有一件倒是跟“婷婷”搭边。

她上幼儿园的时候就叫宋青春。幼儿园的小朋友总喜欢喊她“青青”或“春春”，其实“青春”两个字组合在一起挺阳光，但是拆开喊，有点俗。

按照宋孟华的说辞，她年纪小小已经知道害臊，回家就哭着闹着，说自己的名字不好听，要改名。

宋孟华嫌她哭闹得厉害，就糊弄她说给她改，她喜滋滋地开始给自己想名字。

最初想的是“宋甜甜”，后来想到了“宋婷婷”，再后来想到“宋暖暖”，到了晚上十点钟，又换成了“宋依依”……

很多时候，人与人之间的关系，会被宿命悄然拉近。

宋青春和苏之念照旧遵循着晚七点早七点的十二小时约定，两人之间却因那一晚变得有些微妙。

比如，宋青春喊“苏之念”的次数越来越多。

比如，她照顾他的衣食起居时，他偶尔也会过来搭把手，洗洗菜，擦擦盘子，甚至有那么一两次，早餐是醒来比较早的他买回来的。

她还是有些顾忌，在他面前没敢特别放开，在他不忙的时候，也会拉着他陪她打游戏。

还有，那晚之后，宋青春有很多事情不再告诉秦以南，例如宋承不是自杀的，例如宋氏企业在苏之念的带领下，一个月盈利两千万。

秦以南经常来接唐暖下班，她碰上他的次数很多，两个人见了面会打招呼，会寒暄，可宋青春再也找不到过去那种亲切的感觉。

从和秦以南的对话里，她知道他和唐暖终于确立了关系。

她最终没有揭穿唐暖的真面目，也放弃了对秦以南告白的念头。

宁静美好的时光总是过得飞快，还有七八天就是春节。

结束忙碌的一天后，宋青春遇到了一件事。

傍晚时分，刚加完班，宋青春准备回家，碰巧遇到秦以南和唐暖。

宋青春不想和他们有过多牵扯，用胃不舒服拒绝了秦以南的邀请，打算离开。

秦以南神情松动了些，看了一眼身后的咖啡厅，说：“你稍等下，我去给你买点吃的。”

说着，秦以南松开握着唐暖的手。

唐暖眼底顿时划过一丝不悦。

秦以南问宋青春：“宋宋，你想吃点什么？奶茶和三明治可以吗？”

唐暖眼神变得更冷，握着咖啡的手指，力道微微加大。

她眼睛眯了眯，突然将咖啡朝自己的手臂倒去，紧跟着发出惊呼声：“呀……”

准备离开的秦以南听到唐暖的声音，下意识回头看了一眼，眉心一皱，人又回到她面前，抓着她的手腕，一边检查，一边带着几分心疼，责备地说："怎么这么不小心？"

唐暖眼底蓄了一层雾气，楚楚可怜地看了一眼秦以南，没吭声。

秦以南抽了两张湿纸巾，一边小心翼翼地帮她擦着，一边疼惜地吹气："看这情况，烫得很严重。不行，我们还是去医院看看。"

唐暖瞟了一眼宋青春，唇角微微勾起，下一秒，对秦以南柔声柔气地说："以南，我没事，你先去给青春买东西吃吧。"

她可以更假惺惺一点吗？

宋青春心底冷笑两声，不等秦以南说话，抢先道："以南哥，你不用管我，家里估计都准备好晚饭了，我先回家。"

宋青春一刻也不想和他们多待，说了一句再见，转身快步离开。

她走到前方路口准备拐弯，一个穿着黑色大衣的男子拦住她，问路问了很久。为了说清路线，宋青春拿掉围脖，仔细说了几次。不知道是不是宋青春多心，她总觉得那个人怪怪的。

地铁站里人很多，宋青春不知被谁推了一下，脚步不稳，越过黄线，朝轨道扑去，眼看地铁马上就要进站。

事情发生得过于突然，宋青春毫无准备。有个人突然从人群里冲了出来，一把抓住她的胳膊，在一片惊呼声中，把她硬生生拽了回来。

救宋青春的是个年轻的小伙子，朝大家灿烂一笑，姿势利索地站了起来。

他拍了拍身上的灰尘，看到宋青春还傻乎乎坐在地上，便弯身把她拉了起来，顺势问了一句："喂，你还好吧？"

宋青春惊魂未定，脸色惨白。

大家看两个人都没事，开始有序地上车。

宋青春腿软得站不稳，小伙子看她这模样，干脆好人做到底，搀扶着她上了地铁。宋青春深呼吸了好几次，勉强稳住心神，看向救命恩人。

对方是个十七八岁的阳光小伙子，名叫高昊，是北大的学生。她心存感激，想请他吃饭，但被拒绝了。

地铁到站，宋青春惊魂未定地走回了苏之念的别墅。

苏之念在临近春节的这段日子里，忙得更是一塌糊涂。

他刚在自己公司的总经理办公室召开了宋氏企业的视频会议，结束后连口水都没喝，就被提醒去会议室开会。

苏之念揉了揉眉心，快要走到会议室的时候，手机叮咚了一声。苏之念掏出一看，是微信提醒，点进去后，看到朋友圈那里有个红点，里面第一条就是宋青春发的朋友圈。

“今晚乘地铁下班，被人挤出安全黄线外，如果不是有人在危急关头出手援救，估计明天我就上新闻头条了。真的好险，到现在还心有余悸，就差那么一点点，我就见到上帝了。”

苏之念蓦地停下脚步，拿着手机，一边输入号码，一边朝不远处的落地窗走去。

电话很快被接听，伴随着宋青春柔软的声音，苏之念还听到哗啦啦的流水声和抽油烟机的声音。

她在做饭？看来应该没受伤。

苏之念提着的心终于落下来，刚想松一口气，再一次定住。他从电话里听见一道低低的声响。

宋青春将手机放在橱柜台上，开了外放。等了好久，没有等到苏之念说话，她一边洗菜，一边疑惑地喂了一声，还喊了一声：“苏之念？”

苏之念所有注意力都放在家里那道奇怪的动静上，漫不经心地嗯了一声，又没了反应。

宋青春洗好菜，将水龙头关上，胡乱抽了纸巾擦了擦手，拿起手机举到耳边问：“你打电话回来有什么事呀？”

哗啦哗啦的流水声消失，让苏之念把那道声响听得清晰了一些。

呼哧呼哧，时快时慢，明显是人的呼吸声，而且有些粗重，想来是个男人！

别墅是他的私人财产，除了唐诺没有其他人知道，而唐诺此时就在他身后不远处的会议室里等着开会，所以，那个男人是她带回家的？

苏之念眼神冷了下来：“家里有客人？”

宋青春茫然地拉开厨房门，往客厅里望了一眼，一头雾水地说：“没有，家里只有我一个人。”

呼吸声是从楼上传来的，而宋青春并不像在撒谎。

苏之念眉心狠狠地皱了一下，快速反应过来，他的家里招了贼。

东西丢了没关系，可如果那贼被宋青春撞见，情急之下，恼羞成怒，怕是会做出伤害她的事情。

“青春。”苏之念喊了她的名字。

“嗯？”宋青春应了一声。

“我想喝绿豆汤，你现在去超市里买些绿豆。”苏之念想，现在最好的办法就是在宋青春没有撞到贼之前，把她支出别墅。

吩咐完，他便转身朝办公室走去。

宋青春心不在焉地哦了一声，算了，管他为什么一夜之间换了称呼，从他嘴里喊出的“青春”两个字，好像还挺好听的。

苏之念拿着车钥匙冲出办公室，朝电梯走去。

他脚步很快，看起来有些慌张，甚至中途还跑了起来。

楼层的员工看到苏之念的模样，错愕不已。程青葱从会议室冲出来，刚喊了一句苏总，苏之念面前的电梯门就关上了。

苏之念盯着不断跳动的红色数字，才发觉电话那端的女孩应了一声，不知道干什么去了，于是再次出声：“你有没有听到我说话？”

“有啊。”宋青春眨了眨眼睛，“家里有绿豆呀，我现在就去煮。”

苏之念眉心蹙了一下：“算了，别煮绿豆汤了，去超市买点燕麦吧。”

“燕麦也不用买，我昨天刚买的。”

苏之念愣了一下，一边发动车子，一边顺口点了一大堆临时想到的菜。

苏之念还没说完，宋青春就打断了他的话：“你忘了吗？昨天我们刚去了超市，你说的那些东西大多买好了，尤其是鸡蛋，买了一整箱，冰箱里都塞不下了……”

苏之念将车子开出地下停车场，走了还没半分钟，就停下不动了。

他扫了一眼街道上方的路标，看到整条道全红，想来前方的道路拥挤得一塌糊涂。

而宋青春那边，二楼的贼大概听到宋青春打电话的声音，以为她要上楼，脚步变得格外谨慎，随后传来衣服窸窸窣窣的声响，紧接着苏之念听到弹簧刀弹出的清脆声音。

他握着方向盘的手一哆嗦，焦急成一团，不等宋青春把话说完，带着几分戾气地开口：“宋青春，我让你去买东西就去，别那么多废话！”

隔着电话，宋青春感到苏之念的煞气，吓得动也不动。

苏之念语气仍旧粗暴：“你还愣着干什么？没听见我说的话？”

话音还没落定，他就听见宋青春麻利地抓起沙发上的外套，一溜烟跑出别墅。

随着别墅门被用力甩上，苏之念提到嗓子眼的心终于稍微平定了一些。他怕自己还没赶回家，宋青春就先回了家，而贼还没离开，于是又开口，声音比刚才缓和了许多：“买完东西在超市门口等我，我马上到。”

想来女孩被他训得心情有些低落，闷闷地哦了一声，没再多说什么。

苏之念知道她不高兴，动了动唇，想安慰她两句，又不知道该从哪里安慰，索性也没出声，只是透过电话，听到她走出了别墅的大门，便将电话挂断。

路况十分糟糕，五分钟走了没有一百米，苏之念看了一眼路边的地铁站，直接推开车门，将车子扔在大马路上，朝地铁站奔去。

宋青春记不清到底有多久，苏之念没对自己发过脾气了。

眼下不过被他凶了几句，她不知道自己怎么了，心里格外难受。

逛超市的时候，她照他的吩咐选鸡蛋，眼眶还泛了红，总觉得有股说不出来的委屈。

宋青春闷闷不乐地结完账，推着车刚走出超市，就看到苏之念从对面的电梯里走出来，举着手机，像是在拨电话。

宋青春口袋里的手机响了起来，她装作没听见，站在推车旁，低着头装袋子。

装了还没两下，有道身影就来到她旁边。

宋青春没抬头，凭那熟悉清淡的香气，就知道是苏之念。

“怎么不接电话？”苏之念淡淡的声音从头顶传来。

宋青春闷不吭声，只是一心一意地把东西往袋子里塞。

苏之念盯着宋青春毛茸茸的脑袋，伸手开始帮忙。

宋青春仍是没反应，看都没看他一眼。

两个人就这么默默地装袋子。

苏之念点的东西有些多，足足装了两大袋子，推车不能离开超市门口，宋青春本来拎了一个，还没抬脚，袋子就被苏之念接住："我来吧。"

宋青春僵硬了一下，松开手，没有拒绝。

走出超市，宋青春本能地看了一眼路边，却没看到苏之念的车子。

他没开车？宋青春疑惑地皱了皱眉，两手空空地跟在一只手拎着一只袋子的苏之念身后，往别墅的方向走。

苏之念腿长，步子大，偶尔会把距离拉开，他总会刻意停一下，等到宋青春的脚步声靠近了，才继续走。

快进别墅的时候，宋青春才意识到，苏之念竟然只穿了一件衬衣出门。

一直都不去看苏之念的她，忍不住往他身上多瞟了几眼，发现他整洁的衣衫有些皱巴，像是在人堆里挤过。

回到别墅，宋青春刚准备抬手去输密码，手腕却被苏之念一把抓住。他盯着门，不知在想什么，过了一会儿才松开她的手。

莫名其妙，宋青春翻了一下白眼，然后输了密码。

这是真不开心了，连拖鞋都不给他拿。

苏之念盯着宋青春的身影，把手中的两个袋子放下，从鞋柜里给自己拿了拖鞋换上。

苏之念将买来的东西归类放在冰箱里，隔着厨房的玻璃门，望了几眼在炉灶前忙碌的宋青春，转身上楼。

苏之念推开二楼房门，发现所有房间都很整齐，看不出半点凌乱。不过向来心细的他还是清楚地察觉到，每一个房间都被人翻找过，只是翻过之后重归了原样。

家里进了外人，现金放在触手可及的地方，可是一张没少，文件摆在书桌上，一份也没丢。

这说明来人不是为钱，也不是为盗取公司资料，所以其实并不是贼？

不是贼，那就是冲着人来的？

冲着谁？他？还是宋青春？

她在地铁里遇到危险，家里进了外人。一件事可以称之为巧合，那么两件事呢？

一般的贼在察觉自己可能被发现的时候，第一个念头是逃跑，而那人却是亮出凶器。

很显然他有备而来，应该是冲宋青春来的，就是为了置她于死地。

只是不知道企图取她性命的人是谁，她又是因为什么事情，和人结了这样的深仇大恨？而来他家的人，把整个二层翻了一遍，想要找的又是什么？

不管怎样，只要他在，谁都别想伤她一根汗毛！

被苏之念莫名其妙凶了一顿的宋青春，始终不大开心，做完晚饭，连楼都没上，只是用座机告诉了他一声。

餐桌上，除了碗筷发出的声响，再也没了其他。

吃完饭，宋青春闷不吭声地端起餐桌上的盘子进了厨房。

收拾完后从厨房出来，看到苏之念还坐在餐厅里，她愣了一下，垂着脑袋走开，还没走到餐厅门口，苏之念的声音就淡淡地响起："泡杯咖啡，送到书房。"然后他起身，将椅子随手往餐桌下一推，上楼了。

宋青春煮完咖啡，刚准备端上楼，眼角余光瞄到了餐桌上的胡椒粉，灵机一动，将胡椒粉加入杯中，搅拌了一下，像往常一样送上去。转身离开前，她不放心地盯着苏之念，谁知苏之念竟将咖啡让给了她。她这算不算搬起石头砸自己的脚？

宋青春在心底默默盘算了一下，说："苏先生，我突然想起追的电视剧开演了。我可以把咖啡端到楼下喝吗？"

苏之念只是想逗逗她，何曾真的想让她喝？他若无其事地点点头，准了她的请求。宋青春松了口气，朝书房外跑去。

刚走到门口，苏之念的声音又传了过来："等一下。"

宋青春身体僵硬，慢慢地转过头，谄媚地笑道："苏先生，您还有什么事？

苏之念没说话，绕过书桌朝她走来。

"给你的。"他递来的是张黑色的银行卡。

宋青春怔住。苏之念带着几分霸道，将卡塞入她的口袋，然后快速朝书桌前走去，坐回椅子的时候，腿不小心撞了一下桌角。像是为了掩饰自己的失态，他清了清嗓子，语气薄凉地说："以后家里的一切开支，都刷那张卡。银行卡密码，跟门锁的密码是一样的。"顿了一下，苏之念再一次说，"没事的话，你可以出去了。"

宋青春哦了一声，端着咖啡杯，慢吞吞地走出书房。

这是黑卡，也就是说，卡内存款必须超过五百万，银行才会给办理。

“不过他的密码，为什么都是那六位数？该不会手机、电脑、保险箱统统都是吧？”宋青春一边自言自语着，一边将卡翻面，扫到背面签字栏那处时，视线定格——

对不起。

三个字一看就知道是刚写上去的，笔墨很新。笔画流畅，龙飞凤舞，是苏之念的字。

他是在为今晚的坏脾气道歉吗？那个骄傲冷漠的男人，竟然给她道歉了！宋青春盯着卡上的“对不起”，唇角扬了起来，绽放一个柔软的笑容。

宋青春发了好久的呆，才将卡收起来，重新按照苏之念的口味，泡了一杯咖啡送进书房。

苏之念正在加班开电话会议，看到她进来，抬手做了一个嘘的动作。宋青春轻手轻脚地放下咖啡杯，从他的桌子上撕了一张便笺纸，写写画画了两下，贴在咖啡杯上，蹑手蹑脚地离开。

苏之念开完电话会议，已是两个多小时以后。他关了电脑，第一件事是把她贴在咖啡杯上的便笺揭下来。上面有三个娟秀的字：没关系。

苏之念唇角扬了起来，眼神格外温柔。疲倦烟消云散，他端起早已凉透的咖啡，一口一口喝完。

他在进自己卧室之前，想了一下，拐到宋青春的卧室前。他拧了一下把手，本以为门会被她反锁，没想到竟然推开了。苏之念放轻脚步走进去。

不知道她做了什么美梦，唇角微扬，一只手搭在床沿，另一只手竟然抓着那张银行卡。

苏之念帮她盖好被子，顺势将床头灯调暗了些。然后他忍不住伸出手，抚摸她的鬓角。

她说得没错，他所有的密码，都是那六位数字。不是她的生日，也不是他母亲的生日，更不是他自己的生日。那六个数字，代表1996年10月8号。那一天，是他第一次遇见她。他此生最美好的时光，是从遇见她开始。

第六章

那个暗中保护她的人

宋青春觉得自己真是倒了八辈子的霉。

搭乘地铁回家，险些被撞落轨道。

第二天上班，过马路的时候，险些被车撞。

跟助理去采访当红女歌星，差点被从高处落下的东西砸中。

就连她周末约了好姐妹去逛街，都险些被人从扶梯上挤得滚落下去。

她有种直觉，自己虽然倒霉，却像被什么人背地里保护着。

除夕夜，她的预感得到了证实。从那天开始，苏之念给她放了三天假。

吃过早餐，苏之念开始收拾东西，准备去郊区别墅陪母亲过春节。出发之前，他特意把宋青春送回宋家，看着她完好无损地进门，听到她和宋孟华的对话，才发动车子离开。

用人都回家过年了，家里只剩宋孟华、宋青春和方柔三人。

宋青春在家里忙了一下午，吃完年夜饭，春晚恰好开始。方柔在厨房里收拾，宋青春坐在客厅，一边剥橘子，一边陪宋孟华看电视。

因为少了宋承，宋孟华心情失落，加上身体不好，只在客厅里待了半个小时，吃了药便回房休息了。

宋青春回到房间，第一件事是查看手机，发现五通未接来电和许多微信消息。

微信里大多是拜年的，宋青春没着急回，顺手点了最上方刚进来的一条，是秦以南问她要不要去北海公园跨年。

宋青春本想拒绝，突然收到TW台长的电话邀约，此时方柔端着水果走进来。宋青春想邀请大嫂一起去参加跨年派对，硬是要了两张邀请函，可方柔考虑到宋孟华，没有答应参加。

宋青春一入北海公园，就看到漂在湖上的大型双层游船。一层的船舱已经聚满了人，绝大多数都和她相熟。

宋青春经过楼梯口时，装出要观赏船的样子，暂且逃离派对现场，去压压酒劲。

船的二层有一半是甲板，另一半是客房和休闲区。休闲区里聚集了不少人，正在打牌。宋青春没进去，隔着玻璃往里看了两眼，沿着走廊往甲板上走去。

登上甲板，冷风迎面扑来，宋青春一个哆嗦，回了船舱。

二层其实也没什么好逛，宋青春经过第二个客房时，恰好和里面出来的人碰了个正着，是学生会会长。会长招呼宋青春进屋坐，说里面聚集了不少高中同学。

宋青春还没答应，就听见里面传来唐暖的声音："以南，帮我拧开。"

宋青春懒得进去找不自在，胡乱找了一个借口，朝楼梯走去。结果还是被秦以南看见了。宋青春面带微笑，秦以南问什么，她答什么。

以前她不是这样，他问一句，她可以叽叽喳喳地说很久。秦以南沉默下来，盯着宋青春，像是在探究什么，过了一会儿才开口，语气透着认真："宋宋，我最近做了什么让你不高兴的事吗？"

宋青春愣住，慢慢地说："没有。"

"没有吗？"秦以南反问，继续目不转睛地盯着宋青春，似要判断她的话是真是假。

女孩眉眼平静，唇角微扬，不像在撒谎。难道他想太多了？秦以南收回视线，从兜里摸出一个包装精致的小盒子，递给宋青春："这是送你的新年礼物。"

宋青春接过："谢谢以南哥。"

秦以南站着没动："不拆开看看吗？"

"回家再拆一样的。"宋青春软软地笑了一下，"这样可以保持神秘。"

每逢过节，宋青春都会缠着他讨要礼物。收到他的礼物，她总是很兴奋，一边问是什么，一边迫不及待地拆开。

他送她的大多是些女孩子的饰品，她会当着他的面戴上，笑盈盈地问他好看不好看。而今天他送她礼物，她只是淡淡地握在掌心，丝毫没了往日的雀跃兴奋。

秦以南抿了抿唇："宋宋，我总觉得你最近和我疏远了很多，是我做错了什么，惹你不开心？"

"以南哥，你是因为交了女朋友，变得多愁善感了吗？"宋青春眉眼弯弯，"以南哥，我没有和你疏远，你是我的以南哥，我怎么会和你疏远？而且，不是说好的吗？你要当我一辈子的以南哥。"

她没有和他疏远，她只是不爱他了。所以，在她的心底，他真的只是从小一起长大的以南哥。

秦以南哭笑不得，心里倒是定了许多："胡说，我怎么可能不愿意当你的哥哥。"

他的语气看似责备，却又流露出隐藏不住的宠溺，俨然是哥哥对妹妹的那种。

时至今日，她才彻底看懂。

苏之念每年必陪母亲过春节，今年也不例外，吃过年夜饭，他和往常一样陪母亲看春晚。

八点，苏之念接到唐诺的电话，问他来不来北海公园，他想都没想就拒绝了。

唐诺不甘心，到了北海公园后一直给苏之念发在船上拍的照片，短短五分钟，他的微信就有65条未读消息。

他母亲时不时看一眼他放在茶几上的手机。

苏之念在母亲第九次看向手机的时候，终于把手机拿起来，进了微信，点开唐诺的头像，正准备把他拉黑，视线却定在他发来的最后一张照片上。

照片的最右边，一个女孩穿着裸色长裙，挂着笑，正跟人碰杯。

宋青春，她竟然也去凑热闹跨年了？

苏之念盯着照片看了许久，屏幕上又进来唐诺的一条消息："怎么样？最后一张照片上的人有没有打动你的心？"

苏之念没回消息，侧头看了一眼一旁的母亲。

他的确被打动了，不过更重要的是，他怕宋青春有危险。这段时间，他怕她出事，连每日的办公地点，都从公司变为她公司对面的咖啡厅。

所有人都在过年，船上人那么多，或许不会出事吧。

他忍不住侧头看了一眼母亲，母亲却先开了口："之念，你手机一直在响，是不是有什么事？如果有事，你先去忙，不用在这里陪我。"

往年除夕夜，母亲也让他出去跟朋友聚聚，都被他否决了，而今天，听到母亲这句话，他沉默了一会儿，轻点了一下头，语气透着抱歉："唐诺找我。我出去一趟，很快就回来。"

"不用着急，安全最重要。"母亲笑眯眯地起身，给苏之念拿了外套，顺势把车钥匙递给他，送他出门，在他开车离开之前，又嘱咐了一句，"路上开车慢点。"

除夕夜的街道上，一公里内看不到一辆车影。苏之念只用了三十分钟就抵达了北海公园。刚找到车位，车子还没停稳，他就从不远处一船的欢歌笑语里捕捉到了宋青春和秦以南的对话，似有什么尖锐的利器狠狠地刺入心窝，苏之念瞬间僵硬。

"胡说，我怎么可能不愿意当你的哥哥。"

"以南哥，说话算数哦！"

"我什么时候骗过你。"

这一刹那，苏之念像是失去了所有的感官，听不见任何声音，看不见任何画面，感受不到任何温度。

是哪里在疼呢？他坐了良久，茫然地伸出手，按向左胸膛，按了很久，才后知后觉地反应过来，原来是心在疼啊。

他多想安安静静做个普通人，看不懂她心底的真爱，听不见她对另一个男人的好，把她虚情假意的笑当作真心实意的暖。可他不能，他的世界没有自欺欺人，只有残忍赤裸的真相。

十点，派对开始，船缓慢地朝湖心开去。

宋青春的手机突然振动起来，是宋家打来的电话。因为一层太吵，她特意上了二层，走进安静的洗手间。

宋青春正准备接电话，洗手间的门突然被推开。她下意识朝身后扭头，什么都没看清楚，却被人用一块黑布罩住。来人没给她任何发出声音的机会，隔着黑布，狠狠捂住她的嘴，把她往洗手间外拖。她不知道这个人要把自己往哪里带。对方的脚步声在安静的楼道里显得格外刺耳。

宋青春不知道这个男人究竟要对自己做什么，想着这段时间层出不穷的惊险，她隐隐有些明白过来，怕是有人存心对自己不利。她急成一团，下一秒，就被人拎了出去，冷风迎面袭来，夹杂着潮气。宋青春隐约知道，自己被他带到了甲板上。

她会游泳，可现在寒冬腊月的，湖水冷得刺骨，估计等不到人来救自己，就会窒息而亡。

她不但会死，而且会冤死。宋青春越发惊慌无措，颤抖着点开手机通讯录。不管点的是谁，只要对方接了电话，她就有一线生机。

她用力握着手机，觉得像是过了一个世纪那么长。

电话里响起嘟嘟嘟的声音，在相对安静的甲板上格外突兀，传入身旁男人的耳中。男人停下脚步，她什么也看不见，却感到了男人身上凶气更胜。他夺走她的手机，力气大得吓人，手机边缘摩擦得她指尖生疼。随后，她听见手机被挂断的声音，紧接着是扑通一声，手机落入湖中，溅起水花。男子没有半点犹豫，把她往上一抬，越过甲板的护栏，推入湖中。巨大的水花从湖面上飞起，推宋青春入水的男人飞快转身，匆匆离开。

宋青春只穿了一件礼服，原本在甲板上的时候，已经冻得手脚僵硬，此时落入冰冷的水中，四肢更是不听使唤。她咬紧牙关，从湖水里冒出头，船已经开出她所在的地方约莫十米，而她在湖中央，要游到岸边几乎是不可能的。她用尽全身力气，朝船追去，扯着嗓子不断喊救命。

船上的人没有发现垂死挣扎的她。湖水冰凉，她的四肢渐渐动弹不了，游动的速度越来越慢。

船离她越来越远，水已经淹没了她的嘴。她呛了好几口水，水漫过她的鼻子，盖过她的眼睛、她的脑袋。

她感觉肺里的空气越来越少，力气开始消失，意识也渐渐模糊。

其实，苏之念想过离开，却又不放心宋青春。他耳边可以听见很多声音，脑海里翻来覆去都是宋青春和秦以南的对话。

不知道在这样的哀痛里沉浸了多久，车内突然响起手机铃声。这个铃声，是他为宋青春设置的专属铃声。

她竟然给他打电话？苏之念快速翻找手机。

铃声戛然而止，亮着的屏幕上，通话断掉。

手机没电了吗？怎么突然断掉？苏之念眉心皱了一下，开始听宋青春的声音，然而找了半天都没找到熟悉的声音，反而听见扑通一声。

苏之念转过头，透过挡风玻璃，望了一眼湖面。水面一片漆黑，只能见到不远处的船上红灯笼摇曳。

苏之念耳边忽然钻入一道凄厉的声音："救命！"他的脸上瞬间没了血色，快速下车。下了车，苏之念听得更加清晰。

落水的是宋青春……

苏之念冲到湖边，左右张望了两眼，沿着湖岸朝船所在的方向跑去。等她的声音离他足够近的时候，他想也不想纵身跳入湖中，朝她飞快地游了过去。

借着远处的霓虹灯光，他看到她的影子，那时的她，只有脑袋露在水面上。他加快了速度，她却一点点沉入水中。

他深吸了一口气，也潜入水中，往她所在的方向游了二十多米，终于看到全身无力的她，在水中沉沉浮浮。

他快速冲上前，托住她的腰，浮出水面，换了一口气，喊她的名字。

她闭着眼睛，软绵绵地靠在他肩上，没有半点反应。

他不敢过多停留，搂着她朝最近的岸边游去。

他先将她推上岸，自己才爬了上去。在水里游了这么久，人有些虚脱，他却不敢有丝毫懈怠，朝她的腹部用力压了几次，直到她嘴里没再吐出湖水，才将她上半身抱入怀中，拍了拍她的脸，喊了好几声婷婷。见她仍旧没反应，他顺手探了一下她的鼻息，又一次把她平放在地上，低下头，贴上她的嘴，把气一点一点吹进她体内。

宋青春的意识渐渐复苏，她感到唇上好像贴着什么东西，柔软又冰凉。还没分辨出那是什么，它突然就离开了。她眉心微微动了动，然后感觉那东西再次覆盖上来。和刚刚不一样，这一次竟然多了一种酥酥麻麻的刺激感。她的唇轻轻动了一下，忍不住探出舌头，舔了上去。那种刺激感更加清晰，顺着她的舌尖，快速传遍全身。

奇怪，什么东西还会自动升温？宋青春又舔了几下，舌尖探到了缝隙，原来这柔软的东西是分开的。她的舌头停顿了片刻，带着几分好奇，朝着缝隙小心翼翼地伸了进去。

她的舌尖开始发抖，一不小心碰到了一个湿滑的东西。她宛如触电，浑身打了一个激灵，在半清醒半迷糊的状态下，隐约听见了一道闷哼。宋青春下意识想要将舌尖缩回来，被她碰到的湿滑东西深深地缠住，用力吸吮着。一种奇异刺激的感觉席卷了她，她的头脑一片空白。这一次的纠缠比刚刚更狂热，她最初舔的两片柔软，狠狠地压在她的唇上，用力摩挲着。

不知过了多久，温热湿滑的东西终于从她的嘴里撤出，可那两片柔软仍旧紧紧地贴着她的唇，安静了约莫半分钟，再次厮磨起她的唇瓣，力道不如刚刚那般疯狂，反而带着几分温柔疼惜。

她伸出手，搂住了一个结实有力的东西，摸了半天，迷迷糊糊地分辨出来，那好像是男人的腰。宋青春的心几乎停止跳动。是谁在吻她，还带着千言万语？

苏之念身体一僵，知道女孩就要睁开眼睛看他。他慌张地控制了她的意念，让她的眼睛重新合上。之后，他快速起身，大步流星地离开。

宋青春睁开眼睛，看到的却是漆黑的夜空。她眉心皱了皱，从草坪上坐起来，剧烈地咳嗽了两声，将水吐了出来。她四处张望，发现空无一人。

难道那是她做的一场梦？宋青春抬起手，摸了摸自己的唇瓣，碰到下唇左边时，感到一抹细微的疼。她记得，在她和那人接吻的时候，就是这个地方被他咬得有些疼。

所以刚刚不是她做梦，是真实的！

宋青春再次朝周围张望，还喊道："有人吗？请问是你救的我吗？"终究没有得到回应，宋青春彻底安静下来。

她的预感果然是对的，这段时间根本不是她运气好，而是真的有人在背后默默保护她。保护她的那个人，就是今晚亲她的人。若不是他，她已经不知死了多少回！尽管她不知道他的相貌，没有听过他的声音，甚至刚刚经历生死一线，可她没有害怕，没有慌张，甚至连眼泪都没有，心底是说不出的踏实和安定。

船渐渐地靠近湖岸，沉浸在自己思绪里的宋青春，丝毫没有察觉。舱门打开，秦以南第一个从里面冲出来，蹲在她身边，焦急地喊了一句："宋宋？"

宋青春回过神，秦以南把她打横抱起，折回了船上。

"这是怎么回事？好端端的怎么落水了？"

"宋小姐，您还好吗？"

秦以南没有回应大家的七嘴八舌，只是抱着宋青春，快速安排别人做好一切，将宋青春抱到浴室，打算离开。

宋青春对秦以南低声说："以南哥，我没什么事，你让大家继续去楼下玩吧，不用都守在外面。"

秦以南点头，嘱咐了她一句："有事喊我，我就在房间里守着。"

看到宋青春点头，他才离开浴室，顺手将门带上。

宋青春泡了个热水澡，身体彻底暖过来，精神状态也好了一些。她从浴室出来，房间里的人都走了，门关着，只有秦以南一个人坐在沙发上。

秦以南立刻站起身，关心地问："好些了吗？"

宋青春轻点了一下头。

"坐过来，把头发吹干。"秦以南说着，起身拿了吹风机，插了电源。

宋青春坐在沙发上，本想自己吹，秦以南却没理她，兀自帮她把头发吹干，又把她抱去床上，湿透的被褥已经换了一套新的。

秦以南扯了被子盖在她身上，端了煮好的姜汤，拿着勺子，一口一口地喂她。热汤入腹，宋青春舒服了些，喝了小半碗，身体都出了汗。她对秦以南再次递过来的勺子晃了晃脑袋："以南哥，我不喝了。"

秦以南也没勉强，把碗放在一旁的床头柜上，又给她盖好被子，才问："宋宋，你是怎么掉进水里的？"

宋青春将落水的前因后果对秦以南讲了一遍，秦以南越听脸色越难看，充满歉意地伸出手，摸了摸她的头发："对不起，宋宋，是我没保护好你。"

"我这不被人给救了吗？"宋青春朝秦以南笑了笑。

秦以南犹自带着几分愤怒：“我已经让章子去报警了。你放心，我肯定会想办法，要让我抓出是谁这么对你，肯定不会轻饶他！”

“谢谢你啊，以南哥。”宋青春道了一声谢，问了正事，“对了，以南哥，你怎么知道我落水了？”

“有人给我打了电话。”秦以南回答。

知道她落水的人，除了推她落水的那个，便只有救她的那个。推她落水的人，恨不得她死，不可能给秦以南打电话，所以只会是救她的那人。宋青春眼底闪出一道亮光，有些激动地问：“以南哥，是谁给你打的电话？你手机呢？给我看一眼。”

宋青春满心期待地点开通话记录，看到的却是一个公用电话号码。

宋青春顿时被失落淹没，问：“以南哥，给你打电话的人有告诉你他的名字吗？”

秦以南摇了摇头：“没，他说话语速很快，只告诉我你落水后被人救了起来，在南面的湖岸，然后挂了电话。”

“哦。”宋青春应了一声，没再说话。

看来那个保护她的人并不想让她知道他是谁，否则不会用公用电话通知秦以南，甚至连话都没多说就挂了，明显怕被人知道是谁。

秦以南看宋青春良久没有吭声，又问了一句：“怎么了？”

“没什么。”宋青春摇了摇头，刚说了三个字，便传来敲门声。

秦以南被唐暖派来的人喊走了，宋青春知道，秦以南这一走，十之八九不会再回来，可能会派章子哥来照顾她，可她没想到过了不到五分钟，秦以南就折了回来，手中还拎了几个袋子，里面是给她买的衣服。

宋青春有些意外，愣了一下，才问：“唐暖那边？”

“我让章子陪她了，你先休息一会儿，等精神好了，我陪你去警察局做个笔录，然后送你回家。”

苏之念一直到听到这句话，才从一棵百年古树的后面走了出来。他只穿了一件单薄的衬衣，布料湿透，有些结霜。他全身冷得厉害，牙齿都在打战，可没着急回车上，反而踏着步子，缓缓走到他拖宋青春上岸的地方。

他一脸淡定地盯着她刚刚躺过的地方，他和她接吻的场景，再次盘旋在脑海里。他缓缓地蹲下身，摸了摸地上冰凉的枯草，眼神变得有些温存。

秦以南那个电话是他打的，纵使他了解秦以南喜欢的是唐暖，但他也知道，秦以南对宋青春格外看重。

又一次，他对她惊险而刺激的守护结束了，现在，他该悄无声息地离开。

他对她的好，永远只能到这里。没有人知道，他的心底盘旋着无法停止、几近疯狂的执念。遇见她，是他的幸运；爱上她，是他的劫难。

穷尽一生，爱错一人。即便是错的，他也一直错爱着，像一个疯子。

他的指尖在她刚刚躺过的枯草上反复摩挲着，像是要将刚刚那场疯狂炙热的接吻牢牢地印刻在心底。因为他知道，他迟早要离开她。他需要和她之间仅有的、少到可怜的美好，来挨过那漫长的人生。

一阵夜风吹来，苏之念冷得发颤。缓缓地站起身，他看向湖面，视线停留了片刻，准备离开的时候，余光却不经意扫到湖面上漂浮着的东西。他借着远处投来的灯光，看清那是一个礼盒。

是宋青春的吗？苏之念想到自己刚来北海公园时，听到她和秦以南的对话。如果真的是秦以南送给她的，对她来说，想必是很珍贵的礼物吧？

要是她发现礼物丢了，一定会很伤心。苏之念沉思片刻，还是跳入水中，将盒子抓在掌心，等游上了岸，他才低头看向那个礼盒。盒子的包装很精致，还没拆，外面的那层包装纸被水泡了太久，有些走形。

苏之念盯着礼盒，迈步朝停车场走去。

秦以南等到医生来了，确定宋青春没什么大碍之后，才带着她去警局。

录口供的时候，秦以南的电话响了好几次。有一次是唐暖打来的，秦以南没接，只在屏幕上按了几下，大概回了一条短信，然后就将手机调成静音，放入口袋。

录完口供，两人从警察局出来，已经是凌晨一点钟。说好要在北海公园湖面上看的午夜烟花，因这一场惊险而错过。

宋青春想早点回去，便拒绝和秦以南去吃夜宵。今晚大概是她生平第一次拒绝秦以南的夜宵邀请，以前她恨不得他天天带她去吃夜宵。

回到宋家已经很晚，宋孟华和方柔都睡下了。秦以南怕进去之后吵醒两人，所以把宋青春送到屋门口便出声道别。临走时，他有些不放心，嘱咐宋青春："记得喝杯热牛奶，把屋内的暖风调高些，盖好被子。虽然现在你没事，但在湖里冻了那么久，可能半夜会不舒服，也许会感冒发烧，有情况记得给我打电话。”

宋青春真的热了一杯牛奶，喝完之后，关了大灯，躺上床。她身心都很累，却没有半点睡意。夜晚黑暗，时不时从远处传来爆竹声。她听着那些时而响亮时而低弱的声响，又想到了今晚在北海公园草坪上的那个吻。

室内仅有她，她脸上泛红，心底也翻动着，有一种说不出来的悸动。她疯狂迷恋着秦以南时，他摸她的脑袋，她也会心跳加速，紧张无措。可是那种悸动，和此时此刻的这种不同。这种悸动，是她这一辈子从未有过的感觉。

一个躲在暗处而她根本不知道是谁的人，竟然让她感到温暖，想要依赖。她真的很想知道，那个人是谁。

不知道胡思乱想了多久，放在床上的手机突然响了起来。

这么晚了，谁找她？宋青春拿起手机，看到一条短信。她顺手点开，发现是这些年时不时给她发短信的那个电话号码，和从前的短信一样，字句清晰简单：“新年快乐。”

这个号码发来的上一条短信，还是两个月前，同样是四个字：夏季吸毒。

若不是现在收到短信，她真的不会联想到这上面。

短信的主人永远知道她的需要，说明他一直在背后关注她。而能在她遇到危险时出手相救的人，肯定也是经常陪伴在她身边的。宋青春越想越觉得是这么回事，她举着手机，把原本已经打了一半的“新年快乐”删掉，换了一句话发过去：“是不是你在北海公园救的我？”

和曾经一样，石沉大海，迟迟没换来回复。

“你到底是谁？”

“我想见你，可以吗？”

“你为什么要一直这么保护我，帮助我？”

“这些天来，救我的那个人一定是你！”

短信发到最后，变成了笃定的语气。

可她就像对着空气说话，拨过去电话已是关机状态。

“你对我这么好，为什么不肯让我知道你是谁？”

宋青春知道他不会回复，还是不死心地发了一条。

她盯着屏幕上的十一个数字，久到熟记于心，才再次动了动手指。

“我真的希望可以见见你，希望你同意。”

宋青春咬着手指想了片刻：“你放心，我不是那种肤浅的人，不会因为相貌、金钱，还有疾病，就看不起一个人。更何况，你对我这么好，我感谢你都来不及。”

发完这么长一串消息，宋青春打了个哈欠，将手机放在一旁，闭着眼睛躺了没一会儿，又拿起手机，给那个号码发了一条短信：“新年快乐。”

苏之念端着热茶，把宋青春发来的短信，一条一条认真看完。

没想到，她竟然察觉短信的主人和救她的是同一个人。

看到宋青春发来的最后一条短信，他唇角忍不住上扬。不是肤浅的人？

苏之念喝完热茶，吸了吸有些塞的鼻子，上了楼，刚关上卧室灯，手机再次响了起来。仍是她发来的短信，和他发给她的内容一模一样：新年快乐。

新年快乐，婷婷。

他的心，在这一刹变得无比柔软。

接二连三的遇险，让宋青春迟钝地察觉，一切不是意外，而是人为。

这也导致她在整个春节期间都不敢出门，基本上所有朋友的邀请都被她婉言拒绝了，专心窝在家里陪宋孟华下下棋，聊聊天，没事就睡睡懒觉，看看韩剧。

在这期间，她时不时拿出手机，点开那个陌生号码，看一眼他和她发的短信。可能这个举动过于频繁，导致宋孟华忍不住问她是不是谈恋爱了。她立刻摇着头否认，脸却不知道为什么，变得有些烧，心跳也有些快。

秦以南在初二下午来过一趟宋家，一是给宋孟华拜年，二是看看宋青春好不好。

好不容易到了初四下午，该去苏之念的别墅了，她却有些为难。该不会在去苏之念家的路上，又出现危险吧？宋青春思来思去，觉得最好的办法，是有人把自己安全无恙地送到苏之念家。

春节期间，家里司机不在，她又不想麻烦秦以南，至于其他朋友，她可不想让他们知道她住在苏之念的别墅。

宋青春对着手机上的联系人研究了好几遍，看来看去，觉得最靠谱最安全的人就是苏之念，于是鼓起勇气，给苏之念发了一条微信：“你在吗？”

她握着手机，在卧室里来来回回走个不停，约莫过了三分钟，苏之念回了她，只有一个问号。

“那个……”宋青春先发了两个字过去，然后又发了一行省略号才切中主题，“我想麻烦你一件事。”

宋青春刚想到这里，手机突然响了，屏幕来电上，显示着“苏变态”三个字。

宋青春一边嘀咕着，一边接了电话，声音十分柔和地喂了一声。

苏之念语气倒是平和如水，丝毫没有和她兜圈子的意思，直截了当地问：“怎么了？”

宋青春硬着头皮，也说重点：“我今天不是要去你家吗？如果方便的话，你能不能来接我？”

宋青春说完才发现掌心冒了汗，于是换了一只手拿手机，正准备对苏之念解释一下为什么让他来接，电话里传来他特有的清淡声音：“你在哪里？”

宋青春回答：“我在家。”

苏之念大概在开车，听筒里时不时传来汽车尖锐的鸣笛声。过了片刻，他说：“知道了。”然后电话便被挂断。

宋青春听着电话里的嘟嘟声，愣了好一会儿，眨了眨眼睛，他就这么答应了？

从什么时候开始，他变得这么好说话的？

好像是他去城北郊区接到她，他们彻夜长谈那一晚后，他就有了转变。也是那一晚，她知道他表面对她很冷，心底却是关心她的。可是苏之念为什么要对她好？

她曾恨透了他，把最残忍的话说给他听，还把他轰出她家，他为什么要对她好？

宋青春想了许久，没想出一个合理的解释。她晃了晃脑袋，把问题抛在脑后，眉心轻轻地皱了起来。她怎么又喊他苏变态了？还有，她手机上存的他名字也是苏变态。

宋青春双手捧着手机，坐在床边，咬着下唇，一边想一边点了“编辑”，把“苏变态”三个字删掉，换为“苏洁癖”。

宋青春看了一会儿，觉得“苏手残”更好，改成了“苏手残”，又觉得“苏冷血”好。她鼓了鼓腮，换成“苏沉默”，摇了摇头，又换成“苏日记”，可是“苏文艺”也不错，还有“苏技术”“苏全才”“苏大牌”“苏骗子”“苏一元”“苏美人”……

这些名字都很好啊，该用哪一个呢？宋青春啃着手指，犹豫好久，没做出决定，干脆趁着等苏之念的时间，趴在书桌前，把那些名字用笔一个一个写在纸上，然后叠成小纸条，准备抽签做决定，手机突然响了。

宋青春看了一眼屏幕，是苏之念打来的。她连忙接听电话，苏之念的声音飘入耳中：“到了。”

“我马上下去。”

宋青春挂断电话，手忙脚乱地拿了包和外套，朝卧室外跑去，刚跑到楼梯口，又返回室内。她跑到书桌前，胡乱抓了一张纸条，再次朝楼下跑去。

除夕夜，苏之念跳入湖中救了宋青春，当晚入睡后没多久就感冒了。

他担心宋青春出状况，去医院打了吊针，还吃了双倍剂量的药，到了次日晚上又发起了低烧。病情反反复复，拖到正月初三的晚上，他才终于彻底退烧。当晚泡了个热水澡，他好好地睡了一觉，初四早上醒来，精神状态好了许多。

吃过早餐，他带了电脑和几份文件，照旧找了一个距离宋家比较近的咖啡厅，感冒还没完全好，处理了不过三个小时的工作，人就疲倦得厉害。中午，他随便在咖啡厅吃了点东西，靠着沙发眯了一觉。

大概四点的时候，他预估了一下宋青春出发去他别墅的时间，收拾了东西结完账，刚上车，准备去宋家所在的小区对面候着，兜里的手机就响了起来。

竟然是宋青春发来的微信。他顺手回了一个问号，就看到她接连发来的三条消息——

我想麻烦你一件事。

苏之念愣住，过了片刻，点开了宋青春的头像，确定是她的微信后，又一次愣住。

一道刺耳的鸣笛声从车后响起，惊醒了苏之念。他快速给宋青春发了一个问号过去，把手机放在副驾驶座上，流畅地把车开过路口，又拿起手机，看到宋青春发来的一句："你先说，你现在有空吗？"

他直接拨了电话过去。

挂断电话，用了不过十分钟，他就抵达了宋家所在的小区门口，给宋青春拨了一个电话，挂断之后，他点开微信，对着那句"我想麻烦你一件事"，反复看了好几遍，觉得如梦如幻，这是从高三他和她分道扬镳之后，她第一次主动找他帮忙。

以前，他住她家里的时候，她经常对他说这句话。

"苏之念，麻烦你一件事，能不能周末陪我去逛街？"

"苏之念，麻烦你一件事，我打不到车，你能不能来西单这边接我？"

"苏之念，麻烦你一件事，回家的时候，拐到南锣鼓巷，帮我带块芝士蜜蛋糕回来。"

"苏之念，麻烦你一件事……"

宋青春从小区里出来，一眼就看到苏之念的车。她走上前，敲了一下窗户，车窗紧闭，没有半点落下的迹象。

苏之念的车窗贴了防窥视膜，宋青春把脸紧贴到副驾驶座的车窗上，才勉强看到苏之念低着头，坐在驾驶座上正在看手机。他看得十分专注，似是回忆起了什么美好的事情。

宋青春又敲了一下窗，看到苏之念还没反应，兀自拉了拉车门，才发现车子上了锁。她只好摸出手机，给苏之念去了电话。

隔着车窗，宋青春隐隐听见有歌声传来。

"藏在我回忆里的那个人，若在人海相遇……"

苏之念没接电话，侧过头朝窗外看了一眼，然后抬起手，按了车锁开关。

宋青春拉开门，把铃声听得更清楚了些："藏在我回忆里的那个人，有你我的青春才算完整，感谢曾经你的认真，让我知道爱一个人会奋不顾身。"

她下意识朝苏之念的手机看过去，还没扫到他的屏幕，电话便被挂断，切回了主页，她只看到他面色淡然地将手机塞入了口袋。

宋青春一边系安全带，一边问："怎么来得这么快，你刚刚接电话的时候，就在我家附近？"

"嗯。"苏之念应了一声，发动车子。

苏之念的家和公司都在西城区，宋青春的家在南城。她刚准备问他怎么会来这边，就透过后视镜看到后车座上的文件和电脑，于是改了口："你约了人，在这边谈工作？"

苏之念顿了好一会儿，才又点了一下头。

"大过年的，不是都放假了吗？怎么还这么忙？"宋青春说到这里，注意到苏之念的脸色不是特别好。

宋青春眉心拧了拧："你生病了？"

苏之念一愣，再次嗯了一下，过了会儿又说，"感冒了。"

"冬天感冒很不容易好的，有没有去医院看？打针了吗？吃药了吗？"

一系列的询问有些出乎苏之念的意料。他慢了半拍，透过后视镜看向她。

过了好一会儿，苏之念才移开视线，正视前方的道路，挨个答了一遍："去过医院了，打了三天吊针，也吃过药。"顿了顿，苏之念补充了一句，"现在差不多好了。"

"那就好。"宋青春调整了一下坐姿，"家里应该没菜了吧？等下拐去超市一趟。"

"好。"苏之念没有意见。

宋青春稍作沉默，说："生病了，晚上就吃点清淡的吧？"苏之念又回了一个好字。

宋青春没再说话，歪着脑袋看着窗外，一脸认真地琢磨起晚上吃什么。

前方红灯，车子停了下来。苏之念扭头，透过后视镜盯着宋青春。从何时起，她在做饭的时候，不再是他说什么，她就做什么，而是有了自己的想法和决定？而这些想法和决定，还是为他着想。

所有的事情，从零到一是最艰难的。

宋青春有了第一次麻烦苏之念，就有了第二次。

初四，宋青春到了苏之念的别墅后，一直没出过门。苏之念大概因为感冒没有痊愈，也天天在家静养。

正月初七，是春节过后正式上班的日子。宋青春有了除夕夜的教训，哪里还敢单独搭乘地铁或打车？她在正月初六的晚上，又想着去麻烦苏之念。

和上次一样，他仍旧没什么犹豫地答应了下来。不过这次，宋青春倒是把自己莫名其妙被人追杀的前因后果讲了一遍。

这些事情苏之念比她还早知道，但他听得比任何一次开会都认真。

初八早上，苏之念没让司机来接自己，而是亲自开车，载着宋青春出了家门。

快到宋青春公司门口的时候，女孩频繁走神，像是在苦恼什么。

苏之念趁着等红灯的时候，将手臂不经意地往宋青春那边靠了靠，然后他知道，她在为难第三次麻烦他的事，就是想让他晚上来接她，却又不好意思开口，甚至开始寻思要不要找个身强体壮的二十四小时贴身男保镖。

男保镖，苏之念神情未动，眼皮却跳了跳。

车子稳稳地停在TW电台楼下。宋青春磨磨蹭蹭地收拾着自己的包，下车之前，好几次话到嘴边却变了样："那个……谢谢你啊。你开车慢点，我先下车了，再见哦。"

到此为止，她已经接连说了八遍再见，还扯了这么多废话，没有一句扯到重点。

苏之念听到最后，喊了她的名字："青春。"

"嗯？"宋青春探了一个脑袋过来。

苏之念神情很淡："下午我约了客户在前面的会所谈合作，你下班可以等我，我顺道接你回家。"

宋青春宛如中了大奖，朝他喜滋滋地猛点头："好的。"

苏之念别开视线，轻点一下头，听到她脆生生地对着他第九次说再见，这一次终于再见成功了。再然后，就因为苏之念那句"我顺道接你回家"，他又有了一个新绰号，苏司机。

苏之念留宋青春在身边一百天，只是想给自己多一些关于她的回忆，并没有过多奢望。他和宋青春的关系，走到送她上下班这一步，已经十分出乎他的意料。

他一直以为，这就是他和她最为靠近的关系。没想到，还没过一个星期，这个他以为最近的距离就被突破。那是二月二十三号，距离他和她的合同到期时间，仅剩十六天。

宋青春每天晚上已经不再拿着手机嘀咕，还有多少天可以彻底逃离他。

苏之念每天晚上写日记的时候，都会加一句，还有多少天他和她就要分开了。

那天早上，苏之念照旧把宋青春送去公司，看着她进了办公楼后，驱车去了就近的会所，他的秘书程青葱已经抱了文件，等在他这几个月常用的包厢里。

宋青春一到公司便被喊去台长办公室，再出来已经十一点。助理凑到她面前，激动地对她讲，最近跟踪的一个新闻已经有了眉目。路过茶水间的时候，宋青春看到里面坐着唐暖和秦以南。她一边听着助理的汇报，一边对秦以南微笑点头，然后趁着助理说话，喊了一声以南哥，就朝自己的办公室走去。

快到办公室门口的时候，有同事喊她："宋青春，你的快递，来签收一下。"

宋青春示意助理稍等一下，然后转头，看到电梯门口站着一个穿着顺丰外套的快递小哥。

她最近没在网上拍东西，不应该有什么快递寄过来啊，难不成是她年前拍的什么东西没到？宋青春一边心底疑惑，一边踩着高跟鞋，风风火火地朝快递小哥走去。

快递小哥等宋青春走近，弯身从袋子里拿出一个灰色的顺丰小盒子，看着上面贴着的快递单，问："宋青春，对吗？"

"是。"宋青春走到快递小哥身前约莫半米处，停了下来。

"宋小姐，麻烦你签收一下。"快递小哥将快递和笔递给了宋青春。

宋青春伸手接过快递，看了一眼快递单，以为是自己买的小零食，没多想就拿笔签名。

办公室里，大家都在忙碌，根本没有时间去顾及其他。

快递小哥默不作声地打量了一圈周围的人，悄无声息地将手伸进大衣口袋里，摸出一个东西，藏在袖口。

宋青春签好名，将笔和快递递向快递小哥，刚准备说声谢谢，快递小哥的右手突然朝她的咽喉处划过来。她本能地尖叫了一声，大脑一片空白。等她回过神，发现自己已经退到距离快递小哥约莫两米的地方。

她的一声尖叫，惊得办公室的人都朝电梯口望来。

快递小哥似是没料到自己会一招不中，生怕等下被人控制，像是疯了一样，朝宋青春的心窝不管不顾地刺了过来。

办公室里，尖叫声此起彼伏。

秦以南正拿纸巾给唐暖擦手，此时表情突变，低叫了一声宋宋，然后将纸巾朝桌上一扔，起身往茶水间外冲去。唐暖也没有半点停留，在秦以南起身的刹那，当机立断地起身，和他同时跑到茶水间门口。

电梯口，宋青春神情惊慌，快递小哥一脸凶狠，而办公室里，其他人表情或诧异，或惊恐。

从茶水间冲出来，唐暖和秦以南没闹明白发生了什么，只见快递小哥突然抬起手，举着明晃晃的刀，朝宋青春的胸口刺去。

“宋宋！”秦以南声音尖锐而焦急，脸上的血色褪得一干二净。他本能地朝宋青春扑了过去，明显想替她挡掉下一刀。

当初，她唐暖信誓旦旦地和宋青春打赌，结果秦以南舍身救了宋青春。后来在北海，他本来搂着她和她接吻，结果接到电话，说宋青春落水，他想都没想就推开了她，匆匆冲向驾驶室。那一晚，他眼里只有宋青春，后来她装肚子疼，一向对她呵护有加的他，竟然让章子送她去医院。再后来，她给他打电话，他都不接，只回了一句“等下回你”，就把手机关了。

她一直觉得，在秦以南心底，她唐暖比宋青春重要，却没想到，最关键的时刻，他对宋青春的好并不比对她的好少。就像这一次，宋青春遇到危险，他竟然舍命相救。他已经在她面前演绎过一次，她绝对不允许有第二次！

秦以南活生生被唐暖绊住脚步，眼睁睁看着快递小哥的刀刺到了宋青春单薄的毛衣。

“宋宋！”他的声音完全没了平日的温润，取而代之的是撕心裂肺。他想都没想就将怀中的唐暖一把推开，声音嘶哑地又喊了一声宋宋，就见快递小哥不知是不是没站稳，脚底一滑，人摔在了地上。

手中的刀一下子飞出老远，快递小哥用了约莫十秒钟才再次站起身，朝刀扑了过去。突然，电梯里冲出一个人，奔跑速度极快，所有人还没看清楚他的脸，他已经扑到快递小哥身上，揪着他的领口，朝快递小哥的脸上狠狠揍去。

快递小哥发出哭爹喊娘的惨叫声，惊得一屋子的人陆陆续续回了神。有人反应极快地冲上前，把快递小哥的刀捡起，也有人开始报警，还有人不知从哪里找了绳子，上前要将快递小哥五花大绑。

宋青春吓得全身虚脱，腿一软，跌坐在了地上。臀部传来的疼，让她稍微清醒了一些。她抬起手，摸向左胸口，发现心跳快得无法形容。

“宋宋，你还好吗？”秦以南慌张无措地跑到宋青春面前，刚想蹲下身，检查宋青春有没有受伤，有人抢先一步，弯身把宋青春从地上扯了起来。

秦以南的手硬生生顿在半空，过了片刻，他才反应过来，转头顺着宋青春被拉起的方向看去。

苏之念穿了一件白色衬衣，款式简单，有些皱，连袖口的纽扣都崩开了一颗，露出一小截结实有力的手臂。盛怒之下的他，压迫感十足，加上气势太过凌厉，只是一眼，就让人心底蹿上一股凉凉的骇意。

秦以南眼底闪现一丝诧异，过了好一会儿，神情恢复自然，对苏之念礼貌地说：“苏总，您怎么在这里？”他和苏之念认识很多年，可一直不算特别熟络，见面问好，也都十分客套。

苏之念刚刚疯狂地揍了快递小哥，耗费了不少体力，气息略显不稳。他抓着宋青春的肩膀，像是没有听到秦以南的话，问她：“还好吗？”他的声音有些冷硬。

宋青春轻轻蹙了蹙眉，眼珠子转了转，看向苏之念。他不是去上班了吗？人怎么会在这里？

“有没有伤到哪里？”接触到她的视线，苏之念再次问。

他索性低下头，打量起她的身体，看到她胸前衣衫上被划破的地方，想都没想就伸出手，摸向她的胸口：“这里受伤了？”微快的语速泄露了他的焦急。

宋青春脸微微一红，摇了摇脑袋，往后退了一步，躲开苏之念的手。苏之念不放心，将手伸到她胸前，又反复按了两下，确定没有湿黏的感觉，才彻底松了一口气，收回手。

警察走到他们身边，对宋青春说：“请问，你是受害者吗？”

宋青春清醒过来，看到一旁不远处，还有个警察正在找她的同事了解情况，快递小哥被戴了手铐。

宋青春点了一下头，说：“是，我是。”

“需要你现在跟我们去趟局里，做笔录。”警察说。

“好。”宋青春点了一下头，“稍等一下，我去办公室拿衣服和包。”

“去吧。”警察说着，拿出照相机，拍摄取证。

宋青春还没迈出半步，双腿一软，人就朝地上倒了下去。

身边的苏之念迅速伸出手，扶住她的胳膊，把她撑了起来。

“宋宋，你怎么了？”站在不远处的秦以南快步上前，一脸担忧地问。

苏之念眉心蹙了一下，没说话。此时他和宋青春肢体碰触，知道她心底的想法，也知道她是吓得没了力气。不等她对秦以南的关心有所反应，他猛地弯身，把她打横抱起，大步流星地走到前方不远处的休息厅，将宋青春轻轻放在沙发上，半蹲在她面前，说：“你在这里等我，我去办公室帮你拿东西。”

宋青春嗯了一声，补充了一句：“我的手机在办公桌右边一个蓝色文件下。”

“好。”苏之念起身看到一旁的桌子上放了几瓶没开封的矿泉水，走过去拿了一瓶，拧开盖子，递给宋青春，“喝点水，会舒服些。”

宋青春盯着苏之念的脸，好一会儿，才小声说了一句谢谢，伸手接过矿泉水。

苏之念绕过沙发，朝宋青春的办公室走去。

刚走到一半，秦以南来到宋青春面前：“宋宋，你现在感觉好些了吗？有没有哪里不舒服？”

苏之念背对着他们，微微停顿了一下，却没回头，抬手推开了宋青春的办公室门。

“我没事，以南哥。”宋青春心不在焉地晃了晃脑袋，垂着眼帘，吞了一口矿泉水，忍不住朝苏之念的背影看去。

“宋宋，我知道你肯定是吓坏了，不过还好虚惊一场，现在已经没事了。”

此时的她面色平静，看似认真在听秦以南说话，实则左耳进右耳出，根本不知道秦以南絮絮叨叨了什么。她时而盯着苏之念递给自己的矿泉水，时而朝办公室门口瞄一眼。

苏之念很快拎着宋青春的包和外套走了出来。宋青春的视线一下子黏在他的身上。

“宋宋，你别太往心里去。除夕夜的事情，很有可能也是这个人做的。等下去警局一定要跟警察说，让他们联系起来查。”

秦以南这才留意到宋青春根本没在听自己说话，而是歪着头，盯着他身后的方向出了神。秦以南伸出手，在她眼前摇了摇，喊了一声：“宋宋？”

宋青春没反应，而是动了动脑袋，视线绕开他的手。秦以南顺着她的视线望去，听到她的声音甜甜响起：“东西都拿来了？”原来她是在看苏之念。

他立刻站起身，朝苏之念打了声招呼：“苏总。”

苏之念朝秦以南面色淡漠地点了一下头，快速转头，将视线落在宋青春的脸上：“你看下还少什么？”说着，苏之念将宋青春的包递给她。

恰在此时，两个警察走过来，催问了一句：“东西都拿好了吗？现在可以出发去局里了？”

“不好意思，让你们久等，可以出发了。”宋青春将矿泉水放在桌上，还没伸手从苏之念的手中接过自己的外套，男子却率先将衣服披在她的身上，为她把大衣纽扣一颗一颗系上。办公室里那么多同事都在看着，他却旁若无人一般。

宋青春愣了一会儿，耳根微微发烫，没有抬手阻止他，只是僵硬着身体，凝视着他近在咫尺的容颜。他态度认真，像在做一件很重要的事。

宋青春盯着苏之念的眉眼，心里掀起惊涛骇浪。

正在宋青春愣神之际，苏之念系完最后一颗纽扣，微微往后退了一步，低声问：“现在心情好些了吗？”

“好了很多。”她不至于心大到完全没事，却因为他的出现，真的好了许多。

警察大概等得不耐烦，又催促了一次：“走吧？”

宋青春连忙点头，朝警察歉意地说：“不好意思。”

秦以南却抢先拎起她的包，刚准备说陪她去警局，宋青春却转头对苏之念问：“你等下有空吗？如果有空，陪我一起去趟警局？”

苏之念一边说好，一边自然地将手朝秦以南拎着的包伸了过去。秦以南顿了片刻，才将包递到苏之念手边。苏之念接包的时候，指尖碰了一下秦以南的指尖，顿时读到了他心底的想法。

他想陪宋青春去警局？苏之念的心底冒起一簇邪火。如若不是自己及时赶到，关键时刻，宋青春就要在他秦以南的眼皮子底下，眼睁睁被人杀死了。

他在电梯里的时候，还听到唐暖对他说了一句“以南，我怕”，是不是当时的他，正在护着他的心肝宝贝？

他喜欢唐暖，苏之念不怪他，毕竟感情从来不是人力可以控制，但是，宋青春好歹跟他一同长大。这些年来，苏之念不知听过多少遍，他对她说会好好照顾她。难道唐暖的害怕，比宋青春的命还重要？若他当时反应慢那么一点点，也许宋青春真的就……苏之念心底的邪火越来越大，偏偏秦以南还对他说了一句：“录完口供，麻烦苏总送宋宋回家。”

什么时候，轮到他来指挥自己了？苏之念表情突然有些冷，没等秦以南把话说完，从他手中扯了包，对宋青春说了一句“走吧”，就率先迈步，朝警察走去。

宋青春转头，对秦以南说：“以南哥，我们先走了。”

秦以南说：“路上慢点，有什么事，记得给我打电话。”

苏之念的脚步突然停了下来。

“嗯，再见，以——”

苏之念眉心蹙起，退回宋青春的身边，不等她把以南哥三个字喊完，就问：“能走吗？”

宋青春愣了片刻，见他盯着她的双腿，才明白他是什么意思。她动了动软得没力气的腿，然后对苏之念点了一下头，说：“能走。”

苏之念面无表情地嗯了一声，朝她的双腿扫了两眼，就将她的包塞进她怀里，打横把她抱了起来，一声不吭地朝电梯走去。

两个警察押着快递小哥，急忙跟上。

一行人走后，办公室的气氛渐渐恢复正常。唐暖听着周围人的议论，手不知什么时候握成了拳头，力道越来越大，指甲陷进掌心，可是再痛，仍抵不过她心底的痛。

这些年来，她和苏之念同在一个城市，可两人始终没能正面碰上。他曾经对她好过，虽然仅限于见面时跟她打个招呼，偶尔让她帮忙给宋青春带样东西。她怎能不恨，如何不恨？此时她更恨，她不但因宋青春失去了苏之念，在秦以南的心底，她似乎也比不上宋青春！

如若不是她动了小心眼，拦住了秦以南，怕是秦以南已经为宋青春以身挡刀了吧？唐暖越想越气，完全没有注意已经来到身边的秦以南。

“唐暖？”秦以南喊了一声，看到她没反应，伸出手碰了碰她的脸，“想什么呢？”

唐暖看向秦以南，表情冷静严肃。她愤恨地将秦以南关在办公室外，任他怎么打电话都不理。秦以南在众人的注视下，尴尬地离开。

录完口供，警察说具体的他们会再查，不过在查清之前，最好别单独行动或上班，以免真的丢了性命。

宋青春今天是吓到了，就算没有警察的提醒，她也打算休假一阵子。

闹出来这么大的事，公司领导也有所顾忌，怕她在公司再次遇到危险，到时候公司会跟着惹上麻烦。所以，她给领导打电话请假时，领导没有过多考虑，爽快地同意了。

从警局出来，已是下午一点，正是午饭时间。

一上车，苏之念便问：“想吃什么？”

宋青春哪里有胃口吃饭，沉默了片刻，说：“先回家吧，现在不是很饿。”

“好。”苏之念没有异议，发动了车子。

开到半路，趁着等红灯，苏之念拿起手机，在上面点了两下，然后递到宋青春的面前。宋青春一愣，没接手机，反而侧过头，不解地看着他。

前方红灯变绿灯，苏之念一边操控着方向盘，一边对宋青春解释：“就算没胃口，也要吃点东西。”

宋青春这才注意到他的手机屏幕上是各种外卖的图片。

他陪了她这么久，还没吃饭，即使她没胃口，也不代表他不饿。

宋青春接过手机：“你想吃点什么？”

苏之念直视着正前方，答得散漫：“你看着来。”

他这一系列举动，其实只是变相地劝她吃点东西？宋青春盯着花花绿绿各种颜色的图片，神情变得有些柔软。

他刚刚只说了两句话，没有任何关心的词语，也没有半点温情的语气，甚至口气淡漠，可以用不带任何情感来形容，可她觉得那两句话胜过千万甜言蜜语，宋青春心底充满说不出的温暖和宁静。

宋青春盯着手机屏幕，眉心蹙了起来。自己为什么会觉得这种感觉很熟悉？

苏之念看她半天没反应，出声询问：“想好吃什么了吗？”

宋青春应了一声，将思绪往回拉，看到手机屏幕上恰好显示的是粤菜，就说：“粤菜，可以吗？”

“随你，我都可以。”苏之念漫不经心地应了一句，转着方向盘，拐了一个弯。

宋青春下了单，将手机递还给苏之念，然后侧着头，透过后视镜盯着苏之念，又陷入刚刚的困惑之中。他给她的那种感觉真的很熟悉，好像就在前不久，某个人也给了她同样的感觉。

宋青春想了好一会儿，突然掏出手机。她点开那个号码发给自己的短信，瞬间明白过来。苏之念刚刚带给她的温暖宁静的感觉，和这十一位数字发来的短信带给她的感觉如出一辙。

短信的内容，永远都是最简练的话语，寥寥数字，包含了许多温暖。苏之念说话，从来都是点到为止，背后却隐藏着关心。这般想来，短信的主人和苏之念的作风真的是像极了。

而且，她之前也分析过短信的主人是谁，只是没有得出确切的结论，但她知道，短信的主人一定对她很熟悉，而且身份不简单，否则不可能知道很多明星大腕的私密事，然后爆料给她。

苏之念完全满足这两点，莫非苏之念就是短信的主人？宋青春被这个假设震住了。她睁着一双漆黑澄澈的大眼，透过后视镜，悄无声息地打量着苏之念。视线从他的脸上往下移，然后定在了他握着方向盘的手上。

血已经干涸，他受伤了？好像不是他受伤，因为血迹很分散，像是飞溅上去的。宋青春想到在警局里见到的快递小哥，鼻青脸肿的，是被苏之念揍的吧。从快递小哥那张被打得认不出原本模样的脸就能猜出来，苏之念到底下了怎样的狠手。所以他身上的血是那个快递小哥的？苏之念怎么会在那么关键的时刻，出现在TW电台，还救了她？和除夕之前遇到的一系列危险一样，每一次在最紧要的关头，她都能死里逃生。

她在除夕之夜就知道，身后有个人一直在默默无闻地保护她。

今天，苏之念就是在最危急的时候蹿出来的。苏之念既能和短信主人一样，给她相同的感动和感觉，又能和保护她的人一样，在她最需要的时刻出现。他同时拥有两个人的特点，而那两个人又是同一个人。所以……

宋青春全身的血液似乎停止了流动，大脑一片空白，呼吸渐渐消失。所以，苏之念就是短信的主人，也是那个一直在她身后、默默保护她的神秘人？

这个猜测如同一道惊雷，狠狠地劈开了黑暗，直击宋青春的心窝，让她整个人哆嗦了一下。

“怎么了？”意识到异样的苏之念，侧头问。

“没什么。”宋青春忙压住心底的波涛汹涌，朝苏之念摇了摇头。等男子将注意力重新放回前方的道路上，她才将视线对上后视镜里的他。

最开始，她真的只是好奇，苏之念给自己的这种温暖感觉，怎么就那么熟悉？

如果换作从前，她肯定会最先否决这个猜测，因为她从未觉得苏之念对自己有多好。

可是现在，她对苏之念了解了许多，她知道，他的内心根本不是表面那样。

她当初被唐暖诬蔑，是他出手解围的；她在北郊回不来，是他开车去接的；就连现在她遇到危险，也是他每天接送她上下班。细数一下，不知不觉中，他竟然给了她这么多的温暖和依赖。

所以，纵使他曾对她说过很难听的话，做过最伤人的事，他对她却是真的好。他真的有可能是短信的主人。

“想什么呢？怎么不下车？”正在宋青春出神之际，耳边传来了苏之念清淡的声音。

宋青春回神，看到车子已经停在家门口，苏之念正站在车旁，接着恰好送到的外卖。

吃过午饭，苏之念接了一个电话，先上楼。

宋青春一边想着心事，一边收拾餐桌，然后魂不守舍地回了卧室。她靠在床头，盯着手机里的短信反反复复看了两遍，突然像是想起什么，从床底摸出一件衬衣，又从衬衣口袋里发现一张纸片。

衬衣是当初他头部受伤的时候，因为染血要拿去扔掉的。纸片是当初他去北郊接她的时候，她在他车里无意中发现的高速路收费单。

那天，他明明告诉她，他在北城郊区附近，人却从城里一路飞速赶来。她当时除了在心底偷偷骂他是苏骗子以外，还疑惑他为什么要对她撒谎。即使到了现在，她也不懂他为什么撒谎，却明白，他并不想让她知道他在担忧她。他极力掩饰自己的真实想法，和短信主人一样，每次都为她解决问题，却想尽办法不让她知道他是谁。

宋青春的视线缓缓落到了衬衣胸前残留着的唇彩上。在他从北郊接她回来的那晚，他们住在酒店，她因为难过，窝在他的怀里痛哭了一场，哭完之后，她发觉当时的场景，和她这些年来，每每难过大哭时莫名其妙断片后回神的感觉是那么相似。当时的她，还推测自己在记忆断片的时间里，被人拥抱过，被擦过眼泪。甚至，她还联想到这件染血的衬衣。

她想，如果真有那么一个人，那人一定和这段时间她遇到危险时出手相救的人一样，无时不刻不在关注着她。

最重要的是，她哭泣并出现记忆断片的情况，是在她升入大一的时候，而短信也是在那时候开始收到的。

这件衬衣告诉她，那个人真的很有可能是苏之念。

如果说，她在车上已经有些怀疑苏之念是自己要找的人，那么现在她有一半把握，苏之念就是自己要找的那个人。

叮咚——楼下突然传来门铃声，宋青春回过神，走下楼，透过猫眼发现是送快递的。她想到上午的事情，没敢开门，直接让对方把东西放在门口，等快递小哥走远了，她才开门从地上捡起快递。

是一份文件，寄给苏之念的。宋青春拿着文件，一边往楼上走，一边想着心事，以至于走到苏之念的卧室门口，都忘记敲门，直接推门而入。

“苏之念——”宋青春刚说了三个字，猛地停下脚步，盯着苏之念，止住了声音。

苏之念大概刚洗完澡，头发半湿，只穿了内裤坐在沙发上。在阳光的照射下，他的肌肤白皙莹润，线条完美。苏之念接触到宋青春的视线，身体略僵了几秒钟，伸手快速拎起一旁的西装裤穿上。

苏之念扣好腰带，尽量让自己语气平稳：“找我有什么事吗？”

宋青春没说话，一双漆黑澄澈的大眼直勾勾地盯着他。苏之念清了清嗓子，见她还是没什么反应，佯装淡定地走到床边，姿势优雅地拎起衬衣穿在身上。

他耳朵烫得厉害，白皙的脸颊爬上一抹淡红。他下意识别过头，避开她的视线，又一次重重清了清嗓子。

宋青春回神，才意识到刚刚到底看了些什么。她的脸变得通红，快速将视线从苏之念身上收回来，完全忘记来他卧室的目的。她转身朝门外跑去。

门被重重甩上，过了约莫一分钟，又被她用力推开。宋青春红着脸冲进来，将手中的快递朝苏之念面前的茶几上一摔，看都没看他一眼，匆匆丢了两个字“你的”，片刻也没停留地又跑开了。门又一次发出砰的一声巨响。

苏之念盯着宋青春摔在桌面上的快递，面颊上的淡红变得深了一些。过了好一会儿，他才拿起快递，刚准备拆封，门第三次被推开。苏之念动作顿了顿，转过头，看到宋青春站在门口，没进来，正盯着自己面前的茶几看。

苏之念调整了一下情绪，淡淡地开口：“还有什么事吗？”

宋青春的视线落在他的脸上。她看了他片刻，迈着步子又走进他的卧室，停在他腿边的垃圾桶前，低下头，朝里面看去。里面有很多被血染红的棉球，泛着浓浓的酒精味。那些棉球湿漉漉的，想必刚扔进去没多久。

宋青春抿了抿唇，看向苏之念："你哪里受了伤？"

他是受了伤，是他上午控制快递小哥时，力道过猛，导致快递小哥蹭伤了腿，连带着他的腿也受了伤。其实，他压根没想让她知道他受了伤，只是她出现得太突然。他刚洗完澡，在给腿上的伤口消毒，只顾着穿衣服，没顾上茶几上的医药箱。没想到，被她发现了。

从垃圾桶里的带血棉球可以看出，苏之念的伤应该不轻。

宋青春看他半天都没出声，忍不住蹲在他面前，伸手朝他的身上摸去。在她的手碰到他的右小腿时，原本沉浸在自己思绪里的苏之念，身体猛地颤动了一下。

宋青春立刻停了动作，小心翼翼地将他的西装裤慢慢卷了起来，然后看到他的腿肚上有一大片擦伤，有两处擦得比较严重，还在往外冒小血珠。

"怎么伤得这么厉害？"宋青春皱着眉，自然地转身，拿了镊子，夹了棉球，蘸了一些酒精，朝苏之念的伤口擦去，"忍着点，可能会有些痛。"

尽管男子没有发出任何声音，可宋青春还是看到他的腿轻轻地抖了抖。

她消毒的动作放轻了许多。连续换了好几个棉球，她才给苏之念的伤口消完毒，抽了一根棉签，挤了药膏，轻轻地涂在伤口上，忍不住又问了一句："是上午跟送快递的打架，不小心擦伤的吗？"

其实不是，他却不能让她知道，是因为超出常人的能力，他才受了这个伤。

苏之念面对她的询问，轻轻嗯了一声，敷衍过去。

"擦伤了这么一大片，一定很疼吧？你怎么都没说，伤口要早点处理，万一感染了怎么办？"

宋青春一边上药，一边嘀嘀咕咕个不停，到了最后，不经意之间，语气里带上了责备。

"而且还是右腿，你开车回来的时候，刹车油门踩得不疼吗？"

"还有——"宋青春说到这里，顿了一下，"走了那么多路，你到底有没有痛觉神经啊，真以为你是铁打的吗？都受伤了，还洗什么澡？你这个人，到底会不会照顾自己？"

苏之念听着宋青春的埋怨和责怪，唇角反而一点一点上扬起来。

她是在关心他，刚刚她险些脱口而出了，你还抱着我走了那么多路。

一种说不出的满足，蔓延至他的全身。

他从未奢望她对他好，所以每次她对他有一点点好，他就知足得仿佛拥有了全世界。

宋青春涂好药，拿纱布把伤口简单地包扎了一下，然后贴了胶带固定好。

“你今晚别拆这纱布，免得伤口被摩擦，愈合得慢。”

“明天记得再上一次药，如果没有结痂，最好再用纱布包扎一天。”

“算了，明天我给你上药吧。”

“哦，对了，你就算是有洁癖，今晚睡前也别洗澡了。”

“我说了这么多，你到底听到了没有？”

宋青春见苏之念没回一句话，忍不住抬起头，看向他，发现他正唇角含笑、目光深深地凝视着自己。他的眼睛形状很漂亮，漆黑的瞳孔深邃无比，像是藏了磁铁，吸引着她的目光。

室内变得格外安静，气氛也开始暧昧。他呼吸变得有些粗重，脑袋情不自禁地朝她的脸靠近。他喷出的气息越来越炙热，洒在她的脸上，引得她睫毛一阵颤抖。她似是有些紧张，唇瓣轻轻地动了动，小声喊了他的名字：“苏之念……”他动作突然停了下来。

刚刚，就差那么一点点，他险些失控地吻上她，然后暴露自己隐藏多年的心事。

她蹲在他的面前，她的甜香不断往他的鼻息里钻，撩拨得他血液沸腾。他很想低头，恶狠狠地亲吻她。他怕自己控制不住，从她面前快速离开，带着几分慌乱地快步走进浴室。

宋青春保持着刚刚的姿势，蹲在沙发前，一动也不动。她的意识还停留在苏之念的脸贴近她脸的那一刻。那个靠近，让她想起了除夕之夜，和那个暗中保护她的人接吻的情景。

她和苏之念没有亲吻，可他靠近她时，带给她的悸动，和除夕之夜那个人带给她的悸动是一模一样的。如果是两个人，怎么可能给她相同的悸动？更何况，她一直都在猜测，他就是她要找的那个人。

浴室门被苏之念重新拉开，宋青春听到声音，突然抬起头，看向了他。苏之念似是没想到宋青春还在，微怔了一下，才缓缓地走向沙发。

宋青春慢慢从地上站起来，视线一直黏在他的脸上，直到他姿势优雅地坐在沙发上，她才问："苏之念，你有没有被人暗中关注过？"

苏之念似是不明白她的意思，看着她的眼神带着几分古怪："怎么了？"

"你有吗？"宋青春直直地盯着他的眼睛，继续追问。

他并不喜欢这种八卦问题，看得出来，她不拿到答案不会罢休。他沉默了片刻，回答："没有。"

"我有。"接着，她几乎没有停顿地背出了十一位数字，是发来短信的那个号码。

背完之后，她的视线紧紧锁住苏之念，企图从他身上找出蛛丝马迹。

可那十一个数字落入苏之念的耳中，就像第一次听见。他表情没有任何异样，甚至还有些不解地看着她，一脸茫然地嗯了一声，反问："什么意思？"

什么意思？他是真不知道这十一位数字是什么意思，还是装不知道？

宋青春盯着苏之念，好一会儿才说："就是这个号码的主人在暗中关注着我，而且是从五年前开始。每次在我束手无策的时候，这个号码总会给我发来一条短信，帮我渡过难关；每次在我孤单难过的时候，他会给我发来一句祝福，虽然话语很简练，但是可以让我心情转好。而且，我前几天跟你说过，最近这段时间一直有人企图要我性命，但是每一次在最关键的时刻，我都能死里逃生。除夕之夜我才确定，有人暗地里一直默默地保护着我。所以，我想能在最危险的时刻帮助我的人，肯定是时刻关注我的人，只有时刻关注我，才能用短信帮我解决麻烦，所以给我发短信的人，一定是那个一直保护我的人。"

宋青春脸上划过一丝笃定，目不转睛地盯着苏之念，抿了抿唇，又说："那个暗中保护我的人，能陪我五年，说明我对他来说很重要，现在我的危险尚未消除，他肯定会对我更加关注，对不对？"宋青春吞了一口唾沫，"而我今天上午在公司又遇到危险，那个一直在暗中保护我的人，果然第一时间冲出来救我了，对不对？"

苏之念没有和宋青春肢体相碰，读不到她心底的想法，但从她咄咄逼人的追问中，隐约知道她接下来要问什么。

“今天出现的那个人是你。”宋青春说到这里，停了下来。

苏之念神情平静，没有流露半点慌张紧张，心弦却绷了起来。

室内安静得有些诡异，过了良久，宋青春才一字一顿地说：“那个人，是不是你？

“那个从五年前开始给我发短信的人，是不是你？

“那个这些年在我痛哭时，给我擦眼泪的人，是不是你？”

明明是她在质问他，她的手却紧紧握成了拳头。她直视着坐在沙发上、面色不变的男人，顿了几秒钟，又问：“那个这些天时时刻刻暗中保护我的人，是不是你？”

他静静地坐在那里，周身散发出一贯的冷淡，在她话音落定后，慢慢地转过头，对上她的目光：“不是。”

宋青春脸上带着质疑：“可我觉得那个人，就是你。”

“觉得？”苏之念轻声反问，宋青春懂得他的意思，那只是“你觉得”。

宋青春微微张了张嘴，没有发出声音。

“那只是你的错觉。”苏之念的目光在她脸上停留了片刻，毫不留恋地挪走，然后他直视着窗外的阳光，动了动唇，“你说的那个人，不是我。”

阳光在苏之念身上勾勒出淡淡的金色曲线，宋青春看得目光微闪。

他不像在撒谎，更像是给她一个想要已久的答案。

他真的没有撒谎吗？可如果那个人不是他，又会是谁？她想来想去，觉得他是最符合条件的一个。

“你给我的感觉，和短信主人给我的感觉很相似，我每次哭都会出现断片的情况，等我回过神，眼泪已经被人擦干了，之前我们在北城郊区住的那一晚，我哭的时候，你哄过我，那感觉和我之前断片醒来之后的感觉几乎一模一样。

“还有，除夕之夜，我落水的那次，救我的人吻过我，你刚刚靠近我的时候，那种情形和那一天很像很像。”

“青春。”一直安静地听着她说话的苏之念，突然喊了她的名字，打断她的话。他盯着窗外，停顿了几秒钟，将视线再次转回她的脸上，“在北郊留宿的那一晚，我哄你哭过没错，但我也告诉过你一件事。”

他像是犹豫着什么，迟迟没开口。整个卧室寂静得吓人，墙上时钟指针发出的声音显得格外清晰刺耳。过了不知多久，苏之念调整了一下坐姿，说："你是不是忘了，我是有喜欢的人的？"

喜欢的人……宋青春彻底呆住。

苏之念继续说："而从你刚刚的话里可以听出，你要找的那个人把你视作珍宝。我深爱之人从来不是你，怎么可能是你要找的那个人？"

说到最后，苏之念语气里带了一抹嘲弄。从没想过有一天，他会亲自否决"他爱她"。

宋青春慢慢回过神。对啊，她怎么忘了，他心底有个深爱的人，那个人叫婷婷。

婷婷是他在这个世界上最重要的人，他不能爱她，却不可能不爱她。他为她，不介意孤独，得不到她，他宁愿孤独。他还为她写下一句很美的话：三生有幸遇见你，有生之年娶到你。

他说得没错，保护她的人肯定是深爱她的人，而他深爱的人并非她，仅此一点，就可以排除他。

可即便如此，宋青春还是无法说服自己，她不甘心地继续问："可是，你很多时候对我也很照顾。"

"亏欠。"苏之念答得迅速，只有两个字。

"亏欠？"宋青春重复了一遍。

苏之念淡淡地用少有的温和语气字字句句伤人地说："毕竟，我曾在醉酒之下要了你，那是你的第一次，多多少少我心底还是有些歉意的。"

那个许久之前的噩梦，让宋青春的面色逐渐苍白。

苏之念顿了一下，别开眼，唇角抿出一丝凉薄："况且现在的你也蛮可怜的，我照顾你不过是为了让自己心安。"

宋青春不知道自己怎么了，听到他这句话，心窝宛如被人刺了一刀，呼吸艰难，双唇抖动，眼底泛起一抹红。

在秦以南让她最绝望的时候，是他的出现，让她看到了希望，感到了温暖。这段日子，他和她相处得那么融洽，不知不觉中，她已经把他当作生命里很重要的存在，甚至最近一度觉得，他对她并不比秦以南对她差。可她没想到，他对她的好，竟然只是弥补。曾经他让她动容的那些好，有多让她感觉温暖，此时就有多让她感觉寒冷。她从不知道，原来地狱和天堂只有一线之隔。

房间里，暖气无声吹落在她的身上，却暖不了她的肢体，反而让她清楚地看到骨髓深处滋生的寒意。她想，应该彻底打消他就是自己要找的那个人的念头，可在打消之前，她做了垂死挣扎。

她隔着眼底冒起的雾气，看着他，声音很轻地开口，问："那你今天为什么凑巧出现在我的公司？"

他最不喜欢的就是她哭，他曾那么多次悄无声息地出现在痛哭的她面前，为她擦眼泪，可是现在，他竟然让她哭了。

"我找孙杨。"

孙杨是TW电台的董事长，宋青春的顶头上司。

"我从电梯出来，凑巧碰到了那一幕。坦白讲，我当时连人都没看清，就冲了上去，我后来才知道遇到危险的人是你。"

苏之念不是没想过有一天，自己为她做的事会被她发现，也想过如若真有这一天，他要怎样搪塞过去，可是他没想到，这一天真的来临时，他竟然表现得比自己预想的要出色。

原来，他连冲上来救人都不是因为她，而是见义勇为。

她不是死缠烂打的人，曾那么疯狂地喜欢过秦以南，却也没有胡搅蛮缠过。可是今天，她不死心地缠着他问了很多。她知道该给自己留点尊严，适可而止了。

宋青春强忍着眼底的酸痛，不让眼泪落下来，想要让语气轻松点："对不起啊，可能真的是我想太多。"

苏之念觉得自己是不是入戏太深，竟然装出大度的模样，理所应当地回了一句："没关系。"还顺势安慰她，"希望你早点找到要找的那个人。"

现在，宋青春一点也不潇洒，可还是故作潇洒地朝他挤出一个笑容，说："谢谢。如果没事，我先回房间了。"

她知道，自己的笑肯定比哭还难看，却拼命让唇角保持上扬。看到他无声地点头，她转过身，眼泪狠狠地砸落下来。

宋青春搞不明白自己到底在难过什么。不就是她觉得苏之念有点像自己要找的那个人，却遭到他的否决吗？不就是他说，他对她好是因为亏欠吗？至于哭吗？可她就是很伤心，回到自己卧室，看到床上的那件衬衣和高速收费单，她更加伤心。她趴在床上，将脑袋埋在棉被里，呜呜呜地小声哭了起来。

苏之念靠在沙发上，视线沉沉地盯着墙壁上的电视，半晌没有反应。他的耳边，充斥着她的呜咽声。他抓着靠枕的手力道加大，手背的青筋都突了出来。

她开始注意那个保护她的人了，是不是代表她的心也往那个人的身上倾斜？她却不知道，那个保护她的人，是她最不应该注意的人。他已经一步错步步错，跌入万丈深渊，再无救赎的机会，而她不一样。她还有挽回的机会，她没必要和他一样，踏进黑暗的不归路。

为了打消她心里的怀疑，他没有任何犹豫就说出了那样决绝的话。她是他在这个世上最不舍的人，却偏要由他给她最残忍的伤害。

隔壁房间的哭声还没有停止，他的心跟着抽疼。

耳边又响起她咄咄逼人的质问——

那个从五年前开始给我发短信的人，是不是你？

是。

那个这些年在我痛哭时，给我擦眼泪的人，是不是你？

是。

那个这些天时时刻刻暗中保护我的人，是不是你？

是。

都是他。可他不能让她知道是他。

宋青春不知自己哭了多长时间，到最后嗓子都哑了，力气似乎随着眼泪流干。她趴在床上，直到夜幕降临，她才缓缓从床上坐了起来。她将衬衣和收费单一并拿起，走进浴室，把它们扔进垃圾桶，然后站在洗手台前，盯着自己红肿的眼睛一会儿，把脸上干涩的泪痕洗得干干净净。

涂护肤霜的时候，她瞥了一眼垃圾桶里露出来的衬衣一角，又从垃圾桶里把衬衣和收费单拎出来，卷了卷，重新塞回床下。

第七章
我是她的故人，却不是她故事里的人

宋青春和苏之念陷入了冷战。宋青春整天在别墅里，也不出门。苏之念没去公司，白天都在书房忙工作。两个人同在一个屋檐下，除了一日三餐，其他时间却没碰面。

苏之念知道，宋青春有意在躲自己。他也看出来，这几日她明显安静了许多，像当初刚住进他别墅的状态，除了喊他吃饭，其他时候很少跟他交流。他仗着自己听力好，知道她整天窝在房间里，不是打游戏听歌，就是看小说、睡觉。

这样的日子过去了五天，到了二月二十八号，这个月的倒数第二天。

最近，宋青春的生理期有些混乱，原本月中准时来的月事，竟然推迟到了二十五号，肚子也有些泛疼。

二十八号这天，宋青春早上醒来，感到全身不舒服，吃过午饭，倦倦地爬上床，想要午休，可还没睡着，肚子就刀绞似的疼了起来。

等到疼痛过去后，她像是虚脱一样，额头上布满冷汗。她在床上调整好呼吸，准备去楼下倒杯热水，没想到一开门，竟然看到苏之念站在门外。他手里端着瓷杯，像是要下楼倒咖啡。

那天的事过去后，两人谁也没再提起。她洒脱地跟他道了歉，可他那天跟她说的话，像一根尖刺，狠狠地扎在心上，这几日每每想起，她就变得心情低落。

宋青春不是特别想和苏之念一起下楼，看到他的一瞬，愣了一会儿，装出忘记拿东西的样子，准备退回房间，等他倒完咖啡上楼，她再下去。

宋青春没来得及转身，苏之念突然顿住脚步，盯着她额头上的发丝看了两眼，蓦地开口："怎么了？不舒服？"

"没。"宋青春想也没想地回答。

苏之念在书房的时候，从宋青春因为疼痛嘀咕的话语里知道她痛经。他之所以出来，是因为她疼了许久都没有好转。其实他想说，如果实在难受，可以喊夏医生来看看，谁知她生疏地给了一个"没"字，让他接下来的话无从说起。

苏之念盯着宋青春，终究什么也没说，朝她轻点了一下头，迈步下楼。

在楼下，苏之念煮咖啡的时候，想着要不要给宋青春泡杯红糖水，已经拿了杯子，最后又放了回去。

苏之念回到书房，久久没能静下心工作，索性合了电脑，盯着窗外愣神，好一会儿才掏出手机，订了一份晚上六点半送到的外卖。

以往，宋青春基本六点就会下楼准备晚餐，今天不舒服，一直在床上赖到六点半。

刚走到厨房门口，门铃响了起来。宋青春停下脚步，朝玄关走去。她照旧让人把东西放在门口，等人离开后，才打开门将东西拎起来。

是外卖，而且还是"金陵"的，上面贴着一张菜单，都是她喜欢吃的菜。家里就她和苏之念，外卖只能是他点的。

晚饭一向是她准备，今天他怎么想起点外卖了？是因为下午，看到她不舒服吗？若是换作以前，宋青春心底定是暖暖的，现在她却有说不出的失落。

走进餐厅，宋青春将菜盛进盘子里，上楼喊苏之念吃晚饭。

书房门没关，她站在门口，和往常一样准备敲门，说一句"苏先生，吃晚饭了"，就转身下楼，可手刚抬起来，还没碰到门，就听到苏之念清冷的声音从里面传出来。

"明天吗？明天恐怕不行，我真的有更重要的事，去不了公司。合作黄就黄吧，如果没什么事，我先挂了。"

苏之念刚挂了手机，书房里的座机就响了起来，他很快接听，语气有些恶劣地回了一句："我不是说，明天的会议先不开了吗？具体时间改天再说。我不去公司，这些事情你们都处理不了吗？我花这么多钱请你们来公司，都是当摆设吗？"

随后，宋青春听见座机听筒被狠狠摁上的声音。

书房里终于消停下来，宋青春在门口站了很久才轻轻地敲门。

"进。"

宋青春推开门，习惯性地往书桌前看了一眼，苏之念人似乎不在。她视线转了一下，看到他一动不动地立在落地窗前，看着黑漆漆的夜空，不知在想些什么。

宋青春没进去，轻声说了一句："外卖到了。"

苏之念没回头，也没回应。

宋青春正准备转身离开，苏之念的手机响了起来。他看了一眼屏幕上的来电显示，迟疑了一会儿才接听，然后喊出一个她熟悉的名字："唐诺。"

因为隔了一段距离，苏之念的手机也没有开外放，宋青春不知唐诺到底说了什么，过了一分钟的样子，苏之念突然看了她一眼，然后对着手机嗯了一声，说："最近我真的抽不开身。我是一直很想跟SR合作，这也的确是我多年来的梦想，但你知道，有些时候梦想只是梦想，留点遗憾也不错……难过？"苏之念清淡的声音带着一抹沙哑。

他背对着她，她看不见他的表情，却能感觉他浑身透着浓重的无奈。

"以前又不是没有更难过的时候。"

纵使他前几日让她那么难过，此时盯着他的背影，她心口突然剧烈疼痛起来。

一晚上，苏之念的手机铃声没断过，嘴里频繁出现"SR"和"不去公司"的字眼。

关于SR，宋青春是知道的，全球知名跨国企业。

SR是苏之念这些年来很想合作的一家公司，他们努力和SR接洽了大半年，SR终于有了合作意向，派负责人来了北京，要去他的公司参观并详谈，然而在最关键的时刻，苏之念却说没时间去公司。

而给他打来的那些电话，都是试图劝他改变主意。

直到最后吃完饭，宋青春也没从苏之念的嘴里听到半点要去公司的意思。

她请假在家的这几天，苏之念每天都在家。她隐约猜到，苏之念这么做是为了她。

傍晚看到他订的外卖时，心底的失落再次弥漫她的心间。

他对她再好又有什么用？不过是亏欠后的弥补而已。

如果是一个月前，他爱怎么做就怎么做，哪怕把整个公司折腾倒闭了，她也只会心底暗自窃喜、骂他活该。

可现在，她竟然没骨气地发现，就算他只是弥补，她也不忍心看他放弃这么多。

宋青春挣扎了许久，在苏之念放下筷子准备起身离开餐厅的时候，出声喊住他："苏之念。"

"怎么了？"

宋青春用力捏了捏筷子，深吸了一口气，说："苏之念，我不需要你的亏欠。"

苏之念眼底的喜悦渐渐消散，注视着她，没有出声。

她又喊了一声他的名字，唇角扯出一抹笑，用力吞了一口唾沫，努力把难过咽回肚里，尽量让自己语气轻松："如果你是因为当初睡了我，觉得亏欠，放弃了公司好不容易谈来的合作，我想跟你说，真的没这个必要。"

苏之念眼睛一眨不眨地盯着她，在餐厅璀璨灯光的照射下，神情显得模糊。

宋青春眼底酸涩，低下头，又轻声开口："你明天去公司忙事情吧，我明天恰好也要出趟门……"宋青春哽咽了一下，停顿了好一会儿，才接着说，"不管怎样，都很抱歉，最近给你添了不少麻烦。"

宋青春洗完盘子，从厨房里出来，苏之念已不在餐厅。

她盯着苏之念坐过的餐椅，眼神有些恍惚。

她拿着抹布将餐桌反复擦了几遍，直到郁气平息了些才停下来，回厨房洗干净手，上了楼。

她没什么困意，抱着被子，想着苏之念明天不在家她怎么办？一个人留在家里，会不会出现什么危险？出去的话就得找人陪，找谁呢？秦以南吗？现在他有女朋友。

宋青春将脸往被褥里埋了埋，心情越发低落，忍不住嘟囔了一句："如果宋承还活着就好了。"

宋青春恍了一会儿神，轻叹了一口气："算了吧，谁也别找了，如果真的遇到什么危险，搞不好还会连累别人。明天一早先出门吧，大不了等他去了公司，我再回来，门窗关紧，谁来也不开门，怎么会出现危险……再说，搞不好之前都是那个快递小哥做的，我干吗要自己胡思乱想？所以，宋青春，不怕。"

宋青春连续念了好多句"不怕"来宽慰自己，可无论她怎么念，心底终究还是有些怕。

她搂了搂被子，盯着窗外沉沉的夜色，眉眼间缓缓地爬上懊恼："如果那天没有一时冲动，问苏洁癖是不是我要找的那个人，就好了……那样的话，我就可以跟之前麻烦他接送我上下班一样，让他带我去公司。"

宋青春慢慢闭上了眼睛，唇瓣用力抿了一下。

现在，她知道他的好是因为对她怀有愧疚，她的自尊再也不允许她去麻烦他。

夜深人静，她只顾着伤感，却未意识到，她为什么如此伤感。

她有那么多朋友可以麻烦，为什么偏偏因为不能麻烦他而伤感？

"不怕，不怕，宋青春……不怕，不怕，不要怕！"

苏之念听着宋青春含糊不清的低声自语。

最初的时候，他还数着她说了几遍"不怕"，数到最后，自己都数不清了，直到她语气唏嘘地说出那句"那样的话，我就可以跟之前麻烦他接送我上下班一样，让他带我去公司"，他的心仿佛被什么东西狠狠地揪住，疼得无法呼吸。

他残忍无情的话语，彻底阻止了她对他好不容易才有的接近。

那样的美好，如同昙花一现，终究还是凋零残败。

其实他不该伤感，毕竟这是他亲手造成的，也是他最愿看到的局面。

可他还是克制不住地难过，他希望被她麻烦一辈子。

次日，宋青春在闹铃中醒来，起床、洗漱、下楼准备早餐。她上楼喊苏之念吃饭时，恰好是七点钟，她的自由时间。

宋青春敲了敲门，站在门前说：“早餐准备好了。”

门后很安静，没人回应，她以为苏之念还没睡醒，便回了自己的卧室。

下楼之前，她在苏之念的卧室门上贴了一张小便条，告诉他早餐在保温箱里。

宋青春想去后面的花园跑跑步，但因几天没出门，一直躲在温室里，一开门就被迎面的北风吹得全身发颤，本能地缩了缩脖子，深吸了一口气，朝门外冲去。她刚冲了两步，脚步就慢慢停了下来。

苏之念穿了一件黑色大衣，双手随意地插在兜里，姿势闲适地靠在车上。

大衣里是一身黑色西装，简单的白色衬衣，搭配黑白格的领带，衬得人矜持高雅。风吹得他头发有些乱，露出冻得发红的耳朵。

苏之念听到她开门的声音，转过头看向她。

宋青春这才回过神，在台阶上站了片刻，缓缓地走下来，经过苏之念身边的时候，她犹豫了一下，打了一声招呼：“那个，我出门。”

倚着车子的苏之念突然站直身体，一把抓住她的手腕，扯着她绕过车头，打开副驾驶座的车门，单手一甩，就把她塞进了车里。

“苏之念，你干吗？！”宋青春被他搞得有些糊涂，一边问，一边要从车里下来。

他反应比她还快，伸出一只手，将她按在副驾驶座上，让她无法动弹。他另一只手扯了安全带系上，砰的一声甩上车门，不等她反应过来，他就上了车，发动车子开出了别墅。

苏之念开得很快，宋青春问了好几次要带她去哪里，他始终没理会，只是一言不发地控制着方向盘。

宋青春快要发火，苏之念的车子突然从主路出来，沿着辅路开了约莫一百米，稳稳停在一栋大厦前。

苏之念下车，绕到副驾驶座门前，没等赶来的保安开门，率先拉开车门，示意宋青春下车。

宋青春这才看清，面前的大厦是苏之念的公司。

她下意识转过头看向苏之念。苏之念像是没有察觉，将车钥匙递给一旁的保安，拉了她的手朝公司走去。

一楼的前台小姐看到许久没来公司的苏之念，愣了一下，注意到他牵着的宋青春，顿时将眼睛睁到最大，过了足足一分钟，才手忙脚乱地跑到电梯前，给苏之念按了电梯："苏总早。"

苏之念像是没听到前台小姐问好，头都没点，直接牵着宋青春走进电梯。

踏进顶层的总经办，最先看到苏之念进来的一个女秘书，起身刚说了一个苏字，就看到苏之念身后的宋青春，怔了一下，才声音不稳地补充了三个字："苏总早。"

"嗯。"苏之念抿着唇，应了一声，牵着宋青春朝自己的办公室走去。推门之前，他侧头看了一眼距离办公室最近的办公桌，发现那里空无一人，眉心皱了一下，问："程青葱呢？"

"程姐去茶水间了。"女秘书连忙将视线从宋青春的身上挪到苏之念的身上，"等下程姐回来，我让她去办公室找您。"

苏之念面无表情地点了一下头，吩咐了一句："去楼下买早点，等下让程青葱一起带进来。"

"是，苏总。"

苏之念没再出声，牵着宋青春进了办公室，然后将门关上，阻隔了整个总经办盯着宋青春的视线。

苏之念示意她坐在沙发上，数日没来公司，文件竟然堆成了小山。

苏之念边开电脑边叮嘱宋青春不要乱跑，然后忙碌起来。

"都告诉他不需要他的亏欠了，干吗还多事地把人家带到公司来……"宋青春盯着苏之念，忍不住嘟囔了一句。

宋青春刚坐下没十秒钟，门口便响起了敲门声。

原来是助理给他们送早餐，宋青春对着漂亮的程青葱莞尔一笑。

苏之念听着程青葱汇报完工作，一边签字，一边问："SR的负责人几点到？"

"十点。"

苏之念签完字，看了一眼腕上的时间："通知各部门，用最少的时间来我这边汇报近期的工作进度。"

“是，苏总。”

苏之念又拿了一份文件，在程青葱离开之前，喊了她的名字：“程青葱。”

程青葱站定，苏之念在她耳边吩咐了几句，程青葱赶忙离开。

没过两分钟，苏之念的办公室陆陆续续开始来人。

不管进来的是谁，都会先朝宋青春看一眼。

苏之念办公室的沙发很大，但因为坐了宋青春，他始终没让别人坐，任由大家站在他的办公桌前谈事情。

中途程青葱进来过一次，手中拎了一个大袋子，没去苏之念那儿，而是直接来到宋青春的面前。

她将东西放下，朝宋青春温柔地一笑，轻声说：“您还有什么需要，尽管喊我。”说完，她退出了办公室。

宋青春翻了一下程青葱拎来的袋子，里面装了各种杂志、零食，还有一台笔记本电脑。

这是苏之念吩咐的吧，宋青春下意识抬起眼皮，朝正在忙碌的苏之念看去。他正和员工谈论公事，还一心二用地审批着桌上满满的文件，眉宇间尽是认真和专注，散发出运筹帷幄之人才拥有的力量和自信。她盯着苏之念，渐渐看呆了。

不知过了多久，苏之念想起宋青春，将一份刚签完的合同放在桌子上，视线朝宋青春这里瞟了过来。宋青春接触到他的目光，垂下眼帘，带着几分仓促，从程青葱拎来的袋子里拿了一本杂志，佯装看了起来。

她看了半天，没看进一点内容，明明有好几道声音，落入耳中的却只有苏之念的声音。他的声线很清淡，没有起伏、没有情绪。

宋青春是在程青葱进办公室，给她端来一杯奶茶的时候，将走神的思绪拉回来的。她朝程青葱恍惚地嗯了一声。

“这是糖，您如果觉得不甜，可以自己加。”程青葱声音柔和地重复了一遍。

“谢谢。”宋青春才发现，苏之念的办公室此时只剩下他和她，还有程青葱三人，刚刚谈事情的人都走光了。

“不客气。”程青葱眉眼弯弯，离开之前，还将宋青春吃剩的早餐一并带出办公室。

苏之念的办公室隔音效果极好，除了空气净化器发出的嗡嗡声外，再无其他杂音。

在苏之念的别墅，宋青春和苏之念没少这么安静相处，可是不知为何，她心底泛起了一股紧张。

她咬着唇翻看杂志，眼角余光频繁往苏之念的身上瞟。

苏之念忙了这么长时间，似是不知道累，还在全神贯注地处理桌上堆积的文件。

仔细想想，苏之念还真是女人心中的白马王子。

帅气多金，拥有一双韩剧里男主角的大长腿，穿上西装贵气逼人，穿上便装帅气迷人，如果配上错综复杂的豪门大家庭背景，活脱脱是御用的男主设定。

不过可惜，苏之念身世并不复杂，甚至有点小沧桑：单亲家庭，念高中时，他母亲得了一场重病，日子过得很清贫。她记得他住在宋家的那年，经常在网上接些私活赚外快。

宋青春胡思乱想了很久，发现苏之念竟然还在专注工作。他的注意力也未免太集中了吧？宋青春盯着苏之念，忍不住好奇，这么淡漠克制的他，若是放肆燃烧的话，会是什么模样？

他明明穿着规规矩矩的西装，领带打得严严实实，手腕处的纽扣全部系上，可宋青春想到的却是前几日无意闯入他卧室时，看到他没有穿衣服的画面。

宋青春的视线情不自禁从苏之念的脸上游移到他的胸前、腹部，以及两条大长腿上，最后停在他露出的脚腕上……

已经九点五十五分，SR的负责人还有五分钟就要到了。他需要提前下楼去接待。在离开之前，苏之念想嘱咐宋青春两句，如果中午他陪不了她吃饭，她可以找程青葱；如果她觉得无聊，想找个人聊天，他也可以让程青葱进来陪她。

苏之念刚清了清嗓子，宋青春就像触电一样，浑身打了一个激灵，垂下脑袋，卷了卷手中的杂志，从沙发上站了起来。

“我要去厕所！”她慌慌张张地说了几个字，不等苏之念告诉她洗手间在哪里，人就朝办公室外跑去。

程青葱刚准备敲门，门就被拉开，紧接着宋青春从里面冲了出来。她一愣，刚想对宋青春打声招呼，宋青春已经朝一旁的茶水间跑去。

程青葱纳闷地皱了皱眉心，看向苏之念，还没说话，苏之念先开了口：“等下让JURRY陪我去接待SR的负责人，你跟着她。”

程青葱温婉地点头，说：“是，苏总。”

苏之念站起身，一边整理衣服，一边对程青葱吩咐：“记得看好她，别让她出总经办这个区域。”

“好的，苏总。”

苏之念将各个细节都嘱咐到位，还不忘念叨着：“午餐如果我赶不回来，你记得给她订饭。”顿了一下又说，“订‘金陵’的外卖，现在就去订，十二点恰好可以送到。她喜欢吃的是……”苏之念一连说了好几个菜品，“中午你陪着她一起吃，她不喜欢一个人吃饭。”

“苏总，我知道了。”

苏之念从程青葱面前走过，脚步停下：“哦，对了，她这几天生理期，不要给她喝凉的，尤其是公司茶水间的冰激凌，不许她吃。”

“明白了，苏总。”

“今天你的工作如果忙不过来，就安排给别人，陪好她。”苏之念往前走了两步，还是有些不放心，索性把自己最得力的员工安排给了宋青春当全职陪护。

“好，苏总。”

苏之念站了一会儿，真觉得没什么好吩咐的，终于带着JURRY离开。

自己真是疯了，竟然在苏之念的办公室里，想象他和女人上床的画面，还想得那么露骨。

宋青春磨蹭了很久才从厕所出来，回到办公室，发现只剩下她一人，便百无聊赖地走向身后约莫三米长的书柜，挨个拉了拉抽屉，没想到拉第七下的时候，有一个柜子被拉开了。宋青春怔了一下，想要推上，还是不受控制地扫了一眼，却看到里面堆满各式各样的礼盒，有不少都是世界一线品牌。

天啊，苏之念有礼物收藏癖吗？而且还这么奢侈，这些东西少说也值八位数了吧？

宋青春有些好奇里面都是什么，忍不住拿了最上面的锦盒出来，打开后发现是一整套的首饰。在办公室水晶灯的照射下，钻石熠熠生辉，精致无比。

好漂亮，宋青春拿了一条手链，往自己腕上比了比，发现大小完全合适。

不过这个首饰的牌子，她怎么从来没见过？

宋青春翻了翻盒子后面，打开百度搜索了一下，竟然是香港专门做首饰加工的百年老店。

哪天她若是去了香港，一定要去逛一逛。正在宋青春寻思的时候，办公室门突然被推开，程青葱走了进来。宋青春急忙将手链拿下来，放回锦盒，然后将柜子关上。转过身，她朝程青葱尴尬地笑了一下，解释：“我在看书柜，不小心拉开看到了。”

程青葱回给她一个没关系的笑容，然后说：“我已经订好午餐，估计一个半小时以后送到，您现在要喝点什么吗？”

“不用了，谢谢。”宋青春晃了晃脑袋，转头看了一眼装满礼物的柜子，忍不住好奇地问，“程小姐，那些东西是苏之念买回来收藏的吗？”

“不是。”程青葱想到苏之念对自己的吩咐，看到宋青春有聊天的意思，便指了指沙发，和她一同坐下，“那些都是苏总买的礼物。”

“礼物？”宋青春面露诧异，“那些都是苏之念买的礼物？”

程青葱点了点头，那些礼物都是逢年过节的时候苏总挑选的，但是每次买回来，都没被送出去，最后落入了那个抽屉。

宋青春眉眼之间的疑惑更重：“可既然都是礼物，不就是要送出去才有意义吗？为什么都在这个柜子里？”

“这个我也不太清楚。”程青葱对宋青春摇了摇头，这也是这么多年来，她纳闷的问题。

宋青春赞同地点了点头：“也对，苏之念脑回路和正常人不一样！”

程青葱莞尔一笑，没有出声。面前坐的是“正宫娘娘”，她可以随便吐槽大boss，自己可不敢。

通过接下来的聊天，宋青春知道了程青葱的名字。

青春，青葱，听起来有些像姐妹。

宋青春对这个能干知礼的秘书有莫名的好感，喝了一口奶茶，盯着程青葱，问："苏之念的那些礼物，应该都是买给一个人的吧？"看程青葱点头，她继续问出重点，"那你知道那些礼物是他买给谁的吗？"

大boss都把她带来公司了，这肯定说明，大boss和她已经修成正果了吧。那些礼物，自然是买给她的啊。

程青葱抿着唇笑了笑，回视着宋青春，说："宋小姐，您可真会开玩笑，这个您还不知道吗？"

"我怎么会知道？"宋青春朝程青葱眨了眨眼睛，奉上一个微笑，学着她刚刚的语气说，"程小姐，你才真的会开玩笑，如果我知道，怎么还会问你？"

原来大boss喜欢上的女孩，这么呆。程青葱刚想到这里，宋青春又开口："程小姐，我跟你不一样，我并非每天跟在苏之念的身边，所以他的很多事我是真不知道。"说完，宋青春凑到程青葱的面前，神秘兮兮地压低了声音问，"如果你知道就告诉我，到底是谁，好吗？"

程青葱心底忍不住打起了鼓。莫非她以为这些礼物是大boss买给别的女人的？她之所以这么问自己，其实是想从自己的口中，打探出大boss到底喜欢过谁？这可真是天大的误会啊，她可不能让大boss和宋小姐之间出现什么嫌隙……

程青葱朝宋青春摇了摇头，神情认真地说："宋小姐，我先声明，苏总这些年只喜欢过一个人，而且我跟在他身边这么长时间，从没看到他跟任何女人有瓜葛，别说搞暧昧，就连单独聊天，都少到可以忽略不计。"

她也知道苏之念这些年只喜欢一个人，拒其他女人于千里之外。她现在想知道的是，苏之念喜欢的那个婷婷，到底叫什么名字……

宋青春忍不住打断程青葱的话，语气有些急地追问："你快点告诉我，到底是谁？"

看宋青春急，程青葱跟着担忧，越发笃定宋青春误会了苏之念。她再也顾不上声明苏之念到底有多洁身自好、专一长情，朝宋青春干脆地说："宋小姐，苏总的那些礼物，都是买给……"

宋青春眼睛睁得大大的，聚精会神地盯着程青葱，全神贯注地等着她后面的重点。

不巧的是，程青葱刚说到最关键的时刻，桌上的手机就响了起来。

是苏之念打来的。

这些年养成的专业素养，让程青葱在看到来电显示的时候，眼睛都不眨一下，伸手接了电话，恭敬地喊了一声："苏总。"

"嗯，好的。"程青葱一边接电话，一边站起身，朝宋青春指了指办公室门，然后做了一个抱歉的口型，走了出去。

约莫过了半小时，程青葱才折回苏之念的办公室。

宋青春看她进来，立刻放下手中看了一半的杂志，将旁边沙发上的东西胡乱推开，示意程青葱坐。

程青葱前脚坐稳，宋青春后脚就开口："苏之念那些礼物都是买给谁的？"

程青葱用力握了握手机，避开宋青春闪动着希冀和期待的视线，不经意咬了一下唇，脸上又堆满了客套温婉的笑，不疾不徐地说："那些礼物，当然都是买给苏总喜欢的人呀！"

废话，她也知道是买给苏之念喜欢的人！

"我知道是他喜欢的人，我是说，他喜欢的人是谁？"

程青葱一脸无辜地朝宋青春摇了摇头："这个我不知道，苏总不喜欢别人打探他的私事，也从没告诉过我他的私事。"

"这样啊……"宋青春眼底充满遗憾，声音低落了许多，"我还以为你知道呢。"

她是知道啊，可大boss刚刚给她打电话，让她帮他发邮件的时候，跟她提了一句，让她不要跟宋青春乱说关于他感情的事。

虽然他语气很淡，可是跟了他这么久，她却是懂得的，那几个字里包含着警告。

程青葱见宋青春失落，心里有些愧疚。她低下头，安静了片刻，又抬起头，试图缓解一下僵硬的气氛："不过，虽然我不知道苏总喜欢的是谁，但我知道，那个人对苏总来说肯定很重要。"

不知是不是期待落空，宋青春对程青葱的话显得兴致缺缺，微微扯了一下唇角，嗯了一声，敷衍过去。

气氛又有些凝滞，程青葱盯着宋青春，突然想起一件往事，忍不住开了口："大概两年前的一个冬天，我跟苏总去美国出差。那天下了大雪，原本要见的客户因为有事，把时间推迟到了第二天，所以我陪着苏总在酒店里办公。那天苏总心情很不好，晚上一个人在酒店的餐厅里喝多了酒，我搀扶他回到房间，他嘴里一直在喊婷婷。"程青葱说到这里，脸上浮现一抹心疼，"当时我有点不厚道，仗着苏总醉酒，就好奇地问了他一句，婷婷是你喜欢的人吗？你知道他怎么回我的吗？"

宋青春来了兴趣，侧过头，直视程青葱的眼睛。程青葱浅笑地盯着落地窗外，约莫三秒钟后说："他说，不是，她不是我喜欢的人，她是我深爱的人。"

深爱和喜欢，都是表达一个人对另一个人的感情，可喜欢可能是因为兴趣，而深爱却是一生。

宋青春张了张口，看着程青葱，明显怔住。

程青葱唇角上扬，一脸沉默，过了好久，她的声音变得格外柔软："即使他醉着，我也不敢多问，给他盖好被子就想离开。可是因为喝了酒，他有些难受，闭着眼睛躺在床上，含糊不清地又说了一句话。那句话，现在我依旧清楚地记得，他说——"程青葱原本盯着落地窗外，突然转过头，对上宋青春的眼睛，"他说，她是我的念念不忘，年年不忘。"

念念不忘，年年不忘。

这明明是与她不相干的故事，她的心还是被深深触动了。她发现，自己左胸最柔软的深处，有一丝很细微很细微的不舒服……

两个女子各怀心事地坐在沙发上，没有继续交谈。办公室陷入了一片安静。

过了好长一段时间，程青葱的手机响了，是"金陵"的外卖送到了。

她们一同吃过饭，宋青春没过一会儿就睡着了。程青葱打算给宋青春拿一条毯子盖上，苏之念推门而进，程青葱指了指吊椅处："宋小姐睡着了。"

苏之念侧头，盯着熟睡的宋青春，怔了一下。

他双眼一眨不眨地盯着，好久才伸出手，接过程青葱手中的毯子："我来吧。"

"是，苏总。"程青葱顿了一下，识趣地又说，"我先出去了。"

"等等。"苏之念在程青葱转身的一刹，开口喊了她，压低了声音说，“有什么事情，让大家下午再来找我。”

程青葱嗯了一声，视线瞟向宋青春。大boss这是怕人进进出出，打扰了宋小姐睡觉吧。

苏之念没说话，拿着毯子朝宋青春走去。

程青葱在关门之前，往办公室里又看了一眼，苏之念轻手轻脚地靠近吊椅，将毯子格外轻柔地盖在女孩身上。他盯着她，脸庞出奇温柔，轻轻抬手抚摸她的面颊，带着浓浓的疼惜和爱怜。

程青葱出了一会儿神，将门轻轻地带上。

昨晚，宋青春告诉苏之念不需要他的亏欠，躺在床上却睡不着，早上六点就起来了。中午困意来袭，她睡得有些沉。

竟然梦到他穿着衬衣一本正经工作的画面。梦里只有他一人，后来不知从哪里冒出一个女人，画面变得激情无比……

她竟然听见暧昧的喘息声，睫毛抖了抖，人就醒了。然后她发现，周围一片寂静，窗外阳光明媚。这样的画面，让人沉醉。

宋青春懒洋洋地窝在吊椅里，盯着窗外许久，视线落在坐在电脑桌前，专心忙工作的苏之念身上。他什么时候回来的？

宋青春动了动身，发现自己盖了一条毯子。

是苏之念盖的吗？她的目光又瞟向他。午后的阳光透过落地窗静静地洒在他身上，他的睫毛长而卷，在眼窝处留下漂亮的阴影，肌肤呈现出透明的质感。

宋青春盯着苏之念，恍惚了好一阵，才后知后觉地想到自己刚刚做了一个梦。宋青春小脸腾地变得通红，耳根发烫。梦中旖旎瑰丽的场景，如同慢镜头，在她的脑海里一帧一帧掠过。

苏之念正看文件。数据出了些问题，他在找原因，耳边就传来轻微的“啊”的一声。他眉心蹙了一下，抬头朝宋青春看去，和她的视线碰在了一起。

苏之念凝视她几秒钟，放下手中的笔，清淡地说：“醒了？”

女孩像是没有听到他的话一样，直直地盯着他，没有半点反应。苏之念以为她刚睡醒还没回过神来，于是又道：“要不要喝点东西？我让秘书送进来。”苏之念说着，伸手去按桌上的座机，指尖还没碰到免提键，就注意到宋青春的脸红得厉害。

室内温度适中，她只盖了一条薄毯，不至于热成这样，难不成感冒了？苏之念沉思片刻，放下文件，朝宋青春走去。他站在她面前，低声问："哪里不舒服吗？"她还是没反应，脸似乎红得更厉害。

该不会烧的吧？苏之念伸出手，朝宋青春的额头探去。有点热，但并不烫，苏之念刚准备松一口气，突然透过肢体相碰，读到女孩心底略带激动的想法：天啊，我是疯了吗？上午胡思乱想也就算了，竟然梦里还胡思乱想！

上午胡思乱想？梦里胡思乱想？胡思乱想什么？苏之念眉心动了动。

"我竟然梦到他洗澡的画面！我又没看过他洗澡。"

苏之念的眼睛微微眯了眯。他是谁？

"不过，好像梦里苏洁癖的身材还是挺好的。"

苏之念的眼里闪现了一丝诧异。她竟然想的是他和女人做爱的事情，连体位都有。苏之念身体有些僵硬，血液开始逆流。他感到恼火，想转身走人，女孩的心底又出现了新的想法。

"咦，苏变态的脸怎么离我那么近？简直是三百六十度无死角，美到没朋友，帅到合不拢腿。"

帅到合不拢腿？苏之念狠狠地哆嗦了一下，一口血险些从嘴里喷出来。谁能告诉他，这些形容词她到底是从哪学的？

宋青春感觉他温热的掌心正贴在自己的脑门上，怔了一秒，定神看去，果然看到苏之念颠倒众生的容颜。宋青春连续吞咽了好几口唾沫，才勉强发出声音："怎、怎么了？"

苏之念不紧不慢地说："没什么，看你脸这么红，以为你发烧了。"

宋青春感觉心跳快得不可思议，动都不敢动一下，连带着说话的声音都颤了起来："我、我没发烧，就是有点热。"说着，她心虚地垂了头，躲开苏之念的视线。

"是这样吗？"苏之念轻飘飘反问了一句，手还朝她的额头用力贴了贴。

宋青春底气更加不足，不知道是不是自己想太多，总觉得气氛有些怪异，好像心底的想法都被他看穿了。越是这么想，宋青春越是不安，眼睛开始四处乱瞟，停在苏之念的腰间。苏之念愣了愣，没等她想完，突然转身进了休息室，一直没出来。

办公室里安静得一塌糊涂，诡异的气氛迟迟不散。

过了不知多久，办公室的门被无声推开。宋青春转头看去，程青葱刻意放缓脚步，轻手轻脚地走了进来。见办公桌前空无一人，她略怔了一下，转头朝吊椅的方向看来。看到醒来的宋青春，她紧绷的身体松懈下来："宋小姐，苏总呢？"

宋青春刚想回答，休息室的门便被拉开，苏之念神情淡然地从里面走出来，视线落在程青葱的身上："怎么了？"

程青葱快速将视线挪到苏之念身上，说："苏总，您现在有个会议，大家都在会议室里等您。"

苏之念嗯了一声，仿佛宋青春根本不存在，大步流星地朝办公室外走去。

走出门口，他想起忘带会议资料，淡淡地说了一句"拿一下我办公桌上的文件"，从容不迫地离开。

程青葱拿着文件走出办公室，苏之念已经进了会议室。程青葱以为两人闹了什么不愉快，正在冷战。推开会议室门前，她透过玻璃偷偷往里看了一眼，发现苏之念神情有些冰，越发肯定了猜测，格外谨慎地走进会议室。

距离苏之念还有一大段距离时，她伸长胳膊，将文件推给苏之念："苏总，您要的文件。"她大气不敢喘一下，快速退了两步，坐在一旁，顺势将椅子挪远了些。

会议准点开始。第一个发言的是财务部经理。程青葱握着笔，心想，这是今天第一个撞上枪口的人，往往大boss心情不好时，第一个永远都是最惨的。

然而，出乎程青葱意料的是，财务部经理滔滔不绝讲了二十分钟，苏之念别说给财务部经理一个字，就连一个眼神都没有。

这样的大boss过于反常，难不成是暴风雨前的宁静？等下会有更可怕的？

程青葱战战兢兢写着会议记录。

接下来，分别是各个高层发言，最后轮到苏之念，他还是安静无声。会议室陷入一阵寂静，和从前一样，有人不断对程青葱使眼色，示意她去提醒一下。

程青葱强撑着胆子，转头朝苏之念喊了一句："苏总？"

苏之念还是没反应，程青葱只好将声音提高了一些，连续喊了两遍："苏总，苏总？"

苏之念眼皮子动了动，原本冷着的脸竟然缓缓爬上一抹淡红。

她没看错吧？大boss竟然脸红了？

开完会已是下午五点。

今晚，苏之念有个重要饭局，在"金碧辉煌"。

五点半的时候，程青葱敲响了苏之念的办公室门。听到苏之念的"进"字，程青葱推开门，没着急进去，而是站在门口，先观察了一下里面的情况。

大boss坐在办公桌前批阅文件，宋小姐坐在沙发上看手机。两人都故作镇静，可从苏之念握着笔的手因为用力而导致关节突出来看，从宋青春手指不断卷着杂志来看，两个人心底都不镇静。

苏之念签完文件的时候，顺势扫了程青葱一眼。程青葱接触到苏之念的视线，立刻收神，开口道："苏总，今晚八点在'金碧辉煌'，您有个局。"

苏之念重新拿了一份文件，动作缓了缓，漫不经心地打开文件，垂着眼帘，语气淡淡地回："推了吧。"

"可是，瑞斯的张总也去。您年前就答应过，而且下个月我们要启动的项目，张总有投资的。"程青葱还没说完，就接到苏之念投来的视线，不冷不热，很是平静，却蕴含着一股强大的力量，让她不敢继续说下去，乖乖闭上了嘴。

盯着文件的苏之念沉思了两秒钟，将视线投向一旁的宋青春。程青葱漆黑的眼珠轻轻地转了两下，大着胆子，轻声地说："可是，苏总，中午我跟宋小姐聊天的时候，有告诉过她今晚可能要去'金碧辉煌'。她很开心，还说好久没去，恰巧可以跟过去玩玩。"

苏之念翻文件的动作蓦地停了下来，不过一秒钟又抬起眼皮，看向程青葱。

他眼底没什么情绪流露出来，程青葱摸不清苏之念是相信了还是在质疑，有些紧张地握了握拳头，又说："苏总，不信你问宋小姐……"说着，程青葱就转头喊了一声："宋小姐？"

宋青春自打苏之念回了办公室，整个人就一直注意力不集中，压根没听到刚刚程青葱对着苏之念到底说了些什么，现在突然听到她喊自己的名字，有些茫然地抬起头："啊？"

"宋小姐，中午的时候，您是不是告诉过我想去'金碧辉煌'？"程青葱一边气定神闲地简述了一遍，一边趁着苏之念不注意，朝宋青春挤眉弄眼。

她什么时候说过要去"金碧辉煌"的？

宋青春本能地想回"没有"，结果看到程青葱对自己摆出拜托的手势，将话又咽了回去，隐约猜到是怎么个情况，嗯了一声，小声地说了一个"是"字。

苏之念淡淡地开了口："知道了，让司机七点备车，你先出去。"

程青葱默默离开，办公室里重归安静。苏之念和之前一样忙碌，可宋青春低着头，看似在看杂志，心却乱了。

虽然她不知道程青葱和苏之念具体聊了什么，但从程青葱的反应可以猜出来，晚上苏之念大概有局在"金碧辉煌"，他原本是不想去的。

她是真的没想过，或者压根没敢去想，自己的想法会对苏之念造成影响。

晚上七点的北京城是最拥堵的。平时从公司到"金碧辉煌"不过二十分钟，今天却用了一个小时。

人都已到齐，苏之念几个人一落座，服务员立刻开始上菜。

吃过饭，做东的张总开了两个包厢，几个boss聚在包厢里打牌，其他人在旁边的包厢里唱歌。

宋青春在餐桌上喝了不少饮料，跟程青葱刚进包厢没多久就想上洗手间。

宋青春洗完手，抽了纸巾，正准备擦手，透过镜子，看到了一对打得火热的男女。

尽管没看到正面，宋青春还是认出女的是唐暖，男的显然不是秦以南。

唐暖按住自己快被撩上去的裙摆，低声娇斥了一句讨厌，惹得男人低沉地笑了起来，贴着她的耳边，不知道耳语了什么。她轻笑着抬起手，带着几分欲拒还迎，拍了拍他的肩膀：“好了，别闹，等晚上散了场，你等我。”

“好。”那男人吻了她的面颊，松开搂着她腰的手，“得，你先回包厢，我去洗手间。”

说完，他用力拍了一下她的屁股。

两个人分开，宋青春这才看清那个和唐暖接吻的人，竟是一个中年男子。

唐暖的视线转了过来，看到宋青春时，眼神顿了顿，继续笑眯眯地盯着中年男子，直到他进了洗手间，她才收起笑，冷冷地扫向宋青春，隔着镜子和宋青春对视三秒钟，摆出连招呼都懒得打的神情，踩着高跟鞋，款款地离开。

唐暖走了还没两步，宋青春快步追出去，挡在唐暖的面前：“唐暖，你知不知道刚刚自己在做什么？你对得起以南哥吗？你是以南哥的女朋友，竟然跟别的男人在光天化日之下接吻。唐暖，你到底是多缺男人啊，就不怕遭报应吗？你——”

“宋青春，”唐暖冷声打断了她，“你难道不觉得多管闲事吗？我爱怎样，爱跟哪个男人睡，跟你有关系吗？”

“你怎么犯贱，跟我没关系，但我绝对不会容忍你对不起以南哥。”宋青春怒视着唐暖，眼底闪现了一丝凌厉。

唐暖嗤之以鼻：“宋青春，你可真逗，不是说不爱秦以南了吗？既然不爱，干吗这么激动？难不成你一直口是心非，其实心底还是很爱他的？”

宋青春沉默了片刻，语气没了刚才的激动：“唐暖，你到底喜欢以南哥吗？如果你单纯因为讨厌我，才吊着秦以南不放，那么我现在告诉你，真的没这个必要。”

“没有必要吗？我看你怒不可遏的样子，觉得挺有必要的呀。”唐暖低下头，把玩着精心做过的指甲，“还有，你不要总是问我喜不喜欢秦以南，我喜不喜欢他，五年前给你说得还不够清楚吗？难不成还要让我重复一遍？”说着，她就将五年前的话原封不动重复给了宋青春，“宋青春，被人抢走东西的滋味，是怎样的？实话告诉你吧，我不喜欢秦以南，但是他跟我表白，我却没有拒绝他，你知道为什么吗？”唐暖眼底隐隐有恨意浮动，声音染上了咬牙切齿的味道，“因为你喜欢他，所以我要吊着他，我要让你看看，你心爱的男人是怎样被我玩弄于股掌之间。实话告诉你，这五年来，我从没喜欢过秦以南。”唐暖心底微微抽搐了一下，然而下一秒她就想起，宋青春被快递小哥刺杀的那天，秦以南奋不顾身就要冲上去替她挡刀，她的心硬起来，连带着语气也十分笃定，“……一丁点都没有。”

秦以南最近心情真的糟透了。好不容易哄得唐暖开心，又和她冷战了。过去将近一周，他用尽办法，她还是没有和他和好的迹象。这两天他工作有些忙，找她的次数少，而她刻意躲着她，这下两个人连面都碰不上。

今晚，他约了一个客户在“金碧辉煌”见面，从公司来的路上，他特意拐到花店订了一束花，放在车里，然后给唐暖发了一条短信，问她晚上有没有时间，他去找她。

一顿饭吃了两个小时，把心花怒放的客户送走之后，他掏出手机看了一眼，很多短信和推送，唯独没有她的。于是，他又给她发了一条消息，等了好一会儿没等来任何回复，他收起手机，去了洗手间。

刚推开门，他听见一道熟悉的声音传了过来。

“就算我不喜欢他，你也休想我放过他。

“因为我喜欢看你难受，看你痛苦！

“宋青春，别怪我心狠手辣，要知道他现在的下场，可都是拜你所赐！”

他的心脏一抽一抽地疼，连连退了好几步，狼狈不堪地靠在洗手台上，勉强稳住了身体。

“还有，我现在没工夫跟你浪费，你要真有本事，就去找秦以南，告诉他我给他戴了绿帽子。”唐暖说到这里，突然弯着唇，朝宋青春灿烂地笑着，带了几分嘲讽继续说，“不过，就算你告诉他也没用，只要我一哭，秦以南那个傻子肯定会对我低头认错。”

说完，唐暖绕过宋青春，准备离去。只是她在擦过宋青春身边的时候，像是想到了什么一样，又停下了脚步：“哦，对了，秦以南那个傻子，不但会对我低头认错，估计还会相信是你在诬蔑我。”

宋青春盯着唐暖的脸，很想将火气发泄出去。她吞咽了一口唾沫，想都没想就抬起手，朝她脸上挥去。手刚到半空，手腕便被唐暖一把握住。唐暖的另一只手没有任何迟疑地高高举起，用力地朝宋青春脸上扇去。宋青春本能地闭上眼睛。然而，想象中的疼痛没有传来，耳边却是一道因为疼痛发出的低呼声。

那声音不是她的……宋青春愣了一下，睁开眼。那是一双干净漂亮的手，手指修长，骨节分明。宋青春注视着那双手，视线一路上移，苏之念那张颠倒众生的面孔跃入她的眼帘。素来冷静淡漠的他，周身透着凌厉的气焰，神情阴沉得可以用恐怖来形容。丝丝缕缕的杀气浮动在眉宇间。他目光冷锐地直视唐暖，锋利无比地吐出两个字：“放开！”

唐暖怔怔地盯着他，迟迟没有反应。苏之念眼底有明显的厌恶一闪而过，抓着她手腕的力道猛地加大，疼得她的脸有些扭曲。

“放开！”这一次，他的语气远比第一次来得狠重。

别说唐暖，就连宋青春也惊得一哆嗦。

唐暖唇瓣抖得格外厉害，眼珠慌乱地转动了几下，慌慌张张松开了抓着宋青春的手腕。苏之念狠狠地甩开了她的手腕。动作干脆又决绝，直接将她甩到左边楼道的墙壁上。她的脑袋重重磕了上去，发出咚的声响。

他转头看向宋青春，神情变得柔和：“脸色怎么这么难看？”

宋青春还没开口，腹部一阵绞痛。她捂住肚子，闷哼了一声。

“怎么了？”苏之念眉心微微蹙起，视线凶狠地看向唐暖，“你对她做了什么？”

“不……”宋青春说了一个字，疼得倒抽了一口气。

苏之念一边轻声问：“肚子疼？”一边伸手探向她的腹部，手碰上她的手，他的眉心皱得更加厉害，“手怎么这么冰？你忍忍，我送你去医院。”说着，就要伸出手去抱她。

“不用！”宋青春扯住他的胳膊，阻止他的动作，“我是痛……”话还没说完，他已从她的心底懂得了她的意思。

“那我们回去？”他柔声开口，用商量的语气。

宋青春恨不得立刻躺在床上，可是想到程青葱说过“宋小姐，对不起……不过，今晚的这个局对苏总来说，真的很重要”，她便摇着脑袋说：“不用，我喝点热水就好了。”

将她那些小心思看得明明白白的苏之念，没等她把话说完，拦腰抱起她，朝“金碧辉煌”门外走去。

宋青春只好说：“让司机送我回去就好了。”

苏之念没出声，拿了她的外套给她披上，然后接过自己的外套，对司机语气淡淡地吩咐了一句：“你等下叫辆专车，送程秘书回家。”

司机说：“是，苏总。”

宋青春心底还是有些不踏实，抿了抿唇，又问：“真的没关系吗？”

“你放心，就算有事，程秘书也能摆平。”苏之念语气里带着少有的肯定。

“哦。”宋青春应了一声，没再多说。

秦以南在被一连串信息炸得晕头转向后，慢慢听到断断续续的抽泣声从楼道传来。那是他再熟悉不过的哭声，唐暖的哭声。秦以南靠近楼道。不远处，唐暖窝在一个男人的怀中，哭得伤心欲绝。他静静看着那对相拥在一起的男女，只觉痛入骨髓，一向温润的眼神变得阴冷。

回到别墅，宋青春直接瘫在床上。她烦躁地蹬了蹬腿，听见了敲门声，还没回应，门便被推开。苏之念一手端着杯子，一手拿着毛巾走了进来。

他站在床边，先将杯子递给她。宋青春勉强从床上坐起，接过杯子，闻见姜茶的香气。他没离开，反而坐在床沿上，一声不吭地掀开被子，将她的衣服撩了起来。宋青春全身一僵，险些将姜茶洒出来。她还没来得及质问他要做什么，冰凉的小腹上传来了暖暖的温度。

他像是知道她心底的疑惑，将被子重新拉上，淡淡地解释：“家里没有热水袋。”

宋青春低下头，喝了一口姜茶：“谢谢。”

苏之念没吭声，将没盖好的被角整理了一下。

温热的液体顺着喉咙滑入腹中，很快就让她冰凉的手脚暖了起来。她的精神也好了许多。今晚他抱着她从“金碧辉煌”离开，回到家还这么悉心地照料她，如果只是补偿，她应该感到不高兴，可她刚刚竟然没有半点不悦。

过了许久，她才看清了一个不得不承认的事实，她发现自己竟然没骨气地希望他对她好。如果可以，想要他对她一辈子都这样好。

一辈子……原本面色淡淡地盯着窗外的苏之念，读到这三个字的时候，像是受了刺激，全身猛地打了一个哆嗦。

他反应太大，甚至抽走了放在她腹部的手。宋青春眉心皱了皱，疑惑地问："怎么了？"

他看都没看她一眼，转身大步离开。

"苏之念，你——"宋青春从床上坐起，话还没说完，卧室门便被狠狠关上。

苏之念坐在书桌前愣了一会儿神，拉开一旁的抽屉，从里面抽出日记本。

他安静地翻看着日记，翻到后面的空白页，缓缓地舒了一口气，拿起笔写了一行字："2016年2月29日，晚十点五十分，阴，雾霾"。笔在纸上停顿了一会儿，"距离3月10号她离开的日子，只剩下十天。今天，我把她带去公司，她发现了我抽屉里没送出去的礼物，就差那么一点点，她就从秘书口中知道那些礼物是我买给她的。午饭没陪她吃，回来的时候，她在办公室的吊椅上睡着了。我盯着她入睡的画面，一个人发呆许久。不知道她有没有发现，吊椅那里的风景是她曾经幻想过的画面。"

苏之念写到这里停了下来，握笔的力道加大。他盯着纸，用力抿了抿唇，接着落笔。

"我曾无数次希望她对我的印象有所改观，不求喜欢，只求不那么讨厌。今晚，我竟然从她的心底读到了'一辈子'三个字。她想要我一辈子对她好，可是五年前的那个秘密，注定我和她只能错过。她想要的好，苏之念永远给不了。我和她的故事，结局只有一个。"苏之念握着笔的手开始颤抖，"我是她的故人，却不是她故事里的人。"

他多想一辈子对她好，可他不能眼睁睁看着她走他走过的路。从明天起，他不能失控般对她好。不，是从现在起。

真是可惜，在一起的最后十天，他没了放肆的资格。

苏之念转身离开，宋青春一头雾水，心情变得低落。她一整晚没睡好，动来动去，不断换着姿势，直到清晨五点才入睡。

没多久就被手机铃声吵醒，宋青春脑袋疼得厉害，接电话的时候，人也无精打采。电话是警局打来的，警察说了两句，她就彻底清醒过来：“您的意思是，我从现在开始不会有危险了？”

“是的，宋小姐，您从年前开始遇到的危险，都是孙健一个人做的。他是夏季的脑残粉，当初还在微博上抢过夏季的一千八百八十元的红包，所以夏季吸毒的新闻被你报道出来之后，他就怀恨在心，跟踪观察了你将近两个月，才有了行动。恭喜，宋小姐，从现在开始，你不用提心吊胆了。”

宋青春笑眯眯地道谢，喜滋滋地挂断了电话。

不过睡了两个小时，她完全没了困意，起床洗漱，下楼准备早餐，然后去喊苏之念。

吃早餐的时候，宋青春将警察打来电话一事对苏之念讲了一遍。苏之念面色平淡，举止优雅地吃着。

“我真的要憋坏了，明天再去公司上班，今天我要好好打扮打扮去逛街。”

一直垂着眼帘的苏之念缓缓抬起眼皮，看向对面的女子。她眉眼带着喜悦，声音宛如百灵鸟。

苏之念盯着面前的画面，在心底叹了一口气，用最快的速度解决掉碗里的粥，对她说了今天的第一句话：“九点公司有个会，先走了。”

宋青春一愣，苏之念已经起身走出餐厅。

宋青春拿着勺子，搅拌着碗里的粥，听见苏之念上楼下楼的声响，紧接着是屋门被关上、车子发动的声音。

宋青春视线缓缓地落向自己正对面苏之念用过的那只碗，眉心轻轻皱起。是她的错觉吗？刚刚的苏之念，好像哪里不对劲。

第八章
爱你很好，可是只能到这里

苏之念一连做了三次噩梦。

第一次，他梦见和宋青春躺在洒满阳光的草坪上。她和他没有任何交谈，偶尔相视一笑，却温暖人心。突然，躺在他身边的宋青春发出一道痛苦的闷哼声。他侧目看去，她身上穿的白裙已经被血染红了一半。

他慌张起身，检查她的全身，却没找到一处伤口。他想抱她去医院，可她像是有千斤重，他怎么都抱不起来。

她眉心紧蹙，脸上的血色以肉眼可见的速度褪去。他拼命喊着她的名字，她的眼皮却缓缓地下垂，直到闭合的一瞬，她握着他的手也失去力气，从他的掌心跌落。他清楚地感觉她的身体变得冰凉无比。

第二次，他梦到宋青春站在一条空旷的马路上，身后一辆车急速开来。他看到这一幕，朝她挥手，拼尽全力地喊她小心。她像是失去了听觉，静静地站在原地，看着他，动也不动。

眼看车子就要撞上她，他想都没想就朝她扑去。车子即将碰上她身体的一刹，他伸出手，将她用力推开，然后感觉自己被车子撞飞。半空中，他看到她跌坐在马路上，而后他重重摔在坚硬的地上。

第三次，和上次的噩梦几乎如出一辙，她在最后关头被他推开。他刚被撞飞，耳边就传来一个轻柔的呼唤："苏总？苏总？"

苏之念猛地睁开眼睛，看到坐在前车座的程青葱转过头，一脸担忧地看着他。

"苏总，您没事吧？"程青葱抽了几张纸巾递过来。

苏之念摇了摇头，接过纸巾，擦了擦脸上的冷汗。

程青葱猜到他做了噩梦，拿了一瓶矿泉水给他。

"谢了……"苏之念声音有些沙哑，拧开瓶盖，喝了一口水。

车里恢复安静，苏之念握着矿泉水瓶，侧头盯着窗外，像是在想些什么。

距离发布会开始还有二十分钟。

今天的他显然心不在焉，好几次别人给他打招呼，他都在走神。若不是身边跟了聪明能干的程青葱，怕是会闹出不少狼狈和尴尬的事情来。

苏之念不想应付下去，带着程青葱朝偏僻的露台走去。距露台约莫二十米远的时候，苏之念被SW的老总拦住。两人端着酒杯，客套地寒暄了几句，SW的老总才对他介绍了跟在自己身边的人。

那是个老熟人，完全不需要SW的老总介绍。

"苏总，这是我最得意的员工，秦以南，秦总监。"

秦以南在SW的老总介绍完后，一脸温和地朝苏之念举了举手中的酒杯："苏总，好久不见。"

"好久不见。"苏之念抬了抬端着酒杯的手腕，客套疏离地回了四个字。

"原来你们认识？"SW的老总问。

"我们是高中同学。"秦以南回答。

SW的老总说："原来世界这么小啊。"

三人站着聊了一些无关紧要的话，SW的老总的手机响了起来。他说了一句抱歉，走去一旁接电话。

气氛有些僵硬，秦以南不好意思直接离开，随意找了一个话题："那天在TW电台，多亏你，宋宋才没出事。"

秦以南和苏之念虽然认识多年，但是感情一向不深，更何况他也不是傻子，能感觉出来苏之念不喜欢自己。见对方沉默，他难免有些尴尬，笑了一下才说："苏总，您先忙，我那边还有个朋友……"

"秦先生。"苏之念突然打断了他的话。

秦以南看着他，没出声。

苏之念侧头看了一眼跟在身旁的程青葱。程青葱正盯着秦以南想别的事情，这个男人有点面熟，像在哪里见过……她还没想出来，就接到苏之念的眼神。跟了他这么多年，她瞬间就懂了他的意思，立刻微笑地说："不好意思，苏总，我想去趟洗手间。"

露台上。

秦以南走到站在护栏旁的苏之念身边，开口道："苏总，您找我有什么事吗？"

苏之念冷淡地盯着正前方，似是在考虑怎样开口。秦以南没有出声催促，端着酒杯，很有耐心地等。

过了五分钟的样子，苏之念终于将视线收回来，侧头看了一眼秦以南，端起手中的酒杯，将仅有的一口白水吞咽入腹，说："我想跟你说说宋青春。"

苏之念清楚地看到秦以南温润柔和的神情一僵，眉心下意识轻蹙了一下，视线落到秦以南握着酒杯的手指上。大概太用力的缘故，他指尖有些泛白。

他和宋青春怎么了？

苏之念状似无意地将手搭在护栏上，胳膊却轻轻碰上了秦以南的胳膊。

那一晚，唐暖颠覆了他的认知，宋青春也给了他强烈的冲击……他从没想过，她是喜欢自己的，即使是现在，事情过去好几天，他还觉得像在做梦。

这些年，他在她面前，不止一次询问关于唐暖的点点滴滴，也不止一次对她说自己多喜欢唐暖，更不止一次当着她的面表露出对唐暖的爱……若他知道她是喜欢自己的，绝对不会这样做。

他从没想过伤害她，却伤她很深。

原来，那天在"金碧辉煌"，宋青春和唐暖争吵的时候，秦以南也在……这些年来，她无数次鼓起勇气想要告白，却都没说出口，还是被他知道了……

苏之念感觉有股酸痛从心底深处往外冒。

秦以南沉默了良久，转头看了一眼苏之念，打破沉默："宋宋怎么了？"

苏之念眼底的光明灭不定，过了好一会儿，说："最近因为宋氏的事情，我和她接触有点频繁，她最近遇到了很多麻烦，加上宋承不在了，她过得并不轻松。有那么几次，我看到她一个人躲起来哭。毕竟是女孩子，好几次险些被人害得丧命，心理压力大是肯定的。你跟她从小一起长大，关系又很好，我想你可以多关心关心她。"

"谢谢苏总提醒。"秦以南沉默了一会儿，"最近工作忙，有些事情，是我疏忽了。"

苏之念的胳膊始终挨着秦以南的胳膊，他知道，秦以南嘴上说是工作忙疏忽了宋青春，实际上是因为忙着和唐暖谈恋爱。

他希望秦以南多留意宋青春，此刻目的达到，他也没必要多说："发布会马上开始了，秦先生如果有事，就去忙吧。"

"那我先进去了。"秦以南应了一声，离开之前，对苏之念道，"谢谢苏总跟我说的那些话。"

苏之念点了一下头，等秦以南离开露台后，抬起头盯着太阳，愣怔了许久。直到发布会开始，程青葱过来喊他，他才收回视线，一脸平淡地进了会场。

发布会五点结束，接下来是晚宴，苏之念没过多逗留，抽身离开。

上车后，程青葱看时间还早，惯性地问了一句："苏总，回公司吗？"

过了三秒钟，苏之念摇了一下头："送我回家。"

宋青春没想到今天一回家就看到苏之念。吃过晚饭，苏之念进了书房，宋青春却完全没了前两天一人在家的冷清感，甚至还在饭后躺在床上，把这几天落下的电视剧恶补了一遍。

等到她看完所有的更新剧集，已经过了十二点。宋青春去了一趟洗手间，回来开闹钟的时候，留意到日期是三月四号。

三月十号……是他和她签下的合约到期的日子。

也就是说，她住在他别墅里的日子，只剩下七天……

本来有些困意的宋青春，心情一下子有些低落，躺在床上，闭着眼睛，却怎么也睡不着了。

过了没多久，她听见书房门打开的声音，苏之念从门外的楼道走过，还有他卧室门关上的声音。然后，整个别墅变得更加安静，她也变得更加清醒。

她不知道睁着眼睛安静地躺了多久，总觉得心口难受，像有什么东西压在上面，喘不过气来。她掀开被子，悄悄地下了床，披了一件厚外套，走向阳台。

已经立春，半夜温度还是低得吓人。宋青春站了没一会儿，冻得全身发抖，她刚准备回房，突然听见隔壁卧室传来苏之念的声音。

“婷婷！”他喊得很突兀，在安静的夜里，显得格外刺耳。

宋青春下意识停在原地，随后听到苏之念的声音传来：“婷婷！婷婷——”

他一声比一声喊得大，情绪一次比一次强烈，像是撕心裂肺的呐喊，听得人心底跟着隐隐作痛。宋青春愣了一秒，反应过来，朝苏之念的卧室跑去。

推开门，宋青春顺手开了大灯，跑到床边，看到苏之念闭着眼睛躺在床上，眉心紧紧地皱着，还在不断地喊着婷婷，脸上脖子全是汗，抓着被子的手因为用力，骨节有些扭曲。

“苏之念？苏之念？”宋青春没有任何迟疑地弯下身，抓住苏之念的胳膊，摇晃起来。

男子完全沉浸在梦中，根本没有醒来的迹象，身体也开始颤抖。

“苏之念？”宋青春提高声音，继续喊了几声，看他还没有反应，拍了拍他的脸，“苏之念，你醒醒，醒醒……”

突然，男子抬起手，一把搂住她的腰，将她紧紧地拥入怀中。他力道很大，她的身体紧贴上他的胸膛。他用力抱着她，似是要把她硬生生揉碎在胸膛里。宋青春疼得眼泪险些冒出来，倒抽着气。他无动于衷，她勉强抬起手，想要去掐他的腰，试图将他从梦中唤醒。谁知她费了半天力气，还没碰到他，他冰凉柔软的唇带着无法形容的汹涌力量，狠狠地堵上了她的。她的大脑一片空白，无法动弹。他吻得炙热而疯狂，像是随时会将她生吞入腹。

直到他的舌撬开她的唇齿，她才回过神来。盯着他近在眼前的睫毛和鼻梁，她才意识到他和她在做什么。一股强烈的战栗迅速传遍她全身，淹没她的思想，让她丧失了所有的理智。

室内的气氛越来越旖旎，两个人的喘息越来越重，体温越来越高。他们迫切想从对方身体里索求更多。他一边死死地纠缠着她的唇，一边用力将隔在两个人之间的被子扯出，扔下床。

他和她之间只隔了薄薄的两层睡衣，可以清楚地感觉到彼此身上的热度。他没有任何停留，强势霸道地一个翻身，把她重重压在了身下。她感到他的指尖挑开她的内衣，说不出来是怕还是羞，像是蚊子哼哼一样，小声地颤抖地喊了他的名字：“苏之念……”声音像是沉浸在暧昧中的呻吟，充满勾引和刺激，却喊得苏之念后背一绷，所有的动作都停了下来。

苏之念很想让自己把眼前的一切当成美梦继续下去，可是他怕，怕这不是一场梦，不是他的错觉。他已经给了她一次伤害和错误，不能再犯第二次。苏之念强忍着身体的胀痛，慢慢抬起头，看向她。她先是盯着他，意识缓缓地回归大脑，脸一下子变得通红，眼帘垂了下去。

她跟他险些……刚刚那一幕在她的脑海快速掠过，她的脸更烫更烧，她想抓紧什么来缓解无措，可发现自己的手还攀在他的肩上。她哆嗦了一下，快速收回手，尴尬地抓向了床单。

这是他的卧室，深更半夜，她却躺在他的床上，他会不会误会自己？

“你做噩梦了，我过来看看。”宋青春不敢去看苏之念，底气不足地开口解释。

苏之念没说话。室内一片寂静，空气里流淌着暧昧的气息。宋青春还被他压在身下，能感觉他的视线停在她的脸上。她不知所措地咬着唇。

她的羞怯，她的无措，她身上有他留下的痕迹，苏之念的眼睛更红，体内的某种念想更强烈。他撑在她身边，手用力抠紧床单，闭上眼睛，喉结上下滚动了好几次，才强迫自己翻身下床。

他弯身捡起地上的被单，扔在她的身上。她尴尬地将整个身体埋在被褥里。他快速转身，朝洗手间走去，步子迈得很大，似怕自己再不走就走不掉。

宋青春听见浴室里传来哗啦哗啦的流水声，将脑袋从被褥里伸出来。她不敢在苏之念卧室里过多停留，快速掀开被子，下了床。

她的睡衣被他撕碎，根本遮掩不住身体。她顺手扯了他的床单，胡乱裹在身上，跑出他的卧室。

宋青春靠在自己的卧室门上，捂着胸口，站了好一会儿才镇定下来。她软着腿，去更衣室找了一身睡衣穿上，然后抱着苏之念的床单，有些魂不守舍地走到床边，傻愣愣地坐了上去。

呼吸之间都是他的味道，肌肤上还残留着他的体温。她好不容易稳下来的心，再次剧烈跳动，血液翻滚。她用力抱紧怀中的床单，脑海里又一次浮现他和她相缠的画面。

宋青春的脸变得更红，刚准备制止自己的胡思乱想，卧室门外传来敲门声，紧接着，苏之念清淡的声音响起："青春。"

宋青春吓得全身一个激灵，犹豫着要怎样回应苏之念，他的声音再一次传来："睡了吗？"

干脆装睡吧。想到这里，宋青春索性保持沉默。

室内室外约莫安静了半分钟，他又开口："我知道你还没睡。"

宋青春随即听见门把转动的声音，门被推开，苏之念从容不迫地走进来。他穿着纯白色棉质家居服，神情恢复了一贯的清冷，仿佛刚才的意乱迷情根本就没有发生。

宋青春呼吸有些困难，垂着脑袋，用力拧着从他卧室里带过来的床单，自始至终没有勇气看他一眼。相对她的紧张，他却平静许多。他站在她面前，盯着她毛茸茸的头顶，然后走到一旁，拉了椅子过来，坐在她右边。

"刚刚……"他似乎也不知道如何开口，说了两个字就顿了下来，过了好一会儿，才说，"真的很抱歉，是我的问题。"

"没——"宋青春抬起头，看向他。她其实想回一句"没关系"，可刚说了一个字，就懊恼地闭上嘴，恨不得咬断自己的舌头。他是男人，她是女人，更何况主动的是他，就算后来她没有挣扎，吃亏的也是她。他一道歉，她就爽快地说没关系，会不会显得太轻浮、太不自重？

宋青春窘迫地将视线从苏之念的脸上撤走，再次垂下脑袋。

室内格外安静，这种安静，让宋青春倍感压力。气氛越来越尴尬，她有些呼吸不畅，直到她觉得快要窒息而亡，他说："是我吵醒了你？"

宋青春知道苏之念指的是说梦话的事，她摇了摇头，又说："没。"低着头想了一会儿，小声补了几个字，"我还没睡。"

苏之念看了一眼墙壁上的时钟，快要凌晨四点。他眉心蹙了蹙："怎么那么晚还没睡？"

"我——"宋青春抿了抿唇，撒谎说，"看电视看晚了。"

他从书房回卧室的时候，她的卧室安静得一塌糊涂，肯定不是在看电视。他没拆穿她的谎言，轻轻地嗯了一声。

宋青春不安地动了动身体："你又梦见喜欢的女孩了吗？"

苏之念仍是一声嗯。

宋青春想起他和她入住北郊度假村的那晚，和今晚一样，他撕心裂肺地在梦中喊着婷婷，忍不住问："你总是梦到她，然后喊她的名字吗？"

宋青春问完才发现，上一次他在梦中喊着婷婷醒来时，她是单纯感到好奇。可是今天，她想到前几天在他办公室里看到的一抽屉没有送出的礼物，还有他的秘书程青葱小姐跟她讲的那句：她是他的念念不忘，年年不忘……

他对婷婷深情专一到无可救药。宋青春胸口变得有些闷，没了半点聊天的心情。自己竟然有些怕，怕从他嘴里听到关于"婷婷"的任何话语。

苏之念忽然喊了她的名字："青春。"宋青春盯着他，疑惑地嗯了一声。

苏之念继续盯着窗外，好一会儿，才慢慢将视线转到她的身上："陪我去个地方吧。"

"啊？"宋青春脱口问道，"现在？"

"嗯。"苏之念点头，重复了一遍，"现在。"

深更半夜，他要去哪里？宋青春刚想继续追问，苏之念就从椅子上站了起来："我先回房穿衣服，等会儿在楼下等你。"他走过宋青春身边的时候，脚步微顿，"外面冷，穿厚点。"

宋青春穿完衣服，下楼从屋里出来的时候，苏之念已经发动了车子。

外面冷得刺骨，他却没在车里等，而是和很多次她从公司里出来时看到的一样，倚车而站。她快要走到车旁的时候，他绕到副驾驶座门前，帮她拉开车门，等她坐好后，替她系了安全带。

宋青春盯着安全带，到底是从什么时候开始，她每次坐他的车，他都会为她系好安全带？

车子行驶了约莫半小时，停在了路边。宋青春透过车窗，望了望窗外，是一排排安静的电子楼。她愣了一下，不敢置信地转过头，问："到了？"

“嗯，到了。”苏之念熄了火，率先下车，然后绕到副驾驶座这边，替宋青春开了车门。

苏之念等宋青春站稳在地面，锁了车，指了指电子楼间的一条小胡同，说：“走吧。”

宋青春不解地盯着苏之念，看他没有开口解释的意思，只好迈步跟他走。

两个人没有任何交谈，他走在她左边约莫半米远处。

进了胡同，里面光线暗了许多。她出门的时候着急，穿了白天上班的高跟鞋，一不小心踩了一个饮料瓶，险些摔倒在地，是他及时出手扶住她。

胡同不长，大概两百米，出去之后是一条单行道，他带着她左拐，一路往东。途中经过一个卖烧烤的地摊，烟雾缭绕。老板娘坐在火炉前，一边取暖，一边用手机听歌。

苏之念在胡同口停了下来。宋青春纳闷地转头，刚想问苏之念怎么不走，他声音淡淡地给了她想要的答案：“到了。”

宋青春打量了两遍亮着霓虹灯的店铺，不可思议地眨了眨眼睛。

到了？即使已经猜到，宋青春还是忍不住询问：“你要来的地方就是这里？”

“嗯。”苏之念轻应了一声，视线落在胡同口左边的墙壁上，他眼神变得有些温存。

“这里是哪里？”宋青春盯着苏之念弧线柔和的侧脸，失神片刻。不知道是不是她的错觉，发现问完这句话，他眼底一闪而过一丝沉痛。

宋青春忍不住又问：“这个地方对你来说，有什么意义吗？”

“有一种想见不敢见的伤痛，有一种爱还埋藏在我心中，我只能把你放在我的心中。”

歌声随着冷风时而大，时而小。

宋青春不知道自己站了多久，到后来，双脚冻得冰凉，他还是沉默不语，似是雕像，眼也不眨地凝视着胡同口。

宋青春忍不住跺了跺脚，他把身上的外套脱下来，走到她面前，递给她。宋青春见他只穿着单薄的衬衣，下意识摆手拒绝：“不用了……”

他径自把外套披在她的身上。又是很长时间的静立，直到远处的烧烤地摊打烊了，苏之念才将视线收回来，看了一眼宋青春，淡淡地说："走吧。"

和来时一样，回去的路上，他仍没有和她说话的意思。

走出胡同，苏之念掏出车钥匙，准备开车锁，一个年老的男子推着一辆车，从面前走过。

应该是附近夜市打烊了，车后面的玻璃柜里插着两支粉色的棉花糖。

苏之念开口喊住年老的男子："多少钱？"

男子停下车，告诉苏之念："一支十元。"

苏之念习惯地拍了拍兜，才发现出门的时候忘了带钱包，然后走到车前，从里面翻出一堆硬币，数了数恰好二十元。他将两支棉花糖全部买下，递给冻得打哆嗦的宋青春。

回到车上，苏之念将暖风开得很足，没一会儿，车里就温暖起来。宋青春坐在副驾驶座上，一手举着一支棉花糖，左边啃一口，右边啃一口。苏之念透过后视镜，盯着这一幕，视线有些恍惚。即使过去了十七年，她的身上仍有小时候的影子。

当年，就是在他刚刚站过的胡同口，他初次遇见她。那时，为了哄哭着的她笑，他牵着她的手，去附近的超市花了他全部的"家当"，给她买了两支棒棒糖。

这些年，他一个人去胡同口不知发了多少次呆，却再也没有见过她。他一直幻想，有一天，他站着站着，她就出现了……

宋青春舔右边的棉花糖时，透过后视镜看到苏之念正盯着自己，她动作停了下来，顺着他的视线，盯了盯手中的棉花糖，沉思片刻，举到他的面前："要不要尝一口？"

苏之念一怔，笑了，连带着整个人的气息变得格外柔软。他没有拒绝，和当年一样，低头咬了一口棉花糖。甜味流遍他的全身，可他的心底变得更加苦涩、疼痛。

苏之念发动引擎，却停在路边不走。两支棉花糖被她全部吃完，他还是没有半点要开车的意思。宋青春转头，看向他的侧脸："不走吗？"

他没有说话，盯着正前方灰蒙蒙的道路。

好一会儿，苏之念突然开口："青春。"

"嗯？"宋青春轻轻地应了一声，抬起头，看向他的脸。

"青春。"他又喊了一声，和刚刚一样，喊过之后，没了后续。

宋青春再次嗯了一声，问："怎么了？"

苏之念又陷入沉默，一动不动凝视着正前方，像是在思考怎么开口。

宋青春没再发声催问，心底却爬上一层密密麻麻的不安。

狭隘的车室内，可以听见暖风呼呼吹出的声响。

过了五分钟，苏之念终于出声，第三次喊了她的名字："青春。"这一次他没再沉默，"宋氏企业已经步入正轨，估计这个月的盈利额会比年前翻两番。"

原来是公司的事情。宋青春抿着唇，扯了一抹笑："嗯，这个大嫂有告诉我，她还跟我说，你真的很厉害。"

苏之念点了一下头，接着说："宋氏企业这几个月签了不少战略合作，有一些签了五年，大多数是三年，有一小部分只签了一年。那些战略合作到期后，五年的不管怎样，都要和他们继续合作，哪怕让出利润也一定要，三年的，宋氏企业可以争取一下利润，至于一年的，不管他们给多大的利润和诱惑，一定不要再合作。"

她怎么忘了，他和她的合约快结束了，那个时候他就不是宋氏企业的执行总裁，所以他现在是告诉自己，他离开后，宋氏企业应该怎么走下去吗？

宋青春有些难过，收回视线，垂下眼帘，嗯了声说："我知道了。"

"郑昊这个人不错，也很有能力，总裁的位子他可以胜任。"苏之念停顿了片刻，"当然这只是我个人的建议。"

宋青春垂着脑袋点了点头，又说了一遍："我知道了。"

苏之念视线沉沉地盯着后视镜里她的身影，半晌没说话。其实他有很多话要跟她说，可一开口，能说的只有商场上冷冰冰的事。

刚刚那些话，他原本想等到十号那天，和她分开的时候再嘱咐她。可是他怕，怕自己再不说，就没机会了。

苏之念盯着后视镜里的她，过了良久，轻轻地眨了眨眼睛，回过神来，踩了油门，转着方向盘离开。

苏之念像是刻意开得很慢，回到别墅，天已经蒙蒙亮。一夜没睡的宋青春靠着靠背，在半路闭上了眼睛。

苏之念将车停下来，她睁开眼睛，语气含糊地问了一句："到了？"然后看到面前熟悉的房子，一边打着哈欠，一边推开车门。

苏之念也跟着下车，看着快速朝屋里跑的宋青春，拿着车钥匙锁了车门，喊住了她："青春。"

宋青春停了脚步，转过头，他已经大步流星地走到她的面前。眼睛微微一眯，他就控制了她的意识，让她一动也不动地站在原地。下一秒，他伸出手，把她拉入怀中，紧紧地拥住。他的手放在她的脑袋上，将她往自己的颈窝按了按，然后微微弯身，将脑袋埋在她的颈窝里。他蹭了蹭她温热的肌肤，然后侧头对着她的耳朵轻声细语。

"婷婷，如果以后难过，不要一个人偷偷地躲起来哭，要哭就在人前哭。女孩子不需要要强，哭了也不丢人，这样还有人哄。

"有痛经的毛病，不要总在生理期前吃冰激凌。天冷的时候，记得多泡泡脚，书上说，这样可以缓解疼痛。

"逛街的时候，不要总是为了臭美去穿高跟鞋。你个子不矮，即使平底鞋，走在人群里，也漂亮。

"还有，你不胖，不要总是为了减肥而不好好吃饭。

"不要熬夜，护肤品用得再好，可以去掉黑眼圈，但去不掉对身体的伤害。

"一个女孩子，晚上不要总是在大街上逛，就算是首都，治安很好，也不一定安全。

"如果一个人在家，一定要锁好门。

"生病了记得去医院，不要随便买药，毕竟你不是医生。

"记得养成带雨伞的习惯，不要每次都淋成落汤鸡。"

他从来不是话多的人，也一直以为自己即使嘱托她，也不会说那么多话。现在他才发现，自己竟然有那么多那么多的不放心。

苏之念说到最后，声音轻颤起来，红着眼睛，将脑袋往她的颈窝里更加用力埋了埋，然后抱着她安静地站了一会儿，慢慢地将她拉出自己的怀抱。他凝视着她的容颜，抬起细长白皙的手，抚上她的面孔，带着眷恋、深情、小心翼翼，缓缓地、轻轻地用指尖划过她面颊的每一个地方。他眼睛眨也不眨，像是要把她深刻地记在脑海。他的指尖停在她的唇角，眸光染上了沉沉的疼痛。他多想一直这般陪着她，哪怕和从前一样，在她完全不知道的情况下。

他的唇角浮现了一丝若有若无的笑意，过了片刻，将手决然地从她脸上抽离。然后，她眉眼闪动了一下，神志回归。她歪着脑袋，唇角挂着浅笑。

苏之念眼底恢复了一贯的薄凉，看着她，没有任何感情地说："晚安。"

宋青春眉眼弯了一下："晚安。"随后她看了看发亮的天空，笑了一下，"都天亮了，应该说早安。"

他注视着笑靥如花的她，唇角上扬："九点还要上班，快点上楼休息吧。"

宋青春回了一句："你也一样。"苏之念点头，没再说话。

宋青春刚准备跑回屋，又转头问："今天下午，宋氏企业好像有活动，你去吗？"

"我有别的事，可能去不了。"

宋青春遗憾地哦了一声，指了指屋门口："那我先进去了。"

苏之念嗯了一声，站在原地，看着她消失在门口，听着她咚咚咚跑上楼的声音，再次说了一遍："婷婷，晚安。"

是晚安，不是早安。

他的晚安，是wanan，我爱你，爱你。

苏之念没骗宋青春，宋氏企业今天的活动他去不了，是真的有事。

不过，这事不是之前安排好的，而是他载着宋青春回家的路上，临时决定的。

苏之念开了大概一个多小时的车，拐进一个派出所。他停好车，做了登记，然后有个年轻的警察带着他进了比较靠里的房间。

"苏先生，您要见的人在里面。"

苏之念淡漠地点了一下头，然后推开门，走进去。

那个在TW电台里试图杀宋青春的快递小哥戴着手铐，坐在椅子上。

他不过进来二十多天，人瘦了好几圈，胡子也长了出来，看起来老了很多。他脸上的瘀青还没完全消散。

苏之念看了一眼快递小哥对面的椅子，有些脏。他嫌弃地皱了皱眉，没坐，直接走到了快递小哥的面前，直到他的腿碰上快递小哥的腿，才停下来。他居高临下地看着快递小哥，开门见山地问："你是夏季的粉丝？"

那快递小哥大概被他揍怕了，怕他再次动手，没有任何犹豫地猛点头，说："是。"

苏之念没着急问第二个问题，确定他没有撒谎，继续问："因为宋青春曝光了夏季吸毒的新闻，所以你要杀她？"

快递小哥点头，说："是。"

"除夕之夜，宋青春被人从船上推进北海公园的湖水里，也是你做的？"

这一次，快递小哥迟疑了一下，才说："是。"

难不成他在撒谎？

苏之念眉心轻蹙，表情严肃，直盯快递小哥的眼睛，重复问了一遍："真的是你做的？"

快递小哥眼神飘忽不定，始终不敢看他。

苏之念从他的心底读到了他的真实想法："他为什么要这么问我？难不成他知道北海那事，不是我做的？"

他果然是在撒谎，苏之念眼底有戾气冒出来，语气冰冷，笃定地说："那天在北海，我知道不是你，而且我也知道，之前宋青春遇到的一系列危险，也不是你做的。你为什么要把那些事情揽在自己身上？老实交代，是谁安排你这么做的？"

除了第一句话，其他都是苏之念的猜测。

"他是怎么知道那些事情不是我做的？难不成坤哥的计划已经被他们知道了？不管了，反正坤哥答应过我，只要我一口咬定都是我做的，过了今天，他们事成之后，一百万就会到我老婆的账上，如果坤哥那里出了意外，跟我也没关系。"

快递小哥想到这里，刚准备装出一脸茫然的样子，还没抬起眼皮去看他，男子突然将他坐的椅子一脚踹飞。

他的脑袋重重撞上墙，疼得眼冒金星。等到他回过神来，看押他的房间里已经没了那个相貌惊人的男子。

过了今天，事成之后……苏之念满脑子都是这句话，压根没理会正在跟自己说话的警察，冲出派出所，上了车，一边发动车子，一边掏出手机，拨了宋青春的电话。

电话响了很多声，没有接通，像是什么东西狠狠地压上了苏之念的心，沉得全身的血液都停止流淌。

他控制着方向盘，手抖得格外厉害，他将油门踩到底，蹿出派出所，另一只手握着手机，哆哆嗦嗦地再次点上她的名字，拨出电话。

和刚刚一样，电话响了很多声，始终没被接听。

苏之念感觉心在急速收缩，一种无法言说的恐惧爬满了后背。他想都没想，就在前方的路口转弯，朝宋青春的公司开去。

刚走了不过两百米，苏之念突然想到，宋青春早上问过自己，今天宋氏企业的活动他会不会出席。

那活动还是经过他审批的。

苏之念抬起手腕看了一眼时间，下午三点三十五分，恰是宋氏企业举办活动的时间。所以她现在不会在公司，而是在宋氏企业活动现场。

宋氏企业的活动办得声势浩大，地点是宋青春的大嫂方柔订的，在东郊一家私人会所，和他现在去的TW电台恰好是相反的方向。

他行驶在主路上，想要掉头，至少还有五公里……

苏之念根本没给自己过多考虑的时间，直接掉转车头，沿着最外侧的应急车道违规超速逆行。

苏之念一边不断给她拨打电话，一边透过嘈杂无章的声音，寻找她的声音。

行驶上东五环的时候，苏之念虽没听到宋青春的声音，却听到有关宋氏企业的声音。

那声音距离他很远，小到勉强可以听清。

“你们现在成功进入宋氏企业活动会场了吗？”

是一个男人的声音，普通话不是特别标准，应该是在打电话。他的话音落定，有个分贝更小的声音传来：“坤哥，我们已经成功进入会场。”

坤哥？刚刚在派出所，那个快递小哥心里想的也是这个名字。当时他还说，过了今天，事成之后……这是说，他们还没开始行动？宋青春暂且没出事？

苏之念提到嗓子眼的心终于放下一些，他一边加速往前开，一边聚精会神地去听坤哥的电话。

"记住，这一次一定要成功。据我所知，之前一直陪在宋家大小姐身边的苏总今天没在，之前他跟保安一样，总跟在宋家大小姐身边，害得我们没有下手的机会。趁着这次他没在，千万别出什么纰漏，听到了没有？"

"知道了，坤哥，您放心，这次保证成功。坤哥，我不跟你说了，现在有机会，宋家大小姐好像要单独行动，等我们的好消息。"随后电话就被切断，苏之念耳边只剩下嘟嘟的忙音。

苏之念大脑飞速运转着，一边再次给宋青春拨了电话过去。

响了五声，还是没被接听。

苏之念眉心皱了皱，现在最重要的是找个人绊住宋青春，不让她单独乱跑……秦家和宋家关系一向好，宋氏企业的活动秦以南肯定会来参加。苏之念想到这里，当机立断挂断电话，找了秦以南的电话号码拨过去。

秦以南的电话刚响了两声便被接听，苏之念听到他说："喂……"

他直截了当地打断了秦以南，问："见到宋青春了吗？"

"见到了……"秦以南的话没说完，便被苏之念再次切断："什么时候见的？"

秦以南回道："大概十分钟前。"

"她现在有危险。"苏之念第三次抢了秦以南的话。

"啊？"秦以南被苏之念搞得一头雾水，愣了一会儿，反应过来，"你怎么知道？"

"你别管我怎么知道的。我现在没时间给你解释那么多，现在最重要的是赶紧找到她，跟紧她，快一点！"

这还是秦以南第一次听见苏之念这么认真地跟自己说话，下意识就将疑惑咽回肚里："好，我知道了，现在就去找她，等下给你回电。"

秦以南没撒谎，十分钟之前，他真的和宋青春在一起。

当时，宋青春端着一杯加冰香槟，刚和人打完招呼，一转身就和他打了个照面。她笑眯眯地朝他软软地喊了一声："以南哥。"

若他不知道她喜欢他，一定会很自然地朝她笑一笑，然后走向她。

其实他来会场之前，想过自己肯定会见到她。只是他还没做好面对她的心理准备，就毫无征兆地和她碰上了。

他无措地握着酒杯，在原地站了半分钟，没什么反应。还是她款款地迈着步子，走到了他面前，在他面前晃了晃手："以南哥，你发什么呆呢？"

他回神后的第一反应是先垂下眼帘，静默十秒钟才抬起头，朝她扯了一抹笑："宋宋。"

宋青春和秦以南聊了许多，埋怨立春这么多天了，还冷得要命。

秦以南没有半点不耐烦，陪着她聊。

有人喊了声唐暖，唐暖朝那人走过去的时候，恰好路过秦以南和宋青春的身边。

其实，秦以南根本没有注意到唐暖，是宋青春盯着一个方向愣了神，他才下意识顺着她的视线望过去，然后唐暖和他的目光无声地碰上。

她穿着裸色的露肩曳地长裙，妖娆的身材尽数展现。精心装扮过的她，美丽动人。

"金碧辉煌"那一晚，秦以南听到宋青春和唐暖的争吵后，再也没有主动找过唐暖，当然，唐暖也没找过他。

两个人断了联系，其实算下来不过一周的时间，此时秦以南看着她，觉得陌生得像是隔了一个世纪。

唐暖的视线在他身上停留了不过三秒钟，冷淡地抽离。她踩着高跟鞋，高傲地从他面前走过。秦以南表情很淡，等到听不见唐暖的高跟鞋声，才若无其事地将视线收了回来，看到宋青春心事重重地看着他。

接下来，秦以南和宋青春聊天，宋青春显得有些心不在焉，甚至打断秦以南的话，像是有什么事告诉他，可往唐暖那里瞟了好几次，始终没说出口，最后随便找了一个借口要离开。

秦以南心底跟明镜一样，明白宋青春吞吞吐吐的模样是为什么，他也明白她说不出口，是怕自己难过。所以他没有阻止，任由她离开，看着她的背影，突然想明白了这些日子以来没想明白的事情。

宋青春知道很多事，却从未告诉他，不过是怕毁了他心目中的美好。

那一天，她和唐暖争吵时，说"喜欢过"……一个过字，代表了过去，既然过去，他又何必重提？所以，最好就是他和从前一样，仍把她当成生命里最重要的妹妹，而她喜欢过他的事，他就当不知道。

想通的秦以南，心底如同落下大石头，和人打招呼的时候，笑容舒展了许多。他喝完手中的红酒，走向不远处的侍者，刚准备换一杯，一只手率先抽走他想要的那杯。秦以南条件反射地转过头，看到唐暖昂着头，将那杯酒灌入了腹中。

若是换了从前，秦以南肯定会出手阻止。可今天，唐暖把酒喝得一干二净，秦以南还是没有半点动静。唐暖眉心皱了一下，再次端了一杯酒。她眼角余光一边往秦以南这边瞟，一边把酒杯再次递到唇边。和刚刚一样，直到她将这杯酒喝光，秦以南都没有反应。唐暖暗暗地掐了掐掌心，将空酒杯放到侍者的托盘上，故意装作不小心，脚一崴，就摔入秦以南的怀中。她清晰地感觉男子的身体一僵，静了约莫半分钟，手缓缓地抬了起来。她就知道，他前一阵子不联系她，是因为给她道了很多次歉她始终没理他，他耍了性子。现在只要她稍微使点手段，他就会对她心软服输……他接下来肯定会搂住她的腰，关心温柔地问她伤到了哪里。

唐暖将脸埋在秦以南的胸前，勾起一抹信心满满的笑。男子的手却落在她的肩膀上，把她从怀里拉了起来。唐暖脸上的笑尽数消失，不可思议地抬起头，看向秦以南。秦以南像是没有注意到她的目光，面色疏离地伸出手，端了一杯红酒，就要转身离开。

“秦以南！”唐暖突然开口，喊完之后她才意识到，这好像是这些年来她和秦以南之间闹不愉快后，她第一次主动打破僵局。

秦以南脚步顿了顿，刚准备转身，兜里的手机振动起来。他摸出手机，看了一眼来电显示，竟是苏之念。他神情诧异，快速接听。他一边回着苏之念的话，一边朝刚刚宋青春离开的方向走去，走了还没两步，唐暖就率先超过他，挡在他的面前。

“好了，我知道了，我现在就去找她，等下给你回电。”秦以南被苏之念说得心底莫名紧张起来，挂了电话。

他看都没看一眼唐暖，绕过她准备离开，手腕却被她一把拉住：“秦以南，你没听到我喊你吗？”

秦以南背对着唐暖用力抿了抿唇，下一秒就将她的手狠狠地甩开。唐暖穿了高跟鞋，秦以南的力道有些大，她被他甩得连连后退两步，一时没站稳，摔倒在地上，发出尖锐的叫声。

秦以南身影顿了顿，头都没回，很快消失在会场的人群里。唐暖不敢置信地用力掐了掐掌心，等尖锐的疼痛传来时，表情才一点一点扭曲。

她刚刚从电话里听到了宋青春的名字，便挡在他的面前。她就是不想让他去找她，才伸手拉住他。可是她没想到，一直以来，对她连话都不敢大声说一句的秦以南，刚刚为了宋青春，竟然那么暴戾地甩开了她！唐暖越想心里越不平衡，牙齿被她咬得咯咯作响。

活动会场很大，秦以南绕着会场小跑了一圈，累得气喘吁吁，也没看到宋青春的身影。他连口水都顾不上喝，一边找熟悉宋青春的人打听，一边再次绕着会场急匆匆地开始第二次寻找。

还是宋孟华告诉秦以南，说宋青春去了洗手间。秦以南连谢谢都没跟宋孟华说，快步跑去洗手间。会所的洗手间不分男女，每一个都是独立的。秦以南完全顾不上影响，挨个敲门，一边说抱歉，一边确定里面是不是宋青春。

十二个独立洗手间被秦以南全部找完，还是没有找到宋青春。手机再次振动起来，是苏之念打来的。还没接通，他眼角余光就透过一扇开着的洗手间门，瞥到里面的洗手台上放着一个手包。那手包有些熟悉，像是在哪里见过……

秦以南脚步微顿，沉思了片刻，连电话都没顾得上接，迈步走了进去。

他拿起手包，越发觉得熟悉，心底像是猜到了什么，快速打开手包，在里面翻了翻，抽出来一个证件，从证件照上看到了宋青春熟悉的面孔。

这是宋宋的手包，也就是说，她刚刚来过这个洗手间。

秦以南打量了一圈洗手间，全封闭式的，里面很干净，洗手台上有飞溅出来的水痕，说明宋青春上完厕所离开这里没多久。

秦以南拿了宋青春的手包，快速走出洗手间。他站在门口，往两边看了看，左边回会场，右边有两个出口，一个通往后花园，另一个是紧急通道。

他是从会场过来的，一路上并没有看到她的身影，所以她只可能去了右边。但是，后花园和紧急通道，她去的是哪一个？秦以南一边疾步朝右边走，一边飞快地思索着。

他走到后花园和紧急通道的路口，停了下来。如果宋青春觉得会场闷，很有可能是去后花园里透气，更何况洗手间这里随时有人过来，就算真的要对她下手，也不太好行动。秦以南想到这里，迈步朝通往后花园的门走去。他走了还没两步，突然停下来，缓缓地转头，视线落到紧急通道口的右下角。他盯着那里约莫十秒钟，转身折了回去，然后蹲下身，从地上捡起一串亮闪闪的手链。这手链他再熟悉不过，是去年特别定制，送给她的生日礼物，现在却被丢在了这里。

而手链完好无损，没有任何被扯断的痕迹，说明并非不小心掉在地上。也就是说，这条手链是被人解下来的，而这个人很有可能就是宋青春。

她的手包在洗手间，手链在紧急通道门口。一件可以说是她粗心忘记了，可是两件呢？秦以南看着掌心的手链，心跳没来由地加快。难不成这条手链是宋青春故意丢在这里的？莫非现在的她，已经遇到了不测？而手链是她留下来的求救暗号？放在紧急通道的门口，说明她走的是紧急通道？

秦以南猛地从地上站起来，大力推开紧闭的紧急通道大门，快速冲了进去。

又是二选一的局面，上楼还是下楼……

有了紧急通道门口的手链，秦以南这次特意留意了一下地面，然后在往楼下去的第三个台阶上，看到了亮闪闪的光芒。秦以南快步走上前，弯身捡起，是和手链配套的一枚耳钉，光芒是上面的钻石发出的。

秦以南没有任何停留，三步并作两步朝楼下快速跑去，每到一个出口，都会朝地面看一圈，发现没什么异样，继续往楼下跑。直到负二层停车场，秦以南发现他送给宋青春的那套首饰里的另一枚耳钉。

说明宋青春被带到了这一层的地下停车场？秦以南不敢有任何松懈，直接拉开安全门，蹿进停车场。

地下停车场的面积并不大，大多数车位都停着车子。秦以南紧蹙眉心，沉思了两秒钟，开始朝空车位跑去。每到一个地方，他都先从地面找起。

停车场里，他奔跑的脚步声不断回荡。秦以南从A区跑到了C区，终于在一辆奥迪和奔驰中间空着的停车位上，找到了自己送给宋青春整套首饰里的最后一样，项链。

事情越是和秦以南猜测的一样，他心底越是紧张。

苏之念说，宋青春有危险，而前一阵子她遇到过那么多不测，每一次都是冲着她的性命去的。所以如果宋青春被带出会所，那很有可能凶多吉少！

秦以南感觉自己全身的血液像是凝固了，握着一路捡来的那些首饰，停顿了大概三秒钟，拔腿朝自己的车跑去。他快速拉开车门，连安全带都没顾得上系，狠狠地踩了油门，飞速蹿了出去。

经过停车场出口的时候，秦以南特意停下车，朝工作人员问："在大概二十分钟之内，C区停车位的车子开出去几辆？"

工作人员连记录都没去查，直接回："这大半天的，除了你，只有一辆面包车经过。"

"什么牌子？什么颜色？你还记得吗？"

"别克吧……"工作人员想了想，"好像是别克，车子是黄色的。"

"往哪边走了？"秦以南一边问，一边踩了油门，工作人员的"右拐"刚传入他耳中，他已经控制方向盘，右拐驶上了高速路。

宋青春其实不想去洗手间，只是宋孟华招呼她的时候，她不经意低头，看到胸口原本被粉底遮住的吻痕，因为脱妆竟然露了出来。

她怕影响不好，所以指了指洗手间，想去补妆。

整理完妆容，将东西快速装入手包，她转身朝洗手间门口走去。

刚将反锁的门拉开缝隙，外面传来一股力道，将她推得往后退了两步。等到她站稳的时候，洗手间的门再次被人反锁，而她的面前，站了一个穿着会所工作服的男人。

宋青春愣了一下，刚准备说话，那男人快速扑了上来，一把把她按在墙上，然后伸出手，用力捂住她的嘴巴。

随后她听见一声脆响，紧接着脖子便被冰凉的利器抵住，男人贴上她的耳朵，刻意压低了声音："如果不想我手里的刀划破你的喉咙，从现在开始，按照我说的做。"

话音落定，他将手中拎着的包一把扔在地上，将宋青春用力一扯，拿着刀，抵着她的脖子，踢了踢地上的包，又一次警告地说："把里面的工作服拿出来，换上。"

男子显然怕被发现，没什么耐性，看宋青春迟疑，就将手中的刀往她的喉咙更加用力地抵了抵："快点！"

宋青春感觉脖子上传来刺痛，黏稠的液体缓缓流了下来。她不敢有半点犹豫，将手包往洗手台上一放，快速弯身，把里面的衣服拿起来，套在自己的礼服外。

穿衣服的过程中，她将身上的首饰都摘了下来，悄悄塞进工作服的口袋里。

换好衣服，男人立刻催促宋青春跟他走。宋青春怕他发现自己遗漏在洗手台上的手包，没有任何反抗，温顺地按照他的指示，任由他看似亲密地搂着自己，实则拿着刀抵住自己的腰，一起走出洗手间。

在进紧急通道之前，宋青春悄无声息地从口袋里摸出手链，扔在了地上。

如果她迟迟不回现场，肯定有人找她。如果不丢下这些记号，肯定不会有任何获救的希望。

车窗贴了黑色的膜，从外面根本看不清里面的情况。她一上车，嘴巴立刻被原本坐在车上的人贴了胶带，双手也被反绑在身后。

车上除了她，总共有三个男人。其中一个看起来很年轻，和她差不多的年纪，坐在她的前面。

她身边的那个人很胖。车里开了暖气，他只穿了一件短袖，露出的胳膊上描绘着龙形的文身。

开车的是个中年男子，脸上有道很长的疤。

面包车开出会所，右拐，一路飞快行驶。

三个人都很沉默，没有任何交谈。车内很安静，唯一的一次动静，是坐在她面前的年轻人接到一个电话，干脆地说了两个字"搞定"，就挂了电话。

眼睁睁看着自己陷入危险却又无计可施，她绝望而恐慌。

她的心脏几乎处于随时爆破的状态。

她不知道车子开了多久，也不知道车速有多快，隔着车窗，只能看到外面越来越荒凉。

不知道过了多久，道路变得有些窄，车子有些颠簸，速度渐渐慢了下来。

好不容易走过最不好走的一段路，开车的伤疤男踩了油门，正准备加速，突然前方有一道强烈的远光灯透过雾霾打了过来，晃得人睁不开眼睛。伤疤男骂了一句，刚准备按车喇叭，迎面而来的车子就撞上了面包车，发出砰的声响，随后宋青春感觉自己坐的这辆车剧烈震动了一下，熄了火。

车上安静了半分钟，坐在宋青春身边的人骂了一句脏话，落了车窗，朝外面暴躁地喊了一句："会不会开车！"

没有人回应。

"真邪气，别理他，我们有正事要办，走。"坐在宋青春前面的年轻男人说。

开车的人听到他的话，立刻发动车子。

而面包车面前停着的那辆车，猛地往后倒去，随后是一道长长的油门声响起。那辆车没等宋青春坐的车驶动，再一次狠狠地撞了上来。

面包车再次被撞得熄火。

司机一边骂骂咧咧，一边继续发动车子，而车子怎么也发动不了。

对面的车，车头被撞得变了形，车灯却还亮着一盏，宋青春依稀感觉那辆车很熟悉。

车门被推开，从里面下来一个人。

那人站在原地，盯着面包车看了约莫三十秒，反而往后退去，绕到后备厢，打开，从里面拎了一个类似铁棍的东西，才迈着步子朝面包车走来。

"这是怎么回事？"司机喊了一句，扭头看了一眼宋青春，"该不会是为了这个丫头来的吧？"

"你认识吗？"坐在宋青春身边的胖男人凶狠地转头，瞪着宋青春问。

"别废话，他只有一个人，我们三个人，怕什么？"每次都是宋青春前面坐着的年轻男子做决定，这一次也不例外。他略微停顿了片刻，转过头对宋青春身边的胖男人说，"我和你下去。"随后又对开车的人指了指宋青春，"你在车上看好她。"

年轻男子抽出一截一米长的木棍，推开车门，率先下车。

宋青春身边的胖男人紧随其后，先从兜里摸了一把十厘米长的匕首，把外面的鞘拔了下来，随手扔进车里，跟那个年轻男子一样，也抽出一根木棍，朝车头走去。

胖男人没关车门，宋青春可以清楚地听见车外的对话。

年轻男人最先开口："你是谁？为了车上的人来的？"

"把她放了……"

宋青春听到这声音，眼睛睁到最大。

是以南哥……他是发现了她留下的线索，知道她遇到了不测，一路追过来的吗？

"放了？开什么玩笑，你知道哥儿几个为了抓住她，费了大多劲吗？"这次开口的是胖子。

"你们有什么要求，尽管说，我会尽量满足你们。只要你们让她跟我回去，我会当什么都没发生过，绝对不会报警。"

秦以南话还没说完，便引得年轻男子嗤笑起来："我说兄弟，干我们这行的，这话真听多了。识相的话，还是趁早闪开，别蹚这浑水。"

车外安静了约莫十秒钟，秦以南温润的声音再次响起："这里有一张空白支票，数额你们随便填。"

"你少跟我拖延时间，谁知道你是不是报了警，或者找其他的救兵。一句话，给多少钱，车上都不会放那丫头，我们要的是她的命！"胖男人脾气暴，显然没兴趣跟秦以南纠缠，凶神恶煞地打断了他的话，"你再不走，别怪老子不客气，连你一起做了。"

胖子的话还没落定，突然有道惨叫声传来，随后就是胖子气急败坏的一句怒吼："你敢踢老子！"

宋青春耳边的声音一下子混乱起来，打斗声，叫骂声，痛呼声……此时外面场面一定很暴乱。

秦以南在部队里待过，身手不错。他本想在不伤人性命的情况下，让他们无法与自己为敌，然后将宋青春完好无损地带走。然而，在交手的过程中，他感觉这两个人也是练过的，出手又狠又快，招招直逼他的要害。

秦以南手臂险些被匕首刺伤，想都不想地挥着铁棍，敲向胖子的胳膊。随着胖子的惨叫和木棍落地声，那个年轻男子也被秦以南一棍子敲倒在地上。

车里的宋青春因为看不到外面的情况，格外担忧。

外面打起来的时候，她就开始往胖子那边开着的车门处移。

因为她的手脚被捆住，行动格外缓慢。她好不容易挪到车旁，刚准备下车，驾驶座的车门猛地被推开，被留在车上看着她的司机快速跳下车，一把扯了她的胳膊，将她硬生生从车上拽了下来：“给我住手！”

司机将宋青春推向车头，宋青春脚被绑着，随着他的力道，一下子摔倒在地上。下一秒，她的头发被人抓起，尖锐冰凉的刀尖抵到了她的脖子上：“再不住手，我就杀了她！”

秦以南看到这一幕，原本拎着棍子即将砸向胖子的动作猛地停了下来：“宋宋！”

“把你的铁棍扔下！”司机出声威胁。

宋青春嘴巴上贴着胶带，说不出话来，只能回视秦以南，朝他直摇头。

“宋宋！”秦以南知道她是不让自己扔铁棍的意思，也知道如果扔了，两个人很有可能都完了。他握紧铁棍，继续喊她的名字。

“扔下！”司机将刀尖朝宋青春的脖子用力压了压，一股鲜血流了下来。

秦以南没有半点犹豫，直接松手，将铁棍扔在地上。下一秒，原本因为疼痛蹲在地上的胖子立刻捡起棍子，狠狠地敲向秦以南的头。秦以南闷哼一声，面颊因为疼痛变得扭曲。大概过了半分钟，鲜血滴滴答答地流淌下来，随后他的后背又被胖子用力敲了一下。他身体晃了晃，跪倒在地。

胖子看他倒在地上，丝毫没有罢手的意思，直接抬起脚，暴躁无比地朝秦以南的身上踹去。他力道比常人大，动怒时力道更是惊人。秦以南头部受了伤，一时半会儿无从还手，只能护着脑袋，硬生生承受这些疼痛。不过几脚，他一时没忍住，嘴里喷出一口鲜血。

宋青春看着这一幕，人险些崩溃。她完全不顾脖子上的刀尖，拼命挣扎着，眼泪像是断了线的珍珠，一颗一颗往下砸。嘴上的胶带被泪水浸湿，翘起一角。

在她不经意蹭上司机的毛衣时，胶带竟被带了下来。宋青春哭着喊了一声“以南哥”，下一秒就朝司机的手腕咬去。钻心刺骨的疼让司机胳膊一抖，手里的刀落在地上。他想都不想地揪着宋青春的头发，暴戾无比地将她的脑袋朝车头用力掼去。后脑勺的疼痛让宋青春眼前一黑，险些晕过去，连带着咬住司机手腕的力道都有些松懈，仅存的意识让她固执地不肯松口。手腕上的疼让司机越发粗暴。他抓着宋青春的头发，将她的脑袋带离车子，又一次狠狠地掼了上去。

连续两次撞击，宋青春的视线变得模糊。她感到鼻子里有液体流下来，落到嘴边，泛着腥味。她模模糊糊地看到，不远处的秦以南已经昏了过去，躺在地上。而胖子似乎还没发泄完怒火，坐在他的身上，狠狠地挥着拳头，砸向他的脑袋，鲜红的血飞溅了胖子一脸。

她的脑袋第三次被司机掼向车子，令人无法忍受的疼痛还没传来，宋青春便觉得意识有些涣散。她这次没了感觉，只是轻轻地闷哼了一声。

司机捂着手腕，一边倒抽气，一边站起身，抬起脚，朝她的腹部踹来。她像是断了线的风筝，身子软绵绵地飞出去，重重落在地上。

她感到全身的骨骼像是断裂了，身体疼得不断发抖。司机捡起地上的匕首，朝她一步一步地走来。

他是要杀了她吗？她想，刀刺入骨血的时候，肯定很痛吧……黑暗覆盖了她的世界，在她彻底失去意识之前，隐约听见远处有车声传来，很熟悉，和每一晚她在苏之念的别墅，听到他开车回家时的声音一模一样。

是苏之念来了，还是她临死出现了幻听？宋青春很想睁开眼睛去看一看，可眼皮重得像是压了一座山，怎么都睁不开。很快，她陷入昏迷之中。

尽管通知了秦以南去找宋青春，苏之念仍旧觉得不放心。他在飞速赶往宋氏企业活动现场的路上，给秦以南又拨了电话。一路上，苏之念和秦以南的电话始终保持联系，行驶了将近两个小时，苏之念从秦以南的描述里，隐约知道了他们现在所处的位置。

他不知道自己狠命踩了多少次油门，终于隐约听到了秦以南的声音。因为距离很远，他听得不是特别真切。往前行驶了大概十分钟，他就听见一个阴狠的声音在耳边响起："你再不住手，我就一刀杀了她！"

"宋宋！"

是秦以南的声音……所以刚刚是对方要杀了宋青春？

车子如同一阵风，在空旷的公路上行驶而过。光亮越来越近，苏之念看清那是一盏车灯。他立刻开了远光灯，借着车头的强光，看清了前方的情形。一个人拿着匕首，快速刺向宋青春的心口。另一个人握着木棍，将尖锐一头对准秦以南的胸口，毫不留情地戳下。他一次只能控制一个人，如果救了宋青春，那么秦以南就会遇到危险……

车子已经逼到黄色面包车前。他猛力踩了紧急刹车，没等车子完全停稳，便推开车门，快速跳了下来，朝距离自己最近的胖子奔了过去。不远处握着匕首刺向宋青春心口的司机，动作突然顿了一下。下一秒，司机手腕一个翻转，朝自己的腹部狠狠地刺了上去。伴随着撕心裂肺的惨叫声，苏之念抬起腿，抡向胖子的脑袋，将他肥硕的身体踹飞出去近两米。

"谁踢老子……"胖子重重摔在地上，磕到脑袋，一阵眼冒金星，脏话刚骂到一半，忽然觉得胸口上一重。

胖子狠狠地摇了摇头，感觉大滴大滴的液体砸在了自己的脸上，泛着浓重的腥味。他抬起手，狠狠地抹开眼皮上的液体，才隐约看见有个男人居高临下地踩在自己的胸膛上。因为意识有些模糊，也因为男子恰好逆光，他看不清楚男子的长相，却看到男子腹部的血液，以肉眼可见的速度浸湿了自己的衣衫。他大口大口地吸着气，看起来格外虚弱，像是随时都会摔倒在地。即使如此，他周身透出的气息依旧冷冽，令人心颤。

胖子格外恐慌，颤抖着唇，刚问了两个字："你是……"男子突然抬起踩在他胸膛上的脚，狠狠地踹上了他的脑袋，将他踹昏过去。

原本惨烈的现场，瞬间寂静无声。一阵冷风吹来，夹杂着浓重的血腥味。

苏之念单手撑地，跪在地上良久，才颤抖着身体，慢慢站了起来。他咬着牙，吃力地走向宋青春，在距离她还有一米远的时候，人终于撑不住，摔倒在了地上。

他看了一眼司机，确定他已经彻底昏迷，才爬到宋青春身边，缓缓伸出被血染红的手，抚摸上她的脸。

车声越来越近，苏之念迷迷糊糊地睁开眼睛，隐约看到了远处有车灯靠近。他拼命想要凑近她的唇，亲吻她一下，可脑袋刚刚离地，再一次重重落回冰冷的地上。

好可惜，想给她一个告别的吻都给不了。

好可惜，我想要继续爱你，却无法爱下去。

好可惜……真的好可惜。

可是你知道吗？婷婷，爱你真的很好，很好，可是只能到这里了……

伴随着车轮摩擦地面发出的刺耳声音，开来的救护车的车门被打开。程青葱第一个从上面跳下来，直接奔到苏之念的面前，还没说话，眼泪簌簌落了下来："苏总，苏总，您怎么样了？"她一边哭，一边转身对着还没下车的夏医生喊，"夏医生，夏医生……"

"程秘书……"苏之念突然抬起手，按住程青葱的手。

程青葱转过头，看向苏之念。男子动了动唇，声音有些小。程青葱低下头，听见他虚弱地问："我在车上，对你嘱咐的那三件事，你还记得吗？"

程青葱点头，哭得更伤心。

"让夏医生给我打止血针，简单包扎一下伤口。你开我的车，现在立刻带我走，警察快要来了。"说完，苏之念递给程青葱一个感谢的眼神。

程青葱哭出声，她真的很不想按照他说的去做，可是这些年她跟着他，学会了很多东西，唯独没有学会拒绝他提出的要求。

苏之念被程青葱搀扶上车，程青葱发动车子，掉头离开。

离宋青春越来越远，苏之念感觉体内的力气在快速消失，眼皮开始下垂。他隐隐约约看到童年的他和举着棒棒糖的她走在喧哗的马路边，耳边仿佛响起她稚嫩的声音："哥哥说你是坏人，你就是坏人。"

第九章
只是一个骗局

宋青春觉得自己做了一个很长很长的梦，醒来以后，看着雪白的天花板，有一种恍如隔世的错觉。

周围很安静，楼道里偶尔传来很轻的脚步声。宋青春大脑空白，盯着天花板看了许久，缓缓地动了动眼珠，慢慢地转过头。

她怎么在输液？生病了吗？宋青春抬起右手，想要摸一摸脑袋，却发现自己的手被人紧紧地攥着。她眉心皱了皱，下意识转头看去，恰好看到宋孟华抬起头。

宋孟华盯着她，愣了愣，抬手在她眼前挥了挥，确定她的眼珠子在动，顿时激动地朝外面喊："醒了，醒了……"他快速站起身，拿了一旁的电话拨了出去。

紧接着洗手间的门被拉开，方柔湿着手跑了出来，看到睁眼的宋青春，立刻笑开："青春，你可算是醒了。你知不知道，你都昏睡三天四晚了，简直要把我跟爸爸吓死！"

三天四晚？她睡了这么久？宋青春反应有些迟钝，还没搞明白怎么个状况，就看到很多穿着白大褂的人走了进来。那些人围在她的身边，又是量血压，又是听心跳，甚至还有人扒开她的眼皮查看。

大概过了半个小时，那些人才散开。宋青春呼吸一顺，看见一个个子较高的男子摘下口罩，问了一句："你还记得你叫什么名字吗？"

宋青春皱了皱眉，看医生的表情不像开玩笑，沉默了片刻，回："宋青春。"

"那他是谁，你认识吗？"医生转身，指向一旁被方柔搀扶着的宋孟华。

宋青春动了动唇："我爸。"

"那这位呢？"医生改指方柔。

"大嫂。"

宋青春答完，医生才笑眯眯地转过头，对宋孟华和方柔说："宋小姐没什么大碍了，大脑并没有发现瘀血，也没出现失忆的情况。当时脑部受到撞击，她晕了过去，睡得久了一些，现在有点轻微脑震荡，只要好好休息，很快就会康复。"

她眉心皱了皱，血腥暴力的画面接连不断地蹦入脑海中。她记得昏迷之前，司机拿着刀子刺向她的胸口……宋青春刚想到这里，手就探向自己的左胸，没有疼痛传来。她顿了一下，不敢置信地继续按了好几下，才敢确信并没受伤。那把刀没有刺向她的身体。也就是说，在紧要关头，有人救了她。

救她的人……宋青春思绪顿了约莫两秒，眼底忽然一亮，难道是那个在背后偷偷关注她的人？

对，是他，肯定是他，只能是他。因为在这个世界上，只有他会在她最危险的时刻出现！如果她再撑一会儿，别昏迷那么早，是不是就能知道是谁了？

宋青春有些懊恼地抿了抿唇，垂下眼帘，忽然想起了秦以南，立刻转头朝宋孟华和方柔问："以南哥呢？"她亲眼看见胖子下手有多重，而且招招都是朝秦以南的要害去的。在她闭眼之前，还看到胖子高高举起棍子，朝他胸口刺去。

千钧一发的时刻，她获救了，那以南哥会不会……宋青春不敢继续往下想，声音发颤地追问了一遍："以南哥到底怎么样了？"

"以南那孩子比你伤得重，胸口肋骨断掉了一根，腿也骨折了。好在他在部队待过几年，身体素质比常人好很多，没有生命危险。不过伤筋动骨一百天，他至少要躺一个月了。"宋孟华说完秦以南的情况，忍不住埋怨了一句，“就是这样，以南也比你早醒来两天。”

宋青春听完，长长松了一口气，下意识伸出手，要去拔掉针头：“以南哥在哪个病房，我要去看他。”

“你躺着别动。”宋孟华伸出手，止住了她的动作，“以南就住在旁边的病房，你醒来之前，我刚去那边看过他。他吃了药睡下了，估计醒来就到晚上了。你那时候过去看他也不迟，现在先把吊针打完。”

如宋孟华所说，晚上七点钟，秦以南才醒来。

宋青春睡了好几天，身体有些发虚，其余一切都很好，特意去了秦以南的病房吃晚饭。比起她，秦以南狼狈许多，头上和胸上都是绷带，腿上打着石膏，脸上随处可以看到瘀青和大小不一的伤口。他的脸肿得很厉害，各种颜色混在一起，找不到半点平日里儒雅帅气的模样。

秦以南和从前一样，看到宋青春，微微一笑，只是脸伤得太重，显得恐怖。

“宋宋。”如果不是他的声音一如既往地温和，宋青春不敢相信眼前的人就是秦以南。

如果不是她，他也不会受这么多的苦……

“以南哥。”内疚如同潮水，瞬间席卷了宋青春。她费了很大的力气，让自己的情绪保持稳定，朝他走去。

靠得近了，宋青春才看清秦以南身上的伤有多触目惊心，几乎找不到一处完好的肌肤。宋青春心底越发难受，忍不住垂下脑袋，小声地说了一句：“以南哥，谢谢你。”

秦以南拍了拍一旁的位子，示意她坐，低声说：“傻丫头，谢什么谢，这都是我应该做的。”

纵使现在宋青春对秦以南已经没了男女之情，可听到他的话，想到他那晚奋不顾身地出现，看到自己遇险，毫不犹豫丢下武器，心底还是升起满满的感动。她眼底一热，充满愧疚地小声说：“对不起，以南哥，都是我不好，害你变成这样。”

“是我不好，我要是在宴会上一直跟着你，你也不会被人绑走了……”秦以南话说了一半，疼得倒抽一口冷气，大概是怕宋青春愧疚，很快将那口气硬生生压了下去，咬着牙关沉默了片刻，接着说，“……不过还好你没事，真要是出了什么意外，我都不知道该怎么面对宋承了。”

宋青春眼眶红了，心底又沉又软，声音哽咽，重复了一遍“对不起”三个字。

秦以南想要摸一摸她的脑袋，可手臂疼得抬不起来，便带着笑意转了话题：“好了，不说这些不愉快的，吃饭。”

吃完晚饭，宋青春坐在床边的椅子上，顺手从一旁的桌上拿了苹果和削皮器，问道：“以南哥，你胸口有受伤吗？”

“没有。”秦以南咬走宋青春递到嘴边的苹果，摇了摇头。

“可我在昏迷之前，有看到那个胖子拿着棍子戳向你的胸口……”宋青春眉心皱了起来。

“不应该啊，如果真的是你说的那样，我胸膛怎么没有伤口？”秦以南想了想，“会不会是你看错了？”

“不会。”宋青春晃了晃脑袋，语气十分肯定，“虽然我那会儿意识不清醒，但没有看错。”

“那……”秦以南疑惑了片刻，又想到一个可能，“那个胖子当时也受了伤，会不会是他突然昏倒了？”

“也不是……”宋青春继续晃脑袋，“而且司机还拿着刀子，刺向我的胸膛。”宋青春顿了大概三秒钟，继续说，“可是我跟你一样，胸口并没有受伤，所以我想，很有可能当时有人出现救了我们，更何况他们可是想要我的性命，我们两个昏迷后，他大可以一刀杀了我。”

秦以南眉心皱得厉害，听到这里，脱口而出：“难不成是他？”

“是谁？”

秦以南沉默不语，过了一会儿，否决了自己的想法：“那也不对。”

“以南哥，你说谁？”宋青春再次追问。

秦以南收回神思，盯着宋青春的眼睛：“苏之念。”

宋青春愣住，下意识捏紧了手中的牙签。

“我之所以能那么快发现你出事，是他给我打了电话，说你有危险，可还是晚了一步，最后，我是靠着你留下来的首饰追上了那辆车……”

“你说，是苏之念给你打的电话？”宋青春的手轻轻颤抖起来。

“是。”秦以南没发现宋青春的异样，点了点头，“而且，我追你的时候，苏之念还在城里。他距离我和那辆面包车有一百多公里，要追上是需要一定时间的，更何况北京城道路拥挤，出城耗费的时间很有可能比追赶上我们的还要多。就算我们真的被人救了，也不大可能是苏之念。根据你刚刚说的，我和你同时遇到危险，但都没事，正常来说，一个人只能救一个人，现在两个人都得救了，要么就是对方有超能力，要么就是来了两个人。”秦以南沉默了片刻，像是想起来什么，“宋宋，提起苏之念，有些事我不得不告诉你。这次多亏了他，是他先发现你有危险，也是他在电话里告诉我抄近路，我才能拦截那辆车。撞停车的方法，也是他告诉我的。”

“他告诉你的？”宋青春突然冒出一句疑问，过了片刻又问，“他在电话里告诉你，他在你追我的路上，也就是还在城里吗？会不会是你听错了？”

“不会……”秦以南摸出手机，在里面找了一段录音出来，放给宋青春听，“我当天拿着手机玩，恰好开了接通电话的自动录音功能。”

其实不是恰好，而是这些年来他一直有这样的习惯。是为唐暖养成的习惯，为了保留他和她之间的点点滴滴，他才开通了手机的录音功能。

真如秦以南所说，宋青春听到苏之念用一贯清冽的语气淡淡地说：“你去追他，我在城里，恐怕来不及。”

后面还有很长的对话，她却听不下去了。秦以南接下来再说了什么，她也没用心听，找了一个借口，回到病房。

时间还早，她装作不舒服，早早躺下了。背对着方柔和宋孟华，宋青春盯着漆黑的窗外，脑子里乱成一团。

怎么办？她再一次怀疑，苏之念就是那个她这些天来一直在找的人。只有时刻关注她的人才会知道她有危险。如果说上次她质问他的时候，巧合不够多，那么现在呢？

宋青春忍不住起身，下床拿了手机，正准备找苏之念的电话，手机叮咚一声，进来一条短信。宋青春略略扫一眼，认出是那个熟记于心的号码。她没有半点迟疑地点进去，他发来的消息还是那么简单干脆，寥寥可数的几个字。她在看清那些内容时，整个人像是被点了穴。

“最美不是爱上你，是遇见你。”

从初中到现在，她不知被多少人表白过。此时此刻，简单的几个字，狠狠地触动了她的心，甚至让她惊慌地弯下腰去。

她再次将手机拿到眼前，发现指尖竟然哆嗦得不像话。手机已经自动锁屏，她费了很大劲才解开锁，盯着那十一个字看了良久，缓缓地打了一句话。

“你是谁？你能不能回一下我的短信？”

和从前一样，发出去的短信如石沉大海。宋青春隐隐有些不安，觉得发生了什么大事。这种感觉让她很烦躁，闭着眼睛深吸了几口气，稍微平复了一下情绪。想到刚刚怀疑短信的主人是苏之念……宋青春立刻找了苏之念的电话拨出去。

“对不起，您拨打的电话已关机，请稍后再拨。”

宋青春蹙了蹙眉心，又打了苏之念别墅的座机号码，无人接听。宋青春烦躁的心情变得更加糟糕，频繁换着苏之念手机和家里座机的电话拨，最后就像是机械操作，然而始终没人接听。

宋青春本就没有伤到哪里，第二天一早在宋孟华的要求下，全面检查了身体，确定一切都好，就办理了出院手续。

接近傍晚，宋青春去了苏之念的别墅。和以前每天下班回来一样，她准备了清淡的四菜一汤。做好饭之后，她走出餐厅，开了电视，坐在沙发上等苏之念回家。

手机上的时间已经变成3月9号0点31分。

还有不到二十四个小时，她和苏之念的合约就到期了。

临睡之前，宋青春抱着试试的心态给苏之念拨了电话过去，仍是关机状态。

第二天他仍没有回来，电话仍然关机……

午夜钟声敲响，三月十号到来，按照合同上的约定，宋青春现在就可以收拾东西，立刻离开苏之念的别墅。

她坐在卧室落地窗前的太妃椅上，始终没有任何行动。夜色渐深，实在撑不住的她，窝在太妃椅上睡着了。

第三天，宋青春从清晨等到中午，又从中午等到太阳西斜，终于听见外面传来车声。她猛地将脑袋从抱枕上抬了起来，确定没有听错，下一秒从沙发上跳下来，匆匆跑去玄关，拉开了门。

开进院里的不是苏之念的车，而是一辆红色的奥迪。宋青春眉心微微皱起，看到车门被推开，程青葱从车上走了下来。

程青葱看了她一眼，甩上车门，踩着高跟鞋，朝门口走来。

宋青春回神："你来找苏之念？他人不——"

宋青春话还没说完，程青葱就打断了她："宋小姐……"过了好一会儿，她才扯出一个友好的微笑，"……是苏总派我来找您的。"

苏之念……宋青春心底隐隐猜到程青葱的目的，沉默了几秒钟，请程青葱进来。

宋青春示意程青葱坐，礼貌地询问："程小姐，要喝点什么吗？茶还是咖啡？"

"谢谢宋小姐，不用这么客气，我只有几句话要跟您说，说完就走。"程青葱带着商场上养成的官方微笑。

宋青春点点头，在沙发边站了一会儿，却没坐下，还是去餐厅倒了两杯温水过来，将其中一杯递给程青葱。

程青葱双手接过，说："谢谢。"然后看向宋青春，"宋小姐，苏总人在美国，暂且抽不开身，无法回来，所以特意打电话让我提醒您，他和您在去年签的那一份合约，今天已经到期了。"

"嗯。"宋青春垂了垂眼帘，轻应了一声说，"我知道。"

程青葱语气客气而疏离："车子已经给您准备好了，苏总希望您可以尽快搬离他的别墅。"

宋青春握着水杯，力道开始加大。程青葱暗暗咬牙，努力让笑容保持友善："宋小姐，请问您准备什么时候开始收拾东西？需要我帮忙吗？"

本来凌晨就可以走，之所以留到现在，就是为了见他，此时宋青春却觉得没有必要等下去了，或者是，没有理由等下去了。

她用力咬了咬下唇，将水杯放在桌子上，因为力道过猛，水飞溅出来，洒在地上。她完全顾不上拿纸巾擦干，匆匆站起身，丢了一句"我现在就去收拾东西"，然后朝楼梯走去。她恰好踩着地上的水，脚底一滑，人狼狈地摔倒在沙发上，腿磕碰在沙发的实木柱上，疼得眼泪一下子飙了出来。

她听见身后的程青葱站起身，关心地问她："宋小姐，您还好吗？"她没有回答，直接站起身，强忍着腿上的疼痛，匆匆跑上了楼，将卧室门狠狠地甩上。

宋青春根本不知道自己是怎样收拾完东西的，回过神来的时候，所有东西已经被她胡乱塞进了行李箱。来他家的时候只带了一箱子东西，没想到走的时候竟然装满了三个箱子。

宋青春用力拖着箱子下楼，看到程青葱还没走，也没理会她，只是低着头，从她面前走过，将箱子扔在门口，然后上楼，依次把另外两个箱子搬下来。

门口的鞋柜里放了好几双她的鞋，她找了一个袋子往里塞，剩下的几只怎么都塞不进去。

宋青春不知道自己在恼火什么，拉开屋门，不管不顾地将那些不成对的鞋子拎着，一股脑丢进了垃圾桶，然后将箱子搬到院门口。

如同程青葱说的，真的有辆黑色奥迪车停在院门口，开车的人她认识，是苏之念的司机。他见她出来，立刻下车，过来帮她拿行李。宋青春出声拒绝，司机愣了一下，下意识抬起头，看向跟在宋青春身后的程青葱。程青葱朝他摇了摇头，司机这才抽回手。

宋青春叫的出租车到了。她敲了敲副驾驶座的车门，示意出租车司机开后备厢，拒绝了苏之念的司机，一个人吃力地将行李放了进去。

宋青春打开后座车门，正准备坐上去，程青葱又喊："宋小姐……"

宋青春动作顿了一下，却没有转头去看程青葱。

"苏总还有一句话让我转告您。"

宋青春无动于衷地站着，身体却变得格外僵硬。

程青葱面带微笑，艰难地说："……苏总说，合约结束之后，他和您就没了任何关系，希望像之前一样，彼此互不相干，不要纠缠不清。"

纠缠不清？宋青春在原地站了五秒钟才回过神来，别说只言片语的回应，连一个眼神都没给程青葱，弯身坐进出租车，将门用力带上。

车子掉头，加速离开。宋青春终究没有忍住眼泪。他和她之间白纸黑字写得清清楚楚，只是一场交易。当初他明明对她说过的，一百天过后，他还她一个起死回生的宋氏，他和她之间重归互不相干的局面……是她太傻，因为他和她后来相处得好，就忘了他们关系的本质。只是她没想到，他比她干脆绝情……

宋青春抬起手捂住了眼睛，泪水从指缝里不断滑落。

第一人民医院。

程青葱乘坐电梯一路上了住院部三楼，敲响秦以南所在的病房门。

“进。”过了好一会儿，里面传来一道温和的男声。

程青葱知道宋青春的病房，也知道宋青春早在两天前就出了院，听到男声响起时，推开了门，朝里面望了望，眉心皱起。

病房里只有秦以南，正靠在床头看书。他本以为是护士，一直没抬头，发觉不对劲，才将视线从书上抬了起来，然后看到门口站着一个陌生的女人，语气平缓地询问：“请问，你是？”

“不好意思，我好像走错病房了。”程青葱回了一个歉意的微笑，一边关门，一边刻意将声音抬高，自言自语了一句，“奇怪，明明告诉我宋青春住的就是这个病房啊，怎么不对呢？”

秦以南抬起头，喊住正在关门的程青葱：“稍等……”

程青葱将脑袋探入病房。

“你刚刚说要找谁？”秦以南问。

“宋青春。”程青葱脸上浮现一丝期待，“先生，难道你认识宋青春？那能不能麻烦你告诉我，宋青春的病房在哪里？”

秦以南合上书：“她在两天前已经办理了出院手续。”

“啊？”程青葱装出吃惊的模样，“她有一样重要的东西落在我这里，我是专程给她送过来的……”

程青葱说着抬起头，看向秦以南问：“请问，你和宋青春是朋友吗？”

“我和宋宋从小一起长大。”

“那就是说，你们很熟？”

秦以南点头。

程青葱用商量的语气问：“那我能不能先把这个盒子放在你这里，回头麻烦你转交给宋青春，我等下要赶飞机，恐怕不能再去找她了。”

“可以。”秦以南点头应了下来，刚坐起身，看到自己打着石膏的腿，有些抱歉地递给程青葱一个笑容，“我行动不便，你能不能拿过来？”

“好啊。”程青葱灿烂一笑，抱着盒子走了进去，“那个，我可以问下你叫什么名字吗？等下我给宋青春打电话的时候，可以告诉她一声。

“秦以南。”

程青葱在迪奥的新品发布会上听过他的名字，只是后来忘了，她发现，他的名字让人很舒心。

“秦先生，很高兴认识你，我叫程青葱。”

眼看着即将走到床边，她突然崴了一下，身体一晃，手中的盒子飞了出去，不偏不倚地砸在秦以南的病床里侧。盒子盖摔开，散落乱七八糟的东西。程青葱手疾眼快地扶住一旁的桌子，稳住身体，对秦以南开口：“对不起，秦先生。”

“没事。”秦以南温和地朝程青葱笑笑，视线落向她的脚腕，“你的脚没事吧？”

程青葱摇了摇头，急忙走到床边，弯身收拾那些从盒子里散落的杂物。秦以南出手帮忙。都是些小女生珍藏的旧物，有小卡片，有贴纸，还有一个完好无损的小熊橡皮……

那些东西很快被秦以南和程青葱收拾了一大半，秦以南顺手拿起胳膊边的卡片，动作顿了顿。这卡片有些熟悉……

将最后一张卡片放入盒子里，程青葱盖上盖子，把盒子放在秦以南触手可及的床头柜上，便提出告别。

秦以南等程青葱离开病房后，视线才缓缓地落在盒子上。他知道，没有经过宋青春的允许，私自去看她的东西，是对她的不尊重。可是刚刚那几张卡片太熟悉了，就像是他的东西。

秦以南眼睛一眨不眨地盯着盒子良久，还是伸出手，将盒子打开，从一堆小碎物里翻出一张熟悉的卡片，看到上面青涩的字迹，顿时愣住。卡片上是他高中时代的字迹，那些诗句是他高中时写的。当时他在图书馆里借了一本徐志摩的书，在里面发现了一张卡片，顺手回了一首小诗，就那么一来一往，两个人借书传诗了将近一年。

可是，跟他借书传诗的人不是唐暖吗？怎么这些卡片全都在宋青春那里？秦以南蹙了蹙眉心，把里面的卡片仔仔细细地看了一遍。

他隐隐猜到了原因，握着卡片的手微微发抖。原来自始至终，一切都是一个骗局。青春懵懂的时期，那些触动他心底的婉转诗句，根本就不是唐暖写的。也就是说，他秦以南，这么多年来，含在嘴里怕化了、捧在掌心怕摔了、全心全意全力以赴深爱着的女孩，其实根本不是他最初为之心动的那个女孩。

秦以南盯着那些卡片，低低地笑出声，笑着笑着，他抬起手，遮住脸，晶莹的液体从指缝渗透出来。

重症病房。

房间里只有仪器发出的嘀嘀声响，程青葱看着昏迷的男子，唇角勾了勾，一如这些年她做好他吩咐的事后，来给他汇报："苏总，您吩咐我的事情，我都做好了。"

宋青春将自己从苏之念别墅带走的行李扔在宋家，没收拾就去了医院。她走进住院部的时候，和一个熟人恰巧碰了个正面。

程青葱真没料到这么巧，看到宋青春的时候，表情明显愣了一下，朝宋青春轻轻扯了一下唇角，主动打招呼："宋小姐。"

宋青春费了很大的力气，才让自己保持平稳的声音："程小姐。"说完，宋青春就绕开程青葱，朝住院部的大堂走去。

经过程青葱身边的时候，对方又开口喊了她的名字："宋小姐，你有样东西落在了苏总的别墅，我刚刚收拾的时候发现挺珍贵的，苏总让我给你送来，不过我到了才知道你已经出院了，我放在了你的朋友秦以南先生那里……"

宋青春狠狠咬着下唇，努力稳着开始发颤的身体，过了好一会儿，才回了五个字："知道了，谢谢。"然后没有任何停留地离开。

秦以南是为了宋青春才受这么严重的伤，纵使她现在心情再糟，面对秦以南的时候，还是努力让自己看起来很快乐。倒是秦以南像有心事，从她进病房到给他削完水果，自始至终没说两句话。

离开之前，宋青春想到程青葱在住院部门口跟自己说的话，又问了一句："以南哥，有个叫程青葱的小姐，是不是在你这里放了一样我的东西？"

秦以南点点头，心不在焉地指了指床头柜上的盒子。宋青春这才注意到，那可是她曾经的宝贝，几乎时时刻刻挂念着，可是今天她来这里好几个小时，竟然都没留意到。

宋青春抱起盒子，对秦以南说了再见，就拿着包朝门口走去。

他看着她怀中抱着的盒子，突然喊了她的名字："宋宋——"

宋青春侧头。秦以南一副欲言又止的模样，动了动唇，朝她温和地笑了笑："回家路上慢点，到家记得给我发个短信。"

"知道了。"宋青春腾出一只手朝秦以南挥了挥，关门离开。

北京的春天无比短暂。五一长假过后，温度骤然转高，已经有了夏季的影子。大街上爱美的女孩都换上了清爽的裙子。

宋青春下午约了当红男歌星在三里屯的一家私人咖啡厅做采访。那男歌星情商很高，采访很顺利。原本预计两个小时，结果用了一个小时就搞定。

宋青春从咖啡厅里出来，恰是下午三点。她看了一眼天空，云卷云舒，阳光明媚，让人的心情好了许多。

她突然不想回公司，将车子停在公园门口。刚准备下车去公园里坐坐，透过车窗，她看到公园门口，有个穿着白色短袖衬衣的男孩，举着粉色棉花糖，朝穿着鹅黄色短裙的女孩走去。之后女孩接过棉花糖，笑容灿烂。

那样美好的画面，多像曾经的他和她。明明那个时候很好啊，怎么一个转身，他和她就变成了陌路人？

宋青春本想散散心，瞬间兴致消散，神情黯然地在车里坐了许久，直到远处卖棉花糖的人经过她的车旁，她才呆呆伸出手，落了车窗，语气干涩地问："你好，请问多少钱一支？"

"十元。"

宋青春垂了垂眼帘，从钱包里抽了一张五十的钞票递出去。卖家给她一支棉花糖，找钱的时候，她才说："我要两支。"

宋青春关了车窗，一手举着一支棉花糖继续傻坐在驾驶座上。不知道过了多久，手中的棉花糖融化，糖液沿着木棍流到她的手上，她才清醒过来。她低下头，咬了一口变形的棉花糖，明明是甜的，她却觉得苦涩得难以下咽，然后反应过来，自己竟然又一次被苏之念影响了情绪。

好糟糕……都过去六十天了，她怎么还是会想他?

正想着，手机响了起来。看了一眼来电显示上的名字，宋青春迟疑地按了接听键，将手机搁在耳边："爸。"

"青春啊……"宋孟华大概又在跟朋友下棋，喊她名字的时候，周围夹杂着"马""炮""走这里"的喧哗声，"……你今晚有时间吗?"

宋青春拒绝："我今晚要加……"

"什么?你说什么?我听不大清楚……"宋孟华突然提高了声音，打断她的话，"青春啊，可能是你孙伯伯家里信号不好，你能听见我说话吗?你好久没陪爸爸吃饭了，今晚你来金源，陪爸爸吃晚饭，就这么说定了啊，挂了……"

"喂，爸——"宋青春急忙出声，然而宋孟华没给她半点机会，无情地将手机挂断。

宋青春听着嘟嘟嘟的忙音，愤恨地将电话给宋孟华拨了回去，里面的女声提醒她对方已关机。

真是的，又来这招!宋青春懊恼地将手机丢在副驾驶座上，一边抬起手揉了揉泛疼的眉心，一边忍不住小声道："什么叫好久没有陪他吃饭了?几乎天天陪好不好?说什么陪吃顿饭，明明是先斩后奏的相亲宴。"是的，相亲宴。

自打两个月前她出事后，宋孟华变得格外小心，甚至还请了两个保镖，二十四小时交替跟着她。

后来，警局来找他们汇报情况，那一晚绑架她的三个人里，司机因为刀入腹中，失血过多身亡。最年轻的男子昏厥得早，醒来之后一问三不知。而那个胖子昏迷了将近一个月才醒来，像是受到什么惊吓，神志不清，但从他颠三倒四的话语里，警察还是得出了一些线索，知道那天还出现过一个人，救了她和秦以南。至于那个人是谁，警方查过，但也没给出结果。

不过，警方派人来找她询问情况的时候，转交给她一个透明塑料袋，里面放着一颗金色的纽扣。警方告诉她，那枚纽扣是从案发现场找到的，看起来很贵重，因为不是三个歹徒的，只能是跟她相关的人佩戴的，所以便交给她保管。

那是一枚男式纽扣，应该是从衬衣上掉下来的，款式简单大气。她特意问秦以南纽扣是不是他的，当她听到“不是”两个字时，心里狠狠地激动了一把。不是秦以南的，也不是那三个歹徒的，说明只能是救她的那个人的……

这枚纽扣是她仅有的关于那个人的线索，她怕弄丢，特意将纽扣穿了一条红绳，日夜不离身地挂在脖子上。

宋孟华的晚饭，定在晚上七点半。宋青春经过TW电台大楼，看时间还早，先回了一趟公司，把采访资料交给助理整理。

她六点半从公司出发，一个小时足够赶到金源。只是天有不测风云，还没过十分钟，天气骤变，电闪雷鸣，下起大雨，导致前方道路出现好几起事故。她被迫在主路上停了一个小时，动弹不得。等到她赶到金源的时候，已经将近八点半。

宋青春匆匆进了包厢，看到里面只有宋孟华一人。

难道她猜错了？今天真的只是单纯吃饭，不是相亲？正在宋青春纳闷之际，宋孟华突然把脸一垮，从座位上站了起来，理都没理她，直接对一旁的司机说：“回家！”

“爸……”宋青春一脸无辜地朝宋孟华噘嘴，刚想解释，宋孟华没好气地哼了一声，迈步从她身边走了出去。

倒是司机在宋孟华走出包厢后，对着宋青春小声地说了一句：“大小姐，回家好好哄哄老先生吧。他给你介绍的是个从国外留学回来的高才生，背景很厉害，好像是什么院领导的儿子。结果等了你一个小时，都没等到，气得转身离开了，说老先生没诚意，让老先生好没面子。”

门外突然传来宋孟华重重的咳嗽声，司机吓得连忙闭上嘴，对着宋青春摆了摆手，快速离开。

从金源的地下停车场出来，宋青春发现下起了淅淅沥沥的小雨。

将近十点钟，路况仍旧有些拥堵，宋青春随着车流时开时停。雾气越来越重，路也不太好走，一个恍神，宋青春踩到了刹车，车子猛地停了下来，然后车身一震，被追尾了……宋青春的脑袋重重磕上了方向盘。她稳了稳心神，透过后视镜看额头上的伤口，看到后面车子驾驶座的车门被推开。

她关上车门，朝身后的车子走了还没两步，看到一个熟人从副驾驶座上下来。她一愣，停了下来，下意识转头，透过挡风玻璃朝车里看去。

隔着蒙蒙细雨，借着路边灯光，她看到了一张熟悉俊美的面孔，深邃的眼睛，挺拔的鼻梁，线条完美的下颌……

和从前一样，他穿了一件纯黑色的西装，里面是雪白的衬衣，黑白两色搭在他身上，显得格外卓越。尽管他只是坐在车里，不言不语、不笑不怒，她还是感到熟悉入骨的矜贵之气迎面扑来。

她还没将他打量完，他似乎察觉到了什么，原本垂着的眼帘突然掀开，漆黑的眼眸对上了她的眼睛。宋青春身体僵硬如石，一动不动地站在风雨中，和他隔着一层挡风玻璃，静静对视着。

短短数月，再度见他，她心底生出恍惚感。甚至有那么一瞬，她以为自己出现了幻觉，用力掐了掐手心，直到尖锐的疼痛蔓延到心底，她才意识到这不是一场梦。

她看见苏之念伸出手，敲了敲车窗，从副驾驶座上下车的程青葱，语气恭敬地对车里的人说："苏总。"

他说的话她听不大真切，依稀能感觉他声音里特有的清冽。

程青葱很快就点着头，站直了身体，踩着高跟鞋，朝她走来。

程青葱站在宋青春身前约莫半米远的地方停下，脸上挂着礼貌的微笑："宋小姐，您好。"

车内的苏之念没再看她一眼，她眼睛一眨不眨地盯着他，直到程青葱的声音响起，才轻轻点了点头，视线缓缓地落到程青葱的脸上，声音有些干涩："好久不见，程小姐。"

"好久不见。"程青葱又回给她找不到任何破绽的微笑，"宋小姐，苏总让我问问你，这场交通事故是私下解决还是叫交警过来？"

宋青春回神，扯了扯唇角，说："不用了。"虽然追尾是后面那辆车的全责，但是导致这次追尾事件的却是她。是她开车走了神，误把刹车当油门。

"这个……"程青葱似是为难，转身回到车旁，低下头，不知道跟苏之念说了什么，苏之念递给程青葱一样东西，程青葱走回宋青春的面前，"苏总说，追尾是他的责任，他应该给宋小姐赔偿，而且宋小姐额头还受了伤。苏总说如果你需要，让我陪你去医院，如果不需要，这是苏总的意思——"说着，程青葱将刚刚从苏之念手中接过的东西递给宋青春。

宋青春这才看清，那是一张支票，上面只签了苏之念的名字，并没有写金额。

宋青春看着那张空白支票，面色苍白，下意识握紧拳头，低下了头。她清楚地感觉到，丝丝凉意从骨髓深处渗出来，连带着额头上的伤，疼痛加剧。

宋青春掐紧掌心，不让自己有一丝一毫的失态。她深吸了一口气，将心底起伏的情绪压了下去，然后抬起头，朝程青葱艰难地说："我没事，我的车子也没事，所以真的不需要赔偿。"

"那我陪你去医院？"程青葱用商量的语气问。

宋青春这次反应很快，几乎是在她话音落定的刹那，狠狠地摇了摇头："不用。"

程青葱再次说："宋小姐，我给你一张名片，你去修车的时候可以联系我，走苏总这辆车的保险。"

这大概也是苏之念的意思。

程青葱将自己的名片卡到车窗上，朝宋青春笑了一下，礼貌道别："宋小姐，如果没什么事，我们就先离开了。"

程青葱在原地等了半分钟，看到宋青春没说话，微笑着说了一句再见，转身走开。

随着车门被关上，苏之念的车子重新启动。借着夜晚璀璨的霓虹灯，他冷峻的侧脸，被她看得更清楚了些。和她记忆里一模一样。明明近在咫尺，却犹如隔了天涯。

车子慢慢地行驶着，他的脸从她的眼底一点一点消失。她的视线停留在他身上，他终究没有再看她一眼。

雨突然大了起来，密密麻麻砸向地面。宋青春身上的衣服很快湿透，长发滴着水。宋青春本想回家，可沿着主路跑了一圈又一圈，总是忘记出去，好不容易记得出去时，又出错了路口。

那恰是北京夜场聚集的地方，自从她高中时在夜场里闹出事，宋孟华就禁止她来这种鱼龙混杂的地方，不过宋承在的时候，倒是偷偷带她来过一两次。

五光十色的霓虹灯，闪得宋青春眼花缭乱。她找了半天，也没找出哪家夜场自己以前来过，最后随便朝着一家鬼使神差地开了过去。

宋青春从车上下来的时候，门童看到她被雨水淋湿的狼狈样，明显一愣。他在这里这么多年，来这里的客人哪个不是精心装扮过的，这样邋遢的他还是第一次见，而且额头上还顶着伤。

不过，门童看到宋青春手腕上的限量版香奈儿手镯时，很快把愣怔收了起来，一脸恭敬地帮宋青春停好车，领着她走了进去。

此时已经晚上十一点半，正是夜场最热闹的时刻。大堂里DJ音乐震耳欲聋，迷离的灯红酒绿下，不少男男女女聚在舞池里，贴身热舞。

宋青春选了一个位置很好的卡座，正前方恰好是演播大厅。侍者告诉她，十二点整会有人登台表演节目。

卡座是套票，五位数，当然也包括一瓶洋酒、一瓶红酒、一打啤酒、一个大果盘，还有各类干果，足足一大桌子。宋青春直接让侍者把所有的酒都打开，然后端着沉重的水晶杯，给自己倒了满满一大杯啤酒，像是喝白开水一样，咕咚咕咚一气喝干。因为灌得太猛，一不小心呛到，她弯下身咳嗽，咳到最后，眼泪飙了出来。

真糟糕，怎么这一次，她变得这么拖泥带水，割舍不下呢？最初，他和她走在一起，结局就已经写好，她没有理由怪他，是她不想互不相干。原来，世界上最痛的事不是生离死别，而是他已经风轻云淡，而她还在念念不忘。

宋青春终于没忍住，在酒劲的驱使下，顾不上周围的人，趴在桌子上，呜呜哭了起来。她一个人哭了许久，渐渐有些迷糊起来。她面前经过了好几个人，有男有女，只有一个穿着黑色西装的人在她的桌前停下脚步。男子站在原地，盯着她片刻，绕过桌子，走到她的身边坐下。他先将她手中握着的酒瓶抽走，轻轻放在一旁，然后抓住她的肩膀，将她拥入了怀中。

周围人声鼎沸，光线偏暗的卡座上，他安静无声地抱着她，她靠在他的怀里轻轻颤动，惹得他抬起手，拍了拍她的后背。

过了许久，他才将她从怀中拉出来。他低下头，看到她哭得眼睛鼻子都红了，脸上挂满泪水，长长的睫毛黏在一起，模样要多可怜有多可怜。他叹息了一声，像是无奈，又像是心疼，然后抬起双手，捧住她的脸，用手指将她脸上的泪水和鼻涕小心地擦干。那双手骨节分明，一下一下的动作让人感到一种细腻的呵护。

他的指尖落在她额头的伤口上，动作轻柔地检查了一下，确定没什么大碍，便从兜里掏出一张酒精湿巾，给她的伤口消毒，顺势还将伤口周围已经干涸的血迹擦得一干二净。

他的手落在她的脑袋上，放了许久，才低头在她的眉心印了一个浅淡的吻，然后松开她，站起身，从她的包里摸出手机，发了一条短信：我在MIX，喝了酒，你能来接我吗？

等短信发送成功，他又将手机放回包里，转身离开。

秦以南接到宋青春短信的时候，正在公司里加夜班，处理一件紧急事情。他看到她的短信，眉心皱了一下，一边收拾东西，一边对搭档说抱歉，然后匆匆离开了公司。

他的公司距离MIX有些远，夜里不堵车，他行驶了将近四十分钟才赶到。

凌晨一点的MIX，正是最热闹的时刻，里面挤满各式各样的人。他不知道宋青春坐在哪里，给她打了好几个电话，没人接听，他只好挨处找，最后终于在正中间的卡座上发现了沉睡的她。

他看着一桌子的空酒瓶，脸色有些难看。走上前，他检查了一下她的衣衫，很完整，没有被欺负过的迹象，他暗松了一口气，然后拍了拍她的脸，看她没有醒来的意思，就将她的东西收拾了一下，招呼服务员结账，然后抱着她离开了MIX。

雨后的深夜微凉，秦以南怕宋青春感冒，将自己的外套脱下来裹在她的身上。他始终没有注意到，在他身后约莫五米处，站着一个穿着金色亮片紧身衣的女子。她目不转睛地看着他抱宋青春上了车，替她系好安全带，帮她披了一条毯子，然后他也上了那辆她再熟悉不过的车子。

车子还没驶离，就有人喊了一句："唐暖？你愣在那里干什么？快点进去啦！"

"哦，来了。"唐暖回神，继续盯着自己坐过很多次的车子看了一会儿，走进了MIX。走了没两步，她又转头，隔着旋转门，看向正在掉头的车子。

"唐暖，你怎么又停下了？"

被催促的唐暖，急忙转身，快步踏进了电梯。

车子上了主路，很快消失不见。不远处有抹身影从路灯后走出来。苏之念那张俊美的脸，也从模糊变得清晰。

醉得不省人事的宋青春，第二天醒来，顶着宿醉的头疼，免不了被宋孟华一阵训斥。

以前宋承在的时候，她还有保护伞。现在大嫂方柔不敢忤逆宋孟华，宋青春一直被他念叨到秦以南出现在宋家，才善罢甘休。

今天是周末，不上班，秦以南过来就是想看看烂醉的宋青春好些没。

秦以南进门之前，方柔悄悄告诉他，宋青春正在挨骂。

小的时候，他没少把宋青春从宋孟华的魔爪中拯救出来，所以他在跟宋孟华问过好后，就朝宋青春说："不是说要让我陪着你逛街吗？"

醉酒后的宋青春，反应也跟着慢了半拍，一时半会儿没懂秦以南的意思，一脸纳闷地朝他眨了眨眼睛，回了一句："什么？"

宋孟华斥责："什么个什么？还不快去收拾，你想让以南等你多久！"

宋青春嘟了嘟嘴，转身上楼去换衣服。

从楼上下来的时候，宋孟华亲自把她和秦以南送出门，走之前，宋孟华盯着秦以南上上下下打量了好几遍，眼底都是满意。宋青春被宋孟华的模样搞起了一身鸡皮疙瘩，不过直觉并没有告诉她，宋孟华到底打的什么不好的主意。

宋孟华的确打了主意，但并不是不好的主意。昨晚，秦以南抱宋青春回家的时候，用人和方柔都睡了，他半夜起床喝水，恰好看到秦以南在照顾宋青春，那叫一个无微不至。他当时看着那一幕，突然觉得，自己最近这阵子拼了命想给宋青春找个良人，却忘了他们身边就有一个现成的、知根知底的。宋孟华越想越觉得秦以南靠谱，是个值得宋青春托付终身的好男人。

他笑眯眯地看着秦以南和宋青春离开，还对老管家问了一句："你觉得以南这孩子怎么样？"

"秦少爷脾气好，稳重，是个好男人。"老管家回。

宋孟华连连点头，笑得更开心。

老管家以前是宋孟华的贴身助理，后来在宋孟华将宋氏企业交给宋承后，也跟着退了休。老管家跟了宋孟华这么多年，对他的一举一动再了解不过，看他笑，也跟着笑，过了片刻，压低了声音问："老先生，这是想让大小姐嫁给秦少爷？”

“真是什么都瞒不住你。”宋孟华顿了片刻，“你觉得合适吗？”

“大小姐和秦少爷郎才女貌，金童玉女，再般配不过。”老管家说。

宋孟华心底也是这么想的，呵呵地笑出声，随后摇着头，叹息着说：“这种事情，不是我想就能成的。青春那孩子，完全没结婚的意思啊。”

“其实大小姐还小，老先生不用这么着急。”

宋孟华听完这话，心情变得沉重起来：“怎么能不着急，阿承那孩子已经不在了，我真怕她也不在。两个月前的事，我现在想起来都心有余悸，后怕得厉害。”宋孟华重重叹了一口气，“到现在，想要杀她的人都没抓到。我年纪大了，保护不了她，早知道她在宋家会惹上这种烂事，当初就不该把她抱回家收养，真是害了她。”

“老先生，”老管家突然出声，打断了宋孟华，“当年不是说好了，绝对不提大小姐的身世？大小姐就是宋家的孩子，我们都辛苦隐瞒二十多年了，您这么一说，被谁听去了，告诉大小姐了怎么办？”

宋孟华低低地笑了两声，念了一句老糊涂了，示意老管家扶自己进屋。

那天的追尾事件，仿佛小到不能再小的插曲，没有掀起任何波澜。

不过后来，宋青春还是见到了苏之念。

那一天，她工作很忙，上午刚开完会，午餐随便拿了一个面包，就和助理急匆匆地开车赶去东郊的高尔夫球场，采访一个刚在国外拿了大奖回来的影帝。

那一天，天气格外好，天蓝云白，阳光明媚，空气宛如静止，连微风都没有。

她到的时候，影帝恰好也到了，距离约定采访的时间还有十分钟，不过还是提前开始了。结束的时候，比预估的时间还早了二十五分钟，宋青春提议影帝去拍一些小视频。

这位影帝连续拿过好几年的大奖，却没有半点架子，为人随和。听到宋青春的要求，直接让自己的经纪人找了一身运动装换上，十分耐心地配合宋青春的建议，拍了几段小视频。

在高尔夫球场上拍完最后一段视频，宋青春和影帝握手道别。

她和助理踩着柔软的草坪朝停车场走去，一个高尔夫球飞到了她的脚下。她停了一下脚步，弯身把高尔夫球捡起，面前传来一个声音：“宋青春？”

她疑惑地抬起头，看到穿着一身黑色运动装的唐诺，拿着高尔夫球杆站在她面前约莫两米远处。

“真的是你啊。”唐诺迈着步子走过来，拿起脖子上挂着的毛巾，擦了擦额头上的汗，“好巧。”

宋青春扬了扬手中的高尔夫球：“你的？”

唐诺应了一声：“刚刚闹着玩，不小心力道大了，飞远了……”

宋青春抿唇笑了一下，刚把高尔夫球递给唐诺，就听见不远处传来熟悉的清冷声音：“找到球了吗？”

宋青春指尖本能地轻颤一下，高尔夫球险些落在地上。她勉强稳住力道，慢慢把球交到唐诺的手心，才转头朝声源处望去。

这次是白天，她看得更清楚了些。他穿了一身跟唐诺同样款式的运动装，不过是白色的。他手中没有拿任何东西，悠闲地插在口袋里，头上顶着一顶棒球帽。这样的打扮衬得他年轻又有朝气。

他还是面无表情的样子，眉眼清冷。在阳光的照射下，他偏白的皮肤看起来宛若没有瑕疵的白玉。他似是瘦了一些，下巴显尖，仍旧好看得惊心动魄。

唐诺将球在掌心里转了两圈，回了苏之念：“找到了，还偶遇了一个熟人。”说着，唐诺朝宋青春抬了抬下巴。

苏之念将视线从唐诺的身上缓慢拉到了宋青春的身上。宋青春看着他转头的动作，吞咽了一口唾沫，握紧了手。当他视线瞟到她头顶时，她的心跳跟着微微顿了顿，眼皮垂了下去，约莫过了三秒，她又重新对上他的视线。

上次他坐在车里，隔着玻璃，又是夜晚，她一直没看清他的眼神。这次，她彻底看清楚了。他的眼底没有任何情绪，冷漠得像看一个无关紧要的人。

是不是上次，他也是用这样的眼神，坐在车里冷冷地看着她？宋青春感觉心底有细碎的疼痛爬了上来。

他不开口，她也不开口，静默缠绕在两人之间，气氛变得有些凝滞。宋青春的助理一脸茫然地站在一旁，看看这个，又看看那个，最后望向唐诺。唐诺也是一脸纳闷。明明宋青春都住进他的家里了，怎么见了面这么冷淡？难不成闹矛盾了？

唐诺眼珠转了转，笑眯眯地对宋青春做出邀请：“青春，要不要跟我们一起玩？”

宋青春没出声，望了一眼唐诺，又望了一眼苏之念，还没说话，苏之念冷漠的视线从她的身上抽离，对唐诺来了一句：“走了。”然后率先转身，迈步离去。

其实宋青春也想摇头拒绝，可没想到苏之念连拒绝的机会都不给她。

唐诺早就知道苏之念喜欢宋青春，他是想帮忙，可怎么好像越帮越忙？唐诺抬起手蹭了蹭鼻子，递给宋青春一个不好意思的笑：“那个……”只说了两个字，唐诺就顿了下来，好像怎么安慰都很伤人啊。

好在宋青春稳定了情绪：“我还有事，就先走了。”

唐诺立刻配合地点头，说：“好，改天请你吃饭。”

宋青春笑了笑，没说好也没说不好，道了一声再见，和助理一同离开。

唐诺三两步追上苏之念：“我说你刚刚到底怎么了？就算闹了矛盾，也不至于这么较真吧？”

苏之念没说话，加快了脚步，甩开唐诺。

唐诺小跑了两步追上：“两个人在一起闹点矛盾很正常，正常情况下，都是男人先低头……”

苏之念加快速度，唐诺也跟着加快速度：“你说我刚刚不都帮你找台阶下了吗？你保持沉默不就行了？到时候我说动宋青春，她来跟我们打高尔夫球，然后大家吃个饭，再然后你就可以单独带她离开了。夜深人静，孤男寡女，激情燃烧，所有的矛盾都不是矛盾……”唐诺越说越觉得这个想法好，还不忘夸赞自己一下，“我简直就是一个神助攻……”

苏之念突然停下脚步，语气冷得像是结了冰：“我和她已经没有半点关系了！”

唐诺先是一阵错愕，然后盯着苏之念看了两眼，男子眉眼冷峻，不像说笑的样子。唐诺沉默了片刻，语气也变得认真了许多：“怎么了？”

苏之念没说话，转身继续往前走。唐诺看得出来，苏之念这是不想说的意思，便识趣地闭了嘴。

那日高尔夫球场一别，宋青春的日子过得更加枯燥无味。

不知是不是前段日子过得跟电影一样，又是绑架又是落水又是被刺杀，太过惊险刺激，宋青春这几天的日子，简直就像一潭死水，没有半点波澜，几乎每天重复着前一天的事情，起床、吃饭、上班、下班、回家、睡觉……

那天是周五，部门同事聚餐。结束后，宋青春开车回家，恰好经过一家商场，忽然想起家里的面霜刚好用完，就转着方向盘拐进商场的地下停车场。

她运气蛮好，赶上了最后一天打折。那牌子的化妆品这些年她一直在用，效果不错，所以把其他没用完的也带了一份，核算下来，等同六点五折。

服务员开好单，宋青春排队结账的时候，从拎着的包里翻了半天，也没翻出钱包。她以为钱包落在了车上，于是对服务员说了一句抱歉，匆匆跑去停车场。连后备厢也没放过，最后仍是没找到钱包。她后知后觉地想起，昨天回家，她临时需要胶水，出门买之前带了钱包，回来时将钱包随手扔在化妆台上，今早起得晚，赶去上班的时候，忘记把钱包装进包里了。

没带钱，东西怎么买？商场距离宋家还有很长的一段路，如果她回家拿了钱包再回来，商场怕是要打烊了。不过这里距离秦以南的住所不远，就算他现在没下班，从他公司过来，也不过二十分钟的事。宋青春想了想，决定找秦以南帮她付款。

她拿出手机，在微信上输入“以南哥”三个字，顺手点了出来的第一个人名，然后快速敲打了一段内容发过去：“我在华贸这边的商场，忘记带钱包，但是要买点东西，你在家还是在公司？如果方便，过来帮我付个款！”接着宋青春又发了一句，“我真的有急用，今晚就要用的。”接着，她在后面附了几个卖萌的表情。

苏之念重伤初愈后一直很忙，忙得他有借口让自己不去过多牵挂那个女人。即使这样，他还是有意无意地去见过她几次。不过那几次里，她并没有见到他。

一次是下班的时候，他在纷乱的声音里听到了她的声音，在大马路上转了好久，终于找到她的车子。他跟在她的车后，慢慢悠悠地绕了半个北京城。

一次是他从金陵出来，恰好看到她上了秦以南的车。他一个人站在马路边走了许久的神，想起前两天他在金陵寄来的单子上签过字，原来她真有拿他拐弯抹角送的那张永久免单卡来这里吃饭。

还有一次是他下班回家，经过TW电台楼下，竟然听见她加班和人讨论工作的声音。

他将车停稳，下车靠在车门上，仰头盯着她所在的那一层办公室的灯看了许久。直到十二点，他隔着宽阔的马路，借着迷离的夜灯，看到她从TW电台出来。

那天她没开车，站在路边拦了一辆出租车。他情不自禁上了车，掉头跟上她坐的那辆出租车，然后想起那天是周三，她车子限行的日子。

他一路跟她到了宋家门口，看着她进屋，等着她房间的灯亮起，都没离开。他坐在车里，听着她房里各式各样的细碎声响，那一瞬，心情变得格外安宁，恍惚之间……回到了她住在他家里的那段日子，即使不交流，听见她的声音就很好。

哦，对了……高尔夫球场他和她撞见，真的是一场意外。

那一日，阳光很好，她穿了一件嫩绿色的连衣裙，肌肤似雪，貌美纯净，看得他怦然心动。

从丽江回来后，他的身体并没有完全康复。夏医生每隔两天会来家里给他做一次检查，当然药也一直没停。

大概因为最近工作有些累，也可能是那晚在宋家外待了一整夜的原因，第二天下午，他的身体开始不舒服，晚上发低烧。他没太在意，在夏医生来给他检查的时候，经过他的允许，吃了两粒退烧药。

原本已经好了，谁知今天又隐隐感觉不舒服。

晚上参加了一个重要的饭局，饭后章总邀大家打牌，他头疼得厉害，驱车离开。他本想去就近的公寓住，可最后还是开到了她曾住过的别墅。

过了大概半个小时，他的脑袋开始发烫。他迷迷糊糊地撑着难受的身体，下楼给自己倒了一杯水，吞了一粒夏医生前几天给的退烧药。

回到楼上，他去了一趟洗手间，出来刚准备躺下，枕边的手机就叮咚叮咚连响了三声。他拿起手机，想调成静音，却看到屏幕上有她的名字。他指尖轻颤了一下，在静音键上停留了许久，最终还是挪到了HOME键，解锁，点了进去。

她发来三条消息。

苏之念脑海里蹦出的第一个念头，是宋青春手机丢了，他遇到了骗子，可随后又觉得不对，若是真丢了手机，何必骗他大半夜跑一趟商场？

所以，是发错消息了吗？大概是发给别人的，结果误发到他这里来了吧。想了想，苏之念觉得这个猜测最可靠。

不过她是发给谁的？秦以南？

苏之念甩了甩脑袋。他见过她的那几面里，秦以南时常在她旁边陪着，从他们的对话里，他也听得出两个人相处得很好。如他当初所希望的，秦以南对她很照顾，也没再和唐暖纠缠不清。

她喜欢秦以南那么多年，即使后来被他伤透了心，可终究那是她真心喜欢过的人。所以在这个世界上，她最想要共度余生的人肯定也是秦以南吧。

苏之念盯着手机犹豫起来，考虑是回一句“发错了？”还是直接冷处理。

犹豫到最后，他将手机扔在一旁，倒在了床上。

双手枕在脑后，盯着天花板，他可以清楚地感到自己身体的温度越来越高。

他从自己心底读到了一种冲动，努力地跟那个冲动抗衡，拿起手机又放下，站起身走了两步又躺下，眉心皱起又舒展……如此反复了不知道多少遍，最后还是推开更衣室的门，找了一件休闲装穿上，往裤兜里塞了手机和钱包，随手抓了车钥匙出门。

车子刚停进地下停车场，苏之念就听见宋青春的声音从楼上传来。

他熄了火，在车内顿了片刻，推开车门，顶着疲惫难受的身体上楼。

苏之念单纯凭借宋青春的声音走出电梯，入眼是各式各样的化妆品专柜。他一边迈步往里走，一边四处顺声寻找，然后在一个红色柜台前，看到了她。

宋青春在等“秦以南”的时间里，和自己买化妆品那家的专柜小姐聊起了天。

两个人年纪相仿，有很多共同话题，专柜小姐还跟宋青春分享一个从微博上看过的视频。

视频很搞笑，宋青春忍不住笑出声。看到一半，专柜小姐视线定在宋青春身后不远处。

宋青春刚准备将手机还给专柜小姐，专柜小姐却指了指宋青春的身后，对着她说："宋小姐，您叫来付款的人好像到了。"

宋青春下意识地转过头，刚想喊一句以南哥，表情就僵住了，脸上的笑容也跟着变得有些僵硬，嘴里半点声音都发不出。不是秦以南……是苏之念……

宋青春脑海里闪现的第一个念头，就是她和苏之念第三次不期而遇。而且这一次，他站得比前两次都近。

在宋青春愣怔之际，苏之念已经朝她所在的柜台走来。

他也来买化妆品吗？好巧，和她买的是一个牌子。不过这是女性用的，难道他是要送给别人？别的女人……这四个字划过宋青春心头，她放在柜台上的手微微颤了颤。

苏之念停在宋青春的面前，视线落在了她的脸上。她的唇角挂着笑意，眼底明亮，像是整个商场的灯光都映在其中。只是她的表情看起来有些呆……

他等了片刻，看她没有说话的意思，才语气淡淡地开口："收费单呢？"

宋青春愣了一秒，收费单……是她购物的收费单吗？所以，他不是来买化妆品的，也不是跟她在这个商场里偶遇，而是来给她付款的？可是，他怎么知道她没带钱包？而且，她微信明明是发给以南哥的啊……

宋青春彻底清醒过来，第一个动作是拿起自己的手机，打开微信。她、她怎么把微信发给了苏之念啊？明明刚刚搜索的是"以南哥"三个字啊……现在该怎么办？他人都来了，她如果告诉他自己发错了消息，会不会像是在玩弄人？

苏之念眉心轻蹙了一下，然后侧头看向一旁的柜台小姐。柜台小姐接触到他的视线，立刻懂了他的意思，连忙拿起单子递了过去。

苏之念单手接过，一声不吭地转身朝收银台走去。

他结完款，从收银台折了回来。随着他靠近，宋青春急忙从座位上站起来，看了他两眼，一时半会儿想不起怎么开口跟他讲话。

他看都没看她一眼，直接将一沓交款单递给专柜小姐，然后在原地静站了一会儿，转头问："还有吗？"

过了片刻，宋青春才反应过来。她急忙摇了摇头，说："没有。"

他很淡地嗯了一声，没再过多停留，转身离开。

电梯门关闭，往B2楼下行。电梯里只有他和她两个人，寂静无声。宋青春用力绕了绕手中购物袋的绳子，用眼角余光悄悄地打量苏之念，咬了咬下唇，小声地说："今晚真的很不好意思，麻烦你了。"

苏之念目光冷淡地盯着正前方紧闭的电梯门，没有任何反应。

他这模样让她摸不透他心底的想法，但是她看得出，他的脸色并不好，像是不悦。宋青春垂下眼帘，沉思了片刻，对着他解释："我不是故意要跟你纠缠不清的，也没有要跟你纠缠不清的意思，我是想——"

宋青春本想说她是想找以南哥，结果不知道怎么误打误撞找成了他。曾经她在他的面前，没少炫耀自己的以南哥有多好，可是现在，她却发现自己不想在他面前提起任何男人。

宋青春低着头安静了一会儿，继续小声解释："总而言之，今晚真的是个意外。你放心，我保证以后不会有这样的情况。"她越解释，他脸色似乎越难看，到最后宋青春变得语无伦次，"我发誓，这是第一次，也是最后一次，我保证！"

"希望你能说到做到。"苏之念语气有些重地打断了宋青春的话。一股浓重的压迫感朝她席卷而来，她受伤似的将脑袋垂得更低，在他看不到的地方用力抿了抿唇。

电梯里的气氛像是结了冰，格外压抑。

电梯上红色数字一到B2，电梯门刚打开，苏之念没有任何停留地率先迈着步子走出去。宋青春盯着他的背影，迟疑了一下："今晚谢谢你，这钱我会还给你的。"

他猛地停了下来。电梯门被他挡住，她也被迫停了下来。他背对她而站，她看不到他脸上的表情，但感觉他似乎更加不悦了。

他没有转身，也没有说话，就那么直直站在那里。宋青春记不清自己有多久没被他吓得心底发凉了，此刻连他的背影都不敢看，垂着脑袋盯着化妆品礼袋。

电梯门感应到他的身体，刚合了一半又打开，到了后来，开始发出刺耳的报警声。他还是没有任何反应，像是一尊雕像，一动也不动。

宋青春被声音吵得难受，伸出手，按了电梯的开键。报警声消失，整个地下停车场重归寂静。宋青春又说："那个钱，我会联系你的秘书交给她，让她转交给你。你放心，还钱的时候，我不会让你见到我。"

背对她而站的苏之念猛地转过头，目光无比冷峻，像是忍无可忍："原来你也有听话的一天？"

宋青春愣了愣，抬起头，视线有些茫然。他接触到她的眼神，身体猛地震了一下，意识到自己刚刚说了什么，别开头，用力将手握成拳头，声音冷淡地丢了一句"随便你"，扬长而去。

苏之念坐在车里，盯着从前方不远处的地下停车场开出的熟悉车子，抬手揉了揉因为高烧而疼得厉害的脑袋，今晚他失控了。如他所愿，她按照他想的，真的做到了和他划清界限，他应该高兴……可听到她一遍又一遍对他保证时，他竟然失控了。

"原来你也有听话的一天？"

大概只有在意志力薄弱的时候，他才敢在心底给自己明确的答案。他希望她不要那么听话，他希望她每天都来麻烦他，他希望和她像曾经那样美好。可是，终究只是他的希望。不过幸好，幸好他在最关键的时刻，还是保持了理性。

他没有脱口而出想说的那一句："你知道我有多不想让你这样听我的话，和我保持距离吗？"

而是说了一句残忍的违心话："随便你。"

他想，今晚这一见，怕是从此以后，她再也不会出现在他面前了吧？这样真好，真的很好……他感觉左胸的某一处像是被挖空了，心痛无比。

第十章
她爱上了苏之念

宋青春第二天便把买化妆品的钱还了过去。

如苏之念所料，她真的没出现在他的面前。下午出去办事的时候，她特意拐到苏之念的公司，把钱装在一个袋子里，放在前台，连程青葱的面都没见，直接给她发了一条短信就离开了。

今天的程青葱格外忙，看到宋青春短信的时候，已是三个小时后。当时，她手里恰好有两份紧急合同需要苏之念签字。去总经办之前，她先乘坐电梯去了一趟一楼，拿了宋青春托她交给苏之念的东西。

和往常一样，程青葱敲了三下门，等到里面传来苏之念清淡的声音，才推门而入。

苏之念正在对着电脑忙碌，程青葱轻手轻脚地走进办公室，抱着文件站在办公桌前没有出声，一直等到他敲打键盘的动作停下来，才开口提醒："苏总，需要您签字。"

苏之念轻点了一下头，过了片刻，在键盘上快速敲打了几下，按了一下回车键，才朝程青葱伸手。程青葱急忙递上文件。

苏之念潦草地翻看了一遍，确定没什么问题，快速签好字，将文件推到程青葱的面前，重新看向了电脑。

他正准备打字，眼角余光扫到程青葱站在办公桌前，眉心蹙了一下，就将视线朝她扫去。

程青葱将信封双手递上："苏总，这是宋小姐让我转交给您的。"

苏之念表情僵了一下，盯着程青葱手中的信封良久，轻轻地眨了眨眼睛，大概过了十秒钟，又转过头看向电脑。

程青葱按照他的指示，将信封放下，抱着文件悄无声息地离开了。在她关办公室门的时候，习惯地往里看了一眼，发现原本对着电脑的苏之念，不知何时已经拿起信封，正盯着从里面抽出来的厚厚一沓钱愣神。他表面看起来很平静，不知道是不是她的错觉，她觉得那样平静的气息下，掩盖着说不出来的伤感和落寞。

苏之念垂了垂眼皮，将钱重新塞回信封，随手拉开一个抽屉，扔了进去。

昨晚就开始发的高烧，到现在还没退下的迹象，全身没有半点力气。他疲倦地靠在办公椅上，盯着电脑屏幕上已经处理了一半的紧急邮件，没了半点继续下去的心思。没想到她把钱还得这么快。其实她也想和他趁早撇清关系吧？现在他和她之间的最后一点关联都没了……

苏之念侧头望了一眼静好的阳光，清晰感到自己正在朝黑暗深处急速下陷。

身体越来越不舒服，苏之念呼吸艰难，索性拿了车钥匙离开了公司。

初夏的北京，天气骤变。

苏之念行驶了不过十分钟，整个城市变得黑压压的，电闪雷鸣，狂风大作，雨点噼里啪啦地砸落。

道路十分难行，主路出现了交通事故，拥堵得一塌糊涂。苏之念从出口拐出，沿着辅路慢慢前行。

快要到人民医院的时候，苏之念看到前方路边站着一个熟悉的人。等到靠得近了，苏之念才确定没有认错，然后缓缓地踩了刹车，停在那人面前，落下车窗，问了一声好："宋伯父。"

今天是宋孟华约了体检的日子，家里的车子限行，不限行的车子被老管家昨天开出城了。

宋孟华吃过午饭，看天气好，就叫了一辆出租车来医院。谁知做完一系列检查，出来就碰上了这么糟糕的天气。

宋孟华弯了弯身，看到车里坐的是苏之念，立刻笑眯眯地开口："之念啊，真巧。"

"您在等车？"苏之念一边问，一边透过后视镜看了看后面的情况，然后推开车门，冒着雨绕到副驾驶座前，拉开车门，"我送您吧，宋伯父。"

苏之念本想将宋孟华送到家门口就离开，奈何宋孟华太过热情，非要拉着他吃晚饭。盛情难却，苏之念推辞不下，只好将车子开进宋家院里。

宋家还是他当年住时的模样，只是过了这么多年，家具略显陈旧。宋孟华的性子和当年一样，十分热心，看他衣服湿了，特意让他上楼洗热水澡。

宋孟华带他去的是他住过的那个房间，当年他用过的家具还在，就连位置都没变。宋孟华在衣柜里找了半天，勉强找出一套当年买大的衣服递给他。

洗了热水澡，苏之念的身体舒服了一些。他刚擦干头发，准备下楼，宋孟华就上来招呼他吃晚饭。

宋青春没在家，十人的大餐桌上，只有他、宋孟华和方柔三个人。当初他在宋家住的时候，见过方柔一次，那时她还是宋承的女朋友。

两个人只是点头之交，在他的印象里，方柔人如其名，是个很温柔的女孩。现如今再见，她还是老样子，笑不露齿，轻声细语。

吃过晚饭，时间还早，宋孟华招呼苏之念去书房坐坐。他看宋青春没回来，就答应了。

宋孟华年轻的时候喜欢下棋，这么多年了，嗜好仍旧在。现在碰上对手，他兴致很高，拉着苏之念下了一盘又一盘。

苏之念不忍心扫宋孟华的兴，强撑着意识陪他，一直到将近十点钟，他准备下完这一盘就找个借口离开，却听到外面传来隐隐的车声，过了不到半分钟，门被打开，宋青春的声音传了过来："大嫂……"大概是没看到宋孟华，紧接着又问，"爸呢？"

"书房，有……"

方柔刚说了两个字，书房的门便被宋青春大力推开："爸，你今天体检的结果怎么样？"说完就看到坐在对面的苏之念，表情蓦地僵住。

苏、苏之念……他怎么在她家？

“这么多年，这丫头还是冒冒失失的……”宋孟华拿起马吃了苏之念一个车，才侧头，对着赖在自己身上的宋青春提醒，“愣着干什么？还不打招呼！”

宋青春回神，急忙垂下眼皮，文文静静地开口：“苏……之念。”

其实她最初想喊苏总，苏字在她的舌尖绕了绕，最后还是换成了他的名字。

在宋孟华的印象里，她和苏之念一直都是关系不错的朋友，况且当初还是她去找他帮的宋氏。如果喊苏总，宋孟华肯定会起疑心吧？

苏之念比她沉得住气，身上完全看不到任何尴尬和停顿。他若有所思地盯着棋盘，听到她问好时，也只是抬起头，淡淡瞥了她一眼，不冷不热地朝她点了点头，算是打过招呼，然后继续和宋孟华下棋。

宋孟华一边下棋，一边笑眯眯地说起苏之念在宋家住时的一些旧事。

苏之念倒是很配合，在他想不起来的时候，还会出声说一两句。

书房里的气氛看似融洽，宋青春却觉得有些难熬。她待了几分钟，找了一个借口，避开苏之念，去了楼上。

回到卧室还没半分钟，宋孟华就在楼下喊她。

宋青春跑下楼，看到苏之念已经走到玄关处，正在跟宋孟华道别。

宋青春知道，宋孟华是喊她来送客。她走上前，一声不吭地跟在宋孟华身后，一直送苏之念上车，还陪着宋孟华在门口站到苏之念的车子看不见影子，而后挽着宋孟华的胳膊回了屋。

刚进玄关，方柔就拎着一个袋子从楼上急匆匆地跑下来：“苏先生呢？”

“走了。”宋孟华又问，“怎么了？”

方柔说：“苏先生的衣服烘干了，但是忘记带了。”

“还没走多远。”宋孟华对宋青春说，“你快开车追上去，把衣服给之念。”

宋青春想要拒绝，可想到家里只有她可以开车去送，临时改口说：“明天吧，明天我寄给他……”

“寄什么寄，他最多开到路口，你给他打个电话，让他等一下，送过去完事，哪里用得着那么麻烦！”宋孟华脸顿时沉了下来。

“知道啦！”宋青春没好气地回了一句，从方柔手中接过袋子，转身出了屋。

宋青春掏出手机，本想给苏之念打个电话，可想到昨晚买化妆品的事，动作又停了下来。

她这个电话打过去，也许他压根就不会接。

宋青春想了片刻，收起手机，直接开车追了出去。

此时已将近十一点，道路很空旷，许久才会有一辆车子掠过。

宋青春沿着主路，飞速往前行驶，大概行驶了一半的时候，看到苏之念的车子打着双闪，停在路边。

宋青春眉心皱了皱，紧急踩了刹车，即使如此，还是超了苏之念的车子约莫一百米远。

她将车子停在路边，从副驾驶座拿了苏之念的衣服，朝苏之念的车子一路小跑过去。

苏之念勉强开了一半的路程，头开始晕眩，耳边出现嗡嗡声。他急忙将车子停在路边。

他趴在方向盘上，休息了片刻，却没有半点好转的迹象，腹部疼得越发厉害，像是有一把刀在里面疯狂搅动。

他颤抖着手，刚准备摸起手机，给程青葱打个电话，就听见耳边传来一道紧急刹车声。他侧头望了一眼，看到宋青春的车子急急停在他的车前，她拎着一个袋子，从车上下来，朝他的车子跑来。

他将手机举到耳边，摆出接电话的模样，等她快要走到自己的车前时，将手机从耳边拿了下来，像是根本没有发现她，重新发动了车子。

刚下过大雨，路上到处都是水洼，她穿着高跟鞋，跑得又急，一不小心崴了脚，朝地上倒去。

她摔得猝不及防，他连控制她意念、稳住她身体的机会都没有，眼睁睁看着她趴在地上。

她摔在地上，他清楚地听见一道低低的痛呼声。他没有任何停留，推开了车门，撑着酸软的身体，朝她快步走去。

苏之念走到宋青春面前，她已经从地上坐了起来，正抱着磕破的膝盖看。他看到她朝伤口小心翼翼地吹气，然后动作停顿了一下。下一秒她昂起头，视线和他的视线撞在了一起。她眼角挂着一滴眼泪，身上的浅色裙子脏兮兮的，看不出原来的颜色，就连脸上都沾满了未干的泥水。真是狼狈又可爱。

宋青春仰头和苏之念对视了几秒钟，猛地反应过来，自己还在水洼里坐着。她的脸顿时通红，不好意思地低下头，撑着地面爬了起来。一旁站着的苏之念手疾眼快地扶住她的胳膊。

“谢谢。”宋青春抬起头，看了一眼苏之念。

苏之念没出声，看她站好，松开扶着她胳膊的手。他本想问她一句：“要不要去医院看看伤口？”可是话到嘴边，却换成了，“你找我？”

宋青春连忙将手中的袋子拿到面前。还好……方柔在衣服外罩了透明塑料袋，没有弄脏。宋青春松了一口气，将衣服递过去：“这是你落在我家的衣服，我爸说你没走远，让我赶紧追上来给你。”

“哦。”苏之念应了一声，动作很慢地伸出手，握住了袋子。

他的指尖恰好碰到她的指尖，她感觉一股很烫的气息直直钻入心底。

好像有点不对劲，宋青春眉心蹙了蹙，原本应该收走的手却刻意停留了一下，苏之念好像在发高烧。

“你——”她习惯性地抬起头，想问一句：“你发烧了？”

刚说了一个字，她就想起他和她似乎已经没有任何关系，这关心似乎也没有必要。宋青春想了片刻，将手抽回来，朝他生疏僵硬地说：“你没事的话，我就先走了。”

她刚刚和他指尖触碰，让他可以清楚地读到她心底的想法。原来，真的如他想的那样，在她的心底，他已经是个陌生人。苏之念眼神黯淡，垂下眼帘，紧抿了一下唇，轻轻点头，说：“好。”

宋青春心底闷闷地疼了两下，咬了咬唇，轻声说：“再见。”

“再见。”苏之念语气平淡地回完，站在原地没动。

宋青春停留了片刻，抬脚走了没两步，面前的苏之念身体轻轻地摇了摇，朝她的怀里栽倒过来。宋青春被撞得整个人往后连退了两步，稳住身体，急忙伸出双手，抱住他的胳膊，勉强将他的身体撑起来。

靠近一些，宋青春将他看得更清晰了。他双眼紧闭，白皙的脸上泛着异样的潮红，眉心用力蹙着，看起来似乎很痛苦。

“苏之念？苏之念？”宋青春低声喊他的名字，看他没有任何反应，便腾出一只手探了探他的额头，温度如沸水，她立刻缩回手。

宋青春耗尽吃奶的力气，才将苏之念塞进车里。她气喘吁吁地帮他系好安全带，连忙绕过车子，爬上驾驶座。宋青春一边加快油门，一边不断透过后视镜看他，他的手不知何时捂上了腹部，白皙的脸上挂满大滴大滴的汗水，嘴里不断发出痛苦的呻吟。宋青春心慌无比，不加思考地拿起手机，颤抖着拨了夏医生的电话。

宋青春将车子停在苏之念别墅院里的时候，夏医生还没赶到。她吃力地将他从车里拉出来，把他拖到屋门口。

他还处于昏迷状态，宋青春试着输入他房子曾经的密码，咔嗒一声，屋锁打开。宋青春连鞋子都没给苏之念换，将他拖上楼，放在卧室的床上。她先给他拉了丝被盖上，然后去洗手间拿毛巾浸了冷水，敷在他的额头上。冰凉的毛巾使得他紧锁的眉心微微舒展，嘴里发出的不适低喃也渐渐转小。

宋青春长松了一口气，拖了把椅子坐在床边，才注意到他的手紧紧地按在腹部。宋青春看了两秒，隐约觉得不对劲，看到他衣衫上竟有几滴血！她的心颤动了一下，快速解开他的纽扣，在他结实有力的腹部看到一条奇丑的伤疤。伤口应该很深，上面布满密密麻麻的针眼，算是愈合，大概被他用力抓挠过，有几处针眼冒出血迹，新肉长出不少，和僵死的老肉混在一起，有些触目惊心。

宋青春屏息凝视着伤疤。像是最近才受的刀伤，而且直切腹部要害。

宋青春缓缓转过头，盯向紧闭着眼睛的苏之念。他唇色惨白，满脸病态……难怪前几日她在高尔夫球场见他，觉得他消瘦了许多，俊美的容颜泛着一股病弱感，原来是这伤的缘故。而今晚的高烧，怕也是这伤引起的吧。只是他是什么时候受的伤？又是怎么受了这么严重的伤？这些问题从宋青春脑海划过，她全身的血液突然有些逆流，心脏猛跳了三下，一种说不出的异样感遍布全身。

夏医生给苏之念做了检查，打了吊针，留下一些药，嘱托几句后便离开了。宋青春送夏医生下楼，特意问了苏之念腹部上的伤是怎么来的。夏医生听到这话，表情有些怪异，顿了好一阵子，才对宋青春摆出笑眯眯的模样说：“这个我也不清楚，见到他的时候，已经这样了。”

直觉告诉宋青春夏医生在撒谎，可又找不到证据，她只好按下怀疑，和夏医生道了别。

三个小时后，宋青春给苏之念拔了针，摸了摸他的脑袋，烧还没退。她怕他半夜突然难受，继续守在床边。

夜渐渐转深，宋青春困意越来越浓，强撑着精神，时不时去摸一摸苏之念的脑袋。

直到窗外的天蒙蒙亮，苏之念的烧终于退去。她终于撑不住，趴在床边，闭上了眼睛。

苏之念睁开眼睛的时候，天已大亮，阳光透过落地窗，洒了半室的明媚。高烧过后，骨子里透着疲惫和虚软，他盯着天花板好一会儿，想起昨晚的事，转头看到宋青春趴在床边，睡得正熟。阳光恰好打在她的身上，将发丝和脸上的泥照成了金色。

她身上的衣服还没换，仍是昨晚摔倒时弄脏的那一身，衣服上的脏水已经干了，布满泥迹。心疼密密麻麻充斥着他的心窝，他情不自禁地伸手摸向她脏兮兮的发梢。不管她是出于什么原因照顾他，哪怕只是不愿见死不救，也让他的心泛起无法言喻的温暖。

他的手在她的发上停留片刻，掀开被子，下床去了浴室。再出来的时候，他手中多了一条温热的毛巾。他将她脸上和头发上的泥仔细擦掉，低头去检查她膝盖上的磕伤。过了一夜，已经有结痂的迹象，血迹里混着泥，伤口肿得十分厉害。

苏之念拿了医药箱，用镊子夹着棉球，蘸了一些碘酒，小心翼翼为她擦拭干净。消毒后，他涂了一些活血化瘀的药膏，将纱布轻轻地贴在上面，又将被子仔细盖在她的身上。

宋青春醒来时，已是中午。她从床上爬起来，才意识到自己竟然躺在了床上。卧室里空荡荡的，只有她一个人，苏之念不知道去了哪里。

她下床的时候，注意到膝盖上贴了纱布已经被她睡得蹭开了边缘，她恰好可以看见磕伤的地方已经被处理过。

苏之念的别墅里只有他和她两个人，所以，这伤口是他给她处理的吗？宋青春坐在床边，盯着纱布，左胸最柔软的地方泛起一股奇异的暖，连带着唇角也上扬了。她隐约感觉好像时光逆流，回到了曾经她住在他别墅里的美好时刻。

正在宋青春愣神之际，身后的卧室门突然被推开。她猛地转头，看到苏之念一脸淡然地走了进来。宋青春下意识站起身，脱口而出："烧退了吗？"语气自然，没有任何生疏……似乎这段时间，他和她未曾分离，也未曾疏远……

苏之念盯着宋青春沉默了几秒钟，轻轻地点了一下头，没有出声。宋青春落落大方地走到他的面前，抬起手，摸上他的额头。她柔软的掌心触碰到他肌肤的瞬间，他的手握成了拳头。宋青春不知道苏之念心底在想什么，手在他的额上静静地放了一分钟，收了回来。

她朝他弯了弯眼睛："早上是不烧了，现在好像温度又有点偏高。夏医生昨晚来的时候，给你拿了药，你得按时服用。"宋青春说着，转身走到床头柜前，将瓶瓶罐罐挨个看了看，对苏之念说，"这个白瓶子吃两粒，这个是消炎药，夏医生说吃四粒，还有这个是一粒……好像有点麻烦，你还没吃吧？"宋青春侧头看了一眼苏之念，拿了药起身走到茶几前，倒了一杯水。

宋青春走到苏之念的面前，将水杯和药丸递给他："现在赶紧吃吧，省得一会儿烧得更厉害。"

苏之念站在原地，定定地看着宋青春，没有任何反应。宋青春以为他不想吃药，将水杯往高处举了举，声音软软地说："吃了药才好得快。"

苏之念努力克制着伸手去接的冲动，修剪整齐的指甲掐得他掌心疼。宋青春看苏之念还是没反应，眉心微动，疑惑地对上了苏之念的眼睛。她怎么忘了，昨晚她送他回来是迫不得已，而现在他醒来，她也该离开了。

一股巨大的失落感缓缓压上她的心口，她盯着苏之念，眼神变得有些飘忽，瞳孔慌张而无措地转了几圈，缓缓地垂下眼帘。举着药和水杯的双手也慢慢落了下来。

室内陷入一片尴尬的安静。宋青春深吸了一口气，压下心底翻滚的失落，朝苏之念努力扯了一下唇角，说："昨晚你晕倒了，我才送你回来的，晚上你这里没人，我怕你出意外，所以、所以才留……"

他和她没有关系了，就算他出了意外，跟她有什么关系？宋青春越说越觉得自己的解释过于苍白，声音也越来越小。

"我知道。"苏之念语气淡淡，过了片刻又说，"昨晚谢谢你。"

“没事，应该的。”宋青春勉强笑了笑，低下头，“没事的话，我先走了。”

“好。”苏之念眼底涌现一抹痛苦的挣扎，刹那便归于平静。

她仰起脸，努力让自己看起来神情自然，道：“再见。”

宋青春下到一楼，要出门时却看到玄关处的置物架上放满各种外卖的筷子，眉心轻皱，不自觉就停了下来。她抬起头望了一眼二楼的方向，轻手轻脚地朝他的餐厅走去。

餐厅收拾得很干净，桌上放了几个没开封的外卖盒子，想来是今天叫的外卖。

打开冰箱门，里面空荡荡的，除了几瓶水和牛奶之外，居然什么都没有。而冷冻室里，只有三个雪糕，还是曾经她住在他这里的时候，买来放进去忘记吃的。

宋青春呆了半分钟，转身又推开厨房的门，果然不出她所料，里面的摆设和她走之前一模一样，也就是说，这几个月以来，苏之念家里根本就没有开过伙！

宋青春想到他腹部的伤疤，心底有些疼。这段日子，他是怎么过来的？难不成他伤得最严重的时候，也是靠着外卖支撑过来的？难怪他瘦了那么多，难怪他会发烧……

将餐桌和玄关处的外卖收拾干净，宋青春急忙去超市买了两推车的东西，将苏之念的冰箱塞得满满当当，又花了一个半小时，又是炒菜又是煮粥又是炖汤，等到折腾得差不多的时候，她拿出手机看了一眼时间，竟然已是傍晚五点半。

眉心蹙了蹙，她忍不住嘀咕了一句：“现在这个点，他应该饿了吧？大概又要下来吃外卖，趁机赶紧溜吧。”

想着，宋青春收拾好残局，换好衣服，拿了自己的东西向大门走去。谁想才碰到门把手就听见身后传来嗒嗒嗒的下楼声。

宋青春身体一僵，本能地转过头，看到苏之念从楼梯上走下来。

无措地抓紧包带，她低声解释：“你身体不好，不能总吃外卖，所以我给你……”那种中午和他道别时的难过，再次袭上心头。她用力咬着唇，匆匆地说，“……我这就走。”然后朝门口快步走去。

刚迈了两步，苏之念忽然抓住她细白的手腕，阻止她离开的脚步。

苏之念掌心很热，烫得宋青春全身轻颤了一下。她低头看向被他紧紧握着的手腕。

他暗了眼眸，低低地说："一起吃吧。"

宋青春怔怔地转过头，脱口而出："什么？"

苏之念在心底挣扎着，过了好一会儿，才缓缓地转过身，视线落在宋青春的脸上，重复了一遍："留下来一起吃晚饭吧。"他将手缓缓地抽回，看了一眼她脏兮兮的裙子，音色清淡地说，"洗个澡，再吃饭吧。"

宋青春愣了一下，注意到自己身上的裙子脏得难以入目。

难怪她刚刚去超市买东西的时候，那么多人侧目看她。

宋青春脸一红，低头嗯了一声，转身跑上楼。

宋青春搬离苏之念家的时候，把衣服几乎都带走了。她上楼找了半天，才找出最大的一件T恤，穿在宋青春的身上，也只勉强遮过臀部。

宋青春站在浴室的镜子前，努力往下拽了好几次衣服，慢吞吞地走下楼。

苏之念跷着腿，姿势悠闲地坐在沙发上看电视，听到她的脚步声，抬起头，往她的身上瞄了一眼，视线就黏在她露出的两条白皙纤细的腿上。过了好一会儿，他强迫自己将视线拉回，一言不发地站起身，率先走进餐厅。

饭桌上，两个人始终没有任何交谈，各自吃着饭菜，却又时不时看一眼对方。只是他看她的时候，她在垂头吃饭，她看他的时候，他在低眉喝汤。

吃完晚饭，已是七点半。

于情于理她都应该道别离开，即使再不想开口。她朝坐在客厅沙发上看节目的苏之念扯了一下唇角，说："时间不早了，我得走了。"

"稍等。"苏之念接触到宋青春眼底的疑惑，淡声解释，"你的衣服还没烘干。"

宋青春眨了眨眼睛，她的脏衣服，他帮她洗了？

她哦了一声，说了一句："谢谢。"宋青春咬着唇沉思了片刻，"今天我逛超市的时候，给你买了很多半成品，冻在冰箱的冷藏室。如果你在家吃饭，蒸或者煮都很方便，不用总是叫外卖，况且外卖也不干净。"

"嗯。"苏之念轻轻地点了点头。

其实她不知道……他以前一个人住的时候，还有孙嫂在。她住进来的时候，孙嫂便被他给了一大笔资金，送回老家养老了。她走后，他一直没请孙嫂回来，也没找新的保姆，因为他想将她离去时房间的样子保存下来。那样，他就可以自欺欺人地觉得她还在他的家里。

今天下午，他虽然闭着眼睛躺在床上，看似睡着，实际上一直都在注意她在楼下的动静。洗菜的流水声，切菜的嚓嚓声，烹饪的爆油声，煮汤的咕嘟声，以及嗡嗡了许久的抽油烟机声。那些声音很嘈杂，可落在他耳中，就像世间最动听的音乐。天知道他有多怀念这样的嘈杂。不需要她跟他说话，不需要她对他微笑，不需要她和他在一起，只要闭上眼睛，听见她忙碌的声音，他就觉得自己像拥有了全世界，无比美好。

他清楚地从自己心底看到了动摇。当时他在想，怎么办，他好像很舍不得和她分道扬镳，他好像很想和她和平相处。他真的很想放纵自己，自私一点，就自私一点点，和她做最普通的朋友就好。

宋青春看苏之念迟迟没开口，继续找话题。苏之念将神思拉了回来，两人聊着聊着，不知怎么的，宋青春突然想到苏之念腹部的伤，忍不住出声问："你腹部是什么时候受的伤？"

苏之念没料到她会问这个，微怔了一下。宋青春解释说："昨天我送你回来，看到你一直捂着腹部，我拿开你的手，看到血了，然后就……"解开你的衬衣纽扣……这几个字宋青春怎么也说不出口，有些不好意思地垂了一下眼帘，省略了那句话，小声说，"看到了你的伤口。"然后换了话题，"你腹部是被什么刺伤的？刀吗？"

苏之念轻点了一下头，嗯了一声。

"怎么好端端的被刺了一刀？"宋青春问。

"是个意外，遇到歹徒，发生了争执，没想到对方动凶。"苏之念回得很简单，语气风轻云淡，像在说一件不值一提的小事，可是宋青春听得心惊胆战。

歹徒、争执、刀子……宋青春顿时想到自己被绑架的那一夜。他遇凶和她遇凶，同样都是刀子刺伤……而且当初秦以南跟她说，他之所以知道她有危险，是苏之念给他打的电话……她总觉得两者之间有关联，于是紧盯着苏之念的眼睛，把第一个问题又问了一遍："这是什么时候的事？"

苏之念表情平静，没有任何情绪流露，甚至没有犹豫就回了她："大概一个月之前吧。”

一个月？她遇到危险是两个多月以前，时间是对不上的……

苏之念垂下眼帘，淡淡道：“衣服好像洗好了。”

宋青春回神，苏之念又说：“时间不早了，我也该休息了。”

宋青春听得出来，苏之念是在逐客。

换好衣服，宋青春跟苏之念道别之前，还给他端了一杯温水，提醒他吃药。

苏之念轻点了一下头，跟着站起身：“我送你。”

“不用了。”宋青春连忙摇头，“你身体还没好，早点休息吧。我已经叫了车，马上就到。”宋青春怕苏之念执意要送，又补充了一句，“我到家给你发短信。”

虽然没开车送宋青春，但是苏之念还是披了一件衣服，送她上车。

回到宋家，宋青春躺在床上，给苏之念发了一条“我到家了”的短信过去，然后点开微博。

约莫过了五分钟，还没收到苏之念的回复。

宋青春连看微博的兴致都没了，一夜没休息好的她，困意却消散得一干二净。

她在床上翻来覆去，时不时拿起手机看一眼，就在她烦躁地从床上坐起来，准备去阳台上透透气的时候，手机叮咚响了一声。

宋青春几乎扑到了床上，抓起手机，见的确是苏之念发来的短信，唇角顿时弯了起来。

“早点睡。”苏之念回复的内容和她发过去的短信一样简练。

她应该回点什么呢？晚安吗？不要……因为回了晚安，就似乎没什么好聊的了……宋青春趴在床上，咬着手指想了半天，发了一条消息过去：“吃药了吗？”

这一次，苏之念回复得很快：“还没。”

宋青春一边打字，一边皱了皱眉，又编辑了一条短信：“夏医生说了，要搭配吃药才好得快，你怎么又没吃呢？”

靠在床头的苏之念，看着宋青春这句话，忍不住轻笑，她是在关心他？

“马上吃。”他一边打字，一边下床倒了一杯水。

他只是吃了药，她就莫名觉得开心，握着手机，还想跟他说点什么，可是仔细想了想，又不知道该说些什么，于是打了两个字："晚安。"

苏之念盯着屏幕上的两个字，眉眼泛起一丝温情。他一边在键盘上轻轻按着"WANAN"，一边在心底默念"我爱你、爱你"，然后将编辑栏里的晚安两个字发了出去。

宋青春收到苏之念的"晚安"，心底莫名安定，温柔地看着屏幕许久，然后抬起手，将短信滑到最上面，把她和他今晚发的消息逐一看了一遍。其实也没几句，前后加起来不过一百个字，可是她觉得比看长篇小说要精彩。她看了很多遍，怎么也看不腻，看到最后，她捂着嘴巴傻笑起来，后来咬着手指，盯着天花板想：他和她现在算是"重归旧好"吗？

算是吧……都发短信了呢！宋青春将脑袋埋在被子里，轻轻地笑出声。

另一边，苏之念拿着手机，看着不过一百字的短信内容。看到最后，他的唇角也微扬起来，心宛如融化。接着，他的笑容变得有些哀伤。

他和她真的要这样"重归旧好"吗？

太美好，他真的舍不得割断，先这样吧，最普通的朋友。

第二天一早，宋青春是抱着手机醒来的。她将昨晚的短信又看了一遍，才起床洗漱。刷牙的时候，她拿起手机，给苏之念昨晚上发来的"晚安"回了一条消息："昨晚睡着了，今天刚看到。"

吃早餐的时候，她收到苏之念的回复："醒了？"

"嗯……"宋青春打了一个字，想了想删掉，然后拍了一张早餐图，发给苏之念，附带了一行文字，"你吃了吗？"

"还没，等下吃。"

"吃什么？"

……

两个人的关系，就这样渐渐拉近。

宋青春没提撇清关系的事，苏之念也没再提。那段时间的陌路，就这样被两个人心照不宣地翻了页。

苏之念这一天很忙，除了早上和宋青春发短信，白天都是许久才回复一次，甚至中午两个小时都没回。

这大抵是苏之念2016年以来最忙的一天。一上午，他接待了两个客户，下午几乎没间隔地开了三次会，晚上还参加了一个很重要的合作活动。

在洗手间里，苏之念感觉兜里手机在振动，他洗了手，摸出手机看了一眼短信："还没回家？"

他在键盘上敲打起来："没，今晚事情有点……"眉心微微动了动，又将编写栏里的字一个一个删掉，想了想，直接给宋青春拨了电话过去。

电话刚响了半声就被接通，耳边传来宋青春柔软的声音："喂？"

"你……"苏之念的话才出口，前面不远处的包厢门就被拉开。

今晚他特别招待的李总从里面探出脑袋："苏总，你怎么上个洗手间那么慢？"

"马上。"苏之念淡淡回了一句，朝手机那边的宋青春低沉地道歉，然后问，"你吃晚饭了吗？"

宋青春愣了一下："没呀。"

"那你来'金碧辉煌'吧，我这儿应该没一会儿就结束了，恰好吃点东西。"顿了顿，苏之念又问，"你今晚没其他的事吧？"

"没。"宋青春想了会儿，"那等会儿'金碧辉煌'见。"

宋青春刚走进"金碧辉煌"的大堂，服务生还没来招待，程青葱就来到了她的面前："宋小姐，您来了？"

宋青春轻点了一下头，四处张望，没有看到苏之念的身影。她刚想问，程青葱就解释道："苏总还在忙，特意派我来这里等您。"

宋青春笑了笑，程青葱对宋青春做了一个请的手势，领着她进了电梯。

电梯停在15楼，程青葱等宋青春出去才跟着出来，然后带着宋青春一路走向尽头的包厢，敲了敲门，将门推开一道缝隙。

震耳欲聋的音乐声传来，程青葱提高嗓音，喊了一句："苏总。"

过了大概半分钟，苏之念从里面走出来，顺势关上门，楼道安静了许多。

程青葱恭敬地站在一旁，说："苏总，宋小姐到了。"

苏之念轻点了一下头，走到宋青春的面前。

其实最初的安排，真的只是和李总吃一顿晚饭，可是结完账，李总又嚷着要去楼上开个包厢唱歌。今晚的合作谈了个大概，若是他拒绝，怕是要前功尽弃。苏之念只好临时把程青葱喊了过来，去"金碧辉煌"门口接宋青春。

他微微低下头，语气带着明显的歉意："可能还要过一会儿才能抽身离开。"

"没关系，你先忙。"宋青春朝苏之念微微一笑。

苏之念想到宋青春还没吃晚饭，问："饿不饿？"

"还好，不饿。"宋青春晃了晃脑袋。

尽管她说不饿，苏之念还是转头，对一旁的程青葱吩咐："这样，我在这里陪着李总他们，你带她下去吃点东西。"

程青葱："是，苏总。"

苏之念等程青葱应了，又看向宋青春，温声说："那你先下去吃点东西，我这边结束了，就去找你。"苏之念说完后，想了想，又加了一句，"好吗？"

宋青春点头说："好。"

苏之念侧头看了一眼程青葱，程青葱立刻识相地走上前，对宋青春一脸微笑地说："宋小姐，我们走吧。"

宋青春又点了一下头，然后对苏之念说："那我们先下去了。"

等到苏之念答应，宋青春才和程青葱一前一后地转身离开。

在宋青春和程青葱快要走到电梯口的时候，从电梯里走出一个女服务员，身后带着好几个年轻漂亮、打扮时髦的女孩。那些女孩妆容精致，衣服也很有特色，有水手装，也有兔女郎装，布料很少，露出大片大片的雪白肌肤。

为首的服务员对宋青春、程青葱微微弯了弯身，带着年轻的女孩们离开。

因为穿着格外引人注意，宋青春特意不动声色地打量了一下那些女孩。她们看起来都不大，最大的也就二十四五岁，最小的怕只有十八九岁。

等电梯的时候，宋青春扭头看了一眼那群女孩。女孩们在服务员的带领下，恰好停在苏之念的包厢门口。宋青春本想收回视线，却看到服务员伸手敲了敲苏之念所在的包厢门，然后推开门，领着那群女孩走了进去。

宋青春将视线收回来，心不在焉地走进电梯。盯着不断跳跃的红色数字，宋青春脑海里又浮现那几个花枝招展、妖娆多姿的女孩。

包厢里，宋青春看着一桌子的菜，一点吃的欲望都没有，满脑子想的都是楼上苏之念包间里的事情。她举着筷子，干巴巴地坐了一会儿，然后将筷子放下来，抬起眼皮，对着程青葱说："我去趟洗手间。"

"我陪你？"程青葱说着就要站起来。

"不用了。"宋青春想一个人出去透透气。

程青葱看得出来宋青春今晚心情不佳，怕是想要点儿私人空间，于是体贴地点了点头："有事随时给我打电话。"

"好。"宋青春拎了包，起身走出包厢，漫无目的地在走廊上晃荡，然后走到电梯前。电梯门打开，她不自觉走了进去，等到停下来，她才发现自己竟然来了苏之念包厢所在的楼层。

走出电梯，她在苏之念所在的包厢前的走廊上来来回回徘徊着，盯着紧闭的包厢门，看了一眼长长的楼道，空荡荡的，没有一个人。她咬了咬手指，悄悄将脑袋贴上包厢门。

"金碧辉煌"里都是一流设施，隔音效果好到极致。宋青春贴着门，屏住呼吸，聚精会神地听了许久，把自己的小脸憋红了，也没听见里面的半点动静。

远处的电梯突然发出叮咚一声。

有人来了……宋青春急忙抬起头，看到从电梯里走出一个男服务生。宋青春立起身子，装作若无其事的样子，拐进了洗手间。靠在洗手间的门上，宋青春长长松了一口气，等了片刻，将门拉开，往外探了一下脑袋，恰好看到那个服务员从苏之念所在的包厢走出来。

他们叫了服务员点东西？也就是说，等下服务员还会来他们的包厢？宋青春咬了咬下唇，心底闪过一个念头。她可以等服务员再来的时候，从他们的包厢门口佯装恰好路过的样子，然后透过没有关的门，看看里面的情况……

打好如意算盘的宋青春，干脆在洗手间等着，过了大概五分钟，宋青春看到男服务员端着好几瓶洋酒从洗手间前经过。她深吸一口气，摆出一副淡然的神情，拉开门走了出去。

果然如她猜测的，服务员在苏之念的包厢门口停了下来。她在服务员敲门的时候，趁他不注意，加快步伐，在服务员推门而入的瞬间，"恰好”站在苏之念包厢的门口。

她将速度放慢到不能再慢，侧着头，直直地盯着包厢里面。水晶灯没开，只亮了昏暗的七彩灯光。有两个女孩举着话筒，极尽娇媚地唱歌，对着面前长长的皮沙发上的人，做出一些诱惑的动作。

男服务员正在倒酒，一个女的跪在地上。那个女的身后坐着一个男人，身边围着两个女孩，其中一个坐在他的身边，好像正在喂他吃水果，另外一个骑在他身上，恰好遮挡住他的容貌。两个人似乎在接吻，那女孩身上原本穿得就少，此时已经褪去了一大半，露出光滑细腻的后背，而那男人的手在她背上各种游移。

因为灯光太暗，宋青春看不清男人身上穿的衣服是什么颜色，那人又被挡住了脸，所以她根本分辨不出那到底是苏之念还是李总。她刚准备转着眼珠子继续去找另一个男人，看看是怎样的光景，服务员已经倒好了酒，站起身：“两位先生请慢用。”

宋青春急忙将视线收回来，迈着步子，快速掠过包厢门前，然后放缓了脚步，优雅从容地往前走。她听见身后的门被关上，服务员的脚步声渐行渐远，直到电梯传来提示音，她才停了脚步，心底慢慢升起一股酸涩的怒气。

不是不知道很多有钱人谈生意，喜欢在这种场合，用这种方式。她却在心底期盼，他不会是这样的人……

宋青春觉得必须找点事情来缓解心底的气愤。咬了咬牙，宋青春按下电梯去了一楼，一路小跑到前台。前台迎宾看到她，笑容可掬地开口：“请问小姐，您需要点什么……”

前台小姐的话还没说完，宋青春就直直打断了她：“‘金碧辉煌’现在还有空闲的陪唱女孩吗？”

前台小姐见过不少人来她这里问女孩，这是第一次见女孩来问女孩。她整个人顿时愣住了，过了好一会儿，才勉强稳住表情，保持着微笑问：“小姐，请问您需要几位？”

“您这有多少，我就要多少！”宋青春昂了昂下巴，盯着服务员，不是喜欢点女孩吗，那就让他见个够。

前台小姐吓呆了，盯着宋青春，良久都没说话。宋青春蹙了蹙眉，拿出钱包，刚抽出自己的卡，又放了回去，换成苏之念的那张黑卡，啪的一下拍在前台："没有听到我的话吗？我说，有多少个女孩，就给我从这卡里刷多少女孩！"

前台小姐有些迟疑地看着她，问道："小姐，您确定要那……那么多女孩吗？"

宋青春高抬着下巴，身子站得笔直，不耐烦地皱着眉，拿着卡在大理石桌上又重重敲了两下，话几乎是从牙缝里迸出来："麻烦您快一点，好吗？"

宋青春特意将最后一个吗字拉得长了一些，前台小姐立刻帮她下了单，然后报了一个七位数的价格，接过宋青春的卡，准备去刷的时候，还是犹豫了一下，提醒："小姐，我们这里下了单就不会退款，您确——"

宋青春目光朝她嗖地射了过去，吓得前台小姐指尖一哆嗦，后面的话都没说，就帮她刷了卡："小姐，麻烦您输入密码。"

宋青春瞥了一眼九宫格键盘，没有任何犹豫地抬起手，飞快输了密码，眼睛都不眨一下，摁了确定。

在生意场上浸染这么多年，苏之念唯独接受不了有女孩的场合。这些年里，很多时候他去参加一些局，如果知道有女孩在，会提前找个借口抽身离开。但有的时候，只能硬着头皮忍着。例如说今晚，他就不得不忍着。

李总这个人尊重合同，信守承诺，是个很好的合作伙伴。但他有个嗜好，却是苏之念最厌恶的，就是在谈生意的时候，喜欢找各式各样的女孩陪着玩。

和李总的合同，只差最后的签字。既然今晚李总想要找几个女孩乐一乐，那苏之念只好舍命陪着了。

正煎熬着，包厢门突然被推开，一个女服务员走了进来："两位先生，您要的女孩都到了。"她的话音落定，她抬起手拍了两下，然后从门口走进一个女孩、两个女孩、三个女孩……三十个女孩……四十个女孩……七十个女孩……

这到底是怎么一回事？一向沉得住气的苏之念整个人开始抓狂。

李总停了下来，目瞪口呆地盯着一屋子花容月貌、环肥燕瘦的女孩。

站在门口的服务员被挡住了身影，压根看不见她的人，只能听见她的声音："两位先生，夜晚愉快。"然后门就被带上。

苏之念清楚地感觉自己的太阳穴开始发涨，突突跳个不停，带着生生的疼。一旁坐着的李总渐渐回过神来，眼底充满了惊喜，转过头朝苏之念兴奋地说：“苏总，您这是在给我惊喜吗？”

谁能告诉他，这上百个女孩子到底是从哪里冒出来的？苏之念一边腹诽，一边抬起手，捂了捂鼻子。这里有几十种不同的香水味，呛得他快要窒息身亡。

李总欢喜地起身，挨个打量那些女孩子。

“苏总，这个惊喜我真是太喜欢了。”李总一边哈哈大笑，一边换着人左拥右抱，“合作，必须合作！合同呢！现在就签！我在原本讨论的基础上让你两分利！”李总豪放地说着，果真去找合同了。

只是他合同还没找到，苏之念就受不了，想找个借口，说句失陪，可是一开口，就觉得有东西反到了嗓子眼，他急忙闭嘴别过头，没有任何停留地推开挡在自己面前的女孩，冲出包厢，直奔洗手间，几乎是扑在了洗手台前，对着洗手盆呕吐起来。吐到最后，苏之念感觉胃都被掏空了，只发出一阵一阵的干呕。

他双手撑着洗手台，闭着眼睛安静了一会儿，才有气无力地抬起手打开水龙头，先捧起水漱了口，接着洗了一把脸，然后长长舒了好几口气，才感觉自己慢慢活了过来。

他正准备关了水龙头，去前台问一问到底是怎么回事，兜里的手机就叮咚了一声。他抽出纸巾，慢悠悠地擦干净手，然后掏出手机，看了一眼屏幕。是银行发来的短信，十分钟之前刷卡消费，金额为一百七十八万。

十分钟之前，他在包厢里，哪里来的消费？苏之念蹙了蹙眉心，将那条短信仔细地看了一遍，然后视线定格在了“尾号0615”几个字上。0615是他的生日，他有一张黑卡，是用自己生日定制的卡号。那张卡，之前他给了宋青春……

苏之念像是明白了，点了手机银行客户端，查了一下消费详情，果然是在“金碧辉煌”刷的卡……她是疯了吗？他给她卡那么久，她一次都不花，好不容易花了一次，竟然……

苏之念将手机重重塞进兜里，再也顾不上包厢里的李总，大步流星地走出洗手间，走向电梯，朝宋青春所在的包厢走去。

“苏总？”听到动静的程青葱猛地转过头，看到苏之念的时候，表情愣了一下，随后将举在耳边的手机落了下来，“苏总，我恰好在打电话找您。宋小姐刚刚不小心摔了一跤，把脚给崴了……”

他将视线落向宋青春，想必是刚摔倒的，她还坐在地上，一只手捂着脚腕，像是疼得厉害，眉心皱得紧紧。宋青春其实想假装摔倒，让程青葱喊苏之念下来，可她没想到，摔在地上的时候，真的扭到了脚腕。其实扭伤并不严重，没有伤到筋骨，只是那一刻疼得有些厉害，让她站不起身。

宋青春偷偷地看了一眼苏之念，他气势凌厉，让她心底发颤。

苏之念微微抿了抿唇，将宋青春从地毯上抱起，放在就近的椅子上。等宋青春坐好，他单膝跪在她的面前，伸出手，握住她的脚腕，脚腕泛红，苏之念心疼极了，憋在胸膛的那股火更是发不出来。他抬起眼皮，朝宋青春看似责怪实则心疼地问了一句：“怎么那么不小心？”

现在，宋青春的脚腕疼得不那么钻心了，可她听到苏之念的话，莫名其妙烦躁了一晚的心情，瞬间变得有些委屈。她有些任性地将脑袋垂得低了一些，沉默着。

苏之念握着她的脚腕，感觉她不高兴，也没多说什么，只是再次低下头，仔细检查她的脚腕，还好没有伤到筋骨。

苏之念松了一口气，才说：“红花油买了吗？”

“已经让服务员去买了。”程青葱连忙回道，顿了一下，又说，“我去看看，应该差不多到了。”

苏之念没再说什么，轻轻地点了一下头。

程青葱刚拉开包厢门，去买红花油的服务员已经到了门口。程青葱接过，说了一句谢谢，走到苏之念身边，递了过去。

苏之念抬起手接过，眼角余光恰好扫了一眼餐桌，视线微顿了一下，将头转向餐桌上几乎没动过的饭菜，然后摸了摸盘子，已经变凉。他眉心紧蹙，朝宋青春问了一句：“怎么晚饭都没动？”

苏之念摸盘子的时候，胳膊恰好滑过宋青春的面颊，各种各样的香水味钻进她的鼻中，她眉心轻蹙，心情更低落，别开头，给了苏之念一个后脑勺，仍是没有说话。

苏之念无比耐心地等了片刻，看她还是沉默，丝毫没有不悦，只是将视线落在程青葱的身上。程青葱立刻一五一十地说：“宋小姐今晚上一直心情不大好，菜上来后，也没怎么动筷子。”

他拧红花油瓶盖的动作顿了顿，然后开口：“你去喊服务员，把这些凉了的菜都撤了，重新换一份上来。”

程青葱说：“是，苏总。”

包厢里重归安静，程青葱关上门，恰好看到苏之念正朝掌心倒红花油，她想到了李总，就问了一句：“苏总，李总那边的合同签好了吗？”

程青葱这么一提醒，苏之念才猛然想起李总被自己丢在楼上的女孩堆里。苏之念看了一眼宋青春，对程青葱交代：“李总还在楼上，你过去安抚一下。”

“可是我去，合同未必能……”

宋青春明显还闷闷不乐，她在他的眼皮下受了伤，他哪里还有心思去顾楼上的那个？苏之念不冷不热地打断她的话：“签不下来就不签了。”程青葱生生将后半句话吞进腹里。

带上包厢门的时候，程青葱听见苏之念的声音从身后传来：“揉的时候可能会痛，你忍着点，揉好了会舒服很多。”

程青葱出去后，整个包厢里显得更加安静。

苏之念掌心很热，力道恰好。捏到一半的时候，宋青春将视线拉了回来，落在苏之念的身上。整个室内，飘荡的都是红花油的味道。

他低着头，大掌捧着她细白的脚腕，一脸认真专注。她睫毛用力抖了两下，手悄悄地抓上了裙摆，用力地握紧。

苏之念捏好宋青春的脚腕后，并没有着急起身，仍是单膝跪在她面前，微微仰起头，柔声地问：“好些了吗？”

宋青春还是没说话，眼底却蓦地变红。苏之念顿时慌张起来：“怎么了？脚腕还疼？”

她依旧没说话，眼底却有泪水爬了上来。苏之念急得后背爬满薄薄的冷汗，想了想，以为是自己刚刚捏痛了她：“我刚刚力道过重，捏伤了你？”他话音刚落，就有一滴眼泪从她的眼底滚出来，砸在他的手背上。苏之念彻底沉不住气了，想都没想就站起身，“我们去医院看看……”说着苏之念伸出手，就要去抱宋青春。宋青春反而抬起手，抓住他的手，阻止了他的动作，眼泪如断线的珍珠，一颗接着一颗开始往下落。

“好了……不哭了……不哭了……嗯？”

宋青春在他耐心的轻哄下，眼泪渐渐止住。她垂着睫毛，不敢抬头去看他。她越是这样，他越是心疼，摸了摸她的刘海，柔声说：“刚刚服务员敲门了，说饭菜都准备好了，我让他们端进来，我陪你吃晚饭，好不好？”

宋青春低着头，安静了片刻，终于点点头，声音细细地嗯了一声。他抽了纸巾，将她脸上的泪痕擦得干干净净，才让服务员进来上菜。

服务员上好菜，尽数离开，苏之念拉开宋青春身边的椅子坐下来。他先给宋青春盛了一碗汤，放在她的面前，又拿了一个勺子递给她。宋青春抬起眼皮打量了一下苏之念，然后抿了抿唇，小声地说：“你要不先上楼吧，我一个人吃就好了。”

“不用。”苏之念似是一点也不在意，语气平淡如水。

他将勺子朝宋青春又抬了抬，等到她接过后，就拿着筷子夹了一块鱼肉，放在自己面前的小碗里，将碎刺一根一根挑掉，然后将碗放到她的面前，将她那只空碗抽走。

苏之念夹了宋青春最喜欢吃的虾放在碗里，卷了卷袖口，正准备帮她剥虾壳，看到她举着勺子，愣愣的，一口汤都没动，于是对她说：“程秘书上去了，我就不用去了。有她在，事情可以处理好。”

宋青春委实安心，也着实饿了，在苏之念的陪伴下，专心致志吃起了晚饭。吃到六成饱的时候，宋青春喊了他的名字：“苏之念？”

“嗯？”苏之念散漫地应了一声，又抽了一张纸巾。

宋青春知道他没看自己，却还是低下头，用力捏着筷子，声音细细地说：“对不起啊。”

苏之念擦手的动作停下。她声音清清浅浅地传来：“今晚真的很对不起，希望没有给你带来麻烦。我只是不喜欢找女孩的男人。你是我朋友……我不喜欢你染上这种坏习惯。”宋青春盯着苏之念的眼睛，“更何况，你不是有喜欢的人吗？为什么还要找女孩？你不觉得这样做，玷污了自己的感情吗？难道你们男人都喜欢这样吗？”

原来，她以为他有找女孩的习惯？

“那些女孩不是我叫的。”苏之念说得风轻云淡，心底早已急成了一团，垂了垂眼帘，“那是李总叫的，他喜欢……你也知道，谈生意，有些时候身不由己……"

宋青春不明白为什么，心情一瞬变得格外好。

"那两个女孩跟我的确没有任何暧昧。"苏之念说完又加了两个字，"真的。"接着，他的神情变得格外严肃，一字一顿地说，"我的身心只会是她一个人的，即使我们不能在一起，我也绝对不会碰除她之外的任何女人。"

宋青春听到这里，表情瞬间定格。怎么会在听到苏之念表达对别的女人的爱意时，会心痛成这样呢？

苏之念看宋青春良久没有反应，忍不住喊她的名字。她眼睛眨了眨，还是没回神，他伸出还没擦干净的手，敲了敲桌面："怎么了？"

宋青春全身打了一个激灵，回过神来，意识到自己的失态，急忙垂下眼皮："没，没事，就是刚刚肚子难受了一下。"

"现在好些了吗？要不要喝点热水？"苏之念没等宋青春点头，招呼服务员倒了一杯热水。

她深吸了一口气，对苏之念语气平缓地说："我去趟洗手间。"

苏之念并没多想，点头说："好。"

宋青春一等他点头，立刻拿了包，从座位上站了起来。

宋青春站在洗手台前，洗了一把脸，抬起头，盯着镜中的自己。她隐隐像是看懂了什么，指尖轻轻地颤抖起来。她紧紧地抿了一下唇，将手中的纸巾扔进垃圾桶，然后慢慢地转身，走出洗手间。

她站在安静的楼道里，盯着不远处的包厢，却没回去，反而走向身后的电梯，下楼、离开。

尽管苏之念说了，李总的那份合同签不了就别签，程青葱还是想尽办法，让李总在合同上签了字。她知道，李总的这份合同对他、对苏氏企业有多重要。

程青葱不知道自己在里面到底被李总灌了多少瓶酒，只知道喝到最后，已经尝不出酒的滋味，只是压着腹部的难受，像是喝白开水一样，一杯接着一杯往嘴里灌。

她很早就醉了，可待哄得李总高高兴兴签了字后，她才拿着合同站起身。她脚步虚浮，没走几下，就摔倒在地。她扶着墙，勉强站稳后，盯着合同，很开心地笑了。程青葱将合同仔仔细细看了好几遍，然后小心翼翼地放进包里，才撑着墙壁，一步一踉跄地朝洗手间走去。

洗手间地上都是水，程青葱一不小心就摔倒在地。她深吸了好几口气，不知道第几次用尽全身的力气，从地上努力爬起来。这一次，眼看着快要站起身，她的腿又是一软，人就朝前面扑去。

程青葱下意识闭上眼睛，预想中的疼痛却没有到来。一只手扯住了她的胳膊，阻止了她的下坠。

“小姐，你还好吧？”一个温润如玉的声音传入她的耳中，她被那只手缓缓地拉了起来。

“……原来是你？”程青葱的耳边又传来如玉般好听的声音。

是她认识的人吗？程青葱努力睁着眼睛，看向面前的人，只觉得面前有三个人头在晃。她看了许久，看不清他的长相，忍不住晃了晃脑袋。她险些吐出来，勉强问了一句：“你、你是谁？”

“你不记得我了？之前你去医院给宋宋送东西，误进了我的病房。”

男子的声音再次响起，程青葱隐隐约约地想起来，似乎是有这么一回事……那个人叫、叫什么来着？

程青葱紧紧皱眉，过了好一会儿，说了一个字：“秦……”

“秦……”她又重复了一遍，眼前一黑，人醉倒在面前的男人怀中。

“喂？喂？程小姐？”秦以南晃了晃怀中的女子，看她闭着眼睛，完全没有醒来的迹象，左看右看，发现她连同伴都没有。他总不能把她直接丢在这里不管吧。

秦以南挣扎了片刻，只好把她打横抱了起来。

“金碧辉煌”是有住房部的，秦以南拿自己的身份证开了房，把程青葱抱进去，放在床上。他给她盖好被子，起身准备离开的时候，她突然抓着他的手腕，低低地叫了起来：“水、水……水……”

真是麻烦……可她似乎是宋宋的朋友……秦以南想了片刻，将手从她手中抽走，走向吧台，拿了一瓶矿泉水拧开，坐在床沿上，将她的身体撑起，把水一点点喂给她喝。

喝完水，程青葱安静了许久。秦以南把被子重新给她盖了盖，起身离开。

宋青春像被操控的傀儡，茫然地盯着正前方的道路，漫无目的地开着车。她不知道自己开了多久，也不知道往哪里开，只知道车窗外亮着的霓虹灯越来越少，才听见包里的手机响起来。

她将车子停在路边，摸出手机，看到是苏之念打来的。电话迟迟无人接听，自动挂断。宋青春看到屏幕上显示着苏之念的十七个未接来电和十三条短信。她还没来得及去看短信的内容，苏之念的电话再一次拨了进来。宋青春犹豫片刻，接听。她还没说话，里面就传来苏之念略带几分急躁的声音："你在哪里？"

宋青春用力捏了捏手机，一边道歉，一边撒谎："对不起，我临时有点事，忘记跟你打招呼，先走了。"

电话那一端，苏之念沉默了好一会儿，出声问："你没事吧？"

"我没事。"宋青春故作轻松地对着电话笑了一下，像是为了掩饰心虚，"公司临时有点急事……"

苏之念似是信了，语气也跟着平缓下来："几点结束？要不要我过去接你？"

"不用啦，我开了车。"

"那好吧，回家的时候注意安全，到家了给我发个短信。"

"知道了。"宋青春停了停，"那我先忙了？"

"嗯，再见。"宋青春匆匆地说了一句再见，急急切断了电话。

她将手机放在一旁，坐在车里出了一会儿神，透过车窗，发现自己竟然开到了北海公园。此时已经深夜十二点钟，周围安静得一塌糊涂。宋青春想了想，推开车门，下了车，然后进了北海公园。进门左拐就是湖，她不辨方向地往前走。

夏季，深夜的风从湖面上吹来，带着湿气和凉意，吹得她裙摆和头发不断飞扬。她随意理了理头发，继续往前走。她缓缓地转了转眼珠，发现自己站在拱桥上。她趴在桥栏杆上，看着波光粼粼的湖面。

今晚看到他的包厢里进了女孩，她之所以那样烦躁和愤怒，是因为嫉妒。今晚听到他说，他的身心只属于那个叫婷婷的女孩，她之所以那么心痛，是因为羡慕。她再也无法欺骗自己……苏之念在她的眼里，不是曾经那个令她讨厌的人。即使她不知道，到底是什么时候，她的注意力从以南哥的身上转移到了他的身上。即使她不知道，到底是什么时候，她的心遗失在了他的身上。现在她不得不承认一个事实：她似乎喜欢上了苏之念。这种喜欢，远比她预想的要深刻、浓重。

宋青春从北海公园出来，回到车上，已经是凌晨三点钟。此时的北京城宛如五彩斑斓的灯城，漂亮繁华，精致安静。

宋青春下车的时候没带手机，发动车子前，拿起手机看了一眼，除了她之前一声不吭离开“金碧辉煌”时苏之念给她发的三十多条消息外，还多了两条新消息。

“还在忙吗？”

“？”

宋青春没想太多，直接打了一句话：“忙完了，准备回家。”发出去后，宋青春才注意到，苏之念那两条消息分别是两个多小时以前和一个多小时以前发的。

他应该睡了吧……她这条短信发过去，会不会把他吵醒？宋青春一边担心，一边发动车子，转着方向盘上了路。开出去还没二百米，放在副驾驶座上的手机就叮咚响了一声，宋青春下意识侧头瞄了一眼，看到是苏之念发来的短信。她将车速减缓了一些，空出一只手拿起手机，看了一眼内容：“嗯。”

是被她吵醒了，还是没睡？宋青春想了许久，打出几个字：“时间不早了，你还不睡吗？”

“等你到家。”苏之念回了简单的四个字，宋青春却懂了他的意思。他是说，等她到家后，他再睡。这让她清楚地感觉到，自己对他的爱更加强烈。

宋青春将车子停稳，一边上楼，一边给苏之念回消息：“到家了。”

他像一直守在手机前，很快有了回复：“早点睡。”

“嗯，晚安。”发完消息，宋青春进了浴室。

和以往一样，洗完澡她出来，拿起手机就看到屏幕上显示着苏之念发来的两个字：“晚安。”

怎么办？似乎在意识到爱上他之后，她对他的爱越来越强烈。那股爱意，似乎要把她的胸膛填满。

青岛出版社
QINGDAO PUBLISHING HOUSE

第十一章
那是你喜欢的女孩？

程青葱醒来的时候，窗外天已大亮。

昨晚喝了太多酒，胃到现在还烧得厉害。她在柔软的床上躺了许久，才勉强撑着宿醉，艰难地坐了起来。

自己身处装潢奢华的房间，脑袋上方还挂着一张油画。这似乎是酒店？程青葱心底顿时咯噔了一下，下意识掀开被子，看到衣服完好地穿在自己身上，这才暗松了一口气。

泡了热水澡，人舒服了许多。程青葱拿包的时候，看到床边的柜子上放了一瓶打开的矿泉水，已经被喝掉大半瓶。

程青葱的脑海里掠过断断续续的片段，一个男人抱着她，喂她水，还伸手帮她擦了擦从嘴角漏出的水，然后给她盖了被子。

那男人是谁？程青葱绞尽脑汁想了许久，没想出什么来，只好拎着包走出房间。

程青葱去前台退房的时候，前台小姐告诉她："秦先生已经在昨晚结过账了。"

秦先生？那个照顾她的人吗？只是，是哪个秦先生？程青葱把自己认识的男人都想了一遍，也没找出来一个姓秦的。她微蹙了一下眉心，礼貌地对前台小姐问："请问，秦先生的全名叫什么？"

前台小姐低头查了一下记录，抬起头，微笑地对程青葱说："秦以南先生。"

秦以南……秦以南……这个名字在程青葱的口中无声绕了好几遍，她猛地想起了是谁。原来是他……宋小姐那位青梅竹马，秦以南。她虽见过他三次，但算起来两个人也就在病房里有过一面之缘。别说是朋友，就连相识都算不上，只是没想到他竟然会帮她……

程青葱愣了一阵子，朝前台小姐温柔地笑了笑，又提出一个要求："能不能麻烦您把秦以南先生的电话告诉我？"

前台小姐很好说话，语气恭敬地跟她说了一句稍等，低下头念了十一位数字。程青葱将号码保存在手机上。

坐在车上，程青葱拿着手机，给秦以南发了一条短信："秦先生，您好，我是程青葱，感谢您昨晚的帮助。不知道您方不方便，可以告诉我您的支付宝或者银行卡吗？我将昨晚酒店的钱还给您。"

自打那一晚，宋青春看清了自己的心，知道她已经深深地爱上苏之念后，就过上了快要被逼疯的日子。她只坚持了半天不和他发短信，人就变得无精打采，干什么都提不起劲，直到回了他的短信，她才活过来。如果看到是苏之念的短信，她会傻笑不已；如果不是，她会失落地紧锁眉头。

开会的时候，她明明在做会议记录，结果回到办公室，打开电脑，看到屏幕上满满当当的"苏之念"。她开始吃他喜欢的饭菜，喝他喜欢喝的牌子的水，用他喜欢用的牌子的香皂，甚至还买了上百种香水，为了找到和他身上相似的气味。

她明明已经对他很了解，却还是对着电脑，搜他的名字。她一边纠正百度百科上关于他的错误信息，一边了解一些她不知道的情报。

她从网上知道，他的生日是六月十五号。这个日期她再熟悉不过，因为六年前，就是六月十五号，她被喝醉的他……

原来对她来说是噩梦的一天，却是他的生日。这些年，她一直很不愿意去想那一天。

当年……他是想让她陪他一起过生日吗？想到这里，宋青春很惭愧。

若她知道是他的生日，绝对不会那样做……

六月十五号，还是他和她约好看电影的日子。

六月十五号，早上不过六点，她就爬了起来。

今天是他的生日，她早在两天前知道的时候，已经想好去商场帮他挑份生日礼物了。

时间尚早，商场还没开门。

宋青春点开短信，快速敲打起来："我喜欢你。"

喜欢不够深刻，她改成："苏之念，我有重要的事告诉你……"

不知道改了多少次，短信编辑栏里只有三个字："我爱你。"

宋青春盯着手机屏幕，呼吸急促起来。指尖抬起又放下，如此反复好几次，始终没有按下发送键。

怎么办？万一她告白了，他和她是不是连朋友都做不成？没有他的世界……她的胸口疼了起来。可是不尝试，又怎么知道一定会被拒绝呢？

宋青春烦躁地揪了揪头发，将手机扔在床上。

因为太爱，总是会有很多担忧。宋青春纠结许久，告白短信终究没有发出去。十点的时候，她收拾妥当，去了商场。

竟然足足逛了四个小时，才挑到合适的。回到车上，她看着礼物，再次纠结起来。他不是说过，自己喜欢的婷婷，一辈子都不可能和他在一起吗？

宋青春拿出手机，盯着编辑栏里始终没有发出的三个字。

告白是痛苦，被拒绝也是痛苦……她到底要怎样选择？宋青春崩溃地晃了晃脑袋，竟然不小心碰到了发送键，"我爱你"三个字，在她没发觉的时候，已经成功送达苏之念的手机上。

今天是周六，苏之念的生日，也是他每周去探望母亲的日子。因为提前和宋青春约好看电影，所以以往过了中午才去母亲那边的苏之念，特意赶在上午过去。

中午在母亲家吃的饭。吃过午饭，他本想帮母亲收拾餐桌，却被母亲赶去客厅的沙发上休息。

夏日午后易犯困，许是长久不喝酒的缘故，尽管只有小半杯，他还是借着微醺的酒劲，靠在实木沙发上，慵懒地闭上了眼睛。

睡得正沉，放在胸前的手机突然振动了一下，将他从梦中惊醒。苏之念闭着眼睛躺了半分钟，才将手机举到面前，睁开眼睛去看。

宋青春发来的短信，只有三个字——

我爱你。

窗外是夏蝉的鸣叫，身后是母亲洗碗的流水声，隐约可以听见远处后山的泉水潺潺。苏之念愣愣地盯着手机屏幕，只觉如梦如幻。他将屏幕上的三个字，挨个地拆开，仔仔细细地确认了好几遍，然后又组合在一起，默念了无数遍，才敢相信，这一切都是真的。

她对他说“我爱你”。简单的三个字，却像巨雷，轰然炸开在他的世界里，炸得一片地动山摇。他握着手机的指尖颤抖得格外厉害，就连呼吸都变得有些急促不稳。他像是失去了理智，一下子从沙发上站起来，握着手机，大步朝屋外冲去。

他没换鞋子，甚至在下楼梯的时候，拖鞋跑丢了一只，也没折回去穿。他拉开车门，一边往里坐，一边点开手机，飞快地输入：“你现在在哪里？”

苏之念打完最后一个标点，正准备点发送，忽然想起，他没有资格和她在一起。刚刚胸膛里有多炙热，此时就有多冰寒。

或许是她的玩笑也说不准。苏之念一边安慰自己，一边慢慢从车上下来，一步一步折回了屋里。

母亲还在厨房里忙碌，苏之念倒在沙发上，再也没了半点困意，脑海里都是宋青春的那条短信。

苏之念一直等到歌唱到“藏在我回忆里的那人，愿你现在过得幸福安稳”时，才捞起手机，起身走到窗边，接听电话。

宋青春抓狂了好一阵子，低下头去看手机屏幕，整个人目瞪口呆。她怎么把上午打在编辑栏里的短信发出去了？而且已经发出去五分钟，上面还显示着消息已送达的字眼，这说明，这三个字，苏之念已经看到了？！

宋青春的大脑瞬间炸开，再也顾不上纠结了一整天的要不要告白，心底只剩下紧张和不安。这下该怎么办？她要不要现在立刻给苏之念发一条短信，告诉他她发错了？可是这样的话，他会不会误会自己要跟其他人告白？但是，万一她被苏之念拒绝怎么办？

随着这些问题逐一跳入宋青春的脑海，本来惊慌失措的她，反而渐渐冷静下来。

这大概是宋青春一生之中，最漫长的等待。三十分钟，她的心底涌现很多情绪，像是在地狱里挣扎。她的心情也从最初的紧张落到了谷底。

他看到短信，却沉默着不回复，这是什么意思？拒绝吗？难道从现在开始，他和她连朋友都做不得了？宋青春心里布满密密麻麻的刺痛和冰凉，整个人微微发抖。

怎么办？她还没做好失去他的准备……而且今晚他和她还约好一同看电影，今天还是他的生日，她给他准备了礼物，特意订了一个蛋糕，还想在看完电影后，约他吃夜宵，给他一个惊喜。

在等苏之念接电话的过程中，宋青春拼命深吸了好几口气，让心情稍微平稳一些。电话被接听后，她紧握手机，对着话筒轻松地喂了一声。

“嗯。”电话里传来苏之念清清淡淡的声音。

宋青春暗吸了一口气，笑眯眯地说：“苏之念，那个刚刚的短信……是个游戏。”

电话那边的苏之念，一时没说话。

尽管他看不到她的表情，她还是努力扬了一下唇角，让自己把接下来的话说得更自然轻松一些：“我跟朋友打赌，输掉的人必须给通话记录中的第三个人发一条‘我爱你’的短信，而且三个小时内不能解释，很不幸我输掉了，然后很凑巧，通话记录的第三个是你，再然后那个……你就知道了……”

这是她心慌之下，想到的唯一办法。既可以掩饰她的真心，又可以化解那三个字带给他们的尴尬。

宋青春苦涩地继续说：“现在朋友去洗手间了，我趁着她不注意，连忙给你打个电话过来……希望没有给你造成误会。对不起啊。”

电话那边静了片刻，传来苏之念寡淡的声音：“没事。”

他似是不愿意过多讨论那条短信，下一秒就说：“今晚的电影，需要我来接你吗？”

他主动提了电影，说明是信了她的谎言吧？也说明她保住了和他的朋友关系吧？明明应该开心，可是宋青春觉得心底酸涩得厉害。她努力弯着唇，脆脆地说："好啊，不过我还不知道晚上会在哪里，等下发短信告诉你好吗？"

"好。"

宋青春怕自己会暴露真正的情绪，等来苏之念的回应，立刻说："我朋友从洗手间里出来了，我先挂了啊，等会儿再联系。"

苏之念还没来得及嗯一声，电话就被宋青春急急挂断了。他站在窗边，听着听筒里传来的嘟嘟声，半晌没把手机从耳边拿下来。虽然一句"我爱你"，他给不了任何回应，可是当他知道，真的如同自己猜测的那样，只是一个玩笑的时候，心底还是浮现浓浓的失落。其实这样真的很好，她没有爱上他，他和她可以继续做朋友。他不应该难过……

"阿念，阿念？"沙发上的苏母看苏之念愣愣地站在窗前，良久都没说话也没反应，忍不住喊了他几声。

苏之念愣愣回神，看了一眼母亲，带着几分慌促，将胳膊落了下来。

苏母等苏之念坐下，立刻带着几分期待问："给你打电话的是个女孩？"

苏之念微微颔首，将手机举到面前，动作生硬地将自己打在手机屏幕上的那一句"你现在在哪里"一字一字删掉。

苏母看到苏之念点头，越发欣喜："那是你喜欢的女孩？"

苏之念嗯了一声，然后点上宋青春发来的"我爱你"那条短信。他按了一阵子，上面出现了删除的字眼。

这只是一场玩笑，删掉也罢……

苏之念抬起指尖，对着"删除"两个字顿了一会儿，最终没有点下去。留一个纪念吧，哪怕只是玩笑。

原来她的儿子有喜欢的女孩啊……苏母笑得合不拢嘴："阿念，你有喜欢的女孩子，怎么一直都没跟妈妈提过？既然喜欢，就带回家给妈妈看看好吗？"

越是谈婚论嫁的话题，苏之念的心情越是沉重。他将手机缓缓收了起来，语气不温不火地回："再说吧。"

"什么叫再说吧？既然喜欢，那就娶回家。你放心，不管那女孩怎样，只要是你喜欢的，妈妈都没有意见。"

只要是他喜欢的，她都没有意见？那是除了宋青春之外的任何女孩吧？若是他真的把宋青春带回家，怕是第一个站出来拒绝的就是她吧。

苏之念无声无息地抿了一下唇角，垂下眼帘，遮掩住眼底的黯淡。

晚上，宋青春和苏之念见面后，将自己的情绪拿捏得很好，一举一动、一言一行都和从前一样自然从容，从她的身上根本找不出半点喜欢他的迹象。

看电影的时候，宋青春只看了二十分钟的剧情，所有的注意力都放在身边的苏之念身上。她看似盯着大屏幕，实际上眼角余光一直打量着他俊美耀眼的侧脸，满脑子想的都是自己和苏之念在一起的美好画面。

电影散场，根本不知道演些什么的宋青春，笑眯眯地对着苏之念把这部电影夸赞了一通。

出了电影院，已是十一点半。

只剩下半个小时，苏之念的生日便要过去。宋青春早在来电影院之前，就已经做好了安排，上了苏之念的车后，指着电影院前方不远处的一家二十四小时营业的茶餐厅说："我们去那里吃点夜宵吧？"

苏之念点头，缓缓将车子停在茶餐厅门前的路边。

茶餐厅布置得很优雅，里面摆放了很多绿植，连天花板上吊着的灯都是花盆装饰的。顾客并不多，只在进门的地方有三两桌人，低声浅语地聊着。正中间的舞台上，一个年轻女子抱着吉他，歌声轻柔。

茶餐厅的气氛清冷却不失韵味。宋青春和苏之念挑了最里面的位子，面对面坐下。很快就有女服务员抱着两份菜单走来。宋青春将其中一份推到苏之念面前，兀自掀开剩下的那份。

只有两个人，又是大半夜，宋青春点了四个家常菜，然后抬起头，问苏之念："你要吃点什么？"

苏之念没有半夜吃东西的习惯，根本没有打开菜单，听到宋青春问话，侧头对服务员说："一杯摩卡咖啡。"

"好的，先生。"服务员记下后，转头看了一眼宋青春，"小姐，您要喝点什么吗？"

宋青春翻了翻饮料单，选了一杯热奶茶，然后朝服务员招了招手，拿着手机屏幕也不知道给服务员看了什么，服务员微笑地点了一下头，收起菜单离开。

很快，女服务员推着小车走了过来。小车上放了一个圆形托盘，上面罩了一个西餐保温盖。

茶餐厅多数会有保温盖，上菜的时候，服务员报完菜名，会帮忙将盖子掀开并带走，可是这个服务员不但没报菜名，也没掀保温盖，只是将托盘放在餐桌的正中央，双手交叠在腹部，微笑着鞠躬，说了一句“请慢用”，就转身离开了。

苏之念盯着离去的服务员，眉心蹙了蹙，刚准备开口喊住服务员，宋青春却拿起手机，看了一眼时间，惊呼一句：“哎呀，只剩下五分钟了。”

苏之念眉心轻动，宋青春从座位上站起，伸手掀开了托盘上的保温盖。一个约莫六寸大的精致蛋糕，缓缓落入苏之念的眼底。

她刚刚并没有点蛋糕啊……苏之念有些诧异地抬起头，看向宋青春。

宋青春将保温盖随手放在一旁，坐回沙发上，从包里掏出一个包装精致的宝蓝色盒子，递给苏之念：“苏之念，生日快乐。”

苏之念盯着宋青春，愣了好一会儿，才眨了眨眼睛，视线落向她手中的礼物上，直到服务员推着小车过来上菜，他才清醒过来，接过宋青春手中的礼盒，低沉地说：“谢谢。”

服务员上完菜，推着小车离开，苏之念将礼物小心地拆开。

一条LV限量版皮带。

宋青春看着苏之念，微微一笑问：“喜欢吗？”

“喜欢。”苏之念修长的指尖轻轻绕着皮带边缘滑了一圈，然后抬起头，盯着宋青春又说，“谢谢。”

宋青春笑了笑，低头看了一眼时间，11点59分55秒，她在最后五秒钟，把刚刚说过的话重复了一遍：“生日快乐。”

“谢……谢。”苏之念的神情看起来很平静，在她没有看见的地方，他盖上礼物盒子，手抖得不像话。他做梦都没想到，有生之年竟然能从她嘴里，听到“生日快乐”。更没有想到，有生之年能从她的手中接到生日礼物。

苏之念等胸中的波涛平息了一些，才抬起头，凝视着宋青春问："你怎么知道今天是我的生日？"

宋青春歪着脑袋，诚实地回答："我在网上无意看到的。"

苏之念点了点头，眼神变得有些深邃："所以，你特意准备了这些？"

宋青春心跳漏了一拍，轻轻嗯了一声，耳根有些红，急忙拿起桌上的蜡烛，插在蛋糕上，然后点燃蜡烛，隔着摇曳的烛光，对苏之念说："虽然你的生日已经过了，但还是吹个蜡烛，许个愿望吧。"

她压低声音，柔柔地给他唱了一遍生日歌，唱到最后一个字的时候，苏之念配合地垂目许起了愿。她凝视着他，忍不住出神。

他许完愿，缓缓地掀起眼皮，和她的视线对在一起。不知这般对视了多久，直到蜡烛燃尽，一根接着一根熄灭，两人之间光线转暗，他和她才回过神来。两个人同时一愣，十分默契地转头看向窗外。

餐桌上的气氛，因为刚刚的对视，变得诡异而暧昧。两个人却像什么都没发生过，看起来很淡定。只有宋青春知道自己的心跳到底有多快，只有苏之念清楚自己的血液如何的翻滚沸腾。

宋青春暗暗抓着衣襟，绞尽脑汁想了半晌，终于想到切蛋糕。

苏之念眉眼清淡地盯着镜子，沉思了片刻，想到她买的蛋糕还没吃。

两人将视线从窗外拉回来，落到大理石桌面的刀叉上，然后她伸出左手，他伸出右手，一起朝刀叉上伸了过去。他和她的手同时触到刀柄，他的指尖碰上她的指尖，对方的体温带着强大的电波，瞬间传遍两个人的全身，电得两人身体同时震了震，然后一同缩回了手。她的心跳得更快，似乎随时会从嗓子眼里蹦出来。他的血液翻滚得更张狂，连带着呼吸都有些急促。暧昧诡异的气息越发浓烈，绵绵的，缠缠的，荡漾在他们不稳的呼吸里。

宋青春垂下脑袋，不安地揪了揪衣襟。

苏之念垂了眼帘，暗暗地吐出一口气。

她抬起头，他掀起眼皮，又同时看向对方，视线再次撞到一起。他和她的呼吸都是一滞，到嘴边的话谁都没说出来，一个咬着下唇飞快地转头看向窗外，另一个指尖轻颤，故作淡定地也将视线朝窗外递过去。

尴尬的气氛不但没有缓解，反而加剧。整个画面像是凝滞了，他和她没敢转头去看对方，异口同声地说：“你……”刚说了一个字，听到对方的声音，同时闭上了嘴。

她盯着窗外想：今晚到底是怎么回事？她去拿刀叉，他也去拿，她去看他，他也来看她，就连说话也是撞在了一起……可是，总不能让气氛一直这么压抑下去吧？

他眉心蹙了蹙，也在想：如果这茶餐厅的桌子下面没有被木板隔开，他和她或许就不会有这么多的默契撞在一起，也不至于让场面僵持……不管怎样，总是要缓解一下。

她想法落定的时候，他的想法也恰巧落定，两个人又一次一同开口：“我……”

他和她停了下来，她想说你先说，他想说你先说，沉默了片刻，两个人都出了声：“你……”

快要崩溃的宋青春，没有任何犹豫地开了口：“那个，你先说吧。”

“你先。”苏之念也说了一句完整的话。

宋青春没客气，朝苏之念温婉地笑，抬手指了指燃尽蜡烛的蛋糕，说：“该切蛋糕了。”

“嗯。”苏之念应了一声，拿了刀叉，微微起身，将小巧精致的蛋糕横竖两刀切为四块，然后拿了碟子，先帮宋青春盛一块，再夹了一块放在自己面前的碟子里。

苏之念不喜欢吃甜食，一般情况下，蛋糕只是尝了一口，就腻得吃不下去，他却还是拿着叉子，很认真地一口一口吃着。这是她送他的生日蛋糕啊……

他都记不清，自己到底多长时间没吃过属于自己的生日蛋糕了。这么多年来都没忘记过的感动和触动，再次熟悉地涌动在胸膛，让苏之念的嗓子眼有些发堵。

蛋糕明明软又糯，他却吞咽得十分吃力。他清楚地感觉自己的眼眶发热、泛酸。他将头低得更厉害，努力让姿态看起来很优雅，一滴眼泪缓缓地砸在蛋糕的奶油上，砸出一个轻微的坑。

苏之念将碟子里的蛋糕吃得干干净净，放下叉子，微垂着眼帘，把心情调整好，才看向了坐在自己对面的宋青春。

宋青春碟子里的蛋糕只剩下一小块，发觉他在看她，朝他说了一句什么。她嘴里含了东西，他没听懂，她将嘴里的蛋糕吞咽入腹，端起一旁的热奶茶，喝了一口，清了清嗓子，又说："我刚刚说，吃蛋糕都吃饱了，这些菜要吃不下去了，好浪费。"

苏之念注视着宋青春，好一会儿才出声："没事。"

"可是，总不能一点也不吃吧，心里怪难受的。"宋青春盯着还没动过的菜，懊恼地蹙了蹙眉。

苏之念一眨不眨地盯着宋青春苦恼的小脸，没吭声。

"要不……"宋青春想到苏之念不做饭，抬起头盯着他，用商量的语气问，"你打包回家？"

苏之念没点头也没摇头，仍是直直地盯着她。

宋青春眉心动了动，苏之念突然喊了她的名字："青春。"他的声音不高，清雅中夹杂着一丝令人心颤的低沉。

宋青春被他喊得心跳蓦地一停，过了片刻，才嗯了一声。

"青春……"他又喊了一遍她的名字，声音比刚刚轻柔许多，这次没停顿，目光却变得极其严肃，"对不起。"

宋青春怔怔地啊了一声，问："对不起什么啊？"

苏之念又重复了一遍"对不起"，面色和语气格外庄重，让宋青春的坐姿都跟着变得端庄了起来。

她目不转睛地盯着他，过了大概十秒钟，他说："六年前的昨天，真的很对不起。"

他一直很想对她说对不起。那一晚，他真的不是故意要去伤害她。可是六年前发生了太多的阴错阳差，他始终没能认认真真地对她说一句对不起。这些年来，他和她形同陌路也好，他和她亲密友好也罢，谈过很多天，论过很多地，却唯独没有提过这件往事。

即使有那么一次，两人不知道怎么回事，聊到了高考分数。她说高考分数出来的那一天，她大早上就守在电脑前，苏之念迟迟没有接话，然后她想到，高考分数出来的那天，恰是他和她吵得最凶的日子。

那一晚的事，就像他和她之间的禁区。没想到，今晚竟然被苏之念点破了。

六年前的那一晚，就像一个噩梦，困扰她长达两千多天。虽然宋青春不知道自己是从什么时候开始，变得不是那么介意了，但并不是一点也不介意。可是现在，当她听见苏之念这一声迟来了六年的对不起时，心底狠狠地触动了一下，然后仅存的一点点芥蒂，就这么烟消云散了。

"事情都过去了，就让它过去吧。"许是苏之念主动提起，宋青春也主动迈了一步，"再说，我也应该跟你说句对不起。"

宋青春语气轻柔地说："那天，我们约好一起吃晚饭，我不该一声招呼都不打就爽约的。"

年少的时候，他给了她伤害，她也给了他伤害。那些伤害就像打在心口的烙印，不管过了多少年，每每想起，都疼痛难忍。可是往往，给你疼痛的那个人，也拥有抚平你疼痛的力量。

她这么柔和的道歉，让他的身心舒展了许多。曾经受过的那些痛，都变得不重要了。

"不管怎样，始终是我对不起你要多一些。"他看着她，眼神变得温软，"不过，那一晚的事情，最后怎么会在学校里闹得沸沸扬扬，我真的不知道。"

六年前，苏之念这么说，宋青春是不会信的，可是六年后，经历了太多，也了解了太多，她没有任何迟疑就相信了他的话。

"那时我在学校听到那么多流言蜚语，真的很气愤，而你又……"

苏之念虽然没有接触她的身体，却懂她的意思。他朝她点了点头。

她继续说："……我是真的有些怨恨你，所以当时失去了理智，冲回家里，二话不说就跟你翻了脸，还打了你，骂了你，让你滚出宋家……"宋青春声音小了下去，脸上挂满了抱歉。

"你生气也是应该的，毕竟是我不对在先，况且那一天我的态度也不好……"

他和她都是固执的人，却又都是温暖的人，一个先让一步，另一个就会跟着让一大步。那些横亘在两人之间的隔阂，就这么消失不见。

聊到最后，宋青春觉得卸掉了一块大石，骨子里往外透着轻松。她很开心，双手撑着下巴，笑眯眯地看着苏之念，感叹了一句："时间过得真快啊，转眼我们都高中毕业这么多年了。”说到这里，宋青春苦着小脸，故作郁闷地叹息了一声，“唉，都老了……”

“哪里老了？”苏之念看着宋青春，声音低沉醇厚，“你还是和当年一样，年轻漂亮。”

苏之念这是在夸她吗？宋青春心底泛起丝丝缕缕的喜悦，眼底的光跟着亮了许多：“哪里还不老啊？我都被宋孟华逼着相亲了！”

相亲？苏之念眉心微蹙：“什么时候的事，我怎么不知道？”

“就是前两个月的事。六十天，整整见了上百个男人。”想起相亲噩梦的宋青春，忍不住打了个寒战，然后她猛地意识到了什么，奇怪地自言自语了一句，“不过最近也不知道怎么回事，倒是不怎么逼我了。”

上百个男人？苏之念郁闷了起来。那两个月恰是他昏迷的时期，没在她身边，不知道她有没有看上哪个相亲男？

苏之念转了转心思，不动声色地问：“上百个男人，难道没有一个合适的吗？”

宋青春把脑袋摇得跟拨浪鼓一样：“没有啊，和他们里的百分之九十五连话都没说上一句……就算是仅剩的百分之五，说上了话，都不是我喜欢的类型。”宋青春一边说，一边偷偷地打量苏之念，“还有一个，那天我堵车了，晚了四十分钟，人到的时候，那个男的已经走了，害我被宋孟华好一顿训。”

苏之念不但没有同情，反而因为相亲男走掉，闷闷地轻笑了两声。想到她刚刚说的“都不是我喜欢的类型”，心底忍不住泛起涟漪。

尽管他知道，他和她无法在一起，可他还是很好奇她喜欢什么类型的男子。苏之念摆出闲聊的模样，端起咖啡，不紧不慢地吹了一口气：“你喜欢什么类型的？那么多男人，居然没一个达标的。”

在宋青春的印象里，只见苏之念笑过一次，此时他竟然笑出声，眉眼精致，宛如徐徐绽放的花。

她想都没想就脱口而出：“就你这样类型的。”

就你这样类型的……几个字飘进苏之念的耳朵，他端着杯子的手一抖，咖啡从里面飞溅出来，在他干净的白色衬衣上开出一小簇咖色的花。

他抽了纸巾，朝衣衫上还在往下流淌的咖啡液吸去。他的动作惊醒了宋青春。她盯着他，怔了片刻，小脸一下子变得通红，然后想到自己下午给他发的那条短信，他明明看到了，却始终没回……

宋青春压着心底的慌张，飞速转着大脑，急急对苏之念解释道："那个，苏之念，你别误会，我刚刚那话不是你想的那个意思。我意思是，你很符合我心目中要找的那个人……"

故作淡定的苏之念，手再次哆嗦了一下，咖啡杯从掌心滑落，砸在了地上。

不远处的女歌手恰好停止了唱歌，茶餐厅里格外安静，瓷杯落地的声音显得十分突兀。

她明明想要解释，怎么越描越黑了呢？宋青春恨不得一口咬掉自己的舌头，屏着呼吸，绞尽脑汁想了片刻，拼尽全力想挽回这个让她不知所措的场面："我刚刚表达错误，我说，你很符合我心目中要找的那个人……"

宋青春完全没注意，对面的苏之念，看着她的眼神都变了。

"是指你身上的一些特点，和我心中要找的那个人有很多相似的地方。例如……你多金，身高一米八，身材合适，不胖不瘦，能力又高。"宋青春暗暗松了一口气，"……年龄也合适。"

苏之念在看她，目光澄净。

他的眼睛像是深渊，吸引她坠落其中。是今天他给她道歉的缘故吗？她和他再这么对视下去，她对他的感情一定会暴露无遗的。宋青春又慌又惊，一下子从沙发上站起来，匆匆留了一句"我去趟洗手间"，然后逃命一样，没等苏之念回复，便起身离开了。

宋青春在洗手间里磨蹭了许久才出来，茶餐厅里只剩下她和苏之念那一桌。女歌手像是休息够了，再次抱着吉他坐在舞台上，正在垂头调琴弦。

苏之念一身清冷地坐在原来的位子上，双腿交叠，侧头看着窗外。地上摔碎的瓷杯已经被服务员收拾干净，桌上重新放了一杯咖啡，冒着袅袅的热气。

宋青春站在洗手间门口，暗吸了一口气，双手握拳，用力攥着掌心，慢慢走回座位。苏之念轻轻地转头看了她一眼。他的目光很淡静，神情平淡，似是什么事情都没发生。

宋青春轻轻地坐在沙发上，飞快地扫了一眼苏之念，垂下了头。苏之念语气不冷不热地开口：“你还记得之前给我看过的那份宋承的遗书吗？”

宋青春微怔了一下，心底的紧张和不安消散了许多，抬起头，对着苏之念点了点头，说：“记得。”

“当时你跟我说，宋承把你的名字写错了，所以你推断宋承不是自杀的，对吗？”

宋青春继续点头：“对。”

“宋承的这件事有点眉目了。”苏之念端起咖啡，慢慢抿了一口，将刚拿到没多久的消息一五一十地转达给宋青春，“我找人查过，用了将近五个月，终于查到一点消息。”苏之念顿了一下，盯着宋青春的眼睛说，“宋承跳楼身亡后，被送去医院，当时医生不是检查出他血液里有抗抑郁药的成分吗？而且剂量很大，说明他吃了很长一段时间的抗抑郁药。所以，当时所有人都以为宋承有抑郁症，而他没有告诉任何人，只是偷偷地接受治疗。他之所以跳楼，是因为抑郁症没有得到控制，对吧？”

“对。”

苏之念说：“现在我得到的消息是，宋承没有看过一次心理医生，也没有购买过一次抗抑郁药。”

宋青春动了动唇，没说话。

苏之念吞咽了一口唾沫：“你想，既然宋承有抑郁症，还吃抗抑郁药，那么说明他肯定去看过医生，但是现在我几乎查遍所有心理医生的诊断记录，都没有宋承的诊断记录。当然，很多人有心理疾病，不想让大家知道，会要求心理医生保密，但是保密不等于没有任何蛛丝马迹。而我查了这么久，一点痕迹都没有找到，只能说明一个问题——就是宋承没有抑郁症，从来没有买过抗抑郁药，他却长期在吃抗抑郁药，这又说明一个问题，很可能有人趁着他不注意，长期给他下了抗抑郁药。给宋承下药的这个人，很可能就是杀宋承的人，至于这个人是谁，我现在还不知道。”

宋青春听到这个消息，彻底震住了。苏之念看着宋青春，安抚道：“不过，你也别急，我会想办法继续查下去，也会尽早让你知道到底是谁杀了宋承。”

宋青春放在腿上的手狠狠哆嗦了一下，盯着他的眼神变得有些浮动：“谢谢你！”

一阵沉默后，苏之念抬起手腕看了一眼时间，已经快凌晨一点，他说：“时间不早了，我们走吧。”说着，苏之念就抬起手，想要招呼服务员结账。

“等等。”宋青春突然出声阻止了他。

苏之念转头，看向了她的脸。宋青春静静地看着他的眼睛，说：“苏之念，我有话要对你说。”

苏之念顿了一秒钟，朝宋青春微点一下头。宋青春从没有像现在这样紧张过，努力攥着拳头，缓缓地吐了一口气，认真无比地看着苏之念，一字一顿地说：“我刚刚说的是真的。”

苏之念眉心蹙了一下，似是没懂她的意思。宋青春深吸了一口气，把刚刚的话又重复了一遍：“我刚刚说，我想要找的是你这样类型的人，是真的。”宋青春一鼓作气把接下来的话和盘托出，“确切地说，我要找的不是你这样类型的人，我要找的就是你。”

苏之念脸上闪过一丝不易察觉的慌张，像是在害怕什么，急急打断了她的话：“青春……”

宋青春温柔地盯着他，说：“你就是我这些年来，一直要找的那个人。”

“青春……”苏之念语气严厉，让她不要再说下去。

宋青春沉默下来。

苏之念是宋青春来到这个世上，要找的那个人。遇见他，她就变得只想要他一人。宋青春想到这里，双眼明亮，认真注视着苏之念：“苏之念，直到现在我才知道，原来你就是我这些年来一直要找的那个对的人。”

“青春……”苏之念声音有些颤抖，语气透出一抹若有若无的祈求，“……别说了。”

已经晚了，根本停不下来……宋青春又开口：“苏之念……”

她刚喊了他的名字，他猛地从座位上站起来。

宋青春安静地坐在沙发上，盯着伸手从桌面上拿起车钥匙的苏之念，清晰温柔地说：“……我喜欢你。”

他后背一震，车钥匙从指尖滑落，砸在了地上，发出清脆的声响。手紧紧握成拳头，他安静了几秒钟，慢慢转头，低眉看向坐在沙发上的女孩。

宋青春仰视着苏之念，眼底的光彩似要溢出来。她朝他柔柔一笑，眉眼弧度优美：“苏之念，我喜欢你……”

在她意识到喜欢上他后，每次都期待和他见面，可见了面又紧张局促。在她动了跟他告白的心思后，心里更是七上八下，没有片刻消停。现在，她终于不紧张了，掌心的冷汗似是蒸发，心情格外平静。

苏之念慢慢别过头，看向窗外，像是全身力气被抽光，后退一步，跌坐在沙发上。

她攥了攥衣襟，朝苏之念笑了一下，慢慢地说：“我承认，从前我的蓝图里是没有你的，可现在我什么都可以不要，只是不能不要你……所以，你愿意让我梦想成真吗？我知道你有一个喜欢的女孩，你也说过，一辈子只会爱她一人……但你还说过，你和她一辈子都没有可能……如果可以，你的余生能不能让我陪你走？”

他抬起手轻轻地搓了搓脸，过了好一会儿，才掀起眼皮，对上她的眼睛：“青春……谢谢你的喜欢，我很高兴……甚至，还有点感动。你很漂亮、聪明，出身也不错……是个很好的女孩……但是……”苏之念停了下来，目光淡淡地盯着宋青春，像是在斟酌接下来要怎样说。

宋青春的眼泪缓缓流了下来，她知道，那些不过是安慰。

苏之念眼皮垂了垂，说：“……很抱歉……”

“歉”字落定的时候，他对准她的眼睛，坦然地说：“我并不喜欢你。”

我并不喜欢你……

宋青春脸上挂着泪，怔怔地盯着苏之念，清楚地感到力气一点一点被抽干。明明是炎热的夏季，她却手脚冰凉。这是她此生第一次告白，也是此生第一次被拒。她呆呆地盯着他，根本不知道应该做出怎样的反应。

过了好一会儿，苏之念看宋青春迟迟没有出声，又开了口：“现在不喜欢，以后也不会喜欢。”

苏之念绷了绷唇角，别过头，想了片刻，冷漠地留了一句再见。

再见……是再也不见的意思吗？她的一身孤勇、满腔深情，终是被他拒绝了。只是以后，他和她连朋友都做不成了吗？

她本能地喊住苏之念，阻止他离开：“苏之念！”

苏之念停了脚步，站在桌旁，侧头瞥着她。他目光太冷，冷得她没有勇气开口，吞咽了好几口唾沫，才仰着头问：“你是因为那个叫婷婷的女孩，才拒绝我的吗？”

苏之念点头，说：“是。”

他这样没有迟疑，伤透了宋青春的心。她知道自己这么问他，是想挽留一下：“可是……可是她不是跟你……不能在一起吗？你、你……”

她的话还没说完，他淡淡地开了口：“那又怎样？”

轻飘飘的四个字让宋青春张了张口，再也说不出一句话。

苏之念看她没说话，再次迈步，经过她身边的时候，宋青春不知哪里来的一股气，伸出手，抓住他的衣襟：“苏之念，我可以等……”

宋青春慢慢地对向苏之念的眼睛：“等你不想为了你喜欢的婷婷保持单身，等你想要找个人过下半生……”

他和她肢体的碰触，让他读到她此刻有多害怕，有多真心实意。

他避开她的眼神，冷着声音，说了很伤人的话：“谢谢你，但是我真的不需要你等。”

宋青春本想说，那个时候你可不可以优先考虑一下我？话没出口，就被他再一次无情拒绝。她是真的不知道该说些什么使他动摇了。她用力咬着下唇，看着他，眼底雾气越来越多。

苏之念抬起手，放在宋青春的手腕上。她知道，他是要扯掉她的手。她彻底慌了，死死抓着他的衣襟，问：“那……我们还可以做朋友吗？”问出这句话，宋青春才知道，原来爱到最伤心绝望的时候，是不会顾及自尊的。

苏之念的沉默让宋青春开始退步、妥协，继而语无伦次：“我们可以当今晚什么都没有发生，你也可以当我是不喜欢你的，我们还像之前那样，做朋友……对，就做朋友、做朋友……”宋青春似乎在一片黑暗之中，找到了唯一一缕亮光，连续重复了好几遍，带着期待和请求，朝苏之念问道，“好吗？”

“你觉得呢？”苏之念声音格外平静。

和刚刚一样，只是四个字，和刚刚一样，轻飘飘的反问语气，却让宋青春咬着下唇的力度更重了，有血丝渗了出来。

苏之念透过她抓着他衣襟的手，清楚地感受到她心底的难过，还是一身冷硬地接着说：“你是知道的，我一向都很讨厌女孩子追我，也知道追我的女孩是怎样被我拒绝的。所以，别逼我说出不好听的话来。”

宋青春抓着苏之念衣襟的力度变小，脑袋一点一点往下垂。是的，她知道。高中的时候，她亲眼见过好几次他如何拒绝女孩对他的告白。

苏之念顿了片刻，心硬地说：“我会和你做朋友，但不会和喜欢我的你做朋友。所以，以后不要再出现在我面前了。”

他感觉她身体的颤抖，可他没有任何心软，继续说：“因为我最讨厌死缠烂打的女孩，很招人烦，你知道吗？”

宋青春脸色苍白，大滴眼泪砸在苏之念的手背上。她仓促地收回抓着他衣襟的手。他在她松开的一瞬，大步流星地离开。

她听见他的脚步声渐行渐远。

她听见身后的门被拉开、被关上。

她再也听不见任何他的声音。

他说，死缠烂打的女孩最招人烦，是不是从此以后，她只能在思念中度过了？

从茶餐厅出来，苏之念掏出手机，拨了电话出去。挂断后，他昂起头看了看黑漆漆的夜空，才上了车。

秦以南是在梦中被电话铃声吵醒的。他晚上睡觉不喜欢有光，所以睡眠灯都不开。他睁开眼睛，看着漆黑的天花板，愣了好一会儿，才知道是自己的手机在响。他摸到手机，刚瞄向屏幕，就被光线刺得眯起眼睛，模模糊糊地看清屏幕上显示着“苏之念”三个字。

凌晨一点多钟，他给自己打电话做什么？秦以南用胳膊撑起身子，靠在床头：“苏总。”

“秦先生，”秦以南话音刚落，电话里就传来苏之念清淡的声音，混着夏季深夜的风声，“不好意思打扰你，如果你现在有时间，麻烦来中兴路金逸电影城附近的茶餐厅，接一下宋青春。”

“宋宋？”秦以南疑惑地问，“宋宋怎么了？”

“你来了就知道了。”苏之念显然没有太多兴趣，说完直接挂了电话。

秦以南心里七上八下，连睡衣都没换，只在外面披了一件外套，匆匆拿了车钥匙，出了门。

秦以南将车子胡乱停在路边，慌乱地推开车门，朝茶餐厅快速跑去。

秦以南推开门，根本没有理会服务生礼貌的招呼声，喘着气，在茶餐厅内快速看了一圈，视线定格在角落位子的宋青春身上。女孩背对着门趴在桌子上，身体不停轻颤。秦以南的心狠狠揪了一下，脚步微顿，慢慢停了下来。他盯着哭泣的宋青春，缓缓地迈着步子朝她走去。

靠得近了，秦以南才听见宋青春哭得嗓子都哑了。他没有打扰她，只是停在她身边，安静地站着，任由她哭泣。

秦以南一直等到宋青春的哭声转小，情绪不那么激烈的时候，才伸出手，握住她的胳膊，将她从桌子上拉起来，转过她的身体，让她面向自己。宋青春抬起湿漉漉的睫毛，看了一眼秦以南，然后垂下眼睑，眼泪又簌簌落了下来。

秦以南一声不吭地从桌上的盒子里抽了几张纸巾，帮宋青春默默擦起眼泪。纸巾湿透再换，换了又湿，直到一盒纸巾用光，宋青春终于止住哭泣。

秦以南柔声问：“我们走吧？”

宋青春红肿着眼睛，看了一眼秦以南，轻轻点头。

今晚目不转睛地盯着秦以南抱宋青春上车离开的，不止苏之念一人，还有将近四个月没和秦以南联系的唐暖。

唐暖是在回家路上，看到秦以南的车从自己车旁飞驰而过。其实这几个月，她不是没有见过秦以南，只是他不理她，她没理他。不知道是不是今晚喝了一点点酒，她透过后视镜盯着他渐行渐远的车子看了一会儿，然后在前方的路口掉转车头，追上去。

她看到他将车子停在一家茶餐厅的门口，隔着透明的窗户，她看见他走到座位前，将趴在桌上的人拉起来，温柔地擦眼泪。虽然那人背对着她，她看不清楚那人的容貌，但从背影和衣着，她还是一眼认出那是她最讨厌的宋青春。

秦以南不知道低着头对宋青春说了什么，她知道他肯定是眉眼温柔的模样。因为过去的那些年里，她不开心的时候，他一直都是用这种姿态哄她的。

心底的不平衡让她在秦以南发动车子的时候，也跟着踩了油门。她没想到，秦以南竟然把宋青春带回了他的家。强烈的愤怒和怨恨如同潮水，疯狂席卷了她。

高中的时候，就是因为宋青春，她被最爱的苏之念嫌弃厌恶，甚至他还暴戾地甩了她一耳光。她就是因为不服，才抢走了宋青春最喜欢的秦以南。这些年来，每次她都是靠着秦以南才能扳回一局……可是现在，就连秦以南都围着宋青春转了！

唐暖抓着方向盘的手开始用力，盯着秦以南家亮着灯的窗户，眼底有怨毒的光闪烁。

第十二章
他喊的是“婷婷”

苏之念拒绝太狠，狠得宋青春死皮赖脸去追求他的胆量都没了。

那晚她松开他的衣襟、他没有任何停留地迈步离开后，他就再也没有见过她。

是的，他再也没有见过她，她却可以天天见到他。电视的财经频道上、电脑的新闻报道里，经常出现苏氏企业或苏之念的新闻，每到那个时候，总有他的一段视频或照片出现。他还是老样子，站在镜头前一身冷漠，就连记者对他做采访，他也只是寥寥数字，敷衍而过。

其实她有悄悄地看过他，在他的公司楼下，像是当初她找他帮助宋氏企业那样，蹲点守着。她偷偷躲在垃圾箱后面、电线杆后面、路灯后面，生怕被他发现，有那么一两次，他恰好从她躲着的地方走过。她或者听见他熟悉的脚步声，或者听见他熟悉的说话声，不管哪一种声音，都让她半天才能缓过神来。

没有他的日子，她过得一点也不好。很多时候，她脸上在笑，心里早已泪如雨下。直到有一天大半夜，她接到秦以南的电话。

在别人眼里，这三个月是苏之念本就辉煌的人生中，又一个辉煌的里程碑。可是只有他知道，自己到底过得有多索然无味。他又和从前一样，一个人吃饭，一个人在家，一个人发呆，一个人趁她不注意的时候，跟在她的身后静静地缓解思念……

他最近做了很多值得庆祝的事，导致新闻上三天两头有他出现。可他唯一记得的是，她丢了钱包，他控制她的意念折回去，捡了起来；她和别人同时看中了一条项链，他控制另一个人的意念，把项链让给了她；她站在路边等车，风吹得她裙子掀了起来，她没有察觉，他控制她的意念，伸手按住了裙子……

他还记得，他用超出常人的能力，听见她捂着肚子，因为痛经发出的呻吟；听见她和别人讨论最近上映的电影很好看；听见她时不时出现在苏氏企业楼下买奶茶，买咖啡，讲微信……

很多次他拿起手机，看着他和她发的那么多短信，想给她发一条普通的问候信息，可只是想想，从没有做。

这样的日子快乐吗?

不快乐。

这样的日子痛吗?

很痛。

可是再不快乐再痛，他也只能选择这样的日子。

九月十八号这天晚上，他在北京饭店有个局。

饭桌上，怀润的杨总带来了一个新秘书，长得很漂亮，眉眼有点像宋青春，身上恰巧穿了一件宋青春也有的嫩黄色裙子。她坐下的时候，他忍不住多瞟了几眼。

许是那女秘书和宋青春眉眼相似的缘故，导致他今晚在饭桌上格外想念她。

想念她，想念到明知她不在北京饭店，还是竖着耳朵，尝试着去寻找她的声音。

他透过一餐桌的喧哗，听了许久都没听到她的声音，却听见另一个熟悉的声音——宋孟华。他也在北京饭店，像是和多年不见的老友聚会，正在聊儿女。

“我家那女儿，前不久当上了女主播，TW电台的。”宋孟华的语气透着一股骄傲。

"哦哦哦，我知道，我知道，我看过那新闻，没想到这么多年不见，老宋，你的女儿竟然长得这么漂亮了。"

"那老宋，你女儿有目标了没？需不需要我们帮帮忙，物色物色？"

"这倒不必了，我心底早有数了，而且那人你们还认识。"宋孟华神秘兮兮地开了口。

"谁？"

"别卖关子了，快说，是谁家的儿子。"

"还能是谁家的儿子，就是老秦家的儿子啊！"宋孟华说。

"老秦？"有个人反问了一声，恍然大悟道，"我记得老秦家的儿子长得一表人才，跟宋承关系很好，那个叫秦、秦什么南……"

"秦以南。"

宋孟华吐出这三个字的时候，苏之念手一抖，端着的茶杯重重砸在了桌子上。滚烫的热水飞溅而起，落在他卷起袖口的手腕上，他白皙的皮肤被烫得通红。他就像感觉不到痛一样，靠在椅子上，直视着正前方，一动都不动。

坐在苏之念身边的程青葱连忙抽了纸巾，问："苏总，您还好吧？"一边说，程青葱一边将纸巾给了苏之念。

程青葱看苏之念良久没反应，凑得更近了一些，低声喊："苏总？"

苏之念愣了一下，漆黑的眼珠缓缓落向手腕，看着白皙皮肤上的一片红。他抬起头，看了一圈桌子上的人，缓缓地踢开身后的椅子，站起身："这顿饭算我头上，你们继续，我有事先走一步了。"不等包厢里的人有任何反应，他拎起座位后背上的西装外套，走出包厢。

苏之念不知道自己要去哪里，就那么随意开着车，绕着北京城的大街胡乱地转。油快耗尽的时候，他才从主路下来，随便找了一家加油站。

加完油，苏之念开着车刚驶上辅路，还没来得及进主路，就看到正前方的高楼显示屏上，正在重播白天的新闻。

"大家好，我是TW电台的主播，宋青春。"穿上职业装的宋青春知性优雅，正面带微笑地做自我介绍。

苏之念下意识踩了油门，透过挡风玻璃，盯着高处荧屏上的宋青春。

他无法和她在一起，也知道她不可能等他一生，她迟早要嫁人。可他没想到，他和她断了缘分，不过才三个月，就听到关于她婚事的消息。虽然婚期没确定，但从宋孟华今晚话里透出的意思，怕是她和秦以南的婚事八九不离十了。

苏之念胸口一滞，疼得倒抽了一口气。

秦以南对她很好，秦以南一表人才，秦以南最近工作上表现很不错，秦以南接管了宋氏，一定可以做得很好……

他也曾努力拉近她和秦以南的关系，现在他们终于要走在一起了，真的很好，很好……他应该感到欣慰……可是，苏之念觉得像有一把刀，狠狠地劈开他的胸膛，然后有一只手探了进去，抓住心脏往外拉。他面色惨白，眉心皱了起来。

新闻持续三十分钟，他在大街上停了三十分钟。

最后，宋青春微笑地跟大家说再见的时候，他才盯向正前方。

恰是红灯，他靠在靠背上，面无表情地等。

红灯变绿灯，他刚想踩油门，手机就响了。

唐诺打来电话。

"我说，苏大总裁要不要来陪哥们喝两杯？"

"好。"

抵达"金碧辉煌"的时候，包厢里只有唐诺一个人。

苏之念倦倦地坐在沙发上，从茶几上抽出酒水单。唐诺眼睛睁到最大，坐在苏之念身边，追问："喂，你真的假的？你不是为了宋青春戒酒了吗？怎么现在又愿意喝了？"

苏之念没理会唐诺，拿起电话喊了服务生，从啤酒点到香槟，再点到红酒、白酒，最后是洋酒……

唐诺目瞪口呆，好一会儿才回过神来，急忙抽走苏之念手中的酒水单，朝服务员说："就这些，就这些。"

没一会儿，服务员就端着酒进来了。各式各样的酒瓶几乎摆满了一桌子。服务生还没问开哪瓶，苏之念就说了一句全开。

等服务生退出，苏之念也不看是什么酒，随手拎了一瓶，朝唐诺举了举，昂起头，一口灌了下去。

秦以南今天陪老板应酬到凌晨一点才结束，送走了老板，他朝一旁的停车场走去。刚走了五十米，秦以南听到呕吐声。他本能地循声望了一眼，看到前方不远处有个人，撑着一棵树，正在弯身吐得厉害。

秦以南经过那人身边的时候，往旁边扫了一眼。那人大概胃里已经没有什么东西可吐，只有酸水时不时吐出一口。

刚走过去没两步，秦以南就听到身后传来扑通一声。他拐进停车场的时候，往后转了一下头，看到那人竟然跌在地上。

秦以南犹豫着要不要折回去，好心搀扶一把，那个人突然转过头来。借着昏黄的路灯，秦以南清楚地看到一张熟悉的面孔——苏之念。

那个向来优雅矜贵的男人，怎么喝得这么狼狈？秦以南愣了片刻，迈步走回去，拉住苏之念的胳膊，将他从地上扯了起来："苏总，您怎么喝成这样？"

苏之念东倒西歪，晃了好一会儿身子，才慢慢地转过头，看向他，舌头打卷地问了一句："你、你是谁？"

秦以南闻见浓重的酒味，忍不住憋了气。这到底是喝了多少啊……

秦以南缓了一会儿，对苏之念说："苏总，我是秦以南。"

苏之念的神情突然黯淡下来，盯着他愣了好一会儿，缓缓地转过头，哦了一声，然后下一秒，弯身干呕了起来。

秦以南等苏之念的呕吐声停止后，又说："苏总，您住在哪里？我送您回去。"

苏之念垂着头，喃喃地开了口："好好对她。"

他吐出这几个字的时候，秦以南清楚地感觉到一股淡淡的哀怨气息从他的身上弥漫出来。

秦以南搀扶着苏之念胳膊的手一抖，问："苏总，您说什么？"

"好好对她。"苏之念像是没有听到他的话，继续自言自语，"好好对她，一定要好好对她……"

秦以南知道苏之念喝醉了酒，神志不清，又问："苏总，您住在哪里？"

苏之念迟迟没有开口。

秦以南望了望身后不远处的"金碧辉煌"，想了想，搀扶着苏之念折了回去。

秦以南在服务生的帮助下，将苏之念扶进“金碧辉煌”的客房。

服务生离开的时候，秦以南喊住他，看了一眼沙发上的苏之念，就带着服务生走出房间。他先从钱包里摸了几张钞票，连带着房卡递给服务生：“麻烦你在这里等二十分钟，有个叫宋青春的女孩过来的时候，把这张房卡转交给她。”

服务生点头说：“好的，先生。”

“谢谢。”秦以南道了一声谢，望了一眼紧闭的门，迈步离开。

他踏进电梯的时候，拨出了电话。宋青春应该睡着了，电话响了好几声才被她接听：“喂？”

“宋宋。”秦以南喊了一声宋青春的名字，伸手点了一层的按钮。

“以南哥？”电话里，宋青春似乎睡意蒙眬，大概看了一眼时间，沙哑着声音问，“这么晚了，你怎么给我打电话？有什么事吗？”

“嗯。”秦以南应了一声，沉默了几秒钟说，“宋宋，我在‘金碧辉煌’碰到苏之念了。”

电话那端陷入一片沉默，过了一分钟，才传来宋青春的一声哦。

“他……喝多了……只有一个人，我在‘金碧辉煌’给他开了一间房……但是现在没法照顾他，因为我老板也喝多了，我得送老板回家，你看你有时间吗？”

电话里，宋青春又是一阵沉默。

从小和她一起长大的秦以南，对她最了解不过。他知道，她想来，只是在犹豫，然后他又说：“……他现在情况不是特别好，喝得太多，一直在吐。我怕晚上没人看着他，他如果仰睡的话，也许会被吐出来的东西呛到……”

“房间号是多少？”宋青春突然问。

“1805……”秦以南报了房间号，“房卡我先交给服务生了，让他在房间门口等你。”

挂断电话，宋青春盯着屏幕看了片刻，掀开被子下了床。她随便找了一身衣服穿上，拿了车钥匙和钱包，匆匆地跑下楼。

开出小区，在经过一家二十四小时药店的时候，宋青春踩了急刹车，停下来。她跑进药店，买了一盒解酒药。

宋家距离“金碧辉煌”很近，不过十分钟，宋青春就赶到了。她将车钥匙给了门童，让对方帮忙停车，连车门都没关，拿着钱包和解酒药朝“金碧辉煌”正门跑去。

宋青春从服务生手中接过房卡，站在门前深吸了几口气，才抬起手刷卡，推开门。

秦以南开的是套房，只有客厅的灯亮着，其他房间的门开着，里面却是一片漆黑。

苏之念闭着眼睛，靠在落地窗前的沙发上，面色格外苍白，衬衣纽扣被扯开了好几颗。在灯光的照射下，他的锁骨反射出莹润的光泽。

宋青春站在门口，打量了苏之念片刻，迈步走了进去，然后将门轻轻地关上，朝苏之念走去。

她刚靠近他，他就从沙发上站起来。宋青春吓了一跳，本能地往后退了一步，看到苏之念跌跌撞撞地冲进一旁的洗手间。

洗手间的门没关，一阵一阵的呕吐声从里面传出。宋青春紧紧地抓了一下手中的药盒和钱包，将那些东西放在茶几上，跟进洗手间。

他没开灯，她借着卧室的灯光，可以看见他趴在洗手台前，吐得翻江倒海。她快步走上前，站在他身边，抬手轻轻地拍起他的后背。

他的呕吐声渐渐转小，抬起头，看向面前的镜子。因为光线太暗，宋青春看不清他的眼神，也不知道醉成这样的他，到底有没有认出她是谁。

他伸出手，在水龙头上摸了半天，也没打开水龙头，宋青春连忙帮忙打开。

他想要捧水漱口，指尖颤抖得厉害。宋青春开了洗手间的灯，拿了刷牙杯，简单冲洗两下，接了一杯水，递给苏之念。苏之念糊里糊涂地接过，还没举到嘴边，水杯就从手中滑落，砸进洗手池。好在“金碧辉煌”的漱口杯材质好，没碎。

宋青春又帮忙接了一杯水，亲自举到苏之念嘴边，伺候他漱好口，把他搀扶出洗手间，吃力地把他拖进了卧室。

宋青春将苏之念放在床上，先喂他吃了解酒药，才将他的鞋子和脏兮兮的衣服费力地扒了下来，给他盖上被子。他像一座静默的雕塑，五官完美，找不到任何缺陷，纵使眉心流动着酒意和倦意，仍是漂亮得让人心醉。

不知过了多久，窗外漆黑的夜空有些泛白，他的呼吸变得绵长均匀。

他的酒醒了一大半，天快亮了，她也该走了。他说过，让她以后不要再出现在他面前。

宋青春垂下眼帘，压着心底的难过，缓缓地站了起来。她在地上跪了一晚，腿早已麻木，站起来的时候，整个人便毫无准备地扑倒在苏之念的身上。她的脸恰好埋在他的肩颈间，他身上特有的淡香混着酒气，密密麻麻地钻入她的鼻息之中。她全身颤抖，下意识抬起头，他俊美的容颜撞入她的眼底。她呼吸一顿，脸燃烧了起来。

她红着脸咬着下唇，一动不动地趴在他的身上，等抽筋过去。他鼻息里喷出的热气，时不时扫过她的面颊，撩拨得她心底一抖一抖。她不敢再去看他的脸，只能垂着眼帘，对着他的耳朵不稳地呼气。

睡梦中的他，呼吸也跟着变得沉重起来。不知是不是她的错觉，虽然他和她隔着一层被子，她还是隐约感觉到他身上的温度越来越高，自己的双腿变得酸软，力气也一点一点流失。这种感觉让她慌张又无措，让她想要逃离。她再也顾不上腿上的抽疼，手胡乱撑在他的肩膀上，刚离开他的身体，她的手腕就被人一抓，整个人又猛地回到他的身上。

她的心狠狠地颤动了一下，惊慌地抬起头，看到原本沉睡的苏之念，不知何时睁开了眼睛。

他一贯冷静淡漠的眼底翻涌着疯狂的情绪，眼神炙热，漆黑的瞳孔似乎有两簇火焰在跳动。宋青春越发惊慌无措，垂下眼帘，想要对他解释什么，可是张了张口，却说不出一个字。紧张之下，她只好拼命挣脱他握着她手腕的手，再次想要从他身上逃离。

这一次，她还没来得及翻身，腰便被他结实有力的胳膊狠狠地搂住。宋青春的心似乎停止了跳动，被他重重压在身下。他的气息瞬间淹没了她，让她无法呼吸。她僵硬地躺在他身下，一动也不敢动，眼珠子转得很快，却不敢看他。她大脑混乱了许久，终于想到解释，支支吾吾地说："昨、昨天你……"

她只说了四个字，他的手就扣住她的面颊，强迫她对上他的眼睛，唇突然落下。她的眼睛睁得大大的，呆呆地看着他近在眼前的眉心，大脑一片空白……

室内的气氛变得越来越旖旎，越来越炙热。她彻底迷失，忘掉了他和她三个月前的那场不愉快，甚至她在情动的最深处，情不自禁地喊了他的名字："苏之念……苏之念……"

她的声音软软的，柔柔的，带着沙哑的诱惑，听得他全身一颤，眼神越发炙热滚烫。他掠夺她的动作越发激烈，汗滴在她的脸上，听着她破碎的呼喊，按捺不住地回应了她："婷婷……"

她的动作瞬间僵住，保持昂着头的动作，睁开眼睛。

"婷婷……"

这一次，她听得清清楚楚，从他的口型也看得清清楚楚，他喊的是"婷婷"……

她脸上的血色消失殆尽，脑袋重重落回枕头上。他和她做着世间最亲密的事，他嘴里却喊着另一个女人的名字。宋青春觉得自己仿佛被剥光了衣服，丢进了寒冬腊月的冰雪里，全身滚烫的血液，瞬间被刺骨的冷意封住。所有激动和悸动，刹那被抽光。

宋青春醒来的时候，已是下午三点。她全身如同散了架，躺在凌乱的床上，身子酸疼得厉害。她怔怔地盯着天花板好一会儿，才想起自己睡着之前和苏之念发生的种种，心脏猛地一缩，拥着被子从床上坐了起来。

房间里很安静，空无一人。若不是室内飘着淡淡的暧昧气息，她身上留着深浅不一的吻痕，还有床头柜上已经洗净烘干的衣服，她会以为自己脑海里掠过的画面，只是一场梦。

洗了热水澡，宋青春浑身舒服了许多。她吹干头发，从浴室出来，先找了皮筋，把头发胡乱绑起来，然后拿起内衣穿上。

她昨晚出来得急，随便穿了一条裙子，刚准备往脑袋上套裙子的时候，听见有东西落在地上，发出啪的一声。

酒店厚重干净的地毯上，放着一个盒子。她好奇地弯下身捡了起来，看到盒子上的字时，面色瞬间一白，手指一哆嗦，盒子又重重掉在地上……

程青葱今天第一眼见苏之念的时候，就察觉他很不对劲。且不说最近一向上班守时的大boss，一直到中午才姗姗来迟地出现在公司。他到了公司后，连她的行程汇报都没听，直接进了办公室，甚至还反锁了门。

整个下午，任凭公司里的高层怎么敲门打电话，总经理的办公室门始终关闭，没有半点打开的迹象。

下班后，程青葱刻意等到办公室里的人走光，才关了电脑。她收拾好包，没有着急离开，而是轻手轻脚地搬着凳子，走向总经办的门，然后踩在凳子上，透过透明玻璃，看到苏之念站在书柜前，面对打开的抽屉，一动不动地发呆。

程青葱疑惑不已，苏之念终于有了反应。他缓缓地转过身，步伐踉跄地走向一旁的沙发。他的脸恰好往程青葱这边转了一下，程青葱清楚地看到他的眼底红成一片。程青葱张了张口，看到苏之念靠在沙发上，对着办公室天花板上的水晶灯，闭上了眼睛。

苏之念一直在办公室呆坐到十点，才拿了车钥匙，起身离开公司。

他绕着二环兜了一圈，从主路上下来，拐向回家的路。

拉好手刹，苏之念准备输入别墅大门的密码。他修长漂亮的指尖刚碰到车门，就听到熟悉的呼吸声，他眉心紧蹙，透过车窗望去，看到宋青春蹲在大门口。

她听见了他的车声，抬着头，透过挡风玻璃注视着他。她身上穿的还是昨天那一身衣服，想来从“金碧辉煌”的客房里醒来后，还没回过家。

不知道她在这里等了他多久，可能腿蹲得有些酸麻，她站起来的姿势有些僵硬。最后，宋青春扶着一旁的栅栏，勉强站直身体。她没有走上前，只是安静地站在原地，静静地盯着他。苏之念借着门口昏黄的路灯，看到她抓着一个盒子。

她在车外站着，他在车里坐着，两个人谁都没有动，就这般静静地僵持。过了大概五分钟，苏之念将视线收了回来，然后轻轻推开车门，优雅地下车。

他单手甩上车门，面色平静地捏着车钥匙，一步一步走向她。

他垂了垂眼帘，抬起手，在一旁的密码锁上摁了密码，随着一声咔嗒的开门声，他朝她语气很淡地问："要不要进去说？"

宋青春轻轻地摇了摇头，紧张地捏了两下手中的盒子。

他没有勉强宋青春，轻点了一下头，然后问："你来……"他其实比谁都清楚她来找他的目的，"有事？"

宋青春抿着唇挣扎了许久，还是鼓足勇气，重新对上了苏之念的眼睛，慢慢将手举到了他面前，问："这是你给我的？"

苏之念垂下眼皮，瞥向宋青春掌心的盒子。借着路灯微弱的光线，苏之念将盒子上印的"紧急避孕药"五个字，看得一目了然。

宋青春紧张得心脏几乎停止跳动，直勾勾地盯着苏之念。他看着她的眼睛，点了一下头，轻轻地说："是。"

只是简单的一个字，让宋青春脸上瞬间失了血色。她动了动唇，最终紧紧地闭上嘴，轻轻垂下脑袋。宋青春抓紧裙摆，面色白得吓人。她忽然觉得，此时站在这里的自己像是可笑的傻瓜。她张了张嘴，朝他挤出一个生硬的笑容："我来就是问问这个，现在问完了，我也没事了。"宋青春说完最后一个字，径自转过身，握着避孕药，迈步离开。

苏之念却出了声："稍等。"

宋青春停了脚步，没有回头看向身后的男子。苏之念盯着她的背影，道："药尽快吃，拖得越久，怀孕的几率越大。"

宋青春微微颤抖了一下，仍是没有反应。

"还有，昨晚很抱歉……"

宋青春猛地咬紧了下唇。

"我喝多了，如果你需要补偿，尽管开口……"

宋青春突然转过身，直视着他的眼睛，没有说一句话，用力撕开避孕药的纸盒，然后将药丸取出来，当着他的面把药塞进嘴里，用力吞了下去。避孕药的苦涩从她的舌尖蔓延到喉咙深处，她想吐，却拼命闭着嘴，直到药丸落入胃里，她才说："看清楚了吗？药已经到这里了。"说着，宋青春狠狠地戳了戳胃部，快速转身，迈步离开。她越走越快，到最后撒腿跑起来。

她跑到拐弯处才慢慢停下来，看一看脚被高跟鞋磨疼的地方，她茫然地迈着步子，离开苏之念的别墅，胡乱找了一个方向，漫无目的地往前走去。

风很大，吹得宋青春头发和衣服四处乱飘。她慢慢地走着，直走到力气完全耗干，才不顾形象地席地而坐。她双手抱腿，安静地坐了许久，才像回过神来，她睫毛潮湿，把脸埋在了双膝间。他的话像魔咒，一遍一遍回荡在她耳边。她终究没有忍住，哭出声来。

道路不远处，停着一辆车。苏之念坐在车里，盯着正前方哭得伤心欲绝的女孩，心底如同被刀活生生割过，泛起了刺骨的疼。他知道自己的所作所为都是最正确最理智的，可当他看到她吞下药，跌跌撞撞地转过身离开时；看着她一个人失魂落魄地走在大街上，浑然不觉周围的环境时；看着她像被全世界抛弃，可怜巴巴蹲在地上哭时，他的心还是不受控制地动摇了，甚至好几次，他险些踩了油门追上她，想要把她拉入怀中，紧紧地抱住。

在宋青春压抑的抽泣声中，苏之念内心挣扎得越发厉害。她哭得太伤心，他看着她颤抖的身体，理智彻底粉碎，再也顾不上其他，手伸向了门把。

还没来得及推开车门，宋青春就从地上踉踉跄跄地站了起来。他的动作猛地顿住，见她停在公用电话亭前，往电话机里塞了一枚硬币。电话响了好几声才被接通，里面传来秦以南温润的声音："喂？请问您是？"

"以南哥……"宋青春的声音夹杂着浓浓的鼻音。

"宋宋？"秦以南格外紧张，"你怎么了？发生了什么事？"

宋青春抽泣了一下，说："以南哥，我没带手机，钱包落在了'金碧辉煌'，最后的一块钱也用来给你打电话了，你能不能来接我回家？"

虽然苏之念隔了宋青春大概一百多米，可他还是从听筒里听见了秦以南窸窸窣窣的穿衣服声："宋宋，你在哪？"

"华贸对面的桥边。"

"你在那里别动，我马上到。"话音落定，苏之念还听见重重的关门声，以及他匆匆跑下楼的脚步声。

电话挂断，宋青春靠在电话亭上，神情恍惚地盯着宽阔的马路，动也不动。

她的电话浇灭了苏之念心中的冲动，唤醒了他的理智，他将推开的车门重新拉上。

秦以南载着宋青春去了“金碧辉煌”拿包，而后将她送回宋家。

此时已是夜里两点钟，宋孟华和方柔怕是早就睡了。宋青春怕车子开进院里吵醒了他们，所以让秦以南把车停在门口。

秦以南坐在车里，盯着她一瘸一拐步入宋家的身影，有些不放心，索性锁了车，跟了进去。

宋青春走到门口，掏出钥匙还没开门，门却被人从里面先一步拉开。宋青春惊了一下，抬起头，看到宋孟华板着一张脸站在面前。

“爸？您怎么这么晚还没睡？”

宋孟华完全没理会宋青春的关心，直接质问：“你这一天一夜都去哪里了？”

“我……”身心俱疲的宋青春强撑着精神，找了一个说辞，“……能去哪里呀？去公司了呗，这两天有点忙，一直加班到现在……”

“诌，继续给我胡诌！”宋孟华严厉地打断了她的话，“你别以为我不知道，你是昨晚上大半夜出的家门！还有，你从早上一直关机到下午，是去公司了吗？你去公司能关机吗？给我老实交代，到底去哪里了？”

原来，宋孟华知道她昨晚大半夜出门……宋青春努力维持着脸上的轻松和自然，眼珠子动了动，就朝宋孟华讨好地笑了起来：“昨晚临时接到朋友的电话，约我出去玩，我就跑过去了，然后喝多了，睡到现在才醒……”

从小到大，宋青春每次被宋孟华训斥，只要赖在他身上撒娇，他准会消气。宋青春把话说到一半，搂住宋孟华的胳膊，一边摇晃，一边黏在宋孟华的身上，说：“……我保证这是最后一次，再也不会有下次了。爸……爸……”

宋青春一边撒娇，一边悄悄地打量着宋孟华的神情，看到他终于忍不住笑了的时候，才暗松了一口气，笑眯眯地仰着头，乖巧地说：“爸，您身体不好，赶紧去休息吧……”

“呵，你还知道我身体不好！”宋孟华的表情已经变得宠溺得不得了。他顺着宋青春的动作，慢慢地朝屋里转身。

宋青春刚准备挽着宋孟华的胳膊进屋，宋孟华猛地扭过头，盯向她的脖颈，脸上的笑容瞬间凝滞。

“爸？”宋青春没有察觉到宋孟华的异样，蹙着眉看向他。

看到宋孟华严肃的表情，宋青春心底咯噔了一下，下意识顺着宋孟华的视线，低下头看向自己的胸口。她穿着娃娃领的裙子，平日里拉链都是拉到锁骨下方，今天因为锁骨和脖子上布满苏之念留下的吻痕，所以特意把拉链拉到最上方。刚刚她在宋孟华身上蹭着撒娇的时候，动作有些大，拉链滑了下去，露出锁骨。那些密密麻麻颜色深浅不一的吻痕，就这么暴露在宋孟华眼底。

宋青春全身僵了一下，松开宋孟华的胳膊，往后退了一步，快速将拉链拉了起来，像是做错事的孩子，垂下了脑袋。

门口一时静得有些诡异，气氛也变得僵硬。

女儿深更半夜离家，还关了一整天的机……宋孟华身为过来人，怎么会不知道宋青春锁骨上的那些痕迹说明了什么。

宋孟华知道宋青春紧张无措，消化完这个信息后，说：“青春，你告诉爸爸，那人是谁？”

宋青春用力握了握自己的手，不知道该如何回答。宋孟华看宋青春良久没出声，紧紧地皱了皱眉，又问：“青春，那人到底是谁？”

宋青春咬了咬下唇，还是没有吭声。就在宋青春以为宋孟华即将发火的时候，有脚步声传来。宋孟华率先转过头，看到秦以南，愣了一下，才问：“以南？这么晚，怎么过来了？”

宋孟华没等秦以南回答，像是想到了什么，又问：“以南，你送青春回来的？”

“宋伯父好。”秦以南礼貌地问候了一声，“是我送宋宋回的家，我看到她站在门口半天不进去，就过来看看到底怎么了。”

宋孟华看向站在一旁的宋青春，问：“是以南？”

秦以南并不知道在自己来之前，宋孟华和宋青春到底聊了些什么，听到这三个字，他怔了一下，刚想开口询问，垂着脑袋的宋青春忽然轻轻地点了点头，小声地说：“是以南哥……”

秦以南下意识地看向宋青春。宋青春接触到他的视线，生怕他开口露馅，咬着唇低声说：“我从昨晚半夜到现在，一直都和以南哥在一起。”

秦以南明了了一切，原来宋孟华是在问宋青春大半夜跑出家门，是和哪个男人在一起……

秦以南配合地嗯了一声。

宋孟华没再说什么，站在门口看了看秦以南，又看了看宋青春，过了好一阵子，说："青春，你先上楼去。以南，你跟我来一趟书房。"

秦以南哦了一声，看了一眼宋青春，茫然无辜地跟在宋孟华身后进了书房。

书房门一关上，宋青春就听见里面传来宋孟华隐隐的怒吼声："秦以南，你胆子还挺大啊！没经过我的允许，敢染指我的宝贝女儿？！"接着，是什么被重重摔向地面的声音。

秦以南在书房里足足待了半个小时才出来。

他被宋孟华训斥的时候，接到了宋青春的短信。他先陪着宋孟华进了他的卧室躺下，才掏出手机看了一眼内容，然后敲响宋青春的卧室门。

宋青春的门没锁，显然是在等他。秦以南没等宋青春说话，径自推开门，走了进去。

宋青春抱着枕头，坐在沙发上，盯着窗外黑漆漆的夜空发呆。直到她察觉有人坐在自己的面前，才将视线拉了回来，歉意十足地朝秦以南说了一句："以南哥，对不起。"

秦以南知道宋孟华以为自己昨晚把宋青春给睡了，听到宋青春的道歉，沉默了片刻，问："他昨晚和你……"

宋青春安静了一会儿，将脸埋在抱枕里，很轻地嗯了一声。

他们睡在一起，她却这么难过，甚至把事情推在了他的身上……这是说，苏之念打算不认账？

秦以南心里顿时蹿上一股火气，从沙发上站了起来："我现在去找他！"

"以南哥！"宋青春急忙从沙发上跳了下来，拉住了秦以南的衣襟。

大抵是这一声以南哥有点发抖，秦以南沉着一张脸，强压着胸膛里的怒火，停了下来。

宋青春垂着眼帘，勉强朝秦以南挤了一个比哭还悲哀的笑容："以南哥，别去找他了，就这样算了吧。"

就这样算了吧，宋青春说得又轻又坚决，听得秦以南心疼无比。她是有多没办法，才会说出这样的话？

秦以南站了好一会儿，妥协了下来，忽然有些懊恼烦躁。他抬起手，搓了搓自己的脸，然后对宋青春说："对不起，宋宋，我昨晚不该给你打那个电话的。"

他是想帮她的，谁知弄巧成拙，反而在她伤透的心上撒了一把盐。

"这不怪你，以南哥。"宋青春眼角有泪花闪了出来，"我叫你过来，就是想跟你说声对不起，还有就是……"宋孟华那么疼她，若是他知道自己疼爱的女儿被人吃干抹净后不负责，怕是要伤透了心吧。苏之念，她不能求着他配合她演戏，但以南哥是可以的……

宋青春抿了抿唇，接着说："可能要麻烦你，配合着我在我爸面前演演戏了，让他以为，我们在一起了。"

秦以南沉默良久，点头说："我答应你。"

宋青春心情很糟糕，第二天上午，她先去公司请了假，然后下午坐上飞往日本的航班。

宋青春在日本待了半个多月，刻意断绝了有关北京的一切联系，手机几乎一直处于关机状态。

日本的化妆品是宋青春喜欢的，因为买了太多，她选择快递寄回国，于是开了她抵达日本以来的第一次机。宋青春大致扫了一下，正准备退出短信，竟然看到程青葱发来的信息。

苏之念的秘书……程小姐……她找她有什么事？宋青春盯着手机屏幕，眼眶有些酸涩。她扯了扯唇角，装作没有看到，直接退出。

下午寄快递时，程青葱又给她发了一条短信。宋青春滑动着手机屏幕，挣扎了好久，还是给程青葱回了一条消息，只有一个字符："？"原来，真的喜欢一个人，是会变得没骨气的。

短信发出去还没半分钟，宋青春就接到程青葱的电话。

"宋小姐，您好。"电话里，程青葱问完好，没给她说话的机会，就先道起歉，"很抱歉，打扰您了。"

"嗯……没关系……"宋青春停了一下，"程小姐，您找我有什么事吗？"

程青葱说："是这样的，宋小姐，我在十天前忽然联系不上苏总，公司这边有很多事都在等着他做决策，所以只能冒昧来您这里问问，看看您知不知道苏总人现在在哪里？"

原来程小姐打电话给她是来找苏之念的……只是，他和她现在根本一点联系都没有，她又怎么会知道他在哪里？

宋青春吞咽了一口唾沫，说："不好意思，程小姐，我不知道他的下落。"

程青葱的声音略显失望，过了好一会儿，又开口："宋小姐，不知道能不能麻烦您件事？"

"你说……"

"我这边很多人都跟苏总联系过，但是他哪一个都没回复……所以，能不能麻烦您给苏总打个电话，问问他在哪里？"

怕是在这个世界上，最没有资格给他打电话的，就是她了吧？宋青春捏紧了手机，良久都没出声。

程青葱似是察觉到她的为难，安静半晌，才问："宋小姐，不方便吗？"

"嗯，我在国外，真的不大方便。"宋青春眨了眨眼睛，压下眼底的酸痛，"我还有事，如果您没有别的事，我先挂了，再见。"宋青春匆匆挂了电话。

雨过天晴的东京，天空格外蓝。宋青春在酒店吃过午餐，精心打扮了一下，出了酒店。经过一个广场的时候，她看到一群人围在很大的画布前画油画。她学过美术，画技却不算精湛，但还是掏了钱，跟大家一起玩了起来。

忽然，一辆摩托车擦着她的身边驶过，车上的人扯住她的包。对方扯走她包的时候，她整个人扑倒在地上。等她缓过劲来，人已经坐在距离广场一百多米的休息椅上，包却安安静静放在她的腿上。

宋青春彻底怔住，眨了好几次眼睛，确定自己没有看错。她刚刚明明摔倒在地，包也被抢走了……这到底是怎么回事？

一位日本老太太笑眯眯地用日语问了她一句："小姐，您没事吧？"

宋青春轻轻摇了摇头，用仅会的几个日语词汇回答"没事"，又道了一声谢。

“没事就好，你挺幸运的，被抢走的包能被人追回来。那个男的可真厉害，是他抱你来这里休息的。”

老太太说了很多，宋青春勉强听懂了这么点内容。似乎她的包是被一个男人追回来的，后来她被那个男人抱到休息椅上，男人很热心，还帮她买了药……

等宋青春身上的伤口结痂，七天后完全脱落时，她也坐上了飞往北京的航班。

下午三点，飞机稳稳落在首都国际机场。

宋青春拖着行李箱，在出租车等候区排了二十分钟，搭上一辆回市区的出租车。

时隔二十天，她又回到有他的城市。

车子即将驶入三环的时候，宋青春终于从包里摸出手机，开了机。消息仍是多到数不清，秦以南发来的消息居然有99+条。

宋青春眉心轻蹙，点了进去，只见最下面的一条消息是：“宋宋，你开机了尽快联系我。你爸今天早上忽然晕倒，被送进医院了。”

宋青春心底一慌，立刻找了秦以南的电话拨过去。电话响了一声就被接听。宋青春不等秦以南开口，率先问道：“以南哥，我爸现在怎么样了？”

“还在昏迷……”秦以南怕宋青春着急，说完宋孟华的情况，安抚宋青春，“你别急，我在医院守着，刚刚把军区的专家找了过来，不会有事的。”

“在哪个医院？”

“人民——”

秦以南话还没说完，宋青春就对前面的司机说：“师傅，不去今典花园了，去人民医院。”

宋青春到医院的时候，宋孟华已经从手术室里出来了。主治医生说，宋孟华这次情况很糟糕，目前暂且稳住，但能不能醒来不好说，很有可能会在睡梦中突然去了。宋青春听到这话，险些晕过去。秦以南及时伸出手，扶住了她。

秦以南一直在医院里陪着她，到了半夜，宋青春让秦以南回家。秦以南拗不过她，再三强调了好几遍有事记得给他打电话，才离开病房。

宋孟华一夜没醒，宋青春一夜没睡。

第二天上午十点钟，宋孟华终于醒来。

提心吊胆了一整夜的宋青春，看到宋孟华睁眼的刹那，眼泪滚了下来，开口喊了一句爸，就再也说不出一个字。

宋孟华很疲倦，勉强摸了摸宋青春的脑袋，想温声安慰她几句，病房门就被敲响。宋青春抹了抹眼泪，站起身。她万万没想到，拉开门看到的竟然是苏之念。

苏之念立在她面前，左手拎着几盒营养品，右手插在兜里。衣服是他向来喜欢的黑色，修身的剪裁，衬得他玉树临风、优雅迷人。

苏之念远比宋青春淡定，看到是她开的门，没有丝毫情绪起伏："我来探望宋伯父。"

宋青春回神，慌促地将视线从苏之念脸上挪开，没动。门被宋青春挡住，苏之念没办法进去，只能在她面前站着。

病房里，宋孟华见迟迟没动静，问："青春，是谁来了？"

宋青春猛地往后退了两步。苏之念迈步走进病房，经过宋青春身边的时候，她的心紧缩了一下，紧紧地抓住衣襟。

"原来是之念啊，快坐……"宋孟华很意外苏之念来探望自己，语气中夹杂了一丝惊喜，招呼完苏之念后，对宋青春说，"青春，给之念倒杯水。"

"知道了。"宋青春应了一声，深吸了一口气，走回病房内。

宋青春站在饮水机前接水，听见苏之念问："宋伯父，您现在感觉怎么样了？"

宋孟华回答："老毛病了，没什么大碍。"

宋青春端着水杯，转身看到苏之念将营养品搁在床头。

"来就来呗，还带东西做什么？"宋孟华想要坐起来，奈何身体虚，使不出半点力气。还是苏之念搭了一把手，将宋孟华扶了起来，贴心地从一旁拿了两个柔软的枕头，垫在宋孟华身后："来的路上恰好路过商场，已经开门了，就顺便拐进去买了。”

宋孟华笑了两声，指了指床边宋青春搬过来守夜时坐的椅子，又招呼苏之念：“坐。”

苏之念没客套，大方地坐下。

宋孟华又对宋青春说：“倒好了水，怎么不给之念呢？”

宋青春往苏之念身前迈了一小步，垂着眼帘，将水杯递过去。

“谢谢。”苏之念客套地道了一声谢，接了过去。

宋青春没吭声，快速往后退去。苏之念来探望宋孟华，她不好离开，只好找了离苏之念比较远的窗边站着。他们聊了什么，她一个字都没听到，直到宋孟华喊她：“青春，青春？”

宋青春回头，视线划过苏之念俊朗的侧脸，睫毛抖了抖。她尽量让自己声音平常：“怎么了？”

“在想什么呢？喊你这么久都没反应。”

宋青春抿了抿唇，没说话。有苏之念在，宋孟华也没好多问，很快吩咐起来：“昨天你大嫂来的时候，不是带了一些水果吗？你去洗点过来，给之念吃。”

宋青春顺从地点了点头，走到一旁，拿了两个苹果一个橘子，去了洗手间。

宋孟华住的是套房。宋青春蹲在外间的垃圾桶前，拿着水果刀削完苹果皮、剥完橘子皮，才将苹果切成小块，把橘子一瓣一瓣掰开，放在保鲜盒里，端着回了里间。

苏之念侧头看了她一眼，却是对着宋孟华说：“宋伯父，您别想太多，安心养病，我认识一个外国专家，等下跟他通个电话，麻烦他来中国一趟，说不定会有更好的解决办法。”

“人各有命，该死的时候总是要死的。我是已经看开了，唯一怕我要是有个万一，青春没人照顾……”

“爸，你不要乱说……”宋青春眼底一下浮起一层雾气。

“好，好，好，我不说，不说了……爸爸这不是没事吗？”宋孟华安慰了宋青春两句，笑呵呵地转头，看向了苏之念：“这么大的孩子了，动不动就哭，让你看笑话了。”

宋青春噙着泪，看向窗外。

宋孟华和苏之念聊了没一会儿，宋孟华大概累了，话渐渐少了起来。苏之念识趣地道别：“宋伯父，我还有别的事，您先休息，我改天再来看您。”

“好，你忙你的。”宋孟华连连点头，对一旁站着的宋青春说，“青春，帮爸爸送送之念。”

宋青春点了一下头，等苏之念迈步，她才迈步，送他出门。一路上，两个人都很沉默，谁也没开口说话。

快要走到电梯口，苏之念停了脚步：“就到这里吧。”

宋青春愣了一会儿，有些僵硬地点头，声音干涩地说：“好……谢谢你来看我爸爸。”

苏之念没出声，像是在挣扎着什么，盯着窗外快要落光叶子的梧桐树看了一会儿，才将视线拉了回来，说：“不客气，应该的……”

宋青春轻应了一声，始终没抬头去看苏之念：“再见。”

苏之念没说话，又站了一会儿，迈步走到电梯前，按了开关。

电梯门打开，苏之念踏入电梯前，宋青春抬起头，喊了他：“苏……”她似乎不知道该怎样称呼他，尴尬地咬了一下唇，“你的秘书程小姐，联系过我，让我找你。她说，你一直都没去公司，说有很多事情需要你处理。”

苏之念微微颔首：“知道了。”

宋青春没再说话。

苏之念停了几秒钟，踏步走进电梯，关门，离开。宋青春呆呆地站在原地没动。过了大概一分钟，她看向窗外，不过几秒就看到苏之念出来的背影。

宋青春一直看着他上车。等车子开走，她低下头，转身回了病房。

宋孟华已经睡着了。宋青春将他身后靠着的枕头抽走，把他的身体放平，盖好被子，坐在苏之念刚刚坐过的椅子上，盯着宋孟华发呆。

秦以南下午查看微信的时候，在朋友圈里刷到一条唐暖发的消息。

“我订婚了。”

简单的五个字，下面配着一张图。图片上，唐暖捧着一大束白玫瑰，笑靥如花，手上戴的钻戒闪闪发光。

纵使知道自己爱错了人，可她终究是自己全心全意对待过的人，秦以南看到消息的时候，整个人恍了一会儿神。

他八点半下班，没回家，直接驱车去了人民医院。到医院的时候，已经九点钟，早就过了医院的晚饭点，很多病人已经打完吊针休息，整个楼道显得格外安静。

宋孟华病房的门半开着，秦以南刚迈步走进去，还没喊人，就听见里面传来宋孟华无力轻缓的说话声和宋青春小小的抽泣声。

“青春，爸爸不可能陪你一辈子，爸爸的身体爸爸最了解，即使这次爸爸好了，过不了多长时间，还是会有下一次。

“迟早有一天，爸爸会不在的，所以，真到那一天，你也别太难过，人嘛，迟早都是要死的。”

“爸……”

“爸爸知道，你害怕，爸爸也害怕走了后，在这个世界上就剩你一个人了，所以爸爸不敢走。

“爸爸就想着，能多陪你一天就多陪你一天，现在想一想，时间过得可真快，转眼间，你都这么大了。

“爸爸活到现在，唯一放心不下的就是你。爸爸就想，看着你找个好的依靠，结婚生子，有自己的家庭……你要是没人照顾，爸爸就算是死，都不踏实。如果宋承在，爸爸也不担心这些了，他总是会帮爸爸照顾好你的。唉，可惜他怎么那么想不开，就跳楼了。”

宋青春忽然哭出了声。

秦以南吞咽了一口唾沫，没往里走，反而退出病房，顺势将他来时没关的门悄悄地带上。他靠在楼道墙壁上，隐隐听见从身后的病房里传出的宋青春断断续续的哭声。

他从部队回来时跟她说过，会加倍对她好，把宋承的那份一并都补上。可他给她的是难过，而现在，她又因为苏之念难过。

秦以南想到这里掏出了手机，点开唐暖的朋友圈，盯着她最新发的动态看了一会儿，然后给她拨了一个电话。

秦以南电话打来的时候，唐暖正在贴面膜。她拿起手机，看到屏幕上“秦以南”三个字，唇角瞬间勾了起来。她就知道秦以南是在乎她的，就发了求婚照片，还没过几个小时，跟她断了几个月联系的他，就打电话来了……

唐暖没着急接电话，而是带着几分得意，将面膜撕掉，用纸巾擦干多余的精华，才按了接听键，将手机举到耳边，语气冷冷地问：“请问，有什么事吗？”

电话里的秦以南语气格外平静：“唐暖，你现在有时间吗？我们见面谈谈吧？”

“我不觉得我们有什么可谈的……”

唐暖话还没说完，秦以南又开口：“耽误不了你多久，最多半个小时。”

唐暖沉默了一会儿，摆出勉为其难的模样：“好啊，在哪里见？”

“你现在在哪里？”

“家。”

“那你家门口的那家漫咖啡怎么样？”

“可以。”

“我大概二十分钟后到。”

唐暖觉得自己许久没有像现在这一刻这样心情好了。明明已经晚上，她刚刚卸了妆做了护肤，却还是对着梳妆镜，化了一个妖娆的妆容，然后试了二十多件衣服，最后挑了一件宝蓝色的短裙，拿着闪亮的水晶包出了门。

唐暖到漫咖啡的时候，秦以南已经来了好一会儿了。

此时不过十点二十分，漫咖啡里的客人并不少。唐暖推开门，站在门口四处张望了一圈，然后在里端靠窗的位子处，看到了秦以南。

唐暖踩着高跟鞋，款款地迈着步走去。

秦以南听到脚步声，转过头，看到唐暖的时候，微点一下头，坐直身子，指了指自己对面的位子，示意她坐。

秦以南不说话，唐暖也不说话，只是将包往桌子上一放，优雅地坐了下来。

秦以南抬手招呼服务员，将菜单递给了唐暖。唐暖随意地翻了翻，点了一杯冷奶茶。换作从前，唐暖喝冷的，秦以南会出声阻止。她今天恰巧是生理期，本就不能喝冷的，之所以点，就是想要秦以南的关心。可她点完冷奶茶后，一直到服务员下单，坐在她对面的秦以南，半点没有开口的意思。

秦以南连菜单都没看，直接点了咖啡。

服务员离开后，秦以南放下手机，靠在座椅上，盯着唐暖："你要订婚了？"

他果然是因为订婚来的。她直视着秦以南的眼睛，没说自己订婚，而是说："有人向我求婚了。"

"恭喜。"秦以南睨了一眼唐暖，回答。

唐暖眉心蹙了蹙，心底隐约浮现一股不好的预感。

秦以南紧接着开了口："唐暖，我今天来找你，就是想在我们之间做个了断。"

唐暖的唇角绷了起来。秦以南知道，那是她不高兴的意思，可是现在的他，终究不是曾经那个被蒙在鼓里的他，他一脸平静地继续说："毕竟拖了这么久，也该有个了断。"

秦以南顿了下，像是经过深思熟虑，很严肃地开了口："唐暖，我们分手吧。"

唐暖错愕了好一会儿，想到几个月前，自己因为宋青春和秦以南赌气，那时的秦以南每天都会联系她哄她，直到她在"金碧辉煌"碰到宋青春，被她看到她和另一个男人接吻的画面，然后秦以南就再也没找过她……难不成是宋青春跟他说了什么？

她的脸色瞬间有些难看："是不是宋青春跟你说了些什么？"

秦以南没有任何停留地说："没有。"

他回答太干脆，让唐暖肯定是宋青春告诉了他什么，说不清自己到底是怎么了，就是忽然有些心慌："难道你相信她，却不肯相信我？那你口口声声说过爱我，却一点信任都没给我，那你的爱又算什么？"

"爱？"秦以南像是听到了多好笑的笑话，盯着唐暖，眼底闪出一抹嘲讽，似是嘲讽她，更像是嘲讽自己，"那些爱本来就不该属于你，不是吗？"

秦以南轻飘飘的一句反问，让唐暖瞬间定住。

像是为了验证她的猜测，秦以南声音平静地开了口："唐暖，实话告诉你吧，该知道的我都知道了，不该知道的我也亲眼看见了、亲耳听见了。我们之间，在你拿我当挡箭牌去伤害宋宋的时候，爱与不爱就变得一点也不重要。即使我爱你，也不会和你在一起。更何况，这些年你享受的，本是属于宋宋的……之所以约你出来当面说分手，是因为要分得清清楚楚、干干脆脆。我要说的就这么多……"秦以南一边说，一边从兜里摸出钱包，掏了一张一百元，"我说完了，也该走了，再见。"

秦以南根本没等他点的咖啡送上来，直接将一百块钱压在烟灰缸下，整理了一下衣服，站起身。

"秦以南！"唐暖也跟着站起了身。

秦以南像是没有听见她的话，拿了桌上的手机和车钥匙，迈步离开。

"秦以南！"唐暖这一声喊得格外响亮，引得一屋子的人都朝她望去。

秦以南置若罔闻，推开咖啡厅的门，头也不回地离场。

"秦以南！"唐暖跺着脚，又扯着嗓门喊了一声，只可惜男人已经上了车，根本听不到她的喊声。

"小姐，您的冷奶茶和咖啡。"服务员端了托盘，走了过来。

唐暖暴躁地伸出手，直接端起冷咖啡重重摔在了地上。

"小姐……"

唐暖似是知道服务员要说什么，抖着手从包里掏出来好几张一百的钞票扔在餐桌上，丢了一句："够了吗？"服务员没说话，收了钱，离开。

唐暖全身无力地重新跌坐回沙发上，盯着秦以南刚刚坐过的位子，眼底的恨意越来越浓。

宋青春……是宋青春……六年前，害她被苏之念甩了一耳光；六年后，害她被秦以南分手……她是绝对不会善罢甘休的！唐暖想着想着，开始咬牙切齿，最后身子轻轻地发起了抖。

秦以南从漫咖啡离开后，又回了医院。

宋孟华刚打完点滴，已经睡了。

他陪着宋青春一直到深夜。

走出住院部，秦以南没着急上车，而是靠在车旁，想了一会儿，掏出了手机。像是在斟酌着什么，他不断地按着开机键，手机屏幕不断地亮起、暗灭。秦以南不知道自己到底重复了多少遍这个举动，最终还是点开滑屏，解锁手机，然后点了宋青春的微信，发了一条消息过去："睡了吗？"

过了半分钟，宋青春回了微信："没……"

屏幕上显示着"对方正在输入"，大概她还在打字。秦以南却没等她的消息发过来，而是找了她的电话号码，拨了过去。几乎是在电话接通的一刹那，就被宋青春接听了。隔着电话，秦以南听见宋青春窸窸窣窣的走路声，随着开门关门声落定，听筒里传来了宋青春的声音："怎么了，以南哥？"

秦以南想过跟唐暖摊牌，也已经跟唐暖摊了牌，却从没想过跟宋青春摊牌。

"宋伯父现在身体不好，可能会想让你尽快有个依靠……前一阵子，你不是跟我说，需要我配合你演戏吗？我现在打电话给你，是想跟你说，如果你需要的话，我可以照顾你一辈子……"

她不知道，他是在把自己和唐暖的关系处理干净后，才跟她开的口。

宋青春知道秦以南的意思，他大概是怕宋孟华逼他和她结婚，她不好意思来找他，惹宋孟华更生气，所以才跟她说这些的。她婉转拒绝了秦以南："谢谢你啊，以南哥，如果我需要你帮忙，会跟你说的。"

宋青春和苏之念发展到这一步，基本上可以路归路桥归桥了，就连宋青春自己都觉得，她和他不会有半点可能，直到那天……

第十三章
他的霸气与温柔

那天，苏之念接到了程青葱的电话，说晚上在北京饭店有个饭局，挂了电话直接过去了。

苏之念到北京饭店的时候，程青葱已经在大堂里等着他了。

程青葱看到他，立刻迎了上来，喊了一声苏总。看到他点头后，她一边跟在他身后上楼，一边简单地对他讲了一下今晚饭局上会来的人。

基本上都是苏之念见过的人，只有那个什么金荣公司的黄总，他没什么太大的印象。

不过这个黄总却是今晚来得最晚的。

黄总被服务员领进来的时候，苏之念正在低着头玩手机。有热心的人帮苏之念和黄总做介绍，苏之念客套地放下手机，朝黄总点了一下头，算是打过招呼，然后在他刚准备继续拿起手机的时候，眉心蹙了一下，朝黄总站的方向看了过去。

他看的不是黄总，而是黄总身边的女人。

她笑容得体地站在黄总的身边，正在跟一位老总握手："您好，郑总，我叫唐暖。"

苏之念的视线根本就没在唐暖的身上停留。他拿着手机，一脸漠然地滑动着屏幕，看似波澜不惊，其实心底已经觉得这场饭局恶心难忍。

平日里，参加饭局的时候，苏之念的话就不多，今天有了唐暖，他的话更是少得可怜。

酒过三巡，饭桌上的气氛变得热烈起来。大家开始端着酒杯，找人拼酒。

唐暖在跟郑总喝酒的时候，恰好离苏之念不远，下意识侧头看向他。在一屋子酒味烟味中，一身慵懒地靠在椅背上玩手机的苏之念，显得格外干净出众。在水晶灯的照射下，他容颜俊朗得让她呼吸艰难。

唐暖盯着苏之念失神了片刻，才将杯中的酒一饮而尽，然后刻意从苏之念身后绕回自己的座位上。坐下后，她拿起手机，装出看时间的模样，眼角余光再次悄悄落向坐在位子上的苏之念。

郑总突然开了口："苏总，我没记错的话，你是×中毕业的吧？"

苏之念听到郑总的话，微微侧头，朝他点了一下头。

"那还真是巧了，苏总，黄总带来的唐小姐，也是×中毕业的。你们原来是高中校友啊，没想到竟然这么有缘分！"郑总像是自己找到了校友，说得格外兴奋。

和唐暖有缘分？郑总确定不是在埋汰他？苏之念面无表情地收回视线。

"真是太巧了，那唐小姐在高中的时候就认识苏总了吧？"郑总起了头，有人感兴趣地问起。

唐暖展颜一笑，说："×中没有人不认识苏总。苏总当年在我们学校可是风云人物。"

"原来苏总高中的时候就已经出类拔萃了。"有人客套恭维。

"那想来追苏总的女孩子不少吧？"也有人八卦得更深了一些。

"不是不少，是相当的多。全校的女同学，几乎都把他当白马王子幻想。"唐暖说到这里，特意瞧了瞧苏之念的脸色，看他一脸平淡，似乎对大家关于他的讨论并不反感，才抿着唇笑了笑，"每到情人节、圣诞节，苏总抽屉里的礼物和信封都能掉一地。"

"那苏总高中有没有早恋？"

"这得问苏总……"唐暖记不清自己到底有多久没和苏之念对过

话了。

自打高中毕业，他和她就像两个世界的人，根本没有半点交集。

这一年来，仅有的几次她见到他，也是因为宋青春。他是她心底的痛，也是她心底的梦。即使过去这么多年，她深夜仍旧会梦到他。

今晚，她在饭局上看到苏之念，别提心底有多激动了。她一直很想找个机会，和他打声招呼或者说句话，却始终没有机会。现在她听到有人这般问，顺势转头看向了苏之念，眉眼弯弯地问："苏总，他们在问你高中的时候有没有早恋呢？"

苏之念神情淡淡地拿着手机，指尖在上面不断地滑动着，像是在打游戏。

唐暖的话，被苏之念不动声色地忽视掉。

苏之念的沉默，让气氛一下子冷场。好在大家也习惯了苏之念这副模样，所以安静了约莫两分钟，就有人及时开口："苏总和唐小姐是高中同学，多年后还在一个饭桌上见面，可真是难得的好事，唐小姐和苏总得为这缘分喝一杯。"

"对，对，对，喝一杯。"有人附和，甚至已经招呼服务员给两个人倒酒。

黄总看大家兴致这么高，侧头对唐暖低声说："去，敬苏总一杯。"

唐暖端了酒杯，朝苏之念款款地走去。刚到苏之念的身边，还没说话，苏之念忽然将手机收了起来，侧头对着一旁的程青葱低语了一句什么，然后程青葱凑到他的耳边，说了很长的一段话。

唐暖端着酒杯，只好干巴巴地站在一旁等着。好不容易等苏之念坐正了身子，唐暖立刻绽开了笑容："苏总，我敬您……"

苏之念忽然说了两个字"对了"，然后又转头，跟程青葱窃窃私语。明眼人看到这里都知道，这是苏之念对唐暖赤裸裸的无视。

能来参加这样饭局的，哪一个不是人精？她懂的，其他人都懂。唐暖清楚地感觉大家看着她的视线充满各种各样的色彩，有观察，有探究，有疑惑，也有看好戏……

唐暖握着酒杯的手猛地加大了力气。

她总是这样，在他的面前吃过那么多次亏，却总是不长记性，一次又一次凑上前去找虐。他那么爱宋青春，当初她把宋青春扔在酒吧那些小混混的手中时，他就已经结结实实厌恶透了她。即使过了这么多年，他仍是没有原谅她。他之所以厌恶她这么长时间，是因为宋青春。

唐暖想到这里，脑海里浮现出前几日，秦以南跟自己分手的场景……气息顿时变得有些不稳。宋青春，全都是因为宋青春。宋青春就像她的一个魔咒，这一生都逃不开，不过没关系，过了今晚，宋青春就完了。

苏之念看唐暖站在自己旁边，迟迟没离开，眉心蹙了蹙，连滚都懒得跟她说，直接踢开了身后的椅子，准备离她远点。

苏之念的身后就是墙壁，唐暖挡了一半路，他从她身边走过的时候，尽管想和她保持距离，但衣襟还是碰上了，然后他读到了她心底的想法：不过没关系，过了今晚，她宋青春就完了。

简单的一个想法，让苏之念蓦地停下了脚步。

唐暖根本没有察觉苏之念停在自己的身边，她盯着窗外的眼神，随着她心底的想法，一点一点冷了下去。

今晚的宋青春，被台长安排去“金碧辉煌”采访一个男明星。那个男明星好色得厉害，而且仗着有点背景，经常做些逼良为娼的事情。

她和那个男明星认识，以前还帮过对方的忙，所以她知道宋青春要去采访他的时候，就提前跟他打了一声招呼，让他今晚务必把宋青春给毁了……

苏之念倨傲地站在那里，表情一如既往淡凉冷漠，可是他的眼底有着浓浓的寒意。

苏之念垂在身边的手，不受控制地轻轻颤抖起来。

浑然不知自己心底的想法已经被人洞察的唐暖还沉浸在自己的思绪里，唇角勾起一抹冰冰的冷笑。然而，她的低笑不过刚刚发出，站在她身边的苏之念忽然往后退了一步，抬手就朝她的脸上狠狠地挥去。唐暖整个人被苏之念扇得飞了出去，直接撞在一旁的椅子上。椅背顶住她的腰，疼得她眼泪一下子飙了出来。

一桌子的人全部怔住。大家还没回过神来，苏之念已经挟着一股狠厉之气伸手揪了唐暖的头发，朝她的脸上又狠狠地抡了上去。这一次的力道，远大过第一次。唐暖先是感到一阵耳鸣，随后人重重趴在了餐桌上。

盘子饭菜四处飞溅，满屋子愣怔的人，一下子全都回过神来，纷纷离开了座位。

“苏总，这到底是怎么了？”

“苏总，有什么事好好说，毕竟唐小姐是个女人，这么动手不是特别的好……”

那些劝阻声落在苏之念的耳中，更像煽风点火。他的眼睛似是变成血红色，想都没想，抬起脚朝唐暖的腹部狠狠地踹了上去。

唐暖疼得脸都扭曲了，嘴角有着丝丝缕缕的血迹。

“苏之念，这是我带来的人，就算有什么矛盾，你也不能随便动手。”带唐暖来的黄总明显有了翻脸的意思。

苏之念压根就没把黄总的话听进耳中，盯着唐暖，没有丝毫怜香惜玉，甚至拎起一旁的酒瓶，朝唐暖的脑袋上狠狠地砸了上去。

“苏总！”站在一旁的程青葱看到这一幕，彻底回过神来，再也顾不上害怕，想都没想就冲上前，一把抱住苏之念的胳膊，“苏总，您再打下去，会出人命的！”

他眯了眯眼睛，暴躁地将手中的酒瓶狠狠地砸在餐桌上，然后揪起唐暖的头发，低下头直视着她的眼睛，用只有两个人可以听见的声音，一字一顿、咬牙切齿地说：“如果宋青春今晚有个三长两短，我保证你看不到明天的太阳！”

说完，苏之念松开唐暖的头发，浑然不顾周围所有人的视线，往后退了一步，捞起一旁椅子上挂着的西装外套，携着一身的暴戾之气，大步出了包厢。

苏之念离开许久，包厢里的人才一个接着一个回过神来。大家面对一室的狼藉，面面相觑，不约而同就将视线落在唐暖和黄总的身上。

如果可以，黄总真的很希望此时此刻是不认识唐暖的。可这一屋子的人，都知道唐暖是他带来的，他又不能坐视不理。

黄总无动于衷地站了好一会儿，迈步走向唐暖，冷着脸将她从桌子上拉起来：“还好吧？”

唐暖被苏之念踹得腹部疼痛，全身哆嗦，被黄总拉起来好几分钟后，才勉强掀起眼皮。她以为会从黄总的眼底看到心疼和关心，没想看到的却是嫌恶和烦躁。她的心底爬上一层说不出来的委屈，垂下眼帘，绷了绷染血的唇角，有些虚弱地点了一下头，回："没事。"

说完，唐暖就重重咳嗽起来，一口血吐出，等到咳嗽停止后，她想到自己跟着黄总来，闹出来这样的事，必然让他很没面子。于是她吃力地仰着头，又说了一句："对不起。"

谁知，黄总听到她的道歉后，脸色变得更难看，压低了声音，当着一屋子的人训斥起来："你到底是怎么回事？让你给苏总敬酒，怎么就和苏总闹成这样了？"

她盯着黄总的脸看了片刻，移开视线，将胳膊从他的手中抽出来，轻声说："我去趟洗手间。"也不等他回答，就转身捂着腹部，踉跄着走出了包厢。

唐暖刚拉上包厢门，往洗手间的方向走了不过十米远，旁边的另一扇门就被打开，穿了一件浅蓝色衬衣的秦以南从里面走出来。

唐暖的第一反应是背过身，不让秦以南看到自己此时的狼狈。可是现在的她，能维持着人不倒下已经很不容易，哪里还有行动力？

秦以南拉上包厢门后，视线静静地落在她的身上。他似是没想到有朝一日会看到她这般狼狈难堪的模样，表情明显愣怔了一下，然后眉心轻蹙。

他这样的反应，她好熟悉。大学的时候，她跑步摔倒在地，他看到，就是这样蹙一下眉，然后朝她飞快地跑来，抱起她去医务室。

她当初为了让宋青春难过，故意装出扭伤脚的样子。他一听到她的低呼声，第一反应也是蹙一下眉，不管身边有多重要的事要处理，总会立刻放下，赶到她身边。

所以，在唐暖看到秦以南的反应时，有那么一瞬间，以为他会和从前一样，快步走到她面前，一脸疼惜地伸手把她抱入怀中，语气愤怒地问她是谁干的。

秦以南默不作声地看了她几分钟，他身后的包厢门被人拉开，有人惊讶地问他："秦总监，你不是去洗手间了吗？"他这才垂了垂眼帘，将视线从她的身上抽走，对着身后的人一脸温和客套地笑了笑："刚接了个电话，这就去。"然后他就和那个人，一起肩并肩离开。

秦以南事不关己地转过身离开，她忽然觉得自己像是被全世界遗弃，眼眶一下子就红了。

唐暖愣怔了好一会儿，强忍着眼泪，撑着墙壁，动作缓慢地走进洗手间。

就在这时，一道女声传来："唐小姐，你还好吗？"

唐暖抬起头，看到自己面前站了一个优雅的女人。她眼底划过一丝诧异，然后说："是你？"

"过去这么多年，原来唐小姐还记得我。"女人弯着唇，笑容可掬地说着，打开随身携带的包，从里面抽了几张湿巾出来，弯身蹲在唐暖的面前，亲自帮她把脸上的血痕擦干净，才贵气十足地站起身，将湿巾扔入一旁的垃圾桶，不慌不忙地说，"唐小姐，如果你现在有时间，可不可以跟我聊一聊？"

唐暖盯着她看了片刻，轻轻点了一下头。

女子看她答应，立刻展颜一笑，又一次弯身将唐暖从地上扶起来，对唐暖留了一句"我在地下停车场等你"，率先离开了洗手间。

唐暖走出电梯，听见鸣笛声，循声望去，看到一辆奥迪Q7停在左前方的停车位上。

她刚走到车旁，车窗就落了下来，女子对着她说："唐小姐，请上车。"

女子等到唐暖坐好后，发动了车子。她载着唐暖沿着北京城的街道开了许久，最后停在一个没有车辆也没有人经过的漆黑胡同里。

女子熄了火，开口："唐小姐，六年前，我给你的宋青春和苏之念睡在一起的消息，让你在高中毕业之前，狠狠地解气了一把，对吗？"

唐暖垂下眼帘，答非所问："请问，您找我有什么事吗？"

女子问了一个新问题："你恨宋青春吗？"

宋青春……这个名字让唐暖的眼底闪现一抹厉色，毫不迟疑地回道："恨。"

"有多恨？"女子问。

唐暖没吭声，手却攥成了拳头。

女子弯着唇笑了："如果我说，今晚来找你，就是来帮你解恨的呢？”

唐暖诧异地看向女子：“你要怎么帮我？”

“你和她是一个公司的，你们之间有很多机会可以接触，对吗？”女子一边说着，一边递给唐暖一个黑色的瓶子，“这是一瓶药，少量服用是检查不出任何症状的，长期服用，会导致人神志不清……只要你每天找时间给宋青春喂一粒吃，时间久了，她就会从你的面前彻底消失，到那时，她再也不会影响到你……机会我给你了，把不把握是你的事，不过很多时候，机会只有一次。”女子说完，将药瓶往唐暖的面前又递了递，看她不接，径自打开她的包，将药瓶扔了进去，“好了，时间也不早了，我送你回家。”

女子发动车子的时候，一直没说话的唐暖忽然说：“你并不是单纯帮我吧？”

“当然。”女子没踩油门，转过头，大大方方地承认，“我当然不是在单纯帮你，只不过你希望宋青春死，我也希望宋青春死，我们目标一致而已。”

唐暖问：“能告诉我原因吗？”

女子沉默良久，温柔的语气里带着一股杀气：“我要让宋孟华生不如死。”

宋青春今晚约了一个男明星做采访。原本她想约在比较安静的咖啡厅或者私人会所里，谁知男明星非要约在“金碧辉煌”，否则就不接受采访。

架子可真大……宋青春挂断电话的时候，心底暗暗地嘲讽了一句，不过还是收拾了一下东西，出发去“金碧辉煌”。

约的时间是八点，结果男明星到了八点半才出现在包厢门口。虽然心下不悦，但她脸上还是堆起礼貌友好的笑容：“杨先生，您好，我叫宋青春，很高兴今天约到您做采访。”

杨明星扫了一眼宋青春举到自己面前的手，完全没有和她握手的意思，甚至连礼貌的问好都没说，皇帝一样对着身后的助理张开胳膊。助理立刻上前，帮他脱掉外套，识趣地抱着他的衣服走出了包厢。

杨明星摆正手腕上戴着的手表，抬起眼皮，视线在宋青春的脸上绕了两圈，迈步走到了沙发前坐下。

宋青春讪讪地收回停在半空的手，在原地站了两秒钟，完全没有因为男子的无视和傲慢而有丝毫恼怒，转过身，脸上仍是刚刚完美到无懈可击的友好笑容："杨先生，请问我们现在可以开始采访了吗？"

杨明星和刚刚一样，对宋青春的话置若罔闻。他闲散地按了一下呼叫铃，拿起桌上的酒水单，靠在沙发上，跷着二郎腿翻看起来。

宋青春早就习惯了，神情淡定，仿佛什么事也没发生，款款地走到沙发前，找了一个不近也不远的位置坐下，将随身携带的录音笔和要采访的问题拿出来。

杨明星点了一瓶洋酒、一个果盘。

等到东西上全后，宋青春第三次问："杨先生，我们现在可以开始了吗？"

"不急。"杨明星这次倒是接了话，坐正了身体，拿起桌子上的洋酒，对着两个杯子倒了一些酒，然后将其中一个酒杯放到宋青春面前，径自端起剩下的一个杯子，朝宋青春举了举，说："先喝两杯再说吧。"

上高中时，宋孟华和宋承就经常对她说，千万不要和不熟的人喝酒，所以这些年来，宋青春仅在心情抑郁和参加宴会的时候喝。

她盯着杨明星放在自己面前的那杯洋酒两秒钟，脸上扬起灿烂的笑："不好意思，杨先生，我不会喝酒。"

杨明星挑了挑眉，没勉强，昂起头将自己手中的那杯一饮而尽，然后又给自己倒了一杯，拿在手中晃了晃，侧头盯着宋青春片刻，说："开始吧？"

"好的，杨先生。"宋青春浅笑了一下，想要去开录音笔，还没按下开关，杨明星忽然从她的手中抽走录音笔。

宋青春有些疑惑地抬起头，杨明星转着录音笔，喝了一口酒，说："我不喜欢录音，你有什么问题直接问，用笔记录吧。"

宋青春一边在心底骂着，一边微笑地附和："好的，杨先生。"

说着，宋青春低下头看向问题卡上的第一个问题，说："请问杨先生，您对自己最新播放的电视剧取得的优秀成绩，有什么看法？"

杨明星歪着头沉思了一会儿，认真回答了宋青春的问题。宋青春快速拿笔在本上记录着。

洋酒喝了一半，问题也问得差不多了，宋青春咬着笔杆，看了一下最后的两个问题，然后选了一个比较劲爆的，问："杨先生，我们已经聊了那么多关于工作的话题了，下面可以问您一个私人问题吗？"

宋青春等到杨明星点头，接着说："前不久，网上传言您好事将近，请问这是真的吗？您准备今年结婚？"

杨明星似是没有听清宋青春的话，往她这边靠了靠："什么？"

宋青春将问题又重复了一遍。

"什么？"杨明星又问了一遍，人就往宋青春这边挪了过来。

随着他靠近，宋青春闻见一股刺鼻的酒味和浓重的香水味。她眉心轻蹙，下意识往旁边挪了挪，将自己刚刚的问题又叙述了一遍。杨明星继续往她身边靠，一直靠到宋青春挪到沙发的尽头，还不罢休。

在杨明星的身体快要贴上宋青春的身体时，宋青春终于沉不住气地从沙发上站起来。杨明星忽然伸出手，抓住了她的手腕。

宋青春想将手抽出来："杨先生，您喝多了。"

杨明星完全不理会她的挣扎，用力一扯，将她扯到自己怀中，将嘴贴在她的耳边，一边吹着热气，一边压低声音暧昧地问："你刚刚说什么？我没听清楚。"说着，他就张口含住宋青春的耳垂。

宋青春全身发抖，想都没想就抬起手，将杨明星的脸从自己的耳边推开，声音带了一丝愤怒："杨先生，请你自重！"

杨明星呵呵笑了两声："自重？你来教我怎么自重。"他一边说，一边将扣着她手腕的手挪到她的腰上，把她紧紧地抱入怀中。

宋青春疯狂地挣扎起来。杨明星似乎很享受，把她圈在怀里，任由她动来动去，到了最后，还轻轻笑了起来："你难道不知道吗？女人越挣扎，男人越冲动。你这样动下去，我可就真忍不住了。"他亲上了宋青春的脸。

宋青春疯狂晃着脑袋，躲闪杨明星的唇。杨明星被宋青春那么一推，竟然直直从沙发上滚下去，背磕在大理石桌面上，疼得倒吸一口凉气，骂了一句脏话。

宋青春根本不敢犹豫，本能地从沙发上爬下来。她抓了一旁的包，想都没想地转过身，朝门口跑去。

她逃得太仓促，没注意脚下的路，高跟鞋踩在杨明星的腿部，男子发出惨叫，宋青春也跟着踉跄了一下，好在她及时撑住桌面，没有扑倒在地。

她连脚腕上的疼都没顾得上看，越过杨明星，跌跌撞撞地往门口跑。只是她走了还没两步，包就被杨明星一把扯住，用力往后一拉，宋青春整个人摔倒在地，随后，她被杨明星抓着脚腕往后拖去。

“告诉你，老子今晚不单要上你，还要找一堆男人上你，让你打老子！”杨明星说着，抓起宋青春的头发，将酒朝她的嘴里灌去，“喝了！”

宋青春晃着脑袋躲闪，尽管这样，还是有少量液体落入她的口中，顺着喉咙淌了下去。一种无边无际的绝望，瞬间淹没了她。

酒并不多，绝大多数都洒在了宋青春的脸上和地上。酒杯一空，杨明星便迫不及待地再次压上宋青春的身体。她感到他的手在她的身上游移，还有他的唇……宋青春从没觉得自己这般肮脏过，脏得她全身抽搐，心底的绝望越发浓重，求饶声渐渐消失不见。

她躺在冰冷的地板上，盯着天花板，一边流泪，一边想着自己该怎么办。死……这个字在她脑海里绕着绕着，眼角的泪停止了流动，她顿时下了一个决心，吞了一口唾沫，轻声喊着苏之念的名字。

“苏之念……再见……”她说完就闭上了眼睛。

伴随着刺耳的刹车声，苏之念把车子歪歪斜斜地停在路边。他推开车门，完全不理会跟自己打招呼的服务生，一边聚精会神地听着宋青春的声音，一边大步流星地迈向电梯。

苏之念找了许久，没找到宋青春的声音。惊慌和恐惧压得他呼吸不畅，他一边继续找着宋青春的声音，一边强行推开一间间包厢的门。

苏之念不知道自己到底找了多少间包厢，也不知道自己被包厢里的人骂了多少句有毛病，只知道越找心底越惊慌，就在他准备上三楼的时候，耳边忽然传来宋青春的声音。很低，很轻。听力超出常人的他，还是听得清清楚楚。

她喊的是他的名字，苏之念……是从楼上传来的……苏之念快速推开一旁的紧急通道门，沿着楼梯朝楼上跑去。跑到五楼的时候，他清楚地从隔壁房间里听见一句“再见”。苏之念蓦地颤动一下，拉开紧急通道的门冲了出去。

包厢门侧有一个年轻男子，正抱着一件外套靠在墙壁上玩手机。

苏之念没有任何犹豫地迈步过去，年轻男子察觉到他的靠近，下意识站直身子，抬起手，拦住了他：“不好意思，先生……”话还没说完，苏之念就抬起脚，将包厢的门踹开。

包厢里大灯没开，只开了七彩旋转灯，借着楼道的灯光，苏之念一眼就看到宋青春被一个男人压在身下。

那男人似是察觉到了门口的动静，微微抬头，暴躁地喊：“小艺，你是怎么给老子看门的？”

“对不起，杨哥。”被喊作小艺的年轻男子急急忙忙地对着包厢里的人道歉，转头看了一眼苏之念：“先生，您不能这样……”说着，快速冲上前，想要将包厢的门重新拉上。

只是他的手还没碰到门把，整个人就被苏之念踹得飞进包厢。

原本低下头再次去亲宋青春的杨明星顿了一下，语气更加粗暴：“小艺，你还想不想跟着老子了……”他还没说完，骂声就变成了惨叫，整个人从宋青春的身上直直飞出去，重重撞上身后的墙壁。

杨明星抬起手，摸了摸已经没有知觉的下巴，勉强挤出一句：“靠，是谁，谁踢老子……”他一边说，一边朝前方看去。一道黑色的身影挟着狠戾之气，冲到他的面前，再一次狠狠地踢上他的脑袋。

这一次，杨明星被踹得扑倒在地，由于惯性，一半身子滑到了包厢门口。杨明星姿势难看地躺在地上，别说爬起来，就连骂人的话都说不出了。他勉强抬了一下头，看到刚刚踹飞自己的人，冷冷扫了他一眼，转身就朝地上缩成一团的宋青春走去。

靠得近了，苏之念才看清宋青春有多狼狈，衣不蔽体，胳膊和胸前有着刺目的青紫。苏之念抿了抿唇，怒气燃烧得更旺。他扯了一下领带，将西装外套脱下，披在宋青春的身上。

女孩察觉到他的动作，低念了一声“别碰我”，紧紧地抓着他的西装外套，猛地往后躲去。苏之念眉心蹙了一下，又一次将手伸向宋青春。她抬起头，尖声喊了一句：“别碰我！”喊完之后，脸上就有眼泪淌下，唇瓣抖得格外厉害，小声重复着，“别碰我，别碰我……”

她每说一遍别碰我，就像有把刀狠狠刺进苏之念的心窝。他的呼吸越来越沉重，刚想伸手把她抱入怀中，就在她白皙的脸上看到五个手指印。苏之念触电一般，猛地站了起来，抄起桌上的酒瓶冲向门口，朝杨明星的脑袋上狠狠地砸去。杨明星发出凄惨的叫声，头上有鲜血淌下来，还没缓过劲，人就被苏之念拎着脖子，甩回包厢。

苏之念走到门口，按了墙壁上的呼叫铃。过了大概三秒钟，呼叫铃被接听。苏之念不等里面的人说话，率先开口：“我是苏之念，三分钟，三分钟我要看到‘金碧辉煌’所有的保安，都给我到五层106包厢来。”

“好的，苏先生。”前台小姐的声音刚落定，苏之念就拎起一旁的瓷器，朝杨明星砸去。

苏之念完全丧失了理智，逮住什么砸什么，话筒、摆件、挂画……整个包厢里，一时之间，都是砸东西声和杨明星的惨叫声。

保安队长带着所有保安赶到的时候，整个包厢已经惨不忍睹。

杨明星只当看到救星，想都没想就朝保安队长喊：“快，快，孙庄，快把这个疯子给弄走……”

“我倒要看看，谁敢把我弄走！”伴随着苏之念的一句狠话，宋青春的包被他摔上了杨明星的脸。

保安队长孙庄侧头看了一眼被戾气包裹的苏之念，倒吸了一口气，往后退了一步，要多恭敬有多恭敬地开口：“苏先生。”

苏之念绕着包厢走了两步，也不知道哪里来的惊人力气，直接将沉重的大理石桌掀翻在地。随着震耳欲聋的一声，苏之念蹿到杨明星的面前，对着他一阵连踹带踢。杨明星的惨叫一声比一声凄厉，一会儿骂，一会儿求，可苏之念像是没有听到，没有半点罢手的意思。到最后，杨明星发出的声音变了腔调。

大堂经理急匆匆地跑上来，和保安队长面面相觑，嘀嘀咕咕了好一阵，谁也没敢踏进包厢半步。大堂经理像是想起什么，拍了拍脑袋：“你瞧我这记性，怎么就忘了程小姐呢？”

“对啊，程小姐是苏先生最得力的助手，她肯定会有办法的。”保安队长附和。

大堂经理赶紧拿起手机，给程青葱拨了电话。电话里，程青葱听完大堂经理的描述，问了一句：“宋小姐有没有被……欺负？”

宋小姐？谁是宋小姐？大堂经理愣怔了一下，然后反应过来，宋小姐怕就是包厢里那个女孩，急忙朝里看了两眼，模模糊糊地看到宋小姐的裙子还好端端穿在身上，于是对程青葱说：“宋小姐的裙子还好端端穿在身上，估计没被杨先生欺负了去……”

程青葱长长松了一口气，带着几分庆幸地说：“还好，还好，还有救……”随后程青葱吩咐，“首先，你们千万不要上前阻拦苏总；其次，你们要用宋小姐阻拦他。例如，宋小姐哭了，宋小姐情况好像不对劲，实在不行，你们就让宋小姐去阻拦苏总；最后，你们赶紧在‘金碧辉煌’准备客房，让苏总抱宋小姐过去。”

挂断电话，大堂经理立刻吩咐自己的跟班去给苏之念安排客房，然后鼓足勇气，朝包厢里大声喊了一句：“苏先生，宋小姐现在情况看起来似乎不大好！”

苏之念重重踹上杨明星的腹部，杨明星的鼻子开始冒血。

大堂经理急得想进去找程青葱说的“宋小姐”，可是走到门口，接触到苏之念的视线，又退了回来，指了指包厢里蜷缩在角落的宋青春，底气不足地小声说：“苏先生，我就是想看看宋小姐她、她有没有事……”

苏之念顺着他指的方向看去，宋青春的脑袋埋在膝盖间，肩膀一抽一抽，小声哭泣着。

苏之念心底狠狠刺痛了一下，一脚踢飞身旁的杨明星，转身朝宋青春走去。

走了还没两步，被他踢得痛呼出声的杨明星朝自己的助理开口：“你脑袋是不是被驴踢了，保安不管，你不会报警吗？”

“是，是，是，杨哥。”杨明星的助理结结巴巴地回道，颤抖地拿出手机。

刚按了一个1，杨明星断断续续地说：“先别报警，把我的律师喊来，我要告他……”

告他？苏之念听到这两个字，心里的戾气又蹿了出来。他往回退了两步，走到杨明星面前，居高临下地看着他，声音低沉地问：“想打官司？好啊，给你选择的机会，你是要当被告，还是要当原告？估计你一旦被谁告上法庭，会有很多女孩跳出来告你吧？”苏之念说着瞄了他两眼，“你身上的这些伤，怕是没等官司开打就好了。现在我给你个重伤，让你撑到官司开打！”话音落定，苏之念抬脚踩向杨明星的裤裆。

杨明星叫声如同杀猪，惨烈无比。围观的所有人看到这一幕，下意识夹紧了双腿，默默转过头，避开这样的画面。

苏之念停了动作，从兜里摸出钱包，抽了一张名片，微微弯身，朝他摇了摇：“这是我的名片，联系方式、电话号码、公司地址，上面都写得清清楚楚，我坐等你的律师函！”苏之念狠狠将名片朝杨明星的脸上一甩，朝宋青春走去。

他蹲在宋青春面前的时候，所有人透过怒意，看到他脸上深深的疼惜和满满的柔情。

他怕自己吓到她，没敢去碰她，轻轻地喊了一句：“青春？”

女孩轻颤了一下，哭声渐渐转小。

“是我。”苏之念柔声说。

宋青春的哭声停了下来，慢慢将脑袋从膝盖上抬起来。苏之念慢慢将手放在她的头发上，轻轻摸了两下，缓声说：“我现在带你离开，好不好？”

宋青春没说话，盯着他的眼睛，轻轻地点了点头。他温柔地将她身上披着的西装外套裹得紧了些，打横把她抱入怀中，朝包厢门口走去。

保安队长看到这一幕，立刻挥了挥手，让堵在门口的保安让出一条路。

大堂经理急忙按照程青葱的吩咐，殷勤地说：“苏先生，‘牡丹亭’已经准备出来了。您可以带宋小姐去那里休息。”

苏之念脚步蓦地停了下来。他声音轻缓，甚至透着一股慵懒地问：“你来‘金碧辉煌’多久了？”

大堂经理一愣，很快回过神来：“四年零三个月。”

苏之念眼神忽然变得锋利：“怎么？四年零三个月，还没长眼？你难道没看到她跟着我来过‘金碧辉煌’好几次吗？什么时候我带来的人竟能被随随便便欺负了？”

大堂经理吓得心尖上蹿起一股骇意，猛地低下头，连辩解的勇气都没了，颤着声音说：“对不起，苏先生，是我的失误。”

苏之念听到大堂经理的道歉，没再说话，抱着宋青春继续往前迈了一步。

在场的所有人不约而同暗吸了一口气，只是那口气还没吸完，苏之念又停了脚步，目光似是含了锋利的刀片，朝保安队长直直射去，压得保安队长双腿一软，险些跪倒在地上：“还有你，他没长眼，你也跟着他没长眼？难道不会多派几个人跟着她，看看她有没有出意外？”

保安队长抖着腿，结结巴巴地说：“我没见过宋小姐，所以才……下次、下次一定注意，苏、苏先生……”

下次？还想有下次？苏之念脸色瞬间沉到极致。

保安队长意识到自己说错了话，急忙改口：“是以后、以后……以后宋小姐再来，我保证、保证派人全程跟着……”

苏之念神情稍微好了一些，阴冷地哼了一声，抱着宋青春穿过人群，大步离开。

苏之念抱着宋青春走向“牡丹亭”的路上，遇见了不少相识的客人和服务生。

宋青春怕被人看到自己的狼狈样，小脸紧紧地贴在苏之念的胸前。

伴随着刷卡声，一个温柔的女声响起：“苏先生，请问您还有什么吩咐吗？”

苏之念抱着宋青春一边往套房里走，一边对女服务生说：“准备全套S号的衣服过来，记得带睡衣，还有冰袋两包，煮熟的鸡蛋两个，治跌打瘀青的药膏一瓶……”说到最后，像是不放心，又补充了一句，“……给夏医生打个电话，让他来一趟。”

“好的，苏先生。”女服务生说完，善解人意地将套房的门带上。

苏之念将宋青春放在沙发上，刚准备抬起她的头，检查她脸上的巴掌印，指尖还没碰到她的下巴，她就从沙发上急匆匆跳了下来，垂着脑袋，齐腰的长发遮住脸庞。

她小声地说："我……要去洗个澡，脏……"她声音轻颤，像是又流了泪，不等苏之念反应，转身朝洗手间跑去。

很快，洗手间里传来哗啦哗啦的流水声。苏之念清楚地捕捉到女孩借着水声掩饰的小小哭泣声。没有熄灭的怒火再次猛烈燃烧，带着浓重的后怕。是的，后怕。如果今晚不是凑巧在饭局上遇见唐暖，不是凑巧有人提起他和唐暖是同校校友，不是在大家的起哄下唐暖主动过来敬酒，不是他恰好有着超出常人的能力……是不是现在的宋青春，已经被那个姓杨的明星糟蹋了？

没有人能体会当他从唐暖的心底读到"迷奸"两个字的时候有多愤怒；没有人能理解，当他看到最想保护的女孩，被一个陌生男人压在冰冷的地板上的时候，他的情绪有多失控……他想，当时他是想要杀人的。

苏之念盯着落地窗外的万家灯火，眼神越来越冷。他忽然掏出手机，给程青葱拨了一个电话。

程青葱还没睡，电话响了不过一声，就被她接通："苏总。"

苏之念说："你现在打电话通知'金碧辉煌'的所有股东过来一趟。"

电话里，程青葱顿了片刻，看了一眼时间，已经晚上十点半，有些不确定地问："现在吗？"

"对，就现在，我要连夜召开股东大会。"苏之念顿了顿，继续安排，"还有，联系张律师，让他也过来。顺便准备一份股权转让书，还有股份收购书。"

"好的，苏总。"

挂断程青葱的电话，苏之念立在落地窗前没动。

身后浴室里的哭声渐渐转小、消失……他紧缩的心脏也缓缓地舒展、松懈……

苏之念抬起手腕看了一眼时间，宋青春已经进去一个小时，怎么还没洗好出来？

苏之念停了片刻，转过身，踏着步子，走到了洗手间门口，伸出手，敲了敲门："青春？"

洗手间里很安静，除了水声，没有丝毫的动静传来。苏之念的心扑通扑通跳了两下，又抬起手，敲了几下洗手间的门："青春？你洗好澡了吗？"

回应他的还是一片寂静。苏之念眉心蹙了蹙，刚准备第三次抬手敲门，套房门便被人敲响。

洗手间的门紧挨着套房门，苏之念顺手开了门，女服务生把他刚刚要的东西一样不少地送了过来。苏之念转了一下头，示意她放在茶几上，又抬起手敲洗手间的门："青春，你要是再不出来，我就进去了。"

除了哗啦哗啦的流水声，再也没有其他声响。苏之念心底越发不安，问正准备离开的女服务生："门的钥匙呢？"

"我这就去拿，苏先生，您稍等。"女服务生恭敬地回了一句，匆匆地跑出了套房。

没过两分钟，她就拿了一长串钥匙返回，捏着其中一把递给苏之念："苏先生，是这把。"

苏之念没说话，接过钥匙，快速插入钥匙孔，开了门。

他将钥匙扔给身旁的女服务生，推门踏进洗手间。米白色的地板上到处都是水，蒸发的水汽缭绕满满一室，让人看不清眼前的景象。

苏之念将门轻轻关上，顾不上皮鞋踩在地上会浸湿，直接迈步朝里走去。

走到浴缸前，苏之念才看见宋青春。她蜷缩在浴缸里，一旁的水龙头开到最大，水哗啦啦流着，早已满溢而出。浴缸外丢了好几个空沐浴乳瓶子，浴缸里全是泡沫，溢了半个洗手间。

宋青春似是没有察觉有人靠近，又拿了一瓶沐浴乳，朝浴花挤着。她挤了大半瓶，然后往身上用力搓去。因为在水里泡太久，她的皮肤已经泛皱，有些地方被她硬生生擦出了细小的血丝。

因为靠得近，苏之念清楚地从宋青春的眉宇间看到了一抹厌恶。她是在嫌自己脏。苏之念垂了垂眼帘，唇角用力抿了一下，迈步上前，将她手中的浴花一把夺走。

她像是受到惊吓，猛地抬起头，尖锐地喊了一句："还给我！"说着，她从浴缸里站起来，伸长胳膊跟他抢。

苏之念害怕她摔倒，抓住了她的胳膊，将浴花随手丢在一旁。她张牙舞爪地朝浴花扑过去，苏之念索性一个用力，把她扯入怀中，控制住她乱动的身体，轻声说："好了，不洗了。"

她嘴里念叨着："没有……脏……"在他的怀中不停地挣扎。

她的上衣已经被撕烂，泡在浴缸里时，从身上落下，裙子湿漉漉地黏在身上。她在他怀中动来动去，没一会儿就把他的衬衣和西装裤都弄湿了。

苏之念任凭她挣扎，抱着她，始终没有松手。她挣不脱他的钳制，眼泪又流了下来，推搡他的力道，变得越来越小。苏之念没说话，搂着她的胳膊收了一下力，将她抱得更紧。她像是找到依靠，窝在他的怀里，哇地哭出声。

他静站在浴缸前，拥着她，陪着她。她的哭声像一把一把的刀子，在他的胸口划下一道一道鲜血淋漓的口子。她哭，他真的很心痛，可是他知道，若是不让她这般发泄，她会更难过。

她肆意在他胸前哭了许久，直哭到嗓子沙哑。苏之念轻轻地拍着她的后背。虽然他一句话都没说，可是那一下一下有节奏的轻拍，却让她的哭声渐渐停了下来。苏之念借着两个人的相拥，感到她情绪已经平静，缓缓地将她拉出自己的怀抱，捧起她的小脸，将泪水一点一点拭去。

她的哭声彻底消失，眼泪也止住，只是不时抽一下鼻子。苏之念一手搂了她的腰，一手轻轻地捧起她的脸，微微低下头，额头抵住她的额头，用商量的语气说："我们在洗手间里待了很长时间，再待下去要感冒的。现在我帮你洗个澡，抱你出去，好不好？"

宋青春站在浴缸里，羞怯地垂着头僵站着。

苏之念帮她洗好了头发和身体，扯了一旁的浴巾，裹在她的身上，这才暗暗地松了一口气。他又抽了一条浴巾，把她头发上的水吸走，然后换了一条毛巾，裹住她的长发，就把她抱出了浴室，放在了卧室的床上。

苏之念先从刚刚女服务生送来的东西里找了睡衣和内衣递给宋青春，然后去浴室里拿了吹风机。

回来的时候，宋青春已经穿好了衣服。苏之念将吹风机电源接上，没着急给她吹头发，先问了一句："让夏医生进来看看，好吗？"

宋青春轻轻嗯了一声，脸上泛红。

苏之念得到她的同意，才起身去开门。

苏之念站在一旁，等了大概五分钟，夏医生将耳边挂着的医疗仪器摘了下来，然后对着苏之念说：“宋小姐可能被下了药，但是药量很小，已经排得差不多了，没什么大碍。不过我还是开点药，等下服，免得难受。”

送走夏医生，苏之念折回卧室，宋青春喝完药，苏之念替她盖好被子，哄道：“睡吧。”

将宋青春哄睡，苏之念这才抬起手腕看了一眼时间，已经凌晨两点半。他整理了一下皱巴巴的衣衫，轻手轻脚地走出卧室，尽量把动作放到最轻，将门关好，才走向套房门口，打开门，让在外面等了好几个小时的一行人进来。

宋青春起初睡得很不踏实，总梦见自己被那个男人压在身下。惊慌的时候，总是有人靠在她的耳边，一边轻轻地拍着她的后背，一边声音低柔地说：“我在，别怕。乖，别乱想，睡吧……”她就在那样的轻哄中，再次陷入沉睡。在睡梦里，她感觉一只手放在自己的背上，让她微笑起来。

睡了不知道多久，宋青春模模糊糊地察觉自己背上的温热消失不见，眉心轻蹙，下意识往床边摸去。上面残留着人坐过后的余温。

她在半睡半醒的状态下，四处胡乱摸了摸，始终没有摸到苏之念，睫毛轻颤两下，缓缓地掀开眼皮。

卧室里很静，除了床边昏黄的睡眠灯，再无其他光源。两米外的落地窗帘没拉，透过整面玻璃窗，可以看到北京城璀璨的万家灯火。

宋青春拥着被子坐起身，环顾了一圈，没有看到苏之念的身影。

他人呢？离开了，还是……

宋青春看向卧室门，掀开被子下了床。卧室铺了厚重的地毯，踩上去柔软无声。她走到卧室门口，刚准备将手放在门把上，隔着红色雕花的实木门，宋青春就听见门外传来低低的谈话声。

“苏先生，我不太明白你的意思。好端端的，你为什么要高额回收我手里的股份？”

“杨总，我现在给你的这个价格，已经高出市场三倍，我劝你还是签字吧。至于原因，我想你比我更清楚。”苏之念的声音里明显带着一丝不耐烦。

“苏先生，我侄子杨峥今晚的确是冒犯了您，但是您看，您把人也打进了医院，气也撒得差不多了，没必要把我也从‘金碧辉煌’给踢出去吧？我保证，以后绝对不会有这样的情况发生。所以您看，能不能再考虑考虑？”

宋青春听完这些话，终于明白了他们在说些什么。

杨峥就是那个在包厢里欺负她的人……而这个杨总是他的叔叔，还是“金碧辉煌”的股东……而苏之念现在要把他的叔叔踢出股东会？

这次回话的不是苏之念，而是程青葱：“不好意思，杨总，还是麻烦您签字吧。杨总，您现在签字还不算太难，若是执意不签，恐怕会闹得很难堪。”

杨总翻了脸：“苏之念，别以为你是‘金碧辉煌’最大的控股人，就欺人太甚！股份是我的，我想买就买，想卖就卖。老子今天就不签这个字，我看你们能把我怎样！难不成还真敢逼着我签这个字？你们这是犯法的……”

他话还没说完，宋青春就听见门外传来东西甩上脸的声音，随后杨总就发出吃疼的叫声。

不过一秒钟，他的嘴似乎被人堵住，只能发出支支吾吾的低弱声响。

“进这个屋子的时候我就说过，都给我说话小点声，谁要是吵醒了里面的人儿，我就割了谁的舌头！”苏之念特意压低的声音里透着浓浓的戾气，宋青春身体轻轻地颤了一下，“还有，杨总，您别以为我没办法让您乖乖签字，现在肯给你钱是给你面子。城东那块地皮拆迁的时候，一家姓张的钉子户莫名其妙一夜之间被车撞死，你真以为这事做得天衣无缝？另外，A大的一个女大学生被你强奸后，让你老婆知道了，跑到学校大闹一场，逼得那女孩跳楼自杀，最后你花了两百万找人造假，说是她自己勾引你，这事你该不会忘了吧？”

原本呜咽不停的杨总渐渐地安静下来。

过了好一会儿，他才从震撼中清醒过来，因为被堵着嘴，声音显得含混不清：“你是怎么知道这些事情的？”

“我怎么知道的不重要，重要的是，什么时候宋青春也是你们杨家可以随便欺负、随便骂的了？”

宋青春眼睛蓦地睁到最大，清楚地感觉自己的心底，某种情绪剧烈翻滚起来。

“你为了一个女人，不惜得罪我们杨家？你要知道，杨家对你有用！”杨总似乎不死心，含糊地说，“我大哥说他有办法拿到东郊的地皮，只要这一次一笔勾销，那块地皮我可以拱手让……”

苏之念像是听到了多么好笑的笑话，嘲弄地轻呵了一声：“杨总，如果我苏之念怕你们杨家，今晚就不会动杨峥了！实话告诉你吧，我早就知道你们叔侄做的那些破事，只是跟我无关，懒得去搭理。怪就怪你们不长眼，竟敢招惹我的人！”

我的人……宋青春身体狠狠地颤抖了一下，抬起手捂住了嘴巴。

“别说为了一个女人不惜得罪你们杨家，我就是得罪了又怎样？一句话，字签还是不签……”

不知道苏之念到底做了什么，杨总大口大口喘着气：“我签，我签，你别报警！”

随着杨总的话音响起，宋青春隐隐约约听见签字的沙沙声。

程青葱的声音响起：“苏总，杨总签完了字，张律师也看过了，没什么问题，您请过目。”

苏之念没说话，纸张翻动的细微声响传来。

过了不过十秒钟，响起一道短促的文件摔在桌面的声音。程青葱又开了口：“杨总，现在这里没您什么事了，您可以离开了。”

随着门开门关声落定，说话的还是程青葱：“苏总，请问现在还有什么事吗？”

过了片刻，程青葱又说：“那我和张律师先离开了。”

这一次，传来了苏之念很淡的一声嗯。

随后门外响起两道脚步声，直到门被咔嗒关上，整个套房陷入寂静之中。

苏之念不知道在想什么，过了好一阵子，才朝卧室的方向走来。他的脚步声越来越近，呆站在门后的宋青春回了神，似是还没缓过劲来，眼底掠过一抹惊慌，快速蹿到床上。她刚将被子盖在身上，卧室的门便被推开。宋青春急忙闭上眼睛，装出熟睡的模样。

苏之念动作很轻地关门，转身朝床边走来。她不敢睁眼，也不知道苏之念在做什么。过了好大一会儿，她感觉一道黑影罩在了自己的脸上。

苏之念在弯身……他弯身做什么？

被褥被轻轻扯动了一下，她露在外面的一只脚被盖上。

宋青春感觉苏之念坐在了床边，虽未睁眼去看他，直觉却告诉她，他正凝视着她。宋青春心跳有些失控，藏在被褥里的手不由自主抓紧了身下的床单。

男子的手忽然伸了过来，静静地落在她的头发上。宋青春的心跳刹那停止。他的指尖轻柔地摩挲着她的发丝，一种说不出来的情动在她的心底流窜，然后闭着眼的她，感觉他的指尖落在她的脸上。她一片空白的大脑缓缓地转动：苏之念把脑袋凑了过来，要干什么？

宋青春刚想到这里，苏之念低头的动作忽然停了下来。她感觉男子将头别开，静默了片刻，起身离开。她清楚地感觉自己已如灰烬的心，一点一点复燃。

苏之念等宋青春呼吸变得均匀绵长，盯着她沉睡的容颜看了片刻，起身迈步走到落地窗前。盯着窗外的万家灯火，他清楚地感觉自己的理智归回原位。

可能吃了夏医生给的药，宋青春这一觉格外沉，醒来的时候，天已大亮。

宋青春抬起手，遮住阳光，静拥着被子躺了片刻，才四处望去。屋内空荡荡的，只有她一人。宋青春眉心轻蹙，想到昨晚发生的种种，立刻光着脚丫拉开卧室门冲了出去。和卧室一样，阳光照出客厅半室的明媚，没有半个人影。

宋青春张了张口，不死心地跑到一旁的书房前，推开门，还是没人。

苏之念，他……走了吗？宋青春在冰冷的浴室地板上站了良久，脑海里浮现出这个念头。一股无法言喻的浓重失落感席卷了她的全身。

她沮丧地从浴室退了出来，还没走回卧室，就听见身后的门被敲响。宋青春眼底一亮，冲到门前，将门大力拉开。服务生微微愣了一下，微笑着礼貌地说：“宋小姐，这是您的包。您检查一下，看有没有少东西。”

宋青春的眸光瞬间黯淡下去。她倦倦地伸出手，接过包，心不在焉地翻了两下，看钱包、车钥匙和手机都在，便朝服务生扯了一下唇角，说："东西都在，谢谢你。"

服务生刚准备离开，宋青春带着几分希冀地问："这包是苏之念让你送来的？"

"是的，苏总吩咐前台把您的东西整理好，让上午十一点左右再给您送过来。"

他是怕惊扰了她的睡眠吗？宋青春眼底染上盈盈的笑意："那苏之念呢？他几点走的？"

"苏先生吗？"服务生想了一下，"苏先生一大早就走了，估计五点钟吧，可能还不到。"

宋青春愣愣地看着服务生，没了反应。

服务生等了片刻："宋小姐，请问您现在还有什么需要吗？"

宋青春垂下眼帘，朝服务生摇了摇头，拎着自己的包慢慢走回卧室。盯着窗外明晃晃的阳光看了许久，她眨了眨干涩的眼睛，收起纷乱的思绪，洗漱穿衣，离开了酒店。

宋青春去了TW电台。刚踏出电梯，恰好从洗手间走出的台长看到她，微微一愣，随后说："宋青春，你不是身体不舒服，早上特意发了短信请假吗？怎么又过来了？身体已经好了吗？"

宋青春茫然地看着台长，愣怔了片刻，忽然明白，朝台长笑了一下："吃了点药，睡了一觉，好了很多。想到还有工作要处理，就过来了。"

"那也得注意休息，要是等会儿不舒服，就提前下班回家。"

"谢谢台长。"

宋青春等台长走后，拎着包走向自己的办公室。

宋青春在办公椅上呆坐了一会儿，拿起手机给苏之念拨了一个电话过去。响了很多声，始终没有人接听。宋青春只好改成发短信："昨晚，谢谢你。"

过了大概一分钟，手机屏幕显示短信已送达。宋青春知道，这是苏之念看到了短信的提示。

她等了大概十分钟，迟迟没有等来苏之念的回复，又给他打了一个电话，和刚刚一样，无人接听。

第十四章

再见，是再也不见

开完会，已是下班时间。

出发去医院之前，宋青春拐去公司附近的一家快餐店，点了一份套餐。

四瓶酒、五瓶酒、六瓶酒……宋青春彻底把自己灌醉，分不清东南西北，才从座位上站起来，大声招呼服务员结账。她摇摇晃晃地走出餐厅，站在路边等了很久，一辆出租车停在她的面前。

宋青春拉了好几次车门都没拉开，最后还是司机下来，帮她打开车门。

师傅问她去哪里，她睁开眼睛，许久才轻轻地说："现在几点了？"

"八点半了。"

"这么晚了啊？"宋青春脸上浮现一抹惊慌，舌头有些打结，"师傅，快点送我去永晖花苑。我七点前必须到家，还要做晚饭……晚了他会不高兴的……不高兴的……"宋青春喃喃念了两遍，又闭上了眼睛。

宋青春来到苏之念的别墅门口。她没有敲门，直接输入大门的密码，然后推门而入。沿着长长的石子路，她走到屋门口，刚想抬手输入屋门的密码，门却被人从里面打开。宋青春动作顿了一下，缓缓地转过头，看向站在门口的人。

苏之念背光而站，她努力看了许久，发觉他的眉心是蹙着的。

他是因为她晚归，不高兴吗?

宋青春朝苏之念软软地笑了，轻声细语地说："对不起，苏先生，我回来晚了。"

苏之念僵在了原地。

宋青春等了片刻，看他还是没说话，仍用刚刚那般柔软的语气说："苏先生，我保证以后不会回来这么晚了。"说着，她迈步朝屋里走来，过门槛的时候，脚没有抬起来，人朝屋里扑了过来。幸好他站在她面前，她扑进了他的怀里，他闻到淡淡的酒味。

她喝酒了？苏之念眉心动了动，还没说话，她已经在他面前站稳，仰着头暖暖一笑："苏先生，你吃饭了吗？"

苏之念怕她摔倒，搀着她胳膊的指尖轻轻地颤抖。

他总是这样一声不吭的……她想了一下，语气格外温柔："我现在就去给你做饭……"说着，她甩开他的胳膊，绕过他朝餐厅走去。

"苏先生，你要吃什么？哦，你喜欢吃酸菜鱼，我们就做酸菜鱼；还有牛肉，还有红烧茄子。再来一个豆腐汤，可以吗？"

重温旧时光，却让人感觉刀割一般难过。苏之念眼底有些酸涩，直到她进入餐厅，才发出一道很低很低的声音："好。"

苏之念刚准备拉上门去餐厅，看到宋青春摇摇晃晃地从里面又出来了，手中还拉着曾经她住在他家时，专门为逛超市买的拉车。

"苏先生，冰箱里没有菜了，我得去趟超市，很快就回来。"

苏之念眼酸得越发厉害，明知她喝醉了，什么都不会知道，却还是别开脸。

从家到小区门口，大概两百米的距离，中间有许多二十四小时营业的商店。

经过一家药店的时候，她忽然停了脚步，怔怔地看着药店好一会儿，将手中的小车一扔，朝药店走去。

他不知道她要做什么，急忙从地上捡了小车，拉着跟上。他刚到门口，她就从里面走了出来，手中拿了许多药盒，身后还跟着售货员："小姐，您还没给钱呢。”

苏之念连忙掏出钱包，抽了好几张红色的钞票递给售货员，朝跌跌撞撞拐进便利店的宋青春追去。

和刚刚一样，他刚到便利店门口，她就抱着一瓶矿泉水从里面冲出来，然后蹲在路边，拼命地扯手中的药盒。

他随手递给便利店老板一张钞票，朝路边的宋青春快步走去。靠得近了，他才看清她扔在地上的药盒上写着“避孕药”三个字。他连小车都顾不上，冲上前，抓住她往嘴里塞药丸的手。

“你是谁啊，干吗要阻止我！你放开我！”她皱着眉，一边说，一边拼命想要将手腕从他手中挣脱。

她动作快得惊人，他还没来得及握住她的手，药丸就被她塞进了嘴里。苏之念食指伸进她的嘴里，把已到舌根的避孕药硬生生抠了出来。

她怨恨他的阻拦，猛地合上嘴，咬住他的手指。她咬得格外用力，钻心的疼蔓延到了他的心底，他却丝毫没有松手的意思。

她咬着咬着，口水突然呛到了自己。她猛地松口，转过头咳嗽起来。他轻轻地拍了拍她的后背。她转过头，朝他浅浅地笑了笑：“谢谢你啊……”

他知道，她醉得分不清他是谁了。

下一秒，她又说：“我可以借你的手机用一用吗？”她没等他同意，就朝他的兜里摸来。

他握住她乱摸的小手，将手机递给她。她说了谢谢，迫不及待地接过手机，按了十一个数字。那是他再熟悉不过的数字，他的电话号码。

她按了拨出键，对着里面可怜巴巴地开口：“苏之念，我喝醉了，你能不能来接我？你怎么不说话啊，你是不是不想过来？”

他清楚地看见，两行眼泪从她眼中滚落。苏之念心底猛地一抽，僵站在宋青春身旁，静静地看着她。

“还是你很忙，现在没时间过来？没关系啊……”她说到这里，似是怕自己哭出声，拼命咬着唇角，过了好一会儿，勉强将眉眼弯起来，声音带了一丝不易察觉的轻颤，“我可以等，你什么时候有时间，什么时候过来，好吗？”

说完，她像是呆傻了，盯着正前方的街道看了许久，轻声说：“我怎么忘了，你不需要我等你的……”她周身被浓浓的落寞覆盖，快速垂下眼帘，手像是失去了力气，“甚至，连朋友都不愿意跟我做了……”

苏之念的心狠狠地揪在一起，疼了好久才缓过劲来。他想要喊她一声，可是唇瓣刚动了动，就看见她缓缓蹲下身，将自己缩成小小的一团，声音轻得像是雾气，对着手机又小声地说：“苏之念，我不想烦你的，可是我真的好喜欢你。你能不能当我没有告白过，你还像从前那样，把我当成朋友，好不好？”她说着说着又哭出了声，“我保证不喜欢你，不让你知道我喜欢你，如果你不相信，我可以找个男朋友，甚至可以结婚啊……这样，我就没有办法缠着你，这样你就不用嫌弃我了，这样我们就只能做朋友了，这样……”她似是抓住了仅有的救命稻草，忽然仰起头，看向他，布满泪水的眼底闪动着明亮的光芒，“这样，你就会跟我做朋友了，对吗？”

苏之念感觉有人拿着尖锐的刀片，硬生生在他心上划开了一道口子，鲜血伴随着深入骨髓的刺痛，从身体深处涓涓而出。

“你怎么不回答？”醉酒的她意识有些模糊，刚问完，就带着哭腔从地上站了起来，抓着他的胳膊，紧紧地盯着他，“你会答应的，对不对？”

苏之念避开她的视线。

“我知道，你不是不愿意答应……”她抓着他胳膊的手蓦地加大了力气，又昂起头，满怀期待地说，“可是你能不能骗骗我，说一个好字？就一个字……”

苏之念唇瓣轻轻地颤抖，用了很大的力气，才让自己吸了一口气，转过头，看着她的眼睛，刚想说好，她忽然摇着头，喃喃低语：“对不起，我又开始异想天开了。他怎么会来找我……你不是他，对不起，我认错人了……认错人了……”她一边说着，一边放开他的胳膊，往后一步一步退去。

她又缓缓地蹲下身，呜咽起来。

他刚刚阻拦她吃避孕药时，把药都抢了过来，丢进了垃圾桶里，有一盒没有扔准，恰好在她蹲着的脚旁。

苏之念喉咙像是被什么堵住了，眼睛酸痛得厉害。

她完全沉浸在自己的世界里，根本没去留意他的模样。

“苏之念，你过来见见我好吗？只要你过来，我就答应你，我会乖乖吃药……苏之念……”

苏之念迈步走到她的面前，弯身将她从地上一把拽了起来。他抱着她的胳膊用了用力，将她往怀里拥得更深了些，然后将脑袋埋在她的脖颈处，声音有些哽咽：“是我，我是苏之念，我来了……”

怀中的她瞬间僵直了身子，过了好一会儿，才迟钝地问：“你说，你是谁？”

“苏之念，我说，我是苏之念。”

她似是不相信，将脑袋凑到他的衣服上，狠狠地吸了好几口气，然后苏之念从她的心底读到了她的想法：真的是苏之念的味道……

她眨了眨眼睛，声音颤得厉害：“你真的是苏之念吗？”

“是，真的是我。”苏之念没有半点不耐烦地说。

“你真的来了？”

“是，我真的来了。”

苏之念刚回答完，宋青春就哇地哭出声：“你怎么才来啊，你知不知道我等你好久，好久了……你怎么才来啊……”

苏之念听着她的指责，将脑袋往她的颈窝处埋得更深了一些，一滴眼泪沾在她的肌肤上：“对不起，我不该来这么晚，对不起。”

“那你来了，还会走吗？”她紧紧地抓着他的衣服，可怜巴巴地问。

他抱着她的手臂僵硬了一下，察觉到她心底的恐慌时，贴到她的耳边，低声说：“不，不走了。”

“真的吗？你真的不走了吗？”

“真的。”他答得毫不迟疑。

路灯静静地照在两个人身上，偶尔有人经过，转头望他们两眼。

他和她似是没有察觉，在深秋的大街上旁若无人地相拥。

宋青春这一觉睡得很沉，再次醒来的时候，已是第二天的中午。她脑袋疼得格外厉害，以至于睁开眼睛的时候，大脑一片空白。她抱着被子，鼻息之间钻入的却是清淡熟悉的香气，眉心蹙了一下，才留意到床单被罩不是自己平日用的浅粉色，而是深蓝色。宋青春彻底清醒过来，猛地从床上坐起，打量了一圈周围的环境，认出是苏之念的卧室。

她怎么会在他家里？宋青春眉心蹙了一下，还没想明白究竟是怎么一回事，卧室门便被推开，穿了一身白色休闲装的苏之念，手里拎着几件衣服走进来。

宋青春认出，那是她昨天穿的衣服……她下意识低了头，往胸前看了一眼，发现自己穿着苏之念的衬衣。

宋青春越想，脑袋越疼。

苏之念把她的衣服往床上一丢，淡淡抛了一句："醒了就赶紧洗漱，下楼吃午饭。"说完，他没等她有所反应，就转身离开了卧室。

随着卧室门被关上，宋青春一边想着这是怎么回事，一边慢吞吞地从床上下来，轻车熟路地去了浴室。

宋青春心不在焉地走到洗手台前，看到水龙头旁摆着崭新的牙刷和漱口杯，知道那是苏之念给自己的，顺手就拿了起来，一边挤牙膏，一边接水漱口。

宋青春刷了两下牙，抬起头看向面前的镜子，眼睛猛地睁大。一米多宽的镜面上，被口红密密麻麻涂满了字。就连旁边的白色墙壁，也被涂得乱七八糟。那口红的颜色宋青春再熟悉不过，是她每天随身携带的那支。

宋青春叼着牙刷，愣怔了好一会儿，才低下头往周围找去，然后在垃圾桶里看到了只剩下空管的香奈儿口红。

宋青春眨了眨眼睛，收回心底的震惊，看向镜子上的字——

"苏之念是大浑蛋""苏之念是王八蛋""苏之念是大坏蛋"……

这些是她的字迹啊……

她怔怔地盯着那些骂人的话，费了好大力气才稳住心神，低下头，将牙刷捡起来，冲洗干净，重新挤了牙膏塞入嘴里，一边刷着，一边继续朝镜子上的字看去。

"苏之念喜欢宋青春""宋青春最爱苏之念""苏之念宋青春相亲相爱一辈子"……

宋青春的手猛地一抖，牙刷戳到牙龈，疼得她眼泪险些飙出来。

那些话几乎全是她写的。她昨晚是喝醉了吧？才会做出这么丢人的事情……

宋青春抓狂地晃了晃脑袋，余光就瞥到一旁的白色墙壁，上面龙飞凤舞地用口红写着两排字。

“苏之念是大浑蛋”“苏之念是王八蛋”“苏之念是大坏蛋”……

“苏之念爱宋青春”“苏之念最爱宋青春”“苏之念此生最爱宋青春”……

宋青春的表情瞬间僵住。这是苏之念的字迹……难道他也喝醉了酒？

宋青春胡乱接了水，将嘴里的牙膏漱掉，丢下牙刷和漱口杯，冲出洗手间。

宋青春一头雾水地捏着手机，一边折回洗手间，一边皱着眉仔细想着。

她记得自己昨天喝到第三瓶啤酒的时候，猛地站起身，想要借着冲劲找苏之念，可她离开座位还没两步，那股气就消散得一干二净。她没骨气地又坐了回去，招呼服务员给自己又上了四瓶啤酒！

好像喝到第六瓶，她意识到自己要醉了，她怕自己等会儿鼓足了勇气去找苏之念，却记不住他的反应，就想点开手机的录音，但当时她已经看不清手机上的字，所以请了服务员帮忙……

宋青春想到这里，连脸上的洗面奶都顾不上冲洗，也不管手是湿的，直接拿起手机，点开录音。

已经过去这么多小时，手机还在录着音。

宋青春看了一眼电量，只剩下不到百分之十五，她怕自己来不及听完录音手机就自动关机，连忙停止录音，等文件存储好后，找了蓝牙耳机挂在耳朵上。

她大概知道，昨晚自己没有敲门，直接输入了密码，闯入苏之念的别墅，还吵着要给他做饭，然后录音就有将近一个半小时的空白。

她想，在那一个半小时里，大概她去超市买了菜，并把手机落在苏之念的别墅。

从离去的脚步声里，宋青春知道，苏之念跟着她一起出了门。

回来的时候，只有苏之念一个人的脚步声，她想，她要么是被他背回来的，要么是被他抱回来的。

苏之念的脚步声越来越响，大概距离手机越来越近，然后她就听见人被放在沙发上发出的窸窸窣窣的声音。

苏之念放下她后，不知道要去干什么，总而言之，手机里传来他离开的脚步声。

宋青春透过蓝牙耳机，听到了一道凄惨的叫声："苏之念，你不要丢下我，我不要离开你家……

"求求你，你不要丢下我……"

她大概滚下了沙发，发出砰的一声，紧接着苏之念急匆匆地走回来："小心！"苏之念似是被她搞得有些无奈，声音低沉地说，"我去给你倒杯热水。"

而她压根就没听到他说了什么，还一个劲扯着嗓门，惊天地泣鬼神地号叫。

宋青春听到这里，有些没有勇气继续听下去。

她从来都不知道，喝醉酒的自己竟然这么……惨不忍睹。

大概是苏之念拧不过她，抱着她去了餐厅，给她倒了一杯水。

耳机听筒里传来的都是她不着调的歌声。

"你到底爱不爱我？我不知该说些什么？你到底爱不爱我？我不知该做些什么？"

有推门声传来，然后是他的脚步声。她的包被随手扔在沙发上，发出细微的声响，紧接着是他的说话声："你坐在这里别动，我去给你放洗澡水。"

苏之念应该还没走到浴室门口，耳机里就传来呕吐声。

她昨晚还吐了？

宋青春尴尬地咬了咬唇，又听见苏之念的话："别动，很脏！"

他步伐迈得很快，三两下就到了她面前，然后是脚步声，再然后是浴室门被拉开的声音，紧接着是哗啦啦的流水声。

手机被放在客厅，她和苏之念人在浴室，所以录音显得有些小。宋青春将手机的音量调到最大，隔着水声，听见自己不断地嚷着："我不要洗澡，你不要浇我……"

兴许是她在浴室闹得太凶，伴随着苏之念的一句“小心”，传来人摔在地上的声音。她本以为会听见自己的惊呼，没想到等来的却是苏之念的一道闷哼。

宋青春表情微怔。难道在她摔倒的时候，是苏之念护住了她？

从他的闷哼声可以猜出来，他应该为了救她，撞伤了哪里。宋青春脑海里的猜测还没成形，又听见自己因为醉酒而有些软的声音：“哥哥，你长得好漂亮啊，怎么那么像我喜欢的人啊……”

哥哥？宋青春闭着眼睛，深吸了一口气。

苏之念略显紧绷的怒吼声传来：“宋青春，你给我住手！你往哪里摸！宋青春，你没听到我说话？！”伴随着苏之念的低吼，耳机里还传来他倒抽冷气的声音，然后他咬牙切齿地说，“宋青春，你给我停下来，不许再往下摸！”

宋青春终于知道自己摸的是哪里了，小脸一下烧了起来，双腿发软。

过了约莫半分钟，里面又传来她的声音：“哥哥，你怎么用冷水洗澡？”

清醒的宋青春，一下子就明白了这句话隐藏的含义。她羞怯地咬了咬唇，听见苏之念语气暴躁地凶了她一句：“你给我出去！”

浴室里除了水声，再无其他声响。

过了约莫一分钟，宋青春听见自己抽泣的声音。

“好了，别哭了。”

苏之念竟然在哄她？

宋青春张了张口，完全顾不上鄙夷醉酒的自己，在苏之念好声好气的轻哄下，反而不知好歹地把小声哭泣变成了咧嘴大哭。

醉酒的她，竟然得寸进尺地拍了一下苏之念的手，然后噔噔噔地从浴室跑了出来，紧接着又折回浴室，然后录音变得越发清晰。

宋青春想，她刚刚出去，应该是拎了包来浴室。

耳机里传来混乱的声音，接着是她愤恨的声音：“苏之念你个大浑蛋！苏之念，你个大坏蛋！苏之念，你个王八蛋！”

伴随着她的怒骂，宋青春还听见噔噔噔的声音传来。她终于明白，镜子上的这些字到底是在怎样的情况下被写上去的。

她把苏之念骂成那样，苏之念始终没有吭声。

她写着写着，不知道怎么回事，声音变得柔软起来，那些骂人的话都变成了缠绵悱恻的情话。

“宋青春喜欢苏之念。

“宋青春好爱苏之念。

“苏之念宋青春相守一生永不分离……”

她写得兴致勃勃，口红敲在镜子上的声音，一下比一下响亮。

醉酒的她，还让苏之念也来写。苏之念觉得无聊，最初没同意，她却不依不饶地撒娇，甚至没脸没皮地抽起了鼻子。

“好，我写，我写……”

“你写苏之念是王八蛋！”

随着她的指挥，真的有写字的声音传来。

“还有，苏之念是大浑蛋，苏之念是大坏蛋！”

他似是毫不在意，快速写着，噔噔噔的声音像一首悦耳的歌谣。写完后，他还问她：“还有吗？”

她拉着长腔嗯了一声，说：“写，苏之念爱宋青春。”

大概过了十秒钟，耳机里又传来写字的声音。

不过，他为什么要写？他明明不喜欢她啊……他是因怕了醉酒的她吗？竟然在清醒的状态下，这般纵容她。

正在宋青春愣怔之际，录音里，沉默无声的苏之念，竟然把她让他写的话念了出来：“苏之念爱宋青春。”他语速很慢，像是写完一个字后，再去念下一个字。

宋青春心底清楚，苏之念的那句话，不是说给自己听的。

不知是不是听觉有问题，她总觉得苏之念写完那七个字后，语气柔软了许多：“够了吗？”

“不够，不够，不够！”醉酒的她连续说了三遍，然后和刚刚一样，拉着长腔嗯了好一会儿，“还要再写一句，苏之念最爱宋青春。”

“好。”这一次，苏之念答得干脆，没有任何停留地开始在墙壁上写了起来，和刚刚一样，他仍是把他正在写的读了出来。

他刚写完，她又开口了：“苏之念最最爱宋青春！”

他语气很淡地嗯了一声，这次写得很沉默。大概口红用完了，宋青春听见东西被抛入垃圾桶的声响，然后是她含着醉意的嘀咕：“苏之念最最爱宋青春……咦，不对呀，怎么多了一个字呢？苏之念最最爱宋青春……苏之念，你个骗子，你写的不是‘苏之念最最爱宋青春’，你个骗子！”

她像是受了天大的委屈，又哭了起来。他有些无奈地轻叹，似是把她拉入怀中，手指点着墙壁，一字一顿地念给她听：“我刚刚听错了，我写成了‘苏之念此生最爱宋青春’。”

“苏之念此生最爱宋青春……”她破涕为笑，“真的是，你没骗我……真的是苏之念此生最爱宋青春……”

“嗯，没骗你……”

“讨厌，说话就说话，干吗要揉我头发……”

明明不是告白，宋青春却透过耳机隐隐感觉满满的深情。

她总觉得苏之念的语气，严肃得像做出最庄严的承诺。

回荡在浴室里的他的声音，低沉磁性，让她的心荡漾不已。

从窸窸窣窣纷纷乱乱的声音里，宋青春大概猜出来，醉酒的自己应该是闹累了，躺在床上，在苏之念的陪伴和轻哄下入睡。

好几次她可能睡着了，苏之念刚起身要离开，她又醒了过来，哼哼唧唧地抗议。苏之念总会急忙伸出手，拍着她的后背：“我在，睡吧……”

反反复复好几次，耳机里彻底安静了下来。

隔了约莫十秒钟，宋青春听见苏之念很轻的脚步声，像是他在清理她吐出的脏污。

之前他应该是开了窗，收拾好房间后，他将窗关上，室内越发寂静。

宋青春可以听出来，苏之念去了洗手间，洗漱完后走到床边……耳机里除了细微的沙沙声，没了任何声响。

就在宋青春以为自己沉睡后，醉酒的鸡飞狗跳也到此结束。她正要将耳机从耳边摘下来时，听见苏之念很淡很淡的声音从里面传来：“你说，我到底该拿你怎么办？”

说完，耳机里又安静了许久，然后是苏之念很轻很轻的叹息声，再然后他走出了卧室。

我到底该拿你怎么办？简单的几个字，狠狠地击在宋青春的心窝。知道死灰复燃是什么感觉吗？

虽然不知道在他心底，她到底有多重要，但绝对不是他此前刻意表现出来的那种不重要。这样就够了……足够了……

一直以来，她怕的都不是他的拒绝，而是她对他来说，只是一个无关紧要的人。她不在乎他喜欢别人，她不也喜欢过以南哥吗？更何况，他这一生都没有机会和他喜欢的人在一起……

宋青春握着手机的指尖轻轻颤抖，唇角克制不住地弯了起来。她想，她真的是爱疯了苏之念，此刻才高兴得像拥有了全世界。只要他心底有那么一丢丢她的位置，就说明她是有希望的……

宋青春暗暗地点了点头，从马桶上起身，按了抽水按钮，深吸一口气，走出了卧室。

走到楼梯拐弯处，宋青春听见厨房里传来抽油烟机的嗡嗡声。她知道，苏之念在厨房。

宋青春深吸了一口气，朝餐厅的方向走去。厨房里的抽油烟机声音停止，苏之念端着一个盘子走了出来。

他发现了快要走到门口的她，眼神很淡地瞟了她一下，说得不冷不热："吃饭吧。"说着，他率先拉开自己惯坐的椅子，坐了下来。

宋青春轻点了一下头，没说话。她的心底变得十分紧张，手在身侧用力地握了握拳头，然后趿着拖鞋，往里走去。

从客厅到餐厅，需要踩两个台阶。宋青春踩上第一个台阶的时候，偷偷地吸了一口气，咬了咬牙，一闭眼就踩了个空。她没关心自己摔痛了哪里，反而将眼角的余光落向坐在餐桌前的苏之念身上。她清清楚楚地看见，男子猛地将碗和勺子扔在桌子上，根本不顾滚烫的汤飞溅到了他的手上，踢开身后的椅子，朝她冲了过来。途中他撞到一把椅子，却毫无察觉，只是将椅子往一旁踢开，蹲到她的面前。

他的语气听起来很清淡，可是一直留意他情绪波动的宋青春，还是从中抓出一抹关心和紧张："伤到了哪里？"

宋青春没有吭声，一眨也不眨地盯着苏之念。苏之念以为她疼傻了，二话不说，将她从地上抱了起来，踩着台阶走向客厅的沙发，把她放上去。

他蹲在她的面前，检查她的身体，看到她小腿上一小片擦伤时，眉心狠狠地皱了一下，低声说了一句：“等会儿”，然后站起身，快速上楼。

他回来的时候，手中拎了一个医药箱。

他单膝跪在她面前，急忙打开医药箱，从里面拿了酒精，一边说“忍着点”，一边拿着镊子蘸了酒精，朝她的伤口涂去。因为疼，宋青春身体哆嗦了一下，然后就感觉男子本就轻柔的动作变得更加小心。

伤口并不严重，出血也不厉害，消完毒，苏之念顺手拿了几张创可贴，一一撕开，并排往伤口上贴去。

宋青春垂着眼帘，盯着神情专注的苏之念。

原来，她摔倒是为了试探他？昨晚醉酒来家里，竟然还开了手机录音……苏之念唇角绷紧。刚刚他在厨房热饭菜，没去留意楼上她的动静。他要怎么掩饰或者糊弄过去？向来遇事临危不乱的苏之念，此时心底竟然有些慌张。他在宋青春的视线对上自己的眼睛时，忽然有些恼羞成怒地从地上站起来。

“苏之念？”宋青春不明所以地喊了苏之念的名字。

苏之念面色沉得厉害，看也没看她一眼，直接转身朝别墅外走去。

“苏之念！”宋青春从沙发上站了起来，追了上去。

他打开门的时候，她扯住他的胳膊，他反应格外强烈，一把甩开她，眼神很冷地瞥了她一眼，丢了一句：“我回来的时候，希望你已经离开了。”

说着，他关上了门，似乎觉得不够，又将门推开一道细缝，毫不留情地甩回一句：“还有，昨晚是最后一次。希望你以后喝醉酒，不要再来找我！”苏之念将门大力地甩上。

等到她回过神，拉开门走出屋的时候，苏之念的车子早已不见了踪影。她穿着睡衣，僵硬地在门口站了许久，才转身回屋。她轻轻地吸了一口气，压下眼底的酸涩，拖着沉重的步伐，踩着楼梯回到了楼上。

宋青春缓缓地推开卧室门，穿好衣服，去洗手间拿手机的时候，盯着镜子和墙壁上他和她用口红写下的那些话，不争气地红了眼眶。

她找了抹布，蘸了水，将镜子和墙壁上的字迹一点一点擦干净，才离开浴室。

她走到沙发前，把东西挨个装进包里，仔细拉上拉链，拎着包，一步一步走出苏之念的卧室。

她屏着呼吸往楼下走，经过客厅的时候，不敢转头看一眼熟悉的摆设。她怕自己停下来就舍不得走，就哭出声。

宋青春站在玄关处，换鞋的时候，终究有两滴眼泪砸落。

她穿好鞋，离开之前，看到玄关处的一个鞋柜门没关。宋青春伸出手，却从鞋柜里看到有些眼熟的礼盒。宋青春犹豫了一下，还是将盒子从鞋柜里抱出来。

礼盒有些皱巴，像是泡过水……礼盒是完整的，没有被人拆开过……宋青春盯着礼盒，里里外外打量了好几遍，越看越觉得熟悉，像在哪里见过，可她绞尽脑汁想了许久，也没捕捉到任何和这个礼物对上号的信息。

宋青春低下头，想将礼物放回，却在里面看到一件色彩斑斓的衬衣。那是苏之念喜欢的衬衣。上面染了一些颜料，可能洗不掉。向来洁癖挑剔的他，随手把衬衣塞到了这里准备丢掉吧。

不过，她怎么觉得这些颜料也有些眼熟呢？宋青春狐疑地伸出手，将衬衣拎了起来，谁知一张纸片飘落到地上。宋青春低下头，那是一张机票。她捡起来，看到上面的行程，是从日本飞往北京。

日本飞往北京？宋青春蹙了一下眉心，像是预感到了什么，看向日期。宋青春想到自己在日本旅游的时候，程青葱还联系过自己，问自己有没有见到苏之念……难不成，当时他在日本？

他去日本，是因为……她的心绪格外混乱，握着机票，手指发抖，过了好一会儿，她忽然站起身，拿着被水泡过的礼盒、苏之念的衬衣，以及机票快速冲出他的家门，拦了一辆出租车，回了宋家。

车子停在宋家门口。宋青春一边摸钥匙，一边往屋门口跑。包里琐碎的东西太多，她找不到钥匙，索性用力拍门。

开门的是大嫂方柔，看到她，愣了一下，关心亲切地问："青春，你这是怎么了，毛毛躁躁的！"

"没事。"宋青春草率地回了两个字，连鞋都没换，冲上了楼。

她跑进卧室，将东西在床上胡乱一扔，就去衣帽间翻箱倒柜起来。然后，她从柜子的最下面扯出了一条棉质白裙。

宋青春将裙子铺在床上，把苏之念的衬衣也铺展开。那裙子上沾染的颜料颜色，和苏之念衬衣上沾染的颜料颜色，一模一样！

难怪她觉得苏之念衬衣上的颜料有些熟悉，原来当初在日本，她被人抢包的时候，救了她的人是他！

所以苏之念知道她去日本旅游，就跟着她去了！宋青春呼吸有些急促，盯着床上的两件衣服看了片刻，然后胡乱将衣服卷了起来，塞进包里，又跑下了楼。

宋青春站在小区门口，不断挥着手，拦了一辆出租车。坐上去后，她直接报了秦以南的公司名。

好在不是上班高峰期，道路比较畅通。半个小时后，车子稳稳停在秦以南的公司楼下。

宋青春摸出手机，一边给秦以南打电话，一边朝办公楼里跑去。

“以南哥，你现在人在哪里？”

“公司啊……”秦以南紧张地问，“怎么了？出什么事了吗？”

“我已经到你公司门口，你快点出来，我有很重要的事情问你！”

正在和工作伙伴讨论策划案的秦以南，立刻放下手中的铅笔，对大家说了一句“抱歉，我出去一趟”，连工牌都没摘，快步朝公司门口走去。

隔了很远，秦以南就看到站在玻璃门外的宋青春。

他急忙跑了几步：“宋宋。”

“以南哥。”宋青春快步走到他面前，把那个泡过水的礼盒摊开在秦以南的眼前，直切主题，“以南哥，你认识这个礼盒吗？”

“当然认识。”秦以南温和地笑了，“宋宋，你来找我就是问我这个？今天不是愚人节啊……”

“所以，以南哥，这个礼物是你送给我的，对吗？”宋青春直直地盯着秦以南的眼睛，很严肃地打断。

秦以南眉心蹙了蹙：“宋宋，你怎么了？这礼物当然是我送给你的，就是除夕那一晚，在北海公园的船上，我给你的新年礼物啊，你不记得……”

“除夕那一晚，北海公园，你给我的新年礼物？”宋青春抓住秦以南话里的重点词汇，一字一顿地反问。

“对啊……”秦以南点头，话还没说完，宋青春忽然转身，跑向电梯。

“宋宋……”

宋青春语速极快地说：“以南哥，我现在没时间解释。我要去见一个人，过后慢慢跟你说……”

宋青春话还没说完，电梯门就打开。她风风火火地冲了进去，按了关闭键。

她一路小跑出了办公楼，路边恰好停着一辆出租车，里面的乘客正在结账。她冲上前，二话不说拉开后车座的车门，坐了进去。

副驾驶座上的乘客刚下车，宋青春就对出租车师傅扔了四个字：“苏氏企业。”

车子行驶了约莫五分钟，宋青春指尖轻轻地颤抖。

除夕那晚，她接方柔电话的时候，被人控制住，丢进湖中。当时因为要掏手机，手包没有拉上拉链，所以包里的东西都散落在湖中。包括以南哥给她的礼物。这个礼盒在苏之念的家里，说明……那一晚她跌入湖中，救她出来的人是——苏之念！

想到这里，宋青春指尖哆嗦得越发厉害，血液沸腾了起来，甚至清楚地感觉自己身体里的每一个细胞在剧烈颤动。

所以，她莫名其妙被人追杀，那个一直默默保护她的人，很有可能就是他。

她险些被快递小哥刺中，也是他第一时间冲出来救了她！

苏之念明明是在意她的，而且远比她以为的多，可他那么在意她，为什么在她告白的时候拒绝了她？他那么在意她，为什么要在和她一夜欢好后，给她避孕药吃？他那么在意她，为什么还要让她那么难过？

宋青春站在苏氏企业的楼下，抬起头看了看高耸入云的大厦，然后对着玻璃窗稍微整理了一下凌乱的头发，深吸了一口气，踩着高跟鞋，一步一步踏上了台阶。

她拎着包踏进大堂，轻车熟路地朝一旁的电梯走去。

前台小姐看到她，连忙询问：“小姐，请问您找谁？”

“苏之念。”宋青春回答前台小姐的问题时，脚步没有半点迟疑。

“对不起，小姐，请问您有预约吗？”

“没有。”宋青春如实回答，抬手按了上行键。

“小姐，真的很抱歉，您没有预约，是不能见苏总的。”前台小姐看宋青春一直往里走，急忙跑过来，试图阻拦。

宋青春扫了一眼前台小姐，没理会她，直接踏进电梯。

红色数字不断上跳，随着叮咚的提醒声，红色数字停止跳动，电梯门打开。

前台想来打电话通知了总经办，宋青春刚从电梯里出来，立刻被人拦住：“对不起，小姐，您不能进去。”

宋青春一言不发地拎着包，绕过阻拦自己的人，朝总经办走去。

苏氏企业的员工素质向来好，尽管是来阻拦宋青春的，始终没有动手，只是企图说服她：“小姐，您如果再往里走，我们就要叫保安了。”

宋青春走得更快，穿过秘书部的时候，阻拦她的秘书拿起一旁的座机，准备呼叫保安部。

程青葱从茶水间走出来，看到这一幕，愣了一下，喊了一声宋小姐，就对打电话的秘书使了个眼色，示意她先工作，这里交给自己。

程青葱将咖啡杯放在自己的办公桌上，朝宋青春迎面走来：“宋小姐，您来找苏总？”

宋青春大力推开苏之念办公室的门。温暖的阳光洒了半室，两米办公桌前空荡荡的。宋青春看了一圈，问：“苏之念人呢？”

“苏总现在在第二会议室……”

程青葱话还没说完，宋青春就转身，踩着高跟鞋风风火火地朝第二会议室走去。

程青葱愣了一秒，反应过来宋青春要做什么，急忙企图去阻拦。她刚转身，宋青春就抬起脚，将会议室的门用力踹开。

会议室里，站在大荧屏前侃侃而谈的业务部经理的声音戛然而止，整个会议室里人的视线都落在门口的宋青春身上。

苏之念有些疑惑地看了一眼业务部经理，刚准备问他“讲完了吗”，就察觉业务部经理盯着门口，神情有些古怪。

苏之念愣了愣，转过头，在会议室门口看到了目不转睛瞪着自己的宋青春。她眼神就像刀子，恨不得扎得他全身上下都是窟窿。

始终没有留意外界声音的苏之念，根本不知道宋青春什么时候来了公司。他蹙了蹙眉心，视线冷冷落在跟到门口的程青葱身上。

程青葱下意识低头，避开他责怪的眼神，带着几分抱歉地说："苏总，对不起，是我没有拦住宋小姐。我现在就带宋小姐离开。"说完，程青葱转头对宋青春小声地说："宋小姐，您先跟我回总经办，等下苏总开完会……"

程青葱的话刚说了一半，宋青春就走进了会议室。众目睽睽之下，她直接走到苏之念的面前，二话不说将攥得有些变形的礼盒啪的一下狠狠拍在苏之念面前的会议桌上："我有事情要跟你谈，是你让这一屋子人先出去，我们在这里谈，还是你一个人跟我出去，我们找其他地方谈？"

所有人都惊讶地看着宋青春。跟了苏总这么多年，还是头一次看到有人用这样的态度跟他说话……苏总可不是好招惹的……大家不约而同屏住呼吸。

苏之念盯着桌上的礼盒看了几眼，抬起头，声音淡淡地扔了一句："你们先出去。"

一屋子的人眼底同时染上诧异，不可思议地看了看苏之念，又看了看宋青春，纷纷起身，退出了会议室。

程青葱在所有人走完后，识趣地将会议室的门带上。

偌大的会议室里，只剩下宋青春和苏之念两人。前方的大荧屏上，因为超过时间没有人操控，已经变成了锁屏，上面有各种大小的"苏氏企业"飘动着。

苏之念缓缓起身，走到大荧屏前，拿起遥控器关掉屏幕，将遥控器往会议桌上一扔，随着一道清脆的响声，他的视线平平静静落在胸口起伏不定的宋青春身上："说吧，你来找我谈什么。"

她已经把礼盒拍在他的面前，一向聪明的他，怎么会不知道她来找他的目的？可是，他跟她说的第一句话，不是解释这个礼盒是怎么来的，而是问她要谈些什么。

宋青春往前踏了一步，抓起刚刚拍在桌上的礼盒，朝苏之念恶狠狠地砸了过去，咬牙切齿骂了一句："苏之念，你个大骗子！"

男子散漫优雅地站在原地，没有闪躲。礼盒擦着他的耳边飞过，砸到身后的大荧屏上，弹回落到他的脚边。

面对宋青春的怒骂，他不慌不忙地弯身将礼盒捡了起来。刚站直身子，宋青春就将手包的拉链拉开，将里面的东西一股脑倒在会议桌上，然后拎起其中的机票，朝苏之念用力甩了过去，继续愤愤骂了一句："你个不折不扣的大骗子！"机票轻薄，宋青春纵然使了很大力气，仍是没有甩去苏之念身上。

苏之念微垂眼帘，看了一眼上面的字，神情淡定。

宋青春抓了揉成两团的衣服，走到苏之念的面前，指尖颤抖地一边点着自己的裙子，一边点着苏之念的衬衣："蓝色，红色，绿色，黄色……我在日本广场旁画画的时候，用的颜料你衣服上都有！"

宋青春从衣服下抽出机票，朝苏之念用力晃了晃："我从日本回来的那天，你也从日本回来，跟我还是同一趟航班！我在日本还接到过你的秘书程小姐的电话，问我你去了哪里……"宋青春抬起眼皮，紧紧对上苏之念的眼睛，一字一顿地问，"……那几天，你在日本，对不对？"

苏之念没有说话。

"我在日本的那段时间，你也在日本，而且一直跟着我，是不是？好啊，你不说话没关系，那这个呢？"宋青春将机票扔在桌上，一把夺过苏之念手中的礼盒，"……这是以南哥在除夕夜送给我的生日礼物。你能告诉我，这个生日礼物怎么会出现在你家里吗？我可以帮你回答，因为当初我在北海公园被人推下水后，是你救了我！"

许是宋青春眼底的光太热烈，神情太过笃定，这样的她刺痛了苏之念的眼睛。他将头转开，避开她的视线。

宋青春跟着迈步，重新对上他的眼睛。

她看着苏之念近在咫尺的容颜，尖锐的声音缓和了许多："我被人疯狂追杀的那段时间，每一次遇到危险，总能逃生，也是因为你在帮我，对吗？"

苏之念抿了抿唇角，似被宋青春逼得无处可逃，终于在她咄咄逼人的注视下开口："青春……"

"苏之念……"宋青春忽然出声打断他，"……我不要听你说其他的，我只要你告诉我，我刚刚说的那些，对还是不对？”

苏之念眉眼微闪，又听到宋青春说：“或者，苏之念，我们也可以换一个方式，其实这么长时间，我一直在找的那个人就是你，对还是不对？”

苏之念心底一片混乱。他看着她，沉默了会儿，唇瓣微动：“青春……”

“我说了，不要听其他的，我只要听，对还是不对？！”宋青春眼眶红了，开口的语气又有些激动。

再次被她打断话，他沉默下来。宋青春静静地瞅着面色平淡的苏之念，很想从他身上看出一点端倪，可他掩饰得太好，她什么都看不出来，最后她狠狠地咬了一下唇角，像是下了什么决定，往前迈了一步。苏之念没有反应过来，她的手搭在他的肩上，狠狠一个用力，把他推得往后连连退了好几步，后背靠在后面的大荧屏上。

宋青春勾住他的脖子，将他的脑袋往下一压，踮起脚尖，吻上了他的唇。

唇齿相碰的刺激，让他全身狠狠地一僵，心绪大乱。

她的唇软软的、柔柔的，带着香甜的温热和湿度，是他最难抵抗的诱惑。

他的大脑空白了好一会儿，才反应过来此时的她和他在做什么。他下意识伸出手，想要把她从怀里拉出去，可她似是预料到他会这般做，搂着他脖子的胳膊越发用力，死死黏在他的身上。隔着衣衫，他可以感觉她身体的柔软和细腻。

他抬起的手，就那么僵持在半空。她的吻很生涩，没有任何技巧，也没有任何挑逗，只是那么僵硬地摩挲着他的唇。即使如此，这般笨拙的举动，还是将他体内的冲动撩拨起来。他拼命想要拉回自己的理智，谁知她竟然破釜沉舟般伸出舌尖，舔上他的唇瓣。他整个人猛地打了个哆嗦，停在半空的手缓缓落在她的腰际。他知道自己应该把她推开，可他的手不受控制地压紧了她的腰，再也抵抗不了她僵硬的亲吻，加深了这个由她制造的吻。

不知道两人这般忘我亲吻了多久，只知道最后停下来的时候，宋青春全身都轻飘飘的。她搂着他的脖子，他拥着她的腰。她大口大口喘着气，他气息不稳且急促。他和她不过一厘米远，两个人的呼吸紧紧地缠绕在一起。

画面似是定格，过了好一阵子，气息凌乱的宋青春缓缓地掀起眼皮，看着苏之念俊美非凡的脸庞，问："那个人就是你，对不对？"

那个在我无数次难过失落的时候，给我发短信安慰我的人，是你，对不对？

那个在我被人莫名其妙追杀时，默默保护我的人，是你，对不对？

那个在宋承死后，宋氏企业一败涂地、所有人恨不得远离我的时候，留在我身边不离不弃的那个人，是你，对不对？

她缓缓地松开搂着他的胳膊，将手慢慢放在他的眉眼上，指尖轻颤地摩挲着："苏之念，你骗不了我，我知道你不是因为亏欠才对我好的……你不用掩饰，我知道，你是在乎我的，否则一向对女人冷血的你，不会纵容喝醉酒的我在你家里胡搅蛮缠……也不会在我摔倒在地时，立刻跑过来把我抱起，帮我处理伤口……更不会看到我被人欺负，疯狂地去帮我讨回公道……"

泪水滚落，她又轻轻地问："苏之念，其实你是喜欢我的，对吗？"

她浅浅淡淡的一句话像巨雷爆炸在苏之念的耳边，震得他微微颤动了一下，彻底从刚刚的亲吻中回过神来。他漆黑的眼底还残留着迷乱的波澜，理智已经将体内翻滚的情潮压了下去。他伸出手，将她从怀里拉出去。他力道很轻，却带着不容反抗的气势。

宋青春心底一下子有些慌了，将停在他眉眼的手落在他的肩膀上，狠狠地抓住，微昂着头，直视他的眼睛，为他的反应做出解答："都这样了，你还是要推开我吗？"

苏之念抿了抿唇，避开了她的视线，将手落在她放在他肩膀的手上。宋青春知道，他想要将她的手扯开。她加大了抓着他衣衫的力道，柔软的声音一下子变得焦急："苏之念，你明明是喜欢我的，为什么非要装作不喜欢？你是不是在顾忌什么？或者，是不是有迫不得已的苦衷？"女人的直觉告诉宋青春，她的猜测是真的。她生怕他忽然把她推开，连说话的机会都不给她，"你可以告诉我啊。"

宋青春努力克制着声音里的颤抖，眼神充满期待："我们可以一起面对。"

一起面对……这四个字落入苏之念耳中的时候，让他原本想要扯下宋青春双手的动作，忽然停了下来。

一起面对……多么美好的字眼……他做梦都想有一天，可以和她一起面对，可是如果真的可以一起面对，那么这些年他又何必一个人默默地承受？

他宁可她结结实实恨上他，也要把她留在美好的天堂。

宋青春一眨不眨地盯着他。他迟迟不肯开口，让她的心越来越忐忑、越来越不安，最后她承受不住了，喊了他的名字："苏之念？"

伴随着她的声音，他缓缓地看向她的脸。他深深的眼眸里有潮水一样复杂的情绪，过了好一会儿才化作平静。然后，他轻声唤了她的名字："青春……你说得没错，除夕之夜，在北海公园救你的人是我。"

他这是要承认的意思吗？宋青春忐忑不安的眼底冒起一抹光亮。苏之念心底微微抽疼："你被追杀的那段日子，我也的确花了不少心血保护你，但——"苏之念将神情拿捏得十分平稳，"……我并不是那个一直以来，你要找的人。"

宋青春眉心轻蹙，神情里是明显的不相信。

"还有……"他停顿了一下，用最短的时间调整好情绪，"我也不喜欢你……我之所以对你忽冷忽热，是因为你长得很像婷婷。就是因为面对你的时候，忽然会以为你是她，又忽然清醒过来你是谁……我很想对她好，可连见她一面的机会都没有，所以那么像她的你，很多时候会让我产生错觉……这也是为什么，我明明救了你，却不愿意让你知道。我怕惹上不必要的麻烦……这些我本不想告诉你的，因为太伤人，没想到还是招惹上了这么大一个麻烦，所以我只能——"

"只能把我这个麻烦解决掉，对吗？"宋青春颤抖着声音，接了苏之念的话。

男子抿唇，脸上是默认的表情。

麻烦……婷婷对他来说是珍宝，而宋青春对他来说是麻烦，是迫不及待要解决的麻烦。宋青春拼命咬着唇，最终落了泪。

苏之念握住她的手腕，毫不留情地把她的手从自己的肩膀上扯开，慢慢推开她，像是一个风度翩翩的绅士：“……实在对不起，以后我不会再把你当成她。如果你没事……”

如若她没事，麻烦离开。

苏之念俨然没有和她过多纠缠的意思，迈步从她身边离开。一直都很安静的宋青春，不知道哪里来的力气，猛地抓住他的手腕，将他整个人拽向自己，再次踮起脚尖，吻上他的唇。

她拼命抵抗着他的抗拒，用力撬开他的唇，柔软的舌头极尽魅惑地挑逗着。他清楚地感觉到自己好不容易压下的激情，再次被她笨拙地点燃了。

她搂着他脖子的力道大得惊人，他怕自己用力过猛伤到她。吻了不知多久，宋青春的手缓缓移到他的腹部，然后一路下移，伸进他的腰带……

她的触碰让他全身的血液逆流。他彻底迷失在她的美好中，亲吻她的力道变得疯狂。他想要更多，搂着她腰的手开始移动。她轻喘出声，他的唇忍不住顺着她小巧的下巴下移，啃咬着她的脖颈。她气息越来越不稳，清清浅浅的呼吸喷在他的耳边。他迫不及待地将手伸进她的衣衫，指尖触到她肌肤的刹那，她全身颤抖，学着他的样，咬住他的耳垂。

苏之念忍不住闷哼出声，发现宋青春气息凌乱。她声音不稳地说：“苏之念……你果然在骗我！”

将唇从她的脖颈处挪开，他慢慢站直身子。男子身上的气息不知何时已经被一片薄凉笼罩。他静静地直视着她的眼睛片刻，动了动唇瓣：“一个正常的男人，面对一个女人的挑逗都会有反应，这是最基本的生理反应，跟感情没有任何关系。”

宋青春拼命地抓着身后的桌子。苏之念不冷不热地说：“坦白说，如果不是你长得像婷婷，我估计连看都懒得看你一眼……你要是真的犯贱，非我不可，也没关系，我不介意让你睡。反正你这张像极了婷婷的脸，可以慰藉我思念她的心……”

“别说了，我求你别说了，别说了！”宋青春心死如灰，捂上耳朵，摇头尖叫。她慌乱地捡起散落一地的衣服，胡乱穿上，跌跌撞撞地冲出会议室。

苏之念听见电梯门打开的声音，宋青春慌乱的脚步声，急急忙忙跑出电梯的声音……他走向窗边，推开窗户，低下头恰好看到她匆匆拦了一辆出租车。

这一次，她是真的死心了吧？虽然很痛，但她总有一天会从他给的伤痛中走出来，然后遇见对的人，过着美好、健康、幸福的生活。

宋青春不知道该去哪里，只知道要逃离他在的地方。她胡乱上了一辆出租车，随便报了一个地名，约莫过了一个小时，车子才停下来。

她迟缓地转头，看了一眼窗外。自己情急之下竟然说了医院的地址，原来最委屈的时刻，除了爸爸，她再也找不到其他人……

眼底是潮气，凝结成眼泪。宋青春固执地忍着，一步一步走进医院。

在住院部后空无一人的小公园里，她蹲下身，痛哭起来。

愿我此生，别再遇到像你这般的人。

愿我此时，哭过后能彻底忘掉你。

苏之念，再见，不，是再也不见！

宋青春哭了许久许久，抽着鼻子，从包里摸出湿巾和镜子，借着路边昏黄的灯光，将脸上的泪水擦得干干净净。

她深吸了几口气，强撑着虚脱的身体，努力扬起唇角，绽放了一个浅浅的微笑，踩着高跟鞋，踏进住院部。

为了不在宋孟华面前露出破绽，她特意在距离病房几米远的时候停下，平定了情绪，迈步上前，还没伸手敲门，就听见里面传来宋孟华的说话声。

“老章，你可别把今天下午医生给我做检查时，说我可能活不过半年的事告诉青春啊……”

宋青春的手，猛地停在半空。活不过半年……这是什么意思？宋青春大脑一片空白，过了许久才反应过来，难道爸爸要和哥哥一样离开她吗？她的心揪成一团，疼得呼吸一顿。

“老先生，这么瞒下去也不是一回事，大小姐早晚会知道，到时候岂不是更难过……”开口的是老章，宋家的老管家。

“那也好过每天提心吊胆，活在随时失去我的恐惧中吧。五年前她妈妈走的时候，她把自己锁在房子里，一星期不吃也不喝。去年宋承走的时候，我备受打击，住了院。她呢？在我昏迷的日子里，肯定天天哭吧……”

老章没说话，轻轻地叹了一口气。

“老章啊，我们认识这么多年，如果我真去了，你就当帮我照顾青春……虽然有以南，但我终归放心不下啊……”

“老先生，您放心，我肯定会照顾好大小姐。”

“有你这句话，我安心不少……方柔那女孩看起来柔柔弱弱，我总觉得有点不安心。我儿子都去了一年了，她还是跟以前那样，孝顺懂事，没什么两样。我想啊，或许她是想等我死了后分一些财产吧……唉，好歹跟他一起那么多年，到时候她真要是为了钱，你就把我手里现有的宋氏企业股份都给她，别让她跟青春闹……”

宋青春微微低头，一两颗眼泪砸了下来。

一整夜都没睡踏实，凌晨五点钟，她还发了烧。

早上准备去上班的时候，眼前一黑，整个人险些从楼梯上滚下来，好在她及时抓住了扶手。

出了屋门，拿着手机叫了半天的车，也没等来一辆。她摇摇晃晃地向着公交站走去。

走到半路，一道剧烈尖锐的钝痛席卷全身，让她呼吸一滞，人彻底陷入黑暗之中。

宋青春再次睁开眼睛的时候，躺在柔软的大床上，抬眼望去，室内一片黑暗，不远处，窗边隐隐透进月光。

抬手够到不远处茶几上的水壶，她挣扎着坐起来，直接灌入。解了渴，她抱着咕咕叫的肚子，光着脚丫走出卧室。

卧室门外就是宽敞的客厅，客厅旁的餐厅中灯光明亮，隔壁厨房传来抽油烟机发出的嗡嗡声。

厨房门被人拉开，随着里面传出的咕嘟咕嘟熬汤的声音，宋青春看到裹着围裙的秦以南。他端了一个盘子走出来。

宋青春下意识道：“以南哥？”

秦以南闻声抬头，看到站在前方不远处的宋青春，眉眼染上温润的笑意：“醒了？”没等宋青春回话，他眉心轻皱道，“怎么没穿鞋就跑出来了？”

说完，他绕过餐桌，朝玄关处走去，打开鞋柜，从里面拿出一双女士拖鞋，想到唐暖以前来的时候穿过，动作稍微顿了一下，将拖鞋随手扔在一旁的垃圾桶里，然后拿了一双凉拖换上，将换下的棉拖拎到宋青春面前放下。

“这里不常有人住，很多东西都准备不全，先随便凑合一下吧。”

宋青春轻嗯了一声。

秦以南抬起手背，碰上宋青春的额头，停了一会儿收回：“还好已经退烧。你先坐在那里，等下吃晚饭。”

秦以南一边说，一边指了一下客厅的沙发。宋青春点头，他转身朝厨房走去。

很快，秦以南将炒好的菜和炖好的汤锅端上桌，将围裙扯下来，朝宋青春说：“还站在这里做什么？快去洗手，吃饭了。”

吃饭的时候，两个人都很安静。宋青春没什么胃口，只吃了小半碗米饭就停了下来。

她没离开餐厅，盯着对面的秦以南看了一会儿，问：“以南哥，早上你在我家附近？”

“没……”秦以南吞下嘴里的食物，“我去上班，路上接到你的电话，结果是个好心人，说你昏倒在路边。他直接打了最近联系人的电话，联系到我。”

“哦。是这样啊。”宋青春低头说道。

吃完晚饭，秦以南开车送宋青春回家休息。

到了宋家门口，秦以南没下车，解开安全带，将宋青春的包链拉开，把里面的药盒拿出来，叮嘱这些药要怎么吃。

宋青春听着秦以南的声音，脸上始终没反应，脑海又乱成了一团。

她想到苏之念，又想到宋孟华……

宋青春忽然出声：“以南哥。”

“嗯？”秦以南视线挪到了宋青春的脸上，耐心等了片刻，看她始终没有开口的意思，又问，“怎么了？”

她抿了抿唇角，抬头对上秦以南的眼睛，问：“以南哥，你现在和唐暖还联系吗？”

秦以南显然没想到宋青春突然问这个问题，愣了一下，一脸坦然地摇了摇头：“好久都不联系了。”顿了顿，秦以南又补充，“我和她……分手了。”

宋青春想，如果在一年前，从秦以南口中听到这句话，她肯定会十分高兴。只可惜现在听来，对她产生不了任何触动。

秦以南看宋青春沉默着，扯唇笑了一下，说：“再说，我跟她真的不合适……那么纠缠下去没什么意思，不过……你怎么突然想起问这个？”

宋青春说道：“以南哥，我爸住院的第二天晚上，你给我打了电话，还记得吗？”

秦以南沉默了几秒钟，轻点一下头：“记得。”

宋青春似是不知怎样开口，有些不好意思地低下头，抓了抓头发，过了片刻才问：“那你还记得那一晚跟我打电话说的话吗？”

那一晚他说了什么？

他说：“宋宋，宋伯父现在身体不好，可能会想让你尽快有个依靠，前一阵子，你不是跟我说，需要我配合你演戏吗？我现在打电话给你，是想跟你说，如果你需要，我可以照顾你一辈子……”

秦以南将这些话在脑海里回想一遍，似是猜到宋青春的目的，问：“你是要我配合你演戏吗？”

宋青春轻轻摇了摇头：“不是演戏。”

不是演戏？秦以南看着宋青春。

宋青春强笑，转过头盯着秦以南，说：“以南哥，你以前不是说，如果我需要，你可以照顾我一辈子吗？”说到这里，她深吸了一口气，努力维持平静，“如果我说，我现在需要，你……”

宋青春似是没想好说辞，又停了下来，很快改口道：“简单来说，就是以南哥可以和我结婚吗？”

昨晚，宋青春听到宋孟华和章叔的话，既心疼宋孟华，又想彻底断了和苏之念的纠缠，让自己死心，开始新的生活，她知道这样的行为有些卑鄙，对不起秦以南，可她顾不上那么多了。

宋孟华仅剩的时光太短，短到不够让她走出情伤，去遇见另一个爱的人……所以，目前秦以南是她能想到的唯一选择。更何况，在宋孟华的认知里，秦以南一直是她的男朋友……

车内一片寂静，看着不说话的秦以南，宋青春勉强笑了下，轻声说："以南哥，如果你觉得为难，没关系，我可以去问问其他人……"

秦以南听到宋青春的话，蓦地心疼起来。她喜欢苏之念不是吗？她是那么喜欢他，最后却和其他人走进教堂，为什么？是被伤透了心吗？

"以南哥，你就当我没说过，我是——"

"宋宋……"秦以南蓦地出声。

宋青春停了下来，直直地盯着秦以南。秦以南盯着落光树叶的梧桐，喉头滚动了两下，对着宋青春的眼睛说："……如果你刚刚说的是你深思熟虑后的打算，我同意。"

宋青春愣住了。

秦以南声音温和地说："我同意，我们结婚。"

第十五章
收到了她的喜帖

宋青春是在一个星期后，宋孟华进手术室做第二次手术的前一天，把自己要结婚的消息告诉宋孟华的。

如她猜测的那样，听到这个消息，宋孟华高兴得一整天都合不拢嘴。

看着宋孟华笑容不断的脸和明显精神许多的表情，她不禁感到安慰。

其实这样也挺好的，不是吗？最起码，这个决定可以换来世界上对她最好的人的快乐，所以很值得，不是吗？

第二天，宋孟华的手术很成功。

麻醉过后，他醒来的第一件事，就是拿起手机给秦以南的父亲拨电话。

当晚九点，秦以南和他的父母出现在医院病房。

秦以南的父母是看着宋青春长大的，对她喜欢得很，听说她要嫁给秦以南，高兴得不得了。两家一拍即合，根本不听她和秦以南的意见，直接讨论起结婚的事宜，更拍板定下十二月十二日这个黄道吉日举办婚礼。

晚上，秦以南将父母送回秦家，回了自己住的小区。将车子停在路边，他给宋青春打了电话："宋宋，我知道你结婚是想让宋伯父开心，如果哪天你后悔了，可以随时跟我说……"

宋青春没想到秦以南打电话过来就是想说这件事，握着手机沉默了一会儿，轻轻地说：“以南哥，如果我们结了婚，我是不会离婚的……如果你遇到喜欢的想相伴一生的人，可以告诉我，我会把你的幸福和婚姻都还给你。”

苏之念出了一趟差。

他在美国待了将近一周，之后飞回了北京。回来的时候，程青葱去接机，并把他送回家，顺手将近一周他的私人信件交给他。

进了别墅，苏之念随手将东西扔在卧室的床上，一边解衣服的纽扣，一边进了浴室。

泡了一个热水澡，苏之念感觉疲惫被驱散了许多。他找了一身舒服的家居服穿上，拿着毛巾，一边擦滴水的头发，一边从更衣室走出来。

经过床边的时候，像是想起了什么。

一件件翻看私人信件时，他突然看到宋孟华的名字……宋孟华怎么给他寄了一份快递？一边想着，苏之念一边从边角处撕开外封，一张红色的卡片轻飘飘地落了出来，缓缓地掉在床上。卡片的外封设计精致华丽，大红帖子上用黑色字体写着“请柬”二字，正下方是红色的双桃心，还有烫金的双喜字，浪漫又喜庆。

这是一份喜帖，宋孟华怎么会给他寄来一份喜帖，宋家要办喜事了？苏之念擦着头发的手蓦地停下来，盯着“囍”字看了好大一会儿，不紧不慢地扯开红绳，然后看到宋青春和秦以南的合照。照片上的宋青春，靠在百花堆满的墙上，垂眸浅笑。秦以南一手撑在她耳边，一手抓着她的手，微微低头凝视着她。

苏之念唇角带着几分不自然，轻抿了一下，视线静静地往下移。

“送呈，谨定于公历2017年1月9日，农历2016年十二月十二日，为小女宋青春举行结婚典礼，敬备喜宴，恭请苏之念光临，敬邀。”

“席设：北京饭店。”

“时间：中午十二点。”

再下面是做过特效设计的八个字：执子之手，与子偕老。

不过简单几十个字，苏之念一眨不眨地来回看了十几遍，将视线定在

"宋青春举行结婚典礼"几个字上，才醒悟，原来她要结婚了……

有些茫然地看了一眼窗外，他盯着不远处的灯火出神片刻，迟钝地点了点头，在心底默默对自己说，天都黑了，他该吃晚饭了。

苏之念放下喜帖，神情平静地转身下楼。

他步伐从容地走进餐厅，慢条斯理地打开冰箱，从里面拿了鸡蛋和西红柿，还有一包面，进了厨房。

他切完西红柿，反应过来西红柿还没洗，又折回冰箱前，重新拿了一个西红柿。这次回到厨房，他记得洗西红柿了，打开水龙头，洗的却是刚刚切好的那些西红柿块，沾了一手黏糊糊的西红柿汁。

好不容易折腾好西红柿，打鸡蛋的时候，却将鸡蛋壳也丢进盘子里。他拿着筷子搅拌了半天，才发现鸡蛋壳已经碎成一小块一小块。

一个西红柿煎蛋，苏之念却倒了半锅的盐，连面条都煮得半生不熟。

端到餐桌上简直难以下咽，苏之念只吞了两口，就连盘子一起丢进垃圾桶。最后只是潦草地给自己泡了一碗方便面。

面吃了一小半，苏之念就再也吃不下去。他握着叉子的手抖得厉害，像是怕自己情绪失控，猛地将叉子放在桌上，回了楼上。

第二天上班时，程青葱没有感到任何异样，大老板工作认真，沉稳淡定，做决策的时候迅速又准确，工作效率比之前也高出许多，但好像认真得过头了，每天加班到很晚，甚至一天做了以前一周的工作。

甚至周六都不放过，仍要去见客户。

下午两点半见完客户，程青葱本以为苏之念会有新的安排，不想回到车上后，他竟然说了一句"回家吧"。

这个回答真让程青葱惊喜惊讶，要知道，这些日子以来，她累得恨不得躺下就睡，本以为今天又是个劳碌夜，没想到老板竟然发慈悲了。

强撑了这么多天，苏之念也是累坏了。这一次，他没有和以往一样打开电脑就工作，反而靠着靠背，闭目养神。

车子开了半个小时，苏之念忽然睁开眼睛，冷不丁出声："停车！"

司机被苏之念这一声惊得手一抖，方向盘转了一下，猛然停在大马路上。

苏之念面色平静地直视着正前方，不知道在想些什么。后面的车辆无法行走，鸣笛声响成了一片。程青葱忍不住出声，询问：“苏总，怎么了？”

苏之念像是丢了魂，还是没有任何反应。后面的车里有人下来，走过来敲车窗。司机连忙客气地道歉。

程青葱只好硬着头皮抬起手，在苏之念面前晃了晃：“苏总？”

苏之念猛地拉回神思，推门下车。在他甩上车门之前，程青葱听见苏之念说了一句：“你们先走吧。”

苏之念走进商场，左顾右盼了一阵，然后朝奢侈品区走去。

刚走到电梯处，脚步就停了下来。他像是木头人，静静地盯向五十米外的场景。宋青春穿了一双平底鞋走在秦以南身旁，没有穿高跟鞋的她，比他矮了许多。她两手空空，而他的手中拎了好几个大小不一的购物袋。

尽管和他们有一段距离，尽管商场里人多口杂，声音喧闹，可他还是听见了他们的对话。

“礼服买了，高跟鞋买了，手包也买了，项链和手链也有了，最后剩下的是……”宋青春说到这里，顿了一下，和刚刚一样，声音自然地接着说，“……订婚戒指和结婚戒指。”

戒指……苏之念身体微僵，垂在身侧的手悄无声息地握成拳头。

“我们的订婚宴只是请了亲朋好友，要不订婚戒指就不买了，直接买对戒吧？”宋青春带着几分商量的意思转过头，看向秦以南。

宋青春没看路，正前方有人走了过来，秦以南怕她被撞上，伸手揽过她的肩，把她往自己怀里带了带，说：“既然要买，就都买了吧。”

宋青春倒没想太多，点点头，说：“那好吧。”

“蒂芙尼还是卡地亚？”

“两个都看看吧……”

隔着透明的玻璃窗，苏之念自虐般看着她和秦以南在橱柜前挑选戒指。

两人带着挑好的戒指和其他东西离开，苏之念步伐凌乱地躲在圆柱后，默默看着两人越走越远，失魂落魄地拦了一辆出租车，狼狈离开。

回到别墅后，苏之念颓然躺在床上，连衣服都不脱。他闭着眼睛，一遍一遍告诉自己，睡着了就不会这么难过了，睡吧，睡吧……可是，有些痛注定越想越清晰，明明已经十多天没有闭上眼睛睡过两个小时以上，明明已经累得超出身体的负荷，为什么他始终无法入眠呢。

最后，他只能睁着眼睛，借着窗外打进的微弱灯光，盯着天花板，数着时间到天明。

周一，程青葱惊喜地发现连续高压工作了将近半个月的大boss，今天竟然恢复正常了。一如既往的黑色西装，白色衬衣，按时上班，准时下班，偶尔会加班，偶尔会跟唐诺一起出去小聚。

这样的苏之念，真的很正常，和以前几乎一模一样。

从订婚的那天起，宋青春就开始控制自己不去关注和苏之念有关的消息。然而有些人有些事，你以为已经结束，却料不到仍会出现交集。

那是她和秦以南拍婚纱照那天，她见到了苏之念。穿着一身白纱的宋青春在几个人的陪伴下，拖着长长的裙摆，从不远处的大堂里走去湖边。

宋青春许久没戴美瞳，这会儿又没有眼药水，导致她的眼睛越来越不舒服。她努力忍到拍完最后一套婚纱照，连身上的婚纱都没来得及换，就匆匆跑去洗手间。

摘掉美瞳，宋青春舒服了许多。她拿纸巾擦掉脸上的眼泪，然后转身朝洗手间外走去。往外走了还没两步，她停了下来，只见苏之念倚在洗手间门口正对面的墙上，低头对着手机正在敲字。

看到他的刹那，她的大脑一片空白。她好一会儿才反应过来，看着仍旧无知无觉地敲着字的苏之念，努力按下起伏不定的情绪，暗暗吸了一口气，微垂眼帘，面色淡漠地踩着高跟鞋，一步一步走出洗手间。

一步、两步、三步……五步、六步……宋青春借着数数来缓解紧张，终于走出苏之念一米远的时候，背对着他长长吸了一口气，然后听见身后传来他的声音："青春？"

宋青春本能地停下脚步，却没有转身，抓着婚纱裙摆的手，力道加大。用力抿了下嘴角，她刚准备装作没听见，迈步离开，站在身后不远处的苏之念又开口喊了一声她的名字，然后大步走到她的面前，拦住她的去路："真的是你……"

他这般巧遇的语气，让宋青春一时半会儿想不出如何回应。

一向话少的苏之念，盯着她美艳精致的妆容看了片刻，明知故问道：“来拍婚纱照？”

宋青春收敛了一下表情，语气很轻地嗯了一声。

苏之念没说话，目光定定地落在她的身上。

他是故意到这里来的，明知她到这里拍婚纱照，他就是克制不了自己，还将开会地点定在这里。刚才他甚至远远地在一旁偷看。穿上婚纱的她，美得让他心痛，此时近看，更是漂亮得惊心动魄。

苏之念握着手机的手指微微用力，清了清嗓子，强迫自己将视线转移，问了一些老掉牙的问题：“婚礼都准备好了吗？”

“嗯……”宋青春说，“……都准备好了。”

“哦。”苏之念瞟向一旁的玻璃窗，盯着外面干枯的草坪，眼神有些飘忽。

宋青春站了会儿，看他没有说话的意思，她更没有什么可说的，刚准备道声再见，苏之念忽然自言自语般说：“下个月九号结婚？”

宋青春又点了下头，这次表现比刚刚自然很多，就像碰到一个许久不见的老朋友，扯出一抹疏淡的笑容：“是啊，喜帖你收到了吧？那一天，如果你有时间的话，欢迎过来。”

苏之念看宋青春笑，也跟着笑了一下，和她一样，用对寻常朋友说话的语气：“一定。”

宋青春没有再等苏之念说话，直接道：“我先过去了。”

“好。”苏之念僵硬地点了一下头，让开道路。

宋青春没有半点逗留的意思，拎起裙摆，迈步走远。

苏之念静静地站在原地，看着宋青春越走越远，最后消失在拐角处，他的视线丝毫没有收回来的意思。冬季明媚却不暖热的阳光透过玻璃，静静地打在他的脸上，模糊了他的神情。

回城的路上，沉默无声的苏之念在车子快要驶上五环的时候，对司机说：“去公司。”顿了下，苏之念又对程青葱说，“我有点事要吩咐你。”

抵达公司，已是傍晚五点半。程青葱端着热茶，推开办公室门的时候，苏之念正站在落地窗前看夕阳。

程青葱将茶杯轻轻放在办公桌上，喊了一句："苏总。"

苏之念背对着她，没有任何反应。程青葱沉默。

直到夕阳西下，夜幕降临，窗外有霓虹一盏一盏亮起，苏之念才转身走到办公桌前。他端起完全凉掉的茶，喝了一口，然后不紧不慢地放下杯子，才拉开办公桌左侧的一个抽屉。

苏之念拿出一个红色礼盒，推到程青葱面前："下个月九号那天，你派人把这份礼物送去北京饭店……"苏之念顿了一下，才将后面的话补全，"……她的婚礼现场。"

程青葱知道，他说的是宋小姐。

苏之念没等程青葱回复，从抽屉里又拿出一个红包，很大很厚，想必装的是礼金，且数额不菲："还有这个。"

程青葱盯着礼物和红包看了一会儿，抬起头，生平第一次鼓足勇气，问了苏之念的私事："苏总，宋小姐的婚礼，您是不去了吗？"

"嗯……我过阵子可能要去美国，那边的合作要展开，需要我过去一趟，恰好跟她婚礼撞上，麻烦你代我去一下。"

程青葱垂下眼帘，遮住眼底的心疼，轻轻点头："苏总，我知道了。那礼物和红包先放在您这里，还是……"

"你带走吧。"苏之念说。

"是。"

"没事了，你回家早点休息。"

"苏总再见。"

程青葱抱起礼物和红包，转身离开。她走出苏之念办公室的时候，竟然破天荒听到苏之念对她说："再见。"

程青葱回到家，将苏之念让自己给宋青春的红包和礼物小心翼翼地放在柜子里，锁好后才去找手机，想要做个事项提醒，然后发现，手机被她在公司里泡茶的时候落在了茶水间。

程青葱只好穿了衣服，折回公司去取。

整个办公楼安静极了，程青葱乘坐电梯抵达顶层，刚出来，就看到苏之念的办公室里亮着灯。

大boss竟然还没下班？心下奇怪，程青葱推开办公室的门，却发现里边没有人。她不经意扫了一眼，发现办公室桌上压着的东西，脸色刷白。

那是一封请辞信。

即使程青葱没有看里面的内容，也知道了苏之念的用意。苏氏企业是苏之念一手创建的，如今他却写了请辞信……这是说他想辞去CEO这个职位，只保留苏氏企业的股份，从此退居二线？

苏氏企业在他的带领下发展壮大，他为什么突然选择放手？程青葱抿了一下唇角，做出一个大胆的举动。她拆开那封请辞信，却不想，一张机票从里面飘落。

程青葱捡起机票看了一眼，日期是这个月底，从北京飞法国……苏之念明明告诉她，他是要去美国出差，怎么订的却是飞往法国的机票？

程青葱握着机票，拿起苏之念桌面上的座机，给航空公司打了一个电话。

程青葱常年帮苏之念订酒店和机票，所以知道他的身份证号。她问过航空公司才知晓，苏之念只订了去的航班，并没有订回来的航班。

他这是准备走了就再也不回来了？他为什么要走？因为宋小姐要结婚了？他没有勇气看着宋小姐嫁人，所以像是一个逃兵，丢盔弃甲、临阵脱逃了……

想到这里，她悄悄关上办公室的门，顺便带走了苏之念的那封请辞信和机票。

第二天一早，苏之念从车上下来就看到站在自己车旁的程青葱，愣了一下，停下脚步，语气很淡地问："怎么，一大早找我有事？"

程青葱将那封请辞信和机票举到他的面前："苏总，您这是准备离开就再也不回来了的意思吗？"

苏之念眼底闪过一抹戾气，唇瓣微抿，将信和机票从程青葱手中猛地夺了回来："这跟你没太大的关系。"说着就要转身离去。

在苏之念面前一直毕恭毕敬的程青葱，不知道哪里来的勇气，竟然抢先一步拦住了他："苏总，您是因为宋小姐才离开的，对不对？"

苏之念脸上现出明显的不悦。

"苏总，您既然喜欢宋小姐，为什么不去争取，反而要逃避……"

程青葱的话，戳中了苏之念的痛处。争取？他如果能争取，六年前就争取了，何必让自己陷在痛苦的泥潭无力挣扎？

向来对程青葱还算和善的苏之念，忽然翻了脸，转身又上了车，一脚油门，绝尘而去。

等到程青葱反应过来，苏之念的车子早已不见了踪影。

唐暖是在下午需要发邮件时，登录许久不用的QQ，才知道他要结婚的。

弹出来的聊天对话框有些多，唐暖大致扫了一遍，刚准备退出QQ，从大学校友群里看到有人提了自己的名字，然后看到一句："我一直以为秦以南会娶唐暖，却没想到，他竟然要娶宋青春。"

这是什么意思？唐暖眨了眨眼睛，就看到屏幕里一句一句跳入很多消息。

"是啊，我也没想到，喜帖摆在那里了啊。"

"现在二十三号了，距离下个月九号他们结婚也没多长时间了。"

"唉，想当初，秦以南对唐暖那叫一个好啊……"

"真是捧在手心怕摔了，含在嘴里怕化了……"

消息还有很多很多，唐暖却没有心思再去看。呆愣了很久，她心有不甘地冲下楼，拦了一辆出租车，向秦以南家驶去。

唐暖从电梯里出来的时候，正好秦以南在家门口摸钥匙。她连气都来不及喘，直接喊了一句："秦以南！"

秦以南动作顿了一下，缓缓地转头，看到唐暖的时候，眉眼明显淡了许多。

"秦以南……"唐暖又喊了一声，在她自己没有察觉的情况下，颤抖着声音问，"你要和宋青春结婚了？"

秦以南收起钥匙，对唐暖点了一下头："是。"顿了顿，他补充了日期，"下个月九号。"

唐暖不知道自己是不甘心还是因为别的，气息不稳地问："你为什么要和她结婚？"

秦以南有些好笑地扯了一下唇，似是觉得这话有些多余，什么也没说地转过身，拿着钥匙开了门。

秦以南刚推开门，唐暖就扑了过来，紧紧抓住秦以南的手腕。在他面前一向高傲的她，第一次软了态度："以南，你别跟她结婚，好不好？"

秦以南没说话，抬起手，掰开她抓着自己的手指。

唐暖拼命用力，可手指还是一根根被秦以南掰开。她疯了一样急急出声："我们不分手了，好不好？我们和好吧？以南，我们和好……"

这句话猛地将秦以南的怒火引了起来，他大力将唐暖甩开，什么也没说，进了屋里，将门重重地甩上。

唐暖看着紧闭的房门，发了疯一样扑上去拍门，可是不管她拍得多重，拍了多久，秦以南仍是没有出来。唐暖缓缓地蹲下身，抱着膝盖，小声哭了起来。越哭心底越不平衡，她像想起了什么，猛地起身，冲进楼梯，离开了秦以南的公寓。

回到家一阵翻箱倒柜，她终于找到当初那个女人给她的那瓶药。

是的，这些日子以来，这瓶药放在她这里这么久，她始终没有勇气给宋青春下。可是现在，她恨死了宋青春，只想让宋青春死，只有宋青春死了，秦以南才会是她的……

本以为婚纱照那次会是他们的交集，没想到，这天她再次和他有了关联。

晚上忙完一天的工作，又处理了一堆婚礼事宜，她本想舒舒服服躺在床上休息，却没想到收到他秘书的短信。

"宋小姐，我现在有些事，可以和你当面聊聊吗？"

宋青春垂下眼帘，看着短信，静默了片刻，回道："有什么事，短信里说吧！"

程青葱哀求道："求你了，宋小姐，这很重要。"

宋青春扯了一下唇角，道："那好吧，我家小区边有个漫咖啡，我在那等你。"

程青葱愣了一下，回道："好的，我马上到。"又补了句，"谢谢。"

咖啡馆里，宋青春并没有等多久，程青葱就匆匆赶来，叫了杯水。当老板下去后，两人相对无言，场面一时有点冷清。

直到老板将饮料端了上来，宋青春才拿着勺子慢慢搅拌着咖啡，看着程青葱开口："程小姐，你找我想说些什么？"

刚将茶水举到嘴边，听到宋青春的话，程青葱又将杯子放回桌上，笑了下说："宋小姐，我听说，你下个月九号要和秦先生结婚了？"

宋青春恍了一下神，点了点头，嗯了一声。

程青葱想了许久才决定来找宋青春的。她知道，苏之念很讨厌别人干涉他的私事，可是她仍然想要帮他们一把。

程青葱接着说："苏总写了请辞信，打算辞去苏氏企业CEO的职位。"

宋青春心底划过一抹诧异，不过很快，她苦笑着将情绪压了下去。就算他将苏氏企业折腾倒闭了，也轮不到她来操心，不是吗？

"苏总订了一张去往法国的机票，就是这个月的三十一号。

"苏总只订了去的机票，没有订回来的……他行事向来有章法，现在这样做，分明就是再也不回来了。

"宋小姐，苏总之所以要离开，是因为你……"

相比程青葱激动的语气，宋青春还是垂眸聆听的模样，长长的睫毛在眼窝处映出两片漂亮的阴影。

她的安静让程青葱有些不安："宋小姐，你能不能不要结婚？能不能让苏总不要走？"

宋青春听到这里，眼睛有些酸涩，却是勾出了一抹笑。

过了好一会儿，她才轻轻地掀起眼皮，眼睛清亮澄澈："对不起，程小姐，我想你可能搞错了，苏之念走也好，辞职也好，都不可能跟我有关……而且……"宋青春停了一下，才努力稳着声音，继续说，"……而且……我也没有能让苏之念不要离开的本事，您真的找错人了。"宋青春说完抬手，招呼了老板，"结账。"

"宋小姐，我发誓刚刚说的都是真的……"程青葱看着宋青春掏钱的姿势，有些焦急，趁着老板回去拿零钱的当儿，脱口而出，"……宋小姐，你当初不是很好奇苏总办公室里的那些礼物是送给谁的吗？那都是送给你的。"

宋青春放在桌上的指尖微微抖了一下，脸上的表情却是明显不相信。

“还有，宋小姐，您的生日是不是十二月八号？您知道吗？这些年来，每到这一天，苏总都会让我去订一个生日蛋糕，到了晚上再让我丢掉……”

宋青春唇角用力抿了抿。她的生日的确是十二月八号，可是……这个世界上，不是只有她一个人的生日是十二月八号。

程青葱看宋青春还是无动于衷的模样，为了让她相信，举手发起誓言：“宋小姐，我发誓我说的话句句属实……如果这些你不相信，那么还有一件事。苏总的手机里，你的号码保存的名字叫藏在回忆里的人，这是我亲眼看到的……”

藏在回忆里的人……这个名字她在他的手机里也看到过，只是她不知道那个名字背后藏的是谁的电话号码……宋青春忍不住抬起眼皮，看向程青葱。

宋青春这样的反应让程青葱心底燃起了一丝希望，以为说动了她，语气激动：“……宋小姐，我最初进苏氏企业上班，就知道苏总心底有个喜欢的人。这么多年来，我一直不知道是谁，直到我看到那个名字才知道，苏总他喜欢的人是你……”

他喜欢的人是你……这几个字，让宋青春的心微微刺痛。她垂下眸子，声音淡淡地说：“程小姐，这件事是你误会了，苏之念喜欢的人不是我，是别人。我只是凑巧跟他喜欢的那个人长得像……”她唇色泛白，像是麻木了，将他说的那句话，完整转述给程青葱，“……我对苏之念来说，不过就是一个替身。”

程青葱愣住。替身？宋小姐是苏总喜欢的那个女孩的替身？

“所以，你刚刚说的那些，你说苏之念对一个人的好，那些都不是给我的……”话一顿，她忽然什么都不想说了，拿起桌上的钱包和手机，随意地留了一句“再见”，站起了身。

见宋青春要走，程青葱越发焦急，失态地伸出手，抓住宋青春的手腕。

她不信，不信大boss把宋小姐当成了替身……大boss只有在宋小姐的面前才会变得有情感……大boss是那么薄情的一个人，可是唯独对宋小姐好得不能再好，若只是替身，何必那么上心？甚至，大boss当初可是为了宋小姐……

想到这里，程青葱眼底忽然一亮，飞快地说："宋小姐，你知不知道，当初苏总为了你连命都不要了？"

宋青春被程青葱缠得有些恼，她伸出手，用力去掰程青葱抓着自己手腕的手指。程青葱不管不顾地将自己知道的大声喊了出来："宋小姐，还记得当初你被人绑架，秦先生去救你的那一次吗？"

宋青春听到这句话，动作顿了顿。程青葱抓住机会，连忙交代："那一次，您和秦先生受了很重的伤，最后你们都得救了，但是您知道吗？在紧急关头，赶过去救您和秦先生的人是苏总！"

关于宋青春为什么会出事，苏之念又是怎么救了他们，程青葱没有亲见，并不知情，不过她将自己知道的尽数说了出来："那天我本来要去机场接一个重要客户，半路上接到了苏总的电话，他让我叫上夏医生，定位上他的位置，再跟着他走……我不知道之前到底发生了什么，只知道当我赶到的时候，苏总腹部受了伤，很严重，血流了一地，躺在你身边，几乎没了气息……"

程青葱忍不住红了眼眶。

"他当时看到我的第一句话，是先让我看看你有没有事……"

宋青春握着钱包和手机的指尖加大力气。

她清楚地感觉到，自己好不容易死去的心，再次混乱、波动、起伏。

"……苏总确定你没事后，第二句话，就是让夏医生给他打止疼针，让我带他走……那一刀，刺得很深。宋小姐，你应该知道，那三个歹徒里，有一个人腹部中刀，后来抢救无效死了……苏总整整昏迷了两个月，都没有醒来，最后是夏医生带他去的云南……"程青葱眼泪缓缓淌了下来，"宋小姐，你没有亲眼看到苏总是什么模样，那一段时间里，他真的随时都会离开人世，甚至有好几次，心脏都要停止跳动了……"

宋青春的思绪越来越乱。在程青葱口中，她听见的是一个为她连生死都可以弃之不顾的苏之念。可是她亲眼所见的，却是一个对她残忍到不能再残忍、绝情到不能再绝情的苏之念。到底哪一个苏之念才是真的苏之念？

"苏总真是福大命大，捡回了一条命……宋小姐，你知道吗？苏总迟迟醒不过来的时候，我好几次都想去找你，可是我不敢，苏总倒下前不让我去……刀伤那么重，他在昏迷之前，却没想着自己会不会活下来，他想的是你……他真的是爱惨了你，才会那么傻吧……”

苏之念爱惨了她吗？如果他真的爱惨了她，那他为什么要拒绝她的告白？为什么在和她发生关系后给她吃避孕药？为什么要在他公司的会议室里，给她那么大的羞辱？

“苏总是怕自己熬不过去，怕你愧疚一生，不好过……”想起当初奄奄一息的男子，程青葱忍不住轻轻抽泣起来。

程青葱的每一句话，对宋青春都是一场折磨。

听到最后，宋青春感觉自己开始动摇，突然有些害怕，怕这是一个陷阱，怕自己和从前一样，听到一些他对她的好，就以为他心底是有她的，然后傻傻地陷进去，到头来才发现那不过是她的一厢情愿。

她已经自作多情很多次了……再也经不起那样翻来覆去的撩拨和伤害……

“苏总还说，只要宋小姐过得好，他就放心了……而且苏总就连走都想着你，他还让我——”

程青葱后面的话还没说出口，一直沉默的宋青春，忽然激烈地甩开她的手，快速朝咖啡馆外跑去。

等她站稳，宋青春已经跑出了咖啡馆。她再打电话过去，发现已经被宋青春拉入了黑名单。

说了那么多，终究没有说动她吗？她仍是坚持要嫁给秦先生吗？或许，自己不应该逼她那么急，应该给她一点时间来消化，毕竟距离苏总离开还有一周……程青葱静静地想了片刻，走到路边，拦了一辆出租车离开。

直到程青葱搭乘的那辆出租车消失不见，宋青春才从咖啡馆旁的一条小胡同里走出来。她在路边站了许久，慢慢地转身回家。

回到卧室，她换了睡衣，关灯上床。

一系列反应平淡如水，像是根本没有见过程青葱。

距离宋青春举行婚礼的日子越来越近，病情稳定后，宋孟华也开始办理出院手续。

宋孟华出院的头一天，恰好是个周末，不上班的宋青春在病房里整理住院这一段时间带到这里的东西。

直到下午三点钟，宋青春才整理完。

宋孟华倚在床头正在听书，宋青春窝在沙发上，刚准备休息一会儿，病房门便被敲响。

“青春……”宋孟华摘掉耳机，喊了一声宋青春。

宋青春起身开门，没想到来的竟是苏之念的母亲。宋青春愣了一下，扬起笑，礼貌地打了一声招呼：“苏阿姨。”宋青春让开身，让苏母进来。

宋孟华看到苏母，立刻将手机听书关掉，示意宋青春端茶倒水。苏母接过宋青春递来的热茶，笑眯眯地跟她聊了两句，都是一些夸赞她的话。宋青春弯着唇，耐心地等着她说完，然后坐回沙发上，帮她削水果皮。

宋孟华说：“你怎么今天过来了？”

“来拿体检报告，顺便过来看看你。”苏母回完后，又问了一句，“什么时候出院？”

“明天就出院，再不出，青春的婚礼都错过了……”在医院住了这么久，宋孟华是真的有些住够了，一提起出院，显得有些兴奋。

苏母抿着唇笑了笑，从随身携带的包里摸出一个锦盒，递给宋孟华：“这是我给青春准备的结婚礼物。”

宋孟华替宋青春打开礼盒，是一只羊脂白玉的镯子，莹润通透，一看就价值不菲。

“你送这么贵重的礼物做什么？”宋孟华语气明显带了几分责怪。

苏母笑了笑没说话。宋孟华又开口问：“对了，之念呢？我记得之念可是跟宋承一样大，也到了该结婚的时候了……”

宋青春削着水果的动作微顿了一下，就听见苏母叹息了一声：“唉，别提了，催了八百遍了，死活闹不出一点动静。”

“是没找到合适的吗？”宋孟华真的很喜欢苏之念，这种喜欢是第一眼看到的时候，没来由打心眼里的喜欢，所以格外热心，开始帮忙撺掇起来，“要不，我帮之念物色物色？我这边可是认识不少家庭背景不错的千金名媛……"

苏母摇着头，有些无奈地拒绝："算了吧，我都帮他物色不知道多少个了，他连见都没见，你给他物色了，他不去见，这不明摆着得罪人吗？不过……"苏母转了转口气，"……之念倒是有个喜欢的女孩……"

"是吗？那是好事啊，年纪不小了，合适就赶紧结婚。"

"我也是这么想的，但他根本不把那女孩带回来给我看……说起这个我就气，如果不是我无意之间发现他有喜欢的女孩，估计他会一直瞒着我……现在的年轻人怎么想的真是搞不懂，好端端的名字不存，非要存个什么藏在什么什么里的人……"

宋青春手一抖，刀尖滑到指腹，鲜红的血珠冒了出来。

"我也记不大清楚了，反正就是那么一大串乱七八糟的字。我要是知道姓名，还可以找找是哪个女孩。你说这样的名字，让我上哪里去找？"

宋孟华听到这里，呵呵地笑了起来。

宋青春默不作声地放下水果和刀，站起身，走向洗手间。程青葱前两天跟她说的话，就那么幽幽地浮现在脑海里。她这么说，苏母也这么说。她们都说，那个"藏在回忆里的人"，是他喜欢的女孩。

宋青春心底不是没有触动，只是她努力掩饰着那份触动，让自己看起来事不关己。那种心死了复燃希望、希望复燃了心死的感觉，她实在没有胆量再去承受。

不管宋青春在洗手间里多么挣扎，出来的时候，还是那个若无其事的宋青春。

她安安静静地削完水果，温温柔柔地回答苏母的一些关于婚礼的问题，甚至还面带微笑地将苏母送出了医院。

宋青春真的以为自己可以心如止水地熬到苏之念离开，可老天爷似乎存心跟宋青春作对，她不去找苏之念，他就把苏之念送到她的面前。

苏之念其实没想和宋青春再有交集。第二天中午十二点的飞机，他就要飞法国了。这一走，他想可能这一生都不会再回来。

走的前一天，他偷偷摸摸来看了看她。

天气格外差，雾霾很重，天空还很阴沉。下午四点的时候，天空飘起鹅毛大雪。因为气温太低，不过短短一个小时，整个北京城变成了一座雪城。

宋青春约了人谈事，进了咖啡厅大概一个多小时都没出来。他也不急，反正今天大把的时间都是给她特意留出来的。他盯着车窗外簌簌而落的大雪，静静地听着她的声音，享受着最后的美好时光。

五点半的时候，她终于处理好公事，从咖啡厅出来，站在路边拦车。她约的地点有些偏僻，平日里出租车很少，现在下了这般大的雪，更是难打车。

外面的温度越来越低，她冷得打起哆嗦，头发和肩膀上积了厚厚的一层白。苏之念怕她冻病，犹豫了一下，还是将车子从拐角处开了出来，然后装作偶遇的样子，经过她身边的时候，缓缓地停车。

苏之念落下车窗，冷风夹杂着雪花飘进车里，刚落在真皮座椅上，便融化成水珠。

宋青春低着头，对着手机正叫出租车，根本没有注意面前停了一辆车子。苏之念张了张口，想喊她一声，想了想，还是合上嘴，解开安全带下了车。

苏之念顶着风雪，绕过车头，还没走到她面前，她似乎察觉到了，忽然抬起头，看向他。

苏之念的脚步蓦地顿了下来。

风越来越狂，雪越下越大，他和她像是定格，隔着大片大片的雪花对视着。

一道尖锐的鸣笛声惊扰了宋青春。回过神，她快速看向一旁已经被白雪掩盖的电话亭，犹豫着要不要跟他打声招呼，苏之念迈着步子，又朝她走近了一些。

宋青春下意识往一旁让了让。她穿了高跟鞋，地上的雪已经结冰，此时脚底一滑，整个人歪歪斜斜地朝一旁倒去。

苏之念手疾眼快地伸出手，扶住她："没扭伤脚吧？"

宋青春心绪微乱，将胳膊从苏之念手中抽走，往后退了两步，拉开和他之间的距离，才垂着眼帘，不咸不淡地回了句："谢谢……"

忽视她道谢的苏之念问："你在等车？去哪里？"

她去哪里跟他有关系吗？

苏之念似是看穿了宋青春心底的想法，又似觉得这些问题有点尴尬，又说：“这里不好打车，搭我车吧。”

“不……”是真的很难打车，她在路边等了快一个小时。可她宁愿等下去，也不愿搭他的车。

宋青春拒绝的话还没说完，苏之念的声音又传来：“下了这么大的雪，天都快黑了。”

宋青春迟疑了片刻，轻点了一下头：“如果你真的方便，就把我送到最近的地铁站吧。”

“好。”苏之念说完往后退了两步，习惯性地伸出手，帮宋青春拉副驾驶座的车门。

他的指尖刚碰上把手，还没有行动，宋青春轻声说了一句：“我坐后面吧。”

苏之念指尖僵硬了一下，过了大概两秒钟，才面色平淡地嗯了一声。他知道，这是要跟他划清界限的意思……如他所愿，可最后被刺疼的还是他。

苏之念慢慢收回手，刚想帮宋青春拉后车门，这一次他手还没伸出，宋青春拍了拍身上的雪花，兀自拉开车门钻了进去。

苏之念在车边站了片刻，绕过车头上了车。

苏之念坐稳后，透过后视镜看了一眼宋青春。

他下车时，车没熄火，车内的暖风以肉眼可见的速度，将残留在宋青春头发上的冰碴融化成水珠。他从一旁的置物箱里拿出一条干净的白毛巾，扔给宋青春。宋青春愣了一下，才明白过来苏之念的意思。她轻声道谢，拿起毛巾，擦着头发和脸上的水珠。

苏之念没说话，直视着正前方的道路，发动了车子。行驶了大概两百米，苏之念抬起手，将暖风开得更大了些。热气徐徐吹来，很快逼退了宋青春一身的寒意。

天气恶劣，导致路况十分糟糕，行驶的时间也被拉长。

车内过于安静，导致气氛越来越僵硬。苏之念许是想要缓和气氛，许是想要和她单纯说说话，车子停下等绿灯的时候，他忽然问：“婚纱订好了？”

宋青春大概是没料到苏之念会主动跟自己说话，略显得有些意外，她嗯了一声。

隔了一会儿，苏之念刚准备聊点什么，宋青春的电话响了起来。

是秦以南打来的。

他透过后视镜，看她垂着头，声音温柔地跟秦以南聊天。家长里短的对话，苏之念听得心底一抽一抽泛起了疼。

等到宋青春挂了电话，苏之念才发现，自己竟然不知不觉开上了四环，早就过了宋青春说的就近地铁站。他有些尴尬地说："没注意，开过了。"

宋青春的脸上，没有任何的表情波动，苏之念不知道她是信了，还是不信，他停了一会儿，又说："你要回家吗？"

顿了顿，苏之念说："主路上，不方便出去。如果你要回家，我直接送你回家。"

已经快开到家了，她乘坐地铁或拦出租车显得也太矫情，更何况最开始她就麻烦他了……宋青春疏离地笑了笑，客气地说："谢谢。"

苏之念没说话，收回看着她的视线继续开车，整个人有些心不在焉。她终于变成他当初渴望的模样，他却有些怅然若失。

去宋家的路上，宋青春和苏之念没再开口。

宋青春让苏之念将车直接停在小区门口。苏之念缓缓地踩了刹车，不慌不忙地停在小区的正门口。

宋青春下车前看了一眼手中的毛巾，想要还给苏之念，可又想到他有洁癖，怕是她用的东西他也不会留吧，干脆将毛巾塞进包里，又道了一次谢，伸手去推车门。

后车门的车锁是锁上的，宋青春推不开，只好对前面的苏之念说："车锁没开。"

苏之念愣愣地盯着窗外纷纷扬扬的大雪，没任何反应。宋青春等了一会儿，再次出声，看他还是无动于衷的样子，便伸手拍了一下他的车座。

苏之念茫然地转过头，看向她。宋青春说："车锁没开。"

"哦。"苏之念应了一声，好久像是回过味来，哦了一声，去开车锁。

宋青春没说话，直接推开车门。

她刚准备下车，苏之念忽然叫住她："青春。"

宋青春指尖僵硬了一下，看向他，没出声。苏之念盯着前方一排一排家属楼，像是失神，车子本是停着的，却因他误踩了油门，往前蹿了一截。他有些慌张地踩下刹车，将车子往回倒了倒，说："……新婚快乐。"

宋青春没想到他会对自己说这样的话，表情一下凝滞，过了半晌，弯唇笑开，自然地说："谢谢。"

苏之念垂了垂眼帘，微微颔首。

宋青春看他没再说话，便打开车门。他突然又叫住她："青春。"苏之念眼底有些发热，将头别开，没去看宋青春，"……好好照顾自己。"

他是因为明天就要离开，在跟她道别吗？宋青春感觉自己的大脑里跟此时的天气一样，狂风暴雪。有些话在她的胸膛里急速翻滚着。

她很想问他，你当初是不是为了救我，腹部受了伤？

她还想问他，你办公室里的那些礼物，究竟是送给谁的？

她更想问他，你手机里"藏在回忆里的人"，为什么会是我？

她有好多好多疑惑想要问他，可那些话盘旋在咽喉，她怎么也开不了口。宋青春僵着脸，平淡回道："你也一样，好好照顾自己。"

苏之念嗯了一声。她看不清他的脸，不知是不是错觉，她竟然从他的背影看到了一抹浓重的悲伤。她的心忍不住闷闷地抽疼。

下一秒，他缓缓地转过头，脸上一片清明，眉眼平静，语气出奇地轻软："青春，再见。"

简单的四个字，让宋青春眼底刹那泛酸。她努力将唇角往上扬了扬，笑得格外灿烂。她说："再见，苏之念。"

宋青春将车门快速关上，拎着包转过身。

宋青春往小区门口走了两步，隐约听见耳边又传来他好听的声音："青春。"

宋青春脚步一顿，下意识转过头，路边苏之念的车子早已缓缓开走，只能远远地看见他车尾忽明忽暗的红灯。原来，他没喊她，原来，只是她的幻听。

宋青春转过身，抬起脚，迈步的刹那，眼泪淌了下来。她知道，他刚刚那一声再见，是这一生再也不见的意思。

再见，苏之念。

再也不见，苏之念。

过了今晚，过了明天，他和她就在两个不同的国度。大千世界，茫茫人海，丢失了缘分的两个人，真的再也不见。

宋青春以为自己会很平静地熬过苏之念的离开，可她进入小区后，还是脚步凌乱地拐入了小区的公园，不顾形象地蹲在大雪中，失声痛哭。

大雪肆虐，越飘越大。

第十六章
不能让她有危险

苏之念从宋家小区门口离开后没回家，而是去了他第一次遇见她的胡同口。

他在车里坐了许久，才熄火下了车。

他站在胡同口，风衣扣子没系，猎猎风中，衣袂飘曳。他直视着胡同口的圆形石头，仿佛看见当年的她站在这里，舔着棒棒糖的模样。

他站了大半夜，全身冻得冰凉，直到衣服和头顶覆上厚厚的一层雪，才回到车上，回了别墅。

清晨七点钟，苏之念进了书房，趴在书桌前，写下一篇日记，然后将日记本和笔记本一并放在行李箱里，披上大衣，拎了行李箱上车。

十点钟，苏之念准时抵达首都国际机场。他有条不紊地办理了登机牌，然后将行李寄存、过安检，进入VIP休息室的时候，恰是十点半。距离登机还有一个小时零五分钟。

大雪过后的北京城，天气格外好，天蓝云白，阳光明媚。苏之念坐在休息室的落地窗前，看着一架一架的飞机落入机场，再起飞。看到最后，一夜未眠的他，靠着休息椅的靠背闭上了眼。

宋青春一整夜没睡好，做的都是乱七八糟的梦，有些是真实发生过的，有些是虚幻的。

到了凌晨三点，她头疼难耐，掀开被子下了床，去楼下倒了一杯热水，喝过后稍微舒服了些，回到楼上开了电视，便再也没合上眼。

因为七点半有个晨访，她六点钟就洗漱好，收拾整齐，开着车出了家门。

晨访完已是九点半，恰是上班时间。宋青春随着车流去了TW电台。

忙到十点钟，宋青春终于有了喘息的机会。她在茶水间煮咖啡的时候，拿出手机扫了一眼时间。

距离苏之念离开，只剩两个小时……此时的他，怕是已经办理登机手续了吧？宋青春盯着手机屏幕出神，直到水咕嘟咕嘟烧开，她才将手机快速塞入兜里，泡了一杯咖啡，端着回了办公室。

宋青春将喝了一半的咖啡放在桌上，拎了包，准备提前去“金陵”赴秦以南的午餐之约。

两人约了十一点在“金陵”见面。秦以南今天休班，宋青春十点四十分到的时候，秦以南已经等在大堂里。

秦以南提前订好位子，看宋青春进来，立刻站起身。跟在他身边的男侍，彬彬有礼地领着他们上了二楼。

沿着装潢奢华的长廊左拐右拐好几次，他们终于停在包厢门前。宋青春看到门口摆放的两盆娇艳欲滴的牡丹花，瞬间怔住。

“怎么了？”站在她身边的秦以南察觉到她的异样，关心地询问。

宋青春没说话，缓缓地将视线上移，看到上面烫金的“牡丹亭”三个字的时候，身体又轻颤了一下。去年她和苏之念在这里过圣诞节，那一天，她运气好到爆，结账的时候，抽奖刷中了一张“金陵”的终身免单卡。

这一年，她来“金陵”拿着那张免单卡吃过好多次饭，却从没这般巧地订到“牡丹亭”这个包厢。

男侍已经推开包厢门，墙壁上的壁画，桌上的瓷器，还有地毯……陈设和去年一模一样。宋青春有种时光倒流的错觉，仿佛看见苏之念穿着白衬衣，靠在雕花红木椅上，正在接电话。她仿佛听见他音质偏冷却不失清雅的声音。

“宋宋，怎么不进来？”秦以南走到门口，看到宋青春还僵在门外，忍不住回头，轻声地问。

宋青春的视线越过秦以南的肩，一眨不眨地盯着窗前的椅子。

“宋宋？”秦以南蹙了蹙眉，折了回来。

她突然打了个激灵，回过神来，面色苍白地对他说：“以南哥，我有点不舒服，先去趟洗手间，你先点菜。”

秦以南以为宋青春生了病，刚想抬手摸一下她的脑袋，只见她匆匆地转身，很快朝洗手间走去。

去往洗手间的路上，宋青春赶上走在前面的两个女侍者，不小心撞到其中一个。一个女侍者道完歉，看清了宋青春的脸，热情地弯唇笑了笑：“宋小姐，原来是您啊。”

宋青春回了一个笑容，匆匆走开。

宋青春走远后，另一个女侍者对着刚才的女侍者说：“你认识她？”

“我当然认识，去年圣诞节，她和苏氏企业的总裁吃饭，在牡丹亭，当时我招待的他们。”女侍者觉得宋青春听不见，继续对同伴讲，“你还记得去年我们店里送出一张终身免单卡吗？那张卡现在就在她的手上。”

“真的假的？”另外一个女侍者明显不信。

“当然是真的，我亲自交给她的。不过，当时说是圣诞活动抽奖，其实根本不是……”

已经拐入洗手间的宋青春听到这句话，脚步蓦地停了下来。

“……她那张终身免单卡，不是我们饭店给的，而是苏氏企业的总裁给的。具体情况，我也不是特别清楚，但是我知道，去年圣诞节那次饭后的抽奖活动，是苏氏企业的总裁搞的，不是我们老板搞的。好像苏氏企业的总裁搞这个活动，就是为了送给宋小姐那张终身免单卡。”

那活动不是“金陵”搞的，是苏之念搞的？

听到这里，宋青春的手猛地握成拳头。

“说白了，就是她在‘金陵’吃饭，他变相买单呗……”

两个女侍者进了电梯，宋青春听不见接下来她们说的话，但刚刚听到的那些，足以让她的内心翻江倒海。

她记得去年圣诞节主动提出请他吃饭，那时她很拮据，因为埋怨他点菜点得多，没少默默地骂他，甚至在他专门挑了贵的点时，她还险些哭出来。

当时他表现很淡定，甚至最后结账的时候，也没有掏腰包的意思，她还说他没风度，不够绅士，最后她中了那张终身免单卡，所有的阴霾一扫而空，很嘚瑟地对他说，吃饱了没？没吃饱，继续点！

原来，她当时引以为豪的终身免单卡，是他给她的运气爆棚。宋青春觉得大脑快要爆炸，这些天，因为害怕而极力压抑的冲动，再次涌上心头。她真的很想让自己有点骨气，不要再去找他，不要再去犯贱……可是那个男人怎么就有这么大本事，每次都让她心冷，又总是可以暖热她的心？

她很想压下那股冲动，人却不受控制地夺门而出，跑向电梯。她想去机场，尽管不知道自己去了到底要做些什么，尽管还没决定要不要留下他。可她就是想去机场，想去看看他，哪怕远远地望一眼他离开的背影，或者冲上天空的飞机……

电梯抵达负一楼的停车场，宋青春冲到自己的车前，刚准备摸车钥匙，手机突然响了起来。她将车钥匙暂且放在手心，拿出手机看了一眼来电显示，整个人一下子呆住，是“苏美人”打来的电话……

现在十一点整，距离他起飞还有一个小时，怎么忽然给她打来电话？宋青春感觉自己心跳莫名加快，盯着忽明忽暗的手机屏幕，深呼吸了好几下，才鼓足勇气，按下接听键。

电话接通，她听见他的声音焦急传来：“青春？”

宋青春本想嗯一声，还没开口，嘴巴却被人捂住，手机从她指尖滑落，重重砸落在地上，然后眼前被蒙上一块黑布，整个人被一股强烈的力道拖着往后滑去。

苏之念看似闭着眼睛，实则根本没有困意。他静数着时间，等离开的时刻到来。

耳边飞机的嗡鸣声不断，苏之念很想在走之前，最后一次听一听她的声音。

机场距离城中心那般遥远，他听力再好，也未必听得见，可他还是闭着眼睛，集中所有注意力，尝试着寻找她的声音。

还没找到宋青春的声音，他就听见一个熟悉的男声。

“机票、钱、护照，都帮我准备好了吗？”

这声音很熟悉，熟悉得苏之念眉心猛地皱起来。

“好……我保证这次绝对会成功，但是你要保证我顺利逃出国……你放心，有了上次失败的教训，这次不会再出现差池。更何况，那个一直捣乱的苏之念今天不是要离开中国了吗？”

听到自己名字的一刹那，苏之念猛地想起这个声音的主人是谁……是他只听过一次声音的坤哥！

那个曾经指挥人去追杀宋青春的坤哥，竟然回了北京！他回来，岂不表示宋青春有危险？苏之念猛地从休息椅上站起来，听见坤哥的声音再次传来：“……只要那个碍事的苏之念不在，一切都好说……”

他似乎是在高速行驶的车里，声音越来越低，到后面，苏之念完全听不清他在说什么。

苏之念朝坤哥声源的方向跑去。他从机场这一端跑到机场另一端，才勉强听见坤哥的声音断续传来：“……我马上就到‘金陵’，一个小时……给……一个小时……一个小时后……我保证宋氏……千金、TW的女……从水……阁……坠楼的消息……大江南北……”

苏之念感觉脖子后面的汗毛竖了起来，心扑通扑通地跳，太阳穴也跟着突突跳了起来。他大脑转得飞快，然后推测此时的宋青春在“金陵”吃饭。

苏之念下意识想摸出手机，这才发现自己刚才从VIP贵宾室出来，把手机落在了座位上，他急忙折回贵宾室。

苏之念拿起手机，指尖颤得格外厉害。电话接通，响了好几声都没有人接听。苏之念焦躁地看了看落地窗外明晃晃的阳光，根本没有心思去想行李和航班，急忙朝机场外跑。

一路上，苏之念不知自己撞了多少人，说了多少句对不起。他冲出机场，奔向对面的停车场时，宋青春的电话终于被接听。

苏之念迫切想要确认宋青春此时的安全，电话接通的那一刻，立刻焦急地喊了她的名字："青春？"

电话里传来的不是宋青春淡漠的回应，而是急促的啊的一声，随后是低弱的呜呜声。

她像是被人捂住了嘴巴。

"青春？宋青春？"苏之念接连喊了好几声，然而回应他的是手机落地的啪嗒声，再然后，就是电话断掉后的忙音。

她已经出事了？

冷汗顺着苏之念的脸颊流下来，他没有看路，过马路的时候，险些被一辆车撞上。

他一边气喘吁吁地往停车场跑，一边给秦以南拨电话。

然而，秦以南的电话迟迟没被接听，甚至在他拉开车门坐上车的时候，秦以南的电话还自动关了机。

苏之念连安全带都没系，将油门踩到底，打着方向盘，蹿出停车场，驶上回城高速。

一个小时……现在已经十一点十分，只剩四十分钟……他至少要在四十分钟之内找到宋青春，阻止惨剧发生。

想到这里，苏之念又用力踩了踩到底的油门。

苏之念眉心紧紧皱起，水×阁，应该是坤哥带宋青春去的地方，这是他给出的最重要的信息，可偏偏自己没有听全……

报警？可能警察还没分析出宋青春出事的地点，宋青春已经丧命。

所以，最好的办法是他能弄清"水×阁"是个什么地方，然后告诉消防部门和救援警察，让他们在最短时间内弄好安全气垫。

只是，"水×阁"的全名，究竟是什么？

苏之念绞尽脑汁在大脑里搜索了半天有"水"字和"阁"字的建筑名，可只搜出来一个"在水一方"。苏之念扫了一眼车载视频处的时间，十一点二十分，只剩下不到半个小时……

苏之念额上的汗水越来越多，最后摸出手机，给程青葱去了电话。

接到电话的程青葱，明显很意外："苏总，您不走了吗？"

苏之念哪里有心思回答她的问题，干脆利索地下了命令："你现在立刻马上帮我搜索带有水和阁字的建筑名……"

程青葱办事效率很高，不过三十秒钟，她的声音伴随着噼里啪啦敲击键盘的声响传了过来：“湖水的水？阁下的阁吗？”

“对……”

过了大概一分钟，程青葱开口：“苏总，搜出来大概28个带这两个字的建筑名。”

这么多？

苏之念看了眼后视镜，超了一辆宝马，继续沉着声音说：“北京四环以内的有多少个？”

很快，程青葱回答：“十五个。”

“金陵饭店附近呢？”既然坤哥保证一个小时之内处理掉宋青春，那说明他不会走很远，毕竟北京的道路状况随时随地都会出现意外，而且坤哥应该距离机场不远，所以“水×阁”肯定在金陵饭店附近。

“四个。”

还好……四选一……

苏之念说：“锁定这四栋建筑物，分别告诉我它们的最高度？”

“水源阁，是一个美容会所，位于金源商场三层……”

肯定不会是这个。三层的高度，人从上面坠落下来，死亡几率并不大，而且又是商场，不利于逃跑。

“……水天一阁，是办公楼，楼高三十四层……”

办公楼？现在是上班点，出入电梯的人很少，而且三十四层是跳楼自杀的好地方……苏之念问：“这个地点位于？”

“西二环196号……”程青葱回答完苏之念的问题，说，“丽水水阁……”

关于丽水水阁的介绍，程青葱还没开口，苏之念就简练地说：“最后一个。”

坤哥说出地名的时候，水和阁之间是有字的，这个连在一起，绝对不是。

“最后一个是观水楼阁，最高楼层是二十七层，位于金陵公园东侧……距离金陵饭店大概五公里……”

水天一阁三十四层，观水楼阁二十七层，这两个高度，足以让人摔落下来粉身碎骨。

而且两个地点距离金陵饭店都不远，所以四选一变成了二选一？

水天一阁和观水楼阁……到底是哪个？

宋青春被人硬拖上车的时候，才反应过来，自己又一次遭遇了绑架。

她被装在漆黑的袋子里，袋子密封性好，导致她呼吸有些不畅。她的嘴被胶带黏着，说不出话。耳边除了车子发动和车外隐隐的鸣笛声，再也没有其他的声响。车子时而加速，时而刹车，她的脑袋时不时撞上车座和椅背。

上次好歹只是被堵住了嘴巴，绑住了手脚，可以看清绑架自己的人是谁，而且被绑架之前，她还留下了线索，可是这次，不说线索，就连手机都落在了“金陵”的地下停车场，断了一切求救的机会。

伴随着黑色袋子里的空气越来越少，宋青春呼吸越来越吃力。缺氧让她绝望，她的身体不受控制地抖起来。

车子拐了一个弯，周围相对安静，但是道路不平坦，车子颠簸得厉害。

宋青春险些吐出来，车子停下，她听见车门被推开的声音，然后是自己脑袋前的车门被打开，伴随着冷气吹进车里，宋青春被人拖下车。那个人把她扛在肩上，步伐很快，一脚深一脚浅。宋青春脑袋朝下，血液逆流，比在车里还难受。

宋青春不知自己被带到了哪里，隐隐听见钢铁碰撞发出的声音，然后她被那人扛着往高处迈了两步，也不知进了什么地方，就被那个人丢在地上。

背部撞上类似铁棍的东西，疼得宋青春倒抽了一口冷气，然后听见吱呀吱呀的声响，就像乘坐电梯。

她不断匀速上升。说是电梯，但又不像电梯，更像升降机。因为随着高度增加，风声越来越大，吹得人四肢发凉。最后，宋青春感觉承载着自己的东西在风的吹动下变得有些摇晃，像是随时会断裂。

随着一道响亮的哐啷声，上升停止。宋青春听见铁门被踹开的声响。那个人拎着她，跨了一大步，紧接着就是上楼梯的声音。

走了不过五级台阶，宋青春又听见了呼啸的风声。那个人拎着她走来走去，似乎也累坏了，坐在她旁边，大口大口喘着气。

不知过了多久，坐在她身边的那个人拉着她转了一个圈，然后在她脚底的袋子口鼓捣了一会儿，冷空气从脚底灌入袋子里。那个人绕到她的头部，扯住袋子的一角，直接将她从袋子里像是倒垃圾一样倒了出来。

明媚的阳光映入眼底，宋青春一时睁不开眼。她趴在冰冷的地上，缓和了一会儿才掀起眼皮，看到自己身下那些厚厚的白雪已经冻成坚硬的冰坨。

宋青春抬起头，环顾了一圈周围的环境，发现自己竟然身处一栋高楼的天台。

她现在站在天台正中央，只能看到远处一些高楼大厦。

宋青春还没搞懂到底是哪里，胳膊忽然被人抓起，她转过头，看到一个三十岁左右的男子，形容狼狈，胡子拉碴，头发很长，遮掩了半张脸，像是许久没洗澡，脖子上有黑色的泥土，身上的衣服也破破烂烂的。

那个人显然没有跟她废话的意思，抓着她的胳膊走到天台边上。靠得近了，宋青春才看清这是一个新楼盘，还没盖完，似乎正处于收尾阶段，远处的四个字告诉了她所在地点——

观水楼阁。

这个小区宋青春是有些印象的，是一个南方投资商花了大价钱买下这块地皮，但是盖到快要结束的时候，资金链断裂，导致过去半年了，还没重新施工。难怪刚刚她上来的时候觉得那电梯不像是电梯，原来是施工用的四面罩着铁网的升降机。

男人忽然推了她一把，宋青春猛地趴在了天台的护栏上。宋青春吓得说不出话，只能发出一些无意义的尖叫。

那人揪住她的衣领，将她往天台的护栏上推去。宋青春此时才知道，他是想将自己推下楼。她拼命抓住那个人的胳膊，挣扎着，抗拒着，死活不肯上去。

那个人力道极大，不管她伸手怎么抓他挠他，他就像没有痛觉，靠着一身蛮力，将她直接拖上了天台的护栏。宋青春一只脚跨了出去。腾空的感觉让她心底发凉。她拼命想要退回天台，可那个男子用身体圈住她的身体，伸出手，将她脸上的胶带撕掉。

宋青春红了眼睛，张着嘴，对男人说出一个字："你……"就听见脚踹铁门的声响。宋青春和那个男人同时转过头，看到有个身影极快地蹿了上来。

是有人来救她？宋青春惊喜，求生的本能让她不管不顾地喊了起来："救命啊……救……"

男人将全身力气都集中在手上，朝宋青春推了下去。死亡的气息瞬间笼罩全身，压得她连呼吸都停了。

风很大，也很冷，打在脸上生疼。宋青春透过呼啸的风声，隐隐听见有人在喊自己，声音好听又熟悉。她忍不住睁开眼睛，抬起头往上看去。她模糊地看到有人将半个身子探出天台，还没看清他是谁，他就退离了天台。

宋青春眨了眨眼睛，看着空荡荡的天台边缘，以为自己出现幻觉和幻听。急速下坠压得她心脏难受。刚想闭上眼睛，她就看到有人从天台上一跃而下……

宋青春以为自己看错了，只见一道黑色身影和她一样，速度越来越快地下坠。

苏之念能笃定宋青春在"观水楼阁"，是因为程青葱的一句话。

"苏总，观水楼阁不就是半年多以前，因为资金链断裂，一直没有完工的小区吗？"

这句话一下子点醒了苏之念。如果要制造自杀跳楼的假象，几乎没有人出没的未完工小区绝对是最好的选择。更何况，没有完工的小区，往往设施不全，即便有几个摄像头，也不一定能拍到什么。

苏之念听完程青葱的话后，当机立断报了警。他抵达观水楼阁的时候，警察和消防部门都到了。他根本来不及去看安全气垫有没有弄好，直接搭乘施工用的升降机上了楼顶。

伴随着升降机越升越高，风声越来越大，地面的噪音越来越小，他可以听见宋青春的呜咽。这声音让他心疼，却也让他心安，至少说明她暂且不会有问题。

升降机的速度不慢，可苏之念依然愤恨地抬起脚，踢了两下铁网。

好不容易抵达顶层，苏之念撞开铁门，朝天台跑去。他跨过两级台阶，终于可以看见天台上的情景。然而，入眼的便是宋青春像断线的风筝般从天台上直跌而下的画面……

苏之念清楚地感到自己的心脏急速收缩，几近崩溃地扑去天台边，看着下坠的宋青春，声嘶竭力地喊了她的名字："宋青春！"

苏之念清楚地听见世界崩塌的声音。他完全没去理会推她下楼的坤哥，往后退了两步，越过天台护栏，纵身而下。失重的感觉让苏之念几乎晕眩，随后他拼命想去赶上宋青春坠落的速度。然而，他和她下坠的速度是一样的，两人的距离始终没有缩短。

苏之念眯了眯眼睛，盯着宋青春身上的轻薄长款羽绒服，感受着猎猎呼啸的狂风，灵光一闪……

那道黑影逆着光，宋青春看不清他的容颜。她努力想要看清，落入眼底的只是一圈一圈淡淡的光晕。在那片光晕中，宋青春隐约看见苏之念那张颠倒众生的容颜。

是她死前出现的幻象吗？宋青春看着看着，下意识想伸手摸一下苏之念的面颊，然而她指尖刚动了一下，眼神忽然有些涣散，原本想要往前伸的手，突然变成去拉衣服的拉链。

呼啸的风瞬间灌进她的羽绒服里，像是气球，鼓满了空气。衣服敞开后的阻力，减缓了她下坠的速度。他和她的距离越来越近，坠落到和她一样的高度时，他反应灵敏地伸出手，及时抓住了她的手腕。

这时候，她跟着清醒过来，神情略显茫然，看了一眼自己的手腕，又看到他手臂上的手表，表情明显僵硬。

他和她肌肤相碰，清楚地读到了她心底的想法：我是在做梦吗？身边忽然多出一个人，戴着和他一模一样的手表……

苏之念拽着她的手腕，将她整个拉入怀中，抬起另一只手，圈住她的腰。他的动作让她全身轻颤，她长而卷的睫毛像是蝴蝶的翅膀，抖动了好一会儿，才缓缓地掀开。

随着她慢慢睁眼的举动，苏之念的脸一点一点映入她的眼底。线条完美的下巴，薄软的唇，坚挺的鼻翼，深邃的眼窝，如画的眉……她一定是在做梦……绝对是在做梦……

宋青春想到等下就要粉身碎骨，看着苏之念的眼神浮现一抹哀怨。她缓缓地伸出手，指尖没有落空，触觉温热柔软……

宋青春眉心轻蹙，摸到他唇瓣的时候，她清楚地感到他温热的呼吸喷洒在手背上，酥麻微痒。宋青春一个哆嗦，像是意识到了什么，视线再次对上苏之念的眼睛。

这一幕太逼真……根本不像是做梦……宋青春还没转过弯来，苏之念将她往怀里压得更深，以自己的躯体作为保护壳。

一切发生得太快，她还没意识到他为什么要这般抱着她，他和她就从几十米的高空重重坠到地上……全身宛如散架，哪里都不舒服。她闭着眼睛，胸口起伏得格外厉害，还没睁开眼睛，耳边就传来一道虚弱的声音：“青春？”

宋青春听得满脸茫然。

“青春？”苏之念看宋青春窝在怀中，迟迟没有反应，又喊了一声她的名字。

她这是到了天堂吗？他的声音，竟然贴着她的头顶传来。读到她心底反应的苏之念，暗舒了一口气，忍着骨头碎裂成一片一片的撕心裂肺的疼痛，咬紧牙关，勉强说出四个字：“……你还好吗？”

宋青春动了动身子，嗯了一声，察觉身下的触觉有些不对，又动了两下。她虫子一般在他身上蠕动，导致他身上的疼痛越发剧烈。苏之念清楚地感觉冷汗湿透了背脊。

她猛地爬起来，摸向他的脸：“苏之念，是你吗？”

苏之念很想抚摸一下她凌乱的长发，可他的手臂怎么也抬不起来。他只能躺着，朝她缓缓点头：“嗯，我在。”

简单的三个字，让她红了眼眶。宋青春感觉心像是被什么灌满，胀胀的，酸酸的，还泛着丝丝的疼。

他看见她坠楼，竟然也跳了下来……宋青春惊得睫毛抖了抖，眼底蓄满泪水，后知后觉地问：“你呢？”说着，她的手又在他身上动来动去，“苏之念，你还好吗？”

他好吗？他很不好……虽然消防部门及时将安全气垫充了起来，但毕竟有八十米的高度，自己当肉垫落在安全气垫上后好像摔伤了。他不知道自己伤到了哪里，疼痛似乎使他丧失了所有的感官。

苏之念目光温柔地回视着她，用尽最后的力气，很轻很淡地说：“还好……”他真正想表达的是，还好你没事。

他表情平静，宋青春便真的以为他没事，声音又轻又温柔：“你为什么要跟着我跳下来？”话音落定，她的眼泪像是决堤的河流，汹涌而出。她没等他回答，又开了口，语气一次比一次激烈，“苏之念，你为什么要跟着我跳下来？为什么要跟着我跳下来？为什么？为什么？”宋青春哭出声来。

他听着她的哭声，看着她的眼泪，很想帮她擦擦眼泪，可是他动不了，只能选择温柔地看着她。

为什么要跟着她跳下来呢？需要理由吗？那这个理由够不够——

当时的他，不知道安全气垫有没有准备好，就算准备好，她摔下去也是生死未卜。活着的时候不能和她在一起，但是黄泉路他绝对毫不犹豫陪她走。

苏之念的模样，让宋青春心底越发难过。

“你是不是傻，知不知道这样可能会死的！”宋青春吼完，忍不住伸手开始捶打他。

苏之念躲闪不开，即使能躲闪，他也不会。他努力稳着心神，不让自己闷哼出声。

宋青春的眼泪一颗一颗砸落下来，忽然软软趴在他肩头，孩子一般哇地大哭出声。她一边哭，一边愤恨不已、口齿不清地骂着他。

宋青春越哭越觉得不解恨，本能地想去咬苏之念的肩膀。牙齿刚碰上他的大衣，她就听见他重重地咳嗽，有什么东西喷在她的头发上。宋青春动作僵了一下，下意识伸出手，摸向自己的发丝，触觉黏稠。她将手缓缓地举到眼前，发现手指上都是鲜血。

过了好一会儿，她才慢慢地转头，看向苏之念。他的下巴上全是血，一道一道的血从口中不断往外流。

宋青春盯着苏之念，张了张口，用了好大的力气，抖着哭腔说：“苏之念，你怎么了？你怎么了？”

苏之念断断续续地咳起来，呼吸越来越急促，额头上冒出密密麻麻的汗。宋青春慌张地捂住他的嘴，她的手却很快被染红。

宋青春哽咽得更厉害，她刚刚还感到庆幸，原来，只是她一个人的庆幸。

苏之念感觉意识正在涣散，借着她紧挨的身体，模模糊糊地读到了她心底的崩溃和惊慌。可他什么都做不了，他的世界很快一片黑暗，再也看不到她的模样。

救护车已经抵达，警察和医护人员冲向宋青春和苏之念。

苏之念打来电话的时候，秦以南在“牡丹亭”等了许久，没等到宋青春回来，于是去洗手间找人。

此时正是午餐时间，洗手间里的人进出不断。秦以南着实不好意思闯入女洗手间，只好找了一个女服务生帮自己进去看看情况，得到的回复却是宋青春不在洗手间。

秦以南想到宋青春之前难看的脸色，心底有些不安。他急忙跑回包厢，拿起手机，想要联系宋青春，却发现手机没电，自动关机。

秦以南对服务生说了一句抱歉，匆匆离开。他先回了一趟宋家，没看到宋青春的身影，便开车往TW电台赶。刚进TW电台所在的办公楼，秦以南就从正对面的大屏幕上看到了一条实时新闻。

“今天中午十一点三十七分，在观水楼阁发生了一起坠楼事件，一男一女。女子疑似被人从高楼推下，男子跟在她身后跳下，下面为路过的网友拍的几张图。”

随后大屏幕上出现了好几张照片，秦以南只看了一眼，立刻定住脚步。

因为距离远，照片并不清晰，但秦以南还是一眼认出照片上的女子穿的衣服和宋青春一模一样。

画面切回女主播的身上。

“最后两人落到安全气垫上，男子护住女子，受了重伤，目前两人已被送往人民医院抢救……凶手正在追捕中……男子和女子的伤亡情况不确定，在等医院结果。”

同时看到这条新闻报道的，还有苏之念的母亲。或许是母子连心的缘故，苏母从中饭开始，眼皮子就一直跳。吃饭的时候，她还跟保姆提了这件事，保姆笑眯眯地说，搞不好有好事降临。苏母的乐观维持了不过十分钟，电视里就出现了苏之念坠楼的新闻。

苏母结结实实吓了一跳，盯着电视屏幕，好半晌都没反应。保姆惊慌失措地说："太太，太太，坠楼的好像……是少爷。"

苏母手一抖，筷子掉在了地上。然后她面色惨白地站起身，一边摇摇欲坠地往卧室走，一边吩咐保姆给司机打电话，要去医院。

宋青春在苏之念被抬上救护车的时候，心力交瘁加上大喜大悲，晕了过去。

她是被噩梦惊醒的。她梦见苏之念满身是血，不管她怎么呼喊、摇晃，他躺在地上一动也不动。她好几次想要伸手去探探他的鼻息，可是指尖抬起又垂下，这般挣扎了好几次，她终于将手放在他的鼻孔下，停留了许久，却没有感到他的呼吸。她慌张地摸向他的手腕，脉搏没有丝毫跳动的迹象……

她全身一抖，大喊了一声："不——"从床上猛地坐了起来。

"宋宋？"守在一旁的秦以南吓得一个激灵。

宋青春看了他一眼，喘着粗气，转着眼珠，打量了一圈周围的环境。入眼全是白色，手腕上还扎着吊针，似是在医院的病房。窗外一片漆黑，已是深夜。

秦以南摸了摸宋青春的脑袋，发现已经退了烧，立刻按了一旁的呼叫铃。宋青春突然抓住秦以南的袖口，急急地问："苏之念呢？"一边问，宋青春一边掀开被子，从床上跳下来。手腕上传来一道刺痛，有血珠冒出来。

"宋宋，你还在输液，先躺下别动……"秦以南一边说，一边抓住宋青春的肩膀。

宋青春哪里还有心思管自己输液不输液，想都没想就伸出手，将针头一把拔下，推开秦以南，朝病房门外跑去。

秦以南拎了宋青春的衣服，连忙跟上。走到门口的时候，他听见宋青春冲被唤来的护士问："苏之念他人呢？他情况怎么样？在哪个病房？"

秦以南将衣服披在宋青春身上，对护士抱歉地笑了一下，礼貌地说："不好意思，麻烦您等下再来给她检查。"说完，指了指走廊尽头，"他在重症室。"

宋青春拔腿朝走廊尽头跑去。

走得近了，她才看到重症室门口坐了两个人，一个是苏母，一个是程青葱。

程青葱看到宋青春，立刻站起身，打了一声招呼："宋小姐。"

宋青春朝她轻点了一下头，看向了一旁的苏母。前不久宋青春才见过苏母，那时她一身优雅，看起来很年轻。可她现在头发凌乱，眼眶红肿，皮肤没了光泽。

宋青春知道，苏母肯定是因为苏之念才变成这样的，而苏之念又是因为她，才陷入危险。归根结底，都是她的错……宋青春对着苏母内疚万分地道歉："苏阿姨，对不起。"

"青春，你在说什么……"苏母却没有半点责怪埋怨的意思，她一边拿纸巾擦眼泪，一边哽咽着说，"……阿念又不是被你推下楼的，是他自己要跟着下去，再说，他救你也是应该的……如果我在，也会让他救你的……你没事就好……"苏母说到最后还是没控制住情绪，小声抽泣起来。

如果苏母此时骂她怪她，宋青春想自己心底可能会好受一些。偏偏苏母不但没有半点责怪他，还转过来安慰她。眼泪轻轻地落了下来，她对苏母又道了一声歉，然后才隔着玻璃朝重症房看去。

苏之念安静地躺在病床上，闭着眼睛，没有丝毫生气。脸上的血迹已经擦干净，五官还是一如既往地精致。宋青春看着这样的苏之念，只觉一种近乎撕裂的痛楚感慢慢袭来。他的手背上扎着针头，药液不断往体内输送。如果不是一旁的心脏测量仪上不断显示出曲线，这样的他，看起来就像尸体。

苏之念被抢救的时候，秦以南一直都在。此时他忍不住上前，走到她身边，对她低声说："他的情况是有点糟糕，身体多处骨折，胸内有积液，但你也别太担心，明天就会有全国最好的医生来给他做手术，一定会没事的……你刚醒来，先去做全身检查，再过来好不好？"

程青葱听到秦以南的话，也跟着劝："医生说苏总现在没有生命危险，只是短时间里醒不来。宋小姐，您还是听秦先生的，先去做个检查吧？"

宋青春摇了摇头，刚想说"我没事，想在这里再待会儿"，坐在休息椅上的苏母就开了口："是啊，青春，你快去找医生看看自己有没有什么事。从那么高的地方摔下来……阿念已经这样了，你可不能再有差池……"

宋青春朝苏母轻轻点了点头，在秦以南的陪伴下回了病房。

宋青春除了身体有点虚，真的没什么大碍，检查完后，她没有按照护士的吩咐把吊针打完，又去了苏之念病房门口，陪苏母守着。

苏母年纪大了，经不住这般熬夜。宋青春知道挂念儿子的她注定无眠，但还是劝苏母去自己的病床上休息。

程青葱第二天要上班，凌晨四点，宋青春就让她离开了。

苏母凌晨三点睡下，凌晨五点起了床。

秦以南买了一些早点，三个人都没胃口，还是多少吃了些。

六点的时候，医生来给苏之念做检查，表示患者情况相对稳定，晚上可以准时做手术，还吩咐他们趁着患者休息的时候，回家拿些换洗衣物。

苏母来的时候，保姆已经帮她带了几件衣服。

宋青春和苏之念是被直接送到医院来的，宋青春知道苏之念别墅的密码，回家给自己拿衣物的时候，顺便拐去苏之念的别墅，帮他也整理了一些换洗衣物。

当天下午，专家团队来到病房，给昏迷中的苏之念做了密集的全检，然后制定了两套手术方案，和苏母、宋青春讨论后，决定用最保守的第一套方案。

手术决定着苏之念能否死里逃生。

虽然这些医生都是全国一等一的精英，但任何手术都有一定风险，所以离手术时间越近，宋青春和苏母的心情就越不平静。

六点，主治医生又来重症室观察苏之念的情况。

七点，手术室开始准备工作。

七点半，苏之念被推进手术室。

跟在推车后的苏母好几次险些摔倒在地，同样紧张的宋青春，全凭毅力搀扶着她走到手术室门口。

七点五十分，手术室的门重重关上，过了大概半分钟，“手术中”三个红字亮起。

宋青春搀扶着苏母坐在休息椅上，两人很有默契地同时转头盯向紧闭的手术室大门，在一片静谧严肃的气氛中，开始了漫长的等待。

主治医生进去之前，说手术顺利的话，两个小时就可以完成。如果两个小时后，手术没有结束，说明情况有点麻烦。

等到十点的时候，“手术中”三个字始终没有熄灭的意思，时间似是被无限拉长，接下来的每一分每一秒都变得格外迟缓。熬了两个小时，宋青春和苏母不淡定了，每隔十分钟，就会问一句。

宋青春也很担忧，却是努力平复心绪，安慰着苏母，顺便安慰自己。

十点二十五分，宋青春掌心出了汗，为了缓解紧张的心情，她开始沿着走廊不停走动。

十点三十五分，宋青春声音开始颤抖。

十点四十五分，宋青春靠在苏母对面的墙上。

十点五十分，苏母开始小声抽泣，宋青春的呼吸跟着急促起来。

十一点，苏母哭声越来越大，宋青春眼眶泛红。

十一点二十分，苏母彻底崩溃，好几次险些哭晕过去。宋青春觉得自己快要支撑不下去的时候，手术室门上的灯终于熄灭，大门缓缓拉开。

苏母不知道哪里来的力气，猛地站了起来，冲向从里面出来的主治医生：“阿念他怎样了？阿念他还好吗？”

宋青春跟了过去，发现自己全身无力，后背湿漉漉的，全是汗水。

主治医生摘下口罩，长达三个小时的手术让他看起来很是疲倦：“苏先生的手术很成功，还需二十四个小时的密切观察，如果安全度过二十四小时，苏先生就不会再有任何问题。”

宋青春暗松了一口气，勉强站直了身子，还没迈步，苏母突然昏了过去。主治医生离得近，及时搀扶住苏母，然后在护士的帮助下，将苏母送去病房，检查后给苏母扎了吊针。

宋青春等苏母这边情况稳定后，才去了苏之念的病房。

他身上插满各种管子，旁边放了很多监控仪器，手背上扎了新的针。刚挂上的吊针才输了不过百分之一的药液。

天快亮的时候，苏母醒了过来，人也精神许多，很快来到苏之念的病房。

宋青春两天两夜都没休息，苏母说自己来着，让她回家休息。苏之念没有脱离危险，宋青春着实不放心，直接躺在苏之念病房的沙发上休息。

宋青春很累，睡得很不踏实，过一会儿就会醒来一次。直到上午十一点，她才彻底睡熟过去，下午三点又醒来。

苏之念比主治医生预想的醒来得早，傍晚五点的时候，他睁开了眼睛。

医生和护士都来了，围在病床边帮他做检查。仅剩的一个位子也被苏母占着，宋青春只能远远地站着。

苏之念面对苏母没有半点反应，因为昏迷太久，记忆似乎断片了。他盯着雪白的天花板好一会儿，才意识到了什么，缓缓地动了动眼珠，虚弱地问："青春呢？"

站在一米开外的宋青春，清晰地听见了他的声音。她的心像是被什么包裹住了，暖暖的，热热的，带着说不出的满足和酸涩。他从昏迷到现在，足足两天两夜，可是睁开眼，第一句话却是"青春呢"。

苏母似是太喜悦，根本没有留意到苏之念的话，还在喋喋不休地问："阿念，你感觉怎么样？你知不知道，你吓到妈妈了，你可算醒了……"

苏之念因为没有听到自己想要的答案，蹙了蹙眉心，唇瓣动了动，还没开口，就听见一道很轻很轻的声音传来："苏之念。"

那声音轻得像是低喃，可是听力超出常人的苏之念还是循着声音转过头。他隔着母亲的胳膊，对上了宋青春的眼睛。

宋青春静静回视着他，没有说话，唇角上扬。他看到她微笑，愣怔了一会儿，然后眨了眨眼睛，神情明显有些柔软。宋青春唇角上扬得更厉害，没有笑出声，却像是笑出了声，眼眶泛红。

苏之念动了动唇，宋青春看清他的唇形，知道他在对自己说："别哭。"

宋青春的眼泪一下子落了下来，脸上的笑容越发灿烂，学着他的样子，没有出声，也动了动唇：“我只是太高兴了，高兴你能醒来。”

她的唇动得很缓慢，几乎是一个字一个字说的，他看得清清楚楚。待她说完后，他刚想回她，苏母转过头，看向宋青春。

原来儿子醒来后，一直都在看宋青春……苏母心底的想法，顺着她握着苏之念的手传入他的心底。苏之念垂了垂眼帘，将视线从宋青春身上拉回苏母身上，轻声喊了句：“妈。”苏之念的声音让苏母立刻转过头。

这一醒，代表苏之念的情况彻底稳定下来，接下来只要静养就可以。

苏之念在主治医生嘱咐完注意事项、离开病房后没多久，又睡了过去。

这一睡，直到晚上十点才醒来。

护士给他量了体温和血压，说一切正常，让他吃了一些药，就离开了。

苏之念晚上需要人守夜，苏母年纪大了，经不住这般熬，所以宋青春便让她去对面的酒店休息，自己留在病房里守着。

苏母心里压着的大石彻底落了下来，身体着实疲累，便同意了宋青春的提议。

宋青春先将苏母送去酒店，帮她开了一个房间，再折回医院。

宋青春和苏之念坠楼的消息上了新闻，传得沸沸扬扬。宋孟华也听到风声，在苏之念脱离危险的第二天来了一趟医院。

苏之念只清醒了不过十分钟，在药效的催化下，又陷入睡眠。

宋孟华跟苏母在医院病房里聊了整整一下午，直到晚上才离开。

宋青春送宋孟华下楼的时候，跟宋孟华说，她这几日要在医院里守夜。

苏之念是为了救宋青春才受了这么严重的伤，宋孟华自然答应了下来。宋青春给宋孟华拉开车门前，说出自己这两日想了好久才做好的决定：“爸，我跟以南哥提过，想把婚事推迟一段时间。待苏之念出院了再说。”

宋孟华沉默片刻，问：“以南那边的意见呢？”

宋青春回：“以南哥没意见。”

宋孟华又沉默了一会儿，说："以南没意见就行，现在苏之念这样，你转身去结婚也不是那么回事，是应该推迟推迟。那些发出去的喜帖，我帮你挨个打电话处理，你先安心照顾苏之念吧。"宋孟华上车后，对宋青春嘱咐了一句，"青春，虽然照顾苏之念是理所应当的，但以南才是你的未婚夫，你别忽略了以南，还是要跟他联系。"

宋青春嗯了一声，等宋孟华离开后，转身上了楼。

不知道什么时候，苏之念又醒了过来。宋青春进入病房的时候，见苏母坐在面前，端着一碗冒着热气的药粥在劝他吃。

也不知道是他嫌弃气味难闻，还是味道太苦，绷着一张脸，一声不吭地盯着窗外，死活不肯张口。

苏母听到门响，转头看了一眼宋青春，朝她笑了一下，然后回过身，对苏之念和蔼温柔地劝道："阿念，你怎么也要吃一些，吃了好得快。"

苏之念置若罔闻。

"阿念，你要不想吃药粥也可以，想吃什么，告诉妈妈，妈妈现在给你去买……"

宋青春看苏之念还是没什么反应，忍不住问："怎么了？"

"也不知道阿念怎么回事，刚刚醒来的时候还说要吃东西，我这儿给他热好了，他又不吃了……"苏母说。

宋青春皱了皱眉，看向苏之念，语气带着几分责怪："怎么能不吃呢？"

苏之念没说话，还是那副冷漠的表情。

大伤未好的他脸色苍白，眉宇之间带着几分脆弱。

也不知是不是宋青春的错觉，她竟从他盯着窗外的脸上，看出了一抹落寞和伤感。

苏之念为了她而受伤，她心底内疚不已，此时看他这般神情，更是心疼迁就。她轻叹了一口气，对着苏母低声地说："我来试试吧。"

苏母听宋青春这般说，妥协地起身，将座位让给宋青春，把碗递了过去。

宋青春搅了两下粥，舀了一勺举到嘴边，轻抿了一口，苦得她险些吐出来，不过温度倒是合适。她用碗接着，递到苏之念嘴边，看他还是绷着脸，没有张口的意思，宋青春哄孩子一样，声音软软地说："就算没有胃口，也要吃点。我知道这粥不好吃，但吃了对身体好，我包里有玫瑰糖，等下可以压一压苦味。"

在宋青春的印象里，苏之念若是不愿意做一件事，要么就是不给人面子地拒绝，要么就是转身走开，这般沉默不语的他，她还是第一次见到。

睡之前他还心情不错的样子，怎么醒来就变得这么不高兴呢？

宋青春想了想，声音仍旧柔软："我知道你每天躺着不舒服，但你得把粥吃了，身体才好得快，才能早点下床走动呀……"

苏母看宋青春劝来劝去，苏之念还是没有要吃的意思，忍不住插了话："阿念，你想吃什么？告诉妈妈好不好？妈妈这就给你买，很快……"

"苏阿姨，药粥是夏医生开的方子，有助于身体恢复，买来的东西搞不好会伤身。"宋青春说完转回头，一副好脾气的温柔模样，"……要不然这样，明天我问问医生，你能不能出去吹风。如果能，我就推着你下楼转转，好吗？"

苏之念是听到宋青春和宋孟华的对话才有些心闷，现在看她百依百顺的模样，心渐渐软了下来，克制不住地转过头，看了她一眼。

宋青春接触到苏之念的笑容，立刻甜甜地笑起来："你要是不信我，我等下就去问医生，不过今天晚上真的不能出去。天很冷，风很大，你身体受不住的……"

苏之念轻轻地点了一下头，虽然没说话，却让宋青春的眉眼变得更温暖。她将勺子递到他的嘴边，他慢慢张口，吃了下去。

喝完粥，宋青春将碗递给苏母，端起桌上的水杯给苏之念漱了漱口，然后去洗手间拿了条温热的湿毛巾出来，将他的脸和手擦干净。

宋青春这般尽心伺候，让苏之念的表情慢慢平和下来。

时间不早了，宋青春给苏之念盖好被子，轻声告诉他，她先送苏母回酒店，等下再回来。

宋青春折回病房的时候，苏之念已经睡了，半个身体露在外面。宋青春轻手轻脚地走上前，将病房的大灯关上，开了昏黄的睡眠灯，又将被子帮他仔细盖好。

病房里很安静，宋青春守在床边，渐渐地也睡着了。

不过她没睡熟，听见苏之念因为疼痛发出的闷哼时，一下子醒了过来。宋青春又听见一声哼哼，是从苏之念的喉咙里发出来的，压得很低。她能感到他因为疼痛努力咬牙忍受的声音。

宋青春开了灯，看到苏之念脸色苍白，额上都是汗，手紧紧地抓着被褥，全身不断战栗。

宋青春想起来，今天护士给苏之念打针的时候告诉她，已经去除了镇痛剂，苏之念很有可能会在伤口疼起来的时候难受得厉害，能忍就忍，最好不要依赖止痛针。

宋青春摸了摸苏之念的额头，不烧。她暗松了一口气，知道不是病情恶化，而是单纯的伤口疼痛。

宋青春去了洗手间，用温水湿了毛巾，出来帮苏之念擦着额头上的汗水。她看到他疼得身体都蜷缩了起来，心底酸涩又疼痛，忍不住说："我去找护士过来给你打一针好吗？"

宋青春还没起身，苏之念就抓住她的手腕。宋青春知道他是在阻止她，只好坐在床边，带着几分安抚，轻拍着他没有受伤的肩膀。然而她的举动完全没有作用，他疼得唇色泛白。宋青春心疼得眼泪落了下来，再也不顾他的意愿，伸手就想去按墙壁上的呼叫铃。

苏之念手腕猛地用力，将她扯到床上。因为疼痛，他的呼吸特别急促。他抓着她的肩膀，吃力地摇了摇头，像是要跟她说什么，可发不出声音。

宋青春的肩被他握得生疼，她强忍着，看他一声不吭忍痛的模样，宋青春忍不住环住他的腰安抚他。

她的拥抱让他发颤的身体僵硬了一下，然后往她的怀里钻来。宋青春把他抱得更紧了些，依旧轻轻地抚摸着他的后背。他的汗浸湿了两个人的衣服。

他们这般拥抱，始终没有分开。

疼痛开始减退，苏之念也跟着陷入沉睡，可他抱着她的手臂，始终没有松开。

睡着的他力道大得惊人，宋青春根本无法动弹。她怕动作大了吵醒他，索性一动不动地躺在他怀里。他温热的呼吸缓缓喷洒在她的胸口，酥酥的，麻麻的，将她的心融化了。她忍不住将脑袋往他的头顶靠了靠，跟着闭上眼睛。困意来得很快，她不久就睡着了。

苏之念醒来的时候，最先闻到的是宋青春的甜香。他愣了愣，察觉自己窝在她的怀里。软玉温香让他晕眩好一阵子，他才想起昨晚的事。他疼得厉害，她温柔呵护。

苏之念的心瞬间暖热无比，怕吵醒了她，慢慢从她怀里抽出身体，看到她眼窝下的青黑，想到这几天她没日没夜地照顾，有些心疼地把她搂入怀中，安静地看着她，想让她多睡一会儿。

对苏之念来说，人生最美好的事，就是这般静静地看着她。什么也不需要说，什么也不需要做，就这样，便可以让他幸福又满足。

苏之念看着宋青春，眼神越来越温柔。他忍不住伸出手，轻轻摸了摸她的面颊，碰了碰她的睫毛，点了点她的鼻翼，却被自己这般小心的举动逗笑了。

笑着笑着，苏之念神情认真起来。他情不自禁地将唇瓣凑到她的额前，轻轻吻了上去，停留了许久。

苏之念完全没留意到，病房外站了一个人，将这一切尽收眼底。

苏母今天起得早，在酒店打包了早点，来了医院。走过病房窗前的时候，她习惯性地往里看了一眼，本以为会和前两天一样，看到宋青春趴在苏之念床边睡着了，谁知竟然看到苏之念和宋青春紧紧抱在一起，睡在病床上。

苏母的脚步猛地顿了下来。她一动不动地直视着屋里的画面。她看到儿子目不转睛地盯着宋青春，一贯淡漠的脸竟然爬满柔情。她还看到儿子竟然那么疼惜地去触碰宋青春的五官，带着几分宠溺地看着她，被他的自娱自乐逗笑。

她更看到儿子的眼神一下子变得深邃，缓缓地亲上宋青春的额头，停了许久，又慢慢下移到她的鼻尖、她的嘴唇……

苏母像是受到什么惊吓，忽然往后退了两步，冲进走廊尽头的公用洗手间。她将早点扔进垃圾桶，胡乱冲进一个隔间，反锁了门，蹲在马桶上，捂着胸口大口大口呼吸。她的儿子竟然吻了宋青春？她不会看错了吧，她一定是看错了。这代表什么她最清楚，这代表她的儿子是喜欢宋青春的……

这几日发生的事，忽然就重新出现在苏母的大脑里，然后让她一直都没多想的心，瞬间明白了原因。

儿子之所以奋不顾身去保护宋青春，是因为爱她？

难怪儿子手术醒来之后，会最先看向宋青春。

难怪儿子在宋青春的劝说下，会乖乖张口，吃下药粥。

难怪儿子因为宋青春的一句话，立刻将手机放在一旁。

她知道一切真相，没有多想，可她怎么就忘了，这两个孩子却什么都不知道。

或许六年前她就错了，重逢了宋孟华后，不该因为和他曾是大学同学，在他说可以帮助她照顾苏之念的时候，她就答应。

那时的她真是抱了私心的，可她当初以为对苏之念好的私心，同样也是害了他。亏她当初还对儿子说，你喜欢什么样的女孩都没关系，只要带回家给妈妈看，妈妈都答应。

现在真相摆在她面前，儿子喜欢的是宋青春，可她答应不了。她的儿子和谁都能在一起，就是不能和宋青春在一起。苏母想着想着，流下了眼泪。

苏母没有着急回病房，稳住情绪后，她离开医院回了酒店。

到了上午十一点，她装出刚睡醒的样子，重新回了医院。

她再次出现在病房时，宋青春和苏之念已经醒来。宋青春正在榨水果，然后一勺一勺喂苏之念喝。

苏之念的病房向阳，窗帘没拉，冬季午后的阳光洒了半室。

年轻漂亮的男女，一个坐在床边，一个坐在床上，画面美得不可思议。

苏母盯着盯着，眼底泛酸。她转过头，看着窗外干枯的树枝，装作什么都没看到的样子，缓缓推开病房的门。

苏之念听见推门声，转头望了一眼，将果汁吞下去，喊了声："妈。"

宋青春眉眼弯起，温软地开口："苏阿姨，早。"

"早。"苏母和往常一样，慈爱地笑了笑，然后走上前，将榨汁机拿去洗手间清洗。

出来的时候，宋青春正跟护士说中午吃些什么，看到苏母，她灿灿一笑："苏阿姨，您要吃点什么？"

苏母想自己什么都还没做，怎么就这么心虚呢？她避开宋青春的视线，温和地说："什么都可以。"

宋青春对着护士小声吩咐起来。

苏母缓缓走到病床前，扯了被子，将苏之念露在外面的脚盖上，然后盯着正在翻看重要文件的苏之念片刻，说："阿念，你的手机呢？借妈妈用一下，妈妈给家里打个电话，让小林过来的时候带点东西。"

小林是苏之念请的保姆，专程照顾苏母。

苏之念一手翻文件，一手从枕边摸了手机，大拇指在HOME键上停了片刻，解锁屏幕，递给苏母。

苏母打完电话后，往病床这边看了一眼，苏之念正在文件上签字。她快速低下头，找了通讯录，在搜索里输入一个藏字，然后跳出来"藏在回忆里的人"，立刻点了进去，将电话号码复制下来后，发送到自己的手机上，又将短信删除，走到床边，把手机轻轻放在苏之念的枕边："阿念，我把手机放在这里了。"

"嗯。"苏之念应了一声，头都没有抬一下。

苏母在床边站了片刻，转身离开。

晚上，宋青春照旧送苏母回酒店。宋青春没跟着进酒店，站在大堂外和苏母道别："苏阿姨，晚安。"

"晚安。"苏母笑盈盈地回了一句，在宋青春转身的时候，又喊住她，"青春。"

宋青春回头，唇角微微上扬。

苏母从兜里掏出手机："你的电话号码可以告诉我吗？这么长时间了，我还不知道你的电话。"

宋青春连忙拿起手机，解开屏幕，说："苏阿姨，您告诉我您的号码吧，我给您打个电话过去。"

“好……”接着，苏母就报了十一个数字。

十秒钟后，苏母的手机响了起来。宋青春挂断，和苏母说了再见，转身离开。

苏母等宋青春走出很远，才把通话记录上的电话号码默记下来，又把它和上午自己拿着儿子手机发来的电话号码对比了一番，十一个数字，一模一样。

尽管苏母早已有了心理准备，此刻脸色还是微微泛白。

过了良久，苏母将手机放回兜里，抬头朝医院的方向望了一阵，心事重重地转过身，回了酒店。

第十七章

宋青春，放弃喜欢我吧

苏母几乎没合眼，第二天一大早，她就从床上爬了起来。她没去医院，而是给宋青春发了一条短信，说自己今天有事去不了医院，苏之念就先麻烦她了。

苏母接到宋青春的回复后，简单收拾了一下，出了酒店。

直到下午两点钟，苏母才出现在病房里。

第三天，苏母仍是下午出现在病房，比前一天晚了两个小时。

第五天，刚吃完晚饭，护士来给苏之念挂吊针，苏母说有点累，想回酒店休息。

宋青春给了护士一些报酬，让她帮忙留意苏之念的吊针，送苏母出了病房。

这天下午下了小雪，医院和街道两旁残留着零星的积雪。

走过斑马线，宋青春停下脚步，刚准备说再见，苏母指了指酒店二楼的咖啡厅，说："青春，陪我去上面坐坐吧。"

宋青春面对苏母的要求愣了愣，心底虽然疑惑，还是点了点头，说："好。"

酒店咖啡厅里没什么人，宋青春和苏母找了靠窗的沙发，面对面坐下。

碧螺春很快端了上来，宋青春本想帮着泡，苏母却先端了茶壶，高冲低泡，有条不紊地倒了两杯茶，将其中一杯递给宋青春。

“谢谢。”宋青春双手接过。

苏母抬头笑笑，轻抿了一口，茶香四溢，可她的心悲喜交加。

她迟迟没有说话，只是一小口一小口饮着茶。宋青春心底浮现一股不好的预感，时不时看一眼苏母。在她不知第几次去看苏母的时候，苏母将茶杯放下，回了她一个慈善的笑：“这茶还不错。”

宋青春根本没尝出茶是什么味道，听到苏母的话，缓缓点了一下头，忍不住开口：“苏阿姨，您是不是有事想跟我说？”

苏母顿了一下，说：“外面冷，先喝点热茶，暖暖身子，等会儿再说。”

第四次沏完茶后，苏母终于开了口：“青春，首先我要跟你说谢谢，这段日子多亏你照顾阿念。”

宋青春将举到嘴边的茶杯往下落了落：“苏阿姨，您说的是哪里话。苏之念是因为我才受的伤，这是我应该做的。”

苏母笑了笑，微微叹了口气，开门见山地说：“青春，不瞒你说，这几天我是去给阿念面试看护了。”

面试看护？宋青春表情微怔，隐隐猜到苏母约自己来这里谈的目的。

苏母说：“这事是我做得不妥，毕竟你有工作，你父亲也需要陪伴，没道理让你日夜不离地照顾阿念……”

宋青春不确定苏母是在跟自己客气，还是藏着别的深意，抿了抿唇，没有说话。

“我今天看中了一个看护，性子温柔，干活也利索，我很喜欢，已经跟她说好，明天就让她来医院照顾阿念。她来了，就不用麻烦你了，你明天就可以离开。”

宋青春真没想到，苏母前一句话还客客气气，下一句话就要赶她走。

她紧紧捏着茶杯，消化了好一会儿才说：“苏阿姨，我跟公司请假了，而且我爸爸知道我在医院，您真的没必要再找人。再说，看护也未必会照顾好苏……”

宋青春话还没说完，苏母就打断了她："我知道，新看护肯定不会像你这般尽心照顾阿念，但我不能让你在阿念身边待下去了，你知道阿姨的意思吗？"

原来……和她预感的一样，苏母是想让她走，而不是真的要什么看护。

宋青春动了动唇，不知道该如何接话。

过了好一会儿，苏母叹了一口气，避开宋青春的视线，接着说："青春，真的很对不起，作为一个母亲，我要保护儿子，你有未婚夫，婚期已经定下来，过不了多久就结婚了。我儿子为了你受这么重的伤，我也很心疼。你还是离他远远的吧，我怕他这次出院了，你跟他继续下去，又会让他受伤……我就这么一个儿子，不能失去他……所以……青春……算是阿姨求你，你明天就走吧。走了以后，再也不要来见他了，好吗？"

苏母觉得这些话说得很艰难。当年，她第一眼看到宋青春，就喜欢极了这个小女孩。

那时苏母病重，见她的次数也不多，但是每次见她都会给她买漂亮的裙子。在苏母心底，是把她当女儿看待的，连去年她忽然来探望自己，自己虽觉突兀，心底还是欢喜不已。但是，她别无选择，只能做一个"坏人"，才能保护好两个孩子。

宋青春有些惭愧，不禁垂下了脑袋。苏阿姨说得没错，她带给苏之念的是一次比一次严重的伤害。

过了好一会儿，宋青春慢慢抬起头，轻轻地眨了眨眼睛，说："苏阿姨，该道歉的人是我。我知道该怎么做，明天就从医院离开。"

"谢谢你，青春。"苏母垂着眼帘，"对不起。"

宋青春静默了片刻："苏阿姨，如果没什么事的话，我就先回医院了。"

"好。"

宋青春立刻站起身，离开之前，去咖啡厅的前台，将碧螺春的茶钱结了。

宋青春魂不守舍地回到医院，没着急去病房，而是坐在花园冰凉的长椅上发了许久的呆，直到冻得受不住，她才缓缓起身，慢吞吞地进了住院大楼。

已是夜里十一点，宋青春以为苏之念早就睡下，没想到推开门，竟然看到苏之念坐在病床上，盯着窗外的夜色正在走神。

她在门口顿了片刻才走进去，轻轻地将门关上，走到病床边，问："怎么还没睡？"

苏之念转头看了她一眼，没说话，过了几秒钟，又看向窗外。

"吃药了吗？"宋青春一边问，一边拿起桌上的药板看了看，还剩四粒药。知道苏之念还没吃，也不等苏之念回答，她就起身接了一杯温水，把药递到苏之念面前，"吃了药，早点休息吧。"

苏之念抬起手接水杯，宋青春注意到他手背上的针眼在流血。

她蹙了蹙眉："你拔完针没有按一会儿吗？怎么流了这么多血？"

苏之念还是沉默不语的模样，垂着眼帘将药一并放入嘴里，端起水杯生生吞下。

宋青春拉开一旁的抽屉，从里面拿了棉签，抓了苏之念的手按上去。

血渐渐止住，宋青春将被血染红的棉签丢入垃圾桶，找了酒精湿巾，擦净他的手背，将他身后的靠枕拿开，扶他躺下，帮他盖好被子，顺势熄了屋内的大灯，说："睡吧。"

苏之念伸出手，忽然抓住她的手腕。她轻颤了一下，还没转头去看，他一个用力就把她带倒在床上。

"怎么身上那么凉？"他抱得很紧，像是怕她离开。

宋青春的手轻轻抖了抖，环上他的后背，和他一样，用力回抱他。病房内很安静，他和她什么交流都没有，在一米多宽的床上，尽力拥着对方。

他除了给她拥抱，什么都做不了。

宋青春贴在苏之念胸前，眼睛忍不住发热泛酸，有泪浸湿他的棉质睡衣。他知道她在哭，很想安慰他，可他什么都没做，任由胸前的衣服湿了又湿。

一滴眼泪不受控制地从眼角滑落，顺着他的面颊，缓缓地落在她的脸上。她身体轻颤了一下，忽然抬起头。他红着眼眶，想要别开头，可她忽然伸手，捧住他的脸，微微抬起下巴，堵住他的唇。他睡衣的纽扣被她扯开，一边亲吻他，一边褪去自己的衣衫，赤裸着贴上他滚烫的胸膛。

她紧紧搂住他的脖子，再次吻上他的唇。他身体的反应越来越强烈，努力让自己保持清醒，努力将她从身上推开。他喘着粗气，对她说："青春，别这样……"

可她像是没有听见，在她的手往他小腹滑去的时候，他闷哼了一声，理智终究裂成碎片。他不顾身体的伤痛，猛地一个翻身，将她压在身下……

第二天，天刚亮，宋青春睁开了眼睛。她在苏之念的怀中懒洋洋地动了动身子，然后转过头，看向他。他闭着眼睛，睡得正香。宋青春盯着他好一会儿，轻轻掀开被子，爬出他的怀抱。

她去洗手间简单冲了澡，洗掉一身的旖旎，出来找了一身干净衣服换上，穿戴整齐后开始收拾东西。她动作很轻，声音零碎，没有吵醒床上的他。

她将收拾好的包放在沙发上，缓缓走回床边，盯着熟睡的苏之念，一滴眼泪流了下来。她快速转过身，拎起包，蹑手蹑脚地离开了病房。

宋青春在医院门口拦了一辆出租车，上车之前给苏母发了短信，告诉她，她已经离开了。

没等苏母回复，她收起手机，拉开车门，钻入车里。

宋青春不知道，苏之念在她醒来的时候也跟着醒了。他知道她要走，所以装睡，听着她洗澡、收拾东西的声音，知道她在床边看他……然后听着她一步一步离开的声音。

他在她进入电梯后，猛地睁开眼睛，吃力地从床上爬下来。他费了很大力气，忍着腿上的疼，从床上慢慢往门口移去。拉开病房门，他往外踏了一步，有护士看到他出来，立刻冲了过来："苏先生，您怎么下床了？腿上的伤还没好。"

苏之念不吭声，一寸一寸朝楼道对面的窗户挪去。护士伸出手，扶了他一把。一向不喜欢女人碰自己的苏之念没有拒绝，等他好不容易走到窗前，宋青春已经搭乘出租车离开。

苏之念任凭护士怎么劝也不回病房，直到身体撑不住，昏倒在地，才被抬回病房。

宋青春再也没去过医院，不过关于苏之念的情况，她都知道。

离开的那天下午，她特意折回医院门口，守了好几个小时，终于见到苏母给苏之念找来的看护。宋青春走上前跟她搭讪，和她达成协议，宋青春给了她一笔钱，她负责每天把苏之念的情况告诉她。

“苏先生早上吃了两个鸡蛋一碗药粥。”

“苏先生上午处理了三个小时的工作。”

“苏先生今天中午只睡了半个小时就醒来。”

“下午有五个人来苏先生的病房开会，其中一个长得很帅。”

“一个叫唐诺的人来探望苏先生，带了八盒营养品，根本吃不完。”

“苏先生能下地走动了。”

“苏先生站立的时间越来越久。”

……

虽然宋青春没能陪在苏之念身边，不过，看着他一天一天好起来，她的心情也变得越来越轻松。当然，偶尔也会收到不好的消息，比如“苏先生今天心情似乎不大好，午饭都没吃”，或是“苏先生今天打电话的时候发火了”“苏先生把文件给摔了”。

每到这时，宋青春也跟着担忧，问：“苏之念现在好了吗？”“他因为什么事情这么不高兴的？”“你给他做点他喜欢吃的东西，他喜欢吃……”

临近月底，在宋孟华第二十八次催问什么时候和秦以南把婚事办了的时候，宋青春收到看护发来的短信：“宋小姐，苏先生准备明天出院。”

他终于要出院了，有些事也终于该面对、该解决了。

例如，宋孟华频繁催问她和秦以南的婚事。

例如，他到底背负着什么样的秘密，让他不能爱她。

苏之念出院那天，宋青春在城南郊区做采访，看护给她发了最后一条短信：“宋小姐，苏先生已经出院，感谢您这段时间的照顾，再见。”

宋青春回了一个再见，然后点开手机日历，看了一眼日期，决定在这周五去苏之念的别墅。

周五那天，下午三点，宋青春已经处理完所有工作，提早离开了公司。

宋青春搭乘地铁过去，三点五十分，她抵达了苏之念的别墅。

他家的密码一直没换过，她轻而易举进入别墅，上了二楼他的卧室。

宋青春只是抱着试试看的心态，趁苏之念不在，来他家里找找看，没想到真的在苏之念卧室的柜子里发现了一只老款手机。

宋青春开机，等了大概一分钟，手机才缓冲过来。她直接点进短信，在对话栏里一眼就看到了自己的电话号码。

宋青春没有任何犹豫，看到的最后一条消息是："最美不是爱上你，是遇见你。"

宋青春的指尖轻颤了一下，滑动屏幕，开始往上翻。

他发给她的短信，她回给他的短信，她手机里有的，这只手机里全有……这么说……苏之念就是她要找的那个人，那个背地里默默关注她的人，那个多年来给她发了很多短信的人，那个在她无措狼狈的时候给她温暖的人，那个在短信上对她告白的人……宋青春闭着眼睛，深深地吸气，过了好半天，她的情绪才平静下来。

正准备把房间收拾回原样，她听见外面有熟悉的鸣笛声响起。她愣了一下，跑到阳台上，看到苏之念的车子缓缓开到别墅门口。

车子停下，驾驶座旁车门被推开，苏之念下来，走到大门前输入密码。

不过四点半，苏之念怎么回来了？他今天没去公司？宋青春疑惑，握着那只手机，转身朝卧室门口走去。

宋青春进苏之念卧室的时候，压根没有关门。她出去得急，也没有顺手带上门，刚走到楼梯处，就听见门被打开的声音。

宋青春刚准备喊一声苏之念，就听见楼下传来苏母的声音："阿念，你晚上想吃点什么？"

苏母怎么跟苏之念一起？宋青春蓦地停在原地，想起当初苏母跟自己谈的话，顿时没了下楼的勇气。她答应过苏阿姨要离苏之念远远的，若是苏阿姨看到她在苏之念家里，怕是会很不开心吧？

正在宋青春犹豫着要不要轻手轻脚地折回二楼找个地方躲起来，就听见苏之念清淡的声音传来："不用了，我等下有个饭局，要出去。"

随后是鞋柜被打开的声音，一双拖鞋被放在地上……宋青春好奇地伸了一下脑袋，恰好看见玄关处……苏之念给苏母拿了一双拖鞋，也不等苏母换完鞋，直接拖着行李箱走进客厅。

苏之念拎着行李箱做什么？宋青春脑海里的想法还没落定，就听见苏之念的声音传来："你怎么想起今天过来了？"

"小林今天来城里买东西，我想着你刚出院，不大放心，就顺便过来看看……"苏母的拖鞋在地上发出嗒嗒的声响，"……等下小林就过来接我了。"

原来苏阿姨等会儿就走了？宋青春暗暗地松了一口气，蹑手蹑脚地转过身，刚准备回苏之念的卧室，等苏母走了再出来，就听见苏母的声音："……阿念，其实我来找你，还有点别的事情。"

即使面对母亲，苏之念仍是沉默的模样。他接了两杯水，将其中一杯放在桌上，嗯了一声，示意苏母说下去。

"阿念，我来找你，是想跟你……"苏母似是难以启齿，"……说说……青春的事情……"

青春？苏母要和苏之念说她的事情？她的什么事情？

苏之念像是早就知道苏母的目的，不紧不慢地喝了一口水，将杯子轻轻放在茶几上，然后看向苏母，朝她点了点头。

苏母紧张不安，用力握了握自己的手，深吸了一口气，说："阿念，那个'藏在回忆里的人'，就是你曾经告诉妈妈你喜欢的女孩，是不是就是宋伯父的女儿宋青春？"

宋青春的呼吸猛地屏住，全神贯注地去听苏之念的回答。

楼下安静了许久，她没有听见苏之念的声音。

苏母又开口了："阿念……你不用隐瞒妈妈，其实妈妈什么都知道。妈妈那天在医院里拿着你的手机说要给小林打电话，其实主要想得到你喜欢的女孩的电话号码。"

简直是为了配合宋青春此时的想法，苏母紧接着说："那天晚上，青春送我回酒店的时候，我要了她的电话号码。然后我发现，从你手机里得到的那个号码，和青春的电话号码是一模一样的。阿念，你是在去你宋伯父家住的那一年，喜欢上青春的吗？你为了青春，从楼上跳下来，也是因为喜欢她，想拿自己的命换她的命，对吗？”

别墅里安静得吓人。欧式落地钟的走针发出的咔咔声格外响亮。

苏母又说：“阿念，前阵子程秘书来医院的时候，我有跟她聊过……我从她那里知道，你曾写了一封辞呈给公司的股东会，也订了飞往法国的机票，想着走了不再回来，对吗？”

沉默了很久的苏之念，终于发出一道声音：“是。”

“后来你因为青春出事没走成，对吗？”

“对。”

苏母像是在挣扎什么，好半天才说：“……阿念……”她的眼泪缓缓流了下来，“……阿念……你离开吧……”苏母带了哭腔，“……离开中国，去法国吧。在那里找一个好女孩，试着跟她接触，然后结婚生子……你不用担心妈妈，妈妈会照顾好自己……你偶尔跟妈妈视频就好。离开吧，阿念……”

宋青春像是听天书，一头雾水。

苏之念沉默良久，淡淡地说：“好，我走。我会尽快把公司的事情处理完，然后离开。”

苏母忽然哭出声：“阿念，对不起，都是妈妈的错……但是，阿念，妈妈不能不这样做，就像当初，妈妈知道你喜欢青春后，第一时间让青春离开了医院……你是妈妈的儿子，妈妈了解你。妈妈看得出来，青春不在后，你虽然该吃药吃药，该吃饭吃饭，可是你不快乐，妈妈看你不快乐，心里也难过，可妈妈真的没有办法……因为你不能跟青春在一起，你不能喜欢上青春。这个世界上，任何女孩你都可以喜欢，唯独不能和你宋伯父的女儿在一起……”

苏之念抽了纸巾递到母亲面前，动了动唇，想要劝她别哭，话到嘴边，却被他改成：“我知道……”

苏母刚想擦眼泪，听到这三个字，忽然愣住，错愕地抬起头，看向了他。

苏之念盯着窗外，脸上有浓重的哀伤弥漫，长长的睫毛闪了闪，语气很轻很淡，不像是跟母亲说，倒像是在跟自己说：“……我知道……我不能和她在一起……所以……”

苏之念忽然停了下来，放在沙发上的手缓缓握成了拳头。

所以……六年前，他要了她，却没有对她负责。

所以……六年后，她对他表白，他忍痛拒绝了她。

所以……他醉酒后和她阴错阳差地睡在一起，能给她的只是一盒避孕药。

所以……在她鼓足勇气去公司找他对质的时候，他选择那么残忍的手段伤害她。

所以……他那晚明知她要走，却什么也没说，任由她离开……

苏母眼神变得慌张，像是在害怕着什么，费了好大的力气，哆嗦着唇问：“阿念，你说你知道？”

“嗯。”苏之念点头。

他动作很轻，可落在苏母眼里很重。她的手一抖，声音发颤：“你知道什么？你都知道些什么？”

苏之念垂了垂眼帘：“我什么都知道。”

“什么都知道？”苏母喃喃重复了一遍，看着苏之念，“阿念，难道你知道宋伯父是、是、是……”

苏之念没有任何感情地说：“……是我的父亲吗？”

苏母震惊得彻底发不出声音。这个秘密，儿子竟然知晓？

苏之念看着母亲颤抖不已的唇：“你放心，我不会告诉任何人。”并非他不想认回亲生父亲，而是要尊重母亲。

其实六年前，他是在偶然之下知晓这个秘密的。那时，宋青春为秦以南爽了他的约，他喝得烂醉，回到家后，失去理智，强行要了她。

第二天醒来，他开始满世界找她。

他找了她三天三夜没有合眼，明明累坏了，却没有半点困意。身心疲惫的他在经过医院门口的时候，想到了重病的母亲。似乎一切已经安排好了，他从医院电梯出来后，听见了母亲和宋孟华的对话。

那时，宋青春的母亲刚走不久，他的母亲在宽慰宋孟华，具体聊了些什么，他听得没走心，过后就忘了，只记得母亲问了宋孟华一句：“你现在也不大，有没有想过再娶？”

宋孟华呵呵笑了起来，过了会儿说：“娶什么娶，我答应过姜柔，这一辈子除了她，谁都不会娶。”

当时，他已经走到病房门口，隔着玻璃，看到母亲听完这句话后，表情略显凝滞，不过母亲掩饰得很好，很快笑着说：“没想到过去这么多年，你还是老样子。”

他敲门进去，母亲和宋孟华也转了话题，没过一会儿，母亲说累了，让宋孟华早点回去。他送宋孟华离开，重新回到病房的时候，母亲已经睡下。他给母亲盖被子的时候，才知道她其实没睡，而是在想着青葱往事。

他知道母亲和宋孟华是大学同学，但不知道，原来母亲是喜欢宋孟华的。可宋孟华喜欢她的同室好友姜柔，也就是宋青春的生母。

其实，宋孟华最先认识的是他母亲，后来通过他母亲认识了姜柔，并对姜柔展开了追求。母亲性子懦弱，宋孟华心有所属，她的爱意只能藏在心底。临近毕业，宋孟华和母亲班里的一伙同学聚在一起喝酒。宋孟华和母亲不知怎么，误打误撞睡在了一起。母亲最先醒来，吓坏了，卷了床单，连毕业答辩都没参加，匆匆离开了学校。

母亲和宋孟华一别，就是将近二十年。

母亲没有拿毕业证，白白上了四年大学，出来后工作不好找，只能做商场销售。母亲的父母重男轻女，母亲毕业后，他们总想着把母亲嫁出去。母亲心底有人，不愿意相亲，但是性子软弱，不敢反抗她的父亲，只能见了一个又一个。

有个大母亲十多岁的男人，家里有厂子，有点小钱，贪恋母亲的相貌，给了母亲的父亲一大笔彩礼。母亲的父亲见钱眼开，逼着母亲出嫁。母亲没来得及反抗，发现自己有了身孕。那个年代，大家的思想远比现在保守许多，未婚先孕的母亲，简直成了所有人眼中的罪人。母亲的父母为此丢光了颜面，将母亲送回了乡下。

他是在三岁那一年回到北京的。最初母亲没有回自己的父母家，后来父母家要拆迁，按照人口分房，母亲才回去。

在他八岁那年，母亲站在所有人身边，把他当成怪物，被送进精神病院的时候，他是怨过母亲的。可是怨归怨，母亲终究是他的母亲，是这个世界上仅有的几个真心待他好的人中的一个。更何况，母子之间哪里有深仇大恨？

“……是我的父亲吗？”

当苏之念几个轻描淡写的字钻入宋青春耳中，她尝到的滋味，就是被雷劈的滋味。震惊、错愕、难以置信、恍然如梦……宋青春觉得整个人像被瓦解成碎片，自己所处的世界天翻地覆。

她今天过来，是为了知道他藏在心底的秘密。她设想过很多种可能，连苏之念是不是有绝症都想过了，她还想着，如果他真有什么不治之症，她也愿意陪他走下去……

可是现在呢？她设想的一千种一万种可能，一个都没有对上。真相却是，她和苏之念是同父异母的兄妹……

兄妹……她和她的哥哥……宋青春眼前一黑，整个人险些栽倒在地上。宋青春拼命摇着头，很想告诉自己这是一场噩梦，可她能做的只是摇晃着身体，往后踉跄两步，跌坐在地上。

她……居然爱上哥哥……还和哥哥做了那样的事……眼泪一颗接一颗砸落下来，很快浸湿面颊。

苏之念送走苏母，在院里站了许久才转身回屋。他看了一眼放在角落里的行李箱。那日他从机场离开后，行李却被空运到了法国，最后是航空公司联系他，帮他又邮寄了回来。

苏之念转过头，望了一眼窗外的夕阳，神情恍惚，掏出手机，给航空公司拨了一个电话。

“喂，你好……请帮我查一下最近飞往法国的航班……下周三的那趟航班吧……对，国航、头等舱。好，没问题……姓名是苏之念，证件号是……”

苏之念刚念了三个数字，耳边传来一道细微的抽泣声，他蓦地顿住，眉心蹙起。

“您好，先生？”航空公司的客服带着几分疑惑地问。

苏之念又听见那道抽泣声，很轻、很淡，是从楼梯上传来的……苏之念的心咯噔一下，下意识朝楼梯处转过头。他握着手机静默片刻，大步流星地冲向楼梯。

刚拐过弯，他就看到跌坐在二楼走廊里的宋青春。女孩的脸被泪水湿透，眼神涣散，唇色苍白，俨然受到天大的打击……

苏之念缓缓地停了下来。

手机里，航空公司的客服正在催问："先生，您好，请问您还在吗？先生，请问您的机票还要继续订吗？先生？先生？"

苏之念没看屏幕，直接按了挂断。

整个别墅陷入一片诡异的寂静之中，除了宋青春小小的抽泣声外，再无其他动静。

夕阳西下，夜色来临。苏之念生硬地朝宋青春走去。九级台阶，苏之念却走了五分钟那般长久。

他站在宋青春面前，看了她好一会儿，缓缓地蹲下身。

她一定都听到了，否则怎么会哭成这样？这些年来，他努力掩盖、宁可她恨他也不愿意让她知道的噩梦，终究还是让她知道了。

无法形容的惊慌席卷了苏之念，他用力吞了一口唾沫，动了动唇，声音沙哑干涩："青春……"他不知道该如何说下去。

她哭得更厉害。他迟疑了许久，指尖轻轻碰上她的泪。他想帮她擦擦眼泪，可是他的触碰让她身体猛地颤抖，然后抬起头，看向他。她眼里有害怕，有无措，有震惊，有绝望，还有荒唐……到最后，漆黑湿润的眼底被一抹希冀的光所掩盖。她像抓到救命稻草，忽然紧紧地抓住他的胳膊，仰着头问："苏之念，刚刚我听到的都是骗人的，对不对？"

他看着她充满期待的小脸，感觉心脏被人狠狠地捅了一刀。

"苏之念，刚刚你在跟你妈妈说笑话，对不对？"宋青春像是受伤的小兽。

苏之念别开头，不忍直视她的眼睛。

"苏之念，你不是我爸爸的儿子，是不是？

"苏之念？

"苏之念……

"苏之念，你真的是我爸爸的儿子吗？"

你真的是我爸爸的儿子吗？

这个答案带给她的刺激，苏之念感同身受。

六年前，他知道真相后，在酒吧醉了七天七夜，最后身上没钱，他满身酒气地和一群乞丐在天桥下的通道里过夜。

那时他有过轻生的念头。他站在高楼上，迎着猎猎的风，看着黑点般的人群，真的很想跳下去一死了之。

对苏之念来说，每当宋青春绝望地向他寻求安慰的时候，他能给的只有残忍。

当初她告白，是这样；她拿着避孕药等在他家门口的时候，也是这样；她自信勇敢地去苏氏企业质问他的时候，还是这样……就连现在，真相大白了，他仍是只能这样……他连一句"青春，你听错了"的安慰话都不能说。明知开口就会让她难过，可他只能用力握着拳头，对她轻轻点头，看着她的眼睛说："对不起，青春……"

宋青春手中抓着的手机啪地落在地上，整个人无力地靠向身后的墙壁。她想哭又想笑。眼角的泪更凶猛，她咯咯笑出声。

苏之念听到手机落地的声响，看到自己的那支手机，指尖轻轻颤了一下。所有的一切她都知道了吧？她拿着这只手机，想要来询问他吧？只是还没说出口，她就听见了他和母亲的对话……

他抬起头，看到女孩一边落泪一边大笑。这样狂乱的宋青春，让他更惊慌。他下意识伸出手，抓住她的肩膀："青春……"

他的话还没说出口，她猛地抬起胳膊，用力推了他一把。她反应很快，他毫无防备，猝不及防往后摔去，后背撞在楼梯上，还未痊愈的伤口扯出钻心的疼。

宋青春从地上爬起，没有看他一眼，绕过他的身边，头也不回跌跌撞撞地跑下了楼。苏之念想要去追宋青春，疼痛让他一时半会儿动不了，只能听着她离开的脚步声，还有重重摔上门的声音。

她离开得决然，没有半点犹豫。她一定觉得明知她是他的妹妹，还执意爱她的他很肮脏、很黑暗、很罪恶，让她无法接受吧？无力感从骨髓深处流泻而出，他颓然将后脑勺抵在楼梯的实木柱子上，盯着楼道墙壁上的一盏壁灯愣神。

他努力隐藏了这么多年，过了这么多年，终究都崩塌了吗？早知如此，去年她来找他帮忙的时候，他应该更决绝更狠心。早知如此，即使他帮了宋氏企业，也应该离她远远的……最初的最初，他就不该对她好，可她是他八岁那年，人生最黑暗时期遇到的最明亮的灯。他没想着拉她下地狱……可很多事情，偏偏走错了路。

苏之念慢慢闭上双眸，似是陷入无尽的泥沼，眉心时而轻蹙时而紧皱，浓重的失落从身体深处流出。

宋青春从苏之念家里跑出去后，没回宋家，也没去公司，电话关机，像是人间蒸发一样，没了踪迹。

宋青春长大后，偶尔夜不归宿，宋孟华也不会特别在意。

宋孟华是在宋青春失踪两天后，接到了TW电台的电话，知道宋青春已经两天没去上班。

宋孟华先给秦以南打了电话，秦以南恰好也在联系宋青春。因为迟迟没有联系上，正准备去宋家一趟。

唯独苏之念例外，他在宋青春失踪的第二天就找到了她。

宋青春没离开北京，在郊区的一家度假村里开了一栋别墅入住。别墅临近度假村的人工湖，推开窗就是湖水、红梅和松柏。

这几天红梅开得正好，引来不少游人观赏。宋青春入住后，一直没出来。

她把自己关在别墅里，所有窗帘都拉上，不管是白天还是夜晚，里面始终一片漆黑，没有一盏灯。

苏之念定点定时让度假村给宋青春送餐，然而不管服务生怎么敲门，宋青春始终没有开过门。

宋青春不吃不喝，把自己封闭起来，苏之念也不吃不喝，守在别墅门口。

度假村经理有些忐忑，怕他们再这样绝食下去，会出意外。

就在度假村经理决定找人撞开宋青春所在的别墅大门请她离开的时候，宋青春忽然打开了别墅门。静静地站在门口的苏之念听到声响，缓缓地转过头。

相较她，他显得更狼狈，衣服有些凌乱，头发也是乱糟糟的，眼睛红红的，三天三夜没刮的胡子长出一大截。

而她一身简单的浅蓝色线裙，黑色长筒靴，长发随意绾起，脸颊瘦了一些，除了气色不好外，并没有其他异样。

宋青春知道苏之念在看自己，却始终没往他那边看。她看起来很平静，直视着被自己叫来的服务生，点了一大堆菜。

约莫过了半个小时，宋青春点的菜送进别墅。

窗帘被服务生打开。她坐在两米长的大餐桌前，对着一桌子饭菜狼吞虎咽。

吃饱后，她摸了摸肚子，踢开椅子，回到楼上，爬上床，蒙上被子睡觉。

宋青春接连过了三天吃了睡、睡了吃的生活，到了第四天，她走出别墅，在梅林里逛了一圈。

宋青春出来走动后，几乎每天都会在度假村转很久。

苏之念跟在她身边，她却当他不存在，没跟他说过一句话，也没看他一眼。

最初宋青春走出别墅的时候，衣服穿少了，或者高跟鞋走不稳，他会给她披件衣服，或在她险些摔倒的时候扶一把。每到那个时候，宋青春就像变了一个人似的，将衣服从身上扯下来丢在地上，甩开他搀扶着她胳膊的手，转身回了别墅。

苏之念知道，宋青春不愿意看到他。后来，她再出来的时候，他会提前避开，尽量让自己不要出现在她的视野。

那天下了很大的雪，度假村里有几个小朋友在堆雪人。宋青春加入了他们。

雪人堆到一半，大家玩起打雪仗。这么多天都没笑过的宋青春，和孩子们玩的时候，竟然笑了起来。

几个人越玩越开心，站在角落的苏之念听见宋青春发自内心的清脆笑声。

她一边朝他站的地方跑，一边往后看那些追她的孩子。

当她慌不择路撞上他的时候，他根本没有防备。雪地很滑，两个人摔倒在地。他躺在雪地上，她趴在他身上。她抬起头，看他的时候笑声还没停，接触到他的视线时，声音戛然而止，上扬的唇角瞬间僵住。

他扶着她的腰，盯着她的眼睛，问："有没有摔到哪里？"

她听到他的声音，猛地回了神，将视线抽走，刚准备从他身上爬起来，几个小孩子就围了上来。

孩子们拿着雪球，朝她身上噼里啪啦砸了过来。有些大雪球砸向宋青春的脸时，苏之念下意识抬起手，帮她挡了一下。

他这样细心的举动，也不知怎么就刺激了她。她忽然挣开他的怀抱，滚到一旁的雪堆里，然后起身往他被雪球拍红的手背扫了一眼，带着几分愤怒，重重拍了拍身上的雪花，朝别墅走去。

那些孩子疑惑她怎么走了，一口一个姐姐地喊着，跟上了她。

原本热闹的雪地，只剩苏之念一个人。他在雪地里躺了许久，站起身，习惯性地走到她别墅门口，看到服务员端了好几瓶洋酒红酒进了她的别墅。

换作从前，苏之念会阻拦宋青春喝酒，可是这次他没有。他静静地靠在别墅门上，看着面前纷纷扬扬的大雪，听着宋青春像是喝白开水一样，咕咚咕咚喝酒的声音。

苏之念只让服务员送了一次酒，禁止送第二次。

里面的宋青春彻底醉成烂泥，自言自语了很多东西，一边嘀咕一边骂他。醉酒导致她神志不清，话说得颠三倒四，最后就咯咯地笑着，像是很开心，在别墅里蹦蹦跳跳地唱起了歌。

宋青春折腾了大半夜，终于消停下来。苏之念等她呼吸绵长、彻底沉睡过去，才回了自己开的房间。

大雪过后，第二天天气出奇地好。

阳光明灿灿地照着度假村，红梅白雪，美得宛如梦境。

苏之念八点准时起床，吃过早点后，照旧出现在宋青春的别墅门口。醉酒的她还没醒。他倚着墙壁，盯着不远处几个嬉戏跑跳的孩子，静静地等。

一直到了十点钟的时候，别墅里终于有了动静。

宋青春醒来，头疼得厉害，在床上赖了约莫十五分钟，去了浴室。

哗啦啦的水声响起，持续了将近半个小时才停止。然后是瓶瓶罐罐打开合上的声响。

随着窸窸窣窣的穿衣服声结束，别墅陷入一片诡异的安静。

苏之念抬起手腕看了一眼时间，已经十一点十五分，按照以往的惯例，宋青春怕是要打电话叫餐了。

然而，直到十一点四十五分，宋青春还是没有任何动静。苏之念以为她又睡过去了，却听见她下楼的脚步声。

拖鞋的嗒嗒声离屋门越来越近，苏之念站直身子，绕向别墅一旁的墙壁，躲了起来。

别墅屋门拉开，宋青春没像之前那样踩着台阶离开，而是直接转头，向苏之念站的地方看去。

她在门口站了片刻，没关别墅门，却是朝苏之念走了过来。她面色苍白，吹干的头发随意披在脑后，冷风一吹，四处乱飞。

她静静地看他一会儿，垂下眼帘，轻声地说："我们聊聊吧？"

"好。"苏之念点头，看了看周围的冰天雪地，又看了看没有穿外套的她，"外面冷，要不要先进屋再说？"

宋青春嗯了一声，转身走回自己的别墅。她没关屋门，苏之念知道，她这是要他去房间里谈。

苏之念进屋的时候，宋青春已经坐在沙发上。大概头还疼，她用手指揉着左边的太阳穴。

苏之念先去了餐厅，给宋青春接了一杯温水。

从知道真相到现在，已经过去十天。

她远比十天前冷静许多，没有喊他的名字，开门见山地问："关于你是我爸爸的儿子这件事，有什么证据吗？"

"有。"苏之念回答得很干脆。

"可以拿给我看看吗？"宋青春提出要求。

苏之念盯着窗外的红梅，过了一会儿，轻轻点了下头，说："好，你稍等。"

苏之念离开了她的别墅。

其实那份资料，苏之念平日不会随身携带，只是他出门时很急，随手拎了当初去法国的行李箱，而那份资料恰好就在他的行李箱里。

苏之念拉开行李箱的夹层，从里面拿出棕色的文件袋，折回宋青春的别墅。

他坐回沙发上，将文件放在桌上，轻轻地推到她面前。她看了一眼棕色的文件袋，慢慢解开缠绕在封口处的红绳。

掀开封皮后，跳入眼帘的是“DNA亲子鉴定”几个大字，姓名处填写的是苏之念和宋孟华。

关于DNA亲子鉴定的常识，宋青春在高中学过。同父异母或同母异父的兄妹或姐弟是无法直接做DNA鉴定的，只有姐妹和兄弟才可以。若是同父异母或者同母异父的兄妹或姐弟想要做DNA鉴定，必须依靠他们共同的父亲或者母亲。

简单来讲，她和苏之念要鉴定是不是亲兄妹，只能依靠他们共同的父亲，宋孟华。

她是宋孟华的亲生女儿，这是铁板钉钉的事实，所以，苏之念和宋孟华的这份亲子鉴定，决定着他和她是不是亲兄妹。

宋青春看了半个小时，发现医生手写的结论：亲生父子。

当事实摆在她面前的时候，宋青春想，真是难过啊，终究逃避不下去了。她必须面对这个一点也不想面对的现实。

见宋青春迟迟没有反应，苏之念更加不安，犹豫着开口：“青春……”

宋青春睫毛轻轻地闪了闪，将文件整理好，装回文件夹，把红绳绕回原来的模样，缓缓地推到苏之念的面前。

出乎他意料的是，宋青春竟然静静地说：“苏之念，我想跟你商量一件事。”

苏之念观察了一会儿，确定她没有反常表现，才说：“你说。”

宋青春深吸了一口气，盯着苏之念，认真地说：“苏之念，你认回生父吧。”

苏之念视线沉沉，动了动唇，没说话。

“苏之念，你认回生父吧。”宋青春把刚刚的话又重复了一遍，“我……”宋青春闭着眼睛，“父亲没多少时间了，宋承的死对他打击很大。如果他知道还有一个儿子，一定会很高兴。你们父子不该这么活活错过，一辈子不相认。”

苏之念抿着唇，始终没有接话。

他沉默半晌，给了她答复：“我需要跟母亲商量一下。”

宋青春忍着满腔酸涩，说：“好。”过了好长一段时间，又开口，“苏之念，我还有一个要求。”

苏之念点头，没出声。

宋青春说：“苏之念，我们约会吧。”

苏之念像是吓到了，一动不动地看着她，良久没有反应。宋青春眨了眨眼睛，朝苏之念弯着唇浅浅淡淡地笑了笑，和刚才的“认回生父”一样，又字句清晰、语速缓慢地说了一遍：“苏之念，我们约会吧。”

苏之念摸不清宋青春心底的想法，盯着她好一会儿，说：“好。”顿了顿又问，“什么时候？”

宋青春很开心，眉眼柔软，歪着头望了一眼窗外明灿的阳光：“现在呀。”想了想，又补了一句，“可以吗？”

苏之念几乎没作任何考虑，点头说：“可以。”

苏之念和宋青春没有回城，直接去了机场，登上去哈尔滨的飞机。第二天，他们先从太阳岛玩到中央大街，又从中央大街玩到索菲亚广场。第三天，宋青春和苏之念离开哈尔滨，去了黄山情人谷，遇到一对白发苍苍的夫妻。

第五天，宋青春和苏之念飞去云南，游览了蝴蝶泉。从蝴蝶泉回来后，宋青春和苏之念去了丽江，他和她逛遍丽江的小店，苏之念掏钱，为宋青春买了一只价格不菲的赝品银镯。

宋青春和苏之念只在丽江逗留了半天一晚就去了珠海。珠海是个很不错的度假地，但是宋青春和苏之念时间有限，只去了“情侣路”。

海边的那条路很长，两人中午吃过饭，一直走到傍晚，都没有走到尽头。这几天毫不间歇地旅游，几乎透支了宋青春的体力，最后的一段距离，是苏之念背着宋青春走的。

苏之念走得很慢，宋青春趴在他背上，闻着咸咸的海风，和他有一句没一句地聊着。

经过一家店铺的时候，宋青春有些遗憾地说：“我在网上看过好多次那家店，据说做的蛋糕很好吃，真遗憾，今天竟然没有开门。”

苏之念的气息一点也不凌乱：“没关系，以后又不是不来了，下次来了再吃。”

宋青春表情瞬间变得凝滞。下次？她是有很多个下次来珠江，却再也不会有个和她约会的苏之念了。

宋青春垂了垂眼帘，很轻地嗯了一声。

苏之念清楚地读到她心底的想法，脚步略微不稳，没有接她的话。

宋青春趴在苏之念背上睡着了，等她醒来，苏之念已经背着她走完“情侣路”。

夜里九点，两人随便找了一家店吃东西，当晚去了机场，飞到他们约会的最后一站，海南。

苏之念在三亚有套靠海的别墅，去年装修好后，一直没入住过。

别墅面向大海，门前还有一个游泳池，旁边是遮阳伞，下面是皮质躺椅。

夜已很深，宋青春实在没有力气参观苏之念的别墅，在苏之念指给她要住的卧室后，跟他道了一句晚安，就拉着行李箱走了进去。

一觉睡到自然醒的宋青春，睁开眼的时候，已是中午。

三亚天气格外好，海水湛蓝，阳光灿烂。宋青春站在落地窗前，伸了个懒腰，刷牙洗漱后下了楼。

苏之念早已醒来，坐在客厅沙发上正在接电话。看到她下来，他指了指餐厅的方向，示意她先去吃东西。

宋青春没什么胃口，简单填了肚子，绕着他的别墅上上下下转了一圈，折回客厅的时候，苏之念电话还没挂。宋青春坐在沙发上，自然地躺在苏之念腿上，拿已经洗净的葡萄吃。

苏之念一手接电话，另一只手放在她的脑袋上，把玩着她的长发，时不时低下头，看一眼宋青春。

宋青春在苏之念第十三次看向自己的时候，将衔在口里的葡萄递到苏之念嘴边。苏之念垂着眼帘，看了一眼她的指尖，叼走葡萄，慢条斯理地嚼起来。

窗外阳光明媚，室内画风安逸。除了他清淡好听的声音，再无其他声响。宋青春忽然心情低落，就连很甜的葡萄也觉得有些酸。

这几天总是这样，每到最温馨的时刻，随之而来的就是无法言语的疼痛和难过。

今天是他和她约会的最后一天，当难过来临，宋青春有些压不住起伏的情绪。她将手中的葡萄快速喂进苏之念嘴里，就从他腿上坐起来，起身去了洗手间。

苏之念挂了电话，手放在她刚刚坐过的地方，不断轻轻摩挲着，像在回味什么。

宋青春从洗手间里出来，苏之念转头，在她身上已经找不到任何难过失落的气息。她一边整理头发，一边朝他笑着指了指外面，提议："出去走走？"

晚饭，苏之念和宋青春在海边吃露天烧烤。其间遇到一对情侣，他们正憧憬着美好的未来。宋青春真的很不想听那对情侣讲话，只想高高兴兴和苏之念走完约会的最后一段时光。

苏之念似有似无地舒了一口气，抽走她掌心的竹扦，拉着她的手站起来，招呼服务员结账，便带着她离开了露天烧烤摊。

苏之念紧紧抓着她的手，慢慢踩着沙子往前走去。每隔十几米，宋青春就会看到海滩上坐着一对情侣，或者站着一对情侣拥抱、接吻。这样浪漫的气氛，连带着徐徐吹来的海风，都染上了一丝甜蜜的色彩。

苏之念牵着她的手，经过公厕时，苏之念停下脚步："我去趟洗手间，你在这里等我会儿，好吗？"

宋青春点头，目送苏之念离开。夜里的海边有些冷，宋青春缩起身子，在沙滩上不断走来走去。时间缓缓流逝，苏之念迟迟都没出来。

宋青春有些焦急，不远处走来一个男子。宋青春立刻往后退了一步，背过身。谁知男子竟然绕着她转了半圈，站在她面前："请问，您是宋青春小姐吗？"

宋青春眨了眨眼睛，心生警惕。男子继续说："是这样的，有个叫苏之念的人让我告诉你，顺着这里往前走，走到尽头往右拐，大概一百米，他在那里等你。”

宋青春疑惑地按照男子说的路线往前走。她在心底默默地数步子，走了大概一百二十米的时候停了下来，左顾右盼好几圈，也没看到苏之念。宋青春准备扯开嗓门大喊苏之念，却听见身后传来嗞嗞嗞的声音。宋青春转过头，没看清是什么东西发出的，只听见天边传来爆破声。她循声望去，看到半空有无数烟花绽放。那画面宛如梦境，宋青春还没从震撼之中回过神来，耳边又传来嗞嗞嗞的声响，随后她的左侧、右侧、身后，就连头顶都开满璀璨绚烂的烟火。

声响还在延续，一簇一簇宛如游龙的流光徐徐上升，不断在半空爆破，开出朵朵鲜花，千姿百态，五彩缤纷。

忽然一声巨响，宋青春吓得一颤，借着烟花的光，看到无数黑影纷纷扬扬地从天边落下。她伸手去接，那都是花瓣。浅粉的，暖白的，鹅黄的，嫩绿的。

“青春……”陶醉在梦幻世界中的宋青春，隔着海风，听见身后传来熟悉的声音。

她下意识转过头，看到地面又升起无数烟花，苏之念从那片五彩绚烂的烟花中优雅地走出来。他凝视着她，走得优雅从容。随着他的靠近，宋青春莫名其妙地紧张，抓紧了掌心那片暖白色花瓣。

苏之念缓缓地停在半米开外的地方，抬起头，望了一眼天边绽放的烟花：“还记得吗？当初你说，想要看一场只为你一人绽放的烟花。”

宋青春愣了愣，这才想起，好像真的说过这样的话。

海风吹得他身上的气息不断往她身上飘，花瓣簌簌落下，落了她和他一头一肩。他凝视着她的眼睛，不疾不徐地开口：“青春，我喜欢你。”

宋青春顿时僵住，回视苏之念。此时的苏之念，卸掉了往日的冷漠和疏离，声线比刚刚温暖许多：“青春，我喜欢你。”在烟花爆破声中，他接着说，“喜欢了你整整一个青春。”

耳边所有的声响似乎消失，宋青春觉得世界安静无比。她早已知道他是喜欢她的，只是他站在她面前亲口告诉她的时候，她还是悸动不已。

她感觉自己的面颊有些发烫，咬了咬唇，用一双漆黑澄澈的眼睛盯着苏之念没有吭声，可她的手因为紧张，悄无声息地抓紧了衣摆。

“我爱你，青春……”苏之念又开了口，语气还是那样温柔清淡，却含着浓重的情感。

她纤细的身体轻轻颤了颤，眼底闪现了一抹错愕。

苏之念唇角微微勾起，朝她笑了笑：“青春，我爱你，在你没有爱上我之前，我就已经爱上你，爱了你整整七个春夏与秋冬。”

烟花易冷，烟花易谢，天边的七彩流光，开始陨落坠毁。

苏之念目不转睛地盯着宋青春：“青春，你知道吗？此生最美好的时光，是从遇见你开始。此生唯一的愿望，是……”

有些话，她早已知道，却一直不知道那是他写给她的。他在梦里无数次对着她说过这句话，却没想到有一天，他可以站在她的面前，讲给她听。

十四个字，苏之念几乎一字一顿地说出来：“三生有幸遇到你，有生之年娶到你。”

她没想到，这么美的一句话，竟然是他送给她的。感动吗？被自己深爱的人告白，怎能不感动？宋青春眼角有喜悦的泪水缓缓流淌下来。

苏之念抚摸着宋青春的面颊，她忽然往前走了一步，抬起胳膊，勾住他的脖子，然后踮起脚尖，吻上他的唇。苏之念僵了一瞬，下一秒，一手搂住宋青春的腰，一手托住她的脑袋，狠狠地回吻她。他和她像是绝望的小兽，拼尽全力去亲吻对方、啃咬对方，唇瓣都磨破了，血腥味在他和她的唇齿间散开，可两人仍旧没有任何分开的迹象，反而拥抱得更紧，亲吻得更深，似是恨不得将对方吸进体内，融入骨血。他们吻得决绝、吻得炙热、吻得……悲凉。

随后，他们心照不宣地抱紧了对方。烟花落尽，海边恢复了寂静，除了海水和海风的声音，再无其他声响。天边的月光，淡淡照着整个世界，将他和她的身影拉得很长很长。

宋青春不知道自己和苏之念静静相拥了多久，远处传来一道女声：“老公，快看，有流星！”

靠在苏之念怀中的宋青春，情不自禁地跟着抬起头。只见流星一颗一颗划过，而且越来越多，整个天空几乎变成白色的光道。

从没有见过流星雨的宋青春，有些激动地从苏之念怀中挣脱出来，拉着他的手，往海边跑了几步，手舞足蹈地指着天边，兴奋得宛如孩子：

“快看啊，流星雨。”

下一秒，宋青春双手合十，很是虔诚的模样。她准备许愿前，看到身边的男子站着不动，忍不住催促了一句：“苏之念，你也许愿啊！”

苏之念陪着她肆意幼稚了一把，学着她的样子，也双手合十。

宋青春许好愿，睁开眼睛，就看到苏之念睁开了眼睛，正仰头看着天边不断划过的流星。

他沉默了良久：“宋青春，你知道我刚刚许了什么愿望吗？”

宋青春像是知道些什么，呼吸凝滞，一眨不眨地盯着天边，晃了晃脑袋，没有说话。

海风呼呼吹来，将苏之念的头发吹得一团乱。他眨了眨眼睛，接着说：“我希望我很爱的宋青春，可以一直留在天堂里。”

宋青春眼底有雾气慢慢爬了上来，努力扬着唇角，还是没有说话。因为她知道，他的话还没有说完。苏之念继续开口，语气格外平静：“宋青春，你愿意帮我实现这个愿望吗？”

宋青春张了张口，“我愿意”却怎么都说不出来。

“宋青春，放弃喜欢我吧。”

泪水顺着宋青春的面颊滑落。

“宋青春，好好地留在你的天堂里吧，不要跟我一样，黑暗又罪恶。”

宋青春唇角有些僵硬，泪水流淌得更凶猛。

海风有些大，吹得两个人似是站不稳。

苏之念将最后一句话缓缓吐了出来：“宋青春，回北京后，和秦以南结婚吧。”

宋青春努力地笑着，轻轻地点了点头，后面的话还没说出口，眼泪汹涌地砸落下来，很快沾湿她的面颊。她轻声说：“好。”

——宋青春，回北京后，和秦以南结婚吧。

——好。

他和她的这场约会，以这样的对话收尾。

他和她的爱情，在这一刻画上了句号。

第十八章
若无执念，青春何以青春

在宋青春和苏之念“约会”的几天里，北京城发生了两件大事。

第一件事，绑架宋青春的坤哥出了车祸，不治身亡。

第二件事，秦以南和程青葱阴差阳错地发生了关系。程青葱的第一次，给了秦以南的第一次。

事情说来有些凑巧，苏之念和宋青春在丽江旅游的时候，正好被唐暖看到，并拍了照片发给秦以南。秦以南在那天晚上喝得烂醉，最后和程青葱发生了关系。

回到北京，宋青春少不了被提心吊胆、找疯了她的宋孟华一顿训斥，不过还好，当宋青春跟宋孟华说，她准备近期和秦以南完婚的时候，看着她完好无损归来的宋孟华，火气还是很快消了下去。

宋青春和苏之念约会之前，对他提出的“认回生父”的建议，苏之念说他需要跟苏母商量一下。不过他的办事效率比她想象中高很多，回北京的第三天，苏之念就给她发来了一条短信。

宋孟华和苏之念相认，她没有去，却也能想到那种煽情的场面，等她再次见到苏之念，一切尘埃落定。

那天，宋青春刚到家，便听到书房里宋孟华说“之念”两个字，她脚步微顿，默不作声地弯下身，解开鞋带，换了拖鞋。她刚绕过玄关，走进客厅，就看到不远处的书房门被拉开，苏之念搀扶着宋孟华从里面走了出来。

宋青春的身体轻颤了一下，心底忽然爬上逃离的冲动，只是什么都没来得及做，宋孟华已经笑眯眯地开了口："青春，回来了？"

"爸爸好。"宋青春对着宋孟华问完好，根本不敢看宋孟华身边站着的苏之念，怕看了，自己拼命伪装的淡定就被打碎了。她努力扬了扬唇角，盯着宋孟华，对苏之念打了招呼："苏之念。"

苏之念还没回应，宋孟华就开了口："喊什么苏之念。青春，以后你要改口了，他是你哥哥，以后要喊哥哥。"

"哥哥"两个字撞入宋青春耳中，她不由得垂下眼帘，用力抓着包，屏住呼吸，安静了两秒钟，才让自己仰起笑脸，抬起头看向苏之念："对啊，我都忘记了，应该改口喊你哥的。"

此时的宋青春笑得有多灿烂，心底就有多痛，甚至都疼得没了知觉。她盯着苏之念片刻，又喊了一句："哥。"

简单的一个称呼，将他和她之间的距离一下子硬生生拉开。

苏之念目不转睛地盯着宋青春，神色清明，让人猜不透他心底的想法。过了很大一会儿，他才嗯了一声。

对于宋孟华来说，宋青春的那声"哥"，简直听得他心花怒放。宋承的死，对他来说是致命的打击，此时苏之念这个儿子的出现，就像宋青春曾对苏之念说的那样，真的带给他许多宽慰。

宋青春听到苏之念的回应，胡乱找了洗澡的借口，匆匆跑上了楼。

然而，这只是开始。

宋孟华隔三岔五就会喊苏之念来宋家吃饭。这对宋青春来说，简直是一次又一次死去活来的凌迟。

然而，不单如此，宋孟华在不知道苏之念是他亲生儿子的时候，就已经说要操心他的婚姻大事，现在知道了，更是上心。宋青春一次下班回家，发现宋孟华竟然拿着厚厚的一沓照片，挨个指给苏之念看。

宋青春本想躲上楼，谁知被宋孟华眼尖地发现了。他摘下眼镜，把她喊了过去，然后将他收集的照片一一摆在她的面前，让她帮苏之念一起物色。

照片上的那些女子，哪一个拎出来都是一等一的优秀，可是落在宋青春的眼底，全部碍眼极了。她是真的一点也不想发表意见，却只能忍着心痛，强颜欢笑，装出一个妹妹该有的姿态，帮着精挑细选。

有些事情，外界不知道，和宋家走得亲近的秦家却知道。

秦以南本以为宋青春回来后，肯定要谈解除婚约的事，甚至在她没来找他时，他都想好了，到时候他就对父母和宋伯父坦白，是他酒后犯错，睡了别的女人，然后把一切错误揽在自己的身上，还宋青春自由。

可他没想到，做好一切准备的他，最后等来的却是两个消息，一个是找时间和宋青春举办婚礼，一个是苏之念是宋孟华在外的私生子。

苏之念是宋孟华在外的私生子？也就是说，苏之念是宋青春同父异母的哥哥，而宋青春是喜欢苏之念的，可她这一辈子都不可能嫁给苏之念了。这两个消息，无疑将秦以南的打算全都打乱了。

男人的责任意识告诉他，应该对程青葱负责，可是曾经的誓言和心底的情感，又让他无法丢下宋青春不管。

在他迟迟未曾做出选择的时候，双方父母已经将他和她的婚事定在三月十四号，白色情人节那一天。

宋青春本以为自己当苏之念的妹妹久了，也就痛得麻木了、习惯了，可她没想到，这个妹妹越当越累，到最后她开始懦弱地逃避。

只要苏之念去宋家，她要么在公司加班，要么一个人在外流浪，一直到深夜苏之念离开，她才会回家。

不过就算是她不见苏之念，却还是能从宋孟华的口中知道苏之念最近的动向。苏之念见了几个宋孟华给他介绍的女孩。其中有一个见了三次面，宋孟华很高兴，说有戏。

当时的宋青春，垂着脑袋喝汤，心底也是这么想的。一向拒女人于千里之外的苏之念，能和一个女孩见三次面，怕是真的有戏了。

三月初的时候，宋青春在宋家还碰上大家都觉得和苏之念有戏的女孩。她以苏之念妹妹的身份，陪着她聊了许久。女孩性格很好，看起来很和善。那个女孩和苏之念站在一起的时候，宋青春虽然觉得很刺眼，但也觉得他们挺般配。

宋青春觉得这样很好，真的很好。

她努力去完成他的愿望，嫁给秦以南，当秦太太，活在光鲜亮丽的世界，远离黑暗和罪恶。而他，也在完成她的愿望，找一个好的女孩，试着接触，试着交往，然后慢慢让女孩替代她。

女孩在宋家待了大半天才离开，晚上苏之念住在宋家没走。宋青春那一晚迟迟没能入睡。半夜她口渴，下楼喝水的时候，竟然看到餐厅的灯亮着。

是谁啊，这么晚还没睡？宋青春纳闷地走上前，餐厅门没关，她一眼就看到里面站着的苏之念。他垂着头，正从白色药瓶里取药。药丸落入手心，他数都没数，直接塞入嘴里，端了面前的水杯，尽数吞咽下去。

因为隔了一段距离，宋青春看不清药瓶上的字，但她在苏之念抬起手朝嘴里塞药的时候，看清那些药丸像是小山，堆满整个手心。

他吃的是什么药？怎么吃那么多？宋青春眉心轻蹙，迈步走进餐厅。

察觉到动静的苏之念，本能地朝门口的方向转了一下头，看到宋青春的一瞬，眼底有猝不及防的慌张掠过，很快那抹慌张就被他强行压了下去，深邃的眼底变成一贯的淡漠。他迟疑着问：“还没睡？”

宋青春嗯了一声，视线落在苏之念握着药瓶的手上。

苏之念指尖轻颤，掌心动了动，将白色的药瓶掩住，然后清了清嗓子，掩饰着什么一样，主动开口：“喝……喝水吗？”

宋青春忍不住又看了一眼，总觉得他怪怪的，又说不出哪里怪。

苏之念看她没反应，径自拿了一个水杯，帮她接了一杯温水，递了过来。

“谢谢。”宋青春接过的时候，朝苏之念握着药瓶的那只手又瞄了一眼，然后边喝水边问，“你哪里不舒服吗？怎么吃那么多的药？”

“嗯，有点感冒。”苏之念给了解释，顿了下，指了指楼上，“我上去了，明天要早起。”

宋青春点着头，吞下嘴里的水，说：“晚安。”

苏之念回了她一个安字，就擦过宋青春的肩膀，离开餐厅上了楼。房间里很安静，苏之念的脚步声格外清晰，一下一下，似是踩在宋青春的心上，让她的心变得沉甸甸的。

宋青春昨晚睡得晚，第二天醒得也比平时晚，上午公司里还有个会，宋青春快速洗漱好，匆匆拎着包，跑下楼。

苏之念居然还没走，坐在餐厅里陪宋孟华吃早餐。

早餐做得很丰盛，宋青春却没有太多心思品尝，胡乱喝了一碗粥，放下碗，刚准备起身说再见，苏之念忽然从身后抽了一份文件，推到她面前。

宋青春诧异地看了一眼苏之念，离开椅子的屁股缓缓地落了回去。

接触到她疑惑目光的苏之念，没有任何解释的意思，从口袋里抽了笔，放在文件上，说了两个字："签字。"

签字，签什么字？宋青春掀开文件才知道，那竟是苏氏企业的股份转让书和几处北京城中很好地段的房产。

且不说苏氏企业的股份现在市值多高，他给的那百分之三十的股份值多少钱，单单那几处黄金地段的房产都价值数千万了。他莫名其妙给她这么多钱做什么？宋青春再次看向了苏之念。

这次的苏之念，面对她的不解，没再沉默，而是脸色平静地喝着粥，说了两个字："嫁妆。"

嫁妆，宋青春的表情瞬间僵住。

苏之念说得简练，宋孟华给了她详细的解释："嫁妆本来应该是爸爸给你准备的，但是年纪大，实在操心不过来，就交给了阿念。没想到，阿念竟然还把自己公司的股份和一些房产都拿来给你当嫁妆了。"

也就是说，她的嫁妆是苏之念一手操办的？宋青春猛地低下头，任何女子出嫁，若是看到这样的嫁妆，定会欢喜不已吧？可这些嫁妆像千万把刀，狠狠地刺入她的心。她要结婚了，她心爱的男人不是她的新郎，她心爱的男人亲手为她办嫁妆。

宋青春不知道自己是以怎样的神情，在文件上签下自己的名字，只知道，等她回过神来，人已经在去往公司的出租车上。

宋青春一上午都很恍惚，中午接到秦以南的电话才猛地想起，三月六号这一天，她和秦以南要去店里试穿敬酒服。

试衣服的时候她有点心不在焉，不知怎么就说到了度蜜月的事。秦以南说出几个地方让她选，她都不太感兴趣，想到当初秦以南在部队给她写的邮件，说喜欢罗马，便随口说道："罗马吧。"

秦以南纳闷地看了一眼宋青春的侧脸："你不是不喜欢罗马吗？"

"我是不喜欢啊。"宋青春拿了一件白色镶钻的长款礼服，举到身前对着镜子比了比，神情淡淡地说，"不过，你不是喜欢吗？"

"我？"秦以南哑然失笑，"我什么时候说过喜欢罗马？我怎么不记得？"

宋青春将白色礼服放回衣架上，睨了一眼秦以南，没想太多继续拿了一件礼服，一边对比，一边说："以南哥，你装什么失忆？当初你跟我发邮件，可是不止一次跟我说，你喜欢罗马的。"

宋青春觉得此时手中的这件衣服还不错，便表示要试穿。

秦以南让导购拿了一身配套的，跟上宋青春："宋宋，你说的是什么邮件？我什么时候给你发邮件了？"即将进入更衣室的宋青春停下脚步，还没转过头，就听见身后的秦以南又说，"我怎么一点印象也没有？"

宋青春要说的话瞬间卡在咽喉处。她盯着一头雾水的秦以南片刻，确定他不是在撒谎，心底莫名其妙咯噔了一下，蹙着眉心，说："就是当初，你入部队的那一年，跟我每隔一段时间就发一封邮件啊。"

秦以南还是不明所以的神情。宋青春眉心皱得更厉害，一种说不出来的感觉爬满后背。她吞咽了一口唾沫："就是那个邮箱号，是7107207@qq.com的邮箱啊。"

秦以南表情有些呆滞。

宋青春有些浮躁，刚准备提醒一句"你当初给我发了99封邮件"的时候，秦以南恍然大悟地哦了一声，说："宋宋，原来是那个邮箱啊。"

宋青春点头："是啊。"

秦以南又开口："那个邮箱在我入部队没多久就被盗走了，我压根没用那个邮箱发过邮件。"

秦以南没有用过邮箱？那当初给她发99封邮件的人，是谁？

"所以，宋宋，当初给你发邮件的人不是我，大概是把号盗走的人吧。不过，那个号挺好的，或许被人贩卖了，究竟是谁就不知道了。"

秦以南猜测了很多，宋青春一个字都没听进去。直到身边的导购提醒他们进去换衣服，两个人才回神，各自选了一个更衣室走进去。

宋青春抱着礼服坐在矮凳上，迟迟没有动手换衣服，满脑子都是那些邮件。

不应该啊，如果是陌生人，怎么会对她和以南哥的事情那么了解，而且显然是在用以南哥的身份给她发邮件啊。

到底会是谁呢？

宋青春从兜里快速摸出手机，点了邮箱，输入7107207@qq.com的账号，然后盯着密码看了片刻，往上敲了六个数字。

961008。

这六个数字是苏之念家的密码，也是苏之念当初给她银行卡的密码。

那个时候她还纳闷，怎么什么密码都是这六个数字，嘀咕他的保险柜、电脑、各种东西的密码是不是都是这六个数字。只是那时候，她嘀咕归嘀咕，却没有挨个测试。

此时，她并非确定这个邮箱的密码一定是这六位数字，可当她知道，那些邮件不是秦以南发的，而是有人冒充他发给自己的时候，脑海里浮现出的第一个人选，就是苏之念。

世界上对她那么关注还那么了解的人，只有苏之念。更衣室里信号不好，输入密码后好一会儿，终于开始跳转页面。

宋青春绷紧了呼吸，眼睛眨也不眨地盯着屏幕。如她所预感的，提醒她的不是密码错误，而是进入邮件主页。

邮箱很干净，接收箱里有99封邮件，发送箱里也是99封邮件，而邮箱账号是她的。

她果然没有猜错。原来在那一年里，她痴痴等候的秦以南的邮件，都是一个叫苏之念的男子发来的。他到底在她看不见的身后，为她做了多少事情？

宋青春浑浑噩噩了一天的心加快跳动。她的手颤抖得格外厉害，那种从海南回来，一直被压抑的情绪在这一刹彻底爆发。她换上自己的衣服，只言片语都没留下，匆匆离开……

宋青春沿着深冬的冰冷街道漫无目的地走了许久，随着人流进了地铁站，等她反应过来，人已经站在苏之念的别墅门口。

她鬼使神差地输入密码走进去，别墅里还是老样子，记忆如潮水般淹没了她。她眼眶不知不觉有些泛红，将鞋子拿出来换上。三百多平方米的大别墅只有她一个人，走路的嗒嗒嗒声显得格外清晰。

宋青春在一楼绕了一圈，踩着楼梯上楼。她先去了曾经住过的卧室，除了她的东西不在，其他的摆设都在，就连当初她心血来潮买来的瓷器娃娃，也安静地摆放在床头柜上。

宋青春在床边坐了一会儿，出来后右拐进了他的卧室。阳台上窗户没关，冷风徐徐吹进屋，让屋内的温度比楼道低了些。

宋青春将苏之念卧室的窗户关上，转身的时候看到他床头柜上放了好几个白药瓶。宋青春认识，那是前两天他住在宋家时晚上吃的药。她走上前拿起白药瓶，看到上面写着“镇静剂”三个字，眉心下意识紧皱起来。

镇静剂？苏之念吃的是镇静剂？他吃那么多镇静剂做什么？

宋青春慌乱了一阵，握着药瓶匆匆走出卧室，拐去书房。如她猜测的那样，苏之念书桌的电脑旁，也放了几瓶同样的白色药瓶。

她走到苏之念的书桌前，直接打开电脑。

虽然电脑设了密码，但宋青春还是轻而易举就进入了。她快速点了浏览器，打开百度，输入“镇静剂”三个字，然后跳出几行字。

“镇静剂是一种有利于镇定和睡眠的常用药品。按说明书服用镇静剂，有利于患者的生命健康……镇静剂服用过量，会上瘾、产生幻觉、昏睡不醒，严重者会因神经麻痹而导致在睡梦中呼吸停止。”

宋青春想到那一晚他大把大把吞药的场景，唇瓣哆嗦起来，鼠标啪的一下落在地上。

他吃那么多镇静剂是上瘾了，还是产生了幻觉？他明明看起来没有任何问题啊。

宋青春深吸一口气，打算将苏之念家里的镇静剂都翻出来扔了，因为动作过猛，不小心撞到桌上的文件，撒落一地。宋青春蹲下身，将文件一份一份捡起来，一份文件落到书桌最里面，她趴在地上，吃力地够出来，刚拿着文件准备站起身，却从里面落出一个本子。

那本子宋青春再熟悉不过，那是他的日记本。她看着日记，沉思许久。

她从第一页看起。

“1996年，10月1号，晴。”

宋青春看到这个日期的时候眉心微蹙，1996年，好遥远的过去，那时的苏之念怕是才七八岁的样子吧？

宋青春一边想，一边往下看，只有简单的一句话：“母亲今天终于把我从精神病院接出去了。”

精神病院？苏之念住过精神病院？而且还是在七八岁的时候？

宋青春心底闷闷地疼了一下，继续往下看。

“1996年，10月3号，晴。我转入新的学校，已经从精神病院出来三天，可是我觉得世界还是一片漆黑。”

“1996年，10月4号，凌晨三点钟，无月无星。我又一次从噩梦中惊醒，掀开被子跳下床的第一个举动，就是冲进洗手间。宿舍里没有热水，我在深秋的夜里洗了足足一个小时的冷水澡。其他舍友都在沉睡，宿舍里很安静。我冻得浑身发抖，躺在床上却没有半点困意。我觉得自己很脏。”

脏？苏之念为什么会觉得自己脏？

日记本的第一页已经写了三篇日记，却带给宋青春很多疑问。

她轻轻翻了纸张，看向第二页。

“1996年，10月6号，阴天，小雨。我又做噩梦了，还是精神病院里的场景，明明已经过去那么久，可是那个老妇在我身上触摸的感觉，梦里还是格外清晰。我很恶心，躲在厕所里吐了半个小时，接下来仍是长达一个多小时的冷水澡。白天上课，觉得教室里很脏，就连同学都脏得要命。下午开始发烧，今天是周五，傍晚放学回了家，母亲加班，家里只有我一个人，高烧难受，我没像从前那样给母亲打电话寻求依赖，胡乱找了点药吃，躺在床上昏睡过去。”

宋青春反反复复看了好几遍才明白过来。或许年幼的苏之念被人欺负过？难怪她一直觉得他洁癖得可怕，宋青春觉得心疼，呼吸有些困难。她从不知道，儿时的他竟然有那般黑暗的经历……

“1996年，10月8号，天晴无风。周末，无聊，一个人戴着耳机出来随便走走，大街上很多人，喧哗热闹，可是我和这个世界格格不入。在明镜胡同口，我遇见了一个小女孩，有个戴鸭舌帽的人说请她吃糖，她竟然傻乎乎地点头答应了。那个戴鸭舌帽的人，是个人贩子。我本不想理会这件事，可那个女孩在跟我擦肩而过的时候，捡了我的钱包。我单纯不想欠她人情，所以告诉她，那个叔叔是坏人。她眨巴着眼睛看着我，不说话，模样真是呆傻极了，让我觉得她压根就没懂我在说什么，就在我有点后悔自己多嘴、准备转身离开的时候，她竟然对那个男人说，我不要跟你走了，哥哥说你是坏人。

"那个人贩子不死心，一直在诱拐她，我真的不想过多理会，反正这个世界上没有人会相信我，可我没想到，女孩竟然对那个人贩子无比坚决地说'哥哥说你是坏人，你就是坏人！'小女孩真的很笨，朝人贩子强调他是坏人的时候将棒棒糖咬碎了。糖落在地上后，她就开始大哭，人贩子匆匆逃了。我没哄过女孩子，从精神病院出来后，我一直不怎么说话，面对哭泣不止的小女孩，实在没办法，我将自己全部的家当拿出来，重新帮她买了两个大棒棒糖。她很开心，笑得很灿烂，我阴霾了那么多天的心情，在那一瞬变得格外舒展。小女孩话很多，其实我很想跟她聊聊天，可是不知道该怎样和她交流，直到最后，我问她叫什么，她说她叫婷婷，宋婷婷……婷婷，宋婷婷，婷婷，宋婷婷，婷婷，宋婷婷……"

这大概是苏之念写得最长的一篇日记，足足一整夜，最后写了将近一百遍"婷婷，宋婷婷"。

宋青春看着那五个字，眼眶缓缓地红了。她不是没有好奇过婷婷到底是谁，曾经她真的以为有婷婷这个人存在，后来当她知道苏之念一直喜欢她后，就以为婷婷只是他编出来的名字。

太久远了，当时她年纪那么小，真的不记得这些事，她只是零零散散记着一些画面，直到看到这段内容，才将破碎的记忆拼凑起来，然后知道，他口中那个念念不忘的婷婷，原来就是她。

"1996年，11月5日，小雪。我又来到了明镜胡同口，站了四个半小时，却没有等来她。"

"1996年，12月25日，圣诞节。我买了两根棒棒糖，专程在明镜胡同口等了一天，从早到晚，冻得我全身冰凉，她还是没出现。"

"1997年，3月8号，晴转多云。春天来了，我不知道这是自己第几次来明镜胡同口，带着希望来，带着失落走。"

“2000年，10月8号，晴。转眼间过去四年，我一直在找她，却始终没有找到她，每当我心情特别不好的时候，想到她，我就会变得格外安静。”

“2004年，6月1号，儿童节，已经快要八年，我升入高中了，她也已经上初中了吧，我始终没有忘记她，我知道可能这一辈子都不会再见她，可我还是在找，找那个在我最黑暗的时候，唯一给过我光明的她。”

“2005年，12月3号，大雪。心情很沮丧，母亲病了，格外想念她。”

“2006年，9月1号，烈日炎炎。母亲要转院，为了方便去医院，我决定转学，快过去十年了，她在我脑海里的印象越来越深刻，今天趴在母亲的病床边午睡的时候，梦见了她。”

“2006年，9月17号，阴天。转校成功，新学校环境不错，唯一烦的是每天早上，都可以从抽屉里摸到各式各样的信封。”

“2006年，10月27号，晴晴晴。日记君，你知道吗？我今天真的很开心，因为我终于终于遇见她了！十年啊，十年后，我终于遇到她了，尽管隔了十年，可我还是一眼就认出了她，她就是我要找的婷婷啊！只是，她看也没看我一眼，就从我面前走过了。”

“2006年，11月2号，阴天。她叫宋青春，婷婷或许是她的小名吧。”

“2006年，11月4号，晴天。在学校的湖边，我看到有个男生对她表白。”

“2006年，12月25号，小雪。她是宋承的亲妹妹，今天宋承来我们班的时候，和我说‘借过，谢谢’。我回了一句嗯，只因他是她哥哥。”

“2007年，1月4号，晴。要放寒假了，一个月不能见到她，烦。”

“2007年，3月14号，白色情人节，她一个人站在学校门口，我犹豫了许久，终于走到她面前，对她说了找到她后的第一句话——你好。她的眼神里尽数是看陌生人的疏离，说‘请问你有什么事吗？’我问她‘你叫婷婷吗？’她说我认错了人，我想告诉她，我没认错，十多年前，我和她在明镜胡同口见过，这些话我没来得及说，她就不耐烦地对着我说了一句‘我不叫婷婷，我叫宋青春’，就朝那个叫秦以南的男生跑过去了。”

“2007年，3月15号，清晨七点钟，到现在一直都没睡，不困，格外清醒。我好像真的喜欢上那个寻找了十年的女孩了。”

“2007年，4月18日，晚10点，物理老师留了一堆作业，一点难度也没有，写得我睡着了，然后梦见她，在梦里，我对她说了一句话——三生有幸遇见你，有生之年娶到你。”

“2007年，5月8日，阴。今天打架了，原因是有两个男同学说婷婷故作清高，看着清纯骄傲，实际上是婊子。我怒了，被老师惩罚打扫卫生到高考结束。”

“2007年，5月14号，晴。她和同学去逛街，说喜欢柜台里的一根项链，没买。她走后，我去了柜台，项链价格有点吓人，我去夜店当服务生，里面胭脂味和香水味太重，有很多女人在我面前晃，恶心，吐得胃疼。”

“2007年，6月15日，阴。高考错过了，要留级，夜店的工资发下来了，勉强凑够了那条项链的钱，再也不用去那个恶心的场所，一个月吐瘦了8斤。”

“2007年，6月28日，晴天。我终于偷偷将项链放入她的包里，下午我看到她戴着项链去洗手间，很开心。”

“2007年，8月31日，晴天。母亲遇见了一个老朋友，老朋友答应她帮忙照顾我，其实我不需要任何人照顾，但是当我知道母亲的老朋友叫宋孟华时，我同意了，因为宋孟华的女儿叫宋青春。”

“2007年，9月23日，阴天。我住进宋家二十天，她好像不怎么喜欢我，她喜欢秦以南。”

“2007年，11月23日，晴天。距离圣诞节还有一个月，她已经开始给秦以南准备礼物，我很想和她多待一会儿，所以陪着她选礼物。她口口声声都离不开秦以南，吃醋，发火，走了，晚上内疚得睡不着。”

“2007年，12月14日，小雪。她很久没有理我了，也没有正眼看我一下，很想跟她说句对不起，可是，她连说一句对不起的机会都不给我，因为她每次看见我，就是冷哼一声，转身走人。”

“2007年，12月25日，圣诞节。她去找秦以南，宋父宋母不在家，半夜接到她的电话，钱包丢了，一个人在机场哭得好难过。我去接她，那是我住在宋家，第一次感觉格外幸福。”

“2008年，1月5日，心情越来越好，因为我和她关系也越来越好了。”

“2008年，5月7日，第一次有杀人的冲动，不管是唐暖，还是夜店里的小混混，我手心里的美好不允许任何人欺负！”

“2008年，5月23日，我的生日，约好和她一起吃晚饭。”

“2008年，5月24日，昨晚她爽约，我喝醉了，然后要了她，找了一天，找不到她。”

“2008年，5月25日，我卖掉了自己收集的所有手办，也卖掉了自己玩了许久的游戏号，用卡里的全部积蓄买了一枚钻戒，只要她肯见我，我就对她求婚，不管她愿意还是不愿意，我都会努力做到让她愿意。”

宋青春手指开始轻轻地颤抖。原来，当初他要了她后，买过戒指，还想着向她求婚。

“2008年，5月27日，此生最难忘的一天，人生最绝望的一天，我知道了一个秘密，我的梦想彻底破碎了。”

“2008年，5月31日，烂醉……”

宋青春想，写这句话的苏之念，当时一定醉得一塌糊涂吧，只写了两个字，后面就是潦草的曲线。

她一直以为，当年失去第一次的自己过得最无措最绝望，却没想到，那个曾给她绝望和无措的人，原来比她还要痛苦百倍。

“2008年，6月11日，晴天。今天天气真好，万里无云，可我的世界一片阴沉，接到医院快递过来的检查报告，我真的是宋孟华的儿子，我爱的人是我同父异母的亲生妹妹。呵呵……”

“2008年，6月23日，高考成绩出来了，分数远超清华的录取线，接到无数高校的邀请入学电话，没有半点喜悦，不知道是谁在学校里散播我和婷婷睡过的消息，流言蜚语格外伤人，第一个念头是冲回家，想要看看她怎样，没想到迎来的却是震怒的她，怀疑是我把消息扩散出去。其实真的不想和她吵架，可我真的很烦，因为她是我亲妹妹。我烦得控制不住情绪，她让我滚的时候，我真的滚了，还甩给她一张支票，想着就这么一刀两断也挺好。”

“2008年，12月25日，圣诞节，回家的时候路过一个橱窗，买了包装漂亮的水晶苹果，买出来后才知道，自己原来是想送给她的，她是我的亲妹妹啊，我怎么可以有这样的念头？”

“2008年，1月1日，元旦，和唐诺一起喝醉了，却还有点意识，清楚地听见自己嘴里喊着婷婷，婷婷，婷婷……怎么办？就算知道她是我的亲妹妹，我还是控制不住自己。”

“2009年，3月5日，又是一个春天，走在大街上看到一个女孩，穿了一件红底白点的波点裙。我记得婷婷也有一条这样的裙子，在人来人往的大街上，我就那么愣了神，好想她，想到……落笔写自己姓名的时候，竟然写成了宋青春。”

“2009年，9月7日，暑假，她回北京，我在大街上无意间遇见她，她变漂亮了许多，个子似乎也高了一些。那一刻，我才清楚地知道，自己有多想念她，有一种爱，执拗到明知她是我的至亲，却仍肆意存在。那天的阳光很明媚，我坐在车里，清楚地看到自己往黑暗里堕落，我知道，我努力想让自己不要去喜欢亲妹妹，可她出现在我面前的那一刻，所有的防备都碎裂了，我罪恶肮脏的一生，从这一刻正式开始。”

“2009年，11月28日，我去上海作报告，恰好是她的学校，遇见了她。她也看见了我，不过，她无视我，像是看到一个无关紧要的陌生人，从我面前走过。”

“2009年，12月25号，圣诞节，她为秦以南哭得很伤心，落泪的是她，痛的却是我。我很想安慰她，却不敢靠近她，因为我怕，怕对她图谋不轨的我，影响到她美好的人生，我想了许久，最后想到一个办法，搞了一个没有任何身份证绑定过的电话号码，给她发了一条短信，圣诞节快乐。她没回，不过没关系，反正已经习惯她的漠视。”

“2010年，10月8日，我在北京正式注册了公司，选在这一天，是因为我和她是十月八日遇见的。”

“2011年，4月5日，面试秘书，其实很不想要秘书，因为习惯独来独往，但是工作越来越忙，没办法。来面试的人很多，我却选了程青葱，原因很简单，那一天来面试的程青葱，穿了一条宋青春也有的蓝格裙子。”

“2012年，3月6日，秦以南去当兵了，她一直都在等他的邮件，可是秦以南迟迟没回，看她难过，我也忍不住难过。我想我是真的已经爱她爱到无法自拔的地步了，已经放任自己在黑暗和肮脏里过一辈子，所以发疯似的盗取了秦以南的邮箱密码，给她回了邮件，收到邮件后的她好开心。看她开心，我也开心，虽然心酸酸的，也会疼，不过疼习惯了，也就无所谓了。”

“2013年，4月8日，一年的时间，我给她发了99封邮件，她以为是秦以南发的，她越来越爱秦以南了吧？虽然我很难过，不过没关系，她爱别人，总好过爱我。但是，有个小秘密没有人知道，那99封邮件，每一封的字数都是一样的，都是520个字，520，我爱你，99封邮件，99次说爱你。”

“2015年，8月3日，宋承死了，或许因为血缘关系，听到这个消息的时候，我心抽了一下，随后想到了她，然后去找她，果然看到哭得像个孩子的她。”

“2015年，9月17日，宋氏企业股市大跌，宋孟华入院。”

“2015年，10月2日，她来找我了，我没见她。”

“2015年，10月29日，没想到她那么固执，我对她说尽难听的话，她仍旧没有放弃。”

“2015年，11月2日，她在我公司楼下等了一天，其实我很想帮她，可是不敢开口，我只敢拿着曾经和她的那次争吵，冷眼待她，我不敢对她好，一点也不敢，因为我很想对她好，我怕自己一旦对她好了，就克制不住想要一直一直对她好，我怕我的好会影响了她，我怕拉她下地狱，所以只能让自己硬着心，去做一个让她讨厌到骨子里的人。”

“2015年，11月23日，她缠得我更紧，我很烦躁，我觉得自己越来越摇摆，我想离她近一些，一直很想，可我怕自己的自私会毁了她。”

“2015年，11月25日，她痛经，昏倒在我面前，第二天醒来，我就听到她在接秦以南的电话，我知道她不能爱我，可还是因为醋意很生气。她被我赶走了，我担心身体不适的她有危险，还是冲出去把她拉了回来。我想了很久，选择了自私，我让她留在我身边一百天，只要一百天。我想在这一百天里，她什么都不知道的一百天里，给自己一个美好的回忆。”

“2016年，1月2号，她的快乐，我从不参与，她的难过，我奉陪到底。”

“2016年，1月5日，我因为她笑了……笑了，我盯着镜子里自己脸上的笑容，呆了足足十多分钟，我已经很多年，都不会笑了。”

“2016年，2月20日，频繁做噩梦，感觉很不好，总觉得有事发生，今晚带她去了明镜胡同口。”

“2016年，6月10日，我回北京了，没想到自己竟然还活着，也没想到回北京的第一天就遇见了她。对不起，婷婷，我只能装作不认识你，因为我已经自私过一次了，我不能再自私第二次。”

“2016年，6月19日，她用我的卡给我刷了一屋子的小姐，我被恶心得吐了半天，很生气，下楼想跟她算账，结果看到她扭伤了脚，什么气都没了，只有满满的心疼。”

“2016年，6月25日，今年的阳历和阴历差得有些多，导致我往常五月会过的生日，今年变成了6月底。这一天我想会成为我此生最幸福的一天，她对我告白了。很开心，似乎都听见了花开的声音。很难过，因为我不能不残忍地拒绝她。她不知道，其实她开口告白的那个人，早已经深爱她很久很久……”

“2016年，9月25日，听见她和秦以南要结婚的消息，喝醉了，以为是做梦，没想到竟然是真的。我竟然第二次睡了她，我留给她一盒避孕药，离开了。那一晚她当着我的面吞下避孕药，她走后，我一个人在家门口傻站了大半夜，然后去药店买了很多盒避孕药，像是嚼糖豆一样，挨个嚼着，很苦。”

“2016年，10月4日，她去日本，我也跟她去了日本，旅途中，她遇到很多有意义的事，她并不知道，那些事都是我掏钱为她安排的。”

大颗大颗的眼泪顺着她的面颊落下来。原来她在日本的那些奇遇，不是因为她幸运，而是因为有一个苏之念。

“2016年，12月30日，大雪，我想这是我见她的最后一面吧，再见了婷婷，再见了我那么爱的女孩，祝你幸福。”

“2017年，2月6日，雾霾。从海南回来，我认回生父，她喊了我一声哥哥，那一刻我知道，我的人生没有最黑暗，只有更黑暗。”

“2017年，2月14日，她的婚事定下，3月14日，白色情人节。今天白天，我头疼了将近三个小时，站在落地窗前看日落的时候，突然朝前面走去，幸好落地窗将我阻拦，那一刹，我意识到自己可能是生病了，因为我在毫无察觉的情况下，有了轻生的念头。我知道这样的我应该看医生，可我没去看医生，而是买了一些镇静剂。我不想看心理医生的原因很简单，我喜欢上了自己的亲妹妹，被人唾弃、被人厌恶反感都没关系，毕竟很小的时候，这些我都经历过，可我不想让人知道，亲妹妹是她，我不愿意她因为我被人唾弃厌恶，她是我生命里的美好，我拼死都要保护的美好。”

“2017年，2月16日，思念有个别名，叫自捅千刀。我很想念她，每天都在自捅千刀。”

“2017年，2月19日，我的情况远比想象中严重许多，我所有的感官在渐渐丧失，没有笑感，没有哭感，没有痛感，像是行尸走肉，镇静剂从最初的一次四片，升到现在的一次八片。”

“2017年，2月21日，今天吃东西的时候已经尝不出味道，更重要的是，今天开会的时候，简单的“散会”两个字，在我舌尖绕了许久都说不出。味觉丧失之后，接下来要出现失语症了吗？”

“2017年，2月23日，我很害怕，我怕忽然倒下，支撑不到她结婚，支撑不到宋孟华死，支撑不到我离开北京。我加大了镇静剂的剂量，可即使如此，我仍旧觉得很焦躁，很烦闷，我竟然把一个几千万的合同给撕了。”

“2017年，2月25日，今天一天，我一个字都没说出来，晚上回到家，我努力自言自语，真的很怕突然不会说话了。我发现，‘婷婷’和‘青春’这四个字，我念得还是一如既往地顺口，今晚的镇静剂吃得比往日多很多，晚上睡得很沉。我知道，那不是睡得很沉，而是陷入了昏迷。”

“2017年，2月27日，我沉浸在那个已经醒了的梦里，不肯醒来，好想这般长睡下去，因为只有在梦里，我才能与她相爱。”

“2017年，3月3日，我找了律师，将名下的股份分为两份，百分之三十给了她，百分之二十留给我母亲和宋孟华，房产一分为二，母亲和她各一半。律师走后，我盯着窗外愣了许久，我曾经知道，有一天会失去她，即使从没有得到过，但是距离她的婚事越近，距离我彻底失去她就越近。我远没有想象中坚强，原来在海南的那一晚，我给了她一场美梦，一次告白，说再见的时候，那个苏之念已经死在夜晚的海边。”

骗子，大骗子……明明最开始提出一场约会过后，给彼此留个美梦，各自回到人间过阳光生活的人是他，可最后叛变的也是他。

他总是这样骗她，可是她总是傻乎乎地上当。大骗子，大骗子……

宋青春一边抽泣着，一边又翻了页，只有最后一篇了。

“2017年，3月5日，我把那个见了三次面的女孩带回宋家，婷婷也在家，和那个女孩聊得很好，说来搞笑，我竟然和那个女孩一句完整的话都没说过。其实我真的很不想对那个女孩笑的，却还是逼着自己对她笑了，因为我要笑给婷婷看。我答应过她，两个人放掉孽缘，开始过正常的生活，所以哪怕只是假装，我也要过给她看，要让她安心嫁给秦以南。

“晚上，听见了她跟秦以南的电话，约好第二天去试穿礼服，满脑子想的都是当初在红园里看到她穿婚纱的模样。凌晨三点钟，心情沉闷到爆，下楼吃药的时候，竟然被她撞见，有点慌张，跟她说话的时候，简单地一句‘喝水吗’，我竟然磕绊了一下才说完整，最后找了一个理由，慌促地离开，听见她对我说晚安，我很想回一句晚安，晚是世界的晚，安是给她一人的安，可是我最后只能说出一个安字。

“回到房间，一大把镇静剂似乎都无法让我心情平定，屋内的灯光全都亮着，耀眼的光芒刺得我眼疼，我却觉得整个世界黑暗又绝望，再也不会像1996年10月8日的那个秋季，有一束光照进我的生命里。”

再也不会像1996年10月8日的那个秋季一样，有一束光照进我的生命里了……

这句话像一把刀，狠狠地刺进宋青春心里，冰冷刺骨到极致。她握着日记本的手颤抖得格外厉害，眼泪一颗颗滚落，砸在日记本上，晕染了苏之念清晨刚写完不久的笔迹。

从她知道他是爱她的那一刻起，她就没有怀疑过他的爱，她却不知道，原来他爱她爱到这般地步。一直以来，她都觉得自己为了爱她，受了很多委屈，直到现在她才知道，她的那些委屈在他面前，根本不值得一提。

宋青春哭得不能自已，身体从真皮沙发上滑落，坐在冰冷的地板上伤心欲绝。

书房没关窗，夜晚的冷风徐徐吹来，吹得日记本不断发出沙沙沙的声响，上面的黑色字迹从成熟到青涩，再到稚嫩……

在这样断断续续的沙沙声中，宋青春脑海里突然闪过一句话。

若无执念，青春何以青春？

这是当初，他去北郊接她，晚上他和她谈心的时候，她问起关于他和婷婷的故事，他给她说的一句话。当时的她，以为婷婷是他在青春时代喜欢的一个女孩，直到现在都没放弃。

直到这一刻，她才恍然大悟，若无执念，青春何以青春，不单单是说他为了一个女孩，执念了整个青春时代，这句话还有更重要的含义，一个曾经她没读懂也根本不敢去想的含义，若无之念，青春何以青春？倘若这个世界上没有苏之念，现在哪里会有她宋青春？

想到这里，宋青春从地上爬起来，不顾脸上的泪痕，快速朝楼下跑去。她早上离开家的时候，宋孟华问苏之念晚上回不回来吃饭，苏之念说他晚上在“金碧辉煌”有饭局。她要去找他，她要现在、立刻、马上就去“金碧辉煌”找他……

宋青春一路打听，知道苏之念在1008房间，便没有停留地朝包间跑去。走到1008房前，她二话不说就抬起手，将紧闭的门推开。

她几乎用了全身的力气，门撞到后面的墙壁，发出砰的声响，打乱了包厢里正热烈的气氛。饭桌上的讲话声、劝酒声、笑声，刹那间停止。

安静了大概一秒钟，背对着门口的男子脾气暴躁地骂着“谁那么有病”，就转过头。

饭桌上的其他人也跟着将视线落向包厢门口。唯独坐在主位上的苏之念，面色淡淡地看着墙上一张古典仕女图，没有动。

跟在宋青春身边的服务生因为没有拦住她，连忙对饭桌上不悦的一群人道歉：“不好意思，真的很抱歉，是我的失误。”服务生一边说，一边扯了扯宋青春的衣袖，想将她拉出去，顺便关门。

宋青春盯着苏之念的侧脸两秒钟，甩开服务生扯着自己衣袖的手，不管包厢里的人投来的目光，光着脚丫朝苏之念走去。

“小姐，你是谁，怎么一声不吭搅了别人的局？”刚刚那个骂她有病的男子又开了口。

宋青春压根没有理会他，一动不动地盯着苏之念，往包厢里走。

“服务生，把她带出去，不行就叫保安。”另外一人看宋青春这般衣衫不整的样子，怕她是冲进来捣乱的，也跟着说。

苏之念似是这才察觉到包厢里的异样，缓缓地转了一下头，看到朝自己走来的宋青春时，身体下意识僵住，过了不到两秒钟，他站起身。

饭桌上还有人想说话，但看到苏之念这个举动，有些纳闷地喊了一句：“苏总？”

苏之念没有任何反应，发现宋青春只穿了一件单薄的毛衣时，眉心轻蹙，随后拉开身后的椅子，绕过餐桌朝她走去。

他步伐很快，三两步就站在她面前：“这么冷的天，怎么没穿外套就出来了？”

饭桌上的人瞬间愣住，原来这个衣衫不整、一身狼狈的女人是来找苏总的？宋青春直直地盯着苏之念，没吭声。

苏之念看到她眼底的红，眉心蹙得更紧：“发生了什么事？怎么哭了？”他的一句话，让宋青春的眼眶更红了。她绷了绷唇角，仍是没有说话。

苏之念眼神慌乱，才注意到她的双脚是光着的，左脚的脚趾上还有抹鲜红。苏之念语气顿时变得心疼又气愤：“怎么鞋子也没穿就出来了？”

她知道他是关心她才会把语气放得这么重，她的眼泪簌簌落了下来。

她不顾周围那么多人看着，猛地朝他咬牙切齿地骂去：“苏之念，你个大骗子！”

别说苏之念被宋青春骂得一愣，整个包厢的人都被宋青春骂得不知所措，眼睛睁得大大的，似是不敢相信自己看见的和听见的。

宋青春看日记时胸膛里的那些难过和心疼，全都化作浓浓的怒火。

若不是今天她和以南哥不经意扯到去哪里度蜜月，是不是她一辈子都不会知道，是他扮作以南哥给她发的那些邮件？

若不是今天她抱着试试看的心态，输入他的密码，知道那些邮件是他发的，然后去了他的别墅，看到了他的日记，是不是她真的被他蒙骗过去，然后在三月十四号，傻傻地嫁给秦以南？然后，她去过所谓的美好光明生活，留他一个人在绝望和黑暗里等死？

宋青春越想怒火越旺，对苏之念横眉怒视。她的声音带着怒意，还有些发颤："你怎么可以这样，一次又一次骗我？我们明明约定好的，你怎么可以爽约？苏之念，你太过分了。"宋青春说着，克制不住地抬起脚，朝苏之念的膝盖狠狠地踢去。

宋青春没穿鞋，铆足了劲踢苏之念，反弹回来的力道让她的脚趾感到钻心的疼。她倒抽了一口气，明明是自己作的，偏偏把一切都怪在苏之念的身上。

"你是不是觉得骗我很好玩？你知不知道，我现在讨厌死你了！不只是讨厌，还恨死你了！"

宋青春又抬起脚，这次还没踢上苏之念的膝盖，就想到了刚刚被反弹回来的疼，只好停了动作，用力跺回地上，下一秒，没有穿鞋的脚底传来的疼，让她的眼泪一下子飙了出来。明明她是被骗的那一个，怎么她来找他理论，反而都是在给自己添堵？宋青春气得眼泪落得更凶了。

苏之念想笑又心疼，蹲下身去检查她的脚。他指尖刚碰上她的脚腕，气急败坏的宋青春忽然脚上一个用力，愤恨地踹在苏之念的肩膀上。他毫无防备，被她踹得蹲坐在了地上。

周围的人看到这一幕，都吓得屏住了呼吸。这女人是谁啊？也太无法无天了吧？

就在所有人以为苏之念要翻脸的时候，男子从从容容地站了起来，在周围所有人诧异的注视下，对宋青春柔声柔气地说："稍等我会儿，好吗？"然后他转过身，走到自己的座位前，拎了外套，对着一屋子震惊的面孔，轻声说了一句抱歉，就回到宋青春面前，牵住她的手。

宋青春还在气头上，狠狠地甩开他的手。苏之念好脾性地又扯住她的手腕，然后看了一眼她光着的脚丫，索性将她打横抱起，走出了包厢。

苏之念抱着宋青春，一路上她格外不老实，挣扎着要从他的怀里下去，嘴里还喋喋不休地指责他。

苏之念从她的心底读到了愤怒，以及他是个大骗子。他虽被她莫名其妙的举止闹得一头雾水，却把她抱得更紧了一些。

有多心疼，就有多愤怒，但是也很神奇，那些愤怒在她抗拒他的怀抱、在他和她的对峙中，一点一点消散。

等到苏之念将她放到副驾驶座上，蹲在宋青春面前检查她脚底的时候，原本快要炸裂的胸膛彻底静了下来。

苏之念本想送宋青春回宋家，谁知她说要去他的别墅。他顿了顿，还没开口，她又开始掉眼泪，他只好发动了车子，朝他的别墅开去。

经过一家二十四小时药店的时候，苏之念停了车，回来的时候，手里拿了一支药膏。等到他坐上车后，宋青春才看清那是治疗擦伤的药膏。

宋青春低了低头，明明以往看到他这样的举动，都会感觉心里暖暖的，现在却闷闷抽疼了一下。

宋青春忽然低声说："苏之念，你个傻子！"

苏之念握着方向盘的手指轻抖了一下，直视着正前方的道路没有吭声，眼底却有一抹无辜划过。他怎么就傻了？

她像是知道他心底想什么，念叨了起来："苏之念，我这辈子没见过比你更傻的人！你简直是傻透了！傻到家了！傻……"宋青春一时半会儿想不出来形容词，磕绊了一下，然后愤恨地说，"傻死了！"

真的是傻死了，他怎么可以对一个女人好到这种地步？即使那个女人是她自己。

苏之念张了张口，想要辩解两句，看到她红彤彤的眼睛，将到嘴边的话又咽了回去。算了，傻就傻吧，她心情不好，就让她发泄吧。

苏之念无声的纵容，彻底软化了宋青春的心，让她的情绪稳定下来。他专注地盯着前方的道路，她窝在车座上，静静地想心事。车子快要抵达苏之念的别墅门口时，宋青春的手机忽然响了一声。

她迟疑了两秒钟，将视线从窗外拉了回来，从兜里掏出手机，看了一眼屏幕上的短信，唇瓣抿了抿，然后解锁屏幕，回了句："好，我现在就过去。"

短信发送成功，宋青春转过头，对着苏之念说："停车吧。"

苏之念怔了一下，一边踩刹车，一边转头看向她。接触到他的视线，宋青春又说："以南哥约我见面，我现在要过去找他。"

苏之念没什么反应，直到车子停稳，宋青春推开车门准备下车的时候，他才应了一声：“哦。”顿了顿，苏之念又说，“我送你过去？”

“不用了，我打车吧。”宋青春发现自己还没穿鞋，于是坐回车里，指了指苏之念的别墅，“我得先去你家穿鞋。”

“嗯。”苏之念点了点头，重新发动车子，动作略显混乱，踩了刹车，车子重重摇晃了一下。

回到家，宋青春没洗脚，直接穿上鞋，对苏之念说了一句再见，就转身朝门外走去。

苏之念喊她，宋青春回头，他将那支刚在药店买的药膏递给宋青春：“回去……记得涂。”

宋青春心底刺痛了一下，她知道，是因为她要去见秦以南，他心底难过，才会说话这般不连贯。宋青春挣扎了一下，什么也没说，接了药膏，朝他笑了笑，转身跑出他的视线。

宋青春和秦以南本来约在绿岛咖啡吃饭，可是现在过了吃饭的时间，两人只好去对面的快餐店。宋青春也不知道自己最近怎么了，很饿，必须要吃主食，不然就会特别特别难受。

宋青春和秦以南吃饭的时候没什么交流，宋青春将碗里的饭全部吃完，放下了筷子。对面的秦以南低头盯着桌面，手指有意无意地在上面画着，像是想什么事情。

“以南哥？”宋青春开口。

秦以南迟疑了一会儿，抬起头，看了一眼她面前空荡荡的碗，扯了一个笑：“吃饱了？”

“嗯。”宋青春回以微笑，歪着头，看着秦以南片刻，“以南哥，你晚上找我，是想跟我说什么事？”

在接到程青葱发来的短信时，秦以南就陷入挣扎。她怀孕了，肚子里有他的孩子，他夺走了她的第一次，迟迟没有站出来负责，已经是很卑鄙的做法。他不可能让她打掉孩子，也不可能弃他们于不顾。

“以南哥？你怎么不说话？”宋青春等了半晌，看秦以南愣愣地盯着她身后的一束花，忍不住出声提醒。

秦以南眨了眨眼睛，张了张口，还没说话，心底就格外难受。他盯着窗外街道上时不时飞速驶过的车辆，闭了闭眼睛，说："宋宋，对不起，我不能和你结婚。"

宋青春表情凝滞了一下。秦以南抬起手，抹了抹脸，缓缓地转过头，对上了宋青春的眼睛，再次说："对不起，宋宋，真的很对不起……"

他连续好几遍的道歉让宋青春回过神来。她朝他扯唇笑了下："以南哥，你不用跟我说对不起，其实我今晚来找你，想跟你说的也是我不能和你结婚了。"

这下换秦以南怔住。

宋青春抿了抿唇，和秦以南一样，语气藏满抱歉："以南哥，你真的不用感觉内疚。更何况，我们决定结婚本就是我找你帮忙，就算要说对不起，也应该是我说。"

宋青春从快餐厅出来已是夜里十一点。她拦了一辆出租车，没回宋家，而是折回了苏之念的别墅。宋青春没按门铃，直接输入密码进去。

她都进了屋，苏之念还没发现有人进了自己的家，整个别墅安静得吓人。

宋青春惯穿的那双拖鞋丢了，只能赤着脏兮兮的脚，踩着大理石的地板，上上下下找了起来。最后，她在曾经住过的卧室阳台上看到了他。

他只穿了一件单薄的白衬衣，一动不动地站在深夜的室外，似是一尊雕像。宋青春拿了一条毯子，缓缓地走向阳台，踮起脚尖，有些吃力地披在他身上。她这般碰触他，他仍是定定地站着不动，像是没了魂魄。

宋青春的心狠狠地抽疼，然后往前走了一步，并肩站在苏之念身边，轻轻地动了动唇，打破阳台上的宁静："看什么呢？"

她声音落定，约莫过了半分钟，苏之念才缓缓地转过头。看到她时，他深邃漆黑的眼底爬上一抹惊愕。

苏之念蹙了蹙眉，声音很低，似在确认什么："青春？"

宋青春转过头，眉眼弯弯，用力点点头："是我。"

苏之念吃药吃出幻觉，视线绕着宋青春的全身开始游移，接触到她没穿鞋的双脚时，眉心狠狠地拧起。

下一秒，他将自己脚上的拖鞋脱掉，弯身蹲在她的面前，将鞋子给她穿上。他的鞋子，她穿起来大了许多，但是里面残留着他的体温，让她冻得僵硬的脚趾，一点一点恢复了知觉。

他本想问她“怎么又回来了”，但是看到她脏兮兮的脚，伤口也没处理，还冰得吓人，他想到她痛经的毛病，什么也顾不上问，抓着她的胳膊将她带回室内。

他指了指沙发，示意她坐，然后径自进了浴室。过了约莫十分钟，苏之念端着冒热气的水盆从浴室里走出来。他蹲在她面前，将水盆放下，然后抬起手，握住她的脚，放入水盆里。

从小到大，这还是第一次有人给她洗脚。宋青春有些不习惯，也有点不自然，本能地将脚往后缩了缩，小声开口：“我自己来吧。”

苏之念似是没有听见，将她的脚腕握得紧了些，垂着脑袋，神情专注地搓洗她脚底的泥土和血迹。这样的画面一下刺痛了宋青春的眼睛。她没说话，只是目不转睛地盯着给自己洗脚的苏之念。

给宋青春洗好脚，苏之念倒了脏水，拿了一条毛巾，帮宋青春把脚擦干净，然后坐在她身边，抽走她掌心的药膏，拿着棉签，仔细帮她涂抹。他的动作很温柔，看到她脚上的伤时，眉心蹙起，俊美的脸上浮现出一抹不悦，可是手上的力度变得格外轻。他握着她的脚，仔细看一会儿，确定伤得不深，眉心才一点点舒展开。

他这般举动，似是呵护着人间至宝。宋青春情不自禁地咬住唇角，眼里蒙上一层水汽。

涂抹好药膏，苏之念将棉签扔到垃圾桶里，对宋青春说：“你先坐在这里别动，我下楼去给你找双鞋。”然后站起身。

他刚准备迈步，宋青春忽然抬起手，抓了他的手腕。苏之念顿了一下，还没来得及转头去看宋青春，就听见女孩的声音很轻地传来：“苏之念，今晚是以南哥约的我。”

是的，他是一直都希望宋青春嫁给秦以南，可这不代表他不会吃醋，他一点也不想从她口中听到“以南哥”三个字。所以此时，苏之念的手悄无声息地握成拳头，紧绷了一下唇角，没有出声。

宋青春盯着苏之念的侧脸：“以南哥跟我说，他不能和我结婚了。”

苏之念眉宇间划过一抹诧异，用力甩开宋青春的手，拎起一旁的外套，一脸阴沉地朝卧室外走去。

宋青春没想到苏之念的反应会这般强烈，不顾脚上的药膏还没完全吸收，从沙发上跳了下来，急急忙忙追上他，扯住他的手腕。

宋青春的手刚碰上苏之念的手腕，怒到极致的苏之念再次狠狠甩开她的手腕。

悔婚？秦以南竟然敢！苏之念胸膛里的怒火越来越旺。

宋青春追不上他，只能站在楼梯口，焦急地朝苏之念大声道："苏之念，以南哥给我发短信的时候，我其实也想给他发短信，只不过我先收到了他的短信而已。"

苏之念下楼的脚步微缓，却没有丝毫停下的意思。

"所以，就算今晚以南哥不开口，我也会跟他说的。"

苏之念脚步微顿，似是明白了什么，抬起头，望向站在楼梯口的宋青春。

宋青春轻轻抿了抿唇："苏之念，其实我今晚去找以南哥就是要告诉他，我不要和他结婚了。"

苏之念停下脚步，回视着她，眼底有汹涌的情绪翻滚，过了好一会儿，他才开口，声音清冷："青春，你在海南答应过我的……"

"可是，你在海南也答应过我的！"宋青春没等苏之念说完就打断了他的话，语气略显波动，"我们说好的，那一晚结束后，我们各自过各自的生活，然后把彼此当成至亲，但是，苏之念……"

宋青春说到这里忽然停了下来。她知道，接下来的那些话代表着什么。

天堂和地狱，她只能去一处，一旦去了，就再也没有回头路可走。她很努力地想让自己留在天堂，可最后还是选择走向地狱。

宋青春深吸了一口气，踩着楼梯，朝苏之念缓缓走去。每一步都很坚决，每一步都是义无反顾。

"你并没有信守承诺，不是吗？

"你一直都在哄我、骗我，不是吗？

"你根本没有想过要回人间，从一开始，你就想把我送回人间，把自己留在地狱，不是吗？"

苏之念不知道该如何回应。

宋青春在距离苏之念还有一级台阶的时候停了下来。她直视着他的眼睛，和他对视了好一会儿，才微微弯了弯唇角，声音温柔似水：“苏之念，我来地狱陪你好不好？”

此时她站在他面前，仿佛已经置身地狱。宋青春发现，其实地狱远没有想象中那么可怕，甚至她的心情变得格外安宁，不似前些日子，随时都会低沉、难过、煎熬。

“你不要试着去接触什么女孩了，我也不要嫁给别人了。我们谁都不要逼着自己去做那些根本不愿去做的事。我们就留在地狱相依为命，好不好？”

——我来地狱陪你，好不好？

——我们就留在地狱相依为命，好不好？

他承认，他做梦都想从她的口中听到这些话。

那一句一句“答应她”的呐喊，像是一次又一次的催眠，让苏之念迟迟没有说话。幸福就在眼前，他要，还是不要？可是，他的幸福，是要拿她的一生来交换的。她是他穷极一生都想保护的女孩，怎么可以毁了她？

苏之念缓缓地闭上眼睛，过了大概一分钟，掀开眼皮，眼底又恢复了一贯的淡漠冰冷。

他直视着宋青春，声音风平浪静：“青春，这是不现实的，我们没办法在一起，这个世界、这个社会，是不允许我们在一起的。”

“我们在不在一起是我们说了算，和这个社会、这个世界有什么关系？”宋青春早就想过苏之念不会同意，她深吸一口气，声音柔软下来，“苏之念，我知道你在顾忌什么，你不想让我陷入这样畸形的恋爱中，可是我不怕。我不在乎别人的眼光，也不在乎被人指责，我只要和你在一起。”

听着她的话，他的眼底仿佛有七彩流光闪过。

“哪怕是万丈深渊，我也跟你一起跳。所以，苏之念，你不要再拒绝我了，好不好？”

她坚决的语气让他本就不坚定的心彻底动摇，清楚地感觉“好”字，从心底一路攀升，来到喉咙。

苏之念狠狠地吞了一口唾沫，试图将好字硬生生地压回去，宋青春却忽然伸出手，抓住了他的衣袖：“我不要留在美好光明的人间，就想待在你身边，就算是黑暗的地狱也没关系，只要能和你在一起，地狱也会变成天堂。”

眼看“好”字就要从唇齿之间蹦出，他忽然反应过来，狠狠地甩开宋青春的手，朝楼下匆匆走去。

“苏之念，我都说了，我不在乎下地狱，你为什么还要在意！

“苏之念，你明知道，我们分开谁都不开心，你何必要这样！

“苏之念，我告诉你，我的决定是不会变的，不管你答不答应，反正都要答应！”

宋青春一边跟着苏之念下楼，一边对着他的背影喊。然而男子始终无动于衷，推开健身房的门走了进去。

宋青春跟到了健身房门口，恰好看到苏之念正在动作利索地锁门窗：“苏之念，你到底听见我说话没有？”

苏之念还是一副沉默的样子，锁好了健身房的门窗就从屋里出来，看也没看她一眼，直接擦过她身边，走到客厅处，拿着钥匙锁门窗。

宋青春皱了皱眉，跟上：“苏之念，你干什么锁门窗？我们在谈正事，你知不知道，你这样很不尊重人！”

苏之念握着门窗的把柄晃了晃，确定打不开，然后将钥匙揣入兜里，朝门口走去。

“苏之念，你要去哪里？该不会要逃吧？”宋青春这才察觉到不对劲，急忙跟上，然而还是迟了一步，男子已经拉开屋门走了出去。

“苏之念，你给我站住！”宋青春朝屋门口撒腿就追，刚跑到玄关处，屋门就被苏之念用力关上。

宋青春隐隐听见钥匙反锁大门的声响。她用力转着门把，企图开门，但无论她怎么摇晃门把，已被反锁的门动也不动。气急败坏的宋青春抬起手，开始用力砸起了门。

“苏之念，你个王八蛋，卑鄙、无耻、下流，你个胆小鬼，浑蛋……啊啊啊啊啊！”宋青春抓狂地叫了两句，抬起脚朝门上踹去，“我告诉你苏之念，有本事你把我锁一辈子，你要是敢放我出来，我就敢缠死你！”

第十九章
她怀孕了

宋青春气得七窍生烟，在客厅里来回走动，嘴里念念有词。她知道苏之念还在门外没有走，威胁的话说了一箩筐，却没得到任何回应。若是换作平时，按照她的性格，肯定会闹得天翻地覆，一夜不得安宁。

可最近不知怎么回事，她特别容易犯饿、疲惫，一睡能睡很久。

刚刚她不过跳脚折腾了半个小时，就像耗尽了全身力气，累得瘫在客厅沙发上，动都懒得动一下，就连骂苏之念都变得有气无力。

最后，她索性闭上嘴，想着休息一会儿，等下继续跟他算账。谁知休息着休息着，她就抱着抱枕，靠在沙发上，陷入酣眠。

站在门外的苏之念等到宋青春的呼吸绵长均匀了，才拿着钥匙开了门，轻手轻脚地走进来。屋里被她搞得一团乱，衣服扔得楼上楼下都是。

一向爱干净的苏之念看着满室狼藉，嫌弃地皱了皱眉，走到沙发前，将睡着的宋青春抱了起来。他将她放在他床上，拿被子替她细细盖好，然后将混乱的卧室简单收拾了一下，才缓缓地坐在床边，伸出手，轻轻抚摸上她的脸颊。

婷婷，千万不要来撩拨我了，因为，我真的会像你说的，把你牢牢困在地狱里，一生一世。

苏之念替她往上拉了拉被子，然后起身，在她的眉心慎重地落了一个吻，转身走出卧室。

清晨七点的北京，街上车辆并不多。苏之念熟练地驾车，找到了秦以南，却从接触中读到了秦以南昨天和宋青春的对话。

她说，有苏之念，她就不怕，因为整个世界对她来说，都及不上一个苏之念。她不要全世界，她只要苏之念。

她还说，苏之念就是她的一生。

苏之念本是来找秦以南算账的，却没想到，竟然从他的心底读到了她昨晚和他的对话……

苏之念一下子没了力气，转身离开秦以南的公寓，浑浑噩噩地发动车子，打着方向盘离开。脑海里反反复复回荡的，都是从秦以南心底读到的宋青春的那些话。那种极力想要拉她到身边的冲动，又一次变得强烈。他努力握着方向盘，企图在前方道路上掉转车头，可车子越来越接近永晖花苑。

苏之念，如果你此刻回了永晖花苑，知道这代表着什么吗？代表她不能和同龄女孩一样，和心爱的男子手牵手逛街；她不能和所有女子一样，穿上漂亮的婚纱出嫁。她会失去很多很多美好，还会招来很多很多黑暗，被人唾弃，被人指点，被人议论。她有爱人，却永远无法拥有一个完整的家，甚至连她和他约会，也要偷偷摸摸。随着年龄增长，她开始羡慕身边的女子，而她永远不能拥有孩子。她的配偶栏一生都是空白，倘若老了，他先走一步，她连个依靠都没有。

所以苏之念，你确定你要回永晖花苑吗？你确定要冲到她身边，把她抱入怀里，对她说，婷婷，就像你说的，我不娶，你不嫁，我们就这么在一起一辈子吗？只要你确定，就可以拥有这一生最想得到的美好，可是，你这一生最想得到的美好，会因为你的确定，失去全部。

车子右转，飞速拐入永晖花苑，苏之念娴熟地转着方向盘，在前方左拐，眼看别墅距离自己越来越近，他的心情变得越来越不平静。

苏之念，你那么爱她，忍心让她为了你舍弃一切美好和光明，陪你躲在黑暗的地狱吗？苏之念，你忍心吗？

狠狠一个急刹车，车子停在别墅门口，轮胎摩擦地面，发出刺耳的声音。几乎没有任何停留，下一秒，苏之念转着方向盘猛地掉头，踩下油门，速度极快地蹿离了别墅。

不忍心。

纵使她那些话真的打动他，可他还是不忍心。不忍心拉她下地狱，不忍心让她丢失一个女孩应有的光明与灿烂，更不忍心她因为一个苏之念，舍弃了全世界。

宋青春这一觉睡得格外长，醒来的时候已是傍晚。她下楼喝水，发现苏之念不在家，便打电话回了宋家，从保姆嘴里得知苏之念在宋家。她连忙收拾了一下，打车去了宋家。

宋家，苏母正看着保姆做饭，苏之念在陪宋孟华下棋，宋青春一直没有等到苏之念的回答，心里有点憋闷，小动作不断，但苏之念的反应总是淡淡的，让宋青春格外恼火。当着长辈们的面，她又不好发作，险些憋出内伤。

吃完饭，苏之念说要去公司，便穿上外套离开了宋家。宋青春哪肯轻易放他走，拿着车钥匙，随便扯了个借口便追了上去。

苏之念发现宋青春在后面追着他，便加快了车速。宋青春却不要命似的，竟然加速超车，打横拦在苏之念的车前。

苏之念恼火，掐死她的心都有了，反手大力甩上车门，朝迎面而来的宋青春怒气腾腾地训斥："宋青春，你抽什么风？你知不知道自己在干什么，你到底要闹到什么时候？"

宋青春不由分说地将手中的包朝他劈头盖脸砸了下来："苏之念，你给我闭嘴！你说谁抽风呢！"

宋青春动作快得不可思议，直到她的包快砸到他脸上时，男子才意识到，慌乱中一个侧头，包擦着他的耳朵飞了过去。包链划过耳朵，带起一道生疼。

苏之念才发现宋青春已经走到自己面前。他动了动唇，刚说了一个你字，宋青春就抬起双手，把他猛力一推。他撞在身后的车上，发出一道巨大的声响。

"你你你，你什么你！我看是你抽风吧！"

苏之念还没从剧痛中回过神来，宋青春完全不给他机会，又一次上前，将胳膊狠狠地抵在他的脖子上，把他整个人紧紧按在车身上，不由分说就抬起拳头，朝他的下巴狠狠地揍去。

力道冲击得苏之念的脑袋重重撞在坚硬的车皮上。苏之念疼得发晕，一个字都没来得及说，宋青春就弯起膝盖，朝他的胯部撞来。

苏之念赶紧忍着疼，挡了一下宋青春。

他这样的阻拦落在宋青春眼里更像是还手，她想都没想，抬手朝苏之念的脑袋狠狠拍了一下。

“苏之念，你竟然还敢还手？真是长本事了啊，先是把我锁在家里，现在又要打我。”宋青春越说，胸中怒气翻滚得越厉害，二话不说又一次抬起脚，朝苏之念的腿上踢去。

苏之念疼得闷哼一声，忙抓了她的胳膊，把她困在怀中，然后澄清：“我没有要打你的意思。”

“呃……”几乎失去理智的宋青春，完全不听苏之念讲了什么，此时被他紧紧抱住，怎么都挣脱不开。恼怒之下，她重重咬上他的胳膊，格外用力，疼得苏之念闷哼了一声，倒抽一口冷气。

宋青春挣开他的禁锢，往后退了一步，毫不留情地抬起脚，朝他的腹部踹去。

苏之念皱了皱眉，捂着腹部，靠在车身上，连休战的手势都没对她做，她就像发了疯的小兽一样，张牙舞爪地朝他又扑了上来，一阵拳打脚踢，外加撕咬乱抓。

她动作又快又急，苏之念不敢轻易还手，怕弄疼她，更怕伤了她，以至于她给他的所有疼痛，他只能咬牙受着。

她揍他揍到精疲力竭，终于喘着粗气停下来。他捂着腹部，坐在冰冷的马路上，一脸痛苦地靠着轮胎。因为吃疼，他倒抽着凉气。宋青春站在他面前，居高临下地盯着他，眼底还有怒火跳动。

她深吸了好几口气，瞪着苏之念，一字一顿地开口：“苏之念，你刚刚不是问我，知不知道我在干什么，到底要闹到什么时候吗？我现在就告诉你，我很清楚我在干什么，我从开车来追你，就很清楚我在做什么！我没有跟你闹，尤其是刚刚，就是很认真在揍你！苏之念，我宋青春现在就明明白白告诉你，你做的所有决定，除了跟我在一起之外，其他我都不会赞同！而且，你也休想我会赞同！”

宋青春的语速不快也不慢，一向柔软的声音夹杂着一抹坚决。

“所以，苏之念，你别指望着把我一个人丢在人间，自己躲进漆黑的地狱，靠着什么镇静剂度日！你也别想用和别人结婚的方式逼我从你身边走开！我告诉你，苏之念，你是我宋青春喜欢的男人，能站在你身边的人只有我，就算你这辈子都娶不了我，也休想娶别人！所以，你最好打消那什么尽快结婚的念头……”一想到刚才饭桌上苏之念说想尽快结婚，宋青春就火大，将胳膊抱在胸前，朝苏之念抬了抬下巴，冷笑了一声，“结婚？结你妹的婚！”

一直沉默听她宣誓的苏之念，听到她愤恨的吐槽时，淡淡掀了掀眼皮，语气清雅地说：“我妹是你。”

“你！”噎得还不了口的宋青春，抬脚往苏之念腿上用力踹去。

苏之念闷哼一声，动了动唇，还没说话，就看到宋青春又抬起脚，然后在她无声的威胁下，乖乖闭了嘴，选择沉默。

宋青春这才满意地将脚收回去，俯视着苏之念，继续自己刚刚没有说完的话：“过了今晚，你要是让我再听到一点关于你要结婚的风声，我还会像今晚这样揍你！哦，不，我会揍得你直接住院，第一次一个月，第二次……别想着第二次了。苏之念，我警告你，再敢有下次，我直接把你揍残废。你放心，我会尽心尽力守在你身边，伺候你一辈子！”

苏之念眼底冒出一道奇异的光，璀璨明亮得让人心悸。他喜欢这样的她。因为这样的她，可以让他清楚地感觉到她对他的在意。这样的她，让他的理智变得模糊，开始动摇，开始不确定。

他清楚地感觉到，体内的血液在疯狂翻滚着、叫嚣着，促使他拽她一起下地狱。可是，他真的做不到亲手毁掉她一生。

苏之念低着头，沉默了好一会儿，抬起头对上宋青春的眼睛：“宋青春，你也知道现在只是你不赞同我的做法，可你不赞同，并不代表我不能做，就像你要和我在一起，只要我不愿意，你也没辙不是？”

宋青春最厌恶的就是苏之念拒绝她时故作云淡风轻的语气，觉得他此时的声音不是一星半点的刺耳。

她的胸膛因为愤怒起伏不定。紧紧地握了握拳头，她将牙齿咬得咯吱作响："苏之念，你非要这样吗？"

苏之念屏住呼吸，竭力压着胸膛里翻滚的气息，快速点头："是。你说我所有的决定里，除了和你在一起，其他的你都不赞同。而我恰好相反，你所有的要求我都答应，就算是死也没关系，唯独我和你在一起，我不答应。"

"那你就去死吧！你滚蛋……"宋青春往前迈了一步，扑上来又要暴打他一顿。只是，腿刚抬起，她又停了下来。

宋青春望了望街道两旁，看到一家店铺的窗户下，有个乞丐缩在那里。宋青春转了转眼珠，忽然有了一个想法。她将腿收回来，然后大大方方一个转身，一声不吭地朝那个乞丐走去。

前一秒还暴怒到要抓狂，她怎么一瞬间就走了？苏之念盯着宋青春的背影，蹙了蹙眉心，有些不解地坐直身子。

他看见宋青春走到路边，走向一个乞丐，然后蹲在他的面前。有着超能力的他，听见她对乞丐笑眯眯地问："我漂亮吗？"

她有病吗？大半夜跑到一个陌生男人面前，问他漂亮不漂亮？苏之念不放心地伸手扶着车，从地上站起来，然后揉了揉被宋青春踹得泛疼的腹部，大步流星地朝宋青春和乞丐走去。

只听宋青春对乞丐说："既然你觉得我漂亮，那你愿意娶我吗？"

苏之念心中的火一下升了起来，她是故意逼他就范，可他竟然拿她毫无办法。他趁着乞丐愣神的工夫，一把将宋青春扛到肩上，走了老远才放下。

"你干什么呀，我的未婚夫都被你吓跑了！"宋青春有些恼火，还没反应过来，苏之念的唇顷刻而至。

宋青春还在生气，所以用力咬了他的舌头，疼痛使他闷哼了一声，却迟迟没有从她口中撤离的迹象。她胸膛里的恼火随着他的吻，一点一点消散。她慢慢抬起手，搂住他的腰，本能地回应他。他把她抱得更紧，在空无一人的大马路上，吻到最深处。

过了许久，像是一个世纪那般久，他才依依不舍地放开她。他气息不稳，她面颊绯红。他的眉心抵着她的眉心，他的双手捧住她的小脸，他的大拇指似有似无地摩擦着她的面颊，开口的声音低低的，带着沉沉的磁性："婷婷，以后不许那样，不许随便喊别人未婚夫。"

"如果你不要我，我仍旧会那样。我仍旧随便在大街上逮个人，让他当我未婚夫……"

宋青春的话还没说完，再次被苏之念凶狠地堵住唇。直吻到宋青春奄奄一息的时候，苏之念才饶过她。他喘着粗气，低着头，目光深深地盯着她酡红的小脸，咬牙切齿却带着浓浓的无奈："婷婷，我真的要被你折腾疯了。"

我明明一直那么坚定地想要你过得更好，你却如此固执倔强，一而再再而三地动摇我的坚定。

"你明知道，我拿你最没办法。"苏之念无可奈何地轻问了一句，"婷婷，你说，我该拿你怎么办才好？"他稳了稳，语气透着丝丝缕缕的悲凉和惆怅，"婷婷，装作毫不在乎，有多难受，你知道吗？"

宋青春的眼眶不受控制地泛红，声音没了之前的倔强，也没了之前的任性，有的只是软软的温柔和淡淡的委屈："那你呢？你知不知道，这两天你一直都在伤害我。你知道我鼓了多大勇气，才做出那个决定吗？可你无动于衷，你知道我心里有多痛吗？"

宋青春眼底爬满雾气。

"我知道。"苏之念淡淡地开口。

我一直都知道我在伤害你，可我在伤害你的同时，你痛多少，我就痛你痛的十倍。

苏之念神情寡淡的脸上有着淡淡的悲哀："我一直都知道，多年前，知道你是我亲妹妹的那一刻，我就在伤害你了。"

"那现在呢？现在还是要继续伤害我吗？"宋青春紧紧盯着苏之念，眼底泛起丝丝缕缕的紧张。

抱着她的他知道她心底在害怕，怕他又一次拒绝。

她的坚持，她的固执，她的死缠烂打……

各种强烈的情绪在他胸膛里急速冲撞着，苏之念抚摸着宋青春的指尖跟着颤抖起来，他凝视着她的眼睛，一字一顿地问："宋青春，你知道现在在说些什么吗？"

宋青春回视他，眼睛清澈明亮，没有半点迟疑："我知道。"

他凭借和她的身体接触，从她心底清清楚楚地读到她最真实的想法，和她嘴上给的答案是一模一样的。

“我很清楚我在说什么。”宋青春等了片刻，有些话她对秦以南说过，却没对他说，她不介意对他再重复一遍，“我没有什么时候比现在更清醒，苏之念，我就想和你在一起。”

苏之念清楚地感觉到体内的血液变得格外波动，语气尽量保持平稳，却流露出丝丝缕缕的战栗：“婷婷，那如果我告诉你，我一旦点头同意和你在一起，这一生一世，你都不要妄想再从我身边走开，就算将来你后悔，我也不会放你走，你怕吗？”

“我不怕。”宋青春回答得还是那么干脆，似是怕他不相信，还朝他用力晃了两下脑袋。

“不但如此，我不能像别人一样，给你浪漫的求婚仪式，更不能像别人一样给你盛世婚礼，你不后悔吗？”

“我不后悔。”

“我们不能像正常情侣那样光明正大地拥抱，理直气壮地说爱，我们一辈子只能躲在黑暗里，你确定这是你要的吗？”

“我确定。”宋青春朝苏之念软软地笑了，声音月光般温柔，语气却磐石般坚硬。

“我没有办法把你的名字名正言顺地写在我的名字旁边，甚至我不能给你一个孩子，婷婷，你想好了吗？”

“我想好了，我在昨晚去找以南哥的时候，就想好——”

苏之念没等宋青春话音落定，猛地伸出手将她拉入怀中，紧紧地抱住。

他用力抱着她，声音有些沙哑地说：“婷婷，真是拿你没办法。我们在一起，在一起一辈子，我不娶，你不嫁。”

两人回到家已是晚上。苏之念因为被宋青春揍了一顿，身上有很多伤口，宋青春小心翼翼地给他擦药膏，却在看见苏之念身上的血迹时，感觉一阵恶心，转身冲进浴室。

苏之念还没反应过来是怎么回事，就听见浴室里传来宋青春呕吐的声音。他快速从沙发上站起来，冲进浴室，看到宋青春趴在马桶上吐得昏天暗地。

苏之念蹙了蹙眉，急忙走上前，蹲下身，拍了拍宋青春的后背：“怎么了？”

宋青春晃了晃脑袋，刚想对着苏之念说句没事，又转过头，对着马桶吐了起来。

她晚上吃的东西早已消化完，此时吐的都是酸水。苏之念拍了拍她的后背，看她吐得这般难受，心疼地说：“我去给夏医生打电话。”说着，苏之念站起身。

宋青春一边吐，一边伸出手，抓了苏之念的胳膊，阻止他的举动：“不用了……”宋青春刚说到一半，又对着马桶吐起来。

“不行，这么吐下去不是办法。”苏之念挣脱宋青春的手，朝浴室门外走去。

止住呕吐的宋青春按了马桶上的抽水按钮，慌促地起身追出去，快速夺过苏之念的手机：“我没事，可能晚上吃得太油腻了，胃里有点不舒服。”

苏之念皱了一下眉，朝宋青春伸手要手机。宋青春把手机藏在身后：“夏医生那么大年纪，大半夜的不要折腾他了，而且我吐完后好多了。”

苏之念还是有些不放心。

“没事了，真的没事。”宋青春还在他面前蹦跳着转了一圈。

直到宋青春点着头，笑眯眯地回了“确定”，才不情不愿地妥协。

他去给她下楼煮牛奶之前，还是不放心地又说了一句：“等下如果再不舒服，不让夏医生过来，我们就去医院。”

喝完牛奶，宋青春爬上苏之念的床，躺在被窝里。苏之念先将牛奶杯洗干净，放在茶几上，然后关灯，走到床边。他盯着窝在两米宽的大床上、只露出一个小脑袋的宋青春，掀开被子，躺在她的身边。

卧室里只开了昏黄的台灯，将屋里的色调染成暖暖的很温馨的感觉。他们十指相扣，安然入睡。

第二天是周末，苏之念和宋青春哪里都没去，窝在别墅里度过一天的时光。

周一，苏之念有早会，一大早起了床，出门之前，在洗手间的镜子上贴了一张便签。

宋青春睡到九点才慢悠悠地起来，一边刷牙，一边看苏之念留的便签。

她的车今日限行，苏之念留言说玄关的鞋柜上放了车钥匙，车子在地下车库，想开哪辆自己去选。

他还在便签上写着床头柜第一个抽屉里有现金，检查了她的钱包，里面没多少现金，给她放了一些进去，不够自己再拿。

最后一条是，早餐在保温箱里。

早餐是苏之念早起给她买回来的，是她最爱吃的那家店铺卖的肉包。宋青春坐在餐桌前，先喝了小半碗粥，然后拿起包子咬了一口，包子皮薄，香鲜的肉汁流了满嘴，那曾是宋青春最喜欢的味道，可是今天，她一闻到肉汁的味道，胃里就翻江倒海起来。

宋青春蹲在马桶前吐了好一会儿，才消停下来。

真是奇怪啊……她是在闹胃病吗？

宋青春一边往楼上走，一边拿着手机看了一眼时间，距离上班只剩下半个小时。她晃了晃脑袋，想着晚上下班的时候去药店买一盒胃药，就上楼拿了包，去了地下停车场。宋青春选了一辆最低调的车，急匆匆地开着去了公司。

中午吃完饭，宋青春居然午休了两个小时才醒过来，拿着杯子去茶水间，只有唐暖一个人在那里煮咖啡。

双方无视掉对方，宋青春兀自倒咖啡，却在闻到咖啡味时，感到一阵反胃。她丢下水杯，冲向厕所。

她走后，唐暖左右看了一眼，发现没人，便将一颗白色药丸扔到宋青春的杯子里。药丸是速溶的，遇水后眨眼消失不见，无色无味。唐暖做完这一切，端着自己的杯子，若无其事地回了自己的座位。

唐暖回到座位，一边打开电脑输入密码，一边拿了手机，找到那个女人的电话，给她回了一条短信过去，只有两个字：“成功。”

唐暖一直注意着宋青春的动作，发现宋青春已经从洗手间回来，她还想注意宋青春那边的动静的时候，桌子上的手机叮咚响了一声。她下意识回过头，瞄了一眼亮起的手机屏幕，是那个女人回的短信。内容很简单，只有两个英文字母：OK。

隔着手机屏幕，唐暖都能想起那个平日里在所有人面前伪装温婉柔和的女子，眉眼之间划过的戾气。

真是会装啊！唐暖暗自腹诽了一句，往宋青春的方向瞟了一眼，拿起手机，解锁屏幕，刚准备给那个女人回短信，坐在唐暖对面的女同事开了一包泡脚凤爪，习惯性地往唐暖桌子这边丢了一个。

唐暖拿了泡椒凤爪，用牙齿咬开一个口子，叼着鸡爪一边啃，一边在手机上敲字，她刚刚打了一个有字，忽然侧过头，朝走道的地方捂着嘴干呕起来。

“唐暖，你怎么了？”

唐暖摆了摆手，表示没事，然后起身朝洗手间的方向跑去。

宋青春刚端起茶杯，温热的液体碰到嘴唇，就听见身后不远处传来一道呕吐声。那种声音引得她的胃又难受起来。她急忙放下杯子，和小助理一样，好奇地循声望去，看到唐暖捂着嘴，急匆匆地跑向洗手间。

唐暖对桌的女同事跟她关系一向好，许是关心她，她前脚奔向洗手间，后脚跟了过去。那女同事没进洗手间，只是站在门口，对着里面的唐暖讲话。

“怎么回事？我陪你去医院看看？喂，你这几天是怎么搞的，怎么一吃东西就吐呢？”

唐暖在洗手间里回了些什么，宋青春听不见，只能隐隐听见那个女同事的讲话声。

小助理已经收回好奇心，喊了一声青春姐，继续指着电脑屏幕，跟她聊工作。

宋青春歪着头，盯着电脑屏幕，在小助理喋喋不休的讲话声中，时不时被洗手间那边的话语勾一下神思。

“是胃不舒服才吐的吗？”花姐是办公室里唯一一个生了两个儿子的女人，所以才问完这句话，就压低声音，问，“唐暖月事最近准吗？”

唐暖呕吐，关月事什么事？宋青春下意识蹙了一下眉，吓得转头询问她意见的小助理眼底浮现一抹不安，小心翼翼地问：“青春姐，哪里有问题吗？”

她最近也频繁呕吐。而且，宋青春隐隐懂得了什么。她没理会小助理，握着水杯的指尖力道渐渐大了。

晚上，苏之念有个饭局，宋青春下班后，心不在焉地开车回宋家。快到家的时候，她想了想，还是拐去一家药店，怕一支不准，索性要了十支。

宋青春本来打算回家就测一下，却在跟苏之念聊了会儿微信后睡着了。第二天早上，她刚醒就想起这事儿，一边默默祈祷着，一边撕开十支验孕棒包装袋。

很快，结果出来了。宋青春看着清一色的阳性，耳边像是炸开了，整个人头晕目眩。她居然真的怀孕了！！

可这个孩子要不得！只是想着，宋青春心就疼成一片，却在本能的驱使下，打开百度，查了一下准妈妈怀孕初期需要注意的事项。

去往公司的路上，宋青春的心情真是难以形容。理性的她本打算找个周末，去医院挂个号，直接处理掉肚子里的孩子，可感性的她在出租车快要接近公司楼下的时候，忽然改口，说要去人民医院。

百度上说了，孕妈妈在知道自己怀孕后的第一件事情，是去医院做检查，然后买叶酸和钙片，及时补充营养，确保宝宝的健康。

车子快要抵达人民医院门口的时候，理性的宋青春又战胜了感性的宋青春。也好，长痛不如短痛，快刀斩乱麻。她今天直接挂号，把孩子拿掉，一了百了。

宋青春付了车费，踏进医院，挂了妇产科的号，在排队过程中，内心挣扎过无数个想法。

半个小时后，终于轮到宋青春。她坐在妇产科医生面前，将自己的情况详细说了一遍，妇产科医生听完后，官方地问了一句："孩子要还是不要？"

在进医院之前，明明想着不要孩子，宋青春却脱口而出："要。"

医生轻点了一下头，在电脑上敲打几下，递给宋青春一张单子："先去做一个B超，确定是不是怀孕。"

B超做完，已是两个小时后。

宋青春将检查单递给妇产科医生，妇产科医生看了片刻，嗯了一声，指着检查单图片上的一个小黄豆大小的东西，说：“这是宝宝，大概6周，目前一切看起来都很正常，不过你的身体有点虚，需要注意下，好心情一定要保持，还有充分休息。我给你开些叶酸和钙片，回去准时吃，一个月后再来做产检。”

宋青春说了一句谢谢，接过妇产科医生开的药单，站起身准备离开，还是忍不住问了一句：“那个……宝宝有没有问题？”顿了顿，宋青春补充，“我指的是，畸形，或者脑瘫之类的？”

妇产科医生笑了：“现在还看不出来，只能检查有没有流产的迹象。要确定宝宝有没有问题，至少要等四个月或五个月的时候，有些畸形，可能要到六个月，或者生下来才知道。”

“哦。”宋青春应了一声，垂了垂头，转身去拉门，走出去之前，她又转头问，“那，如果流产的话呢？”

“流产？”妇产科医生皱了皱眉，“你不是决定要这个孩子吗？怎么还问流产？”

“我就是随便问问。”

妇产科医生奇怪地看了宋青春两眼，还是给她做了解释：“一般情况下，如果决定不要，越早手术越好，这样对大人的身体是最好的。时间久了，一旦孩子成形，再做流产手术，大人吃很多苦不说，还会有生命危险。”

从医院出来，路上宋青春遇到唐暖。此时，唐暖正在被一个中年女人和两个保镖围殴，宋青春听了半天才明白，唐暖介入了别人的家庭，原配找上门。以她和唐暖的恶劣关系，她本不想管这些闲事，却在看到唐暖努力保护肚子里的孩子时起了恻隐之心，她害怕贸然过去伤了自己的孩子，想狠心地逼自己离开，却被唐暖看见并且叫住。唐暖的臀部已经鲜血淋漓，宋青春知道，那是流产的征兆。

虽然宋青春不喜欢唐暖，但还是做不到视若无睹。这个黄总和苏之念是有合作的，很多地方都要求着苏之念，黄太太也是知道的。于是，宋青春当着黄太太的面打了个电话给苏之念，挑明她和苏之念的关系，然后在黄太太有所顾忌的时候，为唐暖求了情。

黄太太虽然恨透了唐暖，却也不得不给宋青春薄面，放过唐暖。宋青春和黄太太相互奉承着寒暄了两句才告别。黄太太带着她的两个保镖上了车，离开。

围观的人看事情已经结束，也都快速散去。

宋青春低下头，看了一眼蜷缩在地上面色苍白的唐暖，动了动唇，想要问她一句还好吗，话到嘴边，又觉得没这个必要，转身走向路边等着自己的出租车。

她上车之前，转头望了一眼挣扎了好几次都没爬起来的唐暖，轻轻叹了一口气，打开自己的包，从里面抽了厚厚一沓钱，递给出租车师傅："不好意思，我能不能麻烦您一件事，把那个小姐送去前面的人民医院，她有身孕，看着像是有流产的征兆。"

出租车师傅看了看宋青春那一沓厚厚的钱，犹豫了一下，然后推开车门，下车朝唐暖走去。宋青春绕过这辆出租车，重新拦了一辆坐上去，始终没有回头。宋青春没有留意到，被出租车师傅抱上车的唐暖，眼神复杂而错愕。

宋青春到"金陵"的时候，苏之念已经等在包厢里。

因为怀孕，宋青春整个人有点恍惚。她心事重重地贴上了苏之念的胸膛，听着他有力的心跳声，眼帘垂了下来，过了片刻说："之念？"

"嗯？"苏之念轻应了一声。

宋青春张了张口，终究没能把自己想说的说出来，而是换了一句："你喜欢小孩子吗？"

怎么突然问他这个问题？苏之念心底爬上一股不好的预感，沉默了一会儿："不喜欢，太吵。"

虽然苏之念答得干脆，宋青春却知道，他是在骗她。他怎么可能不喜欢孩子？就算不喜欢孩子，但肯定喜欢自己的孩子。毕竟，别人怀孕，都是喜讯，而她怀孕，却是噩耗。

沉浸在思绪里的宋青春完全没有意识到抱着她的苏之念，表情有些生硬。

她怀孕了？他想问她，话到嘴边，忽然意识到，自己是靠着超能力知道她怀孕的事，若是这么询问她，岂不是暴露了自己？他知道不应该瞒着她，可他没底气。要知道，和你在一起的人在你靠近他的时候，心底最真实的想法就摊开在他的眼前，会是多么可怕的一件事。他怕她知道他有读心术，会躲开他，厌恶他，逃离他……

现在，他和她之间的气氛这般好，如果她告诉他，她有了身孕，美好的气氛就会被破坏吧？反正她也没做好准备，不如等到以后再告诉他。宋青春在心底暗暗地盘算了一下，就抬起头看向苏之念："我们吃饭吧？"

苏之念点点头："好。"

整个过程中，苏之念看起来像是什么都不知道，和平日里没有任何差别。

因为怀孕，宋青春吃得有些多。苏之念给她添菜的时候，看着她的眼睛，问："不是吵着要减肥吗？怎么还吃这么多？"

苏之念清楚地注意到宋青春的表情僵硬了一下，然后眉眼弯弯地鼓着腮，振振有词地说："吃饱了才有力气减肥啊！"

苏之念目光温和地看着宋青春，一副信以为真的模样，没去拆穿她的谎言。

吃完饭，苏之念将宋青春送到宋家小区门口，没下车，看她进了小区才离开。沿着道路，开了不过两百米，苏之念就踩了刹车，停在路边。

他刚询问过夏医生，夏医生说亲兄妹怀孕导致畸形的几率很大，很少有幸免，很多人都抱着侥幸的态度，想要赌一把，可往往都是悲剧一场。

宋青春已经有一个半月的身孕，今晚他在包厢里抱着她的时候，感觉她还没做好告诉他的思想准备。但是，他没多少时间等她来告诉他，必须要想个办法，尽快光明正大地知道她怀孕的事情。

今晚，她找借口说去洗手间，和女服务生谈话，说她今天去过医院，而且叶酸和钙片也都在她的包里，也就是说……想到这里，苏之念脑海里闪现一个想法，摸出手机，给唐诺拨了一个电话。

挂断后，苏之念盯着前方夜色沉沉的道路片刻，发动车子，拐去附近一家还没打烊的超市，买了两瓶上好的汾酒，驱车折回宋家。

给苏之念开门的是宋承的妻子方柔。她看到他，和往常一样，温婉大方地问了一句好，才让开门，让苏之念进来。

家里明明有用人，方柔却亲自弯身，帮苏之念拿了一双拖鞋，摆在他的面前。

苏之念低低道了一声谢，穿上鞋子往客厅走去。没看到宋孟华的身影，他刚想询问，跟在他后面的方柔就柔声柔气地给了他答案："爸爸在洗澡。"

苏之念点了一下头没说话，姿势优雅地坐在沙发上，顺势将拎着的两瓶汾酒放在面前的茶几上。

方柔没坐，而是绕过苏之念去了餐厅，过了大概一分钟，她端着一杯热茶从里面走出来。

"谢谢。"苏之念刚道完谢，宋孟华的屋门就被拉开。方柔朝苏之念微笑一下，转身走向宋孟华，说"爸爸，苏先生来了"，一边搀扶着他的胳膊，走向沙发。

"阿念，你怎么这么晚过来？"宋孟华靠在沙发上，笑呵呵地问。

"今晚和朋友吃饭，送了我两瓶汾酒，想到你喜欢喝，就顺道拐了过来。"

坐在宋孟华旁边的方柔弯唇笑了："爸爸，苏先生可真孝顺。"

宋孟华高兴地大笑两声，吩咐方柔给苏之念切点水果。

苏之念坐在沙发上，看似和宋孟华不慌不忙聊着天，实则一直留意着楼上宋青春的动静。就在苏之念怀疑宋青春是不是睡着的时候，听见她从床上急急忙忙跳下来的声音，然后就是她的脚步声，紧接着就是洗手间门被大力推开，再然后是她的呕吐声。

她吐了许久才停下来，大概消耗了太多体力，大口大口喘息了一会儿，才按下冲水，卫生间传来哗啦哗啦的流水声。

过了大概半分钟，她的房间终于稍微安静了一些，然后，苏之念听到窸窸窣窣的脱衣服声。

她准备洗澡睡觉吗？

苏之念不动声色地陪宋孟华继续聊了一会儿，然后滴水不漏地道别。

在宋孟华送他出门的时候，他像是想起什么，停了脚步："哦，对，青春呢？"

"在楼上。"宋孟华指了一下楼上，对着一旁的方柔吩咐，"方柔，你去叫下青春。"

"不用了，我自己上去吧。"苏之念打断宋孟华的话，想了想，又补充，“有点工作上的事情要告诉她。”

苏之念装模作样地敲了两下宋青春卧室的门，推开走了进去。浴室里的流水声遮掩了他的动静，里面的女孩没有任何反应。

苏之念走到浴室门前又敲了敲门，过了一小会儿，里面的水声停下来，宋青春的声音传来：“谁呀？”

“是我，婷婷。”

“呃？”隔着浴室的门，苏之念听见宋青春光着脚丫走近的声响，“你不是回家了吗？怎么又回来了？”

“走到半路，想到有东西要给爸，所以折了回来……”苏之念停了下，又说，“你先洗澡，别感冒，等会儿出来说。”

“哦。”宋青春应了一声，里面又传来她光着脚踩在地上的声音，然后水龙头被打开，流水声掩盖了浴室里的一切声响。

苏之念在浴室门前站了片刻，一边往床边走，一边摸出手机，给唐诺发了一条短信：“可以了。”

短信发出去，不过十秒钟，宋青春的手机响了起来。

苏之念没着急去提醒浴室里的宋青春，一直等到唐诺的电话打来三四次，才起身走向浴室门口，再次用力敲了敲门。

流水声停止后，苏之念说：“婷婷，你的手机一直在响，好像有人找你……”顿了一下，他说，“我帮你看一眼？”

宋青春急着冲头上的洗发水，没多想就答应了：“好的。”

得到宋青春的允许，苏之念走到床边，打开宋青春的包，在里面翻找起来。宋青春将头发完全擦干，拉开浴室门，走了出去。

看到苏之念，她问：“谁给我打的电话？”

苏之念没回，她蹙了蹙眉心，没多想，而是拐进更衣室里，在最下面的抽屉里，翻箱倒柜找了许久，然后找到天然无公害的马油，走回了卧室。

她拧开马油的盖子，挖了珍珠粒大小，刚准备往脸上涂抹，忽然想到自己的手机在包里，而包里有……

宋青春猛地转头，看向苏之念。男子手里拿着几张纸，床上整齐摆着她从医院里开的叶酸和钙片。她的包上是摊开的卫生纸，上面放着早上测试的十个验孕棒。

宋青春在原地站了不知道多久，苏之念终于看完她的怀孕检查单，垂了一下眼帘，默了片刻，拿着那份检查单走向她。

苏之念走到宋青春跟前没有说话，安静了不知道多久，才将检查单举到宋青春的面前：“你的？”宋青春轻点了一下头。

苏之念深吸了一口气，对宋青春低声开口：“婷婷，这个孩子……”苏之念声音不经意哽了一下，“要不得。”

她下意识捂住腹部，盯着苏之念，谨慎地问：“没有别的办法吗？”

苏之念看着挣扎的宋青春，眼里都是绝望：“婷婷，你知道的……”

“我现在把他拿掉，他也许会怨恨我！”宋青春不受控制地嚷出了声，“这是一条生命啊，苏之念，他是你的孩子，你怎么这么狠？”

宋青春话还没说完，站在她面前的苏之念忽然伸手捂住她的嘴巴。

宋青春刚想挣脱，就听见门口传来敲门声，紧接着是方柔的声音：“青春？”

苏之念抬起手，朝宋青春做了一个噤声的手势，一直等到宋青春点头，才缓缓将手从她的唇边挪开，然后快速转身走到床边，将宋青春床上的那些验孕棒、叶酸、钙片以及化验单塞进了包里。

宋青春等到苏之念将东西全部收拾妥当，才打开卧室的门：“大嫂，怎么了？”

“没什么，我准备睡了。回卧室之前给你送杯牛奶。”方柔笑着将手中的温热牛奶杯递向宋青春。

“谢谢大嫂。”宋青春笑盈盈地接了过来，然后让开，“大嫂，要不要进来坐会儿？”

“不用了，我明天还要早起。”顿了顿，方柔一脸关心地问，“刚刚，你跟苏先生闹别扭了吗？我怎么听到你在嚷？”

“没有，就是不小心声音大了点。”

“那就好。”方柔笑了一下，指了指卧室的门，转身离开了。

宋青春等到方柔走出两米远，才将门关上，转过头，刚想和苏之念继续刚才的话题，苏之念就朝她摇了摇头，快步走到她面前，贴在她耳边，压低声音说：“在这里谈这些不方便，这样，你周五早上去我那儿，我们再好好谈谈，好吗？”

宋青春虽然很想说服苏之念答应自己留下这个孩子，可如他所说，宋家的确不是谈这件事的好地方。她想了想，轻点了一下头，说：“好。”

秦以南和宋青春解除婚约的事情，还是在两方父母都在的情况下解除了。宋青春甚至还高高兴兴去参加了秦以南的婚礼。婚礼上宋青春很开心，可出了酒店，整个人就无精打采。

周五一大早，宋青春背着方柔送给她的包出了门。宋青春抵达苏之念别墅的时候，才七点半，本以为苏之念还没起床，没想到输入他屋门的密码后，刚拉开门，就看到他穿着一身休闲便衣，优雅从容地下楼。

苏之念先带宋青春吃了早饭，然后直接带她出了城。宋青春一直疑惑，苏之念不跟他谈事情，反而带她出城是为了什么，直到看到那些福利院的孩子……

原来，这是专门针对畸形、痴傻、残疾儿童的福利院，为了让她放弃肚里的孩子，苏之念居然带她来了这里，他知道，亲眼所见比言语劝解更有说服力。

等到回城时，宋青春已经失去所有的力气，面色惨白地坐在车上，自始至终一句话都没说。苏之念和她一样，保持着沉默。

直到开进四环时，宋青春才从刚刚福利院触目惊心的场景里回过神。她把手放在小腹上，缓缓地垂下眼皮，视线落在不知何时苏之念放在自己膝盖上的文件袋上。

宋青春蹙了蹙眉，拿起袋子，解开封口。

入眼是两张机票，她和苏之念从北京飞往上海，除此之外，还有一份住院单，上海人民医院，手术是人流，日期是下周三。

宋青春盯着“人工流产手术”几个字看了好一会儿，反应过来这代表着什么，然后眼泪毫无征兆地砸落下来。

宋青春哭完便和苏之念吵了一架，并且趁着苏之念停车的时候，推开车门跑开，等苏之念追下来，宋青春已经不见了。

因为宋青春，唐暖的孩子保住了。她出院那天，不经意碰到了苏之念。多年的习惯让她悄悄跟了上去，却发现苏之念不是来看病的，而是来预约手术。她刚想跟上去，便接到那个女人的电话，又是让她去害宋青春。

唐暖心里有点抵触，尤其想到宋青春对她的帮助，更想回绝，可她不敢，因为那个女人手里有她的把柄，足以让她这辈子都翻不了身。所以，她还是按照女人的话去了公司，并借着感谢宋青春上次帮忙的事情，在她的食物里放了药。

唐暖站在宋青春面前，调整了情绪，缓缓地掀开眼皮，刚准备对宋青春说“牛奶和三明治趁热吃”的时候，眼角余光不经意扫到宋青春电脑旁的药瓶。

那药瓶她很熟悉，这几日她也一直在吃，是叶酸和钙片。宋青春怎么也在吃？唐暖皱了皱眉，这才注意到宋青春的办公桌上摊放着好多张白纸，上面密密麻麻写满了字。

“对不起，宝宝”“小芝麻”“苏之念”“宝宝，妈妈真的狠不下心”……

小芝麻，苏之念，宝宝，妈妈……唐暖脑袋有些乱，反应了好一会儿，才错愕地看着宋青春的侧脸，问：“你怀孕了？”然后她的视线落向了宋青春的腹部，和她一样，还是一片平坦。

难怪那天会在人民医院附近碰上她，只是，为什么她要说对不起、狠不下心这类话，难道是……唐暖蹙了蹙眉，又问：“你的孩子，有什么问题吗？”

唐暖一句话问得宋青春身体狠狠地颤抖了一下。她这样的反应，让唐暖知道自己的猜测是对的，兴许女人有了孩子后，都会这样，希望全世界所有的孩子健康：“现在医学这么发达，没有办法解决吗？医生怎么说？你看我那天情况那么糟糕，孩子不是也保住了吗？”

宋青春将脸枕在胳膊上，沉默了好一阵子，才开口：“没用的。”

唐暖没说话，借着不远处的镜子，看见宋青春背对着自己的脸上滚落两行清泪。唐暖从没见过这样的宋青春，绝望、伤心、悲痛。在她的印象里，宋青春一直都是趾高气扬、光鲜靓丽的存在。

天知道，曾经的她做梦都想看到宋青春的悲惨模样，此时她终于看到了，应该开心的，可是她发现，自己的心似被什么抓住了，揪疼得厉害。

她明明恨极了宋青春，是宋青春让苏之念对她动了手，是宋青春让苏之念厌恶了她，也是宋青春让秦以南从她身边离开。她处处败在宋青春手里，她一直都在跟宋青春比，却从没比过宋青春。可是，这个她恨之入骨的女子，救了她的孩子，却要失去自己的孩子。

花了整整一夜做出的决定就这么被动摇。那句提醒宋青春趁热喝牛奶的话，从她的咽喉处，缓缓地落入腹中。

室内安静了一阵，宋青春轻轻抹掉眼角的泪水，端起桌上的牛奶杯，脸上已经没了刚刚的悲伤，朝唐暖不温不火地说了一句谢谢，就将牛奶杯举向嘴边。

只要宋青春喝下去，她就大功告成，她就可以从那个女人的手中拿走自己的把柄，然后带着孩子远走高飞去往国外。她不会声名狼藉，不会身败名裂，不会被人唾弃……

唐暖的手紧紧握成拳头，努力克制着，不发出任何声音，可在牛奶杯挨在宋青春唇边的时候，“宋青春”三个字毫无征兆地脱落而出。

唐暖激烈的声音让宋青春心不在焉地抬了一下眼皮，然后朝牛奶杯张开嘴。

“宋青春，我前天在医院碰见苏之念了！”唐暖不敢冲上前夺走宋青春的牛奶杯，她怕被宋青春发现破绽。情急之下，她想到宋青春在纸上写的苏之念。

如唐暖期待的，宋青春动作停了下来。

宋青春将牛奶杯从嘴边拿下，盯着她，眼底带着疑问。

唐暖暗松了一口气，提着的心落了回去，扯了一下唇角，说：“苏之念，他去医院是为了做手术，你知道吗？”

宋青春眉心蹙了起来。手术？什么手术？人流手术吗？可是苏之念明明给她订的是上海啊。

唐暖似是坐累了，从椅子上站起来，绕着宋青春的办公室一边走，一边不经意地扫了一下宋青春面前的牛奶杯，然后想着怎么办：“我是无意间碰到苏之念的，并没有跟他进病房，所以不知道他跟医生聊了些什么，等他离开后，我听护士说……”唐暖慢慢走到办公桌前，靠在上面，一只手搭在办公桌桌面，“她们在讨论，苏之念长得这么帅，怎么那么想不开，来医院预约结扎手术。”

结扎手术？宋青春的眼睛蓦地睁到了最大。

唐暖说苏之念是前天去的医院，前天是周四，也就是说，在苏之念没有让她去做人流手术时，已经先给自己安排了手术？他是怕将来他和她再有意外发生，导致她怀孕，所以才选择永久避孕的手段吗？

“具体手术日期我不大清楚，只是听到这些。”唐暖边说，边将胳膊朝宋青春面前的牛奶杯挪去，等她挨住牛奶杯的时候，装作站起来的样子，胳膊肘一个用力，撞上牛奶杯。

纸质的牛奶杯倒在办公桌上，牛奶从里面淌了出来，洒了一桌，顺着桌沿落在宋青春身上。

“呀！”唐暖低叫一声，急忙俯身抽了纸巾递给宋青春，“不好意思，我刚刚不是故意的，没烫伤你吧？”

宋青春心不在焉地对着唐暖说没事，接过纸巾擦去牛奶。

擦干净后，宋青春没有理会衣服上的湿痕，站起身，找了自己的包，对唐暖匆匆说：“我还有事，先走了。”也不等唐暖回应，就朝办公室门口快步走去。

唐暖站在原地没动，一直等到宋青春将她的办公室门用力甩上，才侧头望了一眼落地窗外明晃晃的阳光。

就差那么一点点，她就成功了，可是，她终究没能下狠手。她和宋青春之间，要么是宋青春死，要么就是她生不如死。

唐暖抿了抿唇，不知哪里来的冲动，追出办公室，朝往电梯走去的宋青春大声喊：“宋青春！”

宋青春回头，阳光恰好打在她的脸上，漂亮得像是一幅画。

唐暖看了片刻，张了张口：“那个……”她闭上嘴，一副欲言又止的模样。

宋青春从没想到，唐暖欲言又止的模样竟是她留给自己的最后印象。在她和唐暖分开不到十二个小时后，她听到了唐暖的死讯。

当时，唐暖凝视着她，视线很安静，像是有很多话，却又一句都没说。

宋青春着急去见苏之念，看唐暖这般一动不动，耐心耗尽。

“唐暖，你有什么事，随后再跟我说吧。”

“青春。”

宋青春踏进电梯，电梯门即将关上，唐暖又喊了她的名字。她喊的是“青春”，不是“宋青春”，声音清脆动听，一如高中时那个明艳的少女。

宋青春心底咯噔一下，下意识抬起头，朝唐暖看去。隔着电梯逐渐关闭的门，宋青春看见唐暖朝她轻轻眨了眨眼睛，浅浅地笑了。

笑容陌生又熟悉，像极了年少时那个和她一起大笑、一起奔跑的好朋友唐暖。

宋青春觉得时光仿佛在逆流，周围变成午后洒满阳光的校园，她和唐暖穿着一模一样的校服，唐暖远远地看见她，唐暖喊她一句“青春”，然后抿唇浅笑，眉眼洋溢着蓬勃的朝气。

宋青春目不转睛地看着唐暖，唇角勾起，回了她一个干净又青春的笑容。

笑着笑着，宋青春清楚地看见，唐暖眼角有一抹晶亮闪过。她笑容一怔，还没来得及确认那是不是一滴眼泪，电梯门便合上，开始下行。

宋青春走出TW电台，在路边拦出租车的时候仰起头，朝办公室所在的楼层望了一眼，因为太高，她什么都没看见，然后她的耳边传来一道鸣笛声。她急忙转回头，上车离开。

宋青春真的没想到，自己这匆匆忙忙一走，再见唐暖，面对的却是她冰冷的尸体。唐暖死了，死在一场很惨烈的车祸里，法医鉴定结果为当场死亡，一尸两命。事故现场惨不忍睹。

宋青春从TW电台离开后，去了苏之念的别墅。

别墅里空无一人，门口的拖鞋还保留着昨天早上她出门时的模样。只是一眼，宋青春就知道，苏之念并没有回他的别墅。

如唐暖告知的那样，她在苏之念的卧室里真的看到了他去医院预约的结扎手术单。手术单压在苏之念的日记本下，他的日记她都看过。

宋青春随意翻了一下，发现多出一篇日记。

是三天前写的。

“小芝麻，对不起。

“我爱你，但更爱你妈妈。

“如果你去了天堂，可以恨爸爸，但记得，你妈妈很爱你。”

三句话让宋青春的眼眶蓦地变红，日记本里还夹了一张薄纸，她摊开一看，竟是墓碑的设计图。

设计图很漂亮，不似平常墓碑那么严肃，有气球，也有小熊，还有米老鼠。下面标注的“小芝麻”三个字，让宋青春一下明白，这个墓碑是他设计给谁的。

一滴眼泪从她的眼角滚落。

其实苏之念也很在意这个孩子，可他更在意她，所以即使痛，也要保持足够的理智，替她做出最好的选择。甚至，他为了避免以后再出现类似的错误，还去医院预约了结扎手术。

他宁可做手术伤害自己的身体，也不愿意她的身体被伤害分毫。

宋青春吸了一下鼻子，从包里摸出手机，将近二十四小时没开机，一开就接到无数未接来电和短信提醒，绝大多数都是苏之念的，还有他发给她的短信。

宋青春想，昨天中午她丢下他跑开，他一定找疯了。宋青春急忙拨了苏之念的电话，然而不巧的是，他的手机已关机。

大概没电了吧，世界这么大，她去哪里找他？她可以在家等，但若是他找不到她，一直都不回家怎么办？

宋青春在卧室里静站片刻，忽然像是想起什么，拎着包，飞快地跑下楼，拦车去了明镜胡同口。

苏之念找了宋青春一天一夜。此时真的像极了六年前，他醉酒后误睡了她，她躲着他，他满北京城找她的场景。

又是一个夜晚到来，北京城各式各样的霓虹一盏接着一盏亮起。宋青春离开后，一直都没合过眼的苏之念，眼睛有些疼，腿也有点软，身体越来越疲惫，迟迟都没找到宋青春，他的心开始绝望。

苏之念强撑着意识，不知道第几遍开车绕上北京三环，一边慢速行驶，一边寻找着宋青春的声音，等他把三环都绕完一圈，和过去的三十多个小时一样，换来的是说不出的失望。

长时间没休息，让苏之念心跳速度有些紊乱，眩晕的感觉时不时传来，惹得他有些想吐。实在疲惫不堪，他将车子停在路边，趴在方向盘上。

身体很累，也很困，苏之念闭上眼睛，根本睡不着。在她和孩子之间，他第一时间毫不犹豫选择了她，可是她为了孩子要舍弃他吗？苏之念下意识抓紧方向盘，一种久违的刺痛从心底深处蔓延攀升。

明明就在前不久，她信誓旦旦，说要陪他一辈子。想到这里，苏之念身体忽然紧绷一下，似是想到什么，猛地抬起头，快速发动车子，狠踩油门飙了出去。

苏之念不确定自己的预感到底对不对，可是冥冥之中，像有什么在指引他，促使他去那个地方看一看。

深夜的道路十分顺畅，不过十分钟，苏之念就抵达了目的地。他歪歪斜斜地把车停在路边，也不顾会挡住后面的车辆，迅速推开车门，朝马路对面走去。

车子来来往往，苏之念走走停停。在他走到马路正中央的时候，看到对面的胡同口站着一道熟悉的身影。她似是站了许久，站姿有点松散，时不时低下头，沿着胡同口走两步，大概真的累坏了，最后蹲下了。

她面前不断有行人经过，偶尔侧目望她两眼。她可能觉得不好意思，抬起手捂住脸。蹲了片刻，她盯着不远处的石头，然后站起身，不顾形象地一屁股坐了上去。

苏之念完全忘记自己还站在马路正中央，看到宋青春的刹那，周围的一切瞬间抽离，只留下她一人。他挡住一条路，惹得周围经过的车辆不断地鸣笛，有脾气暴躁的司机落了车窗，骂他有病。一时之间，他的耳边充满着刺耳的鸣笛声、难听的辱骂声，可他就像失去听觉，盯着宋青春，动也不动。

胡同口的宋青春似是感应到了什么，缓缓地转头，看向马路正中央的苏之念。她的表情明显愣了一下，下一刻，就从石头上站了起来。她的动作惊醒了他，他快步穿过车辆，朝她走去。他在距离她两米远的时候蓦地停下来。她静静地站在胡同口昏黄的路灯下看着他，目光清澈。

她带着几分娇憨地埋怨了一句：“苏之念，你怎么才来啊，我都等你好久了。”

一句话在苏之念的心底激起千层浪，他的身体猛颤了一下，眼底掀起刺痛，酸涩涌进眼眶。他快速垂下眼帘，遮掩住眼底的湿润。

苏之念恰好背对着路灯，脸上的光线很暗。宋青春看不清他的神情，只见他身上的衣衫有些皱，袖口凌乱卷着，增添了一股风尘仆仆的味道。

苏之念沉默地垂着眼帘，看似静淡的外表下，是没有人知道的狂风暴雨。

苏之念抓住宋青春的胳膊，一个用力，就将她搂紧在怀里。过了很久很久，苏之念才勉强稳住情绪，说的第一句话是：“你知道我找你找得多害怕吗？以后不要这样了，好吗？”

他语气平静，宋青春却从里面察觉到一股轻颤，似是请求。宋青春的心微微刺疼，睫毛闪了闪，抬手搂住他的腰，将脑袋往他怀中埋了埋，乖巧而又顺从地嗯了一声。眼底却有雾气缓慢升起，她微微弯了弯唇角，一字一顿清晰地说：“苏之念，下周三我们去上海吧。”

苏之念紧紧抿了一下唇，没说话。

宋青春包里传来铃声。她低头从兜里摸出手机，看了一眼屏幕，是个陌生号码。她迟疑了一下，接听，里面传来一道陌生的男声：“您好，请问您是宋青春女士吗？”

“是，请问您是？”

“我是公安局的。”

公安局的？给她打电话做什么？

宋青春下意识地转头，看了眼苏之念，听到她电话内容的苏之念，眉心恰好蹙起，两个人对视了一眼，宋青春才对着电话，小心翼翼地开口问：“请问有什么事吗？”

“您认识唐暖吗？”

宋青春又看了一眼苏之念，才说：“认识。”

“她死了。”打来电话的警察说话很直接，宋青春一时半会儿反应不过来。

警察一副公事公办的样子，继续说：“就在二十分钟前，在槐南路发生的交通事故，唐暖当场毙命。经过我们检查，发现唐暖已有身孕，但她吸食了大量毒品，根据我们刚刚得到的消息，唐暖并没有吸毒经验。所以，我们初步怀疑这次交通事故并非意外，而是人为。我们从现场发现唐暖的手机，上面显示的最后一条消息是发给您的微信，所以就联系了您，请问您现在可以来一下事故现场吗？我们需要您的配合与调查。”

手机从宋青春的指尖滑落，重重摔在地上。手机没被摔坏，里面的警察还在说着什么。

就连一向遇事冷静的苏之念都安静了好一会儿，才弯身捡起宋青春的手机，对里面的警察说了一个“好”字。

在去往唐暖出事现场的路上，宋青春检查了一下手机，真如警察说的那样，她的微信里有一条唐暖发来的语音，她点开，里面的唐暖说话很混乱：“包……包有……有录……录……”

到了现场，唐暖已被白布蒙上。这是宋青春第三次面对熟悉的人的死亡，母亲是第一个，宋承是第二个，唐暖是第三个。

纵使她和唐暖之间闹过很多不愉快，可当她颤抖着腿走到担架前，掀开白布，看到唐暖苍白的脸时，那些曾经的怨恨和怒气立刻烟消云散，取而代之的，是一种说不出的沉痛和压抑。

宋青春最讨厌唐暖的时候，没想过让她死。现如今，宋青春不恨她了，她却死了。就在今天上午，唐暖还拿着早餐，送到她的办公室，跟她聊了几句，对她道过谢。可是现在，她已经闭目长眠，冰冷无魂。宋青春的眼泪蓦地落了下来。

警察还在拍照，保留现场痕迹。

唐暖的车子被撞得看不出原样，车头全毁，到现在还冒着淡淡的白烟。驾驶座上全是血，有些血已经凝结成块，整个车祸现场，散发着令人作呕的腥味。

一旁有警察不断在接电话，刚刚给宋青春拨打过电话的警察挂断电话后，走到一个中年警察面前，大概是他们的领导，说：“刚刚接到电话，说死者是小三，前几日被原配当街打过。头儿，您说会不会是因为这个，死者承受不住心理压力，然后堕落吸毒，出了交通事故？”顿了顿，那个警察又说，“或者，她就是想自杀，只是没有胆量，所以才服用了致幻的毒品？”

“不可能！”宋青春忽然从唐暖的尸体前站起身，语气坚决地回了一句，“绝对不可能，唐暖不会自杀的。”

她曾为了孩子，在挨打的时候拉下面子向宋青春求救。她被打得那么惨，却一直拼命护着自己的肚子。

这说明她很爱孩子。既然那么爱，就不可能带着孩子去死！

“如果她不是自杀，那么就是他杀？但是他杀讲究杀人动机，杀人动机是什么？”警察的头儿开口。

“据我目前得到的消息，唐暖并没有和人结下什么深仇大恨。”给宋青春打电话的那个警察说。

“如果按照这位女士的保证，死者不是自杀，是他杀，那么毒品很有可能不是死者主动服下，也许是被迫服下。”一直负责拍照的警察参与了讨论。

警察的头儿说：“联系专家，检查一下死者的车子，看看是不是被人动过手脚。”

一直负责拍照的警察说：“已经联系了。等下车子会被拖走，专家会检查。”

跟宋青春打电话的警察向宋青春求证了一遍：“您确定，死者不会自杀吗？”

“不会。”宋青春毫不犹豫地开口，忽然余光被唐暖的手腕吸引。

最先注意到宋青春不对劲的是苏之念。他蹙了一下眉，顺着她的视线望去，并没有看出什么端倪，出声问：“怎么了？”

宋青春没有说话，转身朝唐暖的尸体靠近。她缓缓地蹲下身，抓住唐暖的手腕。

唐暖的身体还有一抹余温，是那种让人心寒的温度。宋青春指尖轻颤了一下，视线就定在了她戴的手镯上。

苏之念在原地站了片刻，忍不住也跟着靠近，然后蹲下身，盯着唐暖手腕上的镯子片刻，又问：“有什么问题吗？”

宋青春摇了摇头，视线始终没从唐暖的手腕上挪开：“我也不知道有什么问题，这个手镯给我的感觉怪怪的，我觉得很眼熟，像是在哪里见过，还见过很多次，可我想不起来在哪里见过了……”

苏之念皱着眉，那手镯除了成色不错，并没有其他特殊的地方。

“怎么了，你们发现了什么吗？”警察的头儿看宋青春和苏之念蹲在那里，嘀嘀咕咕个不停，忍不住走上前来询问。

苏之念摇头：“没有。”

他看了一眼还在研究手镯的宋青春，想了想，又开口：“我能拍张照片吗？”

警察头儿毫不迟疑地答应：“可以。”

苏之念从宋青春的兜里摸了手机，对着唐暖的手腕，仔细拍了好几张照片。

时间倒回到上午宋青春离开TW电台的那一刻。

唐暖在电梯门关上的一刻，眼泪像断了线的珍珠，一颗接着一颗砸落下来。她原本朝宋青春扬起的灿烂笑容瞬间消失，像是失去了所有的力气，蹲在地上，捂着脸，呜呜哭出声。这些年来，她从没有后悔，可是那一瞬，她真的后悔了。

上午，宋青春从TW电台匆匆离去的时候，唐暖犹豫着要不要告诉她，是谁一直以来害死了她的母亲，她的兄长，还要害死她。

可是现在，唐暖忽然确定了。她要告诉宋青春，究竟是谁在害宋家。她想要像曾经年少的宋青春一样，为她们的友情，毫无保留地付出一次。

口说无凭，宋青春未必会相信她口中的女人是恶魔。所以，在她告诉宋青春之前，她需要一点证据，来彻底撕开女人的真面目。

唐暖开车到达目的地，从包里摸出自己这两年采访用的录音笔，点了开始录音。

她在车里静坐了几秒钟，深吸了一口气，推开车门下车，缓缓地走进面前的独栋别墅。这个别墅和她以前来时一样，幽寂干净。别墅的院里没开路灯，只有门口的一盏灯亮着。唐暖借着昏暗的灯光，踩着石子路，轻车熟路地走向别墅门口。

刚准备抬手去按门铃，她便听见门旁的一间没关窗的房间里，传来了那个女人的声音：“唐暖今晚会来见我，我跟她约了晚上十点钟。现在九点二十，估计等会儿她就到了。”

唐暖眉心微动，举起的手落了下来，往开着的窗前小心翼翼挪动了两下，以便听得更清楚一些。

“不，我现在还不想舍弃她这棋子，我想借她的手杀了宋青春。你是知道的，不到万不得已，我不想亲自动手对付宋青春，因为苏之念那个人实在太难缠。当初坤哥他们多少次出手，都被苏之念破坏了。当初如果不是我们及时在坤哥被警察追捕的时候，开车撞上他的车，把他撞成重伤，抢救无效死亡，我想这个时候我们早已暴露。”

坤哥？唐暖眉心轻蹙。她和宋青春针锋相对的时候，对很多事情的底细并不清楚，但是这个女人嘴里的这件事，她却是有耳闻的。坤哥那个新闻，她还跟踪过。那时所有关注的记者，都以为坤哥是畏罪潜逃时手忙脚乱出了车祸，原来不是，而是他杀！

“现在的唐暖，对宋青春的恨意已经不是那么深了，很多事情做得犹犹豫豫。我们需要想个办法，把她的仇恨点弄到最满。苏之念……苏之念在意的是宋青春，唐暖喜欢的是苏之念。唐暖无数次针对宋青春，所以我们可以这么来……”里面的女人沉吟片刻，“明天秦以南的婚礼上，唐暖一定会出现。那个时候，你派个人有意无意泄露给她一个消息，那就是黄太太之所以知道她的存在，是苏之念透露的，原因是为了宋青春。依照唐暖的性子，她在知道这个消息的时候，肯定会恨惨宋青春，毕竟那一天的她，被人打得够狼狈。”

不知道女人究竟在跟谁打电话，讲到这里的时候，勾着唇低低轻笑两声：“没错，当初我之所以把唐暖跟黄总的事情透露给黄太太，就是想在关键时刻添油加醋一把，让她冲动之下对宋青春下手。”

唐暖的眼睛，瞬间睁到最大。黄太太知道她跟黄总纠缠不清，原来是这个女人透露的，难怪她从来不知道黄总结婚的消息，也难怪黄总跟她纠缠了这么长时间，老婆一直都没行动。原来，一切都是人为的！所以从一开始，她对这个女人来说就是杀人的棋子。自始至终，这个女人都是在利用她！若是她今天没有无意间撞上这个女人打电话，是不是，明天在秦以南的婚礼上，她就会跟傻子一样，结结实实恨上宋青春，或者下手害了宋青春？

唐暖胸膛有些起伏，努力压着怒火，小心谨慎地往后退了一步，想要趁女人没察觉时，悄无声息地离开别墅。然而，她刚退了没两步，屋子里的女人就挂了电话。

整栋别墅一下子静得有些诡异。唐暖的心脏紧缩了一下，宛如做贼，步伐变得越发小心翼翼。在她走到门口的台阶下时，包里的手机忽然响了一声，在一片寂静的别墅里显得格外刺耳。

唐暖慌忙从包里摸出手机，刚调为静音，就听见屋里女人的声音传来："谁呀？"

唐暖吓得屏住呼吸，不敢回应，加快脚步。刚走到院中，院里的路灯齐刷刷亮起，敞开的电动院门缓缓关闭。唐暖四处望了两眼，不等身后的屋门被打开，就快速转过身，不紧不慢地朝屋门口走去。

既然屋里的女人察觉到有人在院里，自己若是执意往门口走，只会让她知道自己听见了她讲电话。所以，此时最好的办法，就是装出自己刚来的模样，什么都没听见般去见她。唐暖一边在心底掂量，一边努力稳着自己的情绪。她刚走到屋门口的台阶处，屋门被人从里推开，眼前出现那个女人精心描绘的面孔。

唐暖没等女人开口，径自朝她微微一笑，和平常一样，客气地开口问好："您好。"

女人一手扶着墙，盯着她的脸，仔细地看了片刻，像是在打量着什么。唐暖拼尽全力维持着表情的淡然。过了大概半分钟，那个女人温温柔柔地开了口："你来了？"

"是。"唐暖又是一笑。

女人看她笑，便回给她一个笑，让开进屋的路："进来吧。"

唐暖怕女人看出破绽，没有任何犹豫地踩上台阶，进了屋。女人给她扔了一双拖鞋，径自走向餐厅。过了大概两分钟，她端着两杯热气腾腾的水走了出来，看到唐暖站在玄关处没动，浅笑了一下，指了指沙发："坐呀。"

"谢谢。"唐暖顿了几秒钟，坐了下来。

女人将一杯水放在唐暖面前，给唐暖做了一个"请喝"的手势，指了指洗手间的方向，站起身走进去。

女人在洗手间里待了好一会儿才出来。她走到沙发前，瞄了一眼唐暖面前已经变凉的水问："怎么不喝呢？"

唐暖弯着唇，落落大方地摇了摇头："我不渴。"

女人笑了一下，像是相信，一身端庄地坐在唐暖的面前。

唐暖主动开口："您找我，是因为宋青春吗？"顿了顿，又说，"您放心，我保证明晚会让您听到好消息。"

"那还真是再好不过。"女人端起自己面前的水，轻抿了一口，放下杯子后，才转过头，朝唐暖又笑了。

她似是很满意唐暖的保证，目光和善。她姿势优雅地靠在沙发上，有意无意把玩着手腕上的镯子，最后时不时将镯子摘下来、戴上去，像是一个很好玩的游戏。

安静了不知道多长时间，唐暖刚准备说点什么，女人的手机忽然响了起来。

悦耳的手机铃声却吓得唐暖身体轻颤，坐在一旁的女人掏出手机，看了一眼来电显示，将摘下来的镯子往茶几上一放，一边接电话，一边走向客厅对面的房间。

门被关上，唐暖听不清女人说了什么。

她等了大概十分钟，关上的门被拉开，女人款款地走了出来。唐暖侧头，看了一眼墙壁上的挂钟："已经十一点了。"

女人顺着她的声音，也看了一眼时钟。

唐暖垂了垂眼帘："时间不早了，我得离开。"

女人停在沙发旁，点了点头："是啊，不早了，你回去的路上慢点。"

唐暖礼貌地笑了一声，拎起包，尽量保持平静地起身，对女人说了句："再见。"

"再见。"女人眉眼宁静地回答。

唐暖没再说话，拎着包朝玄关处走去。在她经过女人身边的时候，女人忽然喊了她的名字："唐暖。"

唐暖停了一下脚步，还没来得及转头，女人不知从哪里拿出针管，朝唐暖的手臂上快而准地扎了上去。胳膊上传来刺痛，唐暖眉心蹙了一下，下意识要挣扎，女人似是料到，将她用力一推，压倒在茶几上，狠狠地按着针管，将里面的液体用最短的时间推入唐暖体内。

直到女人狠狠地拔掉针头，唐暖才恼怒地转过头，看向女人：“你给我注射的是什么？”

女人的眉眼早已没了刚刚的客套和温柔，取而代之的是冰冷的杀气，丝毫没有掩饰地给了唐暖答案：“致幻剂。”

致幻剂，毒品的一种，她腹中的孩子岂不是……唐暖忽然疯了一般，从茶几上爬起来，朝女人扑了上去。不想药效发作得太快，女人不过推了她一下，她就倒在茶几上，四肢瘫软，使不出半点力气。

“你真以为我什么都不知道吗？”女人轻笑一声，讽刺了她一句，夺走唐暖的包，翻找了片刻，然后找出唐暖的那支录音笔，点了播放键。

唐暖这才明白，女人早已怀疑她，女人刚刚所有的表现，只是在陪着她演戏而已。

“我早就告诉过你，宋青春和你只能保全一个。既然今天早上你选择保住宋青春，那么你就该知道自己的下场。”女人顿了一下，有些遗憾地摇了摇头，“其实，唐暖，我还真没想着要你的命，因为我觉得你对我挺有用，只是很可惜，你听见了不该听见的内容，甚至还想用录音来揭发我。所以，真的很抱歉，我只能选择让你死了！”话音落定，女人的眼神有些狠戾，下一秒，她就打了一个电话。

录音笔毁了，她唯一的证据没了，甚至还要丢了性命。可是，她不能就这么白白死去。唐暖趁意识还没彻底涣散，打量了一下周围的环境，看到茶几上放着的镯子时，眼睛微亮。

她将镯子悄悄地够了过来。这是那个女人从不离身的东西，就算她死，也要拉那个女人下水！唐暖用尽全身的力气，将镯子戴在手腕上。

女人电话挂断还没五分钟，就进来一个男人。两人低语了几句，然后男人抱着唐暖，快速地走出别墅。

唐暖被塞上自己车子的驾驶座，车门被锁死，车子被发动。还保留着意识的她，拼命去踩着刹车，然而，刹车已被人动过手脚，失灵了。

车速越来越快，在没有车辆的深夜街道上加速飞驰。唐暖只能不断地转着方向盘，避免撞上周围的护栏。

她勉强驶上了一条笔直的道路，清晰地感觉到，自己眼前看到的东西都变成了幻象。她知道自己随时都会撞上什么，然后当场身亡。她费了好大的力气摸出手机，想要报警，可她的指尖根本不听使唤，点了半天，都点不上一个数字。

车速越来越快，已经接近一百八十迈，车头有些偏移，朝前方的立交桥撞去。她看见死神朝自己走来，眼前浮现出很多画面，她知道那是致幻剂导致的。她呼吸变得越来越急促，放弃了报警，咬紧牙关，勉强颤抖着手指，按了屏幕上秦以南的头像。

那是她保存在桌面上的紧急通话图标。电话拨出，在密封的车室里，她听见手机传来嘟嘟嘟的声音。她不是想要求救，只是想在死之前，听一听他的声音，哪怕只是一个喂也好。如果她有力气，想跟他说对不起，如果她还有更多的力气，想对他说新婚快乐。

电话一声接着一声地响，秦以南始终没有接听。立交桥距离她的车子越来越近。

唐暖心底期待着，响到第七声的时候，手机突然被挂断。

秦以南挂了她的电话，他终究是厌恶极了她……

车子距离立交桥，只剩下最后几百米，本来没了力气的唐暖，不知道自己算不算临死之际的回光返照，点开微信，找到宋青春的名字，按了语音。

“包，有，包，录，录……”车速实在太快，神志不清的她舌头有些打结，只说了这几个字，车子就狠狠撞上了立交桥。

第二十章
正大光明地爱你

唐暖死了，所有同学聚到一起，大家都在为唐暖的离开而悲伤，因为秦以南的婚礼，因为唐暖的葬礼，宋青春几乎没有时间去为自己明天就要失去的小芝麻黯然难过。

即使此刻，一切都已尘埃落定，她不过为自己的小芝麻伤神了片刻，就要卸下一身黑衣，换上鲜亮的礼服，去参加宋氏企业的周年庆。

然而，谁都没有想到，周年庆上竟然发生了一件始料未及的事，而经过跌宕起伏、精彩刺激。

夜色降临，京城俱乐部气派的正门口聚满各媒体的记者，此时嘉宾还没入场，闪光灯却闪烁不停。

距离周年庆开始还有半个小时。宋青春和苏之念各有各的交际圈需要应酬，两人始终都没碰上面，也没什么交谈。

九点半，周年庆准时开始。

宋氏企业特意请来知名主持人。主持人站在灯光璀璨的舞台上，举着话筒，声情并茂地讲起了开场词：“先生们，女士们，请大家安静一下。”

原本喧哗的现场，刹那间寂静无声。

“下面我们有请宋氏企业的董事长宋孟华先生！”主持人微笑地对台下做了一个请的手势，带头鼓掌。

如同潮水涌动的掌声中，宋孟华拄着拐杖，在管家的搀扶下走上舞台。

宋孟华站在舞台正中央，白色的追光在他周身打了一圈明亮的光。他望了一圈来宾，等到掌声转小，才清了清嗓子：“大家晚上好，很高兴大家在百忙之中，抽时间来参加宋氏企业的周年庆。今天，我要宣布一件很重要的事。大家都知道，我的身体一日不如一日，所以首先我要说的是，从现在开始，我正式辞掉宋氏企业董事长的职位，而这个职位，由——”宋孟华刻意顿了一下，全场的目光落向此时宋氏企业唯一的接班人宋青春。

“我失散多年的儿子，苏氏企业的CEO，苏之念先生接管。”

现场变得有些骚动。

被保安拦在最外面的媒体记者拼命按起快门，伴随着咔嚓咔嚓的声响，无数闪光灯亮起。

“我想在场的不少人肯定被我刚刚那个决定吓到了。坦白说，当初我知道这个消息时，也被吓到了。”前一秒宋孟华还公事公办地说着，下一秒声音变得有些煽情，“但是，在吓到的同时，我感到欣喜和庆幸。我庆幸上天待我不薄，夺走我另外一个儿子后，还给我一个同样优秀的儿子。犯错的是我，不是儿子，不管我的儿子是姓宋还是姓苏，他们都是我最优秀的儿子。”

原本躁动的现场重新安静下来，过了大概十秒钟，不知是谁带头鼓起了掌。

在掌声中，主持人举着话筒，请苏之念登场。

宋孟华的这个决定，苏之念之前并不知晓。虽然事情有些突然，但他站在舞台上，面色沉稳、应对自如：“大家好，我是苏之念。从今天起，我将任职宋氏企业董事长，请大家多多关照。”

接着登场的是宋氏企业的现任总裁郑昊。他简单讲述了一下宋氏企业未来一年的发展计划。

接下来，迎来周年庆的最关键环节，开香槟。往年，宋氏企业开香槟的环节，不是宋孟华和妻子，就是宋承和方柔。现如今，宋夫人不在了，宋承也不在了，所以这次开香槟的主角，变成了宋孟华的一对儿女，苏之念和宋青春。

“下面，我们有请苏之念先生和宋青春小姐登台为我们开香槟——”主持人大声宣布，现场响起雷鸣般的掌声。

背景音乐响起。

宋青春和苏之念一前一后走向摆成香槟塔的杯子前。服务员推着放满各种定制香槟的小车，缓缓走来。

站在宋青春和苏之念身旁的两个司仪，一人拿起一瓶香槟，在主持人的祝贺词中，开了瓶。

主持人话音落定的一刻，两个司仪捧着香槟，面带微笑地走向舞台，他们准备将香槟递给宋青春和苏之念的前一秒，悦耳流畅的背景音乐忽然变成沙沙沙的声响。

纵使两个司仪训练有素，还是不约而同愣了一下。

主持人皱着眉，举起话筒，先询问了一句怎么回事，然后沉着冷静地安抚现场宾客：“不好意思，音响设备可能出了一些小故障，大家少安毋……”

主持人话还没说完，音响里忽然传来一道讲话声。

“苏之念，你这是跟我谈谈吗？”

左顾右盼的宾客，将视线缓缓落在苏之念的身上。

这不是自己的声音吗？

宋青春脑海里刚冒出这个念头，耳边又传来自己咬牙切齿的声音：“你早就打算好了，是不是？你压根就没想过尊重我的意见，你今天所有的一切，都是有备而来，是不是？”

苏之念刚听了两句就明白过来，这是他和宋青春当初从福利院出来后的谈话。

只是他们的对话怎么会在宋氏企业的周年庆上被放出来？

苏之念缓缓地蹙起眉心，听见一道清冷的男声：“婷婷，你别激动。你也看到了，那些孩子多可怜。难道，你想我们的孩子生下来后，跟他们一样可怜吗？”

孩子……苏之念有了孩子？

宾客看着苏之念的眼神里充满了震惊。就连宋孟华，眼睛都睁得溜圆。

“那你又怎么知道，我们的孩子生下来就一定那么可怜？亲生兄妹生下来的孩子是畸形儿的概率很大，但并不是百分之百。万一我肚里的孩子是好的，那你说怎么办？”

众人再一次惊呆。

亲生兄妹……

和苏之念是亲生兄妹的人……

已经有人反应过来，将视线从苏之念的身上转到宋青春的身上。

“婷婷，你也知道是万一。你怎么确定，我们就能是那万分之一的幸运？婷婷，我真的做不到明知你现在的决定是错的，还陪你错下去。我不愿意看到你一辈子为了一个不健康的孩子痛苦。下周三我陪你去上海，那里不是北京，没人会知道。我会全程陪在你身边，我们把这个孩子拿掉，好不好？”

她和苏之念的对话被人动过手脚，只是剪辑了最重要的部分。宋青春下意识侧头，看了一眼身边的苏之念，男子紧绷着唇，眼神冷得吓人。

整个会场的宾客听到这里，终于搞明白了状况。原来，苏之念口中的婷婷，就是宋青春……

音响里，谈话不再围绕打掉孩子转了，而是宋青春和苏之念的情话。

“青春，我喜欢你。”伴随着苏之念深情的声音，音响里传来男女亲吻的暧昧声响，两个人的呼吸变得越来越急促。

宴会现场变得有些尴尬。

维持秩序的保安反应有些迟缓，以至于没拦住记者，等他们回过神，记者已经围在宋青春和苏之念的身边。

“苏之念先生，请问您真的和宋青春小姐在一起了吗？”

“宋青春小姐，麻烦您告诉我们，现在真的有了身孕吗？孩子是苏之念先生的吗？”

“苏之念先生，宋青春小姐，请问你们知道，你们的所作所为是不被伦理和道德接受的吗？”

面对记者咄咄逼人的追问，宋青春的脸色越来越白。

苏之念的第一反应是将宋青春一把拉入怀中，抬手掩住她的脸，避免被人继续拍照。

不远处的保安已经回了神，匆匆赶来控制现场。好不容易逮住劲爆消息的记者，哪里肯罢休？一边抵抗保安，一边伸长胳膊，将话筒往苏之念和宋青春的面前递。这些记者的问题，越发刁钻刻薄。

“请问，苏之念先生和宋青春小姐，你们是怎样走到一起的？”

“你们明知是亲兄妹，还能像正常男女一样亲热。想请问一下，你们是真心相爱，还是在寻求乱伦的刺激感？”

苏之念清楚地感觉到被自己护在怀中的女孩，身体瑟瑟发抖。无法言喻的怒火混着心疼，从他的体内迸发出来。

恰在此时，一个记者将照相机绕过苏之念挡在宋青春脸前的手，朝宋青春偷拍起来：“请问宋青春小姐，你和你的亲哥哥搞在一起，是你先勾引你哥哥的吗？”

苏之念心底的怒火燃到极致，没等记者话音落定，猛地伸手，一把夺了记者手中的照相机，狠狠摔在地上。

随着一声巨响，紧接着响起好几道刺耳的尖叫声。

下一秒，围绕着苏之念和宋青春的记者手中的话筒和照相机，挨个从他们指间不受控制地脱落，重重摔在地上。

记者们看着自己面前七零八落的照相机，愣在了原地。大家你看看我，我看看你，一时半会儿不明白，自己刚刚怎么就松了手？

苏之念一手拥着宋青春，将她的脸牢牢护住，不给那些记者任何拍照的机会，怒气腾腾地一把夺走站在一旁早已目瞪口呆的主持人手中的话筒，低沉的声音包含着浓浓的警告：“你们不就是想要答案吗？好，我给你们答案！”

苏之念一边说着，一边冷冷扫了一圈周围的记者。那些记者接触到他的视线，吓得眼神飘忽不定。

“我和她是在一起，但不是她要和我在一起，是我逼着她跟我在一起！所以，如果你们要谴责，就谴责我一个人，这件事与她无关，她就是受害者！”

有记者将话筒举到嘴边，然而唇瓣没来得及动，苏之念就冷冷开了口："我不接受任何采访，因为没什么可解释的。不过我有一句话，那就是——"说到这里，苏之念眼神微微一沉，有着磅礴的煞气倾泻而出，"骂我可以，从现在开始，谁再说出半个对她不敬的字，休怪我不客气！"

苏之念说完，将手中的话筒重重丢在舞台上，低下头，对着怀中的宋青春低语了一句"我们走"，然后紧紧地护着她，朝舞台下走去。

苏之念气场太过强大，上百人里竟然没有一个敢拦着他。

苏之念感觉被自己护在怀中的女孩身体抖得厉害，余怒未消地低下头，凑到她耳边，声音低柔地说："没事，我在，别怕。"

苏之念拥着宋青春刚要走出大门，却被一个声音叫住："苏之念，你给我过来！"

苏之念脚步没停，宋孟华语气更不悦，一边用拐杖在地上狠狠地敲着，一边怒气冲冲地喊："苏之念，你听到没？再给我走一步试试！我让你给我过来！"

宋青春硬生生停下脚步。苏之念看她停，身形顿了顿，往前又迈了一小步，才不情不愿地跟着停了下来。

"过来！"宋孟华语气里夹杂着腾腾的怒火。

将脸埋在苏之念怀中的宋青春被宋孟华吼得瑟缩了一下，下意识想要从苏之念怀里挣脱，去看宋孟华。

苏之念却快速伸出手，控制住她的身体。

开玩笑，那些记者唯恐天下不乱。他好不容易护着她没被人拍了脸，她这么回去，不是明摆着羊入虎口吗？

宋青春挣脱不开苏之念，只好扯着他的衣袖，用只有两个人才能听见的声音说："爸爸让我们过去。"

不远处又传来宋孟华奋力举着拐杖敲地的声响："苏之念，你眼里到底还有没有我这个父亲！"

宋孟华真的气坏了，将酒杯重重地扫落在地，碎裂的杯子发出刺耳的脆响。

宋青春面对无动于衷的苏之念，急得快要哭出来："苏之念，爸爸身体不好，经不住气，我们快……”

苏之念抿了抿唇，终究拥着她转了身。

宋孟华举着拐杖站在舞台正前方，他的身后站了管家、方柔，还有刚刚看他动气、走过来劝说他的秦以南和程青葱。

他盯着一步一步朝自己走来的苏之念和宋青春，表情严肃。这样的宋孟华，宋青春还从未见过。

她吓得手脚冰凉，几乎一路抖着腿走到宋孟华面前。她只是看了一眼宋孟华威严的神情，就垂下眼帘，屏着呼吸，等着暴风雨来临。

相对于宋青春的紧张和不安，苏之念还是临危不乱的沉静模样。他比宋孟华高出一个头，虽然是儿子，可站在宋孟华的面前，气场远比怒气腾腾的宋孟华强大许多。

宋孟华阴着脸，一声不吭地从苏之念的脸上看到宋青春的脸上，然后目光下移，落在了宋青春的肚子上。

宋青春虽然没敢看宋孟华，却能感觉他目光停在自己的小腹上。不知是不是小芝麻有了感应，她觉得腹部在宋孟华的注视下，细微抽疼了两下。

“怀孕了？”宋孟华的语气相较刚刚缓和了许多，大概因为怒气还没消退，声音仍带着一抹煞气，听得宋青春心底一惊，咬着唇，脑袋低得更厉害。过了好一会儿，她才跟蚊子哼哼一样，嗯了一声。

现场静得有些可怕，宋青春感觉掌心布满汗水。她看父亲始终没有开口，用力抿了抿唇：“爸，对不起，您别——”

宋青春后面的话还没说完，宋孟华忽然举起拐杖。听到拐杖划过空气的声音，宋青春用力闭上眼睛，等着疼痛来临。一旁站着的苏之念，一个转身就挡在宋青春的面前。然后，宋孟华的拐杖落了空，重重敲在苏之念刚刚站的地板上。因为他力道过大，整个人还往前倾了一下。

宾客都愣住了。原来搞了半天，不是要打女儿，而是要打儿子啊。

就连苏之念都定了定，才一脸错愕地放开宋青春，还没站稳，宋孟华的拐杖又挥了过来，重重落在他的后背，打得他踉跄了一步，又扑到宋青春的身上。

宋孟华显然气疯了，紧接着又敲向苏之念的后背，恼怒地训道：“你个不孝子，你太让我失望了，苏之念！”

连续两次被打在同一处的苏之念，紧抿着唇，发出一道很低的闷哼声。

“爸！”宋青春喊了一声，就要从苏之念的怀中挣脱出来，去阻拦宋孟华。

听到拐杖第三次落下的苏之念，怕拐杖伤及宋青春，手臂微微用力，就把她牢牢地困在怀中，然后后背传来一道钻心的疼，整个人也跟着轻轻地抖了一下。

“宋伯父！”秦以南听到宋青春的尖叫，冲了过来。

方柔也跟着动了动唇：“爸，您别激动。”

管家说：“老先生，有话好好说。”

宋孟华完全不理会大家的劝说，又挥着拐杖朝苏之念的身上打去。

“没经我允许，谁让你碰我宝贝女儿的！

“苏之念，你是怎么当男人的，难道你小时候，在学校没学过尊重人吗？！

“你说，你尊重青春了吗？！

“有了孩子，竟然不给我认账？还要把孩子拿掉？！”

嗯？怎么到后面，训斥的话越来越不对劲？

拍照的、录像的、编撰新闻稿的、准备上前劝说的……几乎整个会场的人再次齐刷刷愣住。

“先不说孩子的问题，单说流产，很伤女人身体的，你知道不知道？！”

宋孟华胸膛里的怒火越来越旺，恶狠狠地说：“我疼了青春大半辈子，你竟然给我随随便便欺负她？

“更过分的是，你欺负了我的宝贝女儿，还要欺负我孙子？

“还弄什么下周三去上海，流产？你是怕在北京被我知道揍你是不是？我现在知道了，照旧揍你！

“我告诉你，苏之念，你要是敢动我孙子一根汗毛，信不信我先打死你！

“还长本事了，打个胎还跑上海去！”

苏之念胳膊上力道一松，宋青春从他的怀里挣了出来，想都没想就挡在苏之念的面前："爸，你别打了，爸……"

宋孟华急忙收住原本挥向苏之念，此时却朝宋青春脑袋上落下去的拐杖。

宋孟华将拐杖一扔，快步走到宋青春面前，刚准备伸手去拉宋青春，苏之念就忍着疼，防备地伸出手，拦了一下宋孟华："爸，你有气冲我发，别冲婷婷。"

"你给我闭嘴！我让你说话了吗？！"宋孟华狠狠地瞪了一眼苏之念，转头朝宋青春要多慈爱有多慈爱、要多关心有多关心地开口："青春，刚刚爸爸有没有伤到你？你有没有哪里不舒服？"

被打又被训的苏之念，看着表情转变极快、就跟切换画面一样的宋孟华，一脸茫然。宋青春也是一样，呆呆地看着朝自己笑的宋孟华。

宋孟华要多欢喜有多欢喜地低下头问："青春，孩子几个月了？"

爸爸这是怎么了？是不是气疯了？宋青春看着宋孟华，一副快哭的模样。别说宋青春，围观的一室宾客都目瞪口呆。

宋孟华猛地转头，目光带着杀意，嗖嗖地朝苏之念射去，然后重重哼了一声，转过头，对着宋青春笑眯眯地说："青春，你是不是还没来得及做产检？"

宋孟华说着就看向秦以南："以南，快给老赵打个电话，让他立刻过来一趟，给我们家青春检查检查。"

秦以南摸出手机准备打电话，宋青春终于发出声音："不、不用了……我、我产……产检过……"宋青春结结巴巴了好一会儿，话才说得利索起来，"宝宝现在七周了。"

七周……也就是再有八个月，他就可以看到宝贝孙子了？

宋孟华哈哈地笑起来，笑着笑着，才后知后觉地察觉周围的气氛有些不对。

宋孟华止住笑，猛地回过神来，哎呀了一声，拍了一下脑袋，低语一句："瞧我这记性，重要的事情险些忘了！"说着，宋孟华拄着拐杖，在大家震惊的注视下，走上了舞台。

他从主持人手中接过话筒，看着台下的人，还没说话就先笑了："实在不好意思，周年庆上闹出这么一段插曲，让各位见笑了。”

插曲？自己的儿子和女儿这样，他竟然用“插曲”两个不轻不重的字带过？现场先是一片安静，大家面面相觑，随后纷纷扬扬的议论声传了出来。

“我今天有三件事宣布。”宋孟华丝毫没理会台下的骚动，径自开口。

宋孟华对着台下竖起三根手指：“第一件事，刚刚我的儿子太冲动，摔坏了那位记者的摄像机。我们宋氏企业的律师会联系您，做出赔偿。”

现场的议论声小了一些。

“第二件事是件大喜事。”宋孟华脸上的笑容要多喜庆有多喜庆，“那就是……”宋孟华的视线温暖地落在宋青春的身上，“我的女儿怀孕了，我们宋氏企业有了第三代接班人，在此我正式邀请大家，十一个月后，宋氏企业第三代接班人的百日宴，在场诸位，欢迎你们来参加！”

若是换作正常情况，此时说完这段话，现场应该响起雷鸣般的掌声。可宋孟华闭嘴的时候，现场鸦雀无声。

宋孟华丝毫不在意，抬起手用力鼓了鼓掌，继续说：“第三件事，同样是件普天同庆的大喜事。那就是——”宋孟华呵呵地笑了几声，继续对着话筒激动宣布，“我的儿子和我的女儿的婚事！婚期待定，不过我可以给大家透露一下，婚礼会在明年举办。”

宋青春怀孕了，前三个月最危险，三个月后宋青春的肚子变大，穿婚纱不好看，所以还是等孩子生下来再说。

宋孟华一边在心底盘算着，一边对台下的宾客展开热情的邀请：“到时候，我会亲自给在场的每一位送上喜帖。”

宋孟华的这些话无异于一道惊雷，轰然炸响在会场，让现场气氛变得再度混乱。

“宋孟华老先生，按我国法律规定，亲生兄妹是不能结婚的。您知不知道刚刚宣布的那件事是违法的？”

“宋孟华老先生，您真的觉得这样做好吗？”

“宋孟华老先生……”

宋孟华气定神闲地站在舞台上，笑着抬起手，做了一个安静的手势：

“请大家听我继续说完。”

一个记者的声音显得格外刺耳：“您难道不知道，亲生兄妹生下的孩子，往往都有缺陷吗？这样的孩子，您也敢要？”

“胡说八道！谁跟你说我孙子有问题！”宋孟华不悦地朝记者瞪了一眼，才对着话筒，重新开口，“我宋孟华的确很想要孙子，但我并不是没有道德底线的人。我之所以让我女儿把孩子留下来，是因为有一件事，除了我们宋家人，其他人都不知道。这件事，就是关于我女儿的身世。我女儿宋青春，并非我的亲生女儿。”

现场的气氛再次骚动。

苏之念和宋青春愣在原地，忘了反应。

“宋青春是我和我逝去的妻子，在青春三个月的时候从医院里抱养的。在场的一些我的老朋友应该都知道，我的妻子当年怀过二胎，可惜生下的是个死胎。当时医院病房很满，我的经济条件并没有现在这么好，所以我的妻子和另一个女人共住一个病房。遗憾的是，那个女人产下一女，过了三个小时，忽然大出血离世了。女人的丈夫是个警察，在执行任务的时候，被歹徒杀死，丈夫死的时候，她才怀孕六个月。女婴父母双亡，着实可怜，所以我和我妻子商量后，当即决定收养那个孩子。”

现场静得无声，宋孟华继续说：“当然，想必有很多人质疑，我是不是为了避免宋氏企业陷入危机，避免我的一对儿女陷入困扰，才临时编造了这个故事。没关系，我可以在媒体公开见证的情况下，选一个日子和女儿做亲子鉴定。我的女儿和我的儿子，其实很早之前就知道这件事了。所以，他们并不像你们猜测的那样，是在明知彼此是亲兄妹的情况下，还走在一起。我知道，你们肯定会纳闷，既然两个孩子知道真相，为什么还要拿掉孩子？为什么不对媒体说出真相。那是因为……”说到这里，宋孟华咬牙切齿、目光凶狠地看向苏之念，“我儿子是个不婚族！”

被无缘无故扣上不婚族帽子的苏之念，眼睛眨也没眨一下，盯着宋孟华，神情没有丝毫起伏变化。

“我早就知道我儿子有个喜欢的人，他却一直不肯告诉我，因为怕我逼他结婚。这不，怀孕了，还想让我女儿去打掉孩子，你说我能不急吗？所以刚刚一时没控制住脾气，就动手了。”宋孟华呵呵地笑了一下。

现场的气氛，跟着缓和了许多。有些年长的宾客理解地笑了起来。

宋氏企业是宋孟华一手开创的，即使近年来他身体不好，没管过公司，但不代表他不是一个心思缜密之人。

他刚刚听到苏之念要拿掉宋青春肚里的孩子，的确是很生气，也的确是因为孙子而有些激动。不过这只是一方面，另一方面，他也是在演戏。

他就是要让大家摸不透自己的思绪，才能把宋青春和苏之念的事给顺利圆过去。

“当然，还有最后一个问题，我还没给大家澄清。刚刚播放的那段录音——”宋孟华一边说，脑子一边飞速地转着，“其实这真的是个大乌龙，大家都知道我女儿是记者，算是半个娱乐圈的人，特喜欢演戏。没事就喜欢让大家配合她演，刚刚你们听到的那些对话，其实啊，是我女儿和我儿子演戏闹着玩的，那都不是真的。不信，你们有录音的可以放出来给大家听听，那段录音明显有动过手脚的痕迹。”

在场有记者真的外放了录音。

因为消息太过劲爆，大家往往会忽略细节，此时在宋孟华的提醒下，再听第二遍，大家发现，中间真的有一段对话是接不上去的，转得很生硬。

“还真是啊。”

“对啊，这里明明在谈万分之一的庆幸，下面就转到去上海打孩子了。”

“这录音的确很蹊跷啊。”

在大家的窃窃私语下，宋孟华开始做最后的总结：“大家也都知道，商场如战场，难免会有竞争对手动点手脚。这件事情，我们会交给警局处理，绝对会查个水落石出，到时候再给大家一个交代，也给我们宋家一个交代！”

宋孟华生怕雕塑一样的苏之念和宋青春露出破绽，一下舞台，就以给苏之念伤口上药为借口，将两人揪去楼上的套房。

周年庆现场闹出这么大的乱子，几乎是靠宋孟华一手平息下来的。

这么一折腾，刚进套房，宋孟华就靠在沙发上，捂着心口，闭着眼睛，用力吸气才缓过劲来。他动了动麻木的胳膊，撑着沙发，勉强坐直身体。

宋孟华见面前空落落的，愣了一下，看到并肩站在门口的宋青春和苏之念。

宋孟华蹙了一下眉：“你们两个愣在门口干吗，过来坐啊！”

宋青春和苏之念一前一后走到茶几前。宋孟华指了指面前的沙发，示意两个人坐。

两人僵硬地坐在沙发上，姿势规矩。宋孟华往沙发上靠了靠，关心地问宋青春：“青春，你现在有没有哪里不舒服？”

宋青春跟木头人一样，傻傻摇了摇脑袋。宋孟华这才放心地开了口，把自己刚刚的打算说了一遍：“我是这么想的，青春现在快有两个月的身孕了，前三个月胎不稳，所以我不建议现在立刻办婚礼，青春需要好好养胎，你们觉得呢？”

办婚礼？宋青春和苏之念像是听天书，脸上没浮现出半点情绪。

“问你们话呢！”宋孟华提高了声音。

苏之念急忙点头。宋青春看苏之念点头，也跟着鸡啄米般点头。

宋孟华这才继续：“三个月后青春肚子大了，穿婚纱不好看，所以等孩子出生后再办婚礼。青春现在的主要任务是好好养胎。苏之念，我不管你工作有多忙，从现在起，你的首要任务是陪你老婆和孩子。”

宋孟华忽然笑眯眯地往前探了探脑袋：“你们给孩子取好名字了吗？”

苏之念和宋青春像是白痴，目瞪口呆地盯着宋孟华，没有反应。

宋孟华皱了皱眉，苏之念忽然轻轻地开口：“您刚刚说，办婚礼？”

这是什么语气？难道他刚刚费了半天唇舌，说了那么多，苏之念竟然没听明白？宋孟华盯着苏之念，眼神变得不悦。

宋青春也从呆滞中稍稍清醒过来，眨了眨眼睛，带着几分不确定地问：“爸爸，你刚刚说好好养胎？”

宋孟华急忙转过头，朝宋青春笑着点头：“是啊，好好养胎。”

没有收到确定答案的苏之念，不死心地再次开口：“爸，您是让我和婷婷举办婚礼？”

宋孟华刚想去瞪苏之念，宋青春又朝他眨了眨眼睛，问：“爸爸，您还说‘孩子出生’这几个字，对不对？”

“对对对。”宋孟华完全没有半点不耐烦，猛点着头，生怕宋青春没懂自己的意思。

“爸，您说的办婚礼指的是我和婷婷吧？”苏之念第三次追问。

与此同时，宋青春也开口：“爸爸，那就是说，我的孩子可以生下来？”

宋孟华对苏之念连气都懒得动了，极其宠爱地盯着宋青春：“生，当然可以生，为什么不可以生？！”

“爸，办婚礼，是指我能娶婷婷了，对吗？”苏之念第四次开口。

宋青春说：“可是，我和苏之念不是亲兄妹吗？孩子真的不会有事吗？”

“不会，孩子怎么会有事，孩子肯定健健康康的！爸爸不是说了吗？你不是爸爸的亲生女儿。”宋孟华生怕自己揭露的这个消息会惹宋青春伤心，连忙又说，“青春啊，虽然你不是爸爸亲生的，但爸爸一直把你当亲生女儿养，你可不要伤心——”

“爸，我真的可以和婷婷结婚？”从开始被无视到现在的苏之念，第五次开口。

只可惜，被他打断的宋孟华凶巴巴地转了头：“问问问，你到底要问多少遍？你没长脑子吗？不办婚礼办什么？你难道想随便扯个证，就把青春娶进家门啊！我告诉你，没有轰轰烈烈的婚礼，你想都别想！”训完苏之念后，宋孟华快速转头，又换了慈父的面孔安慰宋青春。

苏之念无辜地眨了眨眼睛，整个人就像定格了，把宋孟华的话一字不漏地回味了一遍。

这般天大的惊喜，导致苏之念失态般大声询问了一句：“所以，我和婷婷真的不是亲生兄妹？”

宋孟华被苏之念忽然提高的声音吓得一哆嗦，然后抓着桌上的烟灰缸，朝苏之念砸了过来：“你到底有没有智商？怎么总问废话？如果是亲生兄妹，你觉得你还能坐在这里吗？我还能让你们结婚吗？”

苏之念躲开烟灰缸，忍不住咧着嘴笑起来。不行，太激动，太激动了，他需要冷静冷静，消化消化消息。

苏之念一言不发地冲出套房，将门摔得砰砰作响。

苏之念冲进楼道口的电梯，像是想到了什么，又走了回来。沿着长长的走道，来来回回走了好几遍，胸膛里生起按捺不住的怒火。他猛地冲到套房门前，大力推开门，朝里面的宋孟华吼了一句："宋青春不是你女儿，你为什么不早告诉我？"

你知不知道，因为宋青春是你的女儿，这些年来，我承受过多少煎熬和折磨？

你知不知道，因为宋青春是你的女儿，我在深夜里，多少次心痛到哭着醒来？

你知不知道，因为宋青春是你的女儿，我曾多么残忍地拒绝了她的靠近和表白？

你知不知道，因为宋青春是你的女儿，我狠心地出手逼着她险些拿掉腹中的孩子？

苏之念的眼底浮现了一抹暗红，胸膛起伏不定。他忍不住抬起手，指了指房顶，气息不稳地深吸了两口气，咬牙切齿地说："我就说，宋青春这个坑货的毛病是从哪里学来的，敢情是您教的！"

一个小小年纪，用心血来潮的假名字婷婷，坑了他的一生。

一个装活雷锋，收养女儿还不说，坑了他的爱情。

坑货，全都是坑货！

暴躁地吼完，苏之念又一次重重地摔门离开。

苏之念在服务生如同看神经病的目光下，沿着楼道来来回回又走了好几遍，再一次大力推开套房门。他连门都没关，大步流星地走到沙发前，一把抓了宋青春的胳膊，将她从沙发上拽起来。

"苏之念，你干什么？青春有身孕，你小心点。"宋孟华训斥的话还没说完，宋青春就被苏之念拉入怀中，紧紧地抱住。

他真的是高兴坏了，不知道怎样表达自己的心意。

苏之念紧紧抱了抱宋青春，又紧紧抱了抱宋青春，张了张口，却发不出声音，索性低下头，用力堵上了宋青春的唇。

有过两个女人、三个孩子的宋孟华脸红地别过头，朝门口的服务生招了招手，示意她搀扶自己出套房，还贴心地帮苏之念和宋青春关上门。

室内只有他和她。苏之念吻得越发肆无忌惮。

许久，苏之念才把堵在喉间的一句话吐了出来："婷婷，原来我们是可以相爱的……"

他忽然放开宋青春，留了一句"婷婷，你等我一会儿"，就第三次夺门而出。

苏之念搭乘电梯，冲到地下停车场找到自己的车子，连安全带都没系，一脚狠狠踩了油门飙出去。将车子歪歪斜斜地停在公司楼下，他不理会门口保安对自己的招呼，冲进电梯，直接上了顶层，然后输入办公室的密码，推门而入。

几乎将整个办公室翻了个底朝天，他找到自己高三毕业那年给宋青春买的结婚戒指，连口气都没喘，兴冲冲地下楼坐回车上，发动车子朝京城俱乐部开去。

到了京城俱乐部门口，苏之念重重地甩上车门，冲进电梯，冲入楼上的套房。

宋青春正端着玻璃杯，慢慢地喝着牛奶。

苏之念蹲下身，平视着她的眼睛，蓦地说了一句："婷婷，我爱你。"

见宋青春呆呆的，他用轻柔的声音说："婷婷，我们在一起吧。"

宋青春指尖一抖，玻璃杯滑落，砸在地上摔得粉碎。白色的牛奶在她的面前流淌成一小片。

宋青春没去理会一地狼藉，眼底有雾气慢慢爬了上来。

宋青春微微扬起唇角，朝苏之念毫不迟疑地点头。

苏之念深深地凝视宋青春，忽然单膝跪下去，恰好跪在玻璃杯碎碴上。膝盖处有鲜血渗出来，他却像感觉不到疼，稳稳地跪着，看着宋青春，认真地从口袋里掏出那枚陈旧的戒指，递到宋青春面前："婷婷，嫁给我好吗？"

这枚戒指见证过他的伤心、他的疼痛、他无数个难以入眠的夜晚。现如今，这枚始终无法送出的戒指，终于被交到本应拥有它的主人手中。

宋青春从苏之念的日记上知道，那年，他醉酒要了她，第二天就给她买了一枚戒指。只是，她一直没见过那枚戒指。

此时此刻，宋青春看着眼前边缘有些磨损的锦盒，心底感动得一塌糊涂，眼泪落得更凶了。

“好……”宋青春说了一个字，抬手捂着嘴哭出声。眼泪很快将她的手掌打湿，她拼命地朝他点头，将手伸到他面前，直到他将戒指套上她的手指，她才呜呜咽咽地将后面的话补全，“……好啊。”

今晚的苏之念没有半点睡意，盯着天花板，希望立刻天亮，然后去公司和所有员工分享自己的喜悦和幸福。

苏之念用力蹬了蹬床，翻了个身，有些郁闷地想，以前得不到宋青春，觉得深夜过不完，怎么现在他和她在一起了，黑夜变得更长了呢？

凌晨五点钟，他才迷迷糊糊入睡。

睡梦中，他不时咧嘴一笑，睡得正香的时候，耳边传来宋青春的喊声：“苏之念，苏之念？”

他一听到宋青春的声音，彻底清醒过来，看着眼前的宋青春有点蒙。

宋青春见他醒了，语速飞快地说：“苏之念，你不觉得周年庆上那录音很蹊跷吗？对话内容都是我们单独在一起的时候被录下的。”宋青春盯着苏之念，蹙了蹙眉，“而且里面的录音场景，不止一处，说明可能录音笔或监听器是被我们随身携带的。”

刚准备漱口的苏之念，眉心微微一蹙，神情严肃。

昨晚的事情跟过山车一样，他还沉浸在喜悦中，以至忘了这重中之重！

“你说，监听器或者录音笔是在你的车上，还是你家？”

苏之念忽然想起了什么一样，蓦地出声：“你的手机呢？”

宋青春急忙跑出浴室，很快拿着手机折了回来。

苏之念接过手机，一边点微信，一边问：“没删除过消息吧？”

“没。”宋青春话音刚落，就听见唐暖的声音在浴室里响了起来，“包，有，包，录，录……”

苏之念沉默了一会儿，问：“你的包呢？”

宋青春眨了眨眼睛：“什么包？”

“你的包都在哪里？”苏之念问。

“更衣室。”

宋青春话音还没落定，苏之念已经冲向更衣室。她连忙跟上，刚踏进更衣室，就听见苏之念问："你还记得，当初我带你去福利院那天，你拎的是哪个包吗？"

宋青春包很多，每天都拎不同款，若是问其他的日子，她未必能想出来，但是去福利院那天拎的包，她却是清楚记得的。

因为那天早上，她出门之前，大嫂方柔喊住她，送给她一个新包。

宋青春绕着展示柜看了一圈，手指点向第二排左边数起第三个位子："那一只。"

"LV？"苏之念扫了一眼牌子问。

宋青春点头。

苏之念一言不发地走上前，将包拿下来，打开拉链四下翻看。

"你在找什么？"宋青春走上前，一头雾水地问。

苏之念没吭声，将包的每一条拉链都拉开，最后在包的最内侧的小口袋里，摸出来一个纽扣大小的窃听器。

宋青春眼睛蓦地睁到最大，隐隐像是明白了什么，有些不敢置信地张了张口，结结巴巴地说："包、包里……怎、怎么会有这个东西？"

苏之念紧抿了一下唇，没理会宋青春，而是先将窃听器后面的电池抠了出来，"这包是你买的，还是谁送的？"

宋青春面色苍白，深吸了几口气才发出声音："大嫂送的。"

大嫂？方柔？宋青春和苏之念对视了一眼，下一秒一同转身，朝卧室外跑去。

他们先去了方柔的卧室，里面空无一人，又去了楼下，仍是没有方柔的身影。问过用人后才知道，方柔从昨晚到现在一直都没回过家。

宋青春快速走到座机前，拨打了方柔的电话，对方已经关机。苏之念和宋青春看了对方一眼，苏之念指了指楼上，宋青春面色平静地和他一起回了卧室。

一关上门，宋青春就开口："这包是大嫂给我的，所以窃听器是她放的？她为什么要这么做？"

苏之念面对宋青春喋喋不休的询问，迟迟没有开口，只是拿着宋青春的手机看。

“大嫂平日对我和爸爸都很好，没道理这么做。苏之念——”

“婷婷。”苏之念打断了宋青春的话，举着手机朝她摇了摇，“你先过来看看这个。”宋青春走上前。

苏之念让她看的是一张照片，她一眼认出那是唐暖的胳膊。

“你还记得那天晚上，你盯着唐暖手腕上的镯子看了很长时间吗？当时我问你怎么了，你摇头说不知道，就是觉得怪，然后我就拍了一张照片。现在你再仔细看看这个镯子，是不是方柔的？”

宋青春没出声，将照片放大，盯着镯子研究起来。

她将手机递给苏之念，起身走到一旁的柜子前，拉开抽屉拿了相册过来，翻了好一会儿，视线停在一张照片上。

那是宋承和方柔大婚当天照的，画面上有个老人，将一对玉镯交给新娘方柔。

而那对玉镯和唐暖手腕上的玉镯是一样的。

“这是奶奶，方柔嫁过来没多久，奶奶就病死了。宋承结婚的时候，奶奶很开心，把当初她嫁给爷爷压箱底的一对玉镯拿出来给了方柔，就是这对。”

宋青春一边说，一边拿着唐暖的照片和相册里的照片对比了一下，确定真的是同一只玉镯，才接着说：“这镯子奶奶没戴过，所以我没多少印象。不过方柔经常戴，你也知道，我们虽然住在一起，我只是偶尔看她一眼，不会成天盯着她的手腕。”说到这里，宋青春顿了一下，“难怪昨天早上，我和方柔吃早饭时觉得她手腕很不对劲，一直盯着，却没想出来哪里不对劲，后来她可能是注意到我在看她手腕，洒了些汤在自己身上，借机离开。所以，唐暖给我发的那条微信，真正要表达的意思是包里有录音，也就是说，她死前是知道我的包有问题的，她是想给我透露消息，对吗？”她的心狠狠地刺痛了，没等苏之念回应，径自说，“还有这个镯子，是她故意戴在手腕上的……因为她知道自己要死了，要给我留线索，对不对？”

苏之念伸手把她拥入怀中。宋青春贴着他的胸膛，哭得像个孩子。为那个她以为失去了，最后还是拥有的朋友哭。

十年前，唐暖是她的朋友；十年后，唐暖还是她的朋友。

宋青春哭了许久，靠着苏之念的肩膀，一边抽着鼻子，一边沙哑地说："等到唐暖头七的时候，我们再去看她吧。"

"好。"

宋青春往苏之念的怀中用力靠了靠，沉默片刻又开口："苏之念，录音是方柔爆出来的，那你说，这么长时间以来，害我的人是不是也是她？"宋青春忽然打了个激灵，从苏之念怀中挣脱出来，"苏之念，你还记得当初在日本，我在广场上画画被人抢包吗？我有给家里打电话，方柔接的，她问我住在哪里。还有，除夕夜在北海公园，我被人推下湖的那次，方柔是知道我在北海的。"

不数不知道，一数原来这么多巧合。

"最重要的是，去年我知道宋承是自杀以后，第一时间去找以南哥，当时我的车子出了问题，是方柔把她车子借给我的，然后在半路上车子出了故障。也是从那个时候开始，我频繁遇到危险。"

苏之念一下抓住重点："宋承自杀那件事，方柔是知道的？"

"是……"宋青春话还没说完，人已经目瞪口呆。

答案呼之欲出。

苏之念冷着脸，将答案摊了出来："所以，杀宋承的人百分之九十九是方柔！"随着苏之念话音落定，宋青春眼前一黑，人就昏了过去。

宋青春再醒来时已是深夜。她在医院，房间里很安静。苏之念趴在床边，神情疲倦地闭着眼睛，像是睡着了。

宋青春不过刚刚动了一下，苏之念就醒了过来。他关心地问了一句，然后按下墙壁上的呼叫铃，没一会儿有好几个医生冲进病房。

宋青春情况很好，只是因为受了刺激，一时晕厥过去而已。

现在她醒了，大可出院回家静养，可苏之念不放心，还是选择让宋青春在医院里观察一夜。

苏之念先给宋孟华打了个电话，报了平安，才打开一旁的保温盒，喂宋青春吃东西。

宋青春从苏之念口中知道，宋孟华还不清楚方柔的事。苏之念和她想的一样，不打算告诉宋孟华，怕他承受不住打击。苏之念还告诉宋青春，他已经联系了公安局，公安部门已经开始着手调查方柔。

吃完饭，苏之念怕宋青春胡思乱想，找了各种轻松话题陪宋青春聊天，直到她入睡。

第二天，宋青春出院前，苏之念让她又做了一次检查，确定没什么大碍后，才离开了医院。

上午十一点的北京街道，车辆很少。初春的阳光格外明媚，路边的迎春花已经绽放。

宋青春知道为了肚里的孩子，她不能过多去想方柔的事情，而且苏之念已经跟她保证过，他一定会将方柔绳之以法。

车子行驶了一半的路程，宋青春还是开了口："你说，最坏的人怎么一直潜伏在我们身边呢？我现在一想到这些年来方柔对我的各种好，就觉得毛骨悚然……"

宋青春话刚说了一半，就感觉自己的手被一只温暖的大手握住。她顿了顿，低下头，看到苏之念的手紧紧地握住她的手。

她僵了片刻，抬头看向苏之念，恰好苏之念也看向她："别怕，我会保护好你的。"

明明只是一句安慰的话，苏之念说完不过一分钟，宋青春就亲眼目睹了苏之念用生命保护她的一幕。

当时，宋青春被他说得心底一暖，刚想给他一个微笑，眼角余光就看到一辆车子，飞速朝她和苏之念的车子迎面撞上来。宋青春身体轻颤，猛地转头望向挡风玻璃。

苏之念刚准备将视线收回去，就感觉宋青春的小手狠狠地哆嗦了一下。他下意识开口："怎……"又看向她的脸。

她面色惨白，眼底布满惊恐，像是要说些什么，嘴皮子抖得十分厉害，什么都没说出来。

苏之念的心咯噔一下，剩下的两个字硬生生卡在喉咙处。他隐隐感觉不好，快速转头，顺着宋青春的视线看去。一辆比他开的轿车高出一倍的破旧大卡车，正飞快地迎面驶来。

苏之念全身汗毛竖了起来，后背爬满冷汗。宋青春终于缓过气，转头朝苏之念焦急地开口："苏之念，车！车！"

苏之念紧抿了一下唇，连一句安慰的话都顾不上说，一边急急去踩刹车，一边极快地转动大脑。

这条街道很窄，卡车很宽，后面已经有车辆开来。如果倒车，怕是会造成多起交通事故。前无出路，后无退路！

卡车的车速越来越快，距离苏之念和宋青春的车不过一千米。即使现在踩了刹车，也未必能停下来。

宋青春有身孕，只要他的车子发生震荡，她就有极大可能当场流产！这个危险他不能冒。所以，他只有一个选择，就是……

这卡车看起来安全系数不高，速度又快，若是撞上一旁的防护栏，很有可能冲下立交桥，到时候会发生车毁人亡的惨剧。

总之，司机受多严重的伤，他就会受多重的伤。所以，司机的生命和他的生命是息息相关的。

苏之念握着方向盘的手缓缓地加大力气，唇角微绷，汗滴从他的额头砸落下来，他的眼睛忽然眯起。

宋青春亲眼看到原本朝她和苏之念迎面而来的大卡车，忽然一个紧急转弯，在即将撞上她和苏之念车子的前一秒撞上一旁的护栏。卡车惯性极大，撞损护栏的阻力都没有使它当即停下来，继续往前挪动了一截，才缓缓地停下。卡车前端的一小段，腾空在立交桥外，还冒着黑烟，看得人心惊胆战。

透过挡风玻璃，宋青春可以看到近在眼前的大卡车驾驶座上的司机，歪歪斜斜地靠在玻璃窗上，血滴滴答答地顺着脑袋流下来。

宋青春胃里一抽，下意识就将视线收了回来。劫后余生的惊恐，让宋青春的呼吸略显不畅。她抬手落了车窗，和煦的春风吹进车里，带来清淡的花香。

宋青春心底一松，暗暗地舒了一口气，忍不住感叹："好险！"

还没等来苏之念的回应，似乎有血气钻进她的鼻孔。

卡车司机的血腥味这么快就传来了？宋青春微皱了一下眉，就听见耳边传来苏之念微弱的声音："婷婷？"

宋青春下意识转过头，看向身旁的苏之念。男子面色苍白如纸，线条完美的侧脸上沾满鲜血，滴滴答答地顺着他的下颌落在白色衬衣上，开出一团一团鲜艳的花。

宋青春宛如被人当头敲了一棒，神情瞬间呆傻。卡车根本没有撞上他们的车子，苏之念怎么就受伤了？而且，而且……

宋青春盯着苏之念好一会儿，似是察觉到什么，愣愣地转头看向卡车司机。两个人都是左侧大脑在流血。

苏之念好端端坐在车里，怎么跟卡车司机一样受了伤？

苏之念断断续续地咳嗽了一阵，才勉强开了口，声音比刚刚更虚弱："婷婷，你、你还好吗？"

宋青春完全惊呆了，听到苏之念的声音，过了好一会儿，才对上他的眼睛。

他可以看出来，她很好，心底的那颗大石终于落定。他朝她虚弱地笑了笑，吃力地说："你没事，就好……"话刚说完，他猛地咳嗽起来，一口血喷在方向盘上。

宋青春像是被人狠狠地拍了一巴掌，猛地回了神，喊了一句他的名字，眼泪就簌簌落了下来："苏之念，你怎么了？你怎么会受伤？你是不是在跟我闹着玩？苏之念，你告诉我这究竟是怎么一回事？"

卡车司机已经陷入昏迷，苏之念全凭强大的意志，才让自己保持清醒。

她肚子里有他们的孩子，经受不起太大的刺激，他要拣重要的话跟她说。

"别担心，我没事的。"苏之念一边说，一边抬手想要摸一摸她的脸，可是抬了一半，又重重落回了膝盖上，他只能蹙着眉放弃，朝她勉强挤了一个笑容，声音很轻地说，"要照顾好自己。"

他的笑让她心底一酸，眼泪落得更凶。

"你现在不是一个人，我不是怕宝宝有事，是怕你伤了自己。"苏之念话说得十分吃力，唇瓣每动一下，就有血从他的唇角流出。

宋青春看着苏之念，抬手捂住他的嘴，以为只要这样，就能止住那些血。

她的指尖很快被染红，他又重重咳嗽起来。她感觉掌心里沾满温热的黏稠。

他一边咳嗽，一边动着唇，想要继续说话。她摇着头阻止了他："别说话，苏之念，你别说话。”

她边说，边低着头找手机，拨打110。她几乎是用哀求的语气，告诉110 他们所在的地点。挂断电话后，宋青春看到苏之念的眼皮开始下垂。

她绝望地抓着他的手，找各种话跟他说，越是慌乱，越是词穷，最后抱起他的胳膊，将他的手贴在她的面颊上：“苏之念，你不是要摸我的脸吗？你摸，你摸……”

掌心的柔软和湿润让他眼皮轻轻地动了动，又掀开一道缝。他看着梨花带雨的她，微微弯了弯唇角。

这样的他虚弱又温和，让宋青春的心一下子疼到极致。

她曾无数次面对他冷漠疏离的模样，想着他温润如玉时会是怎样的光景，可她没想到，她见到温润如玉的他时，竟是在这么惨烈的画面里。

“苏之念……”她刚可以光明正大地和他相爱啊。她怕他撒手离开，想要恳求他，结果发出的都是呜呜呜的声音。

他能读到她心底的想法，知道她的恐慌，用尽全身的力气，用大拇指轻轻蹭了蹭她的面颊，声音小得可怜：“我……不会……离开你……的……我答应过你……要好好保护你……所以……就、就算是……死神，也不能……把我从你身边……带走……”

世界仿若定格，宋青春盯着苏之念，不断地落着眼泪，因为沉痛，发不出半点声音。

车厢陷入前所有未的安静，绝望席卷了宋青春……

第二十一章
永远不会放弃你的人

还好只是虚惊一场。

卡车冲上护栏的时候力道过猛，卡车司机撞破了脑袋，晕厥了过去。其实情况并不严重。苏之念刚被送去医院就醒了过来，睁眼看到的是比流了许多血的他脸色还要难看的宋青春。

苏之念的脑袋上缝了七针，当天打完吊针，他想到宋青春有身孕，留在医院里太受罪，当机立断办理出院手续，结果却遭到夏医生和宋青春的强烈反对，他只好继续留在医院里观察二十四个小时。

第三天上午，苏之念办理出院手续时，卡车司机也办理了出院手续。唯一的区别是，苏之念是被宋青春开车载回家的，而卡车司机是被警局开车接走的。

怕宋孟华担心，两人没回宋家，直接去了苏之念的别墅。出院之前，苏之念刚拔了吊针，因为药效，回到家后，苏之念抱着宋青春沉沉地睡去。

宋青春再次醒来已是中午，苏之念一手枕在她的颈下，搂着她的后背，一手圈着她的腰，仍旧睡得很沉。

正午的阳光明媚灿烂，透过落地窗安静地洒了一床。这般光景，像极了梦境中的画面，宋青春不忍心打破，安静地窝在苏之念的怀中，动也不动。

宋青春轻轻蹭了蹭苏之念的胸膛，这样熟悉又温暖的触觉，让她心安。忽然，她抬头看着熟睡的苏之念，皱了皱眉。

为什么卡车司机受伤，苏之念也会跟着受伤？而且他们的伤也一模一样。

宋青春蹙着眉，轻手轻脚地从他怀里挣脱，满腹疑惑地去了洗手间。简单洗漱后，她下楼去餐厅里准备午饭，继续想着那些无法解释的现象。

宋青春整理好煲汤的材料时，人定在原地。

当初，秦以南为了救她，脑袋受伤时苏之念也跟着受了伤。那天晚上，她晚归，怕他训斥，很是提心吊胆，结果一进家门，就看到靠在沙发上昏迷不醒的他。她记得，当时自己给他上药，还纳闷他的伤口怎么和以南哥的一模一样。

还有，青葱之前来找过她，告诉她苏之念为了救她，挨了一刀险些丧命，她也亲眼看过苏之念的伤口，触目惊心。她记得，当时绑架她的三个人中的司机，就是腹部受伤而亡的。

她现在可以确定，苏之念就是那个给她发短信的人。她一直怀疑，这些年来，在她无数次哭泣的时候，有个人陪在她身边给她擦眼泪，只是每次她哭到最难受的时候，记忆就像断片了。

宋青春咬了咬下唇，将煲汤的材料一股脑放进汤锅，开了电源，快速朝楼上跑去。

她隐约记得，当初从他的日记上看到过他提起“她又哭了，又一次帮她擦眼泪”这类的话。

她要把他的日记本翻出来再看一遍，说不定里面有线索。

宋青春是在苏之念书房的沙发上找到日记本的。

宋青春飞快地一页一页翻着，翻到高三毕业，他和她分道扬镳，一个向南，一个留北后，她才终于在字里行间找到一些神奇的内容。

“2010年，3月6日是个周末，春暖花开，晴空万里。想念她的我，搭乘飞机去了上海。刚进学校就听见她的哭声，找了她十分钟，在学校废弃的教学楼后，看到蹲在地上的她。”

2010年，她正上大学，她躲在废弃的教学楼后哭？

宋青春歪着脑袋，咬着唇，细细回忆起来。

那一次她哭，是因为她知道了秦以南和唐暖在外夜不归宿的消息，那好像是她人生中第一次哭得断片。等她回过神来，眼泪已经干了，人也站了起来，周围一片安静，除了她空无一人。

宋青春低着头，继续往下翻。隔了很多页日记，会看到一次关于“她哭了”的记载，有些事情她能想出来自己为什么哭，有些事情却想不出来，却有一个共同的记忆，就是她有过短暂的记忆断片。所以真的如她猜测的，她哭的时候，苏之念来过，但他是怎么做到神不知鬼不觉的？

宋青春百思不得其解，继续往下翻，在去年的日记里，看到一个令她更惊讶的消息。

“她一天之内给我取了好几个绰号，苏变态、苏洁癖、苏沉默、苏冷血。虽然都是很不好的形容词，却是她给的，我很喜欢。”

她给他起绰号，大多都是她悄悄嘀咕的，他怎么知道？

宋青春飞快地翻着日记，翻到最后她猛然惊觉，她给他取的所有外号他都知道！

而且她看到了一篇没有最惊讶、只有更惊讶的日记，那是她和唐暖在TW的洗手间发生争执，他人明明不在公司，却听见了她们吵架！

难不成他和《来自星星的你》里的都教授一样，是外星人？

宋青春用力抓了抓头发，觉得再研究下去，铁定要发疯，索性放弃了思考。

反正她怎么想也不明白，与其浪费脑细胞，不如去问苏之念。

苏之念的伤口还有些疼，宋青春忍着没问，直到苏之念用了夏医生的药膏，情况好转后。

这天，苏之念刚忙完手头的工作，便看到宋青春坐在沙发上盯着他，他有些诧异。

却见宋青春放下手中的茶杯，缓缓地说：“忙完了？”

他点了点头。

“我们聊一聊吧！”宋青春说。

苏之念僵硬了一下，握着玻璃杯的指尖力道加大，过了片刻点头：“好。”

“我……”宋青春说了一个字又闭上嘴，安静了片刻，才重新开口，“有点事情，想要问你。”

苏之念充满紧张，拼命保持着镇定，朝她轻点了一下头，示意她说。

宋青春抬起手，点了一下苏之念身旁的日记本：“你的日记，我看过了。”

苏之念继续点了一下头：“我知道。”

她看他日记的事情他早就知道了，他也知道，她是因为看了他的日记，才那么义无反顾地和秦以南解除婚约，要陪着他下地狱。那是他和她爱情里最痛也最美的时光。

“不，我是说，我前两天在你睡觉的时候，又翻看了一遍。”

苏之念抿了一下唇，紧紧地盯着宋青春没出声，等着她接下来的话。如他预想的那般，她这次注意到的，果然是他之前担忧过的。

“你的日记里提到好几次我哭的时候，你来给我擦眼泪，但是我没有一点印象。而且我哭的时候，都是一个人躲起来的，你是怎么听见我哭的？”宋青春停了一下，没等苏之念开口，便将自己心中的疑惑摊牌，“还有，我经常给你起绰号，都没有告诉过你，你怎么全都知道？包括在公司里，我和唐暖吵架，你人明明不在我们身边，是怎么听见的？前几日，我们险些出车祸，当时车子已经停了下来。卡车根本没有撞上来，而是撞上了护栏，司机受伤了，为什么你也跟着受了一模一样的伤？还有当初以南哥被花盆砸伤的时候，你脑袋上也有伤，虽然过了很久，有些事情我不敢完全确定，但你的伤口跟以南哥的几乎一模一样。所以，苏之念……”宋青春微微停顿了一下，屏住呼吸，神情严肃地回视着苏之念的眼睛，“你是怎么隔了那么远，还能听见我的声音的？你又是怎么在我哭得伤心欲绝的时候，悄无声息地出现，悄无声息地离开，还不让我发现的？你是怎么能在别人受伤的时候，自己也跟着受了一模一样的伤？”

书房里陷入诡异的安静。

苏之念一动不动地坐在沙发上，良久都没有说话。宋青春没有催问，只是耐心地等着。

好一会儿，苏之念才轻轻地眨了眨眼睛，缓缓地动了动身体。

他眼睛忽然一眯，原本坐在他面前准备说话的宋青春，唇瓣合上，人从沙发上站起，朝书桌走去。

她站在书桌前，拿了一支笔一沓白纸，重新折回沙发处，坐在原本的位子，俯身拿着笔，在纸上写字。

“我叫宋青春。”随着最后一个字落定，苏之念眯起的眼睛缓缓睁开，宋青春茫然地眨了眨眼睛，清醒过来。

她的记忆，好像又断片了……

宋青春抬起头看向苏之念，张了张口，还没来得及发出声音，靠在沙发上的苏之念忽然坐直了身子，手覆盖在她的手上。她原本想说的话，被他抢先一步说了出来：“苏、苏之念，这是怎么一回事？”

宋青春的眼睛蓦地睁到了最大：“你、你怎么知道我要说这些？”

苏之念紧盯着宋青春的眼睛，抿了一下唇，继续读宋青春心底的想法：“天啊，我是不是听错了？苏之念怎么知道我想要说些什么？我心里想的苏之念怎么全知道？这到底是怎么回事？我该不会是在做梦吧？难道我韩剧看多了，出现了幻觉？”

宋青春彻底傻在原地，大脑一片空白。

室内重归安静，午后阳光明媚，灿烂地洒了半室温暖。宋青春像是一幅画，保持着回看苏之念的模样，动也没动。她眼睛澄澈，没有任何情绪的流露。

宋青春将视线落向茶几上的白纸，“我叫宋青春”几个字真真切切存在着：“这究竟是怎么一回事？”

苏之念沉默。

过了好一阵，宋青春开口：“苏之念？”

苏之念抬起眼皮，缓缓地说：“婷婷，我有超能力。”

宋青春以为自己幻听，愣愣地嗯了一声。

苏之念深吸了一口气，压下胸膛里翻滚的紧张，字句清晰地重复了一遍：“我有超能力，婷婷。”

宋青春端坐在苏之念面前，大脑浑浑噩噩良久，才轻轻地眨了一下眼睛。

苏之念不紧不慢地说：“我的听力很好，是常人的很多倍。只要距离不是远得离谱，基本上很细微的声音都可以听见。当我和人肢体碰触，能读到对方心底的想法，就像刚刚，我握住了你的手，你心底想的和你要说的，我都能清楚地知道。还有最重要的一点，你刚刚写的这张纸。”苏之念一边说，一边拿起他控制宋青春的意识写下的“我叫宋青春”五个字的纸，“我可以在短时间里控制对方的意念，让他去做一些事情。例如前几天的车祸，是卡车司机被我控制了意识，才撞上了护栏，但这个超能力有局限，就是如果我用了，对方受了伤，我也会受相同的伤。还有一点，当我不控制他的意识后，他会出现短暂的记忆断片，也就是我控制他意识的那段时间，他做的事情自己是没有记忆的。”

这个太扯的理由，恰好解释了她心底的疑惑，她终于明白，为什么自己哭泣的时候，他出现过，她却不知道；为什么卡车司机受伤，他也跟着受伤。如此推断下来，当初秦以南会在花盆砸下来的时候救她，没去救唐暖，是因为他操控了秦以南的意识？而她被绑架的那一晚，也是他为了保护她和以南哥，迫不得已控制司机，让司机将刀刺入了自己的腹部？

不可思议，简直是太不可思议了！

离奇，没有什么事情比此时此刻她听到的这个消息更离奇了！

可是，不可思议也好，离奇也罢，这些复杂的情绪背后，还有心疼和感动。她的沉默和安静对苏之念来说，却是炼狱般的折磨。苏之念知道，此时不言不语的她，是在想着他的超能力，而她接下来的话，就是对他的裁判。

苏之念从没像现在这般紧张过，额头上渗出了汗水，就在他觉得情绪几近崩溃的时候，宋青春终于有了反应：“苏之念？”

苏之念直直地盯着宋青春，没有开口。

“我们去逛街吧？”

苏之念有些蒙，稀里糊涂地陪宋青春去了市中心，接下来的时间里，宋青春利用他的超能力玩得不亦乐乎。先是让苏之念用控制意念的超能力让服务员送错果汁，又用读心术的超能力让苏之念给她买了很多东西。回去之前，苏之念更是用超能力让99个不同面孔不同语言的人给宋青春送上了祝福。而那些祝福语没有一句是重复的，是他自己逐字逐句想出来的。

宋青春感动地踮起脚尖，想亲吻苏之念，却被他拉开了。被拒吻的宋青春，皱眉看向苏之念。

男子脸上温润的表情不知何时变得严肃，紧紧地盯着她，似在犹豫什么。过了许久，他才低声开口：“婷婷，你怕我吗？”

宋青春眼底浮现一层不解。

“或者，你讨厌我吗？”顿了顿，苏之念解释，“我的那些超能力。”

宋青春眨了眨眼睛，这才明白过来。

只是她为什么要怕他？又为什么要讨厌他？超能力是那么炫酷的一件事，她骄傲还来不及呢，怎么会怕他厌恶他？今天下午逛街，甭提让她多痛快了。

他八岁那一年，因为超能力，被母亲送入精神病院。他一直觉得，这个上天赋予他的强大能力是他一生的悲剧来源。他从没想到有一天，竟然有个女孩，用这样美好的词语，形容他的超能力。

她是没有搞明白他的那些超能力到底有多恐怖，还是真的能接受？

苏之念掐着宋青春的腰，手开始轻轻地颤抖。他努力压抑着不断起伏的情绪，尽量用平稳理智的声音说："婷婷，你要知道，我可以读到你心底所有想法，你在我面前是没有任何秘密的。"

"我知道啊。"宋青春的回应远比他想象中来得平静，"可是，你是我要共度一生的人，我还有什么不能让你知道的？"

你是我要共度一生的人，我还有什么不能让你知道的？怕和厌恶是因为别有居心。倘若真心，何足为惧？

苏之念忽然低头，狠狠地堵住宋青春的唇。

两人晚上睡得特别踏实。第二天早上，苏之念没有去上班，在家陪宋青春。两人腻歪了一会儿，宋青春就下去做早饭了。苏之念接完公司的电话，掀开被子，去浴室洗漱。

刷牙刷到一半时，楼下传来门铃声。他想要下楼，结果听见宋青春让快递员将东西放在门口的声音。

苏之念停下脚步，打开水龙头洗脸，先听见宋青春对他喊了一句"吃饭了"，然后听见了她拆快递时折腾出的各种声响。

关掉水龙头，他发现除了宋青春鼓捣出来的动静外，还有窸窸窣窣的声响。

很轻，很微弱，就在他的别墅里。那种声音听得人毛骨悚然，寒意四起。

苏之念擦脸的动作顿了一下，眉心紧紧蹙起。

他聚精会神地注意了好一阵那些声响，刚准备拿毛巾继续擦脸，忽然就分辨出那声音是从哪里传来的。

他的心咯噔一下，想都没想地拉开浴室门蹿了出去。冲到卧室门口，还没下楼，他就对楼下的宋青春大吼了一句：“别动！”

将盒子刚掀到一半的宋青春，被苏之念突如其来的吼声吓了一跳。她纳闷地转过头，还没发出声音，苏之念已经奔下楼梯冲到她面前。

苏之念连口气都没有喘，一把抓住她还放在盒子上的手，扯着她往后直直退了好几步。

“怎么……”宋青春被苏之念带得一个踉跄，扑入他的怀中。站稳后，她才疑惑地抬起头，看向他。

苏之念低头对着宋青春做了一个噤声的手势，盯上了放在茶几上的礼盒。

室内很安静，宋青春没有听到任何异样的声响，等了片刻，刚想再问一句，看到他神情严肃又冷峻，于是时而看看他，时而看看那个礼盒。

过了一会儿，苏之念松开宋青春的手腕，缓缓地走向礼盒。

他弯身将耳朵凑近礼盒，聚精会神地又听了片刻，确定声音果然是从盒子里传来的，才皱着眉头站起身。

“有什么问题吗？”宋青春也往前迈了几步，轻声问。

苏之念没说话，拉了宋青春一把，把她扯到身后，前后左右环顾了一圈，牵着宋青春的手进了厨房，拎了一把实木椅子出来。

苏之念脸色沉得格外吓人，将椅子重重丢在院子中，扯着宋青春折回屋里，语气带了暴戾：“你留在屋里别动。”

说着，苏之念松开宋青春的手，走到茶几前，将刻有LAMER的绿色盒子抱了起来。

“苏之念，你要把我买的东西抱去哪里啊？”宋青春下意识迈步，跟上了苏之念。

苏之念走出屋子的时候，严肃地对身后的宋青春嘱咐：“别出屋！”

他语气过于凌厉，惊得宋青春停在屋门口。她看见苏之念抱着盒子，小心翼翼地走到院中空地上，把盒子轻轻地放在地上，退到他之前拖出来的椅子旁。

他忽然拎起椅子，力道极大地朝礼盒重重砸去。苏之念几乎用了全身的力气，椅子落地，直接摔成碎木块。发出的巨大声响震得宋青春身体晃了晃，然后看见椅子七零八落地落在苏之念面前的地上，而那个绿色的礼盒已经被硬生生砸成了片状，里面有类似于血肉模糊的黏稠东西流出来。

宋青春看苏之念走向一地狼藉，才跟着匆匆走下来。刚走了两步，看清楚地上的东西时，她就背过身。那哪里是类似于血肉模糊的黏稠东西，那根本就是血肉模糊的黏稠东西……盒子里装的根本不是她买的化妆品，而是一条活生生的蛇！那条蛇虽然被苏之念当场砸死，但蛇头完好无损，蛇芯伸出很长。

她此生最讨厌的动物就是蛇这类爬行科软骨动物。宋青春的后背密密麻麻爬满冷汗。

她身孕不足三个月，是最不稳定的时期，若是刚刚打开了盒子……后果不堪设想……宋青春没敢继续想下去，呼吸变得有些凌乱。她没有勇气转身去看第二次，背对着苏之念，深吸了好几口气，才勉强开了口："没事了吧？"

"没事了。"随着苏之念的淡声回应，宋青春感觉男子走到她面前。她想都没想就扑入他怀中，颤抖着紧紧抱住了他。

苏之念抬起手，轻轻地拍了拍她的后背，带着她进了屋。扶着她坐下后，苏之念给她倒了一杯水，问她要不要叫医生。

宋青春面色惨白地摇了摇头，捧着玻璃杯，喝了小半杯水才镇定下来。她转过头，第一句话就是："方柔？"宋青春没等苏之念出声，肯定地重复了一遍，"绝对是方柔！我之前订LAMER的时候，她就在旁边，还让我帮她带一瓶面霜。真是丧心病狂，她已经暴露自己了，还不肯死心，明显是想一尸两命。如果刚刚、刚刚你没出现，我、我……"宋青春说着说着，情绪激动起来，"她害死了宋承，还处心积虑地害我，害我的孩子！我饶不了她，我绝对饶不了她。"

"好了，婷婷，没事了，好了……"苏之念将宋青春搂入怀中，细细安抚起来。早在他听见蛇咝咝的吐芯声时，就已经猜到是方柔。

那个女人比任何人都狡猾，做出那么多伤天害理的事，却没有留下确凿的证据。

所以要想让她落网，怕是要费一番周折。有一点他很确定，现在的他们，不能坐以待毙了！

几乎是在苏之念想法落定的一刻，宋青春从他的怀中抬起头："苏之念，你说前阵子我们险些出车祸，是不是也跟她有关？嗯，肯定跟她有关。谁会没事开一辆大卡车上北京市区？而且还是超速逆行。”说到这里，宋青春眼神一下子冷了，“方柔这是在买凶杀人！也就是说，说不定什么时候，我们有可能会被她害死！”

宋青春用力抿了一下唇。

室内很安静。过了一会儿，宋青春出声，语气是少有的坚决：“苏之念，我们不能这么坐以待毙。”

苏之念摇头：“我们是不能坐以待毙，但是，我绝对不同意你心底的想法！”

“为什么？苏之念，你又不是不知道，没有什么比我想的更好了。”

“只是暂时没有好办法，而你的方法太危险。况且，你现在有身孕，不能胡来！再说警方也在调查。”

“这都调查好几天了，不是也没结果？苏之念，我等不及了。如果我是一个人，可以小心翼翼地熬，但我现在肚里还有孩子，我不能不快点把方柔给解决掉，因为我怕、怕我一时没注意，孩子就有危险。”

“是，我们是要快点把方柔解决掉，但是婷婷，这并不代表我能让你去冒险！”

“不入虎穴焉得虎子。我肯定会保护好自己，再说，不是还有你吗？”

“那也不行，太危险了。”

苏之念和宋青春争辩了许久，不但没争辩出结果，还接到了一个电话，程青葱流产了。

两人赶去了医院。

看着面色苍白、扎着吊针的程青葱，宋青春心底难过得厉害。

只是看着别人失去孩子，她已经这般难受，若是她的孩子有意外……想到这里，宋青春坚定了心底的打算。

回家路上，宋青春又提起那个打算。不出她的意料，和下午一样，苏之念强烈反对。

和以前一样，不管两人争吵得多厉害，最后总是苏之念妥协。

事情进行得远比宋青春想象的顺利许多。四月初，苏氏企业新品发布会在香港召开，苏之念四月三号飞往香港。

一向行踪低调保密的他，在起飞的当天，被媒体拍到他在首都国际机场候机的照片。

苏之念去香港的第二天，宋青春一早就出了宋家，开着车悠闲潇洒地绕着北京城的商业圈闲逛。

中午的时候，宋青春察觉到有人跟踪自己。这几天的气温稳定在二十多摄氏度，正常人即使没穿短袖，也会穿单衫，而那人穿一身黑，把自己包裹得跟粽子一般，还戴着帽子和口罩。

宋青春装作没察觉，和平常一样，东看西看，试穿挑拣。不管她走到哪里，只要透过镜子，留意一会儿，总是会看到那个跟踪她的人。

下午三点，宋青春在四楼咖啡厅喝了一杯热牛奶，捧着杂志，休息了大概二十分钟，然后手机叮咚响起。她瞄了一眼屏幕，将接到的短信删掉，喊服务员结账，起身走向直达地下停车场的电梯。

宋青春踏进电梯，按了关闭键，透过缓缓关闭的电梯门，又一次看到那个穿着一身黑色衣服的跟踪人。

从电梯出来就能看到宋青春的车子。她走到车前，发现四个车胎不知何时被人放了气。宋青春先联系了拖车公司，然后重新踏进电梯上了一楼。

宋青春走出商场，站在路边等出租车。不过半分钟，就有一辆黄色出租车停在她面前。宋青春透过车窗，瞄了一眼坐在驾驶座上的人，拉开后车门坐进去，然后告诉出租车师傅宋家的地址。

出租车师傅没说话，在宋青春坐稳后发动了车子。

宋青春垂下眼帘按手机的时候，扫到藏在车座下面的衣服，一身黑，里面卷着口罩和一顶鸭舌帽。

宋青春只是看了一眼，佯装什么都没看见，很累似的闭上眼睛，休息起来。

宋青春根本没有入睡，虽然闭着眼睛，却知道车子在中途停过，出租车师傅转身，还从她的指尖抽走了她的手机。

可她始终没睁开眼睛，过了大半个小时，才迷糊地揉着眼睛，掀开眼皮。

她错愕了一会儿，然后望向窗外，发现车子早已开出北京城，开上了高速路。她疑惑地问了一句："这是哪儿？"然后才清醒般坐直身子，拍了拍出租车师傅的靠背，“师傅，您开错路了。”

出租车师傅像是没有听到她的话，继续加大油门往前开。

出租车后座和前座之间有一个网护栏，宋青春根本碰不到出租车师傅，只好转身去拉车门，发现车子已被反锁，这才装出惊慌失措的模样，一边质问出租车师傅到底要把她拉到哪里去，一边开始找自己的手机，做出要报警的样子。

找不到手机，她开始恐慌、害怕，哭求出租车师傅。

出租车师傅置若罔闻，没有丝毫回应，只是目不转睛地盯着正前方，飞速行驶。

车子停在一片海滩前。宋青春被出租车师傅推搡着往海边走，每一步她都走得小心翼翼，生怕摔倒伤了腹中的孩子。

宋青春被出租车师傅带到一艘老旧的游艇前。

宋青春不过绕着游艇打量了两眼，说了一句“白蓝色游艇”，就被出租车师傅推进了游艇的内室。

出租车师傅力道有些大，宋青春踉跄了一步才稳住身体。她的手还没搭上腹部，就听到重重的关门声。她往后退了两步，拉了拉门，发现已经被反锁了。

没了外人，宋青春没再继续表现出惊慌失措的样子。她嘴里一边嘀咕着，一边观察自己所处的环境。

游艇虽然看起来很破旧，里面却收拾得干净整洁。

卧室、餐厅、厨房、洗手间，一个单人公寓应有的东西这里都有，只是面积小了一些，给人的感觉却很舒心。

宋青春绕着游艇内室转了一圈，厨房里有一小半碗没扔的泡面，茶几上有小半杯红酒，而室内除了她，再无其他人。

宋青春站在窗边看了一会儿大海，坐在沙发上，这才留意到，红酒旁放了一盒火柴、一包香烟，下面压着一张老旧的照片。

照片是一张全家福，宋青春觉得应该是爸爸、妈妈、姐姐、妹妹。

妹妹还小，大概几个月的样子，叼着奶嘴，窝在妈妈怀中，闭着眼睛正在哭。

姐姐看起来四五岁，站在爸爸妈妈中间，手中握着风车，笑得灿烂明媚。那个妈妈看起来有些眼熟，有点像一个人。

宋青春蹙了一下眉，猛地想起她是谁。她的视线停留在四五岁的姐姐身上，虽然过去这么多年，一个人的相貌变化会很大，可宋青春还是认出这个姐姐是方柔。

方柔不是有父母吗？那这张照片是怎么回事？

正在宋青春疑惑不已的时候，游艇门被推开。宋青春放下照片，看到穿着一身休闲运动装的方柔。

只不过短短数日不见，若不是方柔的脸和她记忆里一模一样，她都不敢相信，这个全身散发着冰冷气质的女子，竟然是她那温柔亲切的大嫂！

方柔从容不迫地走进来，扫了一眼宋青春，神情冷漠，没有丝毫变化，俯下身勾起茶几上的高脚杯，走到水龙头前冲洗干净，然后给自己倒了一杯红酒，转身朝宋青春举了举："要吗？"

宋青春看着方柔，不言不笑。

面对宋青春的冷漠，方柔不以为意地勾唇，带着一抹尖锐的嘲讽。

她慢悠悠地倚在餐桌上，端着高脚杯晃了两下，不紧不慢地品了一口。

她喝了小半杯红酒，大概觉得一个人喝太无趣，就举着红酒杯，优雅地走到冰箱前，从里面找出一瓶蔬果汁，扔给宋青春。

宋青春没去碰，轻轻地眨了眨眼睛，声音异常平静："是你让出租车师傅把我拉到这里来的？"

方柔吞下红酒，喟叹了一声，朝宋青春大大方方地点头："是啊。"

"你想做什么？"

方柔像是听见了天大的笑话，低低地笑了两声，下一秒，表情冰冷如霜，语气宛如来自地狱，透着一股寒意："要你的命！"

方柔要过宋青春无数次命，只是一次都没得手。

宋青春也知道，方柔一直想要置她于死地，可当她亲耳听到"要你的命"四个字的时候，还是忍不住打了个寒战。

"我哥是你杀的吗？"

方柔举着红酒杯的指尖轻颤了一下，眼帘垂了下去。那一瞬，似有淡淡的悲凉从她身上弥漫出来，很快她冷笑了一声，慢条斯理地喝了一口红酒，用谈论天气一样轻松的语气说：“是啊，宋承是我杀的。”

她那轻飘飘的一句话宛如一把尖锐的刀，深深地刺进宋青春的心：“你为什么要杀他？他对你多好，你又不是不知道，你——”

愤怒让宋青春说了一半就顿下来。

方柔像是根本没有感受到她的愤怒，一边继续饮酒，一边笑眯眯地说：“实话告诉你吧，我从认识宋承的第一天起，就没想过要跟他好好过。我处心积虑地接近他，成了他的女朋友，又成了他的妻子，不过就是为了进你们宋家的大门，要宋承的命。”

宋青春气得身体颤抖，咬牙切齿地骂了一句：“方柔，你简直不是人！”

“杀了宋承就叫不是人吗？”方柔低着头咯咯笑了起来，声音清脆，“那我还杀了唐暖呢？你知不知道，唐暖死前来找过我，是想帮你取得我杀人的罪证呢，只可惜……”方柔语气变得有些嘲弄，“就凭她？跟我斗她还嫩着呢！当初，她不过因为我一句，你跟苏之念睡在了一起，转身就在学校把绯闻散播得沸沸扬扬。呵，简直就是没脑子的蠢货，也就配给人当棋子用！”

原来，当初她和苏之念高三那一年的那一晚，是被她散播出去的。

原来，唐暖之所以会死，是因为想要帮她。如果唐暖还是那么讨厌她，是不是就不会死了？

宋青春说不清自己是难过还是疼痛，不断地告诉自己，别生气，别生气，等下一切都会结束。她今天过来，不就是为了面对方柔、取得方柔杀人的罪证吗？

“你这是在替唐暖愤怒吗？你可真是宽宏大量，她曾经想给你下毒呢。”

“那也是曾经，她终究没那么做不是吗？她是人，肯定会犯错，而人都应该有被原谅的机会。而你呢？你和她不一样，你连人都不是！”

“我的确不是人啊！我很早之前就没想过当人了。”方柔不屑地笑了笑，继续抛给宋青春一个天大的炸弹，“毕竟，我刚嫁给宋承不久，就杀死了我的婆婆。”

我的婆婆……她的妈妈？

宋青春几近崩溃，尖着嗓音骂了一句：“方柔，我要杀了你！”然后站起身，抓起沙发上的靠枕，朝方柔砸了过去。

方柔不闪也不躲，看到宋青春愤怒，她似乎很开心，妖艳多姿地喝着酒，似是在和朋友谈笑风生，将她如何杀了宋青春的母亲和盘托出。

最后，方柔把手中的玻璃杯重重丢在地上，踏着步子，朝宋青春走去。

“该说的我都说完了，你现在也应该死而无憾了吧？”方柔语气温柔，手中不知何时多了一把枪。

她将黑黝黝的枪口对准宋青春的脑袋。

“方柔。”宋青春忽然轻轻地开口，没有丝毫波澜。

自己杀了她那么多次都没成功，这一次，她就在自己的眼前，她绝对在劫难逃！现在就给她一分钟的时间。

方柔没有任何迟疑，松开压向扳机的手指，一脸大方地轻扯了一下唇角：“怎么？要向我求饶？”

“不，不是……”宋青春的语气和她此时的神情一样冷静镇定，“在你开枪之前，有件事我想有必要告诉你。”

死到临头，还这么有底气？

宋青春没说话，将一条精致的手链从手腕上解下来，也不知道按了哪里，安静的室内响起刚刚宋青春和她的对话声。

“你所有的罪证都是你亲口承认的，这个录音我会交给警局，即使你找律师来辩护，也没有任何作用。”宋青春不温不火地解释。

方柔愣了短短几秒钟，都懂了。

“你早就知道那个司机居心不良，但是为了引出我，还是上了车？”方柔没等宋青春回答，摇头否决了自己的想法，“不对，确切地说，你早就想用自己引出我？今天你所谓的逛街，并不是真的逛街，而是给我机会动手。”说到这里，方柔忽然停了下来，眉心狠狠皱起，猛地直视宋青春，眼底泛起戾气，“也就是说，前几天苏之念去香港的新闻，也是假的？”

话音落定的一刹，她重新举起枪，抵上宋青春的眉心，没有丝毫停留，就要按下扳机。

方柔过于急切，以至于没注意，在她举枪时，宋青春的唇动了好几下，用很轻的声音喊了三声苏之念，然后，方柔整个人像是被点了穴，定在原地，一动也不动。

三声苏之念，是宋青春和苏之念之间的暗号。只要苏之念听见三声自己的名字，就会让方柔当场停下所有动作。

宋青春喊完苏之念后，下意识闭上眼睛，抓着衣襟，强撑着发虚的身体。她怕苏之念的速度不如方柔快，怕苏之念还没来得及行动，自己就当场毙命！

宋青春屏住呼吸，静站了十秒，发觉没有枪声响起，才一点一点掀开眼皮。

方柔像是木头人，还保持着她闭眼前的表情和姿势。

宋青春抬起手，在方柔的眼前晃了两下，看她没有任何反应，才长松了一口气，接连吞了好几口唾沫，勉强抬起手，从方柔手中将枪抽走。

宋青春握着枪，连连往后退了两步，和随时会恢复神志的方柔保持一段距离。

游艇外一阵喧哗。

宋青春知道，从今天早上到现在，全程跟在她身后的苏之念和秦以南到了。

其实最初，宋青春没想着找秦以南帮忙，是苏之念找的。因为事关她的安危，他总是心里没谱。

游艇外方柔留了两个保安，若是只有苏之念一人，即使他有超能力，也未必能确保他和她完好无损。

喧哗声越来越大，距离游艇也越来越近。宋青春听见秦以南的声音："你先进去看宋宋，这里交给我。"

"谢了。"随着苏之念清淡的一声回应，游艇门被他大力撞开。他朝游艇内室略略扫了一眼，三两步冲到宋青春面前，上上下下仔细检查她的身体，一脸担忧地问，"没伤到哪里吧？有没有觉得哪里不舒服？感觉还好吗？"

宋青春刚点了一下头，站在不远处的方柔就眨了一下眼睛，清醒了过来。苏之念察觉到宋青春身体的僵硬，眉心蹙得更厉害。

"难道她伤了……"苏之念话还没说完，就看到宋青春眼神有些沉，很快顺着她的视线看去。

方柔盯着空荡荡的掌心，表情复杂无比。她低喃着："怎么回事，怎么回事？"然后猛地抬起头，看向宋青春和苏之念，像是恨不得立刻杀了他们。

"你做的？还是你做的？"方柔来来回回打量着两人，对上苏之念的眼睛，"是你？是你对不对？你究竟对我做了什么？你——"

方柔说着说着，发疯一般抓了一把椅子，朝苏之念和宋青春扔去。

苏之念下意识挡在宋青春身前，带着她往旁边一躲，椅子砸上游艇窗户，玻璃碎裂，哗啦作响。

苏之念一边防备方柔，一边侧头对宋青春问："录音都弄好了？"

"录好了。"

"我们先出去，警察估计快到了。"

苏之念话音刚落定，方柔就凄厉地喊："想走？登上这艘游艇，你们还想走？我告诉你们，没门！"

她快速按了不知何时掏出来的遥控器，停在海边的游艇一个颤动，发出嗡嗡嗡的声响，像是打了鸡血，朝大海深处蹿去。

"糟糕！"苏之念低喊一声，眼睛一眯，方柔就将遥控器朝他丢过来。苏之念快速按了两下，游艇没有丝毫停下来的迹象。

被他再次控制意识的方柔这次清醒得比较快，虽然并不知道究竟是怎么回事，却冷笑着直奔主题："别白费力气了，在宋青春登上游艇之前，我已经对游艇动了手脚，它是停不下来的。即使警察来了，也追不上我们。等他们追上的时候，估计我们已经葬身大海了。"方柔越讲越激动，最后哈哈大笑起来。

宋青春本能地抓紧苏之念的衣衫。察觉到她的不安，苏之念悄悄伸出手，握住她的手。

笑了好一阵子，方柔终于停了下来。她擦掉眼泪，歪着头，盯着宋青春说："我开枪之前，你不是说有件事要跟我说吗？好巧啊，我们三个葬身大海之前，我也有件事跟你说。"说着，方柔走到蒙着红布的三脚架前，将红布一扯，里面的iPad上显示出宋家的客厅。

宋孟华捂着胸口，面色苍白地坐在沙发上，唇瓣张张合合，脸上有浑浊的泪水不断滚落。

“爸！”宋青春喊了一句，下意识想要扑过去，苏之念反应极快地抓住她的肩膀，防止她靠近方柔。他盯着iPad里似是随时都会晕厥过去的宋孟华，用力抿了抿唇，又看向方柔，眼里翻腾着汹涌的杀气。

方柔丝毫不在意，耸了耸肩，转头看向风平浪静的海面，缓缓地说：“虽然你们很聪明也很有胆量，却不知道一点……”西斜的阳光静静地洒在方柔的脸上，照得她的轮廓有些温软，“这么多年，我处心积虑做这一切，就是要毁了宋家。只要毁了宋家，我对这个世界就没什么可留恋的了。”

确切地说，她这些年来除了毁掉宋家，压根就没想过自己一生该怎样过。

方柔眉眼弯了起来，微微昂着下巴，笑得平静：“所以，你们再聪明，再有胆量，又怎会赢得了我这个连命都不要的人呢？”

“为什么？你为什么要这么做？宋家怎么你了，你要毁了宋家？”窝在苏之念怀里的宋青春语气激烈地反问。

“为什么？”方柔重复了一遍，缓缓地转过头，看向iPad屏幕里的宋孟华，他和宋青春一样，同样一脸疑惑，唇瓣抖得格外厉害。

“是啊，我该说为什么要这么做。”方柔站直了身子，走到茶几前，拿起刚刚宋青春看过的那张照片，眼神一下子变得温柔，唇角弯起一抹很小的弧度，带着几分怀念，也带着几分难过，轻轻地抚摸着照片，语气很轻地说，“我不是方家的女儿，是方家生不出来孩子才收养了我。”

“所以，我也不叫方柔，我本叫赵晓燕。”方柔垂着眼帘，轻笑了一下，“这个名字没有方柔好听，对不对？可是，再好听的方柔，都比不上赵晓燕。那是我妈妈给我取的，我喜欢得很。如果可以，我想顶着赵晓燕的名字过一辈子，可是……”刚刚还温柔如水的方柔，忽然变得狠戾起来，盯向iPad的视线杀气腾腾，“可是，这么小的愿望都被宋孟华给毁了！你们不知道，我们一家曾多么幸福！哼，那种幸福，不是你们有钱人家能理解的，你们只会随随便便用钱碾压我们……事情发生在二十多年前，不知道宋孟华，你还记得吗？我想肯定不记得了吧，毕竟你怎么会把我们这些小人物放在眼里？

“那是一个冬天的晚上，妹妹发高烧，爸爸妈妈带着妹妹去医院看病，那天，爸爸刚刚买了一辆7万块钱的车，还说第二天带我们去郊游，结果没想到，第一次开，竟然是因为妹妹要去医院。

“那天下了很大的雪，我一个人留在家里等到清晨，没有等来爸爸妈妈，却等来了警察。我很开心，以为爸爸妈妈在医院照顾妹妹，顾不上我，让警察叔叔来接我了。我欢天喜地地跟着警察叔叔走了，警察叔叔是把我带去了医院，却不是病房，而是太平间。”方柔全身似乎都迸发着恨意，眼底有泪水打转，“我至今都忘不了那一幕。我的爸爸妈妈和妹妹，三个人并排躺着，很安静，闭着眼睛就跟睡着了一样。任凭我怎么喊，妹妹不哭，妈妈不笑，爸爸不睁开眼睛。他们死了，全都死了，死在带我妹妹去医院的路上，死在宋孟华的手里！

“是宋孟华，是宋孟华喝了酒，大半夜超速开车，撞上了我爸爸妈妈的车，因为撞得太厉害，害我爸爸妈妈还有妹妹当场死亡！

“这还不是宋孟华最可恶的地方！最可恶的是，他仗着自己有钱，不知道买通了谁，明明喝了酒，他却变成了没喝酒，还找了很好的律师，为自己做辩护。那么严重的车祸，三条命啊！宋孟华最后只是赔偿给我十几万，我需要那些钱吗？我爸妈都不在了，我要那些钱做什么？而宋孟华呢？一点惩罚都没有得到，驾驶证没被吊销，公司越开越好，最后还做到了上市。凭什么宋孟华撞死了人，还过得这么顺风顺水，我呢？！

“在福利院里被人欺负，去学校被人嘲讽，即使被方家收养，也并不讨他们喜欢！而且，你们知不知道，我的养父在我十六岁的那年，强暴了我！我所有的悲剧，都是宋孟华给的！”方柔愤怒地看向iPad，指着里面的宋孟华，一字一顿地重复着，“都是你！你害的！所以，我要让你的亲人也一个个死去！我要让你尝一尝失去家人的感觉！”

视频里的宋孟华眼泪流得更凶，他抖着唇，费了好大的力气才发出沙哑的声音：“是……是我不对，可你是知道的，当时法院给的判决，我只需要给你家补偿几万块钱，因为你父亲是逆向行驶，是我自愿给你十多万的。我当时说过，我可以收养你，是你自己不要……我是喝了酒，我是犯了错，可你父亲如果没有逆行，也不会发生那样的悲剧……我知道你讨厌我，可是你知道吗？你父母和你妹妹的墓地，是我托人给买的，还有，我后来去福利院找过你，因为我良心不安。”

“你闭嘴！少在这里胡说八道！你说什么我都不会信！”方柔尖着嗓子，打断了宋孟华，“我今天给你发视频，不是要跟你缓解仇恨，而是要让你亲眼看着你养了这么多年、疼了这么多年的女儿，带着你的亲孙子是怎么死的！我本来不想要你这个私生子的命！可他坏了我好多事。他既然来了，那好，大家就一起死吧！”

方柔说着，忽然抬起手，当着苏之念和宋孟华的面，将自己的外套脱下来，露出大片洁白的肌肤。她的腰间捆了一圈炸弹，而炸弹上面的定时，只有短短的三十秒钟！

视频里，宋孟华看到这一幕，喷出一口鲜血。iPad里传来用人的尖叫声，还有管家催问救护车怎么迟迟不来的声音。

宋青春抓着苏之念，手颤抖得格外厉害。苏之念清楚地感到宋青春的惊恐和害怕。他用力抿了抿唇角，盯着方柔，想要控制她的意念，将腰间的炸弹用最短的时间拆除后扔入大海，然而他还没来得及行动，方柔咯咯地笑着说：“告诉你们，这个炸弹距离爆炸还有三十秒钟，而且被我装了水银装置，只要拆除就会立刻爆炸，所以苏之念，你可以试试。”

iPad里，宋孟华几近哀求地出声：“你放过他们两个，你让我做什么都可以……我什么都可以给你，你别伤害他们。”说到这里，宋孟华又吐了一口鲜血，身体开始抽搐。

“老先生，您别说话了，老先生！”管家焦急地说。

方柔歪着头，朝宋青春和苏之念浅浅地笑了笑：“不过要想这个炸弹不爆炸，还有一个办法。这里有两根线，一根是剪了就立刻爆炸，一根是剪了你们平安无事，所以你们猜猜吧？”说完，方柔低下头看了一眼时间，“哦，现在已经过去一半时间了，只有十五秒了！”方柔哈哈大笑起来。

只是，她笑了没几声，忽然停了下来，整个人的表情变得有些呆滞，迈着步子，缓缓地朝刚刚被椅子砸破的窗户走去。

宋青春看着这样的方柔，愣了几秒。在方柔快要跳出窗户的瞬间，忽然甩开苏之念扑了过去，抓住方柔的手腕，像是在害怕什么，大声喊了一句：“苏之念，你给我停下来！苏之念，你答应过我不会抛下我不管！你不能这样做！你让方柔跳下海，方柔死了，你也会死。”苏之念放开方柔意识的刹那，冲上前将宋青春拉到自己面前。

此时，计时器显示已经进入最后十秒。只有十秒钟了！十秒后，方柔身上的炸弹就会爆炸，他和宋青春就会葬身大海！

苏之念紧紧地握着宋青春的胳膊，像是要把她用力看到骨髓深处、心底深处、生命深处。

他的眼神让宋青春有些慌张。宋青春一边回看着方柔，一边朝苏之念落泪摇头：“你不要抛下我一个人。我们两个跳海，对，对，我们两个一起跳下去！”

茫茫大海，周围没有任何船只，救援船不知何时才会抵达。宋青春有身孕，若是这么一跳，她必然流产！在空阔的大海上，流产……威胁的是她的生命！

而他控制着方柔跳下去就不一样！最多是他跟着方柔死！而她和孩子可以安全。这次计划，他经不住她的死缠烂打，已经让她置身于危险中，现在不能再犯同样的错误！

苏之念抬起手，轻轻地抚摸宋青春的面颊，倾尽全身的爱和全身的暖。

他缓缓地低下头，吻上她的唇，是很浅的一个吻。

他贴着她的唇，语气很轻地说：“婷婷，遇见你，是我一生的执念。”

计时器，只有七秒。

“我爱你……”

计时器，只有六秒。

“好好活下去……”

计时器，只有五秒。

宋青春抓着苏之念的胳膊，手颤得格外厉害，她哭得声音有些沙哑：“苏之念，你不能这样，你不能丢下我……我们一起跳下去，我求你了……苏之念，我求你了，求求你……”

不管宋青春怎么哀求，苏之念的唇还是一寸一寸离开她的唇：“婷婷，可以喊我一声‘老公’吗？”

一句简单的请求，让宋青春瞬间哭到崩溃。她不管不顾地伸出手，要赖般紧紧圈住苏之念的腰，明知道留不住他，却还是傻傻地留着他，几近失控地尖叫："不！不要！"

站在窗口的方柔看着这一幕，笑声疯狂。笑到最后，她缓缓地转过头，盯着窗外即将西落的夕阳，脸上浮现出前所未有的宁静感。

结束了，这一切终于要结束了。

计时器，只剩下四秒。

她缓缓地闭上眼睛，唇角微微勾了起来，脸上绽放出温柔纯净的笑。爸爸，妈妈，妹妹，我们一家四口终于要团聚了，我替你们报仇了……还有宋承，对不起，我爱你……

计时器，仅剩下最后三秒。

方柔闭着眼睛，等着爆破声传来。

苏之念在宋青春的眉心轻轻印下一个吻，转头看向方柔。

宋青春痛哭得更厉害，能感觉男子已经缓缓地转过头看向方柔。

她知道，这个转头意味着别离……这样的别离，不是生离，而是死别……

苏之念的视线，已经落在方柔身上。在方柔腰间，计时器的数字从三跳转为二，苏之念的眼睛微微眯了起来。只是，他还没来得及控制方柔的意识，之前被方柔砸碎的玻璃窗外突然伸进一双手。那双手速度很快，狠狠掐住方柔的腰。原本神情安宁的方柔，此时惊呼一声，人还没做出任何反应，就被那双手硬生生扯出窗外。

"宋宋……"随着一道很低很轻的声音钻入苏之念耳中，游艇外传来扑通的巨大声响。是人坠入大海的声音。

苏之念眉心蹙了一下，这才反应过来那是秦以南的声音。他迅速掠到窗边。游艇速度很快，只是一秒就已蹿出很远。苏之念探出窗外，看到海面上漂浮着两道身影。

"秦——"苏之念只是喊了一声，紧接着一道巨响传来，整个海面激起千层浪花。游艇被冲击得摇摇晃晃，苏之念抓着窗栏，勉强稳住身体。无数海水从天边坠落，砸得游艇砰砰作响。

过了许久，海面恢复了平静。夕阳沉下海平面，映得海面一片通红。

苏之念像是失去了全部的力气，缓缓地跪了下去。

八个月后。

值得庆幸的是，除了方柔离开，其他人都平安无事。就连大家以为必死无疑的秦以南，也奇迹般活了下来。

宋青春早在六个月前办了停职手续，唯一任务就是待产，而苏之念留在公司的时间越来越短。

这天，宋青春想着过几天就要生产，索性和苏之念在家整理东西，却在碰到苏之念的西装外套时，察觉里面硬邦邦的，像是装了什么。宋青春没想太多，摸了出来，结果看到两个红色的小本本。

宋青春盯着两本结婚证，眉心皱了起来。结婚证？谁和谁的结婚证？宋青春一边想着，一边翻开外皮，然后看到自己和苏之念的合影。她和苏之念什么时候领了结婚证？为什么她毫不知情？

当初他和她明明说好等孩子出生后，她要装作没有生过孩子的单身少女，他要给她一个惊喜的求婚，再给她一个浪漫的订婚仪式，再然后他们举办盛世婚礼，婚礼前一天，他们才去民政局领结婚证。在她提出这些条件的时候，他明明答应过的！

结婚证上的日期是八个月前，是宋氏企业周年庆结束的第二天，也就是说，第二天苏之念就偷偷摸摸去把结婚证给办了？而且还拍了照，也就是说，他用了超能力？

“婷婷……”苏之念话音还没落下，某个东西重重砸在他的身上。他愣了一秒，大脑还没转过来，就看到宋青春沉着一张小脸。

苏之念吓得腿都软了：“你听我解释。”

宋青春咬牙切齿地开了口：“苏之念，我要离婚！”

糟糕，他藏了这么久，怎么还是被她发现了？他当时就因为她不是他的亲妹妹，太激动，生怕出现变故，擅自控制她的意识，连夜托人去民政局办了结婚证。

现在东窗事发，被“离婚”弄得心底一颤的苏之念，立马承认错误：“这是我的错，你怎么样都可以，但是我们能不能商量下，别离婚？”

“不行，没的商量，就要离婚！离婚！离婚！”一辈子才领一次结婚证，她怎么可以不经历呢？

苏之念一边想着怎么让宋青春打消念头，一边带着几分讨好地开口："婷婷……"

苏之念刚喊了一个名字，横眉冷对的宋青春小脸忽然变得苍白，捂着肚子，往后退了两步。

"婷婷？"苏之念满脸焦急，"怎么了？"

宋青春捂着肚子，嘀咕了一句疼，然后闷哼了一声。接触到她肢体的苏之念，能感觉她有多疼，整个人焦虑不安，连带着智商有些跟不上："哪里疼？到底是哪里疼？"

"肚……"宋青春只说了一个字，身体就哆嗦了一下。

肚？肚子？肚子疼？

苏之念抱着宋青春，手抖得厉害，想都没想，大声喊了一句："杨秘书！杨秘书！"

杨秘书一溜烟跑了进来，刚准备喊宋小姐，就被眼前的一幕吓得脸色苍白。好在她已经结婚生子，看到宋青春裤子湿漉漉的时候，快速开口："苏总，宋小姐这是要生了。"

生？生了？苏之念瞄了一眼宋青春的下半身，果然是羊水破了。他快速将宋青春打横抱起，对着杨秘书语气飞快地吩咐："我现在送婷婷去医院，你给之前我联系好的医生打电话，让他们做准备！还有，给宋家打电话，让他们去二楼，把我之前整理好的包送去医院！另外，派人去楼下给我发动车子！"

苏之念刚冲到门口，胳膊就被宋青春无力地抓了一下。他低下头，看到额头上布满汗水的宋青春，顿时心疼无比，出声安慰："婷婷你别怕，我们马上就到医院了，你忍忍。"

因为疼，宋青春不断地发出闷哼，好一会儿，才勉强说："离、离婚……"

都这个时候了，还想着离婚？苏之念脚下一个踉跄："婷婷，这个事情我们后面再谈。"

"不！"宋青春摇着头，苏之念却知道了她的想法。

什么叫"不离婚我没力气生孩子"？苏之念吓得唇瓣一抖，舌头有些打结："婷婷，别闹……"

宋青春疼得惨叫一声，苏之念从她的心底又读到一句：如果你不离婚，我肯定会抑郁，我抑郁就会难产。苏之念的脸色，比阵痛的宋青春还要白。

好痛啊，随着宋青春一阵呼疼，想法又转回刚刚的话题：我难产，就有可能血崩。

如果不是苏之念此时抱着宋青春，简直要被她心底的想法吓得跪倒在地。

我血崩，就有可能一尸两命……

苏之念看过生孩子注意事项，此时从宋青春心底读到“一尸两命”四个字时，脑海里顿时浮现出惊人的画面：宋青春浑身是血地躺在产床上，一动也不动。

苏之念想都没想妥协了：“离，离，离。听你的，我马上让陈秘书准备离婚协议书。”

历经十二个小时，宋青春在苏之念提前请来的妇产科医生的帮助下，顺利产下一名女婴。她只是看了一眼被护士抱住的孩子，便沉沉地睡去。

宋青春在医院住了三天才回宋家。宋孟华的身体一日不如一日，此时如愿看到孙女，高兴得合不拢嘴。若说他还有什么未了的心愿，大概就是希望亲眼目睹宋青春和苏之念走进结婚殿堂。

宋青春和苏之念的婚礼定于二月十四号情人节。

二月十二号，苏之念和宋青春举办告别单身派对。派对是唐诺负责的，在“金碧辉煌”开了一个大包厢，几乎把留京的高中同学都请了过来。老同学见面，分外火热。男男女女聚在一起，玩得热火朝天。

散场后，已是凌晨一点。回到家，宋青春第一个念头就是去婴儿房看小芝麻。小芝麻睡得正香，似是感到妈妈在碰自己，小嘴巴吧唧了两下。

等宋青春睡下后，苏之念悄悄爬上她的床，将她搂入怀中，手也不老实地探进她的睡衣。半睡半醒的宋青春，轻轻地哼了一声，睁开眼睛。苏之念漂亮的容颜还没完全映入眼底，他的唇已经堵上了她的。

接连两次放纵，宋青春早已累得一塌糊涂，但精神还很亢奋。她趴在苏之念宽厚的胸膛，听着他有力的心跳，忽然像是想起了什么，看了看男子线条完美的下巴："苏之念，如果我没记错的话，这是你这个月第三十次潜入我的房间了吧？"从她生完小芝麻出院到现在，他每天晚上都会来她的房间睡。

宋青春等了片刻，没等到苏之念出声，皱了皱眉，继续说："如果我没有记错的话，我们还不是合法夫妻。"说到这里，宋青春顿了顿，连忙改口，"哦，不对，是我们已经离婚了！"

听到"离婚"两个字，苏之念眉心皱了一下，依旧淡定地说："然后呢？"

"你说呢？"宋青春气鼓鼓地瞪了一眼苏之念，重重哼了声，翻身丢给他一个背影。她提起这件事，本是想让他想想办法，如何在不办理离婚证的情况下，再走一遍领取结婚证的程序，谁知道他竟然态度敷衍！

越想越气闷，宋青春转头狠狠地瞪了苏之念一眼："我告诉你，我们现在是非法同居，你从我房间出去！"

苏之念轻笑了一声，也翻了个身，贴上宋青春的后背。她挣扎着要从他怀中逃离，他搂得更紧了，凑到她耳边，声音低沉又魅惑："婷婷，我们现在这样睡在一起，可不是犯法的。如果你把我赶出去，才是犯法！"

什么乱七八糟的说法，简直是无赖！她把他轰出去，怎么就犯法了？宋青春嘲讽地笑了一声。

苏之念拉开宋青春那边的床头柜，从里面抽出一份文件，递到宋青春面前，顺势抬起手，开了大灯："不信你自己看。"

抽出的白纸上，清楚地写着"离婚协议书"几个字。

那份离婚协议书她签了，不过内容还没细看。

宋青春散漫地翻了两下，看到协议内容时，眼睛蓦地睁大。车子归她，房子归她，公司归她，孩子归她……条件很丰厚，也很正常，只是最后一项……他……也归她？

世上怎么会有这么无耻的人！签离婚协议书，竟然把自己当条件写进去！苏无耻！

许久没被宋青春起过绰号的苏之念，在这三个字撞入心底的时候，全身一僵，久违的感动弥漫开来。他将她抱到胸前，轻轻吻着她。

苏之念说："婷婷，我们去趟民政局吧。"

“嗯？”

“我已经跟那里的人打好招呼了，不需要办离婚证，但可以把结婚程序再走一遍。”

原来，她心底期待的，他已经提前做了。虽然他有读心术，可那些期待，她并没有在他碰她的时候想过，所以事先他是不知道的。

她宋青春何其荣幸，可以遇见一个这样贴心的人，共伴一生。

她嗯了一声，声音染了一丝哭意。

十点，苏之念起床，宋青春还在沉睡。他没吵醒她，洗漱后，去婴儿房看小芝麻。

十点半，宋青春醒来，苏之念全程挤牙膏、递漱口杯，伺候宋青春洗漱完，在她摇头点头的指挥下，给她选了一身衣服，帮她换上，两个人拿着户口本下楼，开车去了民政局。

十点四十五分，车子稳稳停在民政局的停车场。苏之念替宋青春拉开车门，牵着她的手，走进民政局大厅。

一个小时后，宋青春挽着苏之念的胳膊，笑盈盈地举着红彤彤的结婚证从民政局走出来。

午后阳光正好，走下民政局的台阶，苏之念忽然喊了宋青春的名字：“婷婷。”

宋青春跟着苏之念停下脚步，侧头看向他。苏之念盯着她，喊了一声：“老婆。”

宋青春脸微微一红，转头往车子走去，苏之念抢先一步替宋青春拉开了车门。宋青春上车之前，踮起脚尖亲了亲苏之念的面颊，小声喊了一句：“老公。”

苏之念眉眼瞬间柔成一片，将她一把拉住，按在车上，堵住她的唇。

春季的阳光，太明媚。

他们的世界，太温柔。

他和她都知道，未来的每一天都是美好。

这世上总有一种情深，不会被辜负。就像是，你终其一生要寻找的，不过是个永远不会放弃你的人。